영혼과 형식

영혼과 형식

게오르크 루카치 지음
홍성광 옮김

*Die Seele und
die Formen*

연암서가

옮긴이 **홍성광**

서울대학교 인문대 독문과 및 대학원을 졸업하고, 「토마스 만의 장편 소설 『마의 산』의 형이상학적 성격」으로 박사학위를 취득하였다. 저서로 『독일 명작 기행』, 『글 읽기와 길 잃기』, 역서로 쇼펜하우어의 『의지와 표상으로서의 세계』 『쇼펜하우어의 행복론과 인생론』 『쇼펜하우어와 니체의 책 읽기와 글쓰기』, 니체의 『니체의 지혜』 『차라투스트라는 이렇게 말했다』 『도덕의 계보학』, 토마스 만의 정치 에세이 『예술과 정치』, 『마의 산』(상·하) 『부덴브로크 가의 사람들』(상·하), 『베네치아에서의 죽음 외』, 괴테의 『이탈리아 기행』 『젊은 베르터의 고뇌』, 헤세의 『헤세의 여행』 『잠 못 이루는 밤』 『데미안』 『수레바퀴 밑에』 『싯다르타』, 카프카의 『성』 『소송』 『변신 외』, 하인리히 뵐의 『그리고 아무 말도 하지 않았다』, 레마르크의 『서부전선 이상 없다』, 페터 한트케의 『어느 작가의 오후』 등이 있다.

영혼과 형식

2021년 7월 15일 제1판 1쇄 발행
2023년 8월 15일 제1판 2쇄 발행

지은이 | 게오르크 루카치
옮긴이 | 홍성광
펴낸이 | 권오상
펴낸곳 | 연암서가

등록 | 2007년 10월 8일(제396-2007-00107호)
주소 | 경기도 고양시 일산서구 호수로 896, 402-1101
전화 | 031-907-3010
팩스 | 031-912-3012
이메일 | yeonamseoga@naver.com

ISBN 979-11-6087-081-7 03800
값 20,000원

이르마 자이들러*에게 이 책을 헌정함

---

* 게오르크 루카치는 이르마 자이들러(Irma Seidler)와 잠깐 연애에 빠졌을 시기에 이 에세이들을 썼다. 그 후 동료 화가와 결혼한 그녀는 이 책이 완성된 다음 해인 1911년 다뉴브강에 몸을 던져 짧은 생을 마감했다.

형식 속에는 더 이상 동경도 고독도 존재하지 않는다.

옮긴이의 글

___

 게오르크 루카치는 동유럽 사회주의의 몰락으로 이제 어느덧 잊힌 듯한 평론가가 되었다. 그러나 1996년 독일 파더보른에서 '국제 게오르크 루카치 협회'가 창설되는 등 독일뿐만 아니라 유럽 여러 도시에서 루카치에 대한 관심이 다시 일고 있다. 반면 헝가리에서는 자유주의자에서 우파 민족주의자로 자리매김한 빅토르 오르반이 2010년 재집권한 뒤로 상황이 극단으로 치달으면서 루카치는 헝가리 역사에서 삭제되고 있는 중이다. 그래서 게오르크 루카치 문서보관소가 폐쇄되고 그의 조각상이 철거되기도 했다.

 1919년 헝가리 평의회 공화국 시절 체코슬로바키아와 루마니아군이 헝가리를 붕괴시키기 위해 공격해 왔을 때, 헝가리 적군(赤軍) 병사들이 도망치기에 급급해하자 루카치는 군율을 바로잡기 위해 비상 군법회의를 소집해 탈영병 8명을 총살시킴으로써 규율을 어느 정도 세울 수 있었다. 그런데 헝가리의 극우 민족주의 세력은 그가 이때 300명 이상의 양민을 학살했다는 죄목을 덧씌우며 그를 지우려 하고 있다. 사실을 왜곡해서 그것을 근거로 공격하는 전형적인 허수아비 때리기 논증의 오류라 할 수 있다.

루카치가 1907년 『근대 드라마의 발전사』의 초고를 완성한 뒤 집필한 『영혼과 형식』은 그의 이력의 토대가 되는 책으로서 지금도 읽어볼 만한 중요한 책이다. 그 에세이들은 루카치가 22세에서 25세라는 젊은 나이에 쓴 것을 감안하면 매우 뛰어난 저작이라 할 수 있다. 이 작품은 니체의 『비극의 탄생』과 마찬가지로 그의 사유의 출발선상에 있다. 그리고 그가 마르크스주의로 전환하기 전의 마지막 작품이 소위 유명한 『소설의 이론』이다. 그 후 『역사와 계급의식』, 『이성의 파괴』, 『미적인 것의 고유성』, 『사회적 존재의 존재론을 위한 프롤레고메나』, 『사회적 존재의 존재론을 위하여』 등의 주요 저서를 남겼다.

루카치는 1907년부터 1911년 사이에 여러 편의 에세이를 써서 당시에 활동하던 독일과 프랑스 및 영국 작가에 대한 비평작업을 했다. 이 시기의 에세이를 모은 것이 『영혼과 형식』이다. 이 책은 당시의 독일인들 사이에 큰 반향을 불러일으켜 루카치는 이 에세이집으로 명성을 확립했다. 특히 막스 베버와 게오르크 지멜, 토마스 만, 발터 벤야민 등은 이 책의 강렬한 지적 치열성과 놀라운 미적 감수성을 높이 평가했다.

이 책에는 예전 판에 없는 주디스 버틀러(Judith Butler)의 머리말과 「마음의 가난에 대하여: 대화와 편지」가 추가로 수록되어 있다. 특히 「마음의 가난에 대하여」에는 자신이 버린 연인에 대한 속죄의 감정이 담겨 있다. 거기에서 한 남자는 자비와 은총의 문제, 그리고 마음의 가난에 대해 애인의 언니와 가상의 대화를 나눈다. 그는 마음의 가난이란 보다 깊은 형이상학적이고 심령술적인 필연성에 자신을 내맡기기 위해 자신의 심리적 조건으로부터 벗어나는 것이라고 말한다.

『영혼과 형식』에는 키르케고르적인 요소, 딜타이의 생 철학, 막스 베버의 사회학적 방법론, 지멜의 문화비평, 플라톤적인 동경, 신칸트주의의 형식에 대한 집착 등이 두루 수용되고 소화되어 에세이에 녹아들어 있다. 이 초기 작품에는 비록 낭만적인 반(反)자본주의의 싹이 이미 보이기는 하지만 아직 마르크스주의의 형식은 발견되지 않고 있다.

이 책에는 낭만주의의 삶의 예술은 행동으로 옮겨진 시라고 본 노발리스의 삶의 철학이 드러나 있다. 루카치가 보기에 낭만주의자들의 삶의 철학은 죽음의 철학일 뿐이었고, 그들의 삶의 예술은 죽음의 예술일 뿐이었다. 또 세기 전환기 무렵 유럽의 유미주의적인 문예사조, 제1차 세계대전을 눈앞에 둔 유럽의 암울한 시대 상황, 당시 유럽의 부르주아 지식인들이 처한 소외감과 무력감과 그들의 정신적 상황이 잘 드러나 있다. 그리고 이러한 형식의 무질서와 무가치에 맞서 예술 형식에서 삶의 가치와 준거 틀을 찾으려는 지식인의 치열한 노력도 엿보이고 있다.

『영혼과 형식』에서 루카치가 말하는 '영혼'은 삶의 절대적이고 근원적 근거를 찾으려는 내면의 깊은 충격이나 그리움을 뜻한다. 따라서 영혼은 흔히 말하듯이 종교적이거나 정신적인 성격을 띤 단어가 아니다. 인간은 세계인식에 눈뜰 때 누구나 이러한 그리움의 충동에 전율하게 되어 있다. 그 전율의 강도나 밀도는 세계인식의 깊이에 비례할 것이다. 그 전율이 형식을 갖추어 세계에 모습을 드러내는 것이 예술이고 종교인 것이다.

루카치는 『영혼과 형식』에서 작가들이 자기가 사용하는 형식을 어떻게 발견하고 만들어내는지 알려고 애쓴다. 형식은 감상성의 극복을 의미한다. 형식 속에는 더 이상 동경도 고독도 존재하지 않는다. 형식을 얻는다는 것은 가능한 가장 위대한 성취를 얻는다는 것이다. 루카치는 에세이가 하나의 예술 형식이고, 독자적이고 완전한 삶에 대해 독자적이고 완전한 형식을 부여하는 것이라고 지칭한다. 에세이는 이러한 영혼의 내용을 담고 있는 문학 형식들, 예컨대 서정시나 비극, 노벨레 등을 계기로 그 형식을 지적이고 개념적으로 파악하려는 표현양식이다.

루카치는 이 에세이집을 자신의 한때의 연인 이르마 자이들러(Irma Seidler)에게 바치고 있다. 루카치와 키르케고르의 공통점은 자신을 사랑하던 연인을 저버리거나, 자신이 사랑하던 연인을 저버렸다는 점이다. 레기네 올센을 희생시킨 키르케고르의 행위처럼 루카치 역시 자신의 철학 체계 내에서 이르마 자이들러에 대한 사랑을 정당화할 수 없었기에 그녀를 포기했다고 이해한다. 루카치는 이르마 자이들러의 사랑을 거부하고 결국 마르크스를 택했고, 그녀는 이 책이 완성된 다음 해인 1911년 다뉴브강에 몸을 던져 생을 마감했다. 루카치는 숱한 내적 갈등 끝에 결국 그 여인과의 결혼을 거부한다. 이런 점에서 루카치의 에세이는 개인의 정신 상황과 함께 시대의 분위기를 함께 담고 있다고 볼 수 있다. 그러나 루카치의 말에 의하면 동경은 단지 내부를 향하고 있을 뿐 거기에서 결코 평화를 얻지는 못한다.

그 후 1918년 12월 중순 헝가리 공산당에 입당함으로써 루카치에게 평생에 걸친 '마르크스로 가는 길'이 시작되었다. 초기의 문제적 개인에서 '마르크스로 가는 길'은 실천적으로는 공산주의로 가는 길이었다. 루카치에게 마르크스의 이념은 곧 공산주의이며, 그 공산주의는 무엇보다도 '자유의 나라', 계급 없는 '사랑의 나라'로 표상되는 것이었다. 루카치는 가장 나쁜 형태의 사회주의조차 가장 좋은 형태의 자본주의보다 낫다고 생각해왔지만 '현실 사회주의'는 그가 바라는 이상적인 자유로운 사회주의와는 거리가 먼 '관료주의적 국가사회주의'였다.

2021년 5월
홍성광

머리말[1]

――

주디스 버틀러[2]

형식에는 동경도 고독도 더 이상 존재하지 않는다.

게오르크 루카치(Georg Lukács)[3]는 마르크스 미학의 창안자로 간주된

---

1 주디스 버틀러의 후기(後記)는 맨 먼저 게오르크 루카치의 저서 『영혼과 형식』(뉴욕: 컬럼비아대학 출판사, 2010, 1~16쪽. 미하엘 할프브로트 역. 번역권과 저작권을 양도한 것에 컬럼비아대학 출판사에 감사를 표한다)에 대한 '머리말'로 등장했다-원주.
2 주디스 버틀러(Judith Butler, 1956~): 미국의 철학자이자 젠더 이론가로, 1993년부터 캘리포니아 대학교 버클리에서 강의하고 있다. 그의 저작은 정치 철학, 윤리학, 여성주의, 퀴어 이론, 문학 이론에 영향을 주었다. 학문적으로 버틀러는 젠더에 대한 인식에 도전하고 젠더 수행성(gender performativity) 이론을 발전시킨 저작인 『젠더 트러블: 페미니즘과 정체성의 전복Gender Trouble: Feminism and the Subversion of Identity』, 『바디스 댓 매터: 성의 담론적 한계에 관하여Bodies That Matter: On the Discursive Limits of Sex』로 잘 알려져 있다. 이 이론은 현재 여성, 퀴어 연구에서 중심적인 역할을 하고 있다. 또한 성소수자 권리 운동도 적극적으로 지지하고 있으며, 나수의 정치적인 문제에 대해 의견을 피력하고 있다. 특히 이스라엘의 정치와 이스라엘 팔레스타인 분쟁에 대한 그 영향에 대해서는 이스라엘이 유대인이나 유대인의 선택을 대표하는 것으로 여겨지지 않고 그런 것으로 받아들여져서도 안 된다고 강조하며 매우 강력히 비판하고 있다. 몇몇 비평가는 그의 난해한 산문 스타일 때문에 버틀러를 엘리트주의자라고 비판하는 한편, 다른 비평가는 그가 젠더를 '담론'으로 축소하고 젠더 주지주의(voluntarism)의 형성을 촉진시켰다고 주장하기도 한다.
3 게오르크 루카치의 헝가리식 이름은 루카치 죄르지(Lukács György)이다.

다. 하지만 그의 초기 저작을 보면 후일의 그런 명성을 예견하기 쉽지 않다. 그의 나중의 입장은 『소설의 이론』(1916), 『역사소설』(1936/37), 『잘못 이해된 리얼리즘에 반대하여』[4](1957)와 같은 장편 소설에 대한 그의 다양한 비평작업을 통해 서서히 발전해갔다. 후기 작품에서 루카치는 자본주의의 역사적 조건은 장편 소설의 형식에서 읽어낼 수 있으며, 독자의 임무는 역사적 경험의 표현인 문학 형식을 어떻게 이해할 것인지 배우는 데 있다고 주장한다. 저자가 25세 때인 1910년에 처음 헝가리어로 발간된 『영혼과 형식』은 부르주아의 모순인 자본주의의 총림(叢林)이나 또는 그 모순이 야기하는 특수한 종류의 문학 형식으로 들어가지 않는다. 이 초기 작품에는 비록 낭만적인 반(反)자본주의의 싹이 이미 보이기는 하지만 아직 마르크스주의의 형식은 발견되지 않고 있다.[5]

문학비평가로서 루카치는 아마 1950년대의 저작들 때문에 가장 잘 알려져 있을지도 모른다. 그는 그 글들에서 특히 버지니아 울프나 프란츠 카프카의 문학과 같은 실험 문학에 반대했다. 그는 그들의 문학에 부르주아 주관주의의 죄를 뒤집어씌웠고, 그들의 문학이 사회적인 세계를 현실적으로 재현할 능력을 상실했다고 주장했다. 반면에 그의 초기 저작에서 주관성은 삶과 그 삶이 반응하는 역사적 조건 사이의 서정적이고 형식적인 매개자로서 아직 유효하다. 『영혼과 형식』이 발

---

4 이것은 초판의 제목(함부르크, 1958)이고, 재판의 제목은 '비판적 리얼리즘의 현재적 의미'이다(1957), 실린 곳: 게오르크 루카치, 『리얼리즘에 대한 에세이, 리얼리즘의 문제 1』, 제4권, 노이비트/베를린, 1971, 457~603쪽―원주.

5 문학 형식을 다룬 루카치의 논문에서 이러한 긴장 관계의 탁월한 서술은 J. M. 베른슈타인의 다음 책에서 발견된다. 『소설의 철학―루카치, 마르크스주의, 형식의 변증법』(미니애폴리스: 미네소타대학 출판사, 1984)―원주.

간되기 몇 년 전에 루카치는 『현대 희곡의 발전사』(1911)라는 제목의 글을 썼다. 그 글에서 우리는 개인과, 인간적 표현능력을 가로막으려 하는 사회적 여건 사이의 생산적인 대립 관계에서 변증법적 움직임이 시작되는 것을 볼 수 있다. 사람들은 오히려 노동과정의 획일화와 상품의 횡포에 의해 인간의 예술적이고 창조적인 잠재력을 소외시키고 억압하는 체계적인 방식에 대해 탄식하는 낭만적인 자본주의 비판을 기대한다. 그런 반면, 루카치는 서정적 표현의 개인주의적 방식을, 즉 헤겔이 '아름다운 영혼'이라 일컬은 것으로의 복귀를 갈망하지 않는다. 오히려 그는 의사소통을 위한 표현과, 이로써 창조자의 진정한 충동과 창조적 인간이 그 안에서 활동하는 사회적 여건 사이를 매개하기 위한 표현이 가능하도록 권능을 부여받은 형식이 발견되고 창조되어야 한다고 주장한다. 형식은 표현에 덧붙여지는 것이 아니라 그 표현의 조건과 표시, 그것의 주관적이고 객관적 진실의 가능성이 된다.

루카치는 사변적인 미학에 대한 초기의 기획인 『영혼과 형식』을 쓴 뒤 마르크스주의와 접촉하여 1918년 볼셰비즘으로 전향했다. 어떤 비평가들은 루카치가 초기의 저작과 근본적으로 단절하는 데서 출발한다고 주장하긴 하지만, 그가 언어, 형식, 사회적 총체성, 그리고 변화를 가능케 하는 의사소통에 관한 여러 문제에 일평생 관심을 가졌다는 사실은 분명하다.[6] 볼셰비즘적인 마르크스주의로 전향한 뒤 몇 년 동안 그의 문학 비평의 주안점이 변화함으로써 '영혼'의 개념을 낭만적이고 정신적인 함의와 관련시키는 것이 그에게는 실제로 불가능

6 디외르디 마르쿠스의 글 「삶과 영혼. 젊은 루카치와 문화의 문제」 참조할 것. 실린 곳: 『재평가된 루카치』, 아그네스 헬러 편, 뉴욕, 1983[「영혼과 삶-젊은 루카치와 문화의 문제」, 국제 철학 르뷔 27(1973), 407~438쪽]-원주.

해졌다. 1923년에 루카치는 마르크스 사회이론에 가장 중요한 기여를 한 저서인 『역사와 계급의식』을 집필했다. 거기서는 '의식'이 영혼을 대신하고 있다. 그는 물신 숭배에 관한 독창적 이론을 발전시키는데, 그 이론은 현실의 '물화'에 참여하는 문화 상품을 분석하기 위한 방법을 제공해준다. 물화란 인간의 생산품과 인간의 노동을 그것들의 사물 같은 현상의 배후로 사라지게 하는 과정이다. 마르크스의 테제에 따르면 자본주의란 인간을 객체로, 객체를 인간으로 다루는 반면, 루카치는 현실이 근본적으로 변모해서 어떻게 '제2의 자연'이 되는가 하는 인식에 물신 숭배라는 이런 시각을 확대시킴으로써, 그 같은 역사적 여건에서 인간들은 현실을 체계적으로 오해하게 된다. 자본주의는, 특히 젊은 마르크스의 경우에는 (시장 법칙에 종속된) 교환 대상을 만들어내는 인간의 행위를 감지하기 어렵게 만들면서 인간의 주관적 현실도 왜곡시키긴 하지만, 주관적 영역의 배제란 루카치에겐 결국 객관적인 사회적 현실의 은폐만큼은 중요하지 않다. 그리고 루카치는 변형된 형태의 자신의 독립적인 마르크스주의를 발전시키면서, 행복한 노동자와 혁명에 대한 행복한 초상을 억지로 만들어내는 사회주의 리얼리즘의 형식을 현실의 이름으로 분명히 반대했다. 그는 자본주의의 신비화하는 영향을 저지하기 위해 다른 식으로 리얼리즘을 이해할 것을 고집했다.

일상생활의 세부(細部)는 사회적 총체성의 내에서 벌어진다. 일상생활의 세부를 사회적 총체성과 관련시키는 역사소설의 능력은 이런 새로운 리얼리즘의 속성이 무엇이며, 소설 형식이 사회 현실의 변증법적 이해와 비판을 어떻게 가능하게 해주는가에 대한 그의 성숙한 사상의 핵심으로 증명되었다. 『영혼과 형식』에서 그랬던 것처럼 그가 든 예들은 처음에는 주로 19세기의 독일 문필가들이었고, 거기에 키르케고르와 다른 몇 사람이 덧붙여졌다. 그렇지만 점차 그의 문학 비평은 스탕달, 발자크, 졸라, 월터 스콧[7], 그리고 나중에는 토마스 만, 고트프리트 켈러[8]와 로버트 무질[9]에게로 확대되었다. 문학에 대한 그의 최종적인 입장, 어쩌면 가장 논쟁의 여지가 있는 입장은 1955년과 1956년 사

---

[7] 월터 스콧(Sir Walter Scott, 1st Baronet, 1771~1832): 역사소설의 창시자이자 가장 위대한 역사소설가. 무엇보다도 월터 스콧은 흥미진진한 격동기의 역사적 배경 속에 활기차고 다양한 수많은 인물을 설정하는 데 탁월한 재능을 가진 이야기꾼이었다. 어렸을 때부터 나이든 친척들이 들려주는 스코틀랜드 변경지방 이야기를 즐겨 들었다. 1790년대 중반에 스콧은 독일 낭만주의, 고딕 소설, 스코틀랜드 변경의 발라드에 관심을 가졌다. 1799년에는 괴테의 『괴츠 폰 베를리힝겐』을 번역한 작품을 발표했다. 독창적이고 강력한 힘을 가진 소설 『웨이벌리』는 많은 독자들에게 인정받아 널리 읽혔다. 뒤이어 스코틀랜드를 배경으로 한 역사소설 시리즈를 발표했다. 전지적인 서술 기법, 지방어, 지방색을 가진 배경, 정교한 인물묘사, 사실적으로 다루어진 낭만적 주제는 모두 스콧에 의해 새로운 문학 형식인 역사소설의 구성요소가 되었다. 스콧은 다른 유럽과 미국 소설가들에게 직접적인 영향을 주었다.

[8] 고트프리트 켈러(Gottfried Keller, 1819~1890): 스위스의 소설가. 시적 사실주의의 대표적 존재로서 '스위스의 괴테'라고 일컬어진다. 주요 작품으로 『녹색 옷의 하인리히』, 『젤트빌라의 사람들』과 미완성의 사회소설 『마르틴 잘란더』가 있다.

[9] 로버트 무질(Robert Musil, 1880~1942): 오스트리아의 작가. 빈 기술사관학교, 브륀 공과대학 등에서 수학하면서 니체, 도스토옙스키, 마테를링크, 에머슨 등의 작품을 읽었다. 이후 베를린대학에서 철학과 논리학, 심리학을 공부하면서 첫 소설 『생도 퇴를레스의 혼란 Die Verwirrungen des Zöglings Törleß』(1906)을 발표하여 좋은 평가를 받았다. 1908년 에른스트 마흐에 관한 연구로 박사학위를 받았고 이후 철학 교수직을 제의받았으나 거절하고 작가로서의 길을 걷는다. 1930년과 1932년 평생의 역작 『특성 없는 남자 Der Mann ohne Eigenschaften』 제1, 2권을 출간했다. 이 소설은 주인공인 울리히의 눈으로 본 오스트리아-헝가리 제국의 도덕적 및 지적 쇠퇴를 다루고 있다. 배경은 제1차 세계 대전 직전의 빈이다. 『특성 없는 남자』는 1938년 나치 정권에 의해 독일과 오스트리아에서 판매가 금지되었다. 이후 이 소설을 완성하기 위해 스위스로 이주했으나 질병과 생활고에 시달리다가 결국 미완성인 채로 제네바에서 숨을 거두었다. 생전에 평단 외에 큰 주목을 받지 못했던 『특성 없는 남자』는 유고를 정리한 전집이 출간되면서 세계적인 관심을 끌었고, 지금은 20세기에 발표된 가장 중요한 독일어 소설로 꼽히고 있다. 이들 작품 외에 단편집 『합일 Vereinigungen』, 『세 여인 Drei Frauen』, 희곡 『몽상가들 Die Schwaermer』, 문집 『생전의 유고 Nachlass zu Lebzeiten』 등이 있다.

이에 쓰인 「전위주의의 세계관적 토대」[10]에서 그 모습을 드러냈다. 그는 그 글에서 의식의 흐름 기법을 강하게 비판한다. 그의 견해에 의하면 그 서술 기법은 소외의 영향을 찬미하고 자연스럽게 만듦으로써 자본주의에 의해 야기된 주관적 의식과 객관적인 생활 조건 간의 분리를 공고히 하고, 사회비판 능력을 마비시키며 이런 종류의 문학작품을 소외의 여러 힘에 연루시킨다.

그러나 나중에 루카치가 역사소설을 서정시보다 우월하게 보고, 진정한 표현성을 파괴하는 것보다 무엇이든 사회적 현실에 관련된 것의 배제에 더 많은 우려를 할지라도, 그는 모순으로 보이는 이 같은 사고에 항시 지배되지는 않는다. 다시 말해 『영혼과 형식』이 대변하는 그의 초기 저작에서 문학적 '형식'은 주관적으로 맹세되지도 객관적으로 강요되지도 않는다. 오히려 그 형식은 매개의 가능성을, 그리고 심지어 주관적인 영역과 객관적인 영역 간의 불가분의 관계를 확실히 보여준다. 사실상 초기의 형식 강조는 주관적 경험방식과 객관적 경험방식 사이의 날카로운 대립에 대한 이의제기로도 볼 수 있는데, 후기의 비평은 그런 대립을 토대로 하고 있다. 1930년대 초에 루카치가 표현주의 운동이 정치나 사회에 비판적인 현실 참여를 하는 대신 주관적인 정신적 상태에 매몰되어 있다고 비난하면서 표현주의 의의와 몰락에 관심을 집중시켰을 때, 그는 이로써 여러 가지 점에서 1910년대 자신의 초기의 사고와 닮은 입장을 혹독하게 비판한 셈이다. 물론 이런 비판은 자기 부정이라기보다는 특정한 문학 형식의 현실적 잠재력에 관심을 집중시키는 일환으로 중점의 이동으로 보는 것이 좋다. 자본주의

---

10 『비판적 리얼리즘의 현재적 의미』의 제1부(1957), 467~499쪽-원주.

의 조건에서 현실에 접근하기란 쉬운 일이 아니라는 것이다. 얼핏 보아 아무 관련 없는 사건이나 세부적인 일로 다양하게 얽혀 있는 가운데 사회적 힘의 연관성을 인식하기 위해서는 특정한 종류의 형식이 필요하다는 것이다. 루카치는 사건이나 세부적인 일이 서로 아무 관련 없이 독자적 성격을 띠고 결국 무의미한 개별적 순간으로 산산이 흩어지지 않을까 우려했다. 그가 보기에 현대의 몇 가지 예술 운동은 자신이 허무주의적 시나리오로 이해한 것의 찬미로 생각되었다. 루카치는 역사적으로 더욱 포괄적인 형식의 이름으로 그런 운동에 반대하려 애썼다.

예컨대 『영혼과 형식』은 표현주의와 가깝다고도 멀다고도 할 수 있다. 달리 말하면 문학 형식이란 영혼을 표현할 뿐만 아니라 문학작품 자체의 역사적으로 매개된 성격에 의해 집단적 존재를 전해줄 수도 있다는 주장이다. 루카치가 자신의 초기 에세이에서 문학 형식을 고려의 대상으로 삼을 때 그는 그것을 적어도 두 가지 관점에서 역사적으로 이해한다. 한편으로 현실을 특정한 방식으로 표현해야 할 어떤 필요성이 문학 창조를 하도록 상응한 압력을 행사할 때 형식이 생겨난다(이러한 압력이 형식을 더 이상 뒷받침하지 않을 때 그 형식은 다시 사라진다). 다른 한편으로 형식은 그 형식 없이는 불가능할지도 모르는 어떤 종류의 표현성을 허락하거나 낳는다. 루카치는 『영혼과 형식』에서 에세이든 서정시든 또는 비극의 경우든 작가들이 자기가 사용하는 형식을 어떻게 발견하고 만들어내는지 알려고 애쓴다. 이런 형식은 그들이 사용하기 전에 준비된 채로 존재하지 않는다. 그 형식은 매우 특수한 동시에 실존적이고 역사적인 상황을 전달할 목적으로 새로 재창조된다. 따라서 작가들은 이 형식을 완전히 능숙하게 다루지는 못한다. 형식은 간단히 교환해서 사용할 수 있는 것이 아니다. 형식이란 그 형식에 선행하는 의지, 갈망, 개인적 표현의 단순한 도구가 아니다. 형식은 이 같은 표현을 분명히 해주고, 그 표현에 의미를 부여하고, 그 표현을 제대로 전달할 수 있게 해준다. 그 형식이 루카치가 영혼이라고 일컫는 무언가를 나타내고 전달하는 한 이러한 영혼은 순전히 내적인 진리가 아니라 표현 행위 자체 속에서 비로소 진가를 발휘한다. 영혼이란 그것이 표현되는 정도에 따라 비로소 존재하게 된다는 것은 괴테와 독일 낭만주의의 기본 특징을 상기시킨다("태초에 행위가 있었노라"). 그러나 루카치가 여기에 기여하는 것은 형식에 관한 **역사적** 이해의 단초를 마련했다는 점이다. 형식이란 어떤 조건에서 생겨나고, 그 자신의 사회적이고 전지적인 발생조건을 어떤 방식으로 촉진시키고 전달하며 변화시키는가?

동시대 문학 연구의 내에서 우리는 문학에 접근하는 형식주의적이고 역사주의적인 방법 사이의 긴장 관계에 대해 종종 듣곤 한다. 기본 체계는 누가 어떤 이유로 말하는가에 따라 매번 달라진다. 한편으로 역사주의자는 주제, 역사적 조건이나 공명효과로 돌아가는 것을 옹호하고—**신역사주의자**가 이해하는 바에 따르면—때로는 해체 이론에 편입되기도 하고, 그 해체 이론에 선행하는 **신비평**[11]과 암암리에 연관되는 형식주의 비평에 노골적으로 반대한다. 역사주의자는 문학이 형식주의자의 수중에서, 비유를 확인하고 텍스트에서 자기 참조의 방식을 보여주기 위해, 또는 텍스트의 수사적 기능이 어떤 식으로 주제와의

---

11 제1차 세계 대전 이후에 생겨난 비평이론의 유파로, 예술작품의 내재적 가치를 강조하고 독립적인 의미의 단위로서의 개별 작품에 관심의 초점을 맞춘다. 작품을 해석할 때 역사적·전기적 자료를 이용하는 비평 방법에 반대한다. 신비평가들은 작품에서 말의 함축적·연상적 의미와 비유적 언어의 다양한 기능이 상징·은유·이미지를 특별히 강조한다. 그러나 신비평이 보여주는 형식주의적이고 탈현실적인 경향은 커다란 한계로 지적된다.

연관성을 약화시키거나 미리 형성하는지 조사하기 위해 예견 가능한 방법이 아닌 기술적인 방법이 되었다고 불평한다. 그러므로 형식주의는 작품의 의미를 위해 작가의 역할을 깎아내린다는 말을 듣는다. 또한 형식주의는 텍스트가 어떻게 기능하고 어떤 의미를 전달하는지 이해하기 위해, 사람들이 작가의 의도를 신뢰할 수 있는지를 의문스럽게 여긴다는 말을 듣는다.

다른 한편으로 형식의 옹호자들은 다양한 외양으로 등장한다. 어떤 분파의 형식주의자는 우리가 먼저 작품이 어떤 장르에 속하는지, 작품의 창작과 표현 방식을 이끌어가는 관례가 무엇인지, 그리고 진정으로 문학적 의미를 이루는 것이 무엇인지 알지 못하고는 예술작품에 접근할 수 없다고 주장한다. 이런 종류의 형식 옹호자들은 사회과학 모델을 문학 분석에 전용(轉用)한다고 종종 불평하며, 어느 텍스트의 역사적 생성조건을 문학작품으로서의 특수한 예술적 가치로부터 분리하려고 한다. 흔히 해체주의로 분류되는 다른 형식주의자들은—이런 점에서 그들은 **신비평**과 유사하긴 하지만—텍스트는 가까이 손에 집을 수 있는 작품에 한정되지 않으며, 어디서나 읽을 만한 것이 있으므로, 당연히 텍스트는 존재한다고 주장한다. 이렇게 본다면 어떤 작품의 의미가 어떠한가(어떤 의미를 창출하는가) 하는 질문은 작품의 장르를 협소하게 하거나 작품의 형식에 내재한 표준을 찾아내는 것보다는 해석상의 연결을 따르는 것에 달려있다. 어떤 텍스트든 다른 사회적이고 문학적인 의미 중심과 연결을 맺고 있는 것이다(해체주의적인 '분산'에 의해서든 또는 **신역사주의**의 '공명효과'에 의해서든).

루카치의 텍스트는 이런 논의보다 수십 년 앞서 있다. 그 텍스트는 형식주의, 역사주의나 마르크스주의가 다가올 것을 아직 예감하지 못하고 있다. 역사적으로 고찰할 때 사람들은 물론 그의 시대가 다시 올 것이라고 말할 수 있을지도 모른다. 오늘날 루카치를 읽을 경우 사람들은 그의 형식 이해가 형식주의의 옹호자나 비판자가 똑같이 상상할 수 있었거나 상상할 수 있는 이상으로 미묘한 동시에 복잡함을 확인할 수 있다. 더구나 형식은 언제나 삶과 영혼, 그리고 경험과 굳게 결합되어 있다. 삶은 형식을 낳지만, 형식은 삶을 증류시켜야 한다. 형식 자체가 애쓰지만 도달할 수 없는 이상에 우리가 쉽게 휩쓸리도록, 삶은 이러한 증류를 저지할 뿐이다. 형식은 결코 정적(靜的)이지 않다. 루카치의 개념 내에서는 서정시, 서사시, 소네트, 노벨레[12], 장편 소설이라는 의미에서 형식의 유형학을 만들어내는 것이 아무런 의미가 없을지도 모른다. 이런 장르들은 모두 그 나름의 뚜렷한 특징을 지니고 있으며, 그것을 정의하는 인습적인 매개 변수에 한정되어 있다. 그의 입장은 예컨대 서술 이론의 구조주의적 형식이나 장르의 규칙을 수립하려는 신비평의 노력과 조화를 이루지 못할지도 모른다. 그렇다고 루카치가 장르 문제에 관심이 없다는 말은 아니다. 결국 『소설의 이론』(1916)에서 뿐만 아니라 『역사소설』(1937)에서도 장르는 분명 그의 출발점이다. 그렇지만 특정한 장르의 문제를 넘어서는 형식의 문제는 계속

---

12 노벨레(Novelle)는 중세 이탈리아에서 시작된 노벨라에서 유래한다. 지방에서 일어난 우스꽝스럽거나 징치적이며 호색적인 사건에 바탕을 두고 있으며, 다른 이야기들의 일화나 전설 및 전기적인 이야기들과 함께 묶여나오는 경우가 많았다. 초서는 『캔터베리 이야기 Canterbury Tales』를 통해 영국에 노벨라를 소개했다. 엘리자베스 여왕 시대에는 셰익스피어를 비롯한 많은 극작가들이 이탈리아의 노벨라에서 극적인 줄거리를 끌어냈다. 독일에서는 18, 19세기 및 20세기 초에 괴테, 하인리히 폰 클라이스트, 게르하르트 하우프트만, 토마스 만, 프란츠 카프카 같은 작가들의 작품에서 이것의 진수를 엿볼 수 있다. 독일의 노벨레는 현실에서 일어나기 힘든 특리하고 진기한 이야기를 다루는 경우가 많다. 괴테의 「노벨레」가 유명하다.

존재한다.

그리고 이런 점에서 그의 사고는 특히 이 같은 초기 시절에는 플라톤주의의 경향을 띠게 된다. 형식에 환원되지 않는 형식은 그것의 생성 조건으로서의 삶을 지니지만, 형식은 그 형식을 만들어내는 삶도 구현한다(그러므로 이 같은 사실은 특수한 형식에도 맞게 된다). 그러나 플라톤은 여기서 끝난다. 형식은 삶을 앞질러 가지 않는다. 형식으로 들어가는 삶의 **초월성**이란 존재하지 않는 것이다. 다른 한편으로 형식은 인간 존재의 주제를 전달하는 단순한 수단이 아니다. 다시 말해 이런 의미에서 형식을 주제로부터 분리하는 것은 불가능하리라. 아닌 게 아니라 주제는 형식에 의해서만 자신을 표현하고, 형식이 이런 주제의 형식적인 표현이 되는 즉시 형식은 완전히 특수한 것으로 변모하기 때문이다. 주제는 다름 아닌 형식으로서 자신을 표현한다. 주제가 형식으로서 모습을 드러내면 주제의 어떤 변화와 승화가 일어난다. 형식은 자체적으로 이런 과정의 역사, 형식이 생성되는 과정의 역사를 지닌다. 이런 의미에서 형식은 주제상이나 역사적인 재료에 적용되는 기술적 장치가 아니다. 형식은 역사적 삶을 형성하고 인식하게 해주는 내용이다. 역사적 삶 속에서는 그 삶의 긴장이 암호화하여 표현된다.

반대로 어떤 종류의 문학 해석을 단순히 '주제에 치우친다'며 거부하고, 역사주의는 해석을 내용 설명에 환원시킨다고 소리 높여 불평한 동시대의 형식주의자들은 유사한 방식으로 주제를 나르는 형식으로부터 그 주제를 실제로 분리할 수 있다고 가정한다. 마치 텍스트가 무엇을 다루고 있으며, 무엇을 다루는지 제시하는 방법을 궁극적으로 서로 구별할 수 있다는 듯이 말이다. 루카치의 견해에 따르면 어떤 주제에 대해 글을 쓰려고 한다면, 우리는 글쓰기 형식을 발견해야 할 뿐 아니라 게다가 어떤 종류의 형식이 주제의 분명한 표현을 가능하게 하는지, 이 주제는 어떤 종류의 형식을 요구하는지 찾아내야 한다. 형식을 주제에 적용하는 일은 있을 수 없으며, 마찬가지로 주제에 속하지 않는 것이라고 형식을 거부할 수도 없다. 분명 헤겔적인 의미에서 루카치는 영혼은 모습을 드러내기 위해선 형식이 필요할 뿐만 아니라 형식은 생동감을 얻기 위해 영혼이 필요하다고 주장한다. 형식은 그 형식의 실체가 없으면 아무것도 아니고, 그 형식의 실체는 영혼이 없으면 아무것도 아닐지도 모른다.

따라서 루카치의 관점에서 보면 문학작품에 대한 형식적인 접근과 주제상의 접근을 구별한다는 것은 아무런 의미가 없을지도 모른다. 실제로 루카치의 현실화 작업은 지난 40년 동안 문학이론가들 사이에서 횡행했듯이 토론의 개념을 지속적으로 혼란시키는 관점을 열어준다. 그리고 나는 의심할 여지 없이 이런 식으로 방향감각을 잃는 것에 즐거움을 느끼는 유일한 사람은 아니다. 기본적으로 이 초기 저작에서 형식에 대한 루카치의 집착은 문학작품이 지니는 특수한 형식에 해당하는 것이 아니고, 예외적으로 어쩌면 에세이 자체의 형식에만 해당하는 것일지도 모른다. 리얼리즘 소설의 구조, 그 구조의 지속적인 발전, 모방 요구에 대한 그의 훗날의 관심뿐만 아니라 사회생활의 전체 메커니즘을 의복, 음식, 일과 같은 진부한 문학적 세부 묘사에서 찾아내려는 그의 노력은 여기서 아직 분명히 드러나지 않는다. 하지만 토대는 분명히 마련되어 있다. 형식이 그 형식에 강력한 요구를 하는 경험을 표현할 수 있는가? 경험이 형식을 깨뜨릴 수 있는가? 그렇다면 어떤 조건에서 파괴된 형식이 나타나거나 또는 새로운 형식으로 변모하는가? 이것은 그의 나중 저작을 이끌어가는 문제 제기로부터 멀리 떨어져 있지 않다. 부르주아의 상품 생활의 조건에서 어떤 종류의 작품이 생겨나는가? 이러한 생활이 어떻게 형식 자체에 구조를 부여함으로써 이 형식이 역사를 지닐 뿐 아니라 형식에 형태를 부여하는 것의 부분으로서 자체적으로 역사적 차원을 지니게 되는가? 이 말의 의미는 역사가 형식을 위한 외적인 맥락을 이루면서 마치 형식과 역사가 분리 가능한 것처럼, 형식이 어떤 역사 속에 내장되어 있지 않다는 것일 뿐이다. 그 맥락은 형식 속으로 들어와서 형식을 만드는 과정 자체의 부분이 된다. 이런 의미에서 내 확신에 따르면 나는 형식이란 역사적 차원을 지닌다고 루카치가 우리에게 가르쳤다고 주장한다.

부분적으로 형식에 관한 루카치의 불확실한 태도는 이 책의 바로 시작 부분에서 읽을 수 있다. 첫 에세이가 레오 포퍼(그는 이 책이 발간된 다음 해에 사망했다)에게 쓰는 편지이기 때문이다. 하지만 그것 역시 에세이이고, 정확히 말하자면 「에세이의 형식과 본질에 대하여」라는 제목의 에세이다. 그러므로 그것은 어떤 종류의 텍스트인가, 에세이인가 또는 편지인가? 에세이의 부제목에 수신인이 '레오 포퍼에게 보내는 편지'라고 되어 있으므로, 루카치는 여기서 포퍼에게만 보내는 것이 아니라 문학사에서 그의 입장에 대해 판단할 미지의 독자에게도 보내는 것으로 볼 수 있다. 사실 텍스트에서 처음 시작되는 질문이 루카치가 에세이를 쓸 수 있는지, 그가 에세이의 형식에 대한 기고문을 실어야 하는지에 관한 문제인 것으로 보아 이런 걱정이 에세이의 시작을 특징짓는 것은 분명하다. 그러므로 우리는 형식이 『영혼과 형식』이라는 책의 주제일 뿐만 아니라 연구 자체의 형태이기도 하다는 것을 알 수 있다

이것은 쉽게 읽을 수 있는 텍스트가 아니다. 부분적으로는 텍스트가 스스로 내세우려고 애쓰는 명제들 중 어느 것도 마음대로 결정할 수

없기 때문이기도 하다. 에세이마다 급히 잇달아 나오는 여러 개의 스타카토 식 설명이 있는데, 그 설명은 바로 앞에 나왔던 설명들을 매번 사정없이 허물어뜨린다. 이러한 설명들은 매번 거창하게 나오다가 반어적으로 바뀌기를 반복한다. 이름을 떨치고 싶어 하는 젊은 비평가의 자의식은 그렇지 않았더라면 문학 비평사와 문학 이론의 역사에 의미심장한 기여를 했을 이 에세이들을 가끔 망치고 있다.

텍스트가 시작될 때 루카치는 이 텍스트로부터 완결된 통일성을 기대하지 않도록 우리에게 주의를 주고, 자신의 엎치락뒤치락하는 표현을 따르도록 촉구하면서 자신의 독자로 추정되는 사람들에게 직접 말한다. 그가 처음에 어디서나 문학에 대한 일련의 비판적 고찰의 통일을 이루는 데 몰두한다면, 그는 이와 동시에 문학 창작의 현 상황에서 그런 통일을 달성할 수 있는 가능성을 반박하는 것이다. 그는 이런 점을 주제의 차원에서, 그러나 수사적인 차원에서도 명료하게 설명한다. 그는 자신의 입장을 고수할 수 없다. 그는 어떤 입장을 포기하기 위해서만 그 입장을 취할 뿐이다. 그리고 그는 이런 과정을—어쩌면 부득이하게—되풀이하면서 자신의 에세이를 실패라는 견해를 들을 위험에 방치한다. 그렇지만 이러한 '실패'는 어쩌면 특별한 의미를 지닐지도 모른다. 즉 주제뿐만 아니라 결과 역시 그의 글쓰기의 대상이 되는 것이다.

루돌프 카스너에 대한 에세이에서 루카치는 형식에 관한 어떤 이상주의를 토로한다. 하지만 이런 이상의 요구를 올바로 평가할 수 없다는 것도 드러낸다. 루카치의 견해에 의하면 카스너는 "순수한 유형의 경우에는 삶과 작품이 일치"하며, 삶은 형식으로 변모하거나 또는 무시되어야 한다고 믿는다는 것이다.

"형식만이 이러한 대립을 진정으로 해결할 수 있다. 형식 속에서만…… 모든 반대명제나 모든 경향이 음악이 되고 필연성이 된다. 그리고 모든 문제적인 인간의 길이 형식으로, 즉 극히 다양한 상충하는 힘을 자체적으로 결합시킬 수 있는 통일로 이어지기 때문에, 이 길의 끝에는 형식을 창조할 수 있는 인간, 곧 예술가가 서 있게 된다."

형식, 문학적 형식, 하지만 또한 막연하게 플라톤적인 의미에서 '형식'의 과제는 모든 생활에서 우연적인 것을 합리화하는 데 있다. 형식은 인간이 만들어내는 한에서만 존재한다. 그리고 이런 이례적으로 포괄적인 형식을 만들어내는 자는 삶의 모든 양상은, 그것이 아무리 중요하지 않다고 하더라도 필연적이고 본질적인 것으로 됨을 확인할 것이다. 그렇지만 카스너의 이상주의에는 어떤 그림자가 드리워져 있다. 형식이 되풀이되어야 한다는 사실, 온갖 삶이 모두 형식에 의해 구원될 수는 없다는 사실이 그것이다. 그렇지만 루카치가 카스너로부터 넘겨받는 것은 창조적인 인간이란 모두 자신에게 적합한 하나의 형식을 발견해야 하며, 그리고 관계를 만들어내는 것이 강점인 비평가는 명백한 현실에 확고히 닻을 내리고 있을 때 창조성에 가장 가까이 있다는 굳은 확신이다. 형식은 현실을 새로 재창조할 수는 없지만 현실의 우연적 성격과 맞서 싸우는 과제를 완수하려면 현실로부터 생겨나야 한다. 이러한 주제는 루카치가 졸라와 리얼리즘의 실증주의적 해석을 비판할 때 역사소설에 관한 그의 후기 성찰에서 다시 나타날 것이다. 단순히 삶의 세부를 재현하는 리얼리즘은 리얼리즘이라는 타이틀을 요구할 자격이 없다는 것이다. 총체성으로 파악된 포괄적인 역사적 힘을 지닌 이러한 세부의 매개만이 역사적인 필연성을 인증(認證)할 수 있다는 것이다.

레기네 올센과 키르케고르의 유명한 관계를 다룬 에세이 「삶에 부딪혀 발생한 형식의 파열」에서 루카치는 문학적 형식이 희생과 사랑의 상실을 다루는 방식에 대해 성찰한다. 키르케고르의 죄과와 고통은 문학적 형식이 나름대로의 구원을 제공할 수 있는지에 대한 질문을 제기한다. 루카치는 삶이 형식에서 완전한 또는 궁극적인 구원을 발견할 수 있다는 생각에 분명히 반대한다. 키르케고르는 항시 실존에 형식을 부여하려고 애쓰지만, 실패로 끝난다. 그의 실존의 유일무이성은 형식에 의해 보편화되거나 또는 단지 매개되기만 할 뿐인 온갖 노력에 저항하는 것으로 증명된다. 이러한 실패는 삶과 형식의 불일치를 극명하게 보여준다. 삶은 어딘가에 존재하고, 에세이나 편지의 세계, 또는 그럼에도 삶에 표현을 부여하려는 형식의 세계 외부에 집요하게 머무른다. 이리하여 삶은 형식을 만드는 과정을 촉진시키지만, 결국 그 과정의 성공에 필연적인 한계를 노정시키는 조망할 수 없는 참조 대상이 된다. 키르케고르가 제공하는 것은 형식이나 장르의 혁신이라기보다는 오히려 몸짓의 도입이다. 몸짓은 삶을 표현한다. 심지어 절대적인 의미에서. 하지만 몸짓은 단순한 몸짓에 머물면서 삶에서 후퇴함으로써만 그 일을 할 수 있다.

키르케고르가 자신의 약혼자 레기네 올센을 단념하는 것을 루카치는 필요불가결한 희생으로, 자신의 전체 미학적 실천의 보증인으로, 형식 부여 자체를 조건으로 삼는 포기로 해석한다. 개인적 생활은 문학적 형식의 산출을 강요할 수 있지만, 문학적 형식은 역할을 수행하기 위해 개인적인 것을 '희생'시켜야 한다. 어떤 한계가 설정되자마자, 즉 형식을 만드는 것 자체의 과정을 특징짓고 그 과정의 기틀을 마련하는 삶의 배제가 일어나자마자 형식을 만드는 과제가 시작된다. 흥미롭게도 루카치가 키르케고르를 해석하는 맥락에서 발전시킨 몸짓의 개념이 바로 나중에 카프카의 사회적이고 역사적인 의미를 파악하기 위해 벤야민과 아도르노에 의해 수용된다. 루카치는 카프카가 사회적 소외 현상을 인상 깊게 묘사했음에도 사회적 현실을 사실적으로 묘사하지 않았기에 그의 작품을 거부해야만 했다. 그러나 루카치는 부분적으로만 이해되는 표시, 즉 의사소통을 위해 불분명하고 제한된 노력을 한 것으로 밝혀지는 표시인 이런 개념을 도입한다. 키르케고르의 몸짓은 레기네 올센을 완전히 포기하는 것에 그 본질이 있는 반면, 루카치는 포기를 몸짓 자체를 정의하는 특징으로 파악한다. 그리고 아도르노가 카프카와 관련하여 몸짓을 핵심이 사라져버린 상징으로 정의한다면, 우리는 거기서 실패한 의사소통이라는 이런 개념이 한층 발전된 것을 본다.[13]

루카치는 낭만주의에서 리얼리즘으로의 이행을 기술할 뿐만 아니라 실증주의적으로 축약되지 않은 리얼리즘의 영역 내에서 낭만주의의 잔재를 발굴하기도 한다. 노발리스는 루카치에게 어디서나 해결 불가능(Aporie)을 고백하는 낭만주의의 탈진 현상을 전형적으로 보여준다. "그의 삶의 프로그램은 다음과 같은 형태를 띨 수밖에 없었다. 즉 그것은 문학에서 자신이 (시달렸던) 이러한 죽음을 위한 적절한 운을 발견하는 것이었다." 루카치가 볼 때 죽음을 '중단'에서 시적인 것의 본질적인 특징으로 변화시키려고 노력하는 낭만적인 삶의 방식은 오로지 삶에 대한 포기에서만 자신을 표현할 수 있었다. 그러므로 그의 견해에

---

13 테오도르 W. 아도르노, 「카프카에 대한 기록」, 실린 곳: 『문화비평과 사회 I』, 프랑크푸르트 암 마인, 2003, 254~287쪽–원주.

따르면 낭만주의는 삶을 시적인 필연성으로 만드는 바로 그 행위를 통해 삶을 부인하려고 했다.

키르케고르의 희생이 형식을 만드는 기틀을 마련하며, 그가 글쓰기를 시작할 때 이러한 형식에 뭐라고 형언할 수 없는 상실을 부담지우는 반면, 노발리스는 삶의 일부분인 죽음을 거부함으로써 죽음을 시적으로 표현하려 한다. 역설적으로 노발리스가 죽어가는 것을 삶의 방식으로 포용함으로써 그의 낭만주의는 삶에 대한 이러한 포기를 과격하게 표현한다. 루카치의 주장으로는 이 일을 성공적으로 해내면 삶에 형식을 부여하는 과제를 실행해야 할 낭만주의 철학에 치명타를 가할지도 모른다. 테오도르 슈토름에 관한 루카치의 에세이에서는 '부르주아의 삶의 양식'이 명시적인 주제가 된다. 그리고 우리는 미적인 것의 전체 영역을 위해 사회적인 적응과 수용의 가치가 어떤 문제를 제기하는지 인식하기 시작한다. 『도덕의 계보학』에서 '노예도덕'에 대한 니체의 비판을 참조해서 루카치는 암암리에 사회적 성공이나 '완전성'의 이상을 인간의 시적 능력을 억누르는 것으로 지칭한다. 이런 점에서 미완성 상태의 루카치는 그가 1929~1931년 사이에 읽었던 초기 마르크스와 유사한 점을 보여준다.

루카치는 슈토름의 시적 작품이 지닌 서정적 표현력과 노벨레의 서사적 요구 사이의 긴장 관계를 이해하려 한다. 슈토름이 두 장르 사이를 부득이하게 오가는 것은 어떤 의미일까? 슈토름의 서정적 작품은 소박하고 투명한 방식으로 내면성을 표현하지만, 그의 노벨레는 불가피하게 외적 사실과 논증적 분석을 포함하고 있다. 슈토름은 두 가지 장르 사이를 오가지만 그들 중 어느 것에도 충분할 만큼 적응하지 못하고 있다. 슈토름이 볼 때 노벨레는 장편 소설이 과제를 올바로 평가할 수 없는 것으로 증명되기 때문에 나타난다. 즉 노벨레는 루카치가 장편 소설에 요구하는 것과 같은 삶의 총체성을 우리에게 전달할 수 없긴 하지만, 그래도 "어느 운명적인 순간의 무한히 감각적인 힘에 의한…… 인간의 삶"을 표현할 특수한 형식적 능력을 지닌다. 노벨레는 형식으로는 삶의 총체성을 파악하기 힘들게 되었다는 것에 대한 표시이다. 그러나 서정시의 고전적 영역인 내면성이 사건의 삶으로부터ㅡ그리고 이런 의미에서 부르주아 세계로부터ㅡ더 이상 분리될 수 없다면 슈토름은 사건 자체를 서정적인 방식으로 표현할 수 있는 형식을 찾겠다는 역사적 요구를 받으며 살아가게 된다. 장편 소설은 삶이란 전체적인 움직임으로 감지할 수 있다는 식으로 삶의 연속적인 사건을 묘사하는 반면 노벨레는 에피소드와 순간을 재현하지만, 내면성과 관련시켜 또 그런 점에서 서정적인 방식으로 그 일을 한다.

루카치는 슈테판 게오르게에게 관심을 기울이는데, '새로운 고독'은 인간들끼리의 의사소통의 거부를 대변하는 표현주의 문학에 대한 그의 가장 호의적인 서술들 중 하나이다. 루카치가 볼 때 게오르게는 유미주의자이고, 널리 오해되고 있으며, 서정적이긴 하나 광범위한 대중이 결코 이해할 수 없는 방식으로 서정적이다. 게오르게의 저작들에 담긴 정치적인 함의에는 무관심한 루카치는 그의 리듬과 운율을 높이 평가하며, 텍스트의 이런 차원이 전달 능력을 앗아간다는 사실에도 불구하고 리듬과 운율의 중요성을 주장한다. 게오르게에게서 우리는 예술이 형식과 관련해서 생겨나면서 형식에 환원되지 않는 것을 또렷이 본다. "예술이란 형식의 도움으로 이루어지는 암시이다."

신 서정시의 대표자인 게오르게는 수신인에게 도달할지도 도달하지 않을지도 모르는 서정적인 '인사말'을 한다. 실제로 게오르게의 경우 ─ 인사말이 들리고 이해된다는 ─ 서정시의 수사적 가정이 의문시된다. 그리고 이러한 형식적 문제는 인간들끼리의 의사소통의 역사적 실패를 암시하는 것 같다. 그렇다고 서사 문학의 예전 형식을 특징짓는 힘들의 '대 충돌'이 일어나는 것은 아니다. 그 대신 우리는 언어 교환을 한다고는 하지만 부분적이고 이해되지 않는 몸짓을 발견할 뿐이다. 이러한 의미에서 게오르게의 시는 화자와 수신인이 이런 식으로 동시에 같은 말에 접촉되는 식의 의사소통이 불가능하다는 것을 대변한다.

루카치는 이르마 자이들러와 잠깐 연애에 빠졌을 시기에 이 에세이를 썼다. 그녀는 이 책이 완성된 다음 해인 1911년에 사망했다. 1912년에 독일어로 발표된[14] 「마음의 가난에 대하여」는 『영혼과 형식』에 알맞은 추신이다. 대화체로 쓰인 이 텍스트는 삶에 대한 철학적 견해와 살아진 삶 또는 실제로 **살아지지 않은** 삶 사이의 비극적 불일치인 상실 경험을 마무리하는 어려움을 증명하기 때문이다. 그러므로 이 텍스트에는 개인적인 울림이 너무 심하긴 하지만 그 텍스트는 루카치가 글쓰기의 주관적 토대를 요구할 뿐만 아니라 거부하기도 한다는 사실을 보여준다(몸짓 자체의 기본 도식으로서 키르케고르의 '희생'에 관한 그의 새로운 해석을 기억하라). 그는 언어로 다른 사람에게 도달하는 것의 실패라고 할 수 있는 의사소통의 어려움에 새로이 관심을 기울인다. 그는 이런 현상에 대해 구원의 실패라고 일컫는다. 레기네 올센을 희생시킨 키르케고르의 행위처럼 루카치 역시 자신의 철학 체계 내에서 이르마 자이들러에 대한 사랑을 정당화할 수 없었기에 그녀를 포기했다고 이해한다. 로고스

---

14 게오르크 폰 루카치, 「마음의 가난에 대하여」, 실린 곳: 〈노이에 블래터(Neue Blätter)〉 5/6(1912), 67~92쪽. 미국 판에 수록된 이 텍스트는 『영혼과 형식』에 원래 수록된 에세이가 아니다─원주.

와 이런 추악한 거래를 한 대가로 여성들이 비싼 희생을 치른 것은 도외시한다 해도, 감정에 대한 그런 식의 철학적 독단은 우리에게 의아하게 생각될지도 모른다. 그는 그녀를 포기하지만, 그런 뒤 그녀는 죽는다. 이때 그는 결국 이런 상실을 초래한 자신의 몫을 어떻게 평가해야 하는가? 루카치는 그녀가 죽은 뒤 이상주의라는 그런 까다로운 형식을 비판적으로 검토한 것 같다. 형식을 만드는 일을 시작하기 위해 자신이 갈망하던 여성을 단념해야 하는 어느 작가의 지나치게 남성적인 행태와는 달리, 루카치는 그런 희생 논리가 살 만한 삶으로 이끌어갈 수 없다는 것을 점차 자각하게 된다. 이런 논리 대신에 그는 원치 않는 상실, 불행 또는 언어의 실패와의 교제를 트려는 인간적인 삶의 개념을 구상한다. 형식이 다른 사람에게 몸을 돌리는 지속적인 과정으로, 흡사 일종의 말하기로 이해된다면 다른 사람의 상실이 영원한 상실은 아닌 것이다. 자기 자신을 표현하는 영혼의 유일한 길이 살아있는 다른 영혼과의 의사소통에 있다면, 그리고 이 다른 영혼이 사라진다면, 루카치는 영혼이 입을 다물게 되어, 그로 인해 활기차고 표현이 풍부한 형식의 가능성이 없어진다고 논증한다.

여기서 그는 '순전히 논증적인 영역'을 떠나 '지적인 직관'이 되는 인식을 얻기 위해 애쓴다. "행위는 모든 것을 두루 비추어주는 인간의 인식이고, 객체와 주체가 붕괴해 다른 것으로 변하는 인식입니다. 다시 말해 자비로운 인간은 다른 사람의 영혼을 해석하지 않습니다. 그는 자신의 영혼을 읽는 것처럼 다른 사람의 영혼을 읽습니다. 그는 다른 사람이 되었습니다."[15] 이 마지막의 대화체 에세이는 어느 여자의

15 「마음의 가난에 대하여」, 앞의 책, 74쪽-원주.

죽음에 대해 책임지려고 하지만, 그의 자책을 저지하려는 다른 여자에 의해 방해받는 한 남자를 전면에 내세운다. 여기서 여성적인 존재는 소크라테스적인 대화 상대인 다른 종류의 인물로 등장한다. 그녀는 어떠한 희생, 잘라내기, '마음의 가난'이 예술적 형식으로서 구체화되는 삶의 방식에 대한 전제조건이라는 그의 시각에 반대해 말을 끊고 거듭 질문하며 이의를 제기한다. 대화는 변증법적 인식으로 끝난다. 즉 형식은 삶을 잘라내야만 생겨난다. 그렇지만 너무 깊숙이 잘라내서 형식이 삶을 제거해버리면 형식을 지지하고 활성화할 아무것도 남지 않는다. 비록 더 많은 삶을 위하는 대신 더 많은 형식을 위한 전제조건을 제공하는 목적을 지닌다 해도, 형식의 죽음 충동은 저지되어야 한다. 바로 이러한 점에서 어떤 이상주의는 비틀거린다. 낭만적 이상주의로부터 리얼리즘으로 넘어가는 고통스러운 싸움을 또다시 겪으면서 역사적 삶의 이런 역설을 파악할 능력이 있는 다른 종류의 형식이 있을까? 대화는 얼핏 보기에 이런 길의 일부분을 걷는 것 같다. 하지만 모든 영혼이란 이미 그 자체의 바깥에서, 단지 부분적으로만 나타날 뿐인 포괄적인 개념화를 요구하는 사회성의 일환으로 다른 영혼과 함께 있다는 주장이 물론 나오기는 한다. '삶'이라 불리는 무언가는 영혼에 의해, 영혼이 만드는 형식에 의해 완전히 파악될 수 없다. 다시 말해 영혼 역시 살아야 하고, 그릇이 되어야 하며, 심지어 삶에 속하는 일정한 정도의 혼란과 우연성을 내포하고 있어야 한다. 루카치가 추구하는 사회적 형식은 통일이나 불연속성과 같은 속성을 지녀야 할지도 모른다. 그렇지만 그는 동경으로 이해되는 삶이란 끊임없이 통일이나 불연속성과 관계를 끊고, 새로운 것들을 찾아내라고 요구한다고 보았다. 이것이 그를 매혹시키고, 그가 견뎌내기 어렵다고 여긴 순간이었다. 결국 사랑은 실패로 돌아갔고, 사랑과 함께 의사소통이나 문학적 형식의 구원 약속도 무산되었다. 그렇지만 이러한 단절에는 새로운 종류의 형태를 만들기 위한 어떤 변증법적 약속이 필연적으로 따른다.

'유적(類的) 존재16'에 대한 마르크스적인 개념은 결국 (1930년대부터) 루카치에게는 이런 의사소통 가능성을 지니는 형식이 되어야 하지만, 「마음의 가난에 대하여」에서 우리는 그 개념의 낭만적 선구자를 발견한다. 여기서 낭만적 사랑이 의사소통의 한계에 대한 성찰을 위한 배경을 이룬다. 1930년 후에 의사소통은 그의 윤리적 이상으로 남고, 사회적 세계를 이해하고 변화시키려 하는 사회적 실천으로 새로 구상된다. 이런 초기 에세이에서 낭만적 사랑은 부르주아적 의미든 귀족적 의미든 특권을 지닌 사회적 관계의 현상으로 이해되지 않는다. 그렇지만 그의 후기 작품에서는 다른 사회적 결속이 예술과 철학에 대한 그의 사고에서 낭만적 사랑을 몰아낸다. 그리고 '부르주아적' 감정의 문제에서는 보다 견고한 아이러니가 들어선다.

(1932년에 처음 발행된) 마르크스의 초기 원고에서 루카치는 기본적으로 인간 노동의 사회적 성격을 확립한 '유적 존재'라는 개념에서 사회적 결속의 견해를 발견했다. 우리는 노동에 의해 새로운 사회적 현실을 만

16 '유적 존재(Gattungswesen)'라는 용어는 원래 슈트라우스(D. F. Strauß)에 의해 대중화된 개념으로, 인간들은 아주 다양하고 상이한 성질을 지니고 있기 때문에 그들은 더불어 있을 때 비로소 완전한 인간을 형성할 수 있다는 의미를 갖고 있다. 포이어바흐도 『기독교의 본질』 등에서 '유(Gattung)'라는 용어를 사용했지만 그 이후에는 '공동체'라는 용어로 대체하였다. 이처럼 이 용어에는 사회적 존재로서 인간이 갖고 있는 '사회성'이나 '공동체성'이라는 특성이 함축되어 있다. 마르크스도 이러한 포이어바흐의 인간학적 유물론의 영향을 받아 초기 저작에서는 '유적 존재'라는 용어를 사용했다. 그러나 마르크스는 '유적 존재' 개념에서 '사회성'이라는 특성과 함께 '자유롭고 의식적인 활동' 즉 노동의 특성도 강조하는 등 구체적 내용에서는 포이어바흐와 차이점을 보이고 있다.

들어내는 사회적 형식에 참여한다. 루카치에게 이러한 구상은 1930년대에 인간의 의사소통을 실행할 때 흡사 유토피아 같은 희망의 토대를 확립함으로써 노동보다 더 많은 것을 포괄하는 '실천' 개념의 토대가 된다. 그것은 사회적 재인식의 가능성인데, 루카치가 우려하기로는 실험적 글쓰기를 통해 그 가능성이 체계적으로 차단된다. 그런 실험적 글쓰기는 맥락을 만들어내는 것이 아니라 언어 공동체의 화자, 그의 말을 듣는 사람들, 그들을 둘러싼 세계 사이의 틈을 배로 넓히고 고정시킨다는 것이다.

이와 유사한 방식으로 루카치는 순전히 감상적인 문학에 반대한다. 샤를-루이 필리프에 대한 그의 해석은 문학의 패러독스처럼 보이는 현상에 집중되어 있다. 그런 문학의 정서적 힘은 형식에 매개된 의사소통에 의해 끊임없이 변화된다. 그렇지만 카스너에 대한 루카치의 성찰에서 형식이 거의 플라톤적인 지위에 도달하는 반면, 필리프와 관련해서 형식에 의해 삶의 우연성에서 구원받으리란 약속은 또다시 착각으로 증명된다. 루카치가 형식을 힘주어 뒷받침하면서 다음과 같은 설명을 어떻게 시작하는지 유의해야 한다. 그는 그로써 자신의 확신의 해체를 실행할 뿐이다.

"동경은 언제나 감상적이다. 그러나 감상적인 형식이란 존재하는가? 형식은 감상성의 극복을 의미한다. 형식 속에는 더 이상 동경도 고독도 존재하지 않는다. 형식을 얻는다는 것은 가능한 가장 위대한 실현을 얻는다는 것이다. 그러나 시의 형식은 시간적이므로, 실현은 이전과 이후를 가져야만 한다. 실현은 존재가 아닌 생성이다. 그리고 생성은 불일치를 전제조건으로 한다. 다시 말해 실현이 달성 가능하고 또 달성되어야 한다면 불일치 역시 달성되어야 한다. 불일치는 안정적이고 자연스러운 그 무엇으로는 결코 존재할 수 없다. 회화(繪畵)에서는 불일치가 있을 수 없으며, 불일치는 회화 형식을 파괴할지도 모른다, 회화의 영역은 시간적 진행 과정의 모든 범주를 넘어서는 곳에 있기 때문이다……. 하지만 진정한 불일치는…… 영원히 해결되지 않은 불일치로 남을 것이다. 다시 말해 불일치는 작품을 미완성으로 만들고, 그것을 범속한 삶 속으로 되밀어 넣을 것이다."

감상적인 형식의 패러독스는 삶에 관계되기 위해 형식이 어떻게 갖추어지는지 보여줄 뿐만 아니라 바로 이런 관계가 형식의 질서를 어떻게 해체하는지도 보여준다. 이로써 형식의 인식적 지위와 철학적 약속의 조건이 바로 형식의 실패와 불완전성의 근거이다. 삶과 형식 사이의 그러한 동요는 이런 경우에, 어쩌면 모든 경우에 멈추게 할 수 없다. "범속한 삶, 연쇄적으로 일어나는 외적 사건의 평범하고 단조로운 필연성"에 대한 루카치 자신의 반감은 미적인 동시에 형이상학적인 '형식'에 대한 나름의 믿음에 의해 상쇄된다. 하지만 그는 플라톤주의나 낭만주의로의 복귀가 불가능하다는 것도 인식하고, 여기서 고찰하는 모든 작가를 괴롭히는 형식과 삶 사이의 동요를 고수하려고 노력한다.

거의 마지못해 루카치는 이렇게 고백한다. "사소함과 자의(恣意)가 형식의 조건이다." 나중에 그것은 서술적 형식의 서사적 넓이에 의해 이러한 이해를 쉽게 해주는 역사소설이 될 것이다. 이와 동시에 우리는 리하르트 베어-호프만에게서 표출되듯이 아무런 근거 없는 막연한 동경에 대한 루카치의 불안이 커지는 징조를 목도하게 된다. 베어-호프만은 삶, 삶의 동경과 체념을 파악하기 위한 '총체성'을 구상하지 않고 "위대한 삶 자체의 격렬한 풍부함이나 매 순간의 삶을 구성하는 수천 개의 황금빛 중압감"을 하나씩 나열하는 데 몰두한다.

　루카치가 그의 이력의 이 지점에서 베어-호프만의 '순간들'에 만족할 수 있는 반면, 삶의 이질적인 순간들을 그처럼 일시적으로 모으는 작업이 그에게 얼마나 오랫동안이나 견딜 만한 것으로 증명될지는 덜 분명하다. 그가 나중에 카프카, 울프, 조이스의 문제점을 지적하게 되었던 것은, 단호하게 변증법적인 방식으로 (이와 관련해서 브레히트가 제공하게 되는 것과는 아직 거리가 멀지라도) 서사적 형식만은 새로 부활시키지 않는 총체성을 선호하는 그의 입장에서 볼 때 이들 작가들이 포괄적인 총체성이 없이 순간들을 나열하기 때문이다. 사회적 전체에 주의를 환기시키기 위해 모든 세부를 비판적으로 바라보는 후기의 루카치에게 '순간들'은 증오의 대상이었다. 그렇지만 이 초기 작품에서 그는 자신이 언젠가 다시 하게 되는 것보다 더 오랫동안 '순간들'의 문학적이고 철학적인 성과에 시간을 허비한다. 이러한 순간들은 견딜 수 없이 이질적인 것으로 증명되고, 순간들의 '통일'은 파악하기 힘들거나 불가능하다. "형식의 가장 심오한 의미는 위대한 침묵이라는 위대한 순간으로 이끌어가는 것이고, 목적 없이 쏜살같이 흘러가는 삶의 다채로움을 형상화할 때 그러한 순간만을 위해서만 급히 서두르는 것처럼 하는 것이다." 한편으로 멋지고 미적으로 구원받은 체험의 다양성은 형식의 한계를 표시하는 순간들이다. 다른 한편으로 "내일이면 더 이상 존재하지 않을지도 모르는, 우리 순간들의 색상이나 향기, 꽃가루를 영원히 보존하기" 위해 형식 자체는 구속력 있는 양식뿐 아니라 '조화'와 '본질'을 제공하겠다고 약속한다. 여기서 질문의 형식이 어떻게 나타나는지 유의해야 한다. 결국 그의 질문은 그로서는 답을 알지 못하는 열린 질문이다. "우리 자신에 의해서는 알려지지 않았다 하더라도 그것의 (우리 시대의) 가장 내적인 본질을 파악하는 것이 [⋯] 가능한 일인가?" 삶이 최종적인 형식을 띨 수 있을지의 문제는 새로운 형식으로서 열린 질문을 낳는다. 그 열린 질문은 에세이 자체의 추진력 있고 완결되지 않는 형식이 되는 미지의 것에 대한 호소라 할 수 있다.

차례

옮긴이의 글 • 7

머리말: 주디스 버틀러 • 12

1. 에세이의 형식과 본질에 대하여: 레오 포퍼에게 보내는 편지 • 40

2. 플라톤주의, 시 그리고 형식: 루돌프 카스너 • 76

3. 삶에 부딪혀 발생한 형식의 파열: 쇠렌 키르케고르와 올센 • 95

4. 낭만적인 삶의 철학에 대하여: 노발리스 • 123

5. 부르주아의 삶의 방식과 예술을 위한 예술: 테오도로 슈토름 • 147

6. 새로운 고독과 그 고독의 서정시: 슈테판 게오르게 • 194

7. 동경과 형식: 샤를-루이 필리프 • 217

8. 순간과 형식: 리하르트 베어-호프만 • 247

9. 풍부함, 혼란 그리고 형식: 로렌스 스턴에 관한 대담 • 278

10. 비극의 형이상학: 파울 에른스트 • 331

마음의 가난에 대하여: 대화와 편지 • 374

해설: 루카치의 실천적 삶과 초기 주요 저작 『영혼과 형식』에 대하여 • 401

1

에세이의 형식과 본질에 대하여

———

레오 포퍼[1]에게 보내는 편지

나의 친구에게!

이 책에 실을 에세이들이 내 앞에 놓여 있다. 그런데 그 에세이들을 출판해도 될지, 그것들이 새로운 통일을 이루어 한 권의 책이 될 수 있을지 자문해본다. 지금 우리에게 중요한 것은 이 에세이들이 '문학사' 연구로서 우리에게 무엇을 제공할 수 있는지가 아니라, 그것들을 그 자신의 새로운 문학적 형식으로 만들 수 있는 무엇이 그 에세이들 속에 있는가 하는 문제일 뿐이다. 만약 통일이 존재한다면 그 통일은 무엇일까? 나는 그 답을 명확하게 밝히려는 것은 아니다. 여기서 나와 내 책에

---

1 레오 포퍼(Leo Popper, 1886~1911): 루카치의 막역한 친구로 예술 비평가이다. 그는 1911년 10월 결핵으로 요절하고 만다. 루카치는 이 글에서 에세이나 비평이라는 글쓰기 형식에 대한 정의를 하며 에세이와 문학작품의 차이점을 논한다. 그는 역사상 가장 위대한 에세이스트로 플라톤을 꼽는다. 에세이는 형식에 얽매여 있고, 언제나 형식에 대한 '진실'을 말해야 하며, 형식의 본질적 속성을 위한 표현을 찾아내야 한다. 즉 문학은 삶(예술)에서 동기를 취한다면, 에세이에서는 삶(예술)이 모델로 쓰인다는 것이다.

대해 말하려는 것이 아니기 때문이다. 우리 앞에 당면한 문제는 좀 더 중요하고 좀 더 보편적인 문제인 것이다. 즉 그러한 통일이 가능한지의 문제이다. 이러한 범주에 속하는 참으로 훌륭한 글들은 어느 정도 문학적 형식을 지니고 있는가, 그 글들의 이러한 형식은 어느 정도 독립성을 지니고 있는가? 그 글에 담긴 관점과 그 관점의 형태는 작품을 학문의 영역으로부터 어느 정도 들어 올려, 그러나 아직 양쪽의 경계는 흐릿하게 하지 않고 그것을 예술의 반열에 위치시킬까? 그 관점과 그 관점의 형태는 삶의 개념을 재정립하는 데 필요한 힘을 작품에 어느 정도 부여할 수 있으며, 그럼에도 그 작품을 철학의 차디찬 최종적인 완벽성과 어느 정도 구별할 수 있을까? 하지만 이런 질문은 에세이라는 그러한 글에 대한 유일하게 깊이 있는 변호인 동시에, 물론 그 글에 대한 깊디깊은 비판이기도 하다. 왜냐하면 여기서 제시하는 질문의 기준에 의해 그 글이 맨 먼저 평가될 것이고, 그러한 목표가 정해지면 그 글이 이러한 목표에 얼마나 미흡한지 맨 먼저 드러날 것이기 때문이다.

그러므로 비평이나 에세이를—또는 잠정적으로 뭐라고 부르든 간에—예술작품이나 예술 장르로 부를 수 있을까? 나는 자네가 이 문제를 지루하게 여길 것이고, 이 문제를 둘러싼 찬반 논쟁이 이미 오래전에 충분히 이루어졌다고 느낄 것으로 알고 있다. 와일드[2]나 케르[3]가 독일 낭만주의에 이미 알려진 진리를 모두에게 친숙하게 해주었기 때문

---

2 와일드(Oscar Wilde, 1854~1900): 19세기 말 '예술을 위한 예술'을 주창한 영국 유미주의 운동의 대표자. 동성연애와 연루된 유명한 민사·형사 재판에서 유죄판결을 받고 2년간 (1895~1897) 복역한 일도 있다. 그는 인생에서 예술의 핵심적 중요성을 지적한 존 러스킨, 월터 페이터의 가르침에 깊은 영향을 받았으며, 특히 심미적 열정으로 인생을 살아야 한다고 강조한 페이터의 주장에 많은 감명을 받았다. 『윈더미어 부인의 부채』(1892), 『진지함의 중요성』(1895) 등의 희곡과 장편 소설 『도리언 그레이의 초상』(1891)으로 유명하다.

이다. 그리스인과 로마인은 비평이 예술이지 학문이 아니라는 낭만주
의의 최종적 진리를 완전히 무의식적으로 자명한 진리로 느꼈던 것이
다. 그렇지만 나는―그리고 내가 감히 이런 소견을 성가시게 늘어놓으
려는 것은 단지 다음 사실 때문이다―이 모든 논의에도 실제적인 문
제의 본질이 거의 건드려지지 않았다고 생각한다. 에세이란 무엇인가?
에세이가 의도하는 표현 형식이 무엇인가? 이런 표현을 가능하게 하
는 수단과 방법은 무엇인가? 나는 이런 맥락에서 사람들이 '잘 쓰인 상
태'를 너무 일면적으로 강조하지 않았나 하는 생각이 든다. 에세이는
문체 면에서 문학작품과 동일한 가치를 지니므로, 에세이와 문학작품
사이의 가치의 차이를 운위하는 것은 부당하다고 간주되어 왔다. 어쩌
면 그럴지도 모른다. 하지만 그것은 무슨 의미일까? 우리가 비평문을
그러한 의미에서 예술작품으로 간주한다 해도 비평의 본질에 대해서
는 아직 아무 말도 하지 않는 셈이다. "잘 쓰인 글은 뭐든 예술작품이
다." 만약 그렇다면 잘 쓰인 광고문이나 신문 기사도 예술작품이란 말
인가? 이렇게 볼 때 나는 비평에 대한 그러한 견해에 관해 무엇이 자네
의 마음에 그토록 거슬릴지 잘 알고 있다. 그것은 무정부 상태, 형식의
부정으로, 다시 말해 자신을 주체적이라고 자부하는 지성이 온갖 종류
의 가능성을 거침없이 실험할 수 있다는 점이다. 하지만 여기서 내가
에세이를 하나의 예술 형식이라고 말한다면 질서라는 이름으로 그렇

---

3 케르(Alfred Kerr, 1867~1948): 문화 교황(Kulturpapst)이라는 별명을 가진 유대인 출신의 영
향력 있는 독일 극단 비평가이자 수필가. 1920년대에 그는 브레히트에게 적대적이었으
며 그를 표절혐의로 공격하기도 했다. 나치가 정권을 잡자 그의 가족은 프라하, 파리로 갔
다가 영국으로 건너가 1947년 영국인으로 귀화했다. 그의 책은 나치에 의해 불태워졌다.
1948년에는 독일 여러 도시를 여행하기 시작하면서 함부르크를 방문했지만 뇌졸중을 앓
았으며 그 후 베로날을 과다 복용해 자신의 삶을 끝내기로 결정했다.

게 하는 것이다(그러므로 본질적인 의미가 아닌 거의 순전히 상징적인 의미로). 에세이가 법칙의 엄격함으로 다른 종류의 모든 예술 형식과 구별되는 하나의 형식을 가지고 있다는 느낌에서만 그러하다. 나는 지금부터 에세이를 하나의 예술 형식이라고 지칭함으로써 그것에 대해 아무튼 되도록 엄격한 정의를 내리려고 한다.

따라서 여기서는 에세이와 문학작품의 유사점이 아니라 그 차이점을 논하도록 하겠다. 그러므로 여기서 유사점은 차이점을 좀 더 분명히 드러내기 위한 배경으로 쓰일 뿐이다. 우리가 유사점을 언급하려는 이유는 실용적이긴 하지만, 우리에게 교훈이나 자료, '연관 관계' 이상은 결코 제공할 수 없기에 에세이라는 이름을 들을 자격이 없는 글은 제쳐두고 지금부터 단지 진정한 에세이에 대해서만 알아보기 위해서이다. 우리가 대체 에세이를 읽는 이유는 무엇일까? 많은 사람은 교훈을 주기 때문에 에세이를 읽지만, 전혀 다른 점에 이끌려 에세이를 읽는 사람도 있다. 이런 사람들을 확인하기란 어렵지 않다. 오늘날 우리는 '고전 비극'을 레싱[4]의 연극론에서와는 전혀 다르게 보고 평가한다.

4 레싱(Gotthold Ephraim Lessing, 1729~1781): 독일극이 고전주의극과 프랑스극의 영향에서 벗어나는 데 기여한 독일의 극작가. 지금까지도 중요한 가치를 지닌 첫 독일 희곡을 썼으며 그의 비평은 독일 문단에 큰 자극을 주었고 보수적 독단론에 반대해서 종교적·지적 관용과 편견 없는 진실 추구를 주장했다. 레싱은 틀에 박힌 귀족풍의 프랑스극은 독일 정신과는 맞지 않는다고 주장하면서, 대신 독일적 성격에 부합되고 현실에의 충실성을 토대로 한 진정한 민족극을 쓸 것을 요구했다. 프랑스극 특히 17세기 비극 작가 코르네유의 극을 본보기로 삼는 연극을 옹호한 고췌트를 비판하며, 독일의 극작가들에게 셰익스피어를 모범으로 삼을 것을 촉구했다. 레싱은 함부르크 국민극장의 고문 및 비평가로서 활동해 달라는 제의를 받고 수락했으나, 1년도 못 되어 이 사업은 실패로 끝났다. 그러나 그는 50편 이상의 공연에 대한 논평을 『함부르크 연극론』이라는 제목으로 출판했다. 여기서 레싱은 동시대의 프랑스 작가 드니 디드로 중산층의 삶을 사실적으로 묘사했다는 점을 칭찬하고 있으나, 코르네유와 볼테르의 극을 모방해 쓴 비극에 대해서는 반론을 제기했다. 작품으로 『미나 폰 바른헬름』, 『에밀리아 갈로티』, 『현자 나탄』 등이 있다.

빙켈만[5]이 파악한 그리스인은 우리에게 이상하고, 거의 이해되지 않는 것 같다. 얼마 안가 우리는 부르크하르트[6]가 파악한 르네상스에 대해서도 아마 비슷하게 느낄 것이다. 그럼에도 우리는 아직 이들의 저작을 읽고 있는데, 그 이유는 무엇일까? 다른 한편으로 자연과학의 가설처럼, 기계부품의 새로운 설계처럼 새로운 더 나은 것이 나오면 가치를 상실하는 비평적인 글들이 있다. 하지만—내가 희망하고 기대하듯이—누군가 새로운 연극론, 코르네유에 찬성하고 셰익스피어에 찬성하는 연극론을 쓴다고 해도 그것이 어떻게 레싱의 연극론을 손상 입힐 수 있겠는가? 그리고 부르크하르트나 월터 페이터[7], 로데[8]나 니체가 그리스에 대한 빙켈만의 동경이 우리에게 미친 영향을 어떻게 바꿀 수 있겠는가?

5 빙켈만(Johann Winckelmann, 1717~1768): 고전 예술에 대한 대중의 관심을 다시 불러일으킨 예술사가. 예술에서 신고전주의운동이 일어나는 데 중요한 역할을 했다. 1748년 뷔나우 백작의 사서로 일하기 시작하면서 그리스 예술 세계를 접하게 되었다. 여기서 그리스 미학에 대한 철학적 정의를 내린『그리스의 회화와 조각에 대한 의견』을 집필해 널리 인정받게 되었다. 이후 로마로 가 바티칸의 사서, 고대유물 책임자에 이어 알바니 추기경의 비서가 되었다. 자신의 지위와 영향력 있는 후원자 덕분에 고전 예술품들을 접하며 예술 비평가이자 자문가로서 활동하게 되었다. 저작을 통해 당대 지식인의 존경을 받았으며, 중요한 저서 중 하나인『고대 예술사』는 처음으로 고대 예술을 성장·성숙·쇠퇴의 유기체적 발전 과정으로 정의한 개설서였다. 빙켈만이 죽게 된 사정은 모호하며 동성연애자였던 듯한 그의 복잡한 성격에 대해 많은 추측이 있었다. 그는 이탈리아에서 오랜 체재 끝에 1768년 처음으로 드레스덴과 빈을 방문했다가 로마로 돌아오는 길에 트리에스테에서 우연히 만나 사귀었던 사람에게 살해되었다.

6 부르크하르트(Jacob Burckhardt, 1818~1897): 예술사와 문화사를 최초로 연구한 문화사가 겸 예술사가. 저서『이탈리아의 르네상스 문명』은 문화사 연구방법의 귀감이 되었다. 어린 시절부터 예술과 건축에 매력을 느꼈던 그는 화가와 조각가의 업적에 자극받아 이탈리아와 르네상스에 관심을 돌리고 법률·정치·외교 분야를 다소 하위에 두었다. 이런 그의 관점은 독일 정통 역사학 전통에서 벗어난 것이었다. 주목받은 최초의 저서『콘스탄티누스 대제』는 고대문명에 대한 그의 깊은 관심을 입증했다. 그리스 문명 연구서『그리스 문화사』는 그의 마지막 대표작이다.

케르는 이렇게 쓰고 있다. "물론 비평이 하나의 학문이라면…… 하지만 이루 헤아릴 수 없는 문제가 존재하게 된다. 비평은 가장 잘 된 경우에는 하나의 예술이다." 설령 비평이 하나의 학문이라 하더라도—그렇게 될 가능성이 전혀 없는 것은 아니다—그것이 우리의 문제를 어떻게 바꿀 수 있겠는가? 여기서 우리는 어떤 대용물에 대해서가 아니라, 원칙적으로 무언가 새로운 것, 학문적 목표를 완전히 또는 대략적으로 달성한다 해도 손상되지 않는 무언가에 대해 거론하고 있다. 학문에서는 내용이 우리에게 영향을 미치고, 예술에서는 형식이 그러하다. 학문은 우리에게 사실과 사실들 사이의 연관성을 제공하지만, 예술은 우리에게 운명과 영혼을 제공한다. 여기에서 학문과 예술의 길이 갈라진다. 여기에는 대용물이나 과도 단계는 존재하지 않는다. 아직 세분화되지 않은 원시적인 시기에는 학문과 예술이 (그리고 종교와 윤리와 정치가) 분리되지 않고 통합되어 있었다. 그러나 학문이 분리되어 독자적으로 되자마자 그것을 준비해온 모든 것은 가치를 잃고 말았다. 어떤 것이 자신의 모든 내용을 형식 속에 해체해버려 순수한 예술이 된 뒤에는 그것은 더 이상 쓸모없는 것이 될 수 없다. 하지만 그러할 경우 이전에 지녔던 그것의 학문적 성격은 완전히 잊혀버려 의미가 없게 된다.

7 월터 페이터(Walter Pater, 1839~1894): 영국의 비평가·수필가·인문주의자. 그가 주창한 '예술을 위한 예술' 옹호론은 심미주의로 알려진 운동의 원칙이 되었다. 도덕적·교육적 가치에 기초해 예술작품을 평가하는 당대의 일반적 경향과는 대조적으로 계속해서 예술작품 고유의 특질에 초점을 맞추었다. 초기에는 옥스퍼드대학교의 소집단에만 영향을 끼쳤으나, 점차 문단의 다음 세대에 광범위한 영향을 미쳤다. 오스카 와일드, 조지 무어, 1890년대의 심미주의자들도 그의 추종자로서 그의 문체와 사상의 흔적을 뚜렷이 보여주고 있다.
8 로데(Erwin Rohde, 1845~1898): 19세기 독일의 위대한 고전 학자 중 한 명. 리츨 교수를 따라 라이프치히 대학에 온 철학자 니체와의 우정과 서신으로 유명하다. 그의 저서인 『그리스 소설과 그 선구자』는 고대 소설의 역사에 관한 최고의 책으로 간주되었다.

그러므로 예술학이란 것이 존재한다. 하지만 아직은 인간의 기질을 표현하는 완전히 다른 방식이 존재한다. 이런 기질은 보통 예술에 대한 글쓰기 형식을 띠고 있다. 내가 보통이라고 말하는 까닭은 문학이나 예술과 접촉하지 않고서도 그러한 감정에서 생겨난 많은 글이 있기 때문이다. 그런데 비평문이라 불리는 글에서처럼 동일한 삶의 문제가 제기되는 경우에는 질문이 직접 삶 자체에 향해져 있다. 그런 글은 문학이나 예술의 매개가 필요하지 않다. 위대한 에세이스트의 글이 바로 그러한 종류의 글이다. 즉 플라톤의 대화, 신비주의자의 글, 몽테뉴의 에세이, 그리고 키르케고르의 상상에 의해 존재하는 일기장과 노벨레가 그러한 범주에 속한다.

이러한 글에서 문학작품에 이르는 거의 파악하기 힘들만치 미묘한 일련의 무한한 과도 단계가 존재한다. 에우리피데스의 『헤라클레스』에 나오는 마지막 장면을 생각해보라. 테세우스가 나타나서 모든 일, 즉 헤라가 헤라클레스에 가한 끔찍한 복수를 알게 될 때 이 비극은 이미 끝이 난다. 이때 슬퍼하는 헤라클레스와 그의 친구 사이에 삶에 대한 대화가 시작된다. 이 대목에서 소크라테스의 대화와 비슷한 삶의 문제가 제기된다. 하지만 문제를 제기하는 당사자들은 보다 경직되어 있고, 덜 인간적이다. 그리고 그들의 질문은 보다 개념적 성격을 띠고 있으며, 플라톤의 대화에서보다 직접적인 체험에 덜 관계되어 있다. 하우프트만의 『미카엘 크라머』의 마지막 막이나 괴테의 『빌헬름 마이스터의 수업시대』에 나오는 「아름다운 영혼의 고백」 또는 단테나 『만인』[9], 번연[10]을 생각

9 15세기 영국의 도덕극인 『만인Everyman』은 네덜란드 희곡 『엘케를리크Elckerlyc』의 번안인 듯하다. 도덕극 중에서 가장 뛰어난 작품으로 죽음과 인간의 영혼, 즉 만인이 지닌 영혼의 운명이라는 주제를 우화적으로 다루고 있다.

해봐도 마찬가지다. 자네에게 또 다른 예를 들어야 할까?

분명 자네는 『헤라클레스』의 마지막 장면은 극적이지 않지만 번연은…… 하고 말할 것이다. 확실히 그렇긴 하다. 하지만 왜 그럴까? 『헤라클레스』는 극적이지 않다. 내면에서 일어나는 모든 일이 인간의 행동이나 움직임, 몸짓에 투영되어 눈에 보이고 감각으로 느낄 수 있게 되는 것이 극적인 모든 문체의 자연스런 결과이기 때문이다. 이 대목에서 자네는 헤라의 복수가 어떻게 헤라클레스를 덮치는지, 또 복수를 당하기 전에 헤라클레스가 승리의 도취감에 들떠 있는 모습을 보게 될 것이다. 헤라에게 복수를 당한 그가 광기에 빠져 미쳐 날뛰는 몸짓과 자기에게 무슨 일이 일어났는지 알고 폭풍이 지나간 후의 미친 듯한 절망을 보게 될 것이다. 하지만 자네는 이후에 일어나는 일은 아무것도 알지 못한다. 테세우스가 나타난 뒤 자네는 그다음에 일어나는 일을 개념적 수단과는 다른 방법으로 파악하려 해도 성공하지 못한다. 자네가 보고 듣는 것은 더 이상 현실적 사건을 나타내는 진정한 표현수단이 아니다. 아무튼 일어나는 사건은 깊디깊은 본질에서는 자네와는 아무래도 상관없는 일일 뿐이다. 자네가 보는 것은 헤라클레스와 테세우스가 함께 무대를 떠난다는 사실 뿐이다. 그러기 전에 몇 가지 질문이 제기된다. 신의 진정한 본성은 무엇인가? 우리는 어떤 신의 존재는 믿어도 되고, 어떤 신의 존재는 믿으면 안 되는가? 삶이란 무

---

10 존 번연(John Bunyan, 1628~1688): 영국의 특수침례교 목회자이자, 『천로역정』의 작가이다. 청교도인 메리와 결혼하면서 개신교 신자가 되었다. 당시 국왕인 찰스 2세는 영국 성공회를 제외한 기독교 교파들을 탄압했기 때문에, 침례교도인 존 번연은 비밀집회(허가 없이 복음을 전한) 혐의로 12년 동안 투옥되었다. 거기서 자서전 『은총이 넘침』을 쓰고, 일생의 역작인 『천로역정』 1부를 썼다. 2부는 6년 뒤인 1684년에 완성하였다. 이 작품은 간결 소박한 문체로 표현한 종교 문학으로 영국 소설 발달 사상에도 중요한 위치를 차지한다.

엇이며, 삶의 고통을 남자답게 견뎌내는 최상의 방법은 무엇인가? 이러한 질문을 유도하는 구체적인 체험은 무한히 먼 곳으로 사라져버린다. 그리고 그 대답이 다시 사실의 세계 속으로 되돌아오면 그것은 현실 세계가 제기하는 질문, 즉 이러한 사람들이 특정한 상황에서 무엇을 해야 하고 무엇을 하지 말아야 하는 질문에 대한 대답이 더 이상 아니다. 이러한 대답은 모든 사실을 낯선 눈길로 바라본다. 왜냐하면 그 대답은 삶으로부터, 신들로부터 나오기 때문이고, 헤라클레스의 고통이나 고통의 원인인 헤라의 복수에 대해서는 거의 알지 못하기 때문이다. 나는 희곡 역시 삶에 대한 질문을 제기하고, 대답을 가져다주는 것이 거기서도 운명임을 알고 있다. 그리고 결국에는 질문과 대답이 희곡에서도 어떤 특정한 사실에 결부되어 있다. 그렇지만 진정한 극작가는 (그가 진정한 작가이고 문학적 원칙의 실제적인 대변자인 한에는) 어떤 삶을 너무 풍부하고 심도 있게 봄으로써 그것이 거의 눈에 띄지 않게 삶이 되도록 한다. 하지만 여기서는 다른 원칙이 유효하게 되므로, 이 경우에 극적으로 되는 것은 아무것도 없다. 왜냐하면 여기서 질문을 제기한 삶은 질문의 첫 번째 말이 울리는 순간 신체적 성격을 모조리 상실하기 때문이다.

그러므로 영혼의 현실에는 두 가지 유형이 있다. 그 하나는 삶이고, 다른 하나는 살아감이다. 두 가지는 똑같이 현실적이지만, 결코 동시에 현실적일 수는 없다. 모든 인간의 모든 체험에는 강도와 깊이의 정도는 항상 변하지만 두 가지 요소가 포함되어 있다. 기억에도 때론 이런 요소가, 때론 저런 요소가 담겨 있다. 하지만 어느 한순간에 우리는 두 가지 형식 중 하나의 형식만을 느낄 수 있다. 어떤 삶이 존재해 왔고, 인간이 그 삶을 파악하고 정리하려고 한 이래로 인간의 체험에는 항상 이원성이 존재해 왔다. 그러나 양자 사이에 어느 것이 우선하고 우월한가의 싸움은 주로 철학에서 진행되었고, 싸우는 소리는 항상 다르게 울려 퍼졌다. 그 때문에 대부분의 사람들에게 이런 싸움은 인식되지 않았고, 인식될 수도 없었다. 중세에 이런 질문이 가장 분명히 제기된 것 같다. 이때 사상가들은 두 진영으로 나뉘어, 한쪽은 보편적인 것 (Universalia), 그러므로 개념(자네가 원한다면 플라톤의 이념)을 주장하면서, 그것이 유일하고 진정한 현실이라 했고, 다른 한쪽은 그러한 개념을 말로서만, 유일하게 진정하고 개별적인 사물을 총칭해서 일컫는 이름으로서만 인정했다.

이와 같은 이원성은 수단도 갈라놓는다. 여기서의 대립은 이미지와 '의미' 사이의 대립이다. 한쪽의 원칙은 이미지를 창출하는 원칙이고, 다른 쪽은 의미를 설정하는 원칙이다. 한쪽에는 사물들만이 존재한다면, 다른 쪽에는 사물들 간의 연관성, 즉 개념과 가치만 존재할 뿐이다. 문학 그 자체는 사물들 저편에 있을지도 모르는 어느 것도 알지 못한다. 문학에는 모든 사물이 진지하고 유일무이하며 비교할 수 없다. 문학이 질문을 알지 못하는 것도 그 때문이다. 우리는 순수한 사물이 아닌 그것의 연관성에만 질문을 제기하는 것이다. 마치 동화에서처럼 여기서는 모든 질문은 다시 그 질문을 불러일으키는 것과 닮은 사물로 변한다. 주인공은 갈림길에 서 있거나 또는 싸움의 한가운데에 있다. 하지만 갈림길이나 싸움은 질문을 제기하고 답변을 주는 운명이 아니라, 단순히 문자 그대로 싸움과 갈림길일 뿐이다. 그리고 주인공은 기적을 일으키는 뿔 나팔을 불고, 기대했던 기적이 나타나, 그럼으로써 삶이 새로이 정리된다. 하지만 정말로 심오한 비평에서는 사물의 삶이나 이미지는 존재하지 않고, 어떤 이미지에 의해서도 완전히 표현될 수 없는 투명한 어떤 것만 존재할 뿐이다. '모든 이미지를 이미지가 없도록 만드는 것'이 모든 신비주의자의 목표이다. 이런 의미에서 소크라테스는 영혼의 진정한 삶에 관해 제대로 찬미한 적이 없고 앞으로도 찬미하지 않을 시인들에 관해 비웃고 경멸하듯 파이드로스에게 말한다. "왜냐하면 영혼의 불멸의 부분이 한때 살았던 위대한 존재는 색채와 형태가 없고 파악할 수 없으며, 영혼의 길잡이인 정신만이 그러한 존재를 바라볼 수 있기 때문이다."

자네는 아마 나의 시인은 물론이고 나의 비평가 역시 공허한 추상이라고 응답할지도 모르겠다. 자네 말이 옳다. 이 양자는 추상이다. 하지만 완전히 공허한 추상은 아닐지도 모른다. 그것들은 추상이다. 왜냐하면 소크라테스 역시 형태가 없는 그의 세계, 형태의 저편에 있는 그의 세계를 이미지로 말하고, 독일 신비주의자의 '이미지 없음'이라는 단어조차도 하나의 메타포기 때문이다. 또한 사물들을 정리하지 않고는 어떤 문학도 존재하지 않는다. 매슈 아널드(Matthew Arnold)는 언젠가 문학을 '삶의 비평'이라고 부른 적이 있었다. 문학은 인간, 운명, 세계 사이의 최종적 연관성을 서술하고, 때로는 자신의 근원을 모를 때가 있긴 해도 확실히 그러한 깊디깊은 영역에 기원을 두고 있다. 문학이 때로는 일체의 문제 제기나 입장표명을 거부하기는 해도 모든 문제의 거부 자체가 문제 제기이며, 의식적으로 문제 제기를 거부하는 것 자체가 입장표명이 아닐까? 한 걸음 더 나아가 나는 이미지와 의미의 분리역시 하나의 추상이라 말하고 싶다. 왜냐하면 의미는 항상 이미지에에워싸여 있고, 이미지의 저편에서 오는 어떤 빛의 반사는 모든 이미지를 통해 빛나기 때문이다. 모든 이미지는 우리의 세계에 속해 있고, 세계 속의 이러한 존재의 기쁨은 이 존재의 모습 속에서 빛난다. 하지만 그 이미지는 언젠가 존재했던 어떤 것, 어딘가 이미지의 고향 같은 곳, 기본적으로 영혼에 중요하고 의미심장한 유일무이한 것을 스스로와 우리에게 상기시켜준다. 정말이지, 있는 그대로의 순수한 상태에서는 이미지와 의미는 단순히 추상일 뿐이고, 이 두 가지는 인간적 느낌의 양 끝이다. 그렇지만 그러한 추상의 도움을 빌려서만 나는 문학적 표현 가능성의 양극단을 정의할 수 있다. 이미지를 가장 단호히 거부하는 글, 이미지의 배후에 있는 것을 가장 열정적으로 파악하려는 글이 비평가, 플라톤주의자와 신비주의자의 글이다.

하지만 이런 말을 하면서 나는 이런 종류의 느낌이 왜 독자적인 예술 형식을 필요로 하는지, 이런 느낌의 표현을 다른 형식이나 문학에서 볼 때마다 왜 언제나 심기가 불편한지 이미 설명한 셈이다. 자네는 언젠가 이미 형상화된 모든 것이 충족시켜야 할 거창한 요구를 분명히 표현한 적이 있다. 그것은 어쩌면 유일하게 절대적으로 보편적인 요구일지도 모르지만, 냉혹한 요구로서 어떤 예외도 용납하지 않는다. 그 요구에 따르면 작품의 모든 것은 동일한 재료로 형성되어야 하고, 작품의 각 부분이 하나의 점으로부터 일목요연하게 정리되어야 한다. 그리고 모든 글쓰기는 통일성뿐만 아니라 다양성도 추구하므로 이것이 문체의 보편적인 문제점이다. 즉 그 문제점은 사물의 다양성 속에서 균형을 유지하고, 단일한 재료로 이루어진 덩어리에서 풍부함과 명확한 표현을 얻어야 한다는 것이다. 어떤 예술 형식에서 살아갈 수 있는 어떤 것이 다른 예술 형식에서는 죽은 것이 된다. 여기에 형식이 내적으로 분리되어 있다는 실제적이고 명백한 증거가 있다. 자네가 심하게 양식화된 벽화의 인물들이 보여주는 생동감을 내게 설명한 기억 나나? 자넨 이 프레스코가 기둥들 사이에 그려져 있다고 말했지. 거기에 그려진 인물들의 몸짓이 꼭두각시처럼 경직되어 있고, 하나하나의 표정이 가면 같아 보이긴 하지만, 이 모든 것은 그 그림들을 빙 둘러싸고 있고, 그림들로 장식적 통일을 이루고 있는 기둥보다는 생동감이 있다고 말이야. 통일이 유지되어야 하기에 약간 더 생동감이 있을 뿐이야. 하지만 그럼에도 더 생동감이 있어서 어떤 삶의 착각이 생겨날지도 모르지. 하지만 균형의 문제가 이런 식으로 제기된다. 세계와 저편, 이미지와 투명, 이념과 유출이 균형을 유지해야 하는 저울의 접시 속에 들어있다. 질문이 더 깊이 들어갈수록—자네는 비극을 동화와 비교해보기만 하면 된다—이미지는 더욱 단선적으로 된다. 모든 것이 더 적은 수의 평면에 압축되어 있을수록 색깔의 빛은 더욱 광택을 잃고 흐릿해진다. 세계의 풍부함과 다양성이 단순해질수록 인간의 표정은 더욱 가면 같아진다. 하지만 다른 종류의 체험들이 있다. 그 체험을 표현하는 데는 가장 단순하고 가장 적절한 몸짓조차도 너무 지나치거나 동시에 너무 부족할지도 모른다. 목소리가 너무 낮게 울려 퍼지는 질문이 있다. 그런 질문에는 아주 나지막한 사건의 소리마저 거친 소음이 되어, 반주 음악이 되지 못하는 것이다. 어떠한 인간적인 것도 단순히 운명들의 추상적인 순수함과 숭고함을 방해할 정도로 운명들 사이의 관계가 너무 배타적으로 되는 운명의 관계가 존재한다. 나는 여기서 우아함과 깊이를 말하는 것이 아니다. 그것들은 가치의 범주이므로, 단지 특수한 형식의 내에서만 효력을 지닐 뿐이다. 우리는 형식들을 서로 간에 분리시키는 기본원칙, 전체를 구축하는 재료, 전체 작품에 통일성을 부여하는 입장이나 세계관에 관해 말하고 있다. 이를 요약해서 말하도록 하겠다. 문학의 상이한 형식을 프리즘에 의해 굴절되는 태양광선과 비교한다면 에세이스트의 글은 자외선이라 말할 수 있을지도 모른다.

그러므로 어떤 몸짓에 의해서도 표현될 수 없으면서도, 표현을 갈망하는 체험이 존재하는 셈이다. 이야기된 모든 내용으로 자네는 내가 어떤 체험을 의미하는지, 그것이 어떤 종류의 체험인지 이미 알고 있을 것이다. 그것은 감상적 체험과 직접적인 현실, 자발적인 존재 원칙으로서의 지성과 개념성이다. 그것은 영혼의 사건, 삶의 원동력으로서의 숨겨지지 않고 순수한 성격을 띠고 있는 세계관이다. 다시 말해 삶이 무엇이고, 인간과 운명이 무엇인가 하는 직접적으로 제기된 질문이다. 하지만 그것은 단지 질문으로만 제기될 뿐이다. 왜냐하면 이에 대한 대답은 학문의 대답이나 또는 보다 순수한 차원에서 철학의 해답 같은 '해결'을 제공해주지 않기 때문이다. 오히려 온갖 종류의 시에서처럼 그 대답은 상징이자 운명이며 비극이다. 인간은 그러한 일을 체험하면 그에게 외적인 모든 일은 눈에 보이지 않게 되어, 감각으로 접근할 수 없는 힘들 간의 싸움이 가져다줄 결정을 꼼짝 않고 기다린다. 인간이 무언가를 표현하고자 하는 모든 몸짓은, 만약 그 몸짓이 자신의 불충분함을 반어적으로 강조해서 자기 자신을 즉각 취소하지 않는다면, 인간의 체험을 왜곡할지도 모른다. 그러한 일을 체험하는 인간은 어떤 외적인 특징에 의해서도 표현될 수 없다. 문학작품이 어떻게 그런 인간을 형상화할 수 있겠는가?

모든 글쓰기는 세계를 운명적 관계의 상징 속에서 서술한다. 운명의 문제는 어디서나 형식의 문제를 규정한다. 이러한 통일, 이러한 공존이 너무 강력하기에 하나의 요소는 다른 요소 없이는 결코 등장하지 않고, 여기서도 양자의 분리는 추상의 방법에 의해서만 가능하다. 그러므로 내가 여기서 실행하려는 분리는 실제로는 강조의 차이에 불과한 것 같다. 즉 문학은 운명으로부터 자신의 프로필과 형식을 얻고, 형식은 거기서 언제나 운명으로서만 나타난다. 에세이스트의 글에서 형식은 운명이 되고, 운명을 창출하는 원칙이 된다. 그리고 이러한 차이가 의미하는 바는 다음과 같다. 즉 운명은 사물들을 그것들의 세계 바깥으로 끄집어내서, 본질적인 것을 강조하고 비본질적인 것은 제거해버린다. 그러나 형식은 그렇지 않으면 우주 속에서 공기처럼 사라져버릴 재료에 한계를 정한다. 달리 말해 운명은 모든 다른 사물과 같은 원천에서 유래하는데, 그것은 사물들 중의 사물이다. 반면에 외부에서 볼 때 무언가 완결된 것으로 간주되는 형식은 본질이 다른 것의 한계를 정한다. 사물들을 정리하는 운명이 사물들의 살 중의 살이고, 사물들의 피 속의 피기 때문에 에세이스트의 글에서 운명은 발견되지 않는다. 일회성과 우연성을 빼앗긴 운명은 이러한 글들의 형체 없는 다른 모든 재료가 그렇듯이 공기처럼 비물질적이기 때문이다. 그러므로 운명은 이러한 글들에 형식을 부여할 수 없을뿐더러, 이러한 글들 자신은 형식을 농축시킬 어떠한 자연스런 경향과 가능성도 갖지 못하게 된다.

이러한 글들이 형식에 관해 말하는 것은 그 때문이다. 비평가는 형식에서 운명적인 것을 보는 자다. 비평가의 가장 심오한 체험은 형식이 간접적으로 또 무의식적으로 자신 속에 숨기고 있는 영혼의 내용이다. 형식은 비평가의 위대한 체험이다. 형식은 직접적인 현실로서 이미지의 요소이고, 그의 글 속에 실제로 살아있는 내용이다. 삶의 상징을 상징적으로 고찰해서 생겨난 이러한 형식은 이러한 체험의 힘에 의해 자신을 위한 삶을 획득한다. 형식은 세계관과 입장이 되고, 형식이 생겨나게 한 삶에 대한 입장표명이 된다. 즉 형식은 삶 자체를 변형하고 새로 만들어낼 수 있는 가능성이다. 따라서 비평가의 운명적 순간은 사물이 형식이 되는 순간이다. 즉 형식의 이쪽과 저쪽에 있었던 모든 감정과 체험이 형식으로 용해되고 농축되는 순간이다. 그것은 외부와 내부, 영혼과 형식 사이의 합일이 이루어지는 신비로운 순간이다. 그 순간은 비극에서 영웅이 운명을 만나는, 노벨레에서 우연과 우주적 필연성이 수렴하는, 서정시에서 영혼과 배경이 함께 만나 과거에도 미래에도 분리될 수 없는 새로운 통일로 유착하는 운명의 순간처럼 신비적이다. 비평가의 글에서 형식은 현실이다. 형식은 비평가가 삶에 대한 질문을 제기하는 목소리다. 그것은 문학과 예술이 비평의 전형적이고 자연스런 재료가 되는 것의 실제적이고 가장 심오한 근거이다. 이러한 점에서 시의 최종 목표가 출발점이자 시작이 될 수 있기 때문이다. 즉 이러한 점에서 형식은 더없이 추상적인 개념성을 띠고 있을 때조차 무언가 확실하고 명백한 현실적인 것이기 때문이다. 하지만 이것은 에세이의 전형적인 재료일 뿐 유일한 재료는 아니다. 왜냐하면 에세이스트는 체험으로서만 형식을 필요로 하고, 그리고 형식의 삶만, 형식 속에 담긴 살아있는 영혼의 현실만을 필요로 하기 때문이다. 하지만 이러한 현실은 삶의 모든 직접적이고 감각적인 표현 속에서 발견될 수 있고, 체험을 통해 또 체험 속에서 읽힐 수 있다. 체험의 그러한 도식을 통해 우리는 삶 자체를 체험하고 형상화할 수 있다. 문학과 예술, 철학이 삶 자체에서는 단순히 어떤 종류의 인간과 체험의 이상적 요구에 불과한 반면, 그것들은 솔직하고 직접적으로 형식을 추구하기 때문에, 살아진 어떤 것을 체험하는 것에 비해 형태화된 어떤 것을 체험하는 것에는 비판적 능력의 강도가 덜 필요하게 된다. 그 때문에 처음에 매우 피상적으로 관찰할 때는 형식 비전(Formvision)의 현실이 삶에서보다 예술의 영역에서 덜 문제적인 것 같다. 그렇지만 단순히 처음에 매우 피상적으로 관찰할 때는 그런 것 같다. 그 이유는 삶의 형식이 시의 형식보다 추상적이지 않기 때문이다. 시에서와 마찬가지로 삶에서도 형식은 다만 추상에 의해서만 명백해진다. 형식의 진실은 삶에서도 체험되었던 힘보다 더 강하지는 않다. 소재를 삶에서 가져오느냐 또는 다른 데서 가져오느냐에 따라 시를 구분하는 태도는 피상적인 것이리라. 어느 경우든 형식을 만들어내는 시의 힘은 이미 언젠가 형식화된 모든 오래된 것처럼 부서지고 흩어지며, 그리고 모든 것은 일단 형식의 수중에 들어가면 형식화되지 않는 원료가 되기 때문이다. 여기서 구분 짓는 것 역시 내게는 마찬가지로 너무나 피상적인 것 같다. 왜냐하면 두 가지 종류의 세계관이란 사물들에 대한 입장표명에 불과하고, 각각의 방식은 어디서나 적용되기 때문이다. 물론 이때 두 가지 사물이 있다는 것도 사실이다. 즉 자연이 명하는 자연스러움으로 어떤 특정한 입장에 복종하는 사물이 있는 반면, 더없이 격렬한 싸움과 깊디깊은 체험에 의해서만 억지로 그렇게 되지 않을 수 없는 사물도 있는 것이다.

참으로 본질적인 모든 관계에서처럼 여기서도 자연스러운 재료 효과와 직접적인 효용성이 일치한다. 에세이스트의 글이 표현하는 체험은 대부분의 사람들 마음속에 이미지를 볼 때나 시를 읽을 때만 의식적으로 된다. 이때에도 그 체험은 삶 자체를 움직일 수 있는 힘은 거의 갖지 못한다. 그 때문에 대부분의 사람들은 에세이스트의 글이란 책이나 이미지를 설명하기 위해, 그것의 이해를 돕기 위해 쓰일 뿐이라고 생각한다. 그렇지만 이러한 연관성은 깊고 필연적이다. 우연성과 필연성이 이처럼 섞인 떼어낼 수 없는 유기적 성질이야말로 우리가 진정으로 위대한 에세이의 글에서 발견하게 될 유머와 아이러니의 기원이다. 에세이스트의 글에서 보이는 유머는 너무나 강렬해서 그것에 대해 거론하는 것 자체가 거의 더 이상 적절하지 않을지도 모른다. 어느 순간에든 자발적으로 유머를 감지하지 못하는 자에게는 그것을 아무리 분명히 지적해봐야 아무 소용없으리라. 내가 여기서 거론하는 아이러니는 비평가가 언제나 삶의 최종적 문제에 관해 말하지만, 다만 책이나 이미지에 관해, 위대한 삶의 비본질적이고 귀여운 장식에 관해 논의하는 식의 음조로 말하는 것을 의미한다. 그리고 이때에도 가장 내적인 실체가 아닌 단순히 아름답고 무익한 표면에 관해 말하는 것을 의미한다. 그리하여 모든 에세이는 삶으로부터 되도록 멀리 떨어져 있는 것처럼 보인다. 에세이와 삶 사이의 거리는, 양자의 진정한 본질이 실제로는 가깝다는 것을 심하고 고통스럽게 느낄수록 더 먼 것처럼 보인다. 위대한 몽테뉴가 자신의 글에 '에세이'라는 놀랍도록 근사하고 적절한 명칭을 붙였을 때 그는 아마 이와 비슷한 감정을 느꼈을지도 모른다. 이러한 단어의 소박한 겸손함은 오만한 예의이기 때문이다. 에세이스트는 가끔 궁극적인 문제에 가까이 왔다고 잘못 생각하는 자신의 오만한 희망을 거부하는 몸짓을 한다. 결국 그는 다른 사람의 시에 대한 설명이나 기껏해야 자신의 개념에 대한 설명만 제공할 수 있을 뿐이다. 하지만 그는 아이로니컬하게도 이러한 사소함, 즉 삶에 대한 깊디깊은 지적 활동의 영원한 사소함에 순응해서, 심지어 반어적인 겸손함으로 사소함을 강조하기까지 한다. 플라톤의 경우 개념성은 삶에서 벌어지는 사소한 현실의 아이러니에 의해 강조된다. 에릭시마코스는 에로스에 대한 의미심장한 찬가를 시작하기 전에 아리스토파네스에게 재채기를 하게 해서 딸꾹질을 멈추게 한다. 히포탈레스는 소크라테스가 그의 사랑하는 리시스에게 꼬치꼬치 묻는 동안 불안한 마음으로 소크라테스를 주의 깊게 바라본다. 그리고 어린 리시스는 아이다운 짓궂은 마음으로, 소크라테스가 자기를 괴롭혔듯이 자신의 친구 메네세노

스를 괴롭히는 질문을 하도록 그에게 요구한다. 거친 보호자들이 와서 은은하게 재기를 번득이는 대화를 중단시키고 두 소년을 데리고 집으로 간다. 하지만 소크라테스는 이 장면에 가장 재미있어 한다. "소크라테스와 두 소년은 친구가 되기를 원하지만, 정작 친구가 무엇인지조차 아직 말할 수 없는 상태에 있다." 그렇지만 나는 몇몇 현대적 에세이스트(바이닝거를 생각해보라)들의 거대한 학문적 장치에서도 유사한 아이러니를 본다. 그리고 딜타이처럼 신중하게 삼가는 식의 글쓰기 방식에서도 아이러니의 다른 표현을 발견할 뿐이다. 모든 위대한 에세이스트의 모든 글쓰기에서 우리는 물론 언제나 다른 형식이긴 해도 항상 이러한 같은 아이러니를 발견할 수 있으리라. 중세의 신비주의자는 유일하게 내적인 아이러니가 없는 자들이다. 내가 자네에게 군이 그 이유를 말할 필요는 없을 것이다.

그러므로 비평과 에세이는 일반적으로 이미지와 책, 사상에 관해 말한다. 에세이는 표현된 것에 대해 어떤 관계가 있는가? 사람들이 늘 말하기를, 비평가는 사물에 대한 진실을 말해야 하는 반면, 시인은 자신의 소재에 관해 군이 진실을 말할 필요가 없다고 한다. 우리는 여기서 빌라도의 질문을 제기하려는 것은 아니다. 또 시인 역시 내적 진실성에 대해 말하지 않을 수 없는지 그리고 어떤 비평의 진실이 내적 진실성보다 강하고 위대할 수 있는지를 조사하려는 것은 아니다. 내가 이런 질문을 제기하지 않는 이유는 여기서 실제로 아무런 차이점도 발견하지 못하기 때문이다. 여기서 또한 차이점이라는 것도 그것의 추상적인 양극에서만은 전적으로 순수하고 날카로우며, 과도 단계가 없다는 점에 불과하다. 카스너에 관한 글을 썼을 때 나는 이미 그 차이점을 언급했다. 즉 에세이는 언제나 이미 형식이 주어진 어떤 것이나 또는 기껏해야 이미 언젠가 존재했던 어떤 것에 관해 말한다고 지적했다. 그러 므로 공허한 무로부터 새로운 사물을 끄집어내는 것이 아니라 단지 이 미 언젠가 살아있던 것을 새로이 정리하는 것이 에세이의 본질에 속한 다. 그리고 에세이는 아무 형식이 없는 것으로부터 무언가 새로운 것을 만들어내는 것이 아니라 형식을 단지 새로이 정리하는 것이므로, 에세 이는 또한 형식에 얽매여 있고, 언제나 형식에 대한 '진실'을 말해야 하 며, 형식의 본질적 속성을 위한 표현을 찾아내야 한다. 에세이와 문학 의 차이점을 가장 간략하게 표현한다면 아마 이럴지도 모른다. 즉 문학 은 삶(예술)에서 동기를 취한다면, 에세이에서는 삶(예술)이 모델로 쓰인 다. 어쩌면 이로써 양자의 차이점이 정의되었을지도 모른다. 다시 말해 에세이가 지닌 역설적 성격은 초상화의 그것과 거의 동일하다. 자네는 그 이유를 잘 알고 있을 것이다. 우리는 어떤 경치를 보고 그것이 그려 진 이 산이나 저 강과 실제로 같은지 결코 묻지 않는다. 그러나 초상화 를 보고는 언제나 알게 모르게 실물과 닮았는지의 문제가 대두된다. 그 러므로 이런 유사성의 문제를 좀 더 생각해보기로 하자. 진정한 예술가 는 그 같은 어리석고 피상적인 문제 제기에 절망에 빠지지 않을 수 없 다. 자네는 벨라스케스[11]의 초상화 앞에 서서 "정말 꼭 닮았구나!"라 고 말하고는 그림에 대해 실제로 무슨 말을 했다고 느낄 것이다. 닮았 다고? 누구를? 물론 아무도 닮지 않았다. 자네는 그림이 누구를 묘사하

---

11 디에고 벨라스케스(Diego Rodríguez de Silva y Velázquez, 1599~1660): 스페인의 궁정 화가. 펠리페 4세 시절 궁정 화가가 된 이후 평생 궁정 화가로 지냈다. 펠리페 4세는 벨라스케스 외에는 아무도 자신의 초상화를 그리지 못하도록 명령했다. 사실적인 초상화로 유명하며, 특히 이노센트 10세의 초상화는 역대 최고의 초상화로 자주 거론되는 작품. 또한 대표작 「시녀들」을 비롯해 「교황 이노센트 10세의 초상」, 「펠리페 4세의 입상」, 「펠리페 4세의 기 마상」, 「비너스의 단장」, 「무염시태」 등은 후대의 화가들에게까지 큰 영감을 주었다.

는지 알지 못하고, 어쩌면 결코 알아낼 수 없을지도 모른다. 설령 알아낼 수 있다 해도 자네는 그것에 그다지 관심이 없을 것이다. 그래도 자네는 그림이 누군가 닮았다고 느끼겠지. 다른 초상화는 단지 색과 선에 의해 효과를 내므로, 자네는 그런 느낌을 받지 않을 것이다. 달리 말하면 정말로 중요한 초상화는 다른 이런저런 예술적 감흥 이외에, 한때 정말로 살았던 어떤 인간의 삶도 우리에게 보여준다. 그러한 초상화는 그림의 색과 선이 우리에게 보여주는 것과 같은 삶이 실제로 존재했다는 느낌을 우리에게 강요한다. 우리는 화가들이 자신의 모델 앞에서 이러한 이상적인 표현을 위해 힘겨운 싸움을 벌이고 있음을 알고 있기에, 이러한 싸움의 외양과 표어가 유사성을 둘러싼 싸움과 다른 것이 될 수 없기에, 단지 그런 이유 때문에 우리는 초상화와 닮은 사람이 세상에 아무도 없다 해도 어느 삶이 주는 초상화의 암시에 그런 이름을 붙이는 것이다. 설령 우리가 초상화와 '닮았느니' 또는 '닮지 않았느니' 하고 떠드는 인물을 알고 있다고 해도, 바로 이것이 그와 닮은 본질이라며 멋대로 선택한 어느 계기나 표현에 대해 주장하는 것은 하나의 추상이 아닐까? 비록 우리가 그런 계기나 표현을 수천 가지나 안다고 해도 우리가 실제로 보지 못했던 그의 삶의 헤아리기 힘든 큰 부분들에 대해, 이러한 아는 사람의 내면에서 불타오르는 불빛에 대해, 이 내면의 불빛이 다른 사람들 마음속에 반영되는 방식에 대해 무엇을 알고 있단 말인가? 알다시피 내가 에세이의 '진실'에 대해 상상하고 있는 것이 대략 이 정도라네. 여기에도 진실을 둘러싼 투쟁이 있고, 누군가가 어떤 인물이나 시대, 또는 어떤 형식에서 읽어낸 삶의 구현을 둘러싼 투쟁이 있다. 그렇지만 쓰인 글이 이러한 특별한 삶의 암시를 전달해 주는지의 여부는 단지 작품과 작품이 주는 비전의 강도에 좌우될 뿐이다.

커다란 차이점은 바로 이것이기 때문이다. 문학은 그것이 나타내는 인간의 삶의 환상을 보여주는 것이다. 창조된 작품과 견주어 평가될 수 있는 사람이나 사물은 어디서도 생각할 수 없다. 에세이의 주인공은 이미 언젠가 살았던 사람이고, 그러므로 그의 삶은 형상화되지 않으면 안 된다. 하지만 이러한 삶 역시, 문학에서 모든 것이 그렇듯이 바로 작품의 내부에서 벌어진다. 에세이는 그 자체로부터 그것의 비전이 지니는 효과와 타당성의 이 모든 전제를 창조해내야 한다. 그러므로 두 개의 에세이가 서로 상충되는 일은 발생할 수 없다. 어떤 에세이든 다른 세계를 창조해내는 것이다. 보다 높은 보편성에 도달하기 위해 창조된 세계를 넘어서는 경우에도 에세이는 음조나 색채, 강조에 의해 언제나 창조된 세계에 머무른다. 다시 말해 에세이는 비본질적인 의미에서만 창조된 세계로부터 벗어나는 것이다. 삶과 진실의 객관적인 외적 기준이 있다는 것은 틀린 말이다. '실제'의 괴테에 비교하여 그림(Grimm)이나 딜타이, 또는 슐레겔이 말하는 괴테의 진실을 평가할 수 있다는 것도 틀린 말이다. 그것이 사실이 아닌 까닭은 많은 괴테 상— 서로 다르고 우리의 괴테 상과도 현격히 다른—이 이미 우리에게 이들 삶에 대해 확신을 줄지도 모르기 때문이다. 이와 반대로 우리는 우리 자신의 비전이 다른 사람에게 나타났을 경우 실망할 것이기 때문이다. 그도 그럴 것이 자율적인 삶을 제공해줄 활기찬 호흡이 그들에게 아직 부족한 것이다. 에세이가 진실을 추구한다는 것은 맞는 말이다. 그렇지만 아버지의 암당나귀들을 찾아 나섰다가 어느 왕국을 발견한 사울처럼 정말로 진리를 찾을 능력이 있는 에세이스트는 길의 끝에 가서 찾지 않았던 목표, 즉 삶에 도달하게 될 것이다.

진실이라는 환상! 문학이 얼마나 힘들게 또 얼마나 서서히 이러한 이상을 포기했는지 잊지 말게나. 문학이 이런 이상을 포기한 지는 그리 오래되지 않았다. 그런데 이상이 사라진 것이 실제로 유익했는지는 무척 의문스럽다. 인간이 자신이 도달하려고 정한 바로 그것을 원해도 되는지, 인간이 자신의 목표를 향해 곧고 단순한 길을 따라 걸어갈 권리가 있는지는 무척 의문스럽다. 중세의 기사문학, 그리스 비극, 조토[12]를 생각해보게. 그러면 자네는 내가 여기서 무슨 말을 하려는지 알 것이다. 여기서 말하려는 것은 평범한 진실, 오히려 일상생활의 진부함이라고 불러야 마땅할 자연주의의 진실이 아니라 아주 오래된 동화나 전설의 생명을 수천 년 동안 유지시켜준 신화의 진실이다. 진정한 신화 작가들은 단순히 신화의 테마가 지닌 진정한 의미를 찾았을 뿐이다. 그들은 이러한 테마의 실용적인 현실성을 저지할 수 없었고 저지하려고 하지도 않았다. 그들은 이러한 신화를 성스럽고 신비로운 상형문자로 여겼고, 상형문자 해독을 그들의 사명으로 느꼈다. 그렇지만 자네는 모든 세계마다 나름대로 그 자신의 신화를 가질 수 있다고 생각하지 않는가? 이미 프리드리히 슐레겔[13]은 독일인의 민족 신이 헤르만[14]이나 보탄[15]이 아니라 학문과 예술이라고 말했다. 물론 이 말은 독일인의 전체

12 조토 디 본도네(Giotto di Bondone, 1267~1337): 14세기 이탈리아의 가장 중요한 화가 중 한 사람. 그의 작품들은 1세기 후에 번성한 르네상스 미술 양식의 혁신적 요소들을 예시해준다. 지금까지 거의 7세기 동안 조토는 유럽 회화의 아버지이자 이탈리아의 위대한 거장 중 으뜸으로 숭앙받아왔다. 피렌체파 화가 치마부에의 제자로 수많은 예배당을 프레스코와 템페라 패널화로 장식한 것으로 추측된다.

13 프리드리히 슐레겔(Friedrich von Schlegel, 1772~1829): 초기 독일 낭만주의 문학의 대표적인 이론가이자 작가. 예나에서 계간지 〈아테네움〉을 통해 형 아우구스트 빌헬름과 긴밀한 관계를 맺게 되었다. 그는 완전한 교육을 위해서는 그리스 철학과 문화가 필수적이라고 생각했다. 피히테의 초월철학에서 영향을 받아, 시는 철학적인 동시에 신화적·반어적·종교적이어야 한다는 낭만주의 개념을 발전시켰다. 그러나 반(半)자전적 미완성 장편 소설 『루신데』와 비극 『알라르코스』는 그다지 성공을 거두지 못했다.

삶에는 맞지 않는다. 그러나 이 말은 모든 시기의 모든 민족의 삶의 일부분, 즉 우리가 앞으로 계속 이야기해나갈 부분을 놓고 보면 그만큼 적절하다고 할 수 있다. 이러한 삶 역시 자신의 황금시대와 잃어버린 낙원을 지니고 있다. 우리는 거기서 이상한 모험으로 가득 찬 풍요로운 삶을 발견하며, 여기에는 어두운 죄악에 대한 불가사의한 징벌도 부족하지 않다. 태양의 영웅들이 등장해서 어둠의 힘과 무자비한 싸움을 벌인다. 여기서도 지혜로운 마법사의 현명한 말과 아름다운 요정의 유혹적인 노래 역시 모든 약자를 파멸로 몰아간다. 여기서도 원죄와 구원이 존재한다. 삶의 모든 투쟁이 여기에 있는 것이다. 하지만 이 모든 것을 이루는 재료는 다른 삶의 재료와는 다르다.

14 독일 영웅 아르미니우스의 독일어 표기. 토이토부르크 숲 전투에서 아르미니우스는 게르만 부족을 이끌고, AD 9년 바루스 휘하의 로마 군대를 결정적으로 격파했다. 케루스키족의 우두머리인 아르미니우스는 원래 로마 군대에서 복무하면서 로마 시민권과 기사의 지위를 얻은 바 있었다. 토이토부르크 숲 전투가 일어난 지 6년 뒤 카이사르와 싸우다가 아내 투스넬다가 붙잡히기도 했으나, AD 16년 아르미니우스는 로마군의 대규모 공격을 용케 견뎌 살아남았다. AD 17년 로마의 공격이 일시 중단되었을 때에 마르코만니족의 왕 마로보두스와 전쟁을 치러 승리를 거두었으나 얼마 뒤 부하들에게 살해당했다. 아르미니우스를 게르만족의 민족적 영웅으로서 평가하는 시각은 19세기 후반에 절정에 이르렀다. 이는 그를 '두말할 나위 없는 게르만의 해방자'로 표현한 타키투스의 평가에 힘입은 것이었다. 그러나 아르미니우스가 살았던 시대에는 통일된 하나의 게르만, 즉 독일이라는 개념은 아예 존재하지 않았다.

15 북유럽 신화에 나오는 최고의 신. 영어로는 오딘 신. 문헌에 따르면 그리스도교 이전 시기가 끝날 무렵 오딘은 스칸디나비아 반도의 주요한 신이었다고 한다. 오딘은 아주 옛날부터 전쟁의 신이었으며, 영웅문학에서는 영웅들을 수호하는 신으로 나온다. 전쟁에서 죽은 전사들은 발할라에서 오딘을 만난다고 했다. 늑대와 갈가마귀가 그에게 바쳐진 동물이었고, 그가 사용했던 신비한 말 슬레이프니르는 8개의 다리와 룬 문자가 새겨진 이빨과, 하늘을 달리고 바다를 건널 수 있는 능력을 가졌다고 한다. 오딘은 여러 신들 중에서 가장 뛰어난 마술사였으며 시에도 조예가 깊었고 시인들의 신이기도 했다. 외형적으로는 큰 키에 수염을 휘날리며 눈이 하나밖에 없는(다른 눈 하나는 지혜와 바꾸었음) 늙은이였다. 일반적으로 망토를 걸치고 챙 넓은 모자를 썼으며 창을 가지고 다니는 것으로 묘사되었다.

우리는 시인과 비평가들이 우리에게 삶의 상징을 보여주고, 아직 살아있는 신화와 전설을 우리의 질문의 형식으로 만들어 주기를 요구한다. 어느 위대한 비평가가 우리의 동경을 초기 피렌체의 회화나 그리스의 토르소에서 꿈꾸고, 그런 식으로 우리가 어디서나 찾았지만 얻지 못했던 것을 거기에서 우리를 위해 끄집어내 준다면, 그가 과학적 연구의 최근 성과, 새로운 방법과 새로운 사실에 대해 말한다는 것이 미묘하고 감동적인 아이러니가 아니겠는가? 사실은 언제나 존재하는 법이고, 그 사실 속에는 언제나 모든 것이 포함되어 있기 마련이다. 그렇지만 모든 시대는 다른 그리스, 다른 중세, 다른 르네상스를 필요로 한다. 시대마다 자신에게 필요한 시대를 만들어낼 것이다. 단지 바로 다음 세대만은 전(前)세대의 꿈이 자신의 새로운 '진실'로 극복해내야 할 거짓이었다고 생각한다. 그러나 문학의 영향사 역시 같은 식으로 진행된다. 그리고 비평에서도 할아버지 세대가 꾸었던 꿈의 지속적 삶은— 그 이전 사람들이 꾸었던 꿈은 말할 것도 없이—오늘날 살아있는 사람들의 꿈에 의해 거의 손상되지 않는다. 이전에 고인이 된 사람들이 꾸었던 꿈의 지속적 삶 역시 이와 마찬가지다. 따라서 르네상스에 대한 극히 다른 '견해'가 평화롭게 공존할 수 있게 된다. 이는 새로운 세대의 작가가 창조한 페드라나 지크프리트, 또는 트리스탄이 이전 세대의 작가가 창조한 페드라나 지크프리트, 또는 트리스탄을 언제까지나 손상시키지 않으리란 사실과 마찬가지다.

물론 예술학이란 것이 존재하고, 또한 그것은 응당 존재해야 한다. 에세이의 가장 위대한 대표자들은 그들의 삶의 비전이 학문의 영역을 넘어서긴 했지만, 그들이 창조해낸 것이 학문이 되어야 한다는 사실을 조금도 포기할 수 없다. 때로는 삶의 비전의 자유로운 비상이 건조한 재료라는 엄연한 사실에 의해 속박되고, 때로는 그것은 온갖 학문적 가치를 상실하기도 한다. 아무튼 삶의 비전이 하나의 비전이고, 그 비전이 사실들보다 앞서 존재하기에, 그 사실들을 자유롭고 마음대로 다루기 때문이다. 에세이 형식은 오늘날까지 에세이의 자매인 문학이 이미 오래전에 거친 독자성의 길을 아직 걸어오지 못했다. 즉 문학은 학문, 윤리, 예술과 함께 세분되지 않은 원시적인 통일을 이루던 상태에서 벗어나 발전의 길을 걸어왔다. 그렇지만 에세이가 처음에 걸은 길은 엄청나고 너무 위대해서, 나중의 발전은 처음 단계에 거의 도달하지 못했거나, 기껏해야 한두 번 그것에 접근할 수 있었다. 물론 내가 말하는 사람은 플라톤이다. 그는 지금까지 살았고 글을 썼던 사람들 중 가장 위대한 에세이스트이다. 그는 직접 자기 눈앞에서 벌어지는 삶으로부터 모든 것을 얻어냄으로써, 어떠한 매개 수단도 필요로 하지 않았다. 그는 자신의 질문, 지금까지 제기되었던 가장 심오한 질문을 생생한 삶과 연결시킬 줄 알았다. 이러한 형식의 가장 위대한 대가는 모든 창조자 중 가장 행복한 자이기도 했다. 즉 사람들이 바로 그의 주위에서 살았고, 이들의 본질과 운명은 그의 형식을 위한 범례가 되는 본질과 운명을 이루었다. 설령 플라톤의 글이 무미건조하기 짝이 없었다 해도, 어쩌면 그 본질과 운명은 이런 식으로 범례적인 것이 되었을 것이다. 그렇게 된 것은 그가 훌륭하게 형상화를 했을 뿐만 아니라 이런 특별한 경우에 삶과 형식의 일치가 강하게 이루어졌기 때문이다.

그렇지만 플라톤은 소크라테스를 만났고, 소크라테스의 신화를 형상화할 수 있었다. 그리고 운명과 관련해 삶에 말을 걸고 싶었던 플라톤은 질문을 위한 도구로서 소크라테스의 운명을 이용할 수 있었다.

소크라테스의 삶은 에세이의 형식을 위한 전형적인 삶이다. 다른 종류의 삶은 어떤 문학 형식에 그만치 전형적일 수 없을 정도이다. 유일한 예외가 비극을 위한 오이디푸스의 삶이다. 소크라테스는 언제나 궁극적인 질문 속에서 살았다. 다른 모든 생생한 현실은, 그의 질문이 평범한 사람에게 생동감이 없었듯이 그에게도 그다지 생동감이 없었다. 그는 자신의 전체 삶에 끼워 넣은 개념들을 가장 직접적인 삶의 에너지로 경험했다. 다른 모든 것은 이런 유일한 참된 현실의 비유에 불과했고, 이러한 체험을 표현하는 수단으로서밖에 가치가 없었다. 그의 삶은 가장 심오하고, 가장 깊이 숨겨진 동경의 소리로 울려 퍼진다. 그 삶은 격렬한 투쟁으로 가득 차 있다. 그렇지만 동경은 단순히 동경일 따름이고, 그 동경을 드러내 보이는 형식은 동경의 본질을 파악해서 그 본질을 개념으로 포착하려는 시도이다. 반면에 투쟁은 몇 개의 개념을 보다 명확히 규정하기 위한 말싸움에 불과하다. 그렇지만 동경은 삶을 가득 채우고, 투쟁은 언제나 문자 그대로 생사의 문제이다. 하지만 이 모든 사실에도 불구하고 삶을 가득 채우는 것으로 보이는 것은 동경이 아니다. 삶도 죽음도 삶에서의 본질적인 것과 생사의 투쟁을 표현할 수 없었다. 이것이 가능했더라면 소크라테스의 죽음은 순교나 비극이 되었을 것이고, 그러므로 서사적이거나 극적인 형식으로 묘사할 수 있었을 것이다. 그러나 플라톤은 자신이 젊은 시절 썼던 비극을 불태워버린 이유를 정확히 알고 있었다. 비극적 삶이란 결말에 의해서만 마무리가 되고, 그 결말만이 모든 것에 의미와 의의, 형식을 부여하기 때문이다. 모든 대화나 소크라테스의 전체 삶에서 언제나 자의적(恣意的)이고 아이로니컬한 것은 바로 이 마지막 장면이다. 하나의 질문이 제기되고 너무 심화되어 그것이 온갖 질문 중의 질문이 된다. 하지만 그러면 모든 것이 열려 있는 상태이므로, 외부로부터, 다시 말해 그 질문과 아무런 관련이 없는, 또한 대답의 가능성으로서 새로운 질문을 가져다주는 것과 아무런 관련이 없는 현실로부터 어떤 것이 와서 모든 것을 중단시켜버린다. 이러한 중단은 결말이 아니다. 그것은 내부로부터 나오지 않기 때문이다. 그럼에도 이러한 중단은 가장 심오한 결말이다. 왜냐하면 내부로부터 종결짓는 것은 불가능할지도 모르기 때문이다. 소크라테스에게 모든 사건은 개념을 보다 명확히 보기 위한 기회였을 뿐이고, 재판관 앞에서의 자기변호는 상대편의 미약한 논자들의 불합리함을 논증하기 위한 것이었을 뿐이다. 그런데 그의 죽음은? 죽음은 여기서 고려의 대상이 아니다. 죽음은 개념으로 파악할 수 없는 성질의 것이다. 죽음은 위대한 대화, 즉 유일하게 진정한 현실을 너무나 무자비하게, 그리고 단지 외부로부터 중단시켜버린다. 마치 리시스[16]와의 대화를 중단시켜 버린 예의 거친 보호자처럼 말이다. 하지만 우리는 그러한 중단을 단지 유머러스하게 바라볼 수 있을 뿐이다. 심지어 그러한 중단은 자신이 중단시키는 것과는 아무런 관련이 없다. 하지만 그러한 중단은, 본질적인 것이 그러한 어떤 것에 의해 그런 식으로 중단된다는 점에서 삶의 심오한 상징이기도 하고, 이런 이유 때문에 보다 심오하게 유머러스하다고 할 수 있다.

그리스인들은 자신들이 이용할 수 있는 모든 형식을 추상으로서가 아니라 현실로서, 생생히 살아있는 것으로서 느꼈다. 그 때문에 벌써 알키비아데스[17]는—수십 세기 후에 니체가 강조하게 되는 것을—본

---

16 『리시스』는 『향연』, 『파이드로스』 편보다 앞서는 플라톤의 저서. 『리시스』 편에서는 사랑과 우정에 관해 다루고 있다.

질을 파악하기 힘들다는 점에서 소크라테스가 그의 이전에 살았던 그리스인과는 판이하게 다른 종류의 새로운 인간이라는 점을 분명히 파악하고 있었다. 그러나 소크라테스는 같은 대화에서 자기와 같은 종류의 새로운 인간에 대한 영원한 이상을 표현했다. 순수하게 인간적으로 느끼는 사람들은 물론이고 깊디깊은 본질에서 문학적인 사람들도 그러한 이상에 대해서는 이해하지 못할 것이다. 그는 같은 사람이 비극과 희극을 써야 하고, 비극적인 것과 희극적인 것은 완전히 선택의 문제에 달려있다는 이상을 표현했다. 비평가는 여기서 자신의 깊디깊은 삶의 감정을 표현한 것이다. 즉 그는 감정에 대한 입장과 개념의 우위를 표현했고, 깊디깊은 반(反)그리스적인 사고를 명확히 표현했다.

자네도 알다시피 플라톤 자신도 한 사람의 '비평가'였다. 이러한 비평이 다른 모든 일이 그렇듯이 그의 경우에는 단순히 하나의 기회이자 반어적인 표현수단에 불과할지라도 말이다. 후대의 비평가들에게는 이러한 비평이 그들 저술의 내용이 되었다. 비평가들은 문학과 예술에 대해서만 이야기했을 뿐이다. 그들은 자신의 삶이 그들에게 궁극적인 것에 도달하기 위한 도약판 역할을 할지도 모르는 소크라테스와 같은 사람을 만나는 행운을 결코 얻지 못했다. 그렇지만 소크라테스는 그런

---

17 알키비아데스(Alcibiades, BC 450년경~ BC 404): 아테네에 정치적 분쟁을 불러일으켜 펠로폰네소스 전쟁에서 아테네가 스파르타에 패하게 만든 총명하지만 조심성이 없는 인물이었다. 부유한 가문 출신으로, 잘생기고 기지 넘치는 청년인 반면 사치스럽고 무책임하며 자기중심적이었다. BC 420년 아테네가 펠로폰네소스 반도의 도시국가들과 반스파르타 동맹을 결성하는 데 이바지했으나, 이 동맹군은 만티네이아 전투에서 스파르타에 패배했다. 스파르타로 가서 아기스 왕의 왕비를 유혹해 사형선고를 받자 사르디스로 도망쳐 페르시아 총독과 결탁했다. BC 411~408년 헬레스폰토스 해협에서 아비도스와 키지쿠스를 격파함으로써 아테네의 세력 회복에 기여했다. 은퇴 후에도 계속 아테네 정계에 영향력을 행사해 분란을 일으켰다. 이후 소아시아 북서부지방의 프리기아로 피신했으나 스파르타의 사주를 받은 총독에게 살해당했다.

비평가를 비난한 최초의 사람이었다. 그는 프로타고라스[18]에게 이렇게 말했다. "시를 대화의 주제로 삼는 것은 교양 없는 비천한 사람들이 벌이는 잔치와 너무나 비슷한 것 같아……. 그러므로 우리가 지금 즐기는 대화, 우리와 같은 대부분의 남자들이 자랑스럽게 여기는 대화는 외부의 낯선 목소리나 시인을 필요로 하지 않네."

우리로서는 다행스럽게도 현대의 에세이는 책이나 시인에 관해 말하지 않는다. 하지만 이런 구원은 시인을 더욱 문제적으로 만든다. 에세이는 너무 높이 서 있고, 한 작품을 묘사하거나 설명하기에는 너무 많은 것을 바라보고 연결시킨다. 모든 에세이는 제목 옆에 눈에 띄지 않는 글자로 '……라는 계기에 의한 생각'이란 말로 시작한다. 따라서 에세이는 어떤 문제를 전적으로 다루기에는 너무 풍부하고 너무 독자적으로 되었으며, 그 자체로부터 하나의 형식을 얻기에는 너무 지적이자 너무 다양한 형태가 되었다. 에세이는 책에 관해 충실히 기술할 때보다 더욱 문제적으로 되고, 삶의 가치로부터 더욱 멀어지지는 않았는가?

무언가가 한번 문제적이 되었을 때—우리가 이야기하고 있는 사고 방식과 그것의 표현 방식은 문제적으로 된 것이 아니라 늘 그래왔다—구원은 문제를 극도로 첨예하게 하고, 모든 문제의 뿌리까지 근본적으로 들어감으로써만 생겨날 수 있다. 현대의 에세이는 플라톤과 신비주

---

18 프로타고라스(Protagoras, BC 485년경~BC 410년경): 그리스의 사상가이자 교사로 가장 유명한 최초의 소피스트였다. 플라톤은 자신의 대화편 중 하나에 프로타고라스의 이름을 따서 붙였다. 프로타고라스는 "인간은 만물의 척도다"라는 명제로 유명하다. 이 명제는 모든 지각 또는 모든 판단이 개인에 따라 상대적임을 의미하는 표현이다. 궤변술을 가르쳐 엄청난 부와 명성을 얻은 덕분에 아테네 식민지인 이탈리아 투리의 입법자로 임명되었다. 프로타고라스는 전통적인 도덕관을 받아들였지만, 『신에 대하여』에서 신에 대한 믿음에 불가지론의 태도를 나타냈기 때문에 불경죄로 고발당했다. 이 책은 공개적으로 불살라졌으며, 그는 BC 415년경 아테네에서 추방당했다.

의자들에게 힘을 부여해주었던 삶의 배경을 상실했다. 그리고 현대의 에세이는 책의 가치와 책에 관해 이야기하는 것 자체에 대한 소박한 믿음도 더 이상 지니고 있지 않다. 상황의 문제성은 사고나 표현의 어떤 경박성을 요구하는 상태로 치닫게 되었다. 대부분의 비평가들의 경우 이러한 경박성은 삶의 분위기가 되기도 했다. 하지만 이로 인해 구원이 필요하고, 그러므로 가능하며 현실적이란 사실이 드러났다. 이제 에세이스트는 자기 자신을 의식하고 스스로를 발견해서 자신으로부터 자신의 고유한 무언가를 만들어내야 한다. 에세이스트는 하나의 이미지나 책에 대해 말하지만, 즉시 그것으로부터 떠나야 한다.

왜 그럴까? 이러한 이미지나 책에 대한 이념이 그의 마음에서 너무 압도적으로 되었고, 에세이스트는 그 이념과 관련된 일체의 부수적인 구체성을 망각해서 그 부수적인 구체성을 출발점이나 도약판으로만 이용했기 때문인 것 같다. 문학 자체는 모든 문학작품보다 더 오래되고 위대한 것이며, 그 이상이고 더 중요한 무엇이다. 즉 이러한 점은 비평가가 문학을 대할 때 지니는 해묵은 삶의 분위기다. 하지만 오늘날에 와서는 그런 분위기는 의식적인 태도가 되어야만 했다. 비평가가 이 세상에 보내진 것은 위대한 것과 하찮은 것에 대한 이러한 선험성을 명확히 밝히고 그것을 통고하기 위해, 이러한 인식을 통해 바라보고 파악한 가치의 척도에 의해 모든 개별적 현상에 대한 판단을 내리기 위해서이다. 이념은 이념의 모든 표현보다 앞서 존재한다. 이념은 영혼의 가치이고, 세계를 움직이는 자이며 자신을 위해 삶을 형성하는 자이다. 그 때문에 그러한 비평은 항상 가장 생생한 삶에 관해 말할 것이다. 이념은 존재하는 모든 것의 척도이다. 그 때문에 이미 창조된 어떤 것을 계기로 삼아 그것의 이념을 드러내는 비평가는 또한 유일하게 진실하고 심오한 비평을 쓸 것이다. 위대하고 진실한 어떤 것만이 이념의 근처에서 살아갈 수 있다. 이러한 주문(呪文)이 표현되면 부서지기 쉽고 사소하며 미완성된 모든 것은 무너지고, 그 주문은 억지로 빼앗은 지혜와 부당하게 차지한 본질을 잃게 된다. 그 주문은 '비판될' 필요가 없으며, 이념의 분위기만으로 그것을 판단하고 비난하기에 충분하다.

그렇지만 이런 점에서 에세이스트의 존재 가능성은 비로소 더없이 깊은 뿌리에 이르기까지 문제적으로 된다. 자신이 바라본 이념의 판단하는 힘에 의해서만 에세이스트는 상대성과 비본질성으로부터 구제된다. 하지만 그에게 판단하는 권리를 부여하는 사람은 누구인가? 에세이스트 자신이 그런 권리를 붙잡아서 자신의 내부로부터 판단의 가치를 창조한다는 말은 거의 틀린 말은 아닐 것이다. 하지만 자족적이고 독선적인 인식의 이러한 곁눈질하는 범주인 그의 어림짐작보다 올바른 판단에 깊은 틈새를 만들어놓는 것은 없다. 에세이스트의 판단 기준은 실제로 그의 내부에서 만들어지지만, 그는 그 기준에 생명력을 부여해서 행동에 옮기게 하는 자는 아니기 때문이다. 즉 그의 귀에 그런 기준을 불어넣는 자는 미학의 위대한 가치 규정자이자 언제나 오려고 하지만 아직은 결코 도달하지 않은 자이며, 유일하게 판단을 내리도록 소명 받은 자이다. 에세이스트는 자신의 (또는 다른 사람의)『의지와 표상으로서의 세계』의 도래를 기다리며『소품과 부록』[19]을 쓰는 쇼펜하우어 같은 사람이고, 앞으로 올 어떤 사람, 그렇다고 자신이 그자

---

19 1851년에 나온 쇼펜하우어의 에세이집『소품과 부록Parerga und Paralipomena』을 말한다. 이 에세이가 유명하게 됨으로써 주저『의지와 표상으로서의 세계』(1818)가 새삼 세인의 주목을 받아 쇼펜하우어는 만년에 철학자로서 세계적인 명성을 획득하게 되었다.

의 구두끈을 풀 자격은 없는 어떤 사람에 관해 황야에서 설교하기 위해 밖으로 나서는 세례 요한과 같은 사람이다. 그런데 그자가 오지 않는다면 에세이스트는 존재 가치가 없는 사람이 아닐까? 만약 그자가 나타난다면 에세이스트는 그로 인해 불필요한 사람이 되지 않을까? 그는 자신의 존재를 정당화하기 위한 이런 시도를 함으로써 완전히 문제적으로 되지 않았을까? 그는 선구자의 순수한 유형이다. 따라서 그가 고지한 사람의 운명과는 상관없이 오로지 자신에게만 의지하는 그런 사람이 어떤 가치와 정당성을 주장할 수 있을지는 무척 의문스러워 보인다. 구원을 가져다주는 커다란 체계 내에서 에세이스트의 성취를 부정하는 사람들에 맞서 의연히 버티는 것은 아주 쉬운 일이다. 모든 진정한 동경은 아무렇게 주어진 사실과 체험의 천박한 수준에 나태하게 머물러 있는 사람들에게 언제나 승리를 거둔다. 동경이 존재한다는 사실만으로도 이러한 승리를 결정 짓기에 충분하다. 왜냐하면 동경은 실증적이고 직접적으로 보이는 모든 것의 가면을 벗겨버리고, 그런 것을 하찮은 동경이자 값싼 성취임을 드러내며, 또한 실증적이고 직접적인 것이 무의식적으로 추구하는 기준과 질서를 지적하기 때문이다. 기준과 질서가 그런 사람들에게는 도달할 수 없는 것 같기에, 그들은 그 기준과 질서의 존재를 단지 비겁하게 헛되이 부인할 따름이다. 에세이는 자신의 단편적(斷片的) 성격을 학문적 엄밀성의 사소한 완결성이나 인상주의적 신선함에 조용하면서도 당당히 대립시킨다. 하지만 위대한 미학이 도래하면 에세이의 더없이 순수한 성취와 더없이 강력한 달성은 무력해진다. 그렇게 되면 에세이가 형상화한 모든 것은 결국 부인할 수 없게 된 기준의 적용에 불과하게 된다. 그러면 에세이 자체는 단지 잠정적이고 임시적인 어떤 것이 되고, 그것의 성과는 어느 체계의 가능성 앞에서 자신의 내부로부터 더 이상 순수하게 정당화될 수 없다. 이런 점에서 에세이는 진정으로 또 전적으로 단순히 선구자에 불과한 것 같고, 에세이에 어떠한 독자적인 가치도 부여할 수 없을지도 모른다. 하지만 가치와 형식, 기준과 질서와 목표에 대한 이러한 동경은 도달되어야 하는 하나의 끝만 지니는 것은 아니다. 만약 그렇게 된다면 동경 자체는 취소되어 버리고 하나의 주제 넘는 동어반복이 되고 말 것이다. 모든 진실한 끝은 하나의 진정한 끝이다. 즉 어느 길의 끝이다. 비록 길과 끝이 하나의 통일체를 이루는 것은 아니고 동일한 것으로 나란히 서 있는 것도 아니지만, 그래도 길과 끝은 공존하고 있다. 다시 말해 끝이란 항상 새로이 달려나가는 길 없이는 생각할 수도 실현될 수도 없다. 끝이란 계속 서 있는 것이 아닌 그곳에 도달하는 것이고, 도착하는 것이나 쉬는 것이 아니라 정상을 정복하는 것이다. 이렇게 보면 에세이란 이러한 위계질서의 끝에서 두 번째 단계로서 최종 목표에 도달하기 위해 필요한 수단으로 정당화되는 것 같다. 그러나 이것은 에세이가 해낸 것의 가치일 뿐이고, 에세이가 존재한다는 사실은 아직 다른 좀 더 독자적인 가치를 지닌다. 왜냐하면 우리가 말한 동경은 아직 찾아져야 할 체계에서 충족될 수 있고, 그러므로 취소될지도 모르지만, 이러한 동경은 단순히 성취를 기다리는 어떤 것이 아니라 그 자신의 가치와 존재를 지니는 영혼의 사실이기 때문이다. 다시 말해 삶의 전체에 대한 원래적이고 심오한 입장표명은 체험 가능성의 더 이상 취소될 수 없는 최종적인 범주다. 그러므로 동경은 곧 취소될 충족을 필요로 할 뿐만 아니라, 영원한 가치를 얻기 위해 가장 고유하고 이제 분할할 수 없는 실체를 구원하고 구제하는 형식도 필요로 한다. 이것이 바로 에세이가 하는 일이다. 쇼펜하우어가 쓴 『소품』[20]의 예를 생각해보라! 그 작품이 체계의 앞에 쓰였는지 뒤에 쓰였는지 하는 것은 단순히 시간적 순서의 문제만은 아니다. 즉 이러한 시간적·역사적 차이는 두 저작의 특성의 차이를 나타내주는 상징일 뿐이다. 체계에 앞서 쓰인 『소품』은 자체 내로부터 전제조건을 만들어내고, 체계에 대한 동경으로부터 전체 세계를 창조해냄으로써 얼핏 보기에 하나의 예와 암시를 줄 수 있을 것 같다. 그 작품은 내재적이고 말로 표현할 수 없는 방식으로 체계와 그것의 생생한 삶과의 유착을 담고 있다. 그러므로 『소품』은 언제나 체계에 앞서 존재하기 마련이다. 설령 체계가 이미 만들어졌다 해도 그것은 단순한 적용이 아니라 언제나 하나의 새로운 창조가 될 것이고, 실제 체험 속에 생생히 살아있는 어떤 것이 될 것이다. 이러한 '적용'은 판단하는 것과 판단되는 것 양자를 만들어내고, 한번 존재했던 것을 바로 그것의 독특한 점과 함께 영원함 속으로 들어 올리기 위해 전체 세계를 포괄한다. 에세이는 하나의 법정이다. 하지만 에세이의 본질적인 것과 가치를 결정하는 것은 (체계에서처럼) 심판이 아니라 심판의 과정이다.

이제야 우리는 처음에 한 말을 다시 써도 될지도 모르겠다. 다시 말해 에세이는 하나의 예술 형식이고, 독자적이고 완전한 삶에 대해 독자적이고 완전한 형식을 부여하는 것이다. 이제야 에세이를 예술작품이라 불러도 모순되거나 두 가지 의미로 해석되거나 잘못된 것으로 들리지 않을지도 모른다. 하지만 우리는 에세이가 예술과 구별된다는 것을 계속해서 강조하지 않으면 안 된다. 다시 말해 에세이는 예술작품

---

20 『소품과 부록*Parerga und Paralipomena*』을 말한다. 제1권은 『소품*Parerga*』, 제2권은 『부록 *Paralipomena*』으로 이루어져 있다.

과 동일한 몸짓으로 삶을 대하지만, 단지 삶에 대한 태도의 독립성과 몸짓만이 동일한 따름이다. 그 외에는 에세이와 예술 사이에 아무런 접점도 존재하지 않는다.

내가 여기서 자네에게 이야기하려고 했던 것은 에세이의 가능성에 관해서였다. 그리고 빌헬름 슐레겔[21]이 헴스터후이스[22]의 저작을 두고 그렇게 불렀듯이, 이러한 '지적인 시'의 본질과 형식에 관해서였다. 오래전부터 진행되어 온 에세이스트의 자기반성이 완성되었는지 또는 완성을 이룰 수 있는지를 이 자리에서 논의하거나 그 문제에 대해 판단하려는 것은 아니다. 여기서는 단지 그 가능성에 대해 거론했을 따름이고, 이 책이 나아 가려는 길이 진정으로 하나의 길이 될 수 있는지 질문했을 따름이다. 그러나 누가 이미 그 길을 걸어갔으며, 그가 그 일을 어떻게 했는지에 대해서는 거론하지 않았다. 그리고 이 책이 그 길을 어느 정도나 걸었는지에 대해서는 조금도 언급하지 않았다. 이 책에 대한 비판은 이 책이 생겨나게 한 직관 속에 아주 날카롭고도 남김없이 담겨 있다.

1910년 10월, 피렌체

---

21 빌헬름 슐레겔(August Wilhelm von Schlegel, 1767~1845): 동양학자 겸 시인으로 독일 낭만주의 운동의 이념을 전파하는 데 큰 역할을 했으며, 셰익스피어를 번역한 것이 가장 큰 업적이다. 철학자이자 비평가였던 동생 프리드리히와 함께 독일 낭만주의의 기관지가 된 〈아테네움〉(1798~1800)을 창간했다. 1796년 카롤리네 미하엘리스와 결혼했으나, 그녀는 1803년 철학자 W. J. 셸링에게로 가버렸다. 학문적인 저서 『인도 총서』를 출판했고, 산스크리트 출판사를 설립했으며, 독일 산스크리트 연구회를 세웠다. 그의 시는 교양시에 불과하다고 간주되었고, 비평가로서 그는 동생 프리드리히보다 더 경험적이며 체계적인 반면 덜 사변적이라는 평가를 받았다.
22 헴스터후이스(François Hemsterhuis, 1721~1790): 네덜란드 출신의 미학 및 윤리 철학 저술가.

2

플라톤주의, 시 그리고 형식

루돌프 카스너[1]

"나는 악기를 탁월하게 연주할 줄 알고, 나름대로 작곡도 잘 하지만, 일상적 삶에서는 그들의 음악에 대해 아무것도 모르는 사람들을 언제 어디서나 만났다. 그것은 이상한 일이 아닌가?" 루돌프 카스너의 모든 글에는 이런 질문이 공공연히 또는 반주음(伴奏音)에 은폐되어 나타난

---

1 루돌프 카스너(Rudolf Kassner, 1873~1959): 오스트리아 출신의 문화 철학자이자 에세이스트. 플라톤 철학에 심취한 카스너는 외부 현상을 인상학적으로 해석하려 했다. 루카치는 카스너의 비평에 등장하는 인간을 예술가와 비평가라는 두 가지 유형으로 나눈다. 카스너는 이들을 시인과 플라톤주의자로 부른다. 시인은 운문으로 글을 쓰고, 플라톤주의자는 산문으로 글을 쓴다. 그리고 시에는 법칙이 있지만 산문에는 법칙이 없다. 한쪽은 법칙 구조의 엄격한 확실성 속에서 살고, 다른 쪽은 자유의 수많은 위험과 혼란 속에서 산다. 예술가는 작품을 통해 인간을 창조해내지만, 비평가는 인간의 영혼을 분석하고 작품의 의미를 추구한다. 그러나 시인은 자신이 창조한 작품이라는 완결된 세계 속에 사는 데 반해, 플라톤주의자는 결코 도달할 수 없는 어떤 것을 동경한다는 점에서 그의 세계는 어떠한 실체도 갖지 못한다. 플라톤주의자의 삶 속에는 그가 추구하는 무언가가 살아있지만, 그는 어디서도 이를 위한 리듬을 발견하지 못한다. 그런데 양자의 삶의 감정은 형식 속에서 조화를 얻게 된다. 형식만이 양자의 대립을 해소해줄 수 있으며, 형식 속에서 시인과 플라톤주의자는 동일하게 된다.

다. 아무리 하찮은 그의 서평도 이런 질문에 대한 답변을 찾으려 하고, 그가 분석하는 모든 사람에게서 (그들은 대부분 시인이나 비평가, 화가들이다) 그가 관심을 기울이는 유일한 것, 그가 집중하는 유일한 것은 이 문제로 귀결된다. 다시 말해 사람들이 어떻게 살아가고, 예술과 삶이 서로 어떤 관계를 맺고 있고, 한쪽이 다른 쪽을 어떻게 변형시키며, 이 양자로부터 어떻게 더 높은 유기체가 생겨나는지, 또는 왜 그런 일이 일어나지 않는지 하는 문제로 귀결되는 것이다. 양식이란 한 인간의 전체 삶의 문제인가? 만일 그렇다면 양식이 어떻게 또 어디에서 나타나는 것일까? 예술가의 삶에는 끝에 이르기까지 지속적으로 울리는 힘찬 멜로디, 즉 모든 것을 필연적으로 만들고, 모든 것을 자체 속에 용해하고, 다양한 모든 것이 다시 통일을 이루게 하는 멜로디가 존재하는 것일까? 필생의 위대한 작품은 작가를 어느 정도로 위대하게 만드는가? 예술가가 단 하나의 금속으로 주조된 위대한 인간이라면 그러한 점은 예술 속의 어디에서 명백히 드러나는가?

카스너의 비평 작품에는 어떤 종류의 사람들이 등장하는가? 그러한 질문이 제기될 수 있다는 사실이 곧 오늘날의 비평가들 사이에서 소극적으로나마 카스너가 차지하는 위치를 규정해준다. 그는 현재 살아있는 비평가들 중 유일하게 활발히 활동하는 비평가다. 그는 자신의 질문에 대답할 수 있는 사람들의 혼령을 불러내기 위해, 자신의 제단을 직접 찾아가고, 제단에 바치려는 제물을 직접 고르는 유일한 비평가다. 카스너는 우연에 의해 주어지는 인상을 포착하는 감광판은 아니다. 그는 매우 주체적이고 능동적인 비평가다. 즉 그는 자기가 비평할 사람을 고르는 데 능동적이다. 다시 말해 그는 결코 논쟁에 가담한 적이 없었고, 논쟁적인 분위기의 비평을 쓴 적도 없었다. 그에게는 저열하고 비예술적인 것은 아예 존재하지 않는다. 그는 그런 것에 맞서 싸우려고 하지 않는 것은 물론이고, 심지어 그런 것을 보려고 하지도 않는다. 그는 자신이 선택한 사람들을 묘사하는 데도 능동적이다. 그는 실패한 것에는 흥미를 느끼지 못한다. 실패와 성공 사이의 경계도 그것이 인간의 본질과 뗄 수 없이 결부되어 있는 한에서만, 인간의 최고 가치의 음극(陰極)을 형성하고 삶의 위대한 상징적 행위에 대한 배경을 이루는 한에서만 흥미의 대상이다. 다른 모든 것은 카스너가 어떤 예술가를 바라보는 순간 떨어져 나간다. 사물들을 보지 않으려는 그의 암시적인 힘이 너무 크므로 그의 시선은 껍질을 벗겨낸다. 우리는 그 순간 껍질은 단순히 쭉정이에 불과하고, 카스너가 핵심이라고 보는 것만 중요하다고 느낀다. 카스너가 지닌 주된 힘의 하나는 그가 그리 많은 것을 보지 않는다는 데에 있다. 일상적 삶과 판에 박은 듯한 역사 서술의 범주는 그에게 아예 존재하지 않는다. 예컨대 디드로[2]에 관해 이야기할 때 그는 문학사가 우리에게 보도록 하는 백과전서파에 대한 어떤 면모도, 그에게서 부르주아 희곡의 창시자에 대한 어떤 면모도, 새로운 많은 사상을 고지해준 그의 어떤 면모도 보지 않고, 디드로의 유신론(有神論)과 이신론(理神論)[3], 무신론을 구별하지 않는다. 더욱이 심리학자들이 너무나 자주 강조하는 독일적 불명료함도 그의 시야에서 사라져버린다. 이런 식으로 진부한 모든 것을 털어버리고 난 뒤 카스너는 우리 눈앞에 새로운 디드로를 내세운다. 그것은 언제나 쉬지 않고, 영원히 무

---

2 드니 디드로(Denis Diderot, 1713~1784): 1745~1772년 계몽주의 시대의 주요 저작물인 『백과전서』의 편집장을 맡은 계몽주의 철학자. 디드로의 『백과전서』는 '합리적 사전'으로서 모든 학문과 예술의 본질적 원리와 응용을 뚜렷이 드러내고 있으며, 그 바탕에 있는 철학은 합리주의와 인간 정신의 진보에 관한 믿음이었다. 학자와 성직자까지 힘을 합해 이 일을 진행했다. 디드로는 『백과전서』 외에 언어와 미학에도 관심이 있었고, 수필도 발표했다.

언가를 추구하는 최초의 인상주의자이자 개인주의자의 모습이다. 이러한 디드로에게 모든 새로운 견해, 새로운 방법은 자기 자신을 발견하고 다른 사람을 이해하기 위한 수단, 또는 단순히 다른 사람과 접촉하기 위한 수단에 불과하다. 이런 모습의 디드로는 전체 세계를 과대평가하고 있는데, 그 이유는 그것이 자기 자신을 고양시키는 유일한 수단이기 때문이다. 이처럼 모순으로 가득 찬 디드로는 자주 쓸데없는 말을 떠벌이고, 때로는 미사여구만을 늘어놓기도 하지만 몇몇 예외적인 위대한 순간에는—그리고 단지 이러한 순간에만—우리의 동경의 리듬 속에 여전히 살아있는 하나의 양식을 발견한다.

그러면 이제 카스너의 비평에 등장하는 인물에 관해 이야기해 보도록 하겠다. 그의 글에는 두 가지 유형의 인간이 등장하는데, 그들은 예술 속에서 살아가는 모든 인간 중 두 가지 주요 유형이다. 즉 그들은 창조하는 예술가와 비평가다. 또는 카스너의 용어를 사용하자면 시인과 플라톤주의자다. 카스너는 이 양자를 선명하게, 보수적이고 거의 독단적일 정도로 단호하게 구분한다. 그는 "상상력을 지녔지만 운문을 쓰는 데 어려움을 겪는 사람들이 시를 산문으로 쓰는 것"을 허용해주는 현대적인 감수성과 모호한 경계, 아무렇게나 뒤섞인 양식의 적이다. 각각의 영혼의 유형에는 다른 표현수단이 적합하기 때문이다. 시인은 운

---

3 이신론(理神論) 또는 자연신론(自然神論)은 18세기 계몽주의 시대에 등장한 철학(신학) 이론이다. 세계를 창조한 하나의 신을 인정하되, 그 신은 세계와 별도로 존재하며 세상을 창조한 뒤에는 세상, 물리법칙을 바꾸거나 인간에게 접촉하는 인격적 주재자로 보지 않는다. 그에 따라 계시, 기적 등이 없다고 보는 철학, 종교관이다. 계몽주의에서 이신론은 신은 인간을 초월한 존재이며 또 우주의 창조주라고 생각하는 점에서는 일종의 유신론이지만, 한편에서는 인간은 이성을 가지고 있기 때문에 이 신의 존재나 우주의 법칙을 이성으로 알수가 있다고 간주하였다.

문으로 글을 쓰고, 플라톤주의자는 산문으로 글을 쓴다. 그리고 가장 중요한 것은 "시에는 법칙이 있지만 산문에는 법칙이 없다"는 점이다.

시인은 운문으로 글을 쓰고, 플라톤주의자는 산문으로 글을 쓴다. 한쪽은 법칙 구조의 엄격한 확실성 속에서 살고, 다른 쪽은 자유의 수많은 위험과 혼란 속에서 산다. 한쪽은 찬란하고 매혹적인 자체 내의 완전성 속에서 살고, 다른 쪽은 상대성의 영원한 물결 속에서 산다. 시인은 때때로 사물을 손에 잡고 그것을 관찰하기도 하지만, 힘차게 날개를 퍼덕이며 사물들 위로 날아오른다. 플라톤주의자는 항상 사물들 가까이에 있지만 그것들로부터 영원히 멀리 떨어져 있다. 그는 사물들을 소유할 수 있을 것 같지만, 항상 그것들을 동경하지 않을 수 없다. 어쩌면 양자 모두 고향을 잃고 똑같이 삶의 바깥에 머물러 있을지도 모른다. 하지만 시인의 세계는 (그 역시 삶의 세계에 도달하지 못한다 할지라도) 그래도 우리가 안에서 살아갈 수 있는 절대적인 세계이다. 반면에 플라톤주의자의 세계는 아무런 실체가 없다. 시인은 '네' 또는 '아니오' 식으로 말하지만, 플라톤주의자는 같은 순간 믿는 동시에 의심한다. 시인의 운명은 비극적일 수 있지만, 플라톤주의자는 비극의 주인공조차 될 수 없다. 카스너는 "플라톤주의자는 아버지가 살해당하기조차 하지 않은 햄릿이다"라고 말한다.

양자는 반대되는 양극단이다. 그들은 거의 서로를 보완하는 관계라고 할 수 있다. 하지만 시인의 삶의 문제가 플라톤주의자를 주목하지 않는 데 있는 반면, 플라톤주의자에게는 시인과 화해하고, 시인을 정의하기 위해 적절한 말을 찾아내는 것이 결정적인 체험이다. 진정한 시인의 유형에게는 사상이 결여되어 있다. 다시 말해 그에게 사상이 있다면 그것은 단순히 재료이고 리듬을 위한 단순한 가능성일 뿐이다.

다른 모든 것과 마찬가지로 그의 사상은 합창단에서 울려 퍼지는 목소리일 뿐, 아무것도 파악하지 않으며, 아무것에도 의무를 지지 않는다. 시인은 언제나 원숙하고 완전하기 때문에 아무것도 배울 수 없다. 시인의 형식은 운문이며 노래이다. 그에게 모든 것은 음악으로 용해된다. "플라톤주의자의 삶 속에는 그가 추구하는 무언가가 살아있지만, 그는 어디서도 이를 위한 리듬을 발견할 수 없다." 플라톤주의자는 언제나 자신이 도달할 수 없는 무언가를 동경할 것이다. 그의 경우에도 사상은 단지 원재료이자, 그가 어디로든 갈 수 있는 길에 불과하다. 하지만 그 자체로 그 길은 그에게 궁극적인 것이자, 그의 삶에서 더 이상 분해할 수 없는 사실을 의미한다. 플라톤주의자는 끊임없이 발전해가지만, 그럼에도 결코 어떠한 목표에도 도달할 수 없다. 그가 말하고자 하는 것은 언제나 그가 말하는 데 성공한 것보다 많을 수도 있고 또는 더 적을 수도 있다. 그리고 침묵하고 있는 사물들을 조용히 동반하는 것만이 그의 글을 음악으로 만들 수 있다. 그는 자신에 관해 결코 모든 것을 말할 수 없고, 어떤 사물에 결코 완전히 몰두할 수 없다. 그의 형식은 결코 완전히 채워지지 않거나, 또는 그것은 자체적으로 더 이상 모든 것을 담을 수도 없다. 즉 분석과 산문이 그의 형식인 것이다. 시인은 무엇을 찬미하든 간에 언제나 자신에 관해 말한다. 플라톤주의자는 감히 자신의 생각을 널리 알릴 엄두를 내지 못한다. 단지 다른 사람의 작품을 통해서만 자신의 삶을 체험할 수 있고, 다른 사람을 이해함으로써 자기 자신에게 다가갈 수 있다.

참으로 전형적인 시인(카스너의 견해에 의하면 핀더[4], 셸리[5], 휘트먼[6]만이 아무런 유보 조건 없이 거기에 속할지도 모른다)은 결코 문제적이지 않지만, 진정한 플라톤주의자는 언제나 문제적이다. 자신의 삶을 수미일관하게 극한까지 철저히 살려고 결심한 사람들의 경우 양자는 매우 심오한 의미에서 같은 것을 의미한다. 두 가지 대조적인 유형이 한 사람에게 섞여 있을 때야 비로소 표현과 목표에 이르는 길, 운문과 산문은 삶의 문제가 된다. 그리고 이런 일은 역사의 발전 과정에서 불가피하게 일어나기 마련이다. 그러므로 카스너의 예를 몇 가지 들자면, 소크라테스의 제자 에우리피데스가 쓴 그리스 비극은 아이스킬로스가 쓴 그리스 비극과 비교할 때 플라톤적이다. 그래서 프랑스의 기사 서사시는 볼프람 폰 에셴바흐7에 의해 변

4 핀더(Peter Pindar, 1738~1819): 풍자적인 시로 논평을 쓴 영국의 작가. 위대한 풍자작가라고 하기에는 깊이가 부족하지만, 적절한 풍자시를 잘 쓴 것으로 유명하다. 스코틀랜드의 애버딘에서 의학을 공부하고 1767년 총독의 의사로 자메이카에 갔다. 1769년 성직을 받았으나 그 후 교회를 떠났다. 그는 1772년 영국으로 돌아가 1781년 런던에 자리 잡을 때까지 그곳에서 병원을 운영했다. 실명했지만 죽을 때까지 글을 써, 70여 편의 풍자적인 작품과 시를 남겼다.

5 셸리(Percy Bysshe Shelley, 1792~1822): 영국의 가장 유명한 낭만파 시인 중 한 명. 작품뿐 아니라 생애 또한 관습에 대한 반발, 이상주의적 사랑과 자유에의 동경으로 일관해 주목받았다. 그는 배 사고로 익사했다. 두 번째 아내 메리 또한 『프랑켄슈타인』을 쓴 여류작가이다. 「프로메테우스의 해방」, 「첸치가」, 「아도네이스」와 서정시 「종달새에게」, 「구름」을 비롯한 대부분의 시를 1818년 이탈리아에 정착한 뒤에 썼다.

6 월트 휘트먼(Walt Whitman, 1819~1892): 시집 『풀잎』으로 미국 문학에서 혁명적인 인물이 된 시인 겸 저널리스트. 1835년 뉴욕에서 식자공으로 일하다가 이후 각종 신문 편집 등에 종사했고, 1855년 『풀잎』 초판을 출간했다. 이 시집에 들어있는 시들은 미국 시민들이 넓고 관대한 정신을 가질 것과 정치적 자유를 마음껏 누릴 것을 촉구하고 있다.

7 볼프람 폰 에셴바흐(Wolfram von Eschenbach, 1170년경~1220년경): 독일 중세시대의 작가이다. 여러 편의 서사시와 민네장(Minnesang)을 지었다. 그는 불안정한 방랑 생활을 영위했고 튀링겐에 있는 방백의 궁정에서 자주 머물렀다. 에셴바흐는 독일어로 쓰인 당대 서사시 중 가장 위대하다고 평가받는 걸작 『파르치팔Parzival』로 잘 알려져 있다. 동화, 아서왕, 성배 이야기 등의 소재를 집대성한 것으로 오늘날 약 90편의 필사본이 전해지고 있다. 이후의 성배 이야기들은 대부분 『파르치팔』에서 유래한다. 성배는 가장 고귀한 사람들의 기사적, 기독교적 동족 종교 단체와 보물이고, 이 세상에서 최고의 품위이며 신의 은총의 표시이다. 나중에 요셉이 이 성배를 갖고 영국으로 갔는데, 그의 사후에는 그것의 행방을 알 수 없게 되었다고 한다. 따라서 잃어버린 신성한 것, 행방불명이 된 성배의 탐색이 중세 문학 특히 아서왕 이야기 중 성배 이야기의 핵심 주제가 되었다. 그는 이것으로 세계문학에서 처음으로 내면에서 파악한 발전소설을 만든 것이다.

형되어, 플라톤주의로부터 기독교로, 즉 반대 방향으로 발전해간다.

그러면 문제는 어디에 있을까? 그리고 해결책은 어디에 있는가? 순수한 유형의 경우에는 삶과 작품이 일치한다. 또는 좀 더 정확히 말하자면, 그들의 삶에서 작품과 관련될 수 있는 부분만이 가치 있고, 고려의 대상이 될 수 있을 뿐이다. 삶은 무(無)이고, 작품은 전부이다. 삶은 순전히 우연이고, 작품은 필연성 자체이다. 카스너는 "셸리는 시를 지을 때 인간의 현실 세계를 떠난다"라고 말한다. 페이터나 러스킨[8], 텐[9]과 같은 시인의 작품은 행여 그 작품과 모순될지도 모르는 그들 삶의 모든 요소를 흡수해버렸다. 플라톤주의자의 영원한 불확실성이 운문의 하얀 광채에 그림자를 드리울 위험이 있을 때, 플라톤주의자가 느끼는 거리감의 무거움이 시인의 날아오르는 가벼움을 아래로 끌어내리려 할 때 또는 시인의 신성한 경박함이 플라톤주의자의 심오한 망설임을 왜곡시켜 그들의 정직함을 빼앗을 우려가 있을 때 하나의 문제가 생긴다. 그런 플라톤적 인간들에게 중요한 문제는 모순되는 경향을 담을 만치 넓은 형식, 그들에게 통일성을 강요할 수 있을 만치 풍부한 형식을 발견하는 일이다. 형식이 풍부하다는 사실, 형식이 파열해 흩어지기를 거부한다는 사실이 통일성에 힘을 부여할지도 모른다. 그러한 인간들에게 하나의 방향이 목표라면, 다른 방향은 위험이 된다. 하나의 방향이 나침반이라

---

8 존 러스킨(John Ruskin, 1819~1900): 빅토리아 시대 영국의 중요한 예술 평론가이자 후원가, 소묘 화가, 수채화가, 저명한 사회운동가이자 독지가이다. 러스킨의 서술 방식과 문학 형식 역시 다양한데, 그는 수필과 논문, 시와 강의, 여행안내서와 설명서, 편지와 동화에 이르기까지 다양한 형식의 글을 썼다.

9 텐(Hippolyte Adolphe, Taine, 1828~1893): 프랑스의 비평가·철학자·문학사가. 19세기 프랑스 실증주의에서 가장 존경받는 사상가의 한 사람이고, 인간성 연구에 과학적 방법을 가지고 접근했다. 오귀스트 콩트의 실증주의적 방법을 응용해서 과학적으로 문학을 연구했다. 인종, 환경, 시대의 세 요소를 확립하였다. 저서로『지성론』이 있다.

면, 다른 방향은 황무지다. 하나의 방향이 작품이라면, 다른 방향은 삶
이다. 그리고 양자 사이에는 승리를 쟁취하려는 생사를 건 싸움이 벌어
지고 있다. 승리를 거두면 두 개의 적대 진영이 하나로 뭉쳐질 수 있고,
패배한 세력의 약점과 취약함이 장점으로 바뀔 수 있다. 경우에 따라서
는 하나의 극단이 다른 극단으로 상쇄될 수 있고, 불화가 해소됨으로써
공허한 평범함이 생겨날 수 있기에 위험으로 가득 찬 싸움이다.

　형식만이 이러한 대립을 진정으로 해결할 수 있다. 형식 속에서만('유
일하게 가능한 것'이 형식의 가장 간략한 정의이다), 이 형식 속에서만 모든 반대명
제나 모든 경향이 음악이 되고 필연성이 된다. 그리고 모든 문제적인
인간의 길이 형식으로, 즉 극히 다양한 상충하는 힘을 자체적으로 결
합시킬 수 있는 통일로 이어지기 때문에, 이 길의 끝에는 형식을 창조
할 수 있는 인간, 곧 예술가가 서 있게 된다. 예술가가 창조한 형식 속
에서 시인과 플라톤주의자는 서로 같아진다.

　우연적인 모든 일로부터 벗어나라! 그러한 것이 목표이다. 베르터와
프리드리히 슐레겔, 뱅자맹 콩스탕[10]의 아돌프(카스너에 따르면 이들은 키
르케고르의 선구자들이다)는 그 방향으로 나아가려고 노력했다. 이들 모두
는 삶의 제1막에는 멋지고 흥미로웠으며, 진정으로 신뢰할 만했다. 그
때까지만 해도 아직 충분히 흥미롭고 독특하며 기지에 넘쳤다. 하지만
보편적이고 모범을 만들어내는 삶이 고달픈 길을 걷기 시작하자마자
(이것 역시 형식이라는 개념을 다른 말로 표현한 것에 불과하다) 그들은 무너지거나

---

10 뱅자맹 콩스탕(Benjamin Constant, 1767~1830): 스위스 로잔 태생의 프랑스인이며, 수필가
　　겸 정치가로서 특히 프랑스 문학사에서 그의 일기는 커다란 주목거리로 평가되고 있다.
　　그는 아버지의 군무로 인해 네덜란드나 영국 등의 유럽 각지를 전전하였다. 그는 1785년,
　　18세가 되는 나이에 파리의 문학가와 철학자들과 어울리는데, 이때 파리와 영국, 스위스,
　　네덜란드 등을 오가게 된다. 저서로 『아돌프Adolphe』가 있다.

천박해졌으며, 자살하거나 내적으로 타락하고 만다. 하지만 키르케고르는 플라톤적인 토대 위에 구축된 고귀하고 엄격한 삶의 체계에 도달했다. 그리고 그곳에 도달하기 위해 그는 자신 속의 유미주의자와 시인을 정복해야 했다. 그는 시인의 온갖 특성을 자신 속에 용해시키기 위해 그것을 끝까지 체험해야 했다. 키르케고르에게 삶은 시인의 문학에 대한 관계가 되었고, 그의 내부에 숨겨진 시인은 삶으로 유혹하는 사이렌의 노랫소리 같은 것이었다. 로버트 브라우닝[11]은 이와 정반대의 길을 걸었다. 결코 멈출 줄 모르는 그의 본성은 삶의 어디서도 고정된 점을 발견하지 못했다. 그가 감히 최종적이라고 간주할 만한 어떤 표현도 없었고, 그가 체험하고 느낀 것을 수용할 자리가 있을 만한 저술도 없었다. 결국 그는 추상적이고 서정적인, 인상주의적이고 추상적인 심리적 희곡이라는 독특한 형식에서 (또는 우리는 희곡의 단편(斷篇)들, 독백과 아슬아슬한 장면 속에서라고 말할 것이다) 그의 플라톤주의를 위한 음악, 즉 드물게 존재하는 위대한 순간을 노래하는 서정시를 발견하기에 이르렀다. 그의 삶의 순전히 우연적인 부분은 그러한 순간을 노래하는 서정시에 의해 상징적이고 필연적으로 되었다.

이와 마찬가지로 보들레르의 예술가적 재능은, 보잘것없고 거의 아무것도 아니며 어디에도 속하지 않는 인간을 모든 것이자 영원하며 역시 어디에도 속하지 않는 시인과 합일시키고 있다. 이렇게 해서 로세

---

11 로버트 브라우닝(Robert Browning, 1812~1889): 바이런, 셸리의 영향을 받은 영국의 시인이자 극작가. 알프레드 테니슨과 더불어 빅토리아 왕조 시대를 대표하는 시인이다. 그의 시는 인간의 모든 강렬한 정열을 힘차게, 그리고 극적으로 노래한 것이 특징이다. 그러나 그의 시는 깊이 생각해야 하고 또 어려웠기 때문에 그 가치는 그가 죽은 후에야 인정받게 되었다. 주요 작품으로는 『남과 여』, 『등장인물』, 『반지와 책』 등이 있다. 아내인 시인 엘리자베스 브라우닝과 부부의 사랑을 노래한 아름다운 시를 써서 유명하다.

티[12]의 예술은 그의 삶 속으로 들어가 자라고, 원래 순수하게 예술적이고 양식적이었던 요구가 삶의 감정으로 변화된다. 이리하여 키츠의 삶이 성장하는데, 그 까닭은 그가 자신의 시인으로서의 존재를 철두철미하게 끝까지 생각하며, 성자와 같은 금욕적인 태도를 취해 삶을 체념하고 자신의 문학을 넘어서기 때문이다. 그리고 양자를 결합시켜 (키츠의 특별한 경우에 삶은 운문의 배경으로 등장한다) 새롭고 좀 더 높은 차원의 통일을 이루기 때문이다.

우연성으로부터 필연성으로 나아가는 것, 그것이 모든 문제적 인간이 걸어가는 길이다. 모든 것이 필연적으로 되는 곳에 도달하려는 까닭은 그곳에서는 모든 것이 인간의 본질을 표현하고, 그것 외에 아무 것도 표현하지 않으며, 그것을 완전하고 남김없이 표현하기 때문이다. 그리고 그곳에서는 모든 것은 상징적으로 되고, 음악에서처럼 모든 것은 그 본질이 의미하는 것일 뿐이고, 있는 그대로의 것만 의미하기 때문이다.

시인의 형식은 언제나 자신의 삶 위를 떠도는 반면, 플라톤주의자의 형식은 언제나 삶을 붙잡는 데 실패했다. 즉 예술가의 형식은 모든 그림자를 자신 속으로 흡수했고, 그처럼 어둠을 마셔버림으로써 광채의 정도를 더 높였다. 예술가의 형식 속에서만 플라톤주의자의 무겁게 내

---

12 로세티(Dante Gabriel Rossetti, 1828~1882): 라파엘 전파협회 창설에 이바지한 영국 화가. 저서로 『로세티 시집』(1870)이 있고, 초기 주요 유화 작품으로 「성모 마리아의 처녀 시절」이 있다. 청년기에 라파엘 전파 협회를 결성하는 데 주력했으며 자연에 충실한 예술을 목표로 삼았다. 시 「청순한 처녀The Blessed Damzel」(1847)는 요절한 청순한 처녀가 천국의 입구에 기대고 서서 연인의 승천을 기다리는 내용인데, 신앙이 장식적인 소재로 사용되어 선명한 인상이나 격렬한 감정이 부족한 작품이지만, 빅토리아왕조 시대 영시에 새로운 방향을 제시한 점에서 중요한 의의를 가진다.

디디는 망설임과 시인의 중력 없는 화살 같은 비상(飛翔) 사이의 균형이 잡힐 수 있다. 예술가의 형식 속에서 플라톤주의자의 영원한 동경의 언제나 숨겨진 대상, 즉 확실성과 도그마에 대한 동경이 시로부터 자라난다. 그래서 플라톤주의는 다채로운 삶의 풍부함을 시인의 신적으로 조화로운 노래 속으로 끌어들이는 것이다.

어쩌면 현실로서의 삶은 감정이 이러한 두 가지 방면으로 부조화를 이루고 있는 사람을 위해서만 존재할지도 모른다. 어쩌면 삶은 하나의 단어에 불과할지도 모른다. 그리고 삶은 플라톤주의자에게는 시인이 될 가능성을 의미하지만, 시인에게는 그의 영혼에 숨겨져 있는 플라톤주의자가 될 가능성을 의미할지도 모른다. 그리고 영혼 속에 이 두 가지 요소가 뒤섞여 있어서 그것의 결합으로 형식이 자라나게 할 수 있는 자만이 살아갈 수 있을지도 모른다.

＊ ＊ ＊

카스너는 세계문학에서 가장 플라톤주의자적인 문필가 중 한 명이다. 그의 내면에서는 확실성에 대한 동경, 기준과 도그마에 대한 동경이 믿을 수 없을 만치 강하게, 그러나 믿을 수 없을 만치 은폐되어, 격렬한 아이러니에 감싸인 채 엄격한 이론의 탈을 쓰고 살아 숨 쉬고 있다. 그로 하여금 모든 기준을 버리게 하고, 인간을 위대한 종합이라는 장식적 조화 속에서가 아니라 고립이라는 강렬한 빛에서 바라보게 하는 그의 의심과 망설임은 숭고하다. 카스너는 마치 두 눈을 감고 종합을 보는 것 같다. 그는 사물을 바라볼 때 너무 많은 시시콜콜한 세부, 즉 결코 되풀이해서 더 이상 볼 수 없을 만치 많은 것을 보기 때문에 모든 요약은 거짓으로, 의식적인 왜곡으로 비칠 수밖에 없다. 그럼에도 그는 자신의 동경을 따르며, 사물을 전체로서─가치로서─파악하기 위해 눈을 감는다. 하지만 그의 정직성은 즉각 사물들을 다시 바라보도록 강요한다. 그리고 사물들은 다시 한 번 분리되고 고립되며 공중에서 떠도는 상태가 된다. 카스너는 이 두 가지 양극 사이의 동요를 양식(Stil)이라 규정한다. 그가 어떤 사물을 바라볼 때의 순간, 다시 말해 파악된 종합이 실재하는 내용으로 채워지고, 사실들이 한순간이나마 여전히 가치 속에 싸여 있어서, 사물들 사이의 꿈 꾸어온 연관 관계를 깨트려버릴 정도로는 아직 강하지 않을 때의 순간은 아름답다. 그리고 눈을 감을 때의 순간, 그래서 놀랄 정도로 자세히 보이는 사물들이 동화에 나오는 성의 홀에서 춤추는 사람들의 끝없는 기다란 대열에 끼어드는 순간 역시 아름답다. 그들은 아직 살아있지만, 단지 상징이나 장식으로서만 살아있을 뿐이다. 카스너는 선이 굵은 열정적인 몽상가다. 하지만 그의 양심 때문에 분명 인상주의자기도 하다. 이러한 이원성은 문체를 강렬히 불타오르게 만드는 동시에 꿰뚫을 수 없이 모호하게 만들기도 한다.

우리는 플라톤주의자의 세계가 아무런 실체성을 지니고 있지 않았다고 말한 바 있다. 시인이 창조한 세계는 비록 꿈으로 엮여 있는 세계라 할지라도 언제나 실재적이다. 그 세계의 재료는 보다 통일되어 있고, 보다 생생하기 때문이다. 비평가의 창조 방법은 마치 호메로스 작품의 영웅이 저승에서 번민하고 있는 다른 영웅의 그림자를 희생양의 피로 잠깐 동안 얼핏 살아있는 것처럼 보이도록 하는 것과 같다. 두 세계의 주민은 인간과 그림자로 서로를 마주 대하고 있다. 인간은 그림자로부터 단 **하나의** 일을 알아내려 하고, 그림자는 단 **하나의** 대답을 하려고 지상으로 되돌아왔다. 그리고 질문과 답변을 서로 주고받는 동안만 각자는 상대방을 위해 존재한다. 플라톤주의자는 결코 인간을 창조하는 법이 없다. 그러지 않아도 인간은 자신의 의지나 힘과는 상관없이 이미 어딘가에서 살고 있거나 살았기 때문이다. 플라톤주의자는 단지 그림자를 주문으로 불러낼 수 있을 뿐이고, 질문받는 사람이 어쩌면 그 중요성에 대해 결코 예감하지 못했을 어떤 질문에 대한 대답만을 요구할 수 있을 뿐이다(이런 점에서 비평가는 완전히 자주적이다).

플라톤주의자는 영혼의 해부자이지 인간의 창조자는 아니다. 호프만스탈[13]은 그의 어느 대화(발자크의 말을 인용하는 대화)에서 인간을 두 가지 유형으로 나눈다. 한 유형은 희곡에서, 다른 유형은 서사시에서 살아갈 수 있다. 그러므로 우리는 희곡에서는 살 수 있으나 서사시에서는 살아갈 수 없는 인간을 상상할 수 있을 것이다. 어쩌면 모든 문학 형식에서도 이런 구별을 해볼 수 있을 것이고, 각각의 예술 형식에 따라 살아갈 수 있는 능력을 등급별로 만들어볼 수 있을 것이다. 희곡이 이런 등급의 한쪽 끝에, 에세이(플라톤주의자의 모든 저술을 묘사하기 위해 하나의 단어를 사용하자면)가 다른 쪽 끝에 위치할 것이란 사실은 확실하다. 그런데 이것은 교과서적인 분류가 아니다. 그 분류는 영혼 속에 깊은 근거를 지닌다. 같은 대화에서 발자크는 그 근거도 밝히고 있다. 다시 말해 셰익스피어가 성격의 존재를 믿는 반면, 그는 성격의 존재를 믿지 않

13 후고 폰 호프만스탈(Hugo von Hofmannsthal, 1874~1929): 오스트리아의 시인 겸 극작가이다. 당시는 자연주의 시대의 절정기였는데도, 그는 개인주의적, 귀족주의적, 유미주의적인 서정극을 발표하였다. 고전극을 번역한 『엘렉트라』와 오페라라 대본도 썼다. 특히 오페라 대본 『장미 기사』는 리하르트 슈트라우스의 작곡으로 유명해졌다. 그 밖에 우화 소설 『그림자 없는 여자』와 서정적인 상징시를 모은 『시집』이 있다. 그는 독일 '세기말(Fin de siècle)'과 '빈 현대(Wiener Moderne)'의 가장 중요한 대표자 중의 한 사람으로 간주된다.

는다고 했다. 발자크는 인간에게는 관심이 없고 단지 운명에만 관심이 있다고 했다.

그리고 카스너의 마지막 대화 중 하나에서 한 화자는 자기의 추억이 지나치게 좋다면서 상대방이 성격을 지녔다는 것을 부인한다. 그는 어떤 일이 되풀이해서 일어나는 것을 견딜 수 없기에, 모든 반복을 잘못되고 어리석은 것으로, 쓸데없고 불필요한 것으로 느낀다는 것이다. 그렇지만 반복되지 않는다면 어떠한 가치평가도, 살아갈 어떠한 가능성도 없을 것이다. 그 문제의 기술적 요인도 조명하기 위해 또 한 가지를 덧붙이도록 하겠다. 케르는 하우프트만의 「붉은 수탉」에 관한 글을 쓰면서, 고약한 구두장이 노인 필리츠가 함대를 위해 자신의 삶을 위험에 노출시키지만, 화려해 보이는 이런 특징이 소기의 효과를 거두는 데 실패하고 있음을 언급하고 있다. 효과를 거두지 못하는 이유는 하우프트만이 그것에 대해 한 번만 슬쩍 다루고 반복하지 않기 때문이다. 그리고 줄거리의 진행 과정에서 한 번만 언급되는 것이 자연스러워 보일지도 모르나, 그럼에도 그것은 어쩐지 인위적인 것 같은 인상을 불러일으킨다. 그도 그럴 것이 희곡의 성격이란 지속적인 특성 없이는 생각할 수 없기 때문이다. 희곡의 관점에서 우리는 지속적인 특성이 없는 인간은 그냥 무시해버리며, 그들의 순간적인 면을 다음 순간 벌써 잊어버린다. 하지만 어떤 특징의 반복은 특성과 성격의 지속성을 깊이 신뢰하고 있다는 사실의 기술적 등가물에 다름 아니다. 우리가 이미 다른 말로 이야기한 바 있는 플라톤주의자는 영혼적인 동시에 기술적인 이유로 성격 창조를 위한 기본 전제인 반복을 신뢰하지 않는다.

그 때문에 카스너가 쓴 에세이의 인물들은 살아있는 것처럼 보이지만, 그가 노벨레에서 실험한 주인공들은 그렇지 않다. 나는 카스너의 글에서 로버트 브라우닝[14]과 엘리자베트 브라우닝[15]의 면모를 볼 수 있고, 그의 헤벨, 그의 키르케고르, 그의 셸리, 그리고 그의 디드로의 면모는 볼 수 있지만, 아달베르트 폰 글라이헨이나 요아힘 포르투나투스의 면모는 전혀 찾아볼 수 없다. 나는 그들이 생각하고 보았던 많은 것을 볼 수 있지만, 그들은 내 마음속에서 감각적이고 가시적이며 들을 수 있는 표상과 연결되어 있지 않다. 나는 브라우닝 부부를 내 눈앞에 생생히 그려볼 수 있지만, 이들은 브라우닝 부부의 그림자에 지나지 않을지도 모른다. 어쩌면 카스너의 글은 책으로부터 주문을 걸어 불러

14 로버트 브라우닝(Robert Browning, 1912~1889): 탁월한 극적 독백과 심리묘사로 유명하다. 가장 유명한 작품은 로마의 살인 재판에 대해 쓴 시집 『반지와 책』이다. 이 시집으로 로버트 브라우닝은 당시 가장 주목받는 문인으로서 자리를 굳혔다. 자신의 감정과 '강렬하고 병적인 자의식'을 드러내어 이기적으로 이용했다는 존 스튜어트 밀의 비판은 브라우닝의 시 세계에 많은 영향을 주었다.

15 엘리자베트 브라우닝(Elizabeth Barrett Browning, 1806~1861): 영국의 시인. 연애시 「포르투갈인이 보낸 소네트」로 명성을 얻었다. 남편은 로버트 브라우닝이다. 15세 때 척추를 다쳐서 심하게 앓았고, 이 때문에 평생 건강이 좋지 않았다. 1838년 처녀시집 『치품 천사들 외』를 펴냈다. 남동생 에드워드가 물에 빠져 죽은 뒤로는 사람을 만나는 것을 병적으로 두려워하게 되었다. 1844년에 나온 2번째 시집 『E. 배렛 배렛의 시집』은 열광적으로 읽혔다. 1845년 1월 시인 로버트 브라우닝에게서 다음과 같은 전보를 받았다. "친애하는 배렛 양. 귀하의 시를 진심으로 아끼고 있습니다. 다시 말하건대 귀하의 시집을 진심으로 사랑합니다. 그리고 배렛 양 당신을 사랑합니다." 초여름에 두 사람은 만나 편지를 주고받았으나 엘리자베스가 무서워하던 독재적인 아버지에게는 철저히 비밀로 했다. 「포르투갈인이 보낸 소네트」에는 결혼을 주저하는 마음이 나타나 있으나 두 사람은 엘리자베스의 아버지 몰래 1846년 9월 12일 결혼식을 올렸다. 그녀는 결혼한 뒤에도 1주일간을 더 친정에서 살았다. 그 뒤 브라우닝 부부는 피사로 갔으며 엘리자베스의 아버지는 1856년 죽을 때까지 딸을 용서하지 않았다. 피사에 머무는 동안 미국의 노예제도에 항의하는 시 「필그림스 포인트에서 도망하는 노예」를 썼다. 말년에는 심령술과 비술에 관심을 가졌으나, 이탈리아의 정치 문제에도 큰 관심을 보였다. 시집 『의회에 바치는 시』에 실린 「국가에 저주를」은 영국을 비난한 것으로 오해받았으나 실은 미국의 노예제도를 겨냥한 것이었다. 1861년 여름 심한 독감에 걸려 죽었다.

낸 이들 그림자가 생전에 입었던 갑옷과 투구를 걸치고, 생전에 했던 몸짓을 유지하고, 평소의 템포와 리듬을 간직하리란 사실을 암시해주는 데 불과할지도 모른다. 어쩌면 한순간 인간을 창조한 것처럼 보였지만 실은 유령을 불러온 것에 지나지 않을지도 모른다.

카스너가 브라우닝을 새로운 삶으로 불러내려고 한다면 브라우닝이 한때 살아있었어야 한다. 괴테에게는 에그몬트나 타소 같은 사람이 실제로 언젠가 살아있을 필요가 없었다. 성격을 창조하는 탁월한 재능을 지니지는 않았지만, 스윈번[16]에게도 매리 스튜어트 같은 사람이 살아있을 필요는 없었다. 반면에 플라톤주의자인 페이터는 어느 소녀의 일기장을 통해 와토를 우리 눈앞에 생생히 살아있게 하지만, 정작 일기를 쓰는 소녀 자신은 안개 속에 흐릿하게 보이도록 한다. 그러므로 두 가지 유형의 예술가가 같은 종류의 창조적 재능을 지니고 있지만, 외부의 환경적 요인으로 한쪽은 에세이를, 다른 쪽은 희곡을 자신의 표현 형식으로 선택한다고 말하는 것은 옳지 않다. 누구든, 그가 진정한 예술가라면, 살아가는 능력(또는 좀 더 적절히 말하자면 인간을 창조하는 능력)에 따라 자신에게 적합한 예술 형식을 발견하게 될 것이다. 그 때문에 플라톤주의자는 자신에 관해 말하려는 경우, 다른 사람들(그것도 주어진 것, 삶으로부터 이미 형성된 것, 영원히 불변하는 것을 특히 풍부하게 지닌 그런 사람들)의 운

---

16 스윈번(Algernon Charles Swinburne, 1837~1909): 혁신적인 운율을 사용한 점에서 독보적이며, 빅토리아 왕조 중기의 시적 반란을 상징하는 인물. 그의 시는 두운을 고집하고 리듬이 처지지 않으며, 선율이 완벽하고, 완급과 강약이 매우 다양하다. 시풍은 다분히 개인적이며, 시각적·청각적 효과를 내는 어휘 구사가 뛰어나다. 이교적 정서를 지녔고, 열렬한 반신론자였다. 마치니와 빅토르 위고의 영향을 받아 정치적으로는 국민의 자유와 공화주의라는 대의명분을 따랐지만, 말년에 가서는 눈에 띄게 보수적으로 변했다. 대학에서 윌리엄 모리스, 에드워드 번 존스, 단테 가브리엘 로세티를 만나 그들이 형성한 라파엘 전파에 매료되었다.

명을 통해 자기 영혼의 가장 깊이 숨겨진 내밀한 것 속으로 뚫고 들어가지 않으면 안 된다. 왜냐하면 모든 것을 해부하는 그의 시선은 그토록 강력한 현실에 집중함으로써만 피와 살을 지닌 인간을 어느 정도 볼 수 있기 때문이다. 진정한 비평가의 정직성, 자신의 모델을 주도면밀하게 다루어 어떻게든 그것이 실제로 존재했던 것처럼 묘사하려는 그의 정직성은 자신의 한계를 깊이 인식한 데서 비롯한 것처럼 가끔 생각되기도 한다. 단지 관계를 만들 능력만 있는 비평가는 부인할 수 없는 현실에 확고히 닻을 내릴수록 창조성에 더욱 가까워진다.

거듭 말하자면 시인과 플라톤주의자는 반대되는 양극단이다. 모든 플라톤주의자는 시인에 관해 말할 때 가장 의미심장한 발언을 한다. 그리고 아마 이런저런 시인이 어떤 비평가에게 할당되어, 그가 시인에 대해 이런 특별한 방식으로 말할 수 있도록 결정하는 어떤 신비한 법칙성이 존재하는 것 같다. 아마 각 예술가에게 섞여 있는 시와 플라톤주의가 어느 정도인지에 따라 이런 의미에서 누가 항시 상대방의 심리적인 상극이 될 것인지 결정될지도 모른다. 아마 신비롭고 수학적인 의미에서 플라톤주의와 시의 총합이 양자에게 언제나 같으므로, 가장 순수한 플라톤주의자가 가장 순수한 시인, 즉 플라톤주의와 전혀 무관한 공상가를 그만큼 깊이 사랑하고 평가할 수 있을지도 모른다. 내가 카스너의 모든 글 중에서 셸리에 관한 글을 가장 섬세한 서정적인 글로 여기는 것도 어쩌면 이런 이유 때문일지도 모른다. 그런데 셸리는 에머슨[17]과 같은 순종(純種) 플라톤주의자에게서도 그다지 대수롭지 않은 평가를 받았다. 카스너는 셸리에 대한 글을 쓸 때 가장 반향이 좋고 활기차며 적확한 말을 발견한다. 그 까닭은 아마 카스너가 모든 점에서 셸리로부터 무한히 멀리 떨어져 있기 때문일지도 모른다. 그 때문에 아마 카스너는 셸리의 문체를 묘사할 때 자신에 관해서도 말하는 지도 모른다. 카스너는 셸리의 이미지에 관해 이렇게 기술한다. "이미지들은 빛과 공기, 물로 짜인 것 같다. 그것들의 색은 무지개의 색이고, 그것들의 음조는 메아리의 음조며, 그것들의 지속성은 말하자면 위아래로 물결치는 파도의 지속성이다." 셸리의 문체를 이보다 더 아름답고 더 잘 묘사할 수 없을 것이다. 그런데 이러한 표현은 카스너의 문체에도 그대로 적용된다. 셸리의 문체는 카스너의 문체이기도 하기 때문이다. 그러나 셸리의 문체에는 그림자가 없는 반면, 카스너의 경우에는 그림자의 어두운 빛이 어디에나 나타난다.

(1908)

---

17 에머슨(Ralph Waldo Emerson, 1803~1882): 유럽의 심미적·철학적 조류를 미국에 전한 문화의 중개자. 미국의 르네상스(1835~1865)로 알려진 찬란한 문예부흥기 동안 자국민을 인도했다. 초절주의의 주된 대변자로서, 또한 유럽 낭만주의의 지류를 미국에 심은 사람으로서 에머슨은 무엇보다도 모든 사람 안에 깃들어 있는 정신적인 잠재력에 대한 믿음을 강조하도록 종교적·철학적·윤리적 운동의 방향을 제시했다. 에머슨은 유니테리언파의 목사로 설교를 했지만, 곧 교회를 떠나 영국에서 새뮤얼 테일러 콜리지, 윌리엄 워즈워스, 토머스 칼라일 등과 중요한 만남을 가졌다. 에머슨은 18세기 합리주의의 막다른 골목에서 이상적인 철학을 개진했다.

3

삶에 부딪혀 발생한 형식의 파열
——
쇠렌 키르케고르[1]와 레기네 올센[2]

아름다운 청춘이여, 그대는 나무 밑에서

그대의 노래를 떠날 수 없구나,

저 나무들도 잎 없이는 살아갈 수 없다네.

대담한 연인이여, 그대는 결코 입맞춤할 수 없어,

---

1 쇠렌 오뷔에 키르케고르(Søren Aabye Kierkegaard, 1813~1855): 덴마크의 철학자·신학자·
시인·사회비평가로 실존주의 철학자의 선구자로 평가받기도 한다. 쇼펜하우어에게 막대
한 영향을 받고 그에 대해 기고문을 쓰기도 했다. 키르케고르는 헤겔의 관념론과 당시 덴
마크 루터교회의 무의미한 형식주의에 반대하였다. 그의 작품 중 많은 수가 신앙의 본질,
기독교 교회의 제도, 기독교 윤리와 신학, 그리고 삶에서 결정을 내려야 할 순간에 개인이
직면하게 되는 감정과 감각 같은 종교적 문제를 다루고 있다. 이 때문에 키르케고르는 무
신론적 실존주의자에 속하는 사르트르나 니체와 달리 '기독교 실존주의자'로 평가되기도
한다. 그는 많은 작품을 익명으로 남겼으며, 그가 익명으로 쓴 작품을 비판하는 또 다른 익
명의 작품을 출판하기도 하였다. 키르케고르는 철학과 신학, 심리학 그리고 문학의 경계를
넘나들었기 때문에, 현대 사상에서 매우 중요하고 영향력 있는 인물로 여겨졌다. 저서로
『이것이냐, 저것이냐』, 『불안의 개념』, 『인생길의 여러 단계』, 『철학적 단편』, 『죽음에 이르는
병』, 『기독교의 실천』 등이 있다.

2 레기네 슐레겔(Regine Schlegel, 결혼 이전의 성은 올센(Olsen), 1822~1904): 1840년 9월부터 1841년 10월까지 키르케고르의 약혼녀였다. 키르케고르는 자신의 행동에 매우 후회했으며 다시는 그녀를 볼 수 없었지만, 그녀는 키르케고르의 삶과 작품에 엄청난 영향을 주는 존재로 계속 남아 있었다. 레기네는 파혼한 이후에 덴마크의 고위 공무원 요한 프레데리크 슐레겔(Johan Frederik Schlegel)과 결혼하였다. 그녀가 키르케고르를 처음 만난 것은 14살 때인 1837년 봄날이었다. 레기네는 나중에 첫 만남에서 키르케고르에게 '매우 강한 인상'을 받았다고 회상했다. 미래에 그녀의 남편이 되는 요한 프레데리크 슐레겔이 레기네의 가정교사로 일하는 동안, 키르케고르와 레기네 두 사람은 서로 상대에게 홀려 열정을 불사르게 되었다. 키르케고르는 오랜 시간 그녀를 쫓아다녔고, 처음에는 친구로 지내다가 나중에 그녀에게 사랑을 고백하였다. 키르케고르가 그녀에게 자신의 사랑을 고백한 때는 1840년 9월 8일이었고, 고백을 받았을 때 그녀는 집에서 키르케고르를 위해 피아노를 연주하고 있었다. 키르케고르는 나중에 그의 일기에서 그때 그 일을 상세히 기록했다. "오! 제가 음악을 좋아하겠습니까, 제가 원하는 것은 바로 당신입니다, 저는 2년 동안 당신을 기다렸어요.' 그녀는 침묵했다." 키르케고르가 자신의 마음을 레기네의 아버지에게 즉시 설명하자 그녀의 아버지는 키르케고르를 축복해주었고, 두 사람은 결혼을 약속하게 되었다.

그러나 키르케고르는 곧 자신이 남편이 될 만한 능력이 있는지 의심하기 시작했다. 그는 해를 넘기도록 일에 몰두했다. 그는 신학생으로서 공부하기 시작했고, 그의 첫 번째 설교를 했으며, 학위논문을 썼다. 레기네는 키르케고르가 자신을 만나지 않으려고 표면상 바쁘게 일에 몰두하는 것을 느꼈다. 그들은 많은 양의 서신을 교환했다. 키르케고르가 그녀에게 쓴 편지는 남았지만, 레기네가 키르케고르에게 보낸 편지는 불태워진 것으로 보인다. 1841년 8월 11일 키르케고르는 파혼을 선언하고, 레기네에게 약혼반지와 함께 이별의 편지를 보냈다. 레기네는 가슴이 찢어질 듯 아팠고, 편지를 읽은 즉시 키르케고르의 집으로 달려갔으나, 그는 거기에 없었다. 그녀는 그에게 자신을 떠나지 말아 달라는 쪽지를 남기고 돌아서야 했다. 키르케고르는 레기네를 진정으로 사랑한 것 같지만 결혼생활과 자신이 지닌 작가로서의 소명, 그의 열정적이고 자기 반성적인 기독교를 조화시킬 수 없었던 것이다. 키르케고르가 자신을 버린 것에 큰 충격을 받은 레기네는 도무지 키르케고르의 파혼 요구를 수용할 수 없었다. 그래서 그녀는 키르케고르가 자신을 돌보아주지 않으면 자살하겠다고 위협했다. 키르케고르는 자신이 그녀를 전혀 돌보지 않았고 그래서 레기네가 혼인 약속을 깬 것처럼 보이게 하여, 그러한 위협을 중지시키려고 하였다. 그는 자신이 더 이상 그녀를 사랑하지 않는다는 것을 보여주기 위해서 그녀에게 차갑고 계산된 편지를 보냈다. 하지만 레기네는 두 사람이 예전처럼 함께 하게 될 것이라는 희망을 버리지 않았고, 그에게 자신을 돌보아 달라고 몹시 애원하였다.

1841년 10월 11일, 키르케고르는 그녀를 만나 다시 약혼 파기를 선언했다. 레기네의 아버지는 키르케고르에게 레기네가 얼마나 상심했는지를 얘기하며 다시 생각해보라고 설득했다. 그녀의 아버지는 자기 딸이 완전히 절망에 빠져 죽을지도 모른다고 말했다. 키르케고르는 다음날 그녀에게 다시 가서 자기와 결혼할 것이냐는 그녀 말에 얼음장같이 차가운 얼굴로 이렇게 말했다. "음, 그래, 한 십 년 동안만 할 거야, 십 년이 지나면 나는 부글부글 끓는 상태가 될 것이고, 나는 나를 젊게 만들 더 어리고 건강한 여자가 필요하겠지." 사실 키르케고르는 독신으로 살아갈 생각이 없었지만, 결국 그는 미혼남으로 여생을 보냈다. 레기

그대가 행복을 누리지 못하더라도 그녀는 시들 리 없다네.

그대는 영원히 사랑하고, 그녀는 아름다울 것이니!

—키츠[3], 「그리스 항아리에 부치는 송가」

I

몸짓이 갖는 삶의 가치는 무엇일까? 또는 달리 말하면 삶에서 형식의 가치는 삶을 창조하고 삶을 고양시키는 형식의 가치이다. 몸짓은 무언가 분명한 것을 명백히 표현하는 움직임에 다름 아니고, 형식은 삶에서 절대적인 것을 표현하는 유일한 길이다. 몸짓은 그 자체로 완벽한 유일한 것이고, 단순한 가능성 이상인 현실이다.

몸짓만이 삶을 표현한다. 그러나 삶을 표현하는 것이 가능한 일인

네는 그녀가 없어서 침대를 눈물로 적시며 밤을 지새운다고 말했던 키르케고르와의 모든 연애 사건 때문에 정신줄을 놓아버릴 지경이 되었다. 이 약혼 이야기는 코펜하겐 사람들이 나누는 뒷말의 주요 소재가 되었다. 키르케고르는 나중에 레기네에게 그를 잊고 그의 행동을 용서해달라고 간청했다.

그녀는 결국 요한 프레데릭 슐레겔과 결혼했다. 몇 년이 지나고 키르케고르는 레기네의 남편에게 그녀와 이야기를 나눌 수 있게 해달라고 부탁했지만, 슐레겔은 거절했다. 얼마 후 슐레겔 부부는 코펜하겐을 떠나게 되었다. 슐레겔이 덴마크령 서인도 제도(현재의 미국령 버진아일랜드)의 총독으로 임명되었기 때문이다. 시간이 흘러 레기네가 덴마크로 돌아왔을 때, 키르케고르는 사망한 후였다. 레기네 슐레겔은 1904년까지 살았으며, 죽은 후에 코펜하겐의 아시스텐즈 묘지에 묻힌 키르케고르 근처에 묻혔다.

3 존 키츠(John Keats, 1795~1821): 25세의 젊은 나이로 요절한 영국의 낭만주의 시인. 셸리, 바이런과 함께 18세기 영국 낭만주의 전성기의 3대 시인 중의 한 사람이다. 생전에 그의 시는 비평가들에게 높게 평가받지 못했지만, 사후 후대의 많은 시인에게 중대한 영향을 끼치게 되었다. 그에게 영향을 받은 가장 대표적인 인물들로는 알프레드 테니슨과 윌프레드 오웬이 있다.

가? 삶의 현실이 공중에서 수정 성을 구축하고, 영혼의 실체가 없는 가능성으로부터 현실을 만들어내고, 영혼의 만남과 이별에 의해 인간들 사이에 형식의 가교를 구축하려는 것은 모든 삶의 예술의 비극이 아닌가? 대체 몸짓이란 것이 존재할 수 있는가? 삶의 관점에서 볼 때 형식 개념이 대체 의미를 지닐 수 있는가?

키르케고르는 언젠가 현실이란 가능성과 아무 관련이 없다고 말했다. 그럼에도 그는 자신의 전체 삶을 몸짓 위에 구축했다. 키르케고르의 모든 글, 모든 투쟁, 모든 모험은 어떻게든 이러한 몸짓의 배경이 되고 있다. 아마 그는 단지 삶의 무질서한 다양성으로부터 보다 분명히 자신의 몸짓을 부각시키기 위해 글을 쓰고, 그런 행동을 했을지도 모른다. 왜 그는 그런 일을 했을까? 어떻게 그는 그런 일을 할 수 있었을까? 그는 다른 어느 누구보다 분명히 온갖 모티프의 수천 가지의 양상과 수천 겹의 가변성을 보았다. 그는 모든 사물이 서서히 어떻게 대립물로 이행해 가는지, 우리가 실제로 자세히 바라볼 때 거의 분간할 수 없는 두 개의 뉘앙스 사이에서 조정할 수 없는 심연이 어떻게 벌어지는지 분명히 보았다. 왜 그는 그런 일을 했을까? 어쩌면 몸짓이 매우 강력한 삶의 필수품이기 때문일지도 모른다. 어쩌면 '정직'(키르케고르가 가장 자주 사용하는 단어 중의 하나다)해지려는 인간이 삶의 단순한 의미를 억지로 빼앗고, 그리하여 끊임없이 모습을 바꾸는 이 프로테우스[4]를 단단히 붙잡아서, 그가 언젠가 주문(呪文)을 발설할 때 그를 더 이상 꼼짝 못 하도록 해야 하기 때문일지도 모른다. 몸짓은 어쩌면―키르케고르의 변증법을 사용하자면―역설일지도 모른다. 다시 말해 몸짓은 현실과 가능성, 질료와 공기, 유한성과 무한성, 형식과 삶이 나누어지는 점이다. 또는 키르케고르의 용어를 보다 정확하고 자세히 사용하자면, 몸짓은 영혼이 한곳에서 다른 곳에 도달하는 도약이고, 형식의 영원한 확실성에 도달하기 위해 영혼이 늘 현실이라는 상대적인 사실에서 벗어나는 도약이다. 한마디로 말해 몸짓이란 절대적인 것이 삶에서 실현 가능한 것으로 변모하도록 하는 유일한 도약이다. 몸짓은 삶의 위대한 역설이다. 왜냐하면 몸짓의 변치 않는 영원성 속에서만 삶의 덧없는 모든 순간은 자리를 얻게 되고, 그 속에서 진정한 현실이 되기 때문이다.

그런데 삶과 놀이를 하는 것만으로 그치지 않는 사람은 몸짓을 필요로 한다. 그 이유는 그의 삶이 무한히 선택 가능한 유희보다 더 현실적으로 되도록 하기 위해서이다.

그러나 삶에 대한 몸짓이 정말로 존재하는 것일까? 어떤 행위에, 어느 쪽으로 몸을 돌리거나 외면하는 것에, 다시 말해 돌처럼 경직되어 있으면서도 불변의 힘으로 모든 것을 자체적으로 담고 있는 것에 몸짓의 본질이 있다고 생각하는 것은 자기기만—설령 영웅적으로 멋진 자기기만이라 해도—이 아닐까?

2

1840년 9월 문학 석사 쇠렌 키르케고르는 추밀원 고문관 올센의 열

---

4 그리스 신화에 나오는 바다의 예언을 하는 노인이며 바다의 짐승 떼(예컨대 바다표범)를 지키는 사람. 그는 과거·현재·미래의 모든 것을 알지만 자기가 알고 있는 것을 말해주기 싫어했다. 그에게 의논을 청하려는 사람은 그가 낮잠을 자는 동안 갑자기 들이닥쳐 그를 묶어야만 했다. 그는 일단 잡혔다 해도 온갖 모양으로 변해서 빠져나가려고 발버둥 쳤다. 그러나 이 신을 잡은 사람이 그를 꽉 붙들면 결국은 원래 모습으로 되돌아와 얻고자 하는 대답을 해주고 바닷속으로 들어갔다. 프로테우스는 되고자 하는 어떤 모습으로든 변할 수 있는 능력으로 인해 세상 만물이 창조되어 나왔던 원형질의 상징으로 여겨지게 되었다.

여덟 살 난 딸 레기네 올센과 약혼하게 되었다. 그런 뒤 채 일 년이 되기 전 그는 파혼했다. 그는 베를린으로 여행을 떠났다가 코펜하겐으로 돌아와 거기서 이상한 기인(奇人)으로 살았다. 독특한 외모와 목소리, 습관으로 그는 끊임없이 대중잡지의 우스갯감이 되었다. 다양한 필명으로 나온 그의 저서들은 재기 있어서 몇몇 경탄자가 있었지만, '부도덕'하고 '경박한' 내용 때문에 거의 모든 사람의 증오의 대상이었다. 후기의 저서로 인해 그에게는 당시 지배하던 전체 신교 교회라는 보다 공공연한 적이 생겼다. 그는 이 교회에 맞서 ― 오늘날의 모든 교회는 기독교적이지 않으며, 어느 누구도 기독교인이 될 수 없으리라는 주장을 펴며 ― 힘겨운 싸움을 벌이던 중 사망하고 말았다.

레기네 올센은 그가 죽기 몇 해 전 그녀를 연모하던 여러 남자 중 한 명과 결혼했다.

3

대체 무슨 일이 일어났던가? 이에 대해 무수히 많은 설명이 있다. 새로 출간된 키르케고르의 모든 저서, 편지, 일기는 그 일의 설명을 쉽게 해주는 동시에 쇠렌 키르케고르와 레기네 올센의 삶에서 벌어진 일의 의미에 대한 이해와 공감을 더 어렵게 하기도 했다.

도저히 잊을 수 없는 탁월한 언어로 키르케고르에 대해 말하는 카스너는 어떤 설명도 거부하고 있다. 그는 이렇게 쓰고 있다. "키르케고르는 레기네 올센과의 관계를 시로 만들었다. 키르케고르 같은 사람이 자신의 삶을 시로 만든다면, 그것은 진실을 은폐하기 위해서가 아니라 진실을 말할 수 있기 위해서이다."

거기에는 어떠한 설명도 없다. 거기에 존재하는 것은 하나의 설명 이상의 것이며 하나의 몸짓이다. 키르케고르는 "나는 우울하다"고 말 했다. 그는 또 이렇게 말하기도 했다. "나는 영원하리만치 그녀에 비해 너무 늙었다." "그녀를 낚아채서 커다란 흐름 속에 뛰어들려고 한 것이 나의 죄였다." "나의 삶이 하나의 커다란 속죄 행위가 아니라면, 나의 경우 그 속죄가 이전까지의 삶(vita ante acta)이 아니라면, 그렇다면……."

그래서 그는 레기네 올센을 버렸고, 그녀를 사랑하지 않는다고, 그 녀를 결코 정말로 사랑하지는 않았다고 말했다. 그는 자신이 유희적인 정신의 소유자라 매 순간 새로운 인간, 새로운 관계를 필요로 하는 사 람이라고 말했다. 그의 저서의 대부분은 소리 높여 이런 사실을 알리 고 있다. 또 그가 말하는 방식과 그가 살아가는 방식은 모두 이런 일을 강조하기 위한 것이었고, 그것에 대한 레기네의 믿음을 강화하기 위한 것이었다.

…… 그래서 레기네는 한때 자신을 연모하던 사람 가운데 한 명과 결 혼했고, 쇠렌 키르케고르는 그와 같은 일에 대해 일기장에 이렇게 기 록한다. "오늘 나는 어느 아름다운 소녀를 보았다. 나는 그녀에게 관심 을 보이지 않는다. 어떤 남편도 내가 그녀에게 충실한 이상으로 자기 아내에 충실할 수 없을 것이다."

4

몸짓은 다양한 근거에서 생겨나 연이어 여러 갈래로 뻗어 나갔던 두 사람 간의 설명할 수 없는 관계를 분명하게 만든다. 두 사람은 고통과 비극만이 생길 뿐인 방식으로—두 사람의 만남 자체가 이미 비극적으로 될 수밖에 없긴 하지만—어쩌면 파멸만이 일어날 수밖에 없는 방식으로, 불확실한 일이 벌어지지 않고 현실이 가능성으로 용해되지 않도록 하는 식으로 멀어지는 것이다. 레기네 올센에게 삶 자체를 의미하는 것처럼 보였던 일이 그녀에게 사라져야만 했을 때 그녀의 삶에서 모든 의미 역시 사라질 수밖에 없었을 것이다. 레기네 올센이 사랑했던 그 남자가 그녀를 버리지 않을 수 없었다면 그녀를 버린 그는, 삶으로 들어가는 모든 길이 그녀에게 열려 있게 만드는 악한이나 유혹자일 수밖에 없었다. 그리고 쇠렌 키르케고르가 속죄하는 심정에서 삶을 버려야만 했다면 그의 속죄 행위는 자신의 원래 죄를 은폐하는, 마치 기사처럼 덮어쓴 죄인의 가면에 의해 더욱 커져야 했을 것이다.

키르케고르에게는 레기네가 다른 사람과 결혼하는 것이 필요했다. "그녀는 자신이 결혼해야 한다는 점을 잘 파악했다"라고 그는 썼다. 둘 사이의 관계에 불확실하고 모호한 구석이 남아 있지 않도록 하기 위해 그는 그녀의 결혼을 필요로 했다. 더 이상의 어떤 가능성도 남아 있어선 안 되었고, 유혹자와 버림받은 소녀라는 단 한 가지 사실만 필요했다. 그러나 그 소녀는 스스로를 달래고 삶으로 돌아가는 길을 다시 발견한다. 이렇게 유혹자의 뒤에는 고행자가 서 있는데, 그는 고행에 의해 자발적으로 이러한 몸짓으로 굳어버렸다.

소녀의 변모는 처음부터 곧장 뒤따라 일어난다. 굳은 표정으로 미소 짓는 유혹자의 가면 뒤에는 마찬가지로 굳은 고행자의 실제 얼굴이 있다. 몸짓은 순수하고 모든 것을 표현하고 있다. "키르케고르는 자신의 삶을 시로 만들었던 것이다."

5

어떤 사람과 다른 삶 사이의 본질적인 차이는 어디에 있는가? 그것은 어떤 삶이 절대적이냐 또는 단순히 상대적이냐, 서로 배타적인 대립들이 서로 선명하게 영원히 분리되어 있느냐 또는 그렇지않느냐의 문제이다. 그 차이는 삶의 여러 문제가 '이것이냐 또는 저것이냐'의 형식으로 제기되느냐, 또는 길이 언젠가 나누어지는 것 같을 때 '이것뿐만 아니라 저것도'가 그에 대한 현실적인 표현인가 하는 점이다. 키르케고르는 항상 '나는 정직해지려고 한다'고 말했다. 그리고 이러한 정직은 단어가 지닌 가장 순수한 의미에서 다름 아닌 시적인 원칙에 따라 살아야 한다는 의무를 의미하는 것이었다. 그것은 결단의 의무, 즉 선택한 모든 길과 모든 갈림길에서 끝까지 가야 한다는 의무였다.

그러나 자기 주위를 둘러볼 때 인간은 길이나 갈림길을 보지 못하고, 어디서도 선명히 구분되는 대립을 발견하지 못한다. 즉 모든 것은 흘러가고, 모든 것은 무언가 다른 것으로 변화한다. 무언가로부터 얼굴을 돌렸다가 한참 후에 다시 바라보기만 해도 우리는 어떤 하나가 다른 것으로 변해 있음을 알게 된다. 어쩌면 그때 한 번에 그치는 것은 아닐 것이다. 그렇지만 키르케고르 철학의 가장 심오한 의미는 끊임없이 변하는 삶의 뉘앙스 아래에 고정된 점을 설정하는 것이며, 점차 녹아내려 사라지는 뉘앙스의 혼돈 속에서 절대적인 질적 차이를 끄집어내는 것이다. 그리고 상이하게 여겨진 사물들을 너무나 명확하고 너무나 심오할 정도로 상이하게 제시함으로써, 일단 분리된 사물들의 속성이 뉘앙스의 어떠한 변화 가능성에 의해서도 다시 지워질 수 없도록 하는 것이다. 그래서 키르케고르의 정직성은 다음과 같은 역설을 의미한다.

다시 말해 이전의 모든 차이를 결정적으로 없애버리는 새로운 통일로 미처 자라지 못한 것은 영원히 분리된 상태에 머무른다. 우리는 상이한 것들의 하나를 선택해야지 '중간의 길'이나 '보다 높은 통일을' 발견해서는 안 된다. 그런 것은 '단순히 겉보기만의' 대립들이나 해소할 수 있을지 모른다. 그러므로 어디에도 체계란 존재하지 않는다. 인간은 체계 속에서 살아갈 수 없고, 체계란 언제나 하나의 거대한 성이기 때문이다. 하지만 성을 만든 사람은 조그만 구석으로 물러날 수 있을 뿐이다. 논리적인 사고체계 내에는 삶을 위한 여지가 없다. 그렇게 보면 그러한 체계의 출발점은 언제나 자의적(恣意的)이다. 체계를 구축하는 것은 자체적으로만 완결되어 있을 뿐이고, 삶의 관점에서 보면 단지 상대적일 뿐이며, 하나의 가능성일 뿐이다. 삶에는 어떠한 체계도 존재하지 않는다. 삶 속에는 개별적인 것, 구체적인 것만 존재할 뿐이다. 존재한다는 것은 곧 상이하다는 의미이다. 절대적인 것, 뉘앙스가 없는 것, 분명한 것은 다만 구체적인 것, 개별적인 현상일 뿐이다. 진리는 단지 주관적인 것일 뿐이다—어쩌면 그럴지도 모른다. 그러나 주관성이 진리인 것은 매우 분명한 사실이다. 개별적인 사물은 유일한 존재자이다. 개별자는 실제적인 인간이다.

그러므로 삶에는 몇 개의 중요한 전형적인 가능성의 영역이 존재한다. 키르케고르의 언어로 말하면 미적 단계, 윤리적 단계, 종교적 단계가 존재하는 것이다. 그리고 각각의 단계는 뉘앙스의 여지 없이 다른 단계와 선명히 구분된다. 그 단계들 사이의 연결은 경이이자 도약이고, 한 인간이 지닌 전체 본질의 갑작스런 변형이다.

6

이런 점에서 키르케고르의 정직성은 모든 것을, 즉 체계를 삶과, 어떤 인간을 다른 인간과, 어떤 단계를 다른 단계와 선명히 구분해서 바라보는 데 있다. 어떠한 시시한 타협도 하지 않고 삶에서 절대적인 것을 보는 데 있다.

그러나 삶을 아무런 타협 없이 바라보는 것은 하나의 타협이 아닐까? 절대성을 그렇게 못 박는 것은 오히려 모든 것을 바라보아야 하는 의무로부터 도피하는 것이 아닐까? 단계라는 것 역시 '보다 높은 통일'이 아닐까? 삶의 체계를 거부하는 것 자체가 하나의 체계가 아닐까? 도약은 단순히 갑작스런 이행(移行)에 불과한 것은 아닌가? 결국 모든 합의의 배후에는 엄격한 구분이, 그 합의에 대한 가장 격렬한 거부의 배후에는 하나의 타협이 숨어 있는 것이 아닌가? 삶에 대해 정직하면서도 삶의 사건을 과연 문학적으로 양식화할 수 있을까?

7

그가 한 모든 일이 레기네 올센을 위해 일어났다는 점에만 이러한 분리 몸짓의 내적 정직성이 존재할지도 모른다. 그의 편지와 일기장에는 두 사람이 같이 살게 되면 그녀는 파멸하고 말 것이란 내용으로 가득 차 있다. 그도 그럴 것이 레기네의 경쾌한 웃음은 자신의 끔찍한 우울이 담긴 음울한 침묵을 깨뜨릴 수 없을 것이기 때문이다. 결국 그녀의 웃음은 침묵을 지키게 될 것이고, 그녀의 나는 듯한 경쾌함 역시 피곤에 지친 그의 무게에 의해 딱딱한 땅에 떨어지고 말았을 것이다. 어느 쪽도 이러한 희생으로부터 이익을 취할 수 없었을 것이다. 그러므로 그가 인간의 행복과 인간적 실존의 관점에서 어떤 희생을 치르더라도 레기네 올센의 삶을 구원하는 것이 그의 의무였다.

그러나 문제는 그가 레기네 올센의 삶만 구원했는가 하는 점이다. 그의 견해에 따르면 그들의 이별을 필연적으로 만든 것은 그 자신의 삶에 필수적인 것으로 여겨진 부분이 아니었을까 의문시된다. 그는 자신의 우울을 사랑했기에, 다른 어느 것보다 그것을 사랑했기에, 그것 없이는 살 수 없었기에, 자신의 커다란 우울에 맞서 성공을 거뒀을지도 모를 싸움을 포기하지는 않았을까? 그는 언젠가 "나의 슬픔은 나의 성(城)이다."라고 쓰고 있다. 그리고 다른 곳에서는(이것은 많은 것에 대한 하나의 몇 개의 예에 불과하다) "나는 나의 우수(憂愁)를 사랑하기 때문에, 커다란 우수 속에서도 여전히 삶을 사랑해왔다."라고 쓰고 있다. 그리고 레기네와 자신에 대해 이렇게 쓰고 있다. "그러니 그녀는 파멸하고 말았을지도 모르고, 추측건대 그녀가 다시 나를 망쳐버렸을지도 모른다. 그도 그럴 것이 나는 계속 그녀 곁에 있다간 몸을 다치지 않을 수 없었을 것이기 때문이다. 나는 그녀에게 너무 무거웠고, 그녀는 내게 너무 가벼웠다. 그러나 어떤 방식이든 자칫하다간 십중팔구 몸을 다치고 말았으리라."

자신이 위대해지기 위해 행복과 햇빛을 조금이라도 생각나게 하는 모든 것을 영원히 금지시켜야 하는 사람들이 있다. 카롤리네[5]는 언젠가 프리드리히 슐레겔에 대해 이렇게 쓰고 있다. "억압을 받는 중에 성장하는 사람들이 있는데, 프리드리히 슐레겔이 거기에 속한다. 그가

---

5 카롤리네 슐레겔 셸링(Karoline Schlegel Schelling, 1763~1809): 독일 낭만주의의 가장 재능 있는 여성 가운데 한 사람으로 낭만주의 문학 이론가 빌헬름 슐레겔과 결혼생활을 했지만, 철학자 셸링과 사랑에 빠져 슐레겔을 버리고 그와 결혼함으로써 구설수에 휘말렸다.

한 번이라도 승리자의 완전한 영광을 누리게 된다면 그가 지닌 최상의 특성은 파괴되고 말 것이다." 그리고 로버트 브라우닝은 치아피노(Chiappino)의 슬픈 이야기에서 프리드리히 슐레겔의 비극을 기록했다. 치아피노는 언제나 그늘 속에 서 있으면서 그의 모든 삶이 불행과 결실 없는 동경을 의미하는 한에서만 강하고 고상하며, 세련되고 깊은 감정을 느낄 수 있었던 사람이었다. 하지만 그의 불운은 그가 꿈을 꾸거나 또는 어리석은 불평을 하면서 희망했던 것보다 더 높이 그를 들어 올렸다. 그러자 그는 공허해졌고, 그의 냉소적인 말은 '행운'과 함께 왔던 그의 공허함을 자각할 때 느꼈던 고통을 간신히 은폐할 수 있었다(브라우닝은 이러한 파멸을 영혼의 비극이라 불렀다).

키르케고르는 아마 이 점을 알았을 것이고, 또는 사정이 그렇다는 것을 느꼈을 것이다. 레기네와 헤어진 직후 느꼈던 고통에 의해 야기된 그의 격렬한 창조적 본능은 이미 애당초부터 이처럼 유일하게 가능한 계기를 스스로에게 요구했을 것이다. 어쩌면 그의 내부의 무언가는 행복이 ─ 만약 그것이 도달 가능하다면 ─ 그를 마비시키고 평생 동안 결실 없게 만들리란 사실을 알고 있었을 것이다. 어쩌면 그는 행복이 달성 가능할지도 모르고, 레기네의 경쾌함이 자신의 심각한 우울을 구제할지도 모르며, 그래서 두 사람이 행복해질지도 모른다는 사실을 두려워했을 것이다. 하지만 그의 삶에 우울이 없었다면 그는 어떻게 되었을까?

8

키르케고르는 감상적인 소크라테스이다. 소크라테스는 "사랑하는 것이 내가 정통하고 있는 유일한 것이다."라고 말했다. 그러나 소크라테스는 사랑하는 사람들을 단지 인식하고 이해하려고만 했을 뿐이었다. 그 때문에 키르케고르의 삶에서 주된 문제였던 것이 그에게는 아무 문제가 아니었다. 소크라테스는 이렇게 말했다. "사랑하는 것이 내가 정통하고 있는 유일한 것이다. 나의 사랑을 위해 하나의 대상, 단 하나의 대상만을 달라. 그러나 나는 이제 활시위를 극도로 팽팽히 당기고 있는 궁수처럼 서 있다. 사람들은 그에게서 다섯 걸음 정도 떨어진 곳에 있는 과녁을 맞히라고 요구한다. 그러자 궁수는 그럴 수 없다며, 과녁을 2, 3백 보 정도 떨어진 곳에 가져다 놓으라고 말한다."

키츠의 자연에 대한 기도는 다음과 같이 울려 퍼진다.

"하나의 주제! 하나의 주제! 위대한 자연이여! 주제를 달라.
나의 꿈을 시작하게 해 달라."

사랑한다는 것! 내 사랑의 대상이 사랑을 방해하지 않는 방식으로 내가 누구를 사랑할 수 있을까? 충분히 강한 사람은 누구이며, 그의 사랑이 절대적으로 되고, 다른 어느 것보다 더 강하게 될 정도로 모든 것을 자체 내에 담을 수 있는 사람은 누구인가? 그를 사랑하는 사람은 누구든 결코 그에게 아무런 요구도 하지 않고, 그에 대해 결코 옳았음이 증명되지 않기에, 그가 받는 사랑이 절대적인 사랑일 정도로 다른 모든 사람보다 우위에 서 있는 사람은 누구인가?

사랑한다는 것은 자신의 옳음이 결코 증명되지 않으려는 것이다. 키르케고르는 사랑을 그렇게 기술한다. 그도 그럴 것이 모든 인간관계의 영원한 상대성, 그 관계의 동요, 그리고 그로써 그 관계의 자질구레함은 한번은 이 사람이 옳고, 한번은 저 사람이 옳으며, 한번은 이 사람이 더 낫고 아름답고 고상하며, 한번은 저 사람이 그렇다는 사실에 근거하기 때문이다. 사랑하는 사람들이 서로 질적으로 상이할 때에만, 한 사람이 다른 사람보다 월등히 뛰어나서 옳고 그름의 문제(가장 넓은 의미에서) 자체가 문제로 제기될 수 없을 때만 인간관계의 확고함과 명백함이 존재하는 것이다.

그러한 것은 중세 기사의 금욕적인 사랑의 이상이었다. 그러나 그것은 다른 어느 때보다 낭만적이다. 키르케고르는 자신의 심리적 통찰력에 의해 (키르케고르에게는) 매우 소박한 그러한 믿음을 빼앗겼기 때문이다. 다시 말해 트루바두르[6]들이 자신들의 방식으로 사랑할 수 있기 위해 단념한 사랑하는 부인이나, 또는 그러한 부인의 결코 어디서도 현실이 될 수 없는 꿈의 영상 역시 현실과 충분히 다를 수 있다는 믿음, 그들의 사랑이 그로 인해 절대적인 사랑이 될지도 모른다는 믿음을 빼앗겼기 때문이다. 내 생각에 키르케고르의 종교성의 뿌리는 여기에 있는 것 같다. 신은 그렇게 사랑받을 수 있는 존재이고, 오직 신만 그럴 수 있다. 키르케고르는 언젠가 이렇게 쓰고 있다. "신은 삶을 감내하기 위한 우리의 요구이다. 우리는 이런 요구에 매달림으로써 우리의 궁핍에서 도피할 수 있다." 그렇다, 하지만 키르케고르의 신은 모든 인간적인 것 위에 높이 군림하고 있고, 그러한 절대적인 깊이에 의해 모든 인간적인 것과 분리되어 있다. 신은 삶을 감내하도록 어떻게 인간을 도울 수 있을 것인가? 나는 바로 그런 이유 때문에 그게 가능하다고 생각

---

6 프랑스 남부와 스페인 북부, 그리고 이탈리아 북부지역에서 활동하던 음유시인. 트루바두르란 새로운 시를 짓는 사람, 즉 새로운 운문을 찾아내어 정교한 사랑의 서정시를 써내는 사람을 뜻한다.

한다. 키르케고르는 삶의 절대성을 필요로 했고, 어떤 논쟁도 더 이상 용납하지 않는 삶의 확고함을 필요로 했다. 그의 사랑은 주저 없이 전체를 껴안을 수 있는 가능성을 필요로 했다. 그는 아무런 문제가 없는 사랑을 필요로 했다. 그 사랑에서는 누가 낫고 못한가, 누가 옳고 그른가 하는 것이 문제되지 않아야 한다. 그렇지만 나의 사랑은 내가 결코 옳지 않을 때만 확실하고 의심할 여지가 없다. 그런데 오직 신만이 내게 이런 확신을 줄 수 있다. 키르케고르는 이렇게 쓴다. "너는 한 인간을 사랑한다. 그리고 너는 그 사람 앞에서 항상 옳지 않은 것으로 증명되기를 원한다. 아, 그러나 그 사람은 너에게 충실하지 못했다. 이런 사실이 네게 아무리 고통을 줄지라도 너는 여전히 그에 대해 정당했고, 그를 너무 진심으로 사랑한 점에서는 옳지 못했다." 영혼이 신을 향하는 까닭은 영혼은 사랑 없이 존재할 수 없고, 신은 사랑하는 사람의 가슴이 열망하는 모든 것을 그에게 주기 때문이다. "나는 고통스런 의심 때문에 신을 외면하는 일은 결코 없을 것이다. 나는 신 앞에서 내가 옳을 수 있다는 사실에 결코 놀라지 않을 것이다. 신 앞에서 나는 언제나 옳지 않은 것이다."

9

키르케고르는 트루바두르이자 플라톤주의자였다. 그리고 그는 낭만적이고 감상적이었다. 그의 영혼의 깊디깊은 곳에서는 한 여인의 이상을 위한 희생의 불꽃이 타오르고 있었다. 그러나 같은 불꽃은 같은 여인이 불태워졌던 장작더미 위에서 타올랐다. 남자가 처음으로 세계와 맞설 때 그의 주위에 있던 모든 것이 그에게 속했다. 그러나 개개의 모든 사물은 언제나 그의 눈앞에서 사라져버렸고, 그의 모든 발걸음은 개개의 모든 사물 옆을 지나쳐버렸다. 만약 처음부터 사물을 파악하는 법을 알았고, 사물의 쓰임새와 그것의 직접적인 중요성을 알았던 여자가 없었더라면 남자는 풍요로운 세계의 한가운데서 비극적이고 우스꽝스럽게도 굶주려 죽고 말았을 것이다. 이렇게 여자는─키르케고르의 우화의 의미에서─삶을 위해 남자를 구원했지만, 이는 단지 그를 삶 속에 붙잡아두고, 삶의 유한성에 묶어 두기 위해서였다. 진정한 여자, 즉 어머니는 무한을 위한 모든 동경과는 정반대되는 존재이다. 소크라테스가 크산티페와 결혼하고 그녀와 행복하게 지낸 것은, 단지 그가 이상(理想)에 이르는 길에서 그녀를 장애물로 여기고, 결혼의 어려움을 극복하는 것을 즐겼기 때문이었다. 그래서 그는 흡사 주조[7]의 신처럼 이렇게 말한다. "너는 모든 사물에서 항상 뜻대로 되지 않는 것을 발견했다. 그리고 그것이 내가 나 자신을 위해 가지기를 원하는, 나의 선택된 존재들의 표시이다."

키르케고르는 이런 싸움을 받아들이지 않았다. 어쩌면 그는 싸움을 회피했을지도 모르고, 어쩌면 더 이상 싸움이 필요 없었을지도 모른다. 누가 그 사실을 알겠는가? 그도 그럴 것이 인간 공동체의 세계, 결혼을 전형적 형식으로 여기는 윤리적 세계는 키르케고르의 영혼과 매우 상통하는 두 세계, 즉 순수시의 세계와 순수 믿음의 세계 사이의 한가운데에 있기 때문이다. 윤리적 삶의 토대인 '의무'가 시인의 삶의 '가능

---

7 주조(Heinrich Suso, 1295(?)~1366): 조이제(Seuse)라고도 쓰며 본명은 하인리히 폰 베르크(Heinrich von Berg)이다. 독일의 주요 신비주의자의 한 사람이자 '하느님의 친우회'의 지도자이다. 주조는 1329년 교황으로부터 유죄판결을 받은 스승 에크하르트를 변호했다는 이유와 그가 제시한 교리상의 이유로 교수직을 박탈당하고 박해와 중상모략에 시달렸다. 주요 작품으로는 재판에 회부된 에크하르트를 변호한 『진리』와 『영원한 지혜』가 있다.

성'과 비교할 때 견고하고 확실해 보일지라도 그 토대의 영원한 가치 평가는 종교적인 것의 절대적인 감정과 비교해볼 때 역시 영원한 동요라고 할 수 있다. 하지만 이러한 감정의 재료는 시인의 가능성의 재료와 마찬가지로 공기로 이루어져 있다. 그럼 이 두 가지를 가르는 경계선은 어디에 있는가?

그렇지만 이 문제는 여기서 제기할 질문이 아닐지도 모른다. 레기네 올센은 키르케고르에게 다름 아닌 신의 사랑이라는 얼음 성전으로 가는 길에 이르는 하나의 계단에 불과할지도 모른다. 그가 그녀에게 죄를 지음으로써 신에 대한 그의 관계만이 심화되었을 뿐이다. 참을성 있게 그녀를 사랑하고, 그녀를 고통에 몰아넣음으로써 그는 자신의 황홀감을 높일 수 있었고, 자신의 길의 유일한 목표를 고정시킬 수 있었다. 그들이 실제로 서로에게 결합했을 경우 그들 사이에 존재했을 모든 것은 그의 비상에 날개를 달아주었을 것이다. 그는 그녀에게 썼지만 보내지는 않은 편지에서 이렇게 쓰고 있다. "그대가 나를 결코 이해하지 못했다는 것에 고맙게 생각합니다. 그런 사실에서 모든 것을 배웠기 때문입니다. 나는 그대가 그토록 열정적으로 내게 부당하게 대했다는 것에 고맙게 생각합니다. 그것이 내 삶을 결정했기 때문입니다."

버림받은 레기네는 키르케고르에게 자신의 목표에 이르는 하나의 계단에 불과할지도 모른다. 그는 자신의 꿈에서 그녀를 도달할 수 없는 이상으로 변형시켰다. 하지만 그 계단은 정상으로 가는 가장 확실한 길이었다. 프로방스 지방에서 활동하는 트루바두르의 부인 예찬 시에서처럼 위대한 배신은 위대한 신의의 토대였다. 부인은 이상이 되기 위해, 진정한 사랑으로 사랑받기 위해 어떤 다른 남자에게 속해야 했다. 그러나 키르케고르의 신의는 트루바두르의 신의보다 더 깊었기에 더욱 신의가 없었다. 가장 깊은 사랑을 받은 여인조차도 그에게는 위대한 사랑, 유일하게 절대적인 사랑, 즉 신의 사랑에 이르는 하나의 길에 불과했다.

IO

키르케고르가 어떻게 그리고 어떤 이유로 행동했든 간에 그 일은 레기네 올센의 삶을 구하기 위해 일어났을 뿐이다. 그녀를 버린 몸짓이 내적으로는 아무리 많은 의미를 지녔다 해도 외적으로 레기네 올센의 눈에는 그 몸짓이 명백한 것이었음에 틀림없다. 키르케고르는 레기네에게는 하나의 위험과 불확실성만 존재할 뿐이라고 느꼈다. 그리고 레기네가 그를 사랑한다는 사실에서는 아무런 삶도 자라날 수 없었기 때문에 그는 온 힘을 다해―자신의 좋은 평판을 희생해가면서까지―그녀가 자신에 대해 오로지 증오심만을 느끼게 하도록 했다. 그는 레기네가 자기를 악한으로 여기기를, 그녀의 전 가족이 그를 비열한 유혹자로 증오하기를 바랐다. 만일 레기네가 그를 증오하면 그녀는 구원되기 때문이었다.

그러나 두 사람 사이의 파탄은 너무나 갑작스레 찾아왔다. 물론 오랫동안 격렬한 장면들이 이미 파탄의 발생을 돕기는 했다. 갑자기 레기네는 키르케고르를 지금까지 알던 사람과는 다르게 보지 않을 수 없었다. 그와 함께 했던 순간의 모든 말과 모든 침묵을 재평가해서 새로운 것을 옛날 것과 연관 지어 파악하고, 키르케고르를 통일적인 전체적 인간으로 느끼지 않을 수 없었다. 이제부터 그녀는 그가 무슨 행동을 하든 이런 새로운 시각으로 바라보아야 했다. 키르케고르는 그녀의 이 일을 쉽게 해주기 위해, 새로이 형성된 이미지의 흐름을 한 방향으로 유도하기 위해 무슨 일이든 했다. 그가 레기네에게서 유일하게 목표를 달성하려고 노력했던 방향은 그 자신에 대한 증오의 방향이었다.

이러한 점은 키르케고르의 에로틱한 저서, 무엇보다 『유혹자의 일기』의 배경을 이루고 있고, 삶 자체부터 받아들인 저서에 광채를 주고 있다. 이 글을 지배하고 있는 감정은 비육체적인 관능성과 계획적 성격을 띤 둔중한 비양심적 태도이다. 에로틱한 삶, 아름다운 삶, 분위기를 즐기면서 정점에 이르는 삶이 그 글에는 세계관으로, 단지 세계관으로만 나타난다. 그것은 키르케고르가 자신의 내부에서 단순히 가능성으로서만 느꼈던, 그러나 그의 모든 섬세한 숙고와 분석으로도 아무런 구체성을 부여할 수 없었던 삶의 방식이었다. 그는 말하자면 추상적 형태를 띤 유혹자이다. 그는 유혹의 가능성만을 필요로 하는, 그가 만들어내고 끝까지 즐기는 상황만을 필요로 하는 유혹자이고, 여자들을 실제로 즐거움의 대상으로조차도 필요로 하지 않는 유혹자이다. 그는 플라톤적 이념의 유혹자이다. 그는 너무나 철저히 유혹자로만 머무르기 때문에 심지어 진정한 의미에서는 유혹자라고조차 할 수 없다. 그는 이미 모든 사람으로부터 멀리 떨어져서 정신적으로 그들 위에 높이 있으므로, 그가 그들로부터 원하는 것은 더 이상 좀처럼 그들에게 전해질 수 없다. 또는 그것은 전해지더라도 이해할 수 없는 천재지변으로 그들의 삶에 받아들여지는 것이다. 그는 절대적인 유혹자이다. 그의 등장은 모든 여자에게 영원히 낯설다는 절박한 감정을 불러일으킨다. 그러나 이와 동시에―그런데 키르케고르는 이런 측면을 더 이상 깨달을 수 없었다―그는 이처럼 무한히 멀리 떨어져 있으므로 어떤 여자에게든 거의 희극적으로 비추어지지 않는다. 어떤 이유로든 그가 여자의 삶의 지평선에 어렴풋이 모습을 드러내면 그녀는 파멸하지 않게 되는 것이다.

우리는 유혹자의 역할이 레기네 올센을 위한 키르케고르의 몸짓이었다고 이미 말한 적이 있었다. 그러나 유혹자가 될 가능성은 키르케고르의 내부에도 잠재해 있었다. 그리고 몸짓은 그 몸짓을 관리하던 영혼에 언제나 도로 영향을 미친다. 삶에는 공허한 희극은 존재하지 않는다. 다시 말해 그것이 어쩌면 인간관계가 지니는 가장 슬픈 모호함일지도 모른다. 사람들은 존재하는 것만 상연할 수 있을 뿐이다. 그리고 일단 어떤 것을 상연하기만 하면 어떤 방식으로든 그것은 상연을 두려워하며 조심스럽게 거리를 취하던 삶의 일부분이 되지 않을 수 없다.

물론 레기네는 그 몸짓만을 볼 수 있을 뿐이었고, 그 몸짓의 영향으로 인해 그녀는 평생 동안 모든 것을 이전과는 정반대의 의미로 재평가하지 않으면 안 되었다. 적어도 키르케고르가 원한 것은 바로 그 점이었고, 그것에 모든 것을 걸었다. 그렇지만 육체적 현실 속에서 체험된 것은 그것이 단순한 희극이었다는 의식에 의해 기껏해야 약간의 손상만 입을 뿐이었다. 다시 말해 사람들은 현실을 의심할 여지 없이 철저히 재평가할 수는 없는 법이다. 단지 현실에 대한 자신의 견해와 그 가치들만 재평가할 수 있는 것이다. 그리고 레기네 올센이 키르케고르와 함께 체험했던 것은 삶, 생생한 현실이었다. 그 현실은 흔들릴 수 있을 뿐이었고, 동기의 어쩔 수 없는 재평가에 의해 추억 속에서 극도로 불확실해질 뿐이었다. 그도 그럴 것이 현재가 키르케고르를 다르게 보도록 그녀를 강요하면 이렇게 보는 방식은 단지 현재만을 위한 감각적 현실이었기 때문이다. 과거의 현실은 다른 목소리로 말했으며, 그녀의 새로운 인식의 보다 미약한 목소리에 의해 덮여버리는 것을 용납하지 못했던 것이다.

레기네와 파경을 겪은 직후 키르케고르는 자신의 유일하게 믿을 만한 친구 뵈젠(Bösen)에게 보낸 편지에서, 그는 두 사람이 헤어질 수밖에 없다는 사실을 느꼈으므로, 자기가 모든 일을 얼마나 불안하게 염려하며 처리하고 끝까지 밀고 갔는지 알게 되면 그녀는 이러한 배려 속에서 그의 사랑을 확인할 것이라고 썼다. 우리는 레기네의 삶에 대해 그다지 아는 바가 없다. 그러나 우리는 그녀가 이런 사실을 깨달았으리라고 알고 있다. 그녀는 키르케고르가 사망한 후 그의 유고를 읽고 키르케고르의 친척인 의사 룬트(Lund)에게 다음과 같은 편지를 썼다. "이 글은 우리의 관계를 새롭게 조명해주고 있습니다. 나 역시 가끔 그렇게 보기도 했지만, 나의 겸손한 성격 때문에 그것을 사실로 여기지 못했습니다. 그렇지만 그에 대한 나의 흔들림 없는 믿음은 나를 언제나 그런 식으로 생각하도록 했습니다."

키르케고르 역시 이런 불확실함에 대해 무언가를 감지했다. 그는 자신의 몸짓이, 레기네의 몸짓이 그의 눈에 그랬듯이 레기네의 눈에 단지 가능성으로 남아 있었다고 느꼈다. 그리고 그런 몸짓으로는 둘 사이에 견고한 현실을 구축하기에는 불충분하다고 느꼈다. 왜냐하면 참다운 현실을 경험할 수 있는 길이 존재한다면 그것은 단지 레기네에게 가는 길에 불과했고, 이 길에 아무리 조심스레 들어선다 해도 지금까지 달성한 모든 것은 영원히 파괴될 수밖에 없기 때문이다. 따라서 그는 내적으로는 불확실하고, 외적으로는 경직된 자세에 머무를 수밖에 없었다. 그녀의 삶에서 모든 것이 이미 확고해졌을지도 모르고, 그녀에게 접근하려는 몸짓은 그녀의 살아있는 실제적인 삶에 개입하는 것일 수 있기 때문이다. 파혼한 뒤 10년 동안 그가 감히 그녀를 만나려고 하지 않았던 것은 그런 이유 때문이었으리라. 그녀의 결혼은 단지 가면에 불과한 것일지도 모른다. 어쩌면 그녀는 예전처럼 그를 사랑했을지도 모르고, 두 사람이 만나면 모든 일을 망쳐버릴 수도 있었다.

II

그러나 몸짓의 경직된 확실성을 유지하는 것조차 불가능하다. 그것이 실제로 진정한 확실성이라고 한다면. 아무리 원한다 해도 사람들은 키르케고르의 우울과 같은 심한 우울을 지속적으로 가벼운 장난쯤으로 위장할 수는 없다. 또한 그토록 격렬히 불타오르는 사랑을 배신이라는 겉모습으로 완전히 은폐할 수도 없다. 물론 몸짓은 영혼에 도로 영향을 미친다. 그러나 이 영혼은 그것을 숨기려는 몸짓에 다시 영향을 미친다. 영혼은 몸짓으로부터 빛을 발하지만, 몸짓과 영혼 어느 것도 평생에 걸쳐 다른 한쪽과 분리되어 엄격하고 순수하게 머무를 수는 없다.

어떤 식으로든 외적으로 보존된 몸짓의 순수성을 달성할 수 있는 유일한 방법은 상대방이 순간적으로 자신의 명확성을 포기할 때마다 그러면 언제나 오해받는다는 것을 확실히 하는 것이다. 이런 식으로 우연한 동작이나 무의미하고 부주의한 말이 삶을 결정하는 중요성을 얻는다. 그리고 몸짓에 의해 다른 사람에게 일깨워진 반사작용은 그로 인한 충격을 스스로 선택된 상황 속에 다시 억지로 밀어 넣을 정도로 강력하다. 둘이 헤어질 때 레기네 올센은 마치 어린애처럼 울고 애원하며, 키르케고르도 가끔 자기를 생각할 것인지 물었다. 그리고 이러한 질문은 키르케고르의 전체 삶을 위한 주도동기가 되었다. 그리고 그녀가 약혼했을 때 그녀는 인정해주는 표시를 기대하면서 그에게 인사말을 보냈다. 그럼으로써 그녀는 아무것도 모르는 키르케고르의 마음속에 전혀 다른 생각을 불러일으켰다. 그리고 키르케고르는 가면의 무게를 더 이상 견디지 못하고 서로 간에 해명할 시기가 왔다고 생각했다. 레기네는 앞으로 모든 일이 불확실한 상태에 있도록 하기 위해ㅡ그리고 언제까지나 그녀에게는 그 일이 하나의 의문으로 남아 있었다ㅡ남편의 동의를 얻어 확실한 몸짓을 하면서 그의 편지를 열어보지도 않고 돌려보냈다. 그리고 그녀는 그의 해명을 듣는 것을 거부함으로써 생겨나는 불확실성을 키르케고르가 죽은 후 깊은 슬픔 속에 느끼고자 했던 것이다. 그들이 이제 서로 만나든 만나지 않든 언제나 같은 부적합한 패턴이 지속되었다. 다시 말해 몸짓에서 비롯된 섣부른 자극이 도로 섣불리 몸짓에 영향을 미쳤고, 그때마다 매번 서로를 오해하는 상황이 벌어졌던 것이다.

12

심리학이 시작되는 곳에서 웅대함은 끝난다. 그리고 명백함이란 웅대함을 얻으려는 겸손한 표현에 다름 아니다. 심리학이 시작되는 곳에서는 행위는 더 이상 존재하지 않고, 행위의 동기만 존재할 뿐이다. 근거를 필요로 하는 것, 근거의 제시를 참아낼 수 있는 것은 모두 이미 확고함과 명백함을 잃어버린 것이다. 폐허 더미에서 아직 무언가가 남아 있을지라도 근거의 홍수는 그런 것을 끊임없이 휩쓸어가 버릴 것이다. 그도 그럴 것이 세상에는 근거와 근거로 제시된 것보다 더 불확실한 것은 없기 때문이다. 어떤 근거가 제시되는 경우 다른 근거에서, 또는 근거가 같더라도 상황이 조금만 변한 상태에서도 그 반대가 생겨날 수 있기 때문이다. 설령 근거가 같더라도 — 그러나 근거는 결코 같을 수 없다 — 그것은 결코 일정할 수 없다. 커다란 열정의 순간에 모든 것을 쓸어가 버린 것도, 뇌우가 잦아들어 이전에 무시할 정도로 형편없던 것이 나중의 인식에 의해 엄청나게 커지면 보잘것없이 사소해진다.

동기에 의해 지배되는 삶은 릴리푸트와 브로브딩나그[8] 왕국의 지속적인 교체이다. 모든 영역 중에서 내적으로 가장 토대가 결여되고 깊디깊은 심연과도 같은 영역이 영혼의 근거의 영역, 즉 심리학의 영역이다. 삶에서 일단 심리학의 역할이 시작되면 명백한 정직성과 웅대함은 모두 사라지고 만다. 삶에서 심리학이 지배하면 삶과 삶의 상황을 자체적으로 포함하는 몸짓은 더 이상 존재하지 않는다. 몸짓이란 심리학이 관습적으로 남아 있는 한에서만 명백하기 때문이다.

여기서는 시와 삶이 비극적일 정도로 명백히 분리된다. 시의 심리학은 언제나 명백하다. 그도 그럴 것이 그것은 언제나 그때그때의 목적을 위한 심리학이기 때문이다. 또한 시의 심리학은 여러 방향으로 갈라지는 듯 보일지라도 그 방향의 다양성 역시 언제나 명백해서, 최종적인 통일의 균형을 다만 좀 더 복잡하게 형상화할 수 있기 때문이다. 반면 삶에는 어떤 명백함도 존재하지 않는다. 삶에는 그때그때의 목적을 위한 심리학이 존재하지 않기 때문이다. 삶에는 최종적 통일을 위해 받아들여진 동기들만 어떤 역할을 수행하는 것은 아니고, 일단 울리기 시작한 모든 것이 울림을 멎는 것은 아니기 때문이다. 삶에서는 심리학이 관습적일 수 없는 반면, 시에서는 관습이 아무리 미묘하고 복잡하다 해도 심리학은 언제나 관습적이다. 삶에서는 완전히 제한된

---

8 스위프트(J. Swift, 1667~1745)의 『걸리버 여행기』에 나오는 소인국과 거인국을 일컬음.

마음만이 완전한 명백함을 감지할 수 있고, 시에서는 완전히 실패한 작품만이 이러한 의미에서 다의적일 수 있다.

그 때문에 모든 종류의 삶 중에서 시인의 삶이 비(非)시적이며 윤곽과 몸짓이 가장 부족하다(키츠가 그 점을 제일 먼저 파악했다). 삶을 삶으로 만드는 것이 무엇인지 시인의 마음속에서 의식되기 때문이다. 진정한 시인은 삶에 대해 제한된 마음을 가질 수 없고, 자신의 삶과 관련된 어떠한 환상도 품을 수 없다. 그 때문에 삶이란 시인에게는 다만 원료일 뿐이다. 자연 발생적인 폭력을 행사하는 시인의 손길만이 혼돈에서 명백함을, 실체가 없는 현상에서 상징을 빚어낼 수 있고, 수천 갈래로 나누어진 것과 녹아 없어지기 쉬운 것에 형식을— 한계와 의미를— 부여할 수 있다. 시인 자신의 삶이 형식을 부여하는 원료로 쓰일 수 없는 것은 바로 그 때문이다.

키르케고르의 영웅적 행위는 그가 삶으로부터 형식을 창조하려고 했다는 점에 있다. 그의 정직함은 그가 여러 갈림길을 보고도 그가 선택한 길을 끝까지 갔다는 점에 있다. 그의 비극은 사람들이 살아갈 수 없는 삶을 그가 살아가려고 했다는 점에 있다. 그는 "나는 헛된 싸움을 하고 있다. 나는 발밑의 지반을 잃어버리고 있다. 나의 삶은 결국 시인의 삶이 되는 것에 불과할 것이다."라고 썼다. 시인의 삶이 공허하고 무가치한 것은 그것이 결코 절대적이지 않고, 결코 즉자적(卽自的)이거나 대자적(對自的)9이지 않기 때문이다. 왜냐하면 시인의 삶은 항상 다른

---

9 자기 자신에 매몰되어 있어서 전혀 객관적이지 못한 것을 즉자적이라 하고, 이것은 동물적 태도이다. 이와 반대로 대자적 태도는 자기 자신까지도 객관화하여 반성하고 관찰하는 태도이다. 이렇게 할 수 있는 것이 인간과 다른 동물의 차이이다. 독일의 철학자 헤겔이 사용한 철학 용어이다.

어떤 것과의 관계 속에서만 존재하고, 이러한 관계는 아무런 의미가 없지만, 그럼에도 시인의 삶을 완전히 소진시키기 때문이다. 적어도 순간적으로는 그러하다. 그러나 삶은 그러한 순간들로 이루어질 뿐이다.

이러한 필연성에 맞서 결코 제한되지 않은 키르케고르의 삶은 왕처럼 제한된 투쟁을 벌인다. 그리고 삶은 교활하게도, 삶이 줄 수 있는 모든 것, 그가 요구할 수 있었던 모든 것을 그에게 주었다고 말할 수 있을지도 모른다. 그러나 삶이 준 모든 선물은 속임수였다. 삶은 결국 그에게 진정한 것을 결코 줄 수 없었다. 삶은 승리와 정복이라는 온갖 허상과 함께 모든 것을 집어삼키는 황무지 속으로—러시아군에 유인된 나폴레옹처럼—그를 점점 더 깊이 유인해 들어갔을 뿐이었다.

그의 영웅적 행위는 그것을 죽음에서처럼 삶에서 쟁취해냈다. 그는 사람의 모든 순간이 입상(立像)처럼 확실히 드러나며 끝까지 수행되는 위대한 몸짓으로 마무리되는 식으로 살아갈 줄 알았다. 그리고 그는 죽음을 원했을 때, 자신이 원했던 방법으로 죽음이 적당한 시기에 찾아오는 식으로 죽었다. 그러나 우리는 아주 가까이서 봤을 때 그의 가장 확실한 몸짓이 얼마나 불확실했는지 보았다. 죽음이 그의 가장 진정하고 심오한 투쟁의 정점에 그에게 엄습했을지라도, 죽어가면서 자신의 투쟁을 위한 순교자가 되기를 바랐을지라도, 그는 진정한 순교자가 될 수는 없었다. 그의 죽음은 이 모든 사실에도 불구하고 여러 개의 가능성을 지시했기 때문이다. 다시 말해 삶에서는 모든 것이 여러 개의 가능성을 지시하고, 나중의 현실만이 단지 무수히 많은 새로운 길을 열어주기 위해, 몇 개의 가능성은 배제할 수 있기 때문이다(모든 가능성을 배제하지는 않아서 하나의 현실은 남도록 한다).

그는 죽음이 엄습했을 때 자기 시대의 기독교와 맞서 싸우고 있었다. 그는 더없이 격렬히 투쟁하는 중이었다. 그는 삶에서 투쟁 외에는 아무것도 추구할 것이 없었다. 그리고 더 격한 싸움을 벌일 수 없을 정도였다. (그리고 약간의 우연한 요소 역시 그의 죽음을 운명적으로 만들었다. 다시 말해 키르케고르는 평생 자신의 자본을 갉아먹으며 살아갔다—중세 초기의 사람들처럼 그는 모든 이자를 고리대금으로 간주했다—그래서 그가 사망했을 때 그의 돈은 막 바닥나고 있었다). 그가 거리에서 쓰러졌을 때 사람들이 그를 병원에 데려다주었다. 그는 자기가 대변하는 일이 죽음을 필요로 하기에 죽고 싶다고 했던 것이다.

그는 그런 식으로 죽었다. 그러나 그의 죽음으로 모든 질문은 미해결 상태로 남게 되었다. 즉 그의 묘지에서 갑자기 중단된 길은 그가 계속 살았더라면 어디로 이어졌을까? 그가 죽음과 맞닥뜨렸을 때 그는 어디로 가는 중이었을까? 죽음의 내적 필연성은 무한히 많은 일련의 가능한 해명들 중 단 하나의 해명일 뿐이다. 만약 죽음이 내면의 부름을 받아, 그 신호를 받아 오지 않았다면 우리는 그의 길의 끝을 종말로 간주할 수 없을 것이고, 구불구불한 길이 계속 이어질 것으로 상상해보지 않을 수 없을 것이다. 그러면 키르케고르의 죽음 역시 수천 개의 의미를 얻고, 진정한 운명의 섭리가 아닌 우연한 성격을 띠게 될 것이다. 그러면 키르케고르의 삶의 더없이 순수하고 명백한 몸짓은 헛된 노력에 불과하게 되고, 결국 아무런 몸짓도 아닌 것으로 된다.

(1909)

4

낭만적인 삶의 철학에 대하여

———

노발리스[1]

진실로 규범적인 인간의 삶은 철저히 상징적이어야 한다.

—노발리스, 『꽃가루』

저물어가는 18세기가 배경이다. 합리주의의 시대이자, 싸우고 승리를 거두어 그 승리를 확신하고 있는 부르주아 계급의 시대이다. 파리에서는 몽상적인 공론가들이 잔인하고 피비린내 나는 논리로 합리주의의 온갖 가능성을 끝까지 생각하고 있었다. 반면 독일 대학에서는 나오는 책마다 합리주의의 오만한 희망, 즉 이성이 궁극적으로 도달하지 못하는 곳은 아무것도 없다는 희망을 손상시키거나 파괴하고 있었다. 나폴레옹과 정신적 반동은 이미 끔찍할 정도로 가까이 있었다. 즉 이미 내부에서 거의 붕괴한 거나 마찬가지였던 새로운 무정부 상태가 나타난 뒤 구(舊)질서가 다시 어렴풋이 다가오고 있었다.

18세기 말엽의 예나. 그것은 커다란 세계에 비하면 에피소드 같은 의미밖에 없었던 몇몇 사람들의 삶에서 일어난 하나의 에피소드였다. 지상의 어디서나 전투 소리가 요란하게 울렸고, 전 세계는 붕괴하고 있었다. 그러나 여기 독일의 소도시에서는 몇몇 젊은이들이 모임을 갖고 있었다. 그들이 모이는 목적은 이런 혼돈으로부터 새롭고 조화로운, 모든 것을 포괄하는 문화를 창출하자는 것이었다. 그들은 이해하기 힘들고 무모할 정도로 소박하게 이 목적을 향해 돌진했다. 병적일 정도

1 노발리스(Novalis, 1772~1801): 후기 낭만주의 사상에 큰 영향을 미친 독일의 낭만주의 시인이자 이론가로 본명은 하르덴베르크(Friedrich Leopold, Freiherr von Hardenberg)이다. 귀족계급의 신교 가문에서 태어나 가족이 전에 사용했던 이름 '노발리'를 본떠 자신의 필명을 붙였다. 예나대학에서 법학을 공부했고, 거기에서 실러와 사귀었다. 그 뒤 라이프치히에서 공부하며 슐레겔과 친교를 맺고 칸트와 피히테의 철학사상을 접하게 되었다. 1794~1795년 노발리스는 14세의 조피 폰 퀸과 사랑에 빠져 약혼하지만, 그녀가 1797년 결핵으로 죽자 자신의 비애를 표현한 시 「밤의 찬가」를 썼다. 이 시에서 그는 밤, 즉 죽음을 신 앞에서 누리게 될 더 높은 삶으로 들어가는 문으로서 찬미하며, 자신이 죽은 뒤에는 조피와 전 우주가 신비하고 애정어린 합일을 이룰 것을 기대했다.
그는 1798년 다시 율리 폰 카르펜티어와 약혼했지만, 결혼하기 전인 1801년 결핵으로 죽었다. 생전에 출간되었던 단편집 『꽃가루』와 『신앙과 사랑』은 세계를 우화적으로 해석함으로써 시·철학·과학을 통합하고자 하였다. 유명한 신화적 로맨스 『하인리히 폰 오프터딩겐』은 이상화된 중세를 배경으로 젊은 시인의 신비적이고 낭만적인 탐구심을 그렸다. 그의 시에서의 중심적 이미지인 푸른 꽃은 동료 낭만주의자들 가운데서 널리 인정된, 낭만적 동경의 상징이 되었다. 노발리스는 「기독교 세계 또는 유럽」이라는 평론을 통해 종교개혁과 계몽주의 운동으로 중세 때의 문화적·사회적·지적인 통일이 파괴되었던 유럽을 새롭게 회복할 보편적 기독교 교회의 설립을 요청한다. 그의 사후 발표된 이 글은 로마 가톨릭교회로 향하는 낭만주의 세대의 동향을 확정한 것으로 평가된다.
루카치에 의하면 노발리스는 낭만주의 유파의 유일한 진정한 시인이다. 노발리스는 『빌헬름 마이스터의 수업시대』가 본질적으로 반(反)시적이라고 실망하면서 그 작품에 사형선고를 내린다. 노발리스의 삶의 프로그램은 문학에서 죽음을 위한 적절한 운을 발견하고, 손댈 수 없는 주어진 사실로서 그의 삶을 이러한 죽음들 사이에 조화롭게 끼워 넣는 것이 되어야 한다. 그는 삶에 질문을 제기하지만 그에 대한 답변을 가져다준 것은 죽음이다. 죽음을 찬미하는 노래를 부르는 것이 삶을 찬미하는 노래를 부르는 것 이상이며 더 위대한 일일지도 모르지만, 낭만주의자들이 길을 떠난 것은 그러한 노래를 찾기 위한 것이 아니다. 낭만주의의 비극은 노발리스의 삶만이 문학이 될 수 있었다는 점이다. 그들의 삶의 철학은 죽음의 철학일 뿐이고, 그들의 삶의 예술은 죽음의 예술일 뿐이다.

로 자의식이 강한 사람들만 그러한 소박성을 지니고 있다. 그러한 소박성은 그들의 삶에서 오직 한 가지 일에만, 그리고 이 경우 다시 몇 번의 순간에만 그들에게 주어져 있다. 그것은 불을 내뿜는 화산 위에서 추는 춤이었고, 있을 법하지 않은 찬란한 꿈이었다. 수많은 세월이 지난 뒤에도 그것에 대한 추억은 구경꾼의 영혼에 무언가 당혹스러울 만치 역설적인 것으로 분명 살아있으리라. 그들이 꿈꾸고 펴뜨린 것이 아무리 풍요로운 것이라 해도 "전체적으로 무언가 불건전한 요소가 담겨 있었기" 때문이다. 그들은 오직 공기만을 전체토대로 해서 정신적인 바벨탑을 세우려 했다. 그 토대는 붕괴할 수밖에 없었다. 하지만 그 토대가 허물어지자 그것을 세운 사람들 역시 파멸하고 말았다.

I

프리드리히 슐레겔은 언젠가 "프랑스 대혁명, 피히테의 학문론, 괴테의 『빌헬름 마이스터의 수업시대』가 시대의 가장 위대한 경향을 대변한다."고 썼다. 이러한 세 가지를 나란히 놓는 것은 독일 문화 운동의 전체 비극과 위대함을 특징짓는다. 독일에는 문화에 이르는 단 한 가지 길밖에 없었다. 즉 그것은 내적인 길, 정신의 혁명에 의한 길이었다. 아무도 실제적인 혁명은 진지하게 생각할 수 없었다. 행동을 하도록 운명 지어진 사람들은 침묵하거나 영락할 수밖에 없었다. 그렇지 않으면 그들은 단순한 몽상가가 되어, 머릿속의 대담한 가능성을 놀림감으로 삼았다. 라인강 저편에서라면 비극의 주인공이 되었을 사람들이 여기 독일에서는 문학작품 속에서만 자신의 운명을 견뎌낼 수 있었다. 그러므로 우리가 시대와 상황을 올바로 평가한다면, 프리드리히 슐레겔의 이러한 확언은 놀라울 만치 공정하고 객관적이라 할 수 있다. 슐레겔이 프랑스 대혁명을 그토록 높이 평가한 것은 놀라운 일이다. 독일 지식인의 마음속에는 피히테와 헤겔이 실제 삶의 진정한 경향을 대변하고 있었던 반면, 혁명은 그다지 구체적인 의미를 지닐 수 없었기 때문이다. 외적인 진보는 도저히 생각할 수 없는 상황이었으므로, 모든 에너지는 내면으로 향했고, '시인과 사상가의 나라'는 내면성의 깊이나 섬세함, 무게 면에서 이내 다른 모든 나라를 능가하게 되었다. 하지만 그로 인해 정상과 바닥을 갈라놓은 균열은 점점 커졌다. 정상에 도달한 사람들이 심연의 깊이에 현기증을 느끼게 되었다면, 그리고 알프스의 희박한 공기에서 숨쉬기가 어려워졌다면, 이미 하산이 불가능해졌으므로 낭만주의의 노력은 헛수고에 불과했다. 아래에 있던 모든 사람은 지난 수 세기 동안 그곳에서 살았던 것이다. 그렇다고 산정에서의 삶을 덜 고립되고, 더욱 안전해지도록 하기 위해 그들을 위로 데려오는 것 역시 불가능했다. 유일한 길은 치명적인 고독을 향해 높은 곳으로 계속 올라가는 것뿐이었다.

모든 것이 혼란에 빠진 듯 보였다. 모든 정점은 공기가 없는 공간 속에 우뚝 솟아 있었다. 합리주의의 효과만 해도 위험하고 파괴적이기에 충분했다. 합리주의는, 적어도 이론적으로는 기존의 모든 가치를 권좌에서 몰아냈다. 그것에 반대할 용기를 가진 사람들은 기본적으로 너무나 원자화되고 무정부적인 감정의 반동만 가질 수 있을 뿐이었다. 그러나 칸트가 나타나 양 진영의 자랑스러운 무기를 파괴해버리자 점점 늘어나는 새로운 인식의 더미나 흐릿한 깊이 속에서 질서를 창조할 수 있는 것이라곤 더 이상 아무것도 없는 듯 보였다.

괴테만이 그 일을 해냈다. 변덕스럽고 제어되지 않은 개인주의의 이

러한 바다에서 전제군주처럼 의식하는 그의 자아 숭배는 찬란한 꽃이
피어 있는 하나의 섬이었다. 그의 주위의 모든 개인주의는 영락해버렸
고, 본능의 무정부 상태가 되었으며, 세부나 분위기에 빠져버리는 하
찮은 것이 되거나 가련한 체념으로 변해버렸다. 즉 괴테만이 자신을
위한 질서를 발견할 수 있었다. 그는 행운이 일을 성취해줄 때까지 조
용히 기다리는 힘을 지니고 있었다. 뿐만 아니라 그에게 위험해 보이
는 모든 일을 차분히 냉정하게 물리치는 힘도 지니고 있었다. 그는 자
신의 가장 본질적인 것을 결코 도박에 걸지 않으면서, 또한 그것 중의
어느 것도 평화협정이나 타협으로 희생시키지 않는 식으로 싸우는 법
을 터득하고 있었다. 그의 정복은 방금 발견된 황무지도 그냥 눈길만
주면 정원으로 변하는 식이었다. 그가 무언가를 포기했을 때도 지니고
있는 것의 힘과 조화는 잃어버린 것에 의해 더욱 커질 뿐이었다.

그렇지만 그 시대에 풀려난 온갖 힘들은 그의 내부에서도 미쳐 날뛰
고 있었다. 그리고 그의 번갯불은 자신들의 제어되지 않는 성질로 인
해 타르타로스[2]의 심연 속으로 내던져진 티탄들보다 어쩌면 더 광포할
지도 모르는 자기 내부의 티탄을 길들여야 했다. 그는 온갖 위험과 대
면했지만, 그것들 모두를 짓밟아버렸다. 그는 고독이 주는 온갖 고통을
겪었지만, 언제나 홀로 설 준비를 했다. 모든 반향은 그에게는 뜻밖의
소득이었고, 행복한 우연이자, 행복을 가져다주는 우연이었다. 하지만
그의 삶 전체는 위대하고 무자비하며 영광스러운 필연성이었으며, 여

---

2 그리스 신화에 의하면 지하의 명계(冥界) 가장 밑에 있는 나라의 세계를 의미하며 지상에
서 타르타로스까지의 깊이는 하늘과 땅과의 거리와 맞먹는다고 한다. 주신 제우스의 노여
움을 산 티탄 신 일족이나, 대죄를 저지른 탄탈로스, 시시포스, 익시온 등과 같이 신을 모독
하거나 반역한 인간들이 이곳에 떨어졌다고 한다.

기서는 온갖 손실 역시 온갖 이득이 가져다주는 만큼의 풍요로움을 가져다주기 마련이었다.

초기 낭만주의에 대해 가장 심도 있게 말할 수 있는 가장 확실한 방법은 괴테가 초기 낭만주의자들 한 사람 한 사람에게, 그들 삶의 매 순간에 의미한 바를 극도로 자세히 묘사하면 될 것이다. 그러면 사람들은 승리에 도취한 환호성, 무언의 비극, 엄청난 비약, 과감한 모험과 오랜 방황을 보게 될 것이고, 단 하나의 함성으로 합쳐지는 다음과 같은 두 가지의 전투 구호를 듣게 될 것이다. 괴테를 따라잡아라! 괴테를 능가하라!

2

18세기 말엽의 예나. 급격히 떠오르는 몇몇 사람의 인생행로가 여기서 잠깐 동안 서로 만나게 된다. 언제나 고독하게 살아온 사람들은 자신들과 같은 리듬으로 생각하고, 같은 체계에 들어맞는 것 같은 식으로 느끼는 다른 사람들이 있다는 사실에 도취와 기쁨을 맛본다. 그들은 생각할 수 있는 가장 상이한 사람들이었다. 그들이 서로 사랑할 수 있다는 것과 비록 잠깐 동안이긴 하지만 그들이 함께 상승할 가능성을 신뢰할 수 있었다는 것은 거의 전설처럼 들린다.

물론 이 모든 것은 전체적으로 보면, 독일 전역에 흩어져 있긴 했지만 하나의 커다란 문학 살롱에 지나지 않았다. 그것은 사회적 토대 위에서 창설된 새로운 문학 그룹이었다. 독일에서 가장 독자적이고 고집 센 인물들이 여기에 모여 있었다. 그들은 제각기 길고 험난한 여정을 거쳐 마침내 햇빛이 보이고, 눈앞에 넓은 전망이 펼쳐지는 지점까지 올라왔다. 또한 그들은 제각기 황야로 내몰려 문화와 지적 유대를 갈 망하는 인간의 온갖 고통과 한계점에까지 이르는 극단적인 개인주의 의 황홀한 고통을 끝까지 버텨냈다. 그들은 자신들이 걸어간 길, 새로 눈을 뜬 독일의 모든 젊은 세대가 그들 앞에서 걸어간 길이 무(無)로 통 하는 길이었다고 느꼈다. 그리고 그들은 거의 동시에 무에서 빠져나와 무언가에 이를 수 있는 가능성과, 외적 상황에 의해 어쩔 수 없이 처하 게 된 문학인으로서의 무정부 상태에서 벗어나 생산적이고 문화 창조 적인 새로운 목표를 향해 나아갈 수 있는 가능성을 보았다.

이들보다 조금 앞서 괴테 역시 최종적으로 그러한 목표에 도달했다. 그럼으로써 새로운 세대는 결정적인 도움을 받았을지도 모른다. 그러 한 도움에 의해 새로운 세대는 지속적이고 목적 없는, 에너지를 삼키 고 파괴하는 흥분상태로부터 구원될 수 있었는데, 독일의 가장 위대한 남자들은 반세기 전부터 그러한 흥분상태에 의해 파멸을 맞고 있었다. 오늘날 우리는 그들이 얻으려고 노력했던 것을 문화라고 이름 붙일 수 있을지도 모른다. 하지만 그들은 그들이 추구했던 것이 처음으로 구원 을 가져다주는 실현 가능한 목표로서 눈앞에 드러나자 그러한 목표를 다른 말로 표현하는 수많은 시적 공식을 갖게 되었고, 그러한 목표에 가까이 다가가기 위한 수많은 길을 알게 되었다. 그들은 어떠한 길이 든 반드시 그러한 목표에 도달하리란 것을 알고 있었다. '눈에 보이지 않는 교회'의 건립을 사명으로 여겼던 그들은 그러한 교회가 모든 것 을 포용하는 더없이 풍요로운 것이 되도록 하기 위해 생각해낼 수 있 는 모든 것을 수용하고, 체험할 수 있는 모든 것을 두루 겪어야 한다고 느꼈다. 그리하여 새로운 종교, 새로운 자연과학의 새로운 진리와 발견 에 힘입어 태어난 범신론적이고 일원론적이며 발전을 숭배하는 하나의 종교가 생겨날 것처럼 보였다. 프리드리히 슐레겔은 모든 것을 꿰뚫는 관념론의 힘, 철학으로 인식되어 그 시대의 의식적이고 심오한 통일적 요소가 되기 전에 자연과학 속에서 이미 그 모습을 드러낼 수 있었던 그 힘에 신화를 낳는 힘이 숨겨져 있다고 생각했다. 또 시와 예술, 삶의 온갖 표현을 위해 그리스인이 그랬던 것만큼 강력한 공동의 배경을 제공하기 위해서는 그 관념론의 힘을 일깨워 살리기만 하면 된다고 생각했다. 물론 이러한 신화는 새로운 양식을 창조하려는 최고도의 노력에 필요한 이상적인 요구일 뿐만 아니라 새로운 종교의 하부구조가 되기도 했다. 왜냐하면 그들은 가끔 그들의 이러한 목표를 종교라고 불렀기 때문이다. 실제적으로 뭔가를 추구하는 그들의 감정은 보통 목표라고 간주하곤 하는 모든 것을 순전히 종교적인 배타성과 한가지 일에 전념하는 마음으로 그들의 목표에 종속시켰다. 이러한 목표가 무엇인지 분명한 언어로 표현할 수 있는 사람은 그 당시에 거의 없었다. 또한 오늘날에도 그 목표의 의미를 하나의 공식으로 압축하여 표현하기란 쉬운 일이 아니다. 이 문제 자체는 물론 삶에 의해 그들에게 매우 분명하고도 명백하게 제기되어 있었다. 그 당시에는 삶의 새로운 가능성을 지닌 인간들이 배출되는 것 같았고, 새로운 세계가 생성되는 것 같았다. 그러나 여전히 지속하는 옛날의 삶은 그 삶에서 태어난 최상의 아들들조차 거기서 제자리를 찾을 수 없게 되어 있었기에, 새로운 삶 역시 그러한 길에 접어들었다. 현재 속에서 위대한 인간이 존재하고 삶에 속하며, 자기 위치를 정하고 삶에 대해 자기 입장을 취하는 일은 점점 위험하고 미심쩍어졌다. 어디서나 또 삶의 어떤 표현에서도 질문으로 대두되는 것은 오늘날 어떻게 살아갈 수 있으며 살아가야 하느냐의 문제였다. 사람들은 천재성의 윤리를 찾았고(노발리스

130

는 "천재란 인간의 자연스러운 상태다"라고 말한다), 그걸 넘어서서 천재의 종교를 찾았다. 왜냐하면 윤리조차도 단지 이러한 머나먼 목표, 이러한 궁극적인 조화를 이루기 위한 하나의 수단에 불과할 수 있었기 때문이다. 그리고 옛 종교들, 중세, 괴테의 그리스, 가톨릭도 통일에 대한 열정적인 의지 속에서 모든 감정, 다시 말해 모든 하찮은 것과 위대한 것, 우정과 철학, 시와 삶을 종교로 고양시켰던 이러한 새로운 동경을 위한 임시적인 상징에 불과했다.

그리고 새로운 종교의 사도들은 베를린과 예나에 있는 그들의 살롱으로 모여들어, 열정적인 역설의 언어로 새로운 세계 정복 프로그램을 논의했다. 그런 뒤 그들은 하나의 잡지를 창간했다. 그것은 매우 재기 있고, 매우 기괴하며, 매우 심오하고 완전히 비의적인 잡지였다. 그래서 그 글 하나하나는 세계에 아무런 영향력을 행사할 수 없다는 것을 드러냈다. 그럼에도 그 잡지가 영향력을 행사했다면……?

"그럼에도 전체적으로 볼 때 뭔가 불건전한 요소가 있었다……."

3

괴테와 낭만주의. 이제까지 이야기한 것으로 봐서 괴테와 낭만주의가 어디에서 서로 연결되는지 이미 분명해졌을 것이고, 어디에서 그 길이 갈라졌는지 아마 더 분명해졌을 것으로 생각된다. 말할 것도 없이 낭만주의자들 역시 이 두 가지 사실을 보고 느꼈다. 어떤 점에서든 괴테와 가까워지는 것은 그들에게 자랑스러운 행운이었다. 그들 중 대부분은 그들을 괴테로부터 분리시키는 요소를 감히 드러낼 때에도 다만 두려워하며 은폐하는 방식으로 암시하는 데 그쳤다. 『빌헬름 마이스터』는 이들 모두에게 결정적인 체험이었다. 그렇지만 카롤리네만이 언제나 괴테적인 삶의 길에 충실했고, 노발리스만이 괴테로부터 분리되어야 할 필연성에 관해 분명히 말할 용기가 있었다. 노발리스는 자기 자신이나 동료들에 비해 괴테가 우월하다는 것을 가장 명확히 인식하고 있었다. 다시 말해 자기들의 경우에는 방법과 경향으로 머물러 있던 모든 것이 괴테의 경우에는 행동으로 옮겨졌다. 그들이 자신의 문제를 극복하기 위해 다만 문제성 있는 고찰을 하는 데 그쳤던 반면, 괴테는 자신의 문제를 극복했다. 위대한 인간, 즉 그들의 시인이 고향을 발견할 법한 곳에서 그들은 새로운 세계를 창조하려 했던 반면, 괴테는 현재의 삶에서 자신의 고향을 발견했던 것이다.

하지만 노발리스는 괴테가 이러한 고향을 발견하기 위해 무엇을 희생해야 했는지도 역시 명확히 인식하고 있었다. 노발리스의 존재 전체는 괴테의 이러한 해결을 유일하게 가능한 해결책으로 인정해야 한다는 무리한 요구에 대해 반기를 들었다. 그의 뇌리에도 『빌헬름 마이스터』의 최종적인 조화가 삶의 목표로서 아른거렸다. 또한 그는 이러한 여정의 시작과 길이 얼마나 위태위태한지 괴테만큼이나 명백히 인식하고 있었다. 그렇지만 노발리스는 괴테가 목표에 도달할 때 실제로 필요한 것 이상으로 빈약해졌다고 생각했다.

이러한 점에서 낭만주의의 길은 괴테의 길과 갈라진다. 양자는 대립하는 동일한 힘의 균형을 추구한다. 그렇지만 낭만주의는 균형을 이룰 때 힘의 강도가 약화하지 않기를 바란다. 낭만주의의 개인주의는 괴테의 개인주의보다 더 철저하고 더 자기중심적이며, 더 의식적이고 더 비타협적이다. 그러나 낭만주의는 개인주의를 극단적인 한계에까지 밀고 감으로써 궁극적인 조화를 달성하려고 한다.

시는 낭만주의자들의 윤리이고, 도덕은 그들의 시다. 노발리스는 언젠가 도덕은 근본적으로 시에서 나온다고 말했고, 프리드리히 슐레겔은 모든 진정하고 원래적인 독창성은 이미 그 자체로 도덕적으로 가치 있다고 주장했다. 하지만 그들의 낭만주의가 고립되어 존재한다는 뜻은 아니다. 노발리스는 "우리의 사고는 대화이고, 우리의 감정은 동감이다"라고 말한다. 〈아테네움〉지에 실린 아포리즘과 단장(斷章) ─ 이것은 낭만주의 프로그램을 가장 특색 있게 그리고 시적으로 가장 진실하게 표현해준다 ─ 은 어떤 특정한 개인이 그때그때 이룩해낸 성과가 아니다. 많은 경우 아포리즘과 단장의 원저자를 확인하는 일조차 불가능하다. 글을 쓸 때 중요한 문제는 그들에게 공통된 방향과 길을 강조하는 것이었기 때문이다. 그래서 그들은 때로는 극히 다른 생각마저 하나의 새로운 아포리즘의 형태로 종합했는데, 그 이유는 단지 동질성의 효과를 내고, 개별 인물을 너무 선명히 부각하는 것을 피하기 위해서였다.

낭만주의자들은 하나의 문화를 창조하고, 예술을 습득할 수 있게 만들고, 천재성을 조직화하려고 했다. 그들은 과거의 위대한 시기에 그랬던 것처럼 새로 창조된 모든 가치가 앞으로 양도할 수 없는 소유물이 되고, 지속적인 발전이 더 이상 우연에 지배되지 않기를 바랐다. 그들은 그러한 예술을 위한 유일하게 가능한 토대가 질료와 기술의 정신에서 태어난 예술일 수밖에 없음을 분명히 꿰뚫어 보았다. 따라서 낭만주의자들은 옛날의 금세공사가 금광석을 변화시킬 수 있는 가능성을 연구한 것처럼 이제 단어를 조합하는 기술에 전념해야 했다. 하지만 하나의 완성된 예술작품을 만들어내는 것 자체가 그들의 궁극적인 목표일 수는 없었다. 만약 어떤 것이 실제적인 가치를 지닌다면 그것은 교양 수단으로서만 가치를 지니기 때문이다. 프리드리히 슐레겔은

"신이 되는 것, 인간으로 존재하는 것, 교양을 쌓는 것, 이 모든 일은 같은 의미를 표현하는 다른 방법이다"라고 말한다. 노발리스는 그에 대해 "시는 인간 정신의 독특한 행동 양식이다."라고 덧붙인다. 그것은 '예술을 위한 예술'이 아니라 범시주의(凡詩主義)이다.

그것은 황금시대에 대한 매우 오래된 꿈이다. 그러나 낭만주의자들의 황금시대는 아름다운 동화 속에서만 가끔 유령처럼 나타나는 영원히 사라진 과거의 보물이 아니다. 그것은 거기에 도달하는 것이 누구에게나 삶의 의무인 목표이다. 이것은 꿈꾸는 기사들이 언제 어디서나 찾아다녀야 하는 '푸른 꽃'이고, 그들이 열광적으로 숭배하는 중세이며, 그들이 신앙 고백하는 기독교이다. 즉 인간이 도달할 수 없는 것은 아무것도 없고, 불가능이란 더 이상 존재하지 않는 시대가 반드시 오리라는 것이다. 노발리스는 "사람들은 시인이 과장한다고 비난한다. 그러나 내가 보기에 시인들은 충분한 만큼 과장하지 않는 것 같다……. 시인들은 어떤 힘들이 그들의 손아귀에 있는지, 어떤 세계가 그들에게 복종해야 하는지 알지 못하고 있다."라고 쓰고 있다. 그가 『빌헬름 마이스터』에 실망한 것은 그 때문이고, 작품 전체가 본질적으로 반(反)시적이고, '시에 반하는 캉디드 같은 작품'이라고 말한 것도 그 때문이다.

이렇게 말함으로써 노발리스는 『빌헬름 마이스터』에 대해 사형선고를 내렸다. 그도 그럴 것이 낭만주의들에게는 시가 전체 세계의 중심이었기 때문이다. 낭만주의의 세계관은 가장 참된 범시주의이다. 즉 모든 것은 시이고, 시는 '일자(一者)이자 전체'인 것이다. '시인'이란 단어가 독일 낭만주의자에게만큼 많은 의미가 있고, 신성하며 모든 것을 포괄한 적이 결코 없었고 또 어느 누구에게도 없었다. 시가 낭만주의 이후의 많은 사람과 시인들에게 희생을 치를 만한 유일한 제단이긴 했지만, 삶 전체를 포괄하는 것은 낭만주의라는 제식(祭式)밖에 없었다. 사람을 포기하지 않고, 삶의 풍요로움을 외면하지 않는 것은 낭만주의라는 제식밖에 없었다. 낭만주의는 무언가를 포기하지 않고 목표에 도달할 수 있는 유일한 가능성처럼 보였다. 낭만주의의 목표는 사람들이 진실하게 살아갈 수 있는 세계였다. 낭만주의자들은 ― 피히테의 말을 빌면 ― '자아(Ich)'에 관해 말했다. 이런 의미에서 보면 그들은 에고이스트들이었다. 이를테면 그들은 자기 자신의 발전을 도모하는 광신자이자 종이었다. 그들에게는 자신의 성장을 촉진시키는 것만 소중하고 가치 있는 것이었다. 노발리스는 "우리는 아직 '내'가 아니다. 하지만 우리는 '내'가 될 수 있으며 되어야 한다. 우리는 내가 되기 위한 맹아(萌芽)들이다."라고 썼다. 그런데 시인은 규범에 상응하는 유일한 인간이고, 진실로 시인만이 내가 되기 위한 위대한 가능성이다. 왜 그럴까?

문화를 강렬하게 동경하는 모든 시대는 오직 예술에서만 그 중심을 발견할 것이다. 문화가 부족하고 그것에 대한 동경이 커질수록 예술에서 중심을 발견하려는 소망이 더욱 격렬해질 것이다. 하지만 여기서 더욱 문제가 되는 것은 삶을 체험하는 수동적인 능력이었다. 낭만적인 삶의 철학은 ― 그것이 비록 완전히 의식된 것은 아닐지라도 ― 삶을 체험하는 수동적인 능력을 토대로 하고 있었다. 낭만주의자들의 삶의 예술은 삶의 제반 사건에 천재적으로 순응하는 것이며, 운명이 그들에게 가져다준 모든 것을 철저히 이용하고, 필연성으로 끌어올리는 것이었다. 그들은 운명을 시화(詩化)했지, 그것을 형성하거나 정복하지는 않았다. 그들이 내디딘 내면으로의 길은 주어진 모든 사건을 유기적으로 융합하고 사물들의 이미지를 아름답게 조화시키는 것일 뿐이지 사물들을 지배하는 데 이르지는 못했다.

하지만 이러한 내면으로의 길은 통일과 보편성의 위대한 종합에 대한 그들의 위대한 동경에 열려 있었던 유일한 가능성이었다. 그들은 질서를 추구했다. 하지만 그것은 모든 것을 포함하는 질서였고, 그러한 질서를 위해서는 어떠한 체념도 필요하지 않은 질서였다. 낭만주의자들은 세계 전체를 포괄함으로써 온갖 불협화음이 한데 어울려 하나의 심포니가 울려 퍼지도록 했다. 이러한 통일과 보편성의 합일은 오직 시에서만 실현 가능하다. 낭만주의 문학에서 시가 세계의 중심이 되었던 것도 바로 그 때문이었다. 그들은 시에서만 온갖 대립을 해소하고, 보다 높은 조화 속에서 울림이 멋게 하는 자연스러운 가능성을 발견했다. 다시 말해 사람들은 시에서만 좀 더 강하게 또는 좀 더 약하게 강조함으로써 하나하나의 사물에 적당한 자리를 배분해줄 수 있었다. 왜냐하면 시에서는 모든 것이 상징이 되긴 하지만, 모든 것은 시에서 하나의 상징에 불과하기 때문이다. 즉 모든 것은 하나의 의미를 갖긴 하지만, 어느 것도 그 자체로 어떤 가치를 요구할 수는 없기 때문이다. 낭만주의의 삶의 예술은 행동으로 옮겨진 시이다. 그래서 낭만주의에서는 시 예술의 가장 내적이고 심오한 법칙이 삶을 위한 정언 명령으로 되었다.

모든 것이 올바로 파악되고 깊이 체험되는 곳에서는 어떠한 진정한 모순도 존재하지 않는 법이다. 각기 다른 길을 가고 있는 것처럼 보일지라도 낭만주의자들이 찾고 있는 것은 그들 자신의 자아였다. 찾아다닐 때 내는 리듬으로 그들이 가까워지고 비슷해지기는 했어도, 그렇다고 방향이 같아진 것은 아니었다. 그들을 합일시키거나 상이하게 만드는 것은 다만 단어일 뿐이다. 심지어 그들의 견해조차도 기껏해야 진정한 가치에 이르는 도정에 불과하고, 대체로는 형상화될 만큼 미처 충분히 성숙하지 못한 감정에 대한 불완전하고 잠정적인 표현들이다. 해소되지 않은 온갖 불협화음을 사라지게 하기 위해 필요한 것은 리듬 감각과 세련된 사교 감각(이 두 가지 개념은 같은 의미이다)뿐이다. 그래서 괴테가 개입할 수밖에 없었다. 만약 괴테가 그렇게 개입하지 않았더라면 슐레겔 형제는 〈아테네움〉지의 같은 호에 셸링의 「하인츠 비더포르스트」와 노발리스의 「기독교 정신」을 나란히 실었을지도 모른다. 확신이라는 것은 어떤 사람을 다른 사람과 떼어놓을 수 있는 것이 아니었고, 그러기에는 확신이 갖는 삶의 가치는 너무나 보잘것없었다. 목표가 무엇이든 모든 시도는 아이러니로 받아들여졌다. 또한 상징적으로 보자면 그 시도는 그럴 값어치가 있을 때는 종교로 인정되었다.

낭만주의자들의 에고이즘은 사회적이고 집단적인 색채를 강하게 띠고 있었다. 그들은 개성을 강하게 표현하는 것이 결국 인간들을 서로 진정으로 가깝게 해줄 것으로 희망했다. 그러니까 그들 자신은 개성을 강하게 표현하는 데서 고독과 혼돈으로부터 구원받는 길을 찾으려 했다. 그들은 비타협적이고 자기중심적인 글쓰기 방식이 저자와 독자 간의 올바르고 필수적인 공동체를 형성하게 해주며, 그들 모두가 중요한 목표로 삼고 있는 대중적 인기를 끌게 해준다고 깊이 확신하고 있었다. 낭만주의자들은 그러한 공동체의 결여 때문에 그들 시대에 특징적인 개인적 힘의 찬란한 전개가 문화적 행위로까지 무르익지 못했다는 것을 분명히 알고 있었다. 그들은 자신들의 폐쇄적인 소규모 범위로부터 그러한 공동체를 발전시키려 했으며, 실제로 그것을 달성하기도 했다—이러한 소규모 범위에 국한되고 몇 년 밖에 지속되지 않긴 했지만. 지극히 상이한 방향에서 왔고, 지극히 상이한 길을 따르던 낭만주의자들이 그럼에도 동일한 위대한 길을 가는 것처럼 보이는 한에는 그들은 모든 엇갈리는 점을 단지 피상적인 것으로 보려 했고, 공통점만을 중요한 것으로 간주하려 했다. 하지만 이러한 공통점 역시 다가올 좀 더 진정한 화음을 예고하는 가벼운 전주곡에 불과했다. 그렇지만 그들 중의 몇몇 사람들의 마음속에서 몇 가지 가치평가가 약간 바뀌는 것으로 충분했다. 이로써 소위 '한자 동맹'은 해체되었고, 조화로운 화음은 귀를 멎게 하는 연속적인 불협화음으로 바뀌었다.

삶으로부터의 의식적인 것처럼 보이는 이반(離反)은 낭만적인 삶의 예술이 치러야 했던 대가였다. 그렇지만 이러한 전향은 다만 피상적인 차원에서만, 다만 심리적인 영역에서만 의식되었을 뿐이다. 다시 말해 낭만주의자들도 그러한 전향의 가장 심오한 본질과 가장 심오한 관계를 인식하지 못하고 있었다. 그 때문에 그러한 본질과 관계는 해결되지 않았고, 삶을 구원하는 힘을 지니지 못한 채로 있었다. 삶의 실제적인 실재는 그들의 눈앞에서 사라져버렸고, 다른 실재, 즉 시적이고 순전히 영혼적인 실재에 의해 대체되었다. 그들은 자체적으로 통일된 동질적이고 유기적인 세계를 창조했고, 이러한 세계를 실제적인 세계와 동일시했다. 그로 인해 그들의 세계는 천사처럼 하늘과 땅 사이에서 떠도는 성질, 전혀 아무 형체도 없이 빛나는 성질을 지니게 되었다. 하지만 시와 현실 사이에 존재하는 엄청난 긴장, 시와 현실에 가치를 창출하는 실제적인 힘을 부여하는 긴장은 그 결과 그들에게서 사라져버렸다. 그들이 그 긴장을 없애버린 것도 아니었다. 그들은 하늘을 향해 영웅적으로 경솔하게 비상한 뒤에 그 긴장을 지상에서 완전히 잊어버린 것이다. 그들은 그러한 비상이 존재했다는 사실에 대해 더 이상 거의 알지 못했다. 그들은 그런 식으로만 모든 것을 포괄하려는 보편적 의지를 실현할 수 있었지만, 그것을 통해 그 보편적 의지의 제한된 성격을 인식하는 데는 이를 수 없었다. 그러므로 이러한 한계는 그들에게 삶을 끝까지 살아가는 사람들에게서처럼 비극이 되지 않았고, 진실하고 참된 작품에 이르는 도정도 아니었다. 그러한 작품의 위대함과 강점은 바로 이질적인 점을 따로 추려내는 것과, 현실로부터 최종적으로 떨어져 나오고 자체적으로 통일을 이루는 새로운 층을 세계로부터 창조하는 것에 있기 때문이다. 낭만주의자들에게 그러한 한계는 붕괴를 의미했다. 그리고 그것은 열에 들뜬 아름다운 꿈에서 깨어나는 것과 풍요로워지지 않고 새로운 시작에 대한 기약도 없이 비극적이고 슬픈 종말을 의미했다. 그들은 꿈속에서 만들어낸 우주를 실제의 세계와 동일시했기에 어디에서도 양자를 분명히 구별해내는 데 이를 수 없었다. 그렇기 때문에 그들은 포기하지 않고도 행동이 가능하고, 현실 속에서 시를 짓는 것이 가능하다고 생각할 수 있었다. 하지만 모든 행위와 행동, 모든 창작은 제한을 받기 마련이다. 뭔가를 포기하지 않고는 어떤 행동도 성취될 수 없고, 행동을 성취한 사람일지라도 결코 보편성을 획득할 수는 없을 것이다. 낭만주의자들이 이러한 필연성을 분명히 인식할 수 없었으며, 인식하려고 하지도 않았다는 데에 그들의 비극적인 맹목성이 있었다. 따라서 모든 지반은 그들의 발밑에서 거의 알게 모르게 사라져버렸다. 따라서 그들의 기념비적이고 튼튼한 건축물은 점차 공중누각으로 변해 결국은 형체 없는 안개로 해체되어 버렸다. 또한 함께 나아가고 있다는 꿈도 안개처럼 흩어져버렸고, 몇 년 지나지 않아 이미 아무도 다른 사람의 언어를 더 이상 이해할 수 없게 되었다. 더없이 심오한 꿈, 다가올 문화에 대한 희망 역시 그와 함께 흔적도 없이 사라져버렸다. 하지만 그들은 이미 공동체에 속하는 도취를 맛본 상태였고, 이제는 고독한 오솔길에서 더 이상 상승을 시도할 수 없었다. 많은 사람들은 자신의 젊은 시절의 단순한 모방자가 되었다. 일부는 희망 없이 새로운 종교를 찾는 데 지치고, 질서에 대한 그들의 동경을 강화시켜 줄 뿐인 점점 커지는 무정부 사태를 하릴없이 바라보는 데 지쳐 체념한 나머지 옛 종교라는 보다 조용한 항구에서 구원을 찾았다. 그리하여 한때 전체 세계를 변형시켜 새로운 세계를 창조하기 위해 길을 떠났던 자들이 기도하는 개종자가 되었던 것이다. "그럼에도 전체적으로 볼 때 뭔가 불건전한 요소가 담겨 있었다."

<h1 style="text-align:center">4</h1>

지금까지 노발리스가 거의 언급되지 않았지만 모든 이야기는 항상 그에 관한 것이었다. 죽음에 헌신한 이 연약한 젊은이보다 궁극적인 목표들의 배타적인 타당성을 더 완강하게 강조한 사람은 아무도 없었다. 낭만적인 삶의 길에서 갖가지 위험을 그보다 더 심하게 겪은 사람은 아무도 없었다. 그럼에도 그는 삶의 예술의 이러한 위대한 이론가들 중 조화로운 삶을 영위해가는 데 성공했던 유일한 사람이다. 다른 사람들은 모두 하나같이 자신의 영원한 심연 앞에서—그들은 더없이 찬란히 빛나는 날에도 항시 심연이 눈앞에 펼쳐져 있는 것을 보았다—현기증을 느끼게 되었다. 그리고 모두는 높은 곳에서 비틀거리며 심연으로 떨어져 버렸다. 그러나 노발리스만은 언제나 내재하는 위험으로부터 삶을 고양시키는 힘을 쟁취해낼 수 있었다. 그의 위험은 다른 사람들의 그것보다 더 잔인하고 더 물리적인 것이었다. 그럼에도, 또는 어쩌면 바로 그런 이유 때문에 그는 그 위험으로부터 더없이 큰 삶의 에너지를 퍼낼 수 있었다.

그도 그럴 것이 그를 위협한 것은 죽음, 즉 그 자신의 죽음과 그의 영혼과 가장 가까운 사람들의 죽음이었기 때문이다. 그의 삶의 프로그램은 다음과 같은 형태를 띨 수밖에 없었다. 즉 그것은 문학에서 — 그의 삶은 문학이 되어야 했다 — 이러한 죽음을 위한 적절한 운을 발견하고, 손댈 수 없는 주어진 사실로서 그의 삶을 이러한 죽음들 사이에 조화롭게 끼워 넣는 것이 되어야 했다. 그는 자신의 죽음이 장애가 아니라 해결의 실마리로 나타나는 식으로 살아가야 했다. 그러나 이것이 가능하도록 하기 위해서는 모든 것의 내적인 법칙성과 아름다움이 영원히 미완성으로 남도록 요구해야 했다. 그는 너무나 깊이 사랑하는 사람의 죽음을 견디고 살아남아야 했다. 그렇지만 고통의 멜로디가 완전히 사라지지 않고, 사랑하는 사람의 죽음과 더불어 새로운 시간 계산법이 시작하는 식으로 살아가야 했다. 또한 그의 안전한 죽음은 사랑하는 사람의 죽음과 깊은 내적인 관계를 맺으며, 그리고 두 개의 죽음 사이에 끼어 있는 그 짧은 삶이 그럼에도 풍요롭고 체험으로 충만하게 되는 식으로 살아야 했다.

낭만주의의 여러 경향은 노발리스에게서 가장 강렬한 표현을 얻는다. 낭만주의는 삶의 형식으로서의 비극을 의식적으로 단호하게 부정했다(물론 낭만주의가 부정한 것은 단지 삶의 형식으로서의 비극이지, 문학의 형식으로서의 비극은 아니었다). 낭만주의가 최고로 애쓴 것은 세상에서 비극을 완전히 제거하는 것이자, 비극적 상황을 비극적이지 않게 해소하는 것이었다. 노발리스의 삶은 이런 점에서도 가장 낭만적이다. 그의 운명은 언제나 다른 사람들이 비극적 고통이나 비극적 황홀감밖에 끌어올 수 없는 곳에 그를 옮겨놓았다. 하지만 그의 손이 닿는 것은 황금으로 변했고, 그를 풍요롭게 하지 못하는 것은 어느 것도 그의 근처에 올 수 없었다. 그의 시선은 늘 더없이 극심한 고통과 대면했고, 그는 더없이 슬픈 절망의 구렁텅이에 떨어질 수밖에 없었다. 하지만 그는 미소 지었으며 행복했다.

젊은 프리드리히 슐레겔은 노발리스와 나눈 최초의 대화를 기록해놓았다. 슐레겔과 노발리스 둘 다 스무 살이었다. 노발리스는 자신의 견해를 격정적으로 토로했다. "세상에 악이란 존재하지 않습니다. 그리고 모든 것은 다시 황금시대에 가까이 다가가고 있습니다." 여러 해가 지난 뒤 노발리스가 세상을 하직할 즈음, 그가 쓴 유일한 소설의 주인공은 "운명과 심성은 하나의 개념을 나타내는 다른 이름입니다."라고 말하면서 앞의 문장과 같은 감정을 나타내는 최종적인 표현을 했다.

운명이 여러 차례 잔인하고도 가혹하게 그를 덮쳤다. 하지만 그는 운명에 모든 것을 넘겨주었고, 이전보다 더 풍요롭게 되었다. 혼란스러운 청년기가 지난 뒤 어떤 어린 소녀가 그의 모든 동경을 충족시켜줄 것처럼 보였다. 그 소녀는 죽었고, 그에게 남은 것이라곤 그 역시 곧 그녀를 따라갈 것이라는 믿음밖에 없었다. 그는 자살을 생각하지 않았고, 근심이 그를 갉아먹으리라고 생각하지도 않았다. 그는 자신에게 부여된 삶에 조용하고도 명랑하게 헌신할 수 있지만, 그럼에도 오랫동안 살지 못하리라는 확고한 믿음을 지니고 있었다. 사실 그는 죽기를 원했으며, 이러한 의지는 죽음을 불러 죽음을 야기할 정도로 충분히 강한 것이었다.

하지만 그 대신 삶이 와서 그의 길을 방해했다. 삶은 쓰이지 않았지만 빛을 발하며 날아오르는 시들과 위대한 괴테를 넘어서서 나 있는 빛나는 길들을 그에게 보여주었다. 삶은 새로운 과학이 가져다줄 무수히 많은 기적, 무한성을 가리키는 과학의 전망, 새로운 세계를 창조하도록 부름 받은 과학의 가능성을 그의 눈앞에 펼쳐주었다. 사람은 그를 행동의 세계로 인도했다. 그래서 그는 자신에게 메마른 것이나 불모의 것은 아무것도 존재하지 않고, 자기 주변의 모든 것은 조화를 이루었으며, 심지어 관료주의조차도 승리의 노래로 변했다는 것을 인정하지 않을 수 없었다. 하지만 그럼에도 그는 죽음을 원했다.

그렇지만 삶이 그가 죽는 것을 방해했다. 삶은 그가 한결같이 원해왔던 것, 그가 운명으로부터 얻어내려 했던 단 하나의 것조차 허락하지 않았다. 삶은 그 대신 그에게 새로운 행복, 즉 새로운 사랑을 제공해주었다. 그것은 그가 처음 유일하게 사랑했던 저 소녀보다 더 고귀한 사람의 사랑이었다. 하지만 그는 그러한 행복을 더 이상 받아들이려 하지 않았다. 그는 충실히 서약을 지키려고 할 뿐이었다. 하지만 그는 이제 더 이상 저항할 수 없었다. 다름 아닌 죽음을 원했던 그가 다시 삶 속으로 들어갔다. 그는 자신이 원하는 것과 정반대되는 것을 달성하기 위해 실제로 단 하나만을 원하는 사람에게는 불가능이 없다는 믿음의 영원한 고지자가 되었다. 그럼에도 그의 삶의 전체 건축물이 무너졌을 때도 그의 내부에서는 아무것도 파괴되지 않았다. 그는 자신의 운명에 명랑하고도 단호히 다가갔다—예전에 죽음에 대한 각오를 하고 있었을 때만큼 명랑하고도 단호히.

하지만 그가 죽음에 대한 숭배를 극복하고 마침내 삶에 손을 뻗었을 때 한때 헛되이 열망하던 구세주가 모습을 드러냈다. 얼마 전까지만 해도 그의 삶을 장식해주는 환희에 찬 대관식이 되었을 죽음이 불협화음을 내며 그를 덮쳤다. 하지만 그가 어떻게 지금 이 순간 죽을 수 있단 말인가! 그의 친구들은 죽음이 실제로 그토록 가까이 다가왔다는 사실을 믿을 수 없었다. 나중에도 그들은 죽음이 그토록 가까이 온 줄 노발리스가 알지 못했을 거라고 굳게 확신하고 있었다. 하지만 노발리스는 자신이 죽는 순간을 위해 삶의 새로운 프로그램을 마련하고 있었다. 그리고 그는 병든 몸으로 매우 강도 높게 또는 완전하게 수행할 수 없는 것은 모두 주도면밀하게 회피했다. 그는 자신의 병으로 더욱 촉진될 수 있는 것을 위해서만 살았다. 그는 언젠가 "병은 정말이지 인류에게 극히 중요한 대상이다……. 우리는 병을 이용하는 법을 아직 매우 불충분하게 알고 있다."라는 글을 쓴 적이 있었다. 그리고 그는—죽기 몇 달 전에—친구 티크에게 자신의 삶의 여정에 대해 들려주면서 "자네도 알다시피 우울한 시기가 있긴 했지. 그러나 나는 대부분 명랑했다네."라고 쓰고 있다. 또한 노발리스의 임종을 지켜보았던 프리드리히 슐레겔은 그가 임종을 맞이할 때 '이루 형언하기 어려운 명랑함'을 보여준 것에 대해 이야기하고 있다.

5

노발리스는 낭만주의 유파의 유일한 진정한 시인이다. 그에게서만 낭만주의의 전체 영혼이 노래로 변했고, 오직 그만 그 영혼을 표현했다. 다른 사람들은, 만약 그들이 아무튼 시인이었다면, 단순히 낭만주의적인 시인에 지나지 않았다. 낭만주의는 그들에게 단순히 새로운 모티프를 제공했고, 단순히 그들의 발전의 방향을 바꾸었거나 또는 그것을 풍부하게 해주었을 뿐이다. 하지만 그들은 이러한 새로운 감정을 내부에서 인식하기 이전에 벌써 시인이었고, 그들이 모든 낭만주의적 요소로부터 등을 돌린 후에도 시인으로 남아 있었다. 노발리스의 삶과 작품은—이런 말은 아무 소용이 없긴 하지만, 이러한 진부한 상투어는 유일하게 적절한 표현이기도 하다―떼려야 뗄 수 없는 하나의 통일체를 이루고 있다. 그의 삶과 작품은 그러한 통일체로서 전체 낭만주의의 상징이다. 위험을 무릅쓰고 삶 속에 들어갔다가 거기서 길을 잃은 낭만주의 시는 그의 삶을 통해 구원된 뒤 다시 순수하고 진정한 시가 된 것 같다. 그의 작품에서 낭만주의의 모든 시도는 단순한 시도에 그치고 말았다. 낭만주의의 통일에의 의지는 필연적으로 언제나 단장(斷章)에 그칠 수밖에 없었지만, 노발리스에게서만큼 그렇게 순전한 단장으로 머문 경우는 없었다. 노발리스는 바야흐로 창작을 시작해야 할 무렵에 죽어야만 했기 때문이다. 그럼에도 그는 삶에서 단지 그림같이 아름다운 파편 더미만을 남겨놓지 않은 유일한 사람이다. 우리는 그 더미에서 몇 개의 훌륭한 작품을 발굴해낼 수 있다. 그리고 우리는 자신의 삶을 구성요소로 해서 지었을 건축물이 어떤 모습일까에 대해 경탄의 마음으로 자문하게 된다. 그가 걸은 길은 모두 목표로 통하고 있었고, 그가 던진 질문은 모두 답변이 되었다. 낭만주의의 모든 유령과 신기루는 노발리스에게서 견고한 실체를 얻었다. 그만이 낭만주의의 도깨비불에 현혹되어 밑바닥 없는 수렁에 빠지지 않았다. 그의 눈은 모든 도깨비불을 별로 간주할 능력이 있었고, 그 역시 별들을 좇아 날아갈 날개를 가지고 있었기 때문이다. 그는 누구보다도 끔찍한 운명과 맞닥뜨린 장본인이었고, 그만이 이런 투쟁 속에서 성장할 수 있었다. 삶을 지배하려던 모든 낭만주의의 탐구자들 중 노발리스는 유일하게 실천적인 삶의 예술가였다.

하지만 그 역시 자신이 던진 질문에 답변을 얻은 것은 아니었다. 즉 그는 삶에 질문을 제기했지만 그에 대한 답변을 가져다준 것은 죽음이었다. 어쩌면 죽음을 찬미하는 노래를 부르는 것이 삶을 찬미하는 노래를 부르는 것 이상이며 더 위대한 일일지도 모른다. 그러나 낭만주의자들이 길을 떠난 것은 그러한 노래를 찾기 위한 것이 아니었다.

낭만주의의 비극은 노발리스의 삶만이 문학이 될 수 있었다는 점이었다. 노발리스의 승리는 낭만주의 유파 전체에 내려진 사형선고이다. 그도 그럴 것이 낭만주의자들이 삶을 정복하려 할 때 사용했던 모든 것은 아름다운 죽음을 예비하는 것에 불과했기 때문이다. 다시 말해 그들의 삶의 철학은 죽음의 철학일 뿐이었고, 그들의 삶의 예술은 죽음의 예술일 뿐이었다. 세계를 포괄하려고 노력한 그들의 태도가 그들을 온갖 운명의 노예로 만들었기 때문이다. 노발리스가 그토록 위대하고 그토록 온전해 보이는 까닭은 단지 그가 정복할 수 없는 하나의 지배자의 노예가 되었기 때문일지도 모른다.

(1907)

5

부르주아의 삶의 방식[1]과 예술을 위한 예술

테오도르 슈토름[2]

I

부르주아의 삶의 방식과 예술을 위한 예술. 이러한 역설에는 얼마나 많은 것이 담겨 있는가? 물론 한때는 그것이 결코 역설이 아니었다. 왜냐하면 부르주아로 태어난 어떤 사람이 부르주아와 다른 방식으로 살아갈 수 있으리라고 어떻게 생각이라도 할 수 있었겠는가? 그리고 예술이 자체적으로 완결되어 있으며, 단지 자신의 법칙에만 따른다는 것

---

1 독일어 'Bürgerlichkeit'(시민성)를 '부르주아의 삶의 방식'으로 옮겼다. 시민성이란 단어는 뜻이 불분명하고 오해의 소지가 있기 때문이다. 독일의 시민(Bürger), 즉 부르주아는 국민이나 모든 도시민을 뜻하는 것이 아니라 귀족이나 대부르주아, 소시민 혹은 평민과는 다른 가치와 삶의 방식을 소유한 자들이다. 독일의 시민은 주로 공무원, 대학교수, 목사, 자유 직업 전문가 등으로 구성된다. 독일의 시민이라는 단어에는 돈과 재산이 아닌 교양과 문화의 의미가 담겨 있다. 이 계급에 속하는 독일인들은 종교 전쟁의 참화와 절대주의의 압제에 시달리기 전인 16세기 초에 도시국가에서 독특한 문화를 창조했던 자들이다.

은 삶으로부터 억지로 떼어낸 결과가 아니었다. 예술은 그 자체 때문에 존재하는 것이었다. 이는 성실하게 행해진 모든 일이 그 자체 때문에 존재하는 것과 마찬가지이다. 사회 전체의 이해관계는—알다시피 모든 것은 사회 전체를 위해 발생한다—일이란 그 자체 외에는 다른 목

2 테오도르 슈토름((Hans) Theodor Woldsen Storm, 1817~1888): 독일 슐레스비히의 후줌에서 태어난 시인 겸 소설가. 그는 후기 낭만주의와 뫼리케를 모델로 삼았다. 그는 덴마크 영토였던 슐레스비히-홀슈타인의 독립운동에 가담했기 때문에 변호사직을 박탈당하고 1853년 포츠담에 이주하여 지방법원 판사로 지내다가, 슐레스비히 지방이 독립되자 1864년 고향으로 돌아와서 주지사가 되었다. 1865년 부인 콘스탄체가 일곱 번째 해산을 하고 세상을 뜨자 1년 뒤 어린 시절 친구 도르테아와 재혼하여 1870년부터 다시 글을 쓰기 시작했다.
1860년대 초기에 이르기까지 그의 작품에는 낭만적인 정서가 넘쳐흐르며 작품 전체가 한 편의 서정시라고 할 수 있다. 『시집』에 실린 초기 서정시들은 단순하면서도 아름다운 형식이 특징이다. 후기 작품에서는 묘사주의 기법에 섬세한 심리 분석이 가미되어 성격묘사도 고전적이며 조형적인 맛을 풍긴다. 슈토름은 비일상적 성격으로 강하게 독자의 마음을 사로잡으면서 갑작스런 전환점을 제공하는 사건을 짧게 묘사하는 것이 노벨레라는 옛 정의를 논박한다. 그는 처음에 괴담이나 동화를 쓰기도 했지만, 점차 독특한 노벨레 형식을 발견하면서 현대의 노벨레란 산문문학의 가장 엄격하고 가장 완결된 형식이며, 가장 심오한 문제를 표현할 수 있는 희곡의 자매라고 주장한다. 그는 작품 속에서 과거를 현실화하며 전통이나 자연풍경, 정신생활을 묘사해서 섬세하고 완전한 작품을 구성하고 있다. 주요 작품으로 아내가 죽은 후 생겨난 연작시집 『깊은 어둠』, 『이멘 호』, 『앙겔리카』, 『늦장미』, 『대학시절』, 『백마의 기수』 등이 있다.
루카치는 이 에세이에서 부르주아의 삶과 방식과 유미주의의 관계를 삶과 예술이라는 관계에서 고찰하고 있다. 루카치는 여기서 예술에 중점을 두는 플로베르식 유미주의와는 달리 슈토름의 유미주의는 삶을 중시한다고 강조한다. 플로베르적인 유미주의 작가들의 목표는 완전성의 이상에 가까이 다가가는 것이고, 슈토름의 목표는 성실하고 유능하게 일을 했다는 의식, 즉 완벽한 것을 창조하기 위해 힘이 닿는 한 모든 것을 했다는 의식을 획득하는 것이다. 루카치가 볼 때 삶의 형식으로서의 부르주아 직업은 삶에서 윤리의 우위를 의미한다. 다시 말해 부르주아 직업은 체계적이고 규칙적으로 되풀이되는 것, 의무적으로 다시 돌아오는 것, 좋고 싫은 것과 무관하게 반드시 행해져만 하는 것에 의해 지배되는 삶을 의미한다. 슈토름은 문제적인 인물이 아니다. 그는 모든 비극의 가능성을 피해 멀리 우회해서 간다. 옛날식의 위대한 마지막 부르주아 시인인 슈토름의 서정시에는 용감하고 체념적이며 엄격한 삶의 분위기가 드러난다. 이처럼 루카치는 독일 초기 부르주아의 건강한 삶의 방식에 주목하면서 초기 부르주아의 긍정적 측면을 부각하려 한다. 그러나 후일 루카치는 부르주아의 그러한 삶의 방식을 사회로부터의 도피로 보며 부정적으로 평가한다.

적을 지니고 있지 않고, 자체적으로 완결된 완전성을 위해 존재하는 것처럼 행해지기를 요구하기 때문이다.

　오늘날 우리는 동경 어린 눈길로 그 시대를 되돌아본다. 그러나 그것은 복잡한 인간들이 갖는 히스테리적인 동경이고, 애당초부터 충족될 수 없게 운명지어진 동경이다. 우리는 멀리 떨어진 곳에서 완전성에 가까이 가기 위해 천재적인 노력이 필요치 않았던 시대가 있었다는 것을 생각하고 무기력한 동경을 느낀다. 그때는 완전성이란 당연한 것이었고, 그 반대의 가능성이란 전혀 생각할 수조차 없었기 때문이다. 다시 말해 그때는 예술작품의 완전성은 하나의 삶의 형식이었고, 그리고 예술작품은 단지 완전성의 정도에 의해서만 구별되었기 때문이다. 이러한 동경은 예술가적 양심의 루소주의다. 다시 말해 그것은 꿈속에서 얼핏 보였다가 형식의 환영 속에서는 형체도 없이 사라져버리는 바람에, 결코 도달할 수 없는 푸른 꽃에 대한 낭만적 동경이다. 그것은 우리 자신과 정반대되는 것에 대한 동경이다. 다시 말해 병든 신경계의 마지막 에너지를 다 써 억지로 얻어낸 자기 상승의 진통으로부터 위대하고 성스러운 단순성, 자명하고 성스러운 완전성이 태어나리라는 동경이다. 엄격하고 협소하게 부르주아의 척도에 맞게 삶을 영위하는 부르주아의 삶의 방식은 단지 완전성에 가까워지기 위한 하나의 방편일 뿐이다. 그것은 일종의 고행이자, 온갖 광채가 어딘가 다른 곳, 즉 작품 속으로 들어가 구원될 수 있도록 삶의 온갖 광채를 포기하는 일이다. 이런 점에서 보면 부르주아적인 삶의 방식은 강제노역이자 혐오스러운 노예 상태이다. 그것은 삶의 모든 본능이 반기를 들게 하고, 더없이 잔혹한 에너지로만 그 본능을 복종시킬 수 있는 일종의 속박이다. 어쩌면 이러한 투쟁으로 인한 황홀경의 힘이 예술 작업이 필요로 하는 감정의 극단적인 상승을 낳도록 하기 위해서인지도 모른다. 이처럼 부르주아의 삶의 방식은 인간의 삶을 흡수해버린다. 삶이란 바로 부르주아적인 삶과 정반대일지도 모르기 때문이다. 다시 말해 삶이란 광채이자 모든 속박에서 벗어난 상태이고, 부단히 변화하는 시적 분위기의 숲속에서 영혼의 도취적이고 자유분방한 승리의 춤이다. 그렇다면 부르주아의 삶의 방식은 삶을 부정하는 자를 끊임없이 일하도록 몰아가는 채찍인 셈이다. 이러한 부르주아의 삶의 방식은 일종의 가면에 불과하다. 그 배후에는 실패하고 파괴된 삶의 비생산적인 심한 고통, 너무 늦게 태어난 낭만주의자의 삶의 고통이 숨겨져 있다.

이러한 부르주아의 삶의 방식은 하나의 가면일 뿐이고, 그것은 모든 가면이 그렇듯 부정적인 것이다. 그것은 무언가의 반대일 뿐이고, 그것은 무언가에 '아니오'라고 말하는 것의 에너지를 통해서만 의미를 획득한다. 이러한 부르주아의 삶의 방식은 아름다운 모든 것, 바람직하게 보이는 모든 것, 삶의 본능이 갈구하는 모든 것의 부정을 의미할 뿐이다. 이러한 부르주아의 삶의 방식은 그 자체로는 어떠한 가치도 지니지 않는다. 그도 그럴 것이 이러한 테두리와 형식 내에서 살아진 삶에 가치를 부여하는 것은 삶으로부터 생겨난 작품밖에 없기 때문이다. 그러나 이러한 부르주아의 본질이 정말로 부르주아 계급의 본질과도 일치하는 것인가?

삶이 부르주아적으로 되는 것은 무엇보다도 부르주아 직업을 통해서이다. 그러나 우리가 삶이라고 부르는 것에 도대체 직업이라는 것이 존재하는가? 그것이 불가능하다는 것이 첫눈에 벌써 명백히 드러난다. 그러한 삶에 부과된 부르주아적 규율과 질서가 단지 가면에 불과하다는 것이 드러난다. 그 가면의 배후에는 자신의 자아에 지극히 자기중심적이고 무정부적으로 마음을 빼앗기고 있는 사실이 숨겨져 있다. 그리고 이러한 삶은 낭만적 반어나 의식적인 삶의 양식화가 갖추어진 지극히 외적인 세부에서만 바로 그 불구대천의 적의 현상 형태에 적응하고 있다는 사실이 드러난다.

부르주아의 삶의 방식과 예술을 위한 예술. 이러한 상호 배타적인 양극단이 한 인간에게서 공존할 수 있을까? 이 두 가지가 동시에 진지하고 성실하게 체험되고, 그럼에도 한 인간의 삶에서 서로 결합될 수 있을까? 삶이 부르주아적으로 되는 것은 무엇보다도 부르주아적인 직업, 그 자체만으로 보자면 그다지 중요하지 않은 어떤 것을 통해서다. 그러한 직업에서 아무리 큰 성공을 거둔다 한들 그 직업은 인격을 고양시키는 열기를 낳을 수 없으며, 그 직업의 인기가 떨어져 쇠퇴하더라도 기껏해야 두세 사람밖에는 눈치채지 못한다. 진정한 부르주아 정신은 이 모든 것을 헌신적으로 받아들일 것과, 사소하고 중요하지 않을지도 모르고 어쩌면 영혼에 아무런 자양분을 주지 않을지도 모르는 문제에 전적으로 집중할 것을 요구한다. 참다운 부르주아에겐 그의 부르주아 직업은 일이 아닌 삶의 형식이다. 그것은 이를테면 내용과는 관계없는 것으로 템포, 리듬, 윤곽, 한마디로 말해 삶의 양식을 규정하는 어떤 것이다. 따라서 부르주아 직업이란 삶의 여러 형식과 전형적인 체험들이 신비롭게 상호 작용을 한 결과 모든 창작 행위에 깊은 영향을 끼치게 되는 어떤 것이다.

삶의 형식으로서의 부르주아 직업은 무엇보다도 삶에서 윤리의 우위를 의미한다. 다시 말해 그것은 체계적이고 규칙적으로 되풀이되는 것, 의무적으로 다시 돌아오는 것, 좋고 싫은 것과 무관하게 반드시 행해져야만 하는 것에 의해 지배되는 삶을 의미한다. 다른 말로 하면 부르주아 직업은 질서가 기분을, 지속적인 것이 순간적인 것을, 조용한 일이 세간의 센세이션을 먹고사는 천재성을 지배하는 것을 의미한다. 이것의 가장 의미심장한 결과는 아마 그러한 헌신이 자기중심적인 고독에 승리를 거두는 것일지도 모른다. 이러한 헌신이란 우리 자신에게서 투사되어 우리가 할 수 있는 최대치를 훨씬 넘어서는 이상에 대한 헌신이 아니라 오히려 우리와 무관하고 우리에게 생소하지만 바로 그 때문에 단순하고 손으로 만질 수 있을 만치 실제적인 어떤 것에 대한 헌신이다. 이러한 헌신은 고립 상태를 종식시킨다. 어쩌면 윤리가 갖는 가장 위대한 삶의 가치는 그 윤리가 어떤 특정한 공동체가 존재할 수 있는 영역이며, 영원한 고독이 중단되는 영역이라는 점에 있을 것이다. 윤리적 인간은 더 이상 모든 사물의 시작이자 동시에 끝이 아니다. 윤리적 인간의 기분은 더 이상 모든 세상사의 중요성을 재는 척도가 아니다. 윤리는 모든 인간에게 공동체 의식을 강요한다. 그것이 여의치 않을 경우에도 최소한 윤리는 직접적이고 계산 가능한 유용성, 즉 행해진 일(그 일이 아무리 보잘것없는 것일지라도)을 인식하게 함으로써 모든 인간에게 공동체 의식을 강요한다. 자신이 하는 일에서 순수한 천재성의 자기인식은 언제나 비합리적일 수밖에 없다. 천재성이 하는 일은 언제나 과대평가되거나 과소평가되는데, 그 이유는 천재성이란 내적인 것이든 외적인 것이든, 어떤 것을 기준으로 해서 평가될 수 있는 성질의 것이 결코 아니기 때문이다.

오로지 재능에 근거한 생산성만이 인간에게 외부 세계에 대한 중요성을 부여해서 내면의 버팀목이 될 수 있는 삶에서는 삶의 무게중심이 바로 재능의 방향으로 완전히 옮아가게 된다. 이때 삶은 일을 위해 존재하고, 일은 언제나 무언가 불확실한 것이다. 때때로 히스테리적인 노력의 결과 삶의 감정이 극단적으로 상승해 거의 황홀경의 상태로까지 고조될 수 있지만, 그러한 높이로의 상승은 신경과 마음을 소모시키는 더없이 끔찍한 우울증에 의해 대가를 치르게 마련이다. 일은 사람의 목적이자 의미이다. 극심한 내면화로 인해 삶의 중심은 외부로, 즉 전혀 예측할 수 없는 가능성과 불확실의 포효하는 바다로 옮겨진 상태가 된다. 반면에 산문적인 일은 확고한 지반과 확실성을 부여해준다. 삶의 형식으로서 그 산문적인 일은 삶과 일의 관계의 변화, 즉 삶의 관점에서 바라보았을 때의 변화를 야기한다. 산문적인 일의 결과 인간의 인간적 가치, 그의 외적·내적 무게는 확고한 지반 위로 옮겨지며, 그 가치는 지속성을 얻게 된다. 그도 그럴 것이 무게중심이 윤리적 영역과 윤리적 가치로 옮겨지기 때문이다. 다시 말해 지속적인 유효성의 가능성이 주어져 있는 가치로 옮겨지기 때문이다. 더구나 그러한 일은 인간의 전체 에너지를 요구하지도 않으며, 또 요구할 수도 없다. 즉 그러한 일이 만들어내는 삶의 리듬은, 삶이 멜로디이고 다른 모든 것은 단지 반주에 지나지 않을 정도로 필수 불가결하다. 테오도르 슈토름이 슈투트가르트로 뫼리케를 찾아갔을 때 둘이 나눈 대화 역시 이런 일과 삶의 문제를 건드렸다. 뫼리케는 시인의 창작에 대해 "최소한 자신의 족적을 남기는 정도는 되어야겠지요. 하지만 중요한 것은 삶 자체라는 것을 잊어서는 안 됩니다."라고 말했다. 이에 대해 슈토름은 뫼리케가 "보다 젊은 동료 작가들에게 경종을 울리려는" 투로 말했다고 기술한다(내가 인용한 글은 뫼리케에 관한 슈토름의 기록에서 뽑은 것이다).

뫼리케는 목사였으며 나중에는 교직에 봉직했다. 슈토름은 판사였고, 켈러는 자신을 '주지사'라고 지칭하면서 늘 약간 자랑스러워했다. 후줌의 군수님과 취리히의 주지사님이 편지교환을 하면서 두 사람은 그들의 친구인 파울 하이제[3]의 신경 쇠약 상태에 관해 언급했다. 그때 다음과 같은 편지가 스위스에게 슐레스비히로 우송되었다. "파울 하이제의 상태는 내게 수수께끼 같습니다. 그는 약 일 년의 기간 내에 극히 아름다운 시집 한 권을 냈습니다. 그런데도 그는 계속 병을 앓고 있다고 합니다. 자멸을 초래하는 그러한 능력의 고양은 어쩌면 신경계가 손상 받은 결과일지도 모릅니다. 그런 경우 나의 신경은 정상이고, 그렇지만 두뇌는 약간 멍청합니다. 농담은 그만하고 본론으로 들어가겠습니다. 하이제는 30년 가까이 문학 활동을 해왔습니다. 그는 관직이나 교직에 몸담거나 또는 그 밖의 세속적인 직업 활동을 하면서 단 일 년도 다른 데로 눈을 돌리거나 기분전환을 한 적이 없습니다. 그 때문에 그가 대가를 치르고 있다는 생각이 듭니다. 정말로 세상을 마구 삼켜버리는 그 같은 사람은 결국 자기 자신도 삼켜버릴 운명에 처하게 되지요……. 그렇지만 그에게 아무 말도 해서는 안 됩니다. 그러기엔 너무 늦었거든요!"

후줌[4]에서 온 답장의 내용도 이와 거의 비슷하다.

"우리 친구 하이제의 문제에 관해 당신은 바로 정곡을 찔렀습니다. 대단히 건강한 사람만이 지속적으로 상상력과 감수성을 요구하는 필생의 일을 견뎌낼 수 있습니다. 실러 역시 상황이 달랐다면 더 오래 살

---

3 파울 폰 하이제(Paul Johann Ludwig von Heyse, 1830~1914): 독일의 소설가·극작가이다. 베를린·뮌헨·본 등의 대학에서 공부한 뒤 작가 생활을 하였다. 120여 편에 달하는 단편소설은 매우 뛰어나며, 이탈리아의 밝은 자연을 배경으로 한 아름다운 사랑을 그렸다. 장편 소설 『현세의 사람들』, 『낙원에서』 등도 극찬을 받았다. 1871년 노벨레 형식을 '매 이론(Falkentheorie)'의 개념으로 정의했다. 희곡도 70여 편 썼으나, 폭이 넓은 반면 내용의 깊이가 부족하다고 한다. 1910년 노벨 문학상을 받았다. 84세의 나이로 평온하고 행복한 생애를 마쳤다. 작품에 『한스 랑케』, 『콜베르크』, 『안드레아 델핀』 등이 있다.
4 슈토름은 독일 슐레스비히 지방의 후줌 출신이다.

수 있었을지 누가 알겠습니까……."

이 말은 건강에 대한 고려만이 산문적 일을 필요하게 만드는 것처럼 들린다. 슈토름이 말하는 '평범한 일'이 그에게는 없어서는 안 되는 일이었다. 이제 창작에 완전히 전념해서 살 수 있겠다는 즐거운 생각을 하면서 은퇴 생활에 들어갔던 노년에 가서도 그는 그런 평범한 일을 포기할 수 없었다. 그래서 그는 딸들에게 프랑스어를 가르쳤고, 조그만 사업에도 관계했다. 그가 그렇게 했던 것은 그의 삶이 평소의 건강하고 규율적인 리듬을 유지하도록 하기 위해서였을지도 모른다. 여기서는 단지 건강 문제만이 중요한 것처럼 보이기도 한다. 그러나 어디서나 그렇듯이 여기서도 문제의 제기에 모든 대답이 포함되어 있다. 다시 말해 켈러와 슈토름에게는 그러한 문제 제기가 단지 건강상의 문제였던 것 같았지만, 다른 사람에게는 거기서 예술과 삶의 관계라는 풀 수 없는 초월적 비극이 생겨났다. 어떤 일이 비극이 되는 경우는 그것이 극복할 수 없는 것으로 여겨질 때뿐이다. 화해할 수 없는 투쟁 속에서 대치하고 있는 자들이 같은 땅에서 생겨나고, 깊디깊은 본질이 서로 유사한 경우에만 진정하고 심오한 의미에서의 비극이 생겨날 수 있다. 달콤함과 쓰라림, 건강과 병, 위험과 구원, 죽음을 삶을 구분하는 것이 더 이상 의미가 없어진 경우 비극이 존재한다. 또한 의심할 여지 없이 최상의 것과 가장 유용한 것이 그렇듯이, 가장 삶을 파괴하는 요소 역시 없어서는 안 되는 필연성이 된 경우 비극이 존재한다. 슈토름의 삶은 건강하고 아무런 문제성을 띠고 있지 않다. 정말이지 그는 모든 비극의 가능성을 피해 멀리 우회해서 간다. 그의 삶에는 이 모든 것이 일종의 병처럼 간주되었다. 우리는 복통이나 감기처럼—나는 이런 상황을 특징짓는 더 적절한 표현을 찾을 수 없다—그러한 병으로부터 자신을 지켜야 하고 지킬 수 있다. 그에게 이 모든 것은 병과 같은 것이다. 병을 막아낼 수 없게 되었을 때 건강한 유기체는 병을 다시 바깥으로 내쫓아버리는 것이다.

이와 같이 영위되는 삶에는 무언가 제멋대로인 것과 강한 것, 확실하고 견고한 리듬, 조야한 에너지가 있다. 슈토름은 자신에게 무슨 일이 일어나든 어느 것도 자신의 삶의 핵심을 결코 위협할 수 없으리라는 것을 이미 대학생 시절부터 알고 느꼈다고 언젠가 에밀 쿠[5]에게 편지를 쓴 적이 있었다. 그는 언제나 "나는 극단적인 일을 행하면서도 나 자신을 잃어버릴까 봐 두려워하지 않는다"라고 느꼈다. 또는 시에서 그런 느낌을 이렇게 표현했다.

"비록 마음이 흐느끼더라도 무시하고,
그것을 부딪쳐 소리 나게 하라!
진정한 마음은 결코 죽일 수 없다는 것을,
우리가 알기에."

이러한 삶에서는 어떤 것이 문제성을 띤 적이 결코 없었다. 더없이 큰 고통이 그 삶을 덮쳐 파괴하려 했지만 언제나 그 고통에 저항하는 무언가 견고한 것이 있었다. 슈토름은 문제적인 인물이 아니었다. 그래서 운명은 외부로부터만 그에게 접근할 수 있었다. 다시 말해 그것이 평범한 한 인간의 운명이었다면 그 운명은 극복될 수 있었다. 그러나 그것이 한 인간의 운명 이상이었다면 체념하여 머리를 숙인 채 공

---

5 에밀 쿠(Emil Kuh, 1828~1876): 오스트리아의 문필가 겸 문학비평가. 쿠는 1849년 헤벨을 만나 그의 친구가 되었다. 그는 언론사에서 일하다가 빈에서 독어독문학 교수가 되었다.

손하고 침착한 자세로 운명 앞에 멈춰 서서 그것이 지나가도록 내버려
둘 수밖에 없었다. 슈토름은 부인이 죽은 뒤 어떤 시에서 이렇게 쓰고
있다. "너의 가장 사랑하는 사람을 묻어라. 그럼에도 삶은 계속되어야
한다. 그러면 너는 너 자신을 주장하면서 곧 다시 낮의 열기 속에 서 있
게 되리라." 슈토름은 내면적으로 종교적이었다. 그는 체념한 심정으
로 모든 사건의 연관성을 행복하게 느끼고 있었다. 그는 어떤 특정한
것을 믿지 않았지만 종교적이었다. 그의 시대는 위대한 종교적 위기의
시대였지만 비종교성의 투쟁에 휘말려 그것의 제물이 되지는 않았다.
그는 예민하고 민감한 사람이었다. 그는 외부의 매우 하찮은 인상에도
깊은 감동을 받았다. 그러나 그의 민감성이 그가 영위하는 삶의 굳건
하고 올곧은 원칙에 결코 영향을 미칠 수 없었다. 그의 전체 감성 세계
는 자신의 고향과 매우 긴밀히 유착되어 있었다. 고향이 외세에 병합
되어 그가 멀리 쫓겨나야 했을 때도 그는 무너지지 않았다. 그의 전체
본질은 행복을 갈구했고, 행복은 그가 숨 쉬는 공기와 마찬가지였다.
그리고 오랫동안 행복한 결혼생활을 한 뒤 부인이 죽었을 때 그의 상
심은 무척 깊고 컸지만 그래도 그는 무너지지 않았다. 그는 자신이 필
요로 한 행복과 온기를 새로이 발견하는 데 성공했다. 그는 부인이 죽
은 뒤 뫼리케에게 이런 편지를 썼다.

"그럼에도 나는 쉽게 부서지는 그런 남자가 아닙니다. 나는 지금까
지 나를 따라다닌 정신적 관심사들과 나의 삶을 지탱해주는 데 필요한
정신적 관심사들 중 어느 것도 포기하지 않을 겁니다. 어떤 시에도 그
런 구절이 있듯이 나의 눈앞에는 일, 일, 일이 있기 때문입니다! 그리고
내 힘이 미치는 한 나는 일을 해야 할 것입니다."

두 가지 삶의 원칙 중 어느 것이 다른 것을 지탱해주는지, 다시 말해 부르주아적인 단순하고 규율된 삶의 질서가 조용하고 확고한 내면의 확실성을 지탱해주는지—그러한 삶은 영혼에 확실히 영향을 미친다—아니면 그 반대로 내면의 확실성이 부르주아적인 삶의 질서를 지탱해주는지 가늠하기란 쉬운 일이 아니다. 하지만 두 가지가 밀접하게 결부되어 있다는 점만큼은 확실하다. 슈토름은 단 한 순간도 주저하거나 흔들리지 않고, 자신의 내면생활에 아무것도 제공해줄 수 없었던 법률가의 인생행로를 선택했다. 그리고 일평생 자신의 선택을 유감스럽게 생각한 적이 한순간도 없었다. 하물며 자신의 선택에 대해 실제로 후회해본 적은 더더욱 없었다.

그러나 우리는 문제의 핵심, 즉 부르주아의 삶의 방식이 예술과 관계를 맺는 문제는 아직 건드리지 않았다. 그도 그럴 것이 우리는 삶의 일만 삶에 의미를 부여한다고 말했기 때문이다. 자신의 삶을 희생하지 않은 이유가 실제로 커다란 희생을 치를 값어치가 없을 경우에만 삶의 풍부함과 힘을 보존하는 것이 의의와 의미를 갖게 된다. 왜냐하면 삶 전체의 야누스의 얼굴 중 어느 한 면은 실제로 부르주아의 삶의 방식이지만, 다른 한 면은 극히 엄격한 예술적 작업의 가혹한 투쟁인 경우에만 우리는 실제로 역설에 직면하기 때문이다. 그리고 이러한 세계, 즉 슈토름의 세계와 그가 가장 감탄한 사람들의 예술 세계, 그리고 슈토름의 작품을 가장 좋아했던 사람들의 세계는 독일 유미주의자들의 세계이다. 지난 세기의 수많은 유미주의자 그룹들 가운데 이것이 참으로 게르만적인 진정한 변형, 즉 독일적인 '예술을 위한 예술'이다.

우리는 거의 플로베르적이라 할 고통을 잘 알고 있다. 고트프리트 켈러의 작품은 이러한 고통으로부터 가끔은 수십 년간의 산고를 치른 끝에 탄생하곤 했다. 소설 『화가 놀텐』[6]의 첫 번째 판의 약점과 불협화음이 뫼리케[7]에게 얼마나 큰 부담을 주었는지, 그리고 제2판을 새로이 만들려는 시지푸스적인 노력으로 자신의 생애의 가장 풍요롭고 아름다운 시절을 얼마나 희생했는지 잘 알려져 있다. 콘라트 페르디난트 마이어[8]의 경우는 더욱 잘 알려져 있다. 켈러에 의해 '조용한 금 세공사이자 은실 세공사'로 불린 슈토름은 별로 고통을 겪지 않고 자신의 작품을 세상에 내보냈을지도 모른다. 그러나 본질상 그 역시 뫼리케나 마이어와 마찬가지로 어떠한 타협도 허용하지 않는 엄격한 수공업자이다. 슈토름에게는 예의 수공업자다운 준엄하고 가혹한 태도가 어느 누구보다도 많이 개발되어 있었을지도 모른다. 그의 두 손은 어떤 재료를 가공해야 좋은지, 이 재료에 어떤 형식을 부여해야 하는지에 대한 본능적인 감각을 지니고 있었다. 그는 영혼의 가능성과 주어진 능력에 의해 미리 부과된 형식의 한계를 뛰어넘으려는 시도를 결코 하지 않는다. 하지만 그는 이러한 한계 내에서 최대한의 완전성에 도달하기 위해 자신을 채찍질한다. 말할 수 없이 자신을 의식하는 위대한 서사 작가인 켈러는 언제나 희곡을 쓰려는 계획이나 구상과 씨름했다. 반면에 슈토름은 장편 소설을 쓰려는 계획에조차 유혹당하지 않으려 했다. 수공업자의 숙련성은 이러한 유미주의 정신의 본질적 특성이다. 수

6 뫼리케의 소설 『화가 놀텐*Maler Nolten*』(1832)은 문체의 완벽성과 함께 정신적 불균형에 대한 심리적 성찰이 뛰어난 작품으로, 주인공과 그의 첫사랑의 연인을 저승에서까지 맺어주는 무의식적이고 신비로운 힘의 영역을 탐구하고 있다.
7 뫼리케(Eduard Friedrich Mörike, 1804~1875): 독일의 시인 겸 소설가. 독일 서정시인 가운데 스승인 괴테 다음으로 꼽히는 최고의 시인이다. 작품으로 『낡은 풍향계』, 『화가 놀텐』, 민담인 『슈투트가르트의 난쟁이』, 『프라하로 가는 길의 모차르트』 등과 여러 시들이 있다.
8 마이어(Conrad Ferdinand Meyer, 1825~1898): 역사소설과 시로 유명한 스위스의 작가.

공업자의 이러한 숙련성은 이들 유미주의자들이 수공업자의 초기 부르주아적인 예의바른 태도로 관철시킨 예의 삶의 방식과 불가분의 깊은 관계를 맺고 있다. 그들의 예술가적 실천과 삶의 방식은 똑같이 단순하고 직선적이다. 그러한 점은 이들을 다른 유미주의자들의 공장 노동자적 완전성과 구별하게 해준다. 왜냐하면 수공업자의 숙련성이 플로베르의 이상이긴 했어도, 그에게 수공업자 정신이라는 것은 단어의 실러적인 의미에서 보자면 단지 감상적일 수밖에 없었고, 영원히 사라져버린 단순성에 대한 동경일 수밖에 없었기 때문이다. 슈토름, 뫼리케, 켈러와 담시 작가 폰타네[9], 클라우스 그로트[10] 등의 수공업자 정신 역시 실러적인 의미에서 소박한 것이다. 전자인 플로베르적인 유미주

---

9 폰타네(Theodor Fontane, 1819~1898): 독일 근대 사실주의 소설에서 최초의 대가로 꼽히는 작가이다. 언론인으로서 문학 활동을 시작하여 수년간 프로이센 신문의 영국 특파원으로 일하면서 영국 생활에 대한 책을 썼다. 대중적인 담시 『남자와 영웅』과 『담시집』은 프로이센 역사에서 일부 소재를 이끌어 역사적이고 극적인 사건들을 감동적으로 찬양하고 있다. 폰타네는 자유주의적 일간지 〈포시셰 차이퉁(Vossische Zeitung)〉의 극비평가가 되면서 이전의 경직된 보수주의적 경향에서 탈피해 훌륭한 작품을 내놓기 시작했다. 말년에는 소설로 방향을 바꾸어 역사소설 장르에서 걸작으로 평가되는 『폭풍 앞에서』를 출간했다. 이 작품에서 그는 프로이센의 귀족계급을 비판적이면서 동정심을 가지고 그렸다. 『예니 트라이벨 부인』, 『에피 브리스트』에서 여성의 사회적 위치에 대한 문제를 다루고 있다. 다른 주요 작품으로는 산뜻한 문체로 유명한 『슈테힐린』과 프로이센 상류층의 취약성을 그린 『폰 부테노 폐하』가 있다.

10 클라우스 그로트(Klaus Groth, 1819~1899): 독일의 시인·소설가. 원래 교사였으나 부단한 독학으로 마침내 1866년 킬 대학에서 독일어학 및 문학 강사의 교편을 잡았다. 로버트 번스의 시와 요한 페터 헤벨의 영향을 받아, 고향 디트마르셴의 방언을 서정적인 표현수단으로 쓸 가능성을 탐구했다. 『샘물』을 써서 저지 독일어의 시어로서의 가능성을 처음으로 보여주었다. 향수를 읊은 저지 독일어의 서정시집 『청천(淸泉)』으로 알려졌으며, 이 밖에 지방의 생활을 묘사한 농촌소설집 『페르텔른Vertelln』 등이 있다. 그의 시는 민요처럼 꾸밈이 없어 브람스 및 다른 여러 작곡자들이 곡을 붙였다. 그로트의 시는 프리츠 로이터에게 영향을 주었으며, 로이터는 소설을 통해 저지 독일어를 문어로 승화시켰다. 시집으로 『맑은 샘』, 『이야기』. 소설집으로 『페르텔른』, 『고지 독일어와 저지 독일어에 관한 서한』 등이 있다.

의 작가들의 목표는 마지막 힘을 다해 완전성의 이상에 가까이 다가가는 것이었고, 후자인 슈토름과 뫼리케 등의 목표는 성실하고 유능하게 일을 했다는 의식, 즉 완벽한 것을 창조하기 위해 힘이 닿는 한 모든 것을 했다는 의식을 획득하는 것이었다. 전자는 삶과 일의 관계에서 일을 중시했고, 후자는 삶을 중시했다. 전자의 경우 삶은 예술 이상을 실현하기 위한 수단에 불과했고, 후자의 경우는 일의 완전성이란 하나의 상징에 불과하고, 사람의 모든 가능성을 이용하기 위한 가장 확실하고 아름다운 길에 불과했다. 다시 말해 그것은 부르주아적인 삶의 이상, 즉 일을 훌륭히 완수해냈다는 의식에 실제로 도달했다는 사실에 대한 상징이었다.

따라서 후자의 작가들이 자신의 작품을 내놓는 방식에는 언제나 약간 감동적인 체념 같은 것이 있기 마련이다. 그들은 완벽한 것과 그들 자신이 해낼 수 있는 최상의 것 사이의 간극을 누구보다 예리하게 꿰뚫어 보았다. 그렇지만 이러한 간극에 대한 의식은 그들 내부에 너무나 직접적이고 균형 잡힌 힘으로 살아있어서 그러한 간극이 적극적으로 어떠한 고려의 대상이 되는 경우는 결코 없다. 그러한 의식은 한번 표출됨으로써 영원히 처리된 것으로 되어, 이후에 말해지는 모든 것에 대한 암묵적인 인정이 되는 것 같다. 그들이 작품을 세상에 내놓을 때의 태도는 이러한 암묵적인 인정으로 인한 온화한 겸허함으로 항상 빛난다. 옛날 수공업자 예술가들의 경우에서처럼 그들의 경우에도 예술은 다른 모든 것과 마찬가지로 삶의 표현 형식이다. 따라서 예술에 헌신한 삶은 인간의 다른 모든 부르주아적인 활동과 같은 권리 및 의무와 결부되어 있다. 그러므로 그들이 자신에게 제기해야 하는 요구는 윤리적이었다. 하지만 그들은 일에 대해서도 인간으로서의 권리를 지닌다. 윤리는 예술적 숙련성을 요구할 뿐만 아니라 예술의 유용성 여부에 대한 문제도 제기한다. 켈러는 문학적인 영향의 가능성 못지않게 교육적인 영향의 가능성도 심각하게 고려한다. 그리고 켈러는 미신도 어떤 역할을 수행하는 슈토름의 테마를 언급하면서 심령주의적 사기가 판을 치는 시대에 이러한 테마가 해를 끼칠 수도 있음을 지적했다. 하지만 다른 한편으로 켈러는 작품의 구성이 느슨해질 위험을 무릅쓰면서까지, 세세한 부분을 일일이 묘사함으로써 드러나는 온갖 사소한 특징을 자기 글에서 마음껏 드러낼 권리가 있다고 느꼈다. 이때 켈러는 자신의 작품이 자신을 위해, 자신의 모든 에너지를 표출하기 위해 존재한다는 느낌을 가졌다. 그리고 그러한 고유한 특징은 그의 일부분이기에 어디서나 표현되어야 했다. 여기서 결정적으로 중요한 것은 작업의 과정이지 결과가 아니다. 이러한 점에서 19세기의 예술관은 수공업자의 숙련성을 동경하는 낭만주의자들의 황금시대인 중세의 예술관과 깊고도 진실한 관계를 맺고 있다. 하지만 낭만주의자들은 바로 수공업자의 숙련성을 동경하였기에 그것을 영원히 성취할 수 없었다. 반면에 켈러, 뫼리케, 슈토름은 우리 시대에 그러한 수공업자의 숙련성이 가능한 한 그것을 성취할 수 있었다. 낭만주의자들은 사실 그들의 동경을 그 동경의 대상과 분리시켰거나 또는 그들의 동경은 어쩌면 메울 수 없을 만치 벌어지는 간극의 상징에 불과했을지도 모른다. 한 가지 사실만은 확실하다(여기서 하나의 예만 들겠다). 즉 라이블[11]은 현대의 어떤

---

11 라이블(Wilhelm Leibl, 1844~1900): 19세기 독일의 풍속 화가. 쿠르베의 사실주의와 마찬가지로, 라이블의 화풍은 자연·사물·사람·상황 등을 직접적으로 주의 깊게 기록하는 객관적인 표현양식이었다. 가장 대표적이고 유명한 작품들은 그의 '홀바인기(期)'(1870~80경)에 제작되었다.

예술가가 그에게 가까이 다가갈 수 있는 것만큼 홀바인[12]에 극단적으로 가까이 다가갔다. 반면에 영국의 라파엘 전파 화가[13]들은 가능한 한 피렌체파 화가[14]들로부터 멀어져 갔다.

문학은 다른 어느 예술 이상으로 시대 조류에 커다란 영향을 받는다. 이러한 작가들이 과거의 위대한 예술을 상기시켜주는 무언가를 만들어낼 수 있었던 사실 역시 —비록 일에 의해 실제적인 삶에 비추어진 희미한 빛에 불과하긴 하지만— 역사적이고 심리적인 요소에 의해 설명될 수 있다. 독일에서는 많은 발전, 특히 경제적인 발전이 다른 나라들보다 많이 뒤처졌다. 많은 사회 형식과 훨씬 오래된 생활 방식이 다른 나라보다 독일에서 더 오래 보존되었다. 18세기 중엽 독일, 특히 독일의 변방과 오래된 부르주아 계급이 변함없이 강력하고 활기 있던 도시들에서는 오늘날의 부르주아 계급과는 완전히 다른 부르주아 계급이 여전히 존재하고 있었다. 이들 작가들은 이러한 부르주아 계급의 품 안에서 태어났다. 그들은 이러한 부르주아 계급의 진정하고 위대한 대변자들이다. 그렇지만 이들은 대변자로서의 역할도 이미 의식

---

12 홀바인(Hans Holbein, 1497/98~1543) 2세: 독일 출신의 화가로 헨리 8세의 궁정 화가가 된 초상화의 거장.

13 라파엘 전파는 19세기 중엽 영국에서 일어난 예술 운동으로 라파엘 이전처럼 자연에서 겸허하게 배우는 예술을 표방한 유파이다. 헌트(W. H. Hunt), 로세티(D. G. Rossetti) 등의 화가들이 왕립 아카데미의 역사화가 상상력도 없고 너무 인위적이라고 여기고 이에 반발하여 1848년에 결성했다. 로세티가 영향을 받은 '중세로의 동경'이라는 주제는 훗날 에드워드 번-존스와 존 윌리엄 워터하우스 같은 예술가들에게도 영향을 주었다. 라파엘로와 미켈란젤로의 뒤를 이은 매너리즘의 화가들이 처음 수용했던 기계적인 예술 접근에 대한 거부 즉, 사실적이고 자연스러운 화풍을 되살리는 것이 이 예술가 집단의 목적이었다. 그 구성원들은 특히 라파엘 회화의 고전적인 자세와 우아한 구성이 아카데믹 예술을 가르치는 데 있어서 와전된 영향을 미친다고 믿었다.

14 14~16세기에 걸쳐 이탈리아의 피렌체에서 르네상스 미술 활동을 주도한 유파. 주요 인물로 치마부에, 도나텔로, 보티첼리, 레오나르도 다빈치, 미켈란젤로 등이 있다.

하고 있었다. 그렇다고 해서 그들이 자신들의 상황을 지적으로 자각하고 있었다는 말은 아니다. 오히려 그들에게는 역사적 감정이 삶의 감정이 되었고, 그들의 삶에 실제로 효과가 있는 삶의 요소가 되었다. 다시 말해 고향, 민족, 계급이 그들의 모든 것을 규정짓는 체험이 되었다. 이 모든 것을 그들이 사랑한 것은 중요한 문제가 아니다. 다른 사람들에게서도 그러한 사랑을 발견할 수 있기 때문이다. 다른 사람들의 경우는 체험의 깊이가 부족한 결과로 표현 형식이 격정적이고 감상적이기에 그러한 사랑이 심지어 더욱 눈에 띄고 효과적이다. 아니, 이러한 작가, 특히 켈러나 슈토름 같은 작가들의 결정적인 체험은 그들의 부르주아적 삶의 방식이었다. 사람들은 켈러의 경우에는 스위스가, 슈토름의 경우에는 슐레스비히가 그토록 압도적인 체험이 되는 것이 단지 그들의 견해와 현실 파악의 감각적이면서도 구체적인 성질의 결과에 불과하다고 거의 말할 수 있을지도 모른다. 사람들은 이러한 작가들의 체험이 "나는 그곳 출신이고, 그렇고 그런 사람이다"라는 것 이상의 어떤 것도 의미하지 않기에 그런 주장을 할 수 있을지도 모른다. 그러한 체험의 결과 그들은 고향의 땅에서 자라난 것만 순수하고 강력하게 바라볼 수 있었으며, 인간과 인간들 사이의 관계에 대한 그들의 견해는 고향 땅에서 형성된 가치평가에 의해 좌우되었다. 그들의 작품에서 부르주아 계급은 역사적 성격을 띠게 된다. 온전한 옛 부르주아 계급 출신인 이들 마지막 위대한 작가들의 작품에서는 길게 그림자를 드리운 불빛이 부르주아적 삶의 가장 일상적인 사건에 비추어지고 있다. 독일의 옛 부르주아 계급이 '근대적'으로 되기 시작할 때 생겨난 그러한 작품에서는 이 같은 낡아 버린 실내 장식이 아직 동화 같고 몽환적인 희미한 빛에 둘러싸여 있다. 그리고 비록 추억 속에서이긴 하지만,

로코코와 비더마이어[15]의 실내 장식이 부드럽게 살아날 때 친절하고 세련되며, 단순하고 약간은 편협한 거주자 역시 다시 부활한다. 켈러의 경우 일상적인 사물에서 그 일상성을 빼앗는 것은 그의 풍부하고 동화 같은 유머이다. 슈토름의 경우에는 사물들은 있는 그대로 머물러 있으며, 사물들을 둘러싸고 있는 유머를 거의 알아챌 수 없다. 그러한 사물들에게 우리가 알아챌 수 있는 것은 그의 두 눈이 애정을 담고 사물들을 훑어보며, 그것들이 서서히 사라지는 것을 우울한 심정으로 지켜본다는 것뿐이다. 또한 그가 이러한 사물들로부터 받아들인 모든 것을 기억하고 있지만, 눈물을 머금은 채 바꿀 수 없는 것은 어차피 감수할 수밖에 없다는 확신을 갖고 사물들의 몰락을 조용히 지켜볼 수밖에 없다는 것뿐이다.

그렇지만 슈토름의 세계에서 이러한 몰락의 시는 아직은 전적으로 무의식적인 것이다. (켈러의 세계에서는 몰락의 시가 훨씬 더 의식적이다). 그의 동료 부르주아는 그들 자신이나 그들 존재의 부르주아적 본질을 문제라고 느끼지 않고 여전히 당당한 걸음으로 활보한다. 그들이 비극적 운명에 처한다 해도 그것은 한 개인의 운명에 불과한 듯한 인상을 준다. 마치 이러한 한 개인에게만 그러한 운명이 닥치기라도 한 것처럼 말이다. 사회 전체가 동요하는 모습은 거기서 찾아볼 수 없다. 거기서 모든 것은 불행과 운명의 시련에도 불구하고 안전하게 서 있다. 그럼에도 이러한 인간들은 참고 견뎌야만 진정으로 강해진다. 그들의 가장 남자다운 태도는 삶이나 행복, 즐거움 같은 것이 휙 스쳐 지나가는 것을 바

---

15 독일 문학에서 1815년~1848년 정치적인 격변이 사라지면서 소시민적 생활양식과 자족감이 두드러지던 시기의 예술 경향을 이르는 말. 이 명칭은 1850년에 아이히로트(L. Eichrodt)가 주간지에 연재한 「슈바벤의 학교 교사 비더마이어의 시」에서 유래하였다.

라보는 태도이며, 그러면서도 굳건한 자세를 유지하고, 눈물을 삼키며 눈물 어린 눈으로 이 모든 것을 그냥 지켜보는 태도이다. 그것은 단념의 힘이자 체념의 힘이며, 새로운 삶에 직면한 옛 부르주아 계급의 힘이다. 이런 점에서 슈토름은 자신의 의지와는 달리 현대적이다. 무언가가 사라져가고, 누군가는 그것이 사라지는 것을 물끄러미 지켜본다. 그는 계속 살아가며, 무언가가 사라진다고 파멸하지는 않는다. 그렇지만 그의 마음속에 기억은 영원히 살아있다. 다시 말해 어떤 것이 존재했었고, 어떤 것이 파멸을 맞았으며, 어떤 것이 존재할 수 있으리란 식으로, 언젠가는…….

"너의 흰옷이 옆을 스치며 나는 것이 보인다,
너의 가볍고 귀여운 모습과 함께.

밤의 향기가 꿈결처럼 달콤하게
꽃받침으로부터 콸콸 흘러나온다.
나는 언제나, 언제나 너를 생각했다.
나는 자고 싶은데, 너는 춤추어야 한다."

2

극도의 딱딱함과 더없이 나긋나긋한 부드러움, 단조로움과 풍부한 뉘앙스, 회색과 다채로운 색깔, 이런 것을 한데 섞어 슈토름은 자신의 세계를 만들어낸다. 해변에선 북해의 사나운 파도 소리 울리고, 방파제는 겨울의 사나운 강풍으로부터 육지를 제대로 지켜주지 못한다. 그러나 순수한 공기와 더구나 짙은 안개는 초원과 모래 해안, 마을들을 모두 부드러운 평원으로 만들어버린다. 모든 것 위에 조용하고 단순하며 단조로운 평온함이 감돈다. 초원과 황무지, 바다의 섬들만 보일 뿐 참으로 아름다운 것, 첫눈에 매혹시킬 만한 것이나 우리의 마음을 앗아갈 만한 것은 어디에도 보이지 않는다. 모든 것은 단순하고 조용하며, 회색이고 단조롭다. 그곳에서는 토박이의 눈만 아름다움을 발견할 수 있다. 이러한 회색의 단조로움 속에서는 그러한 눈에만 많은 색채가 보인다. 나무 한 그루, 관목 한 그루마다 들려주는 심오하고 위대한 체험을 토박이의 귀만 들을 수 있다. 그림자가 서서히 짙어가는 것을 아는 사람이나 또는 저녁에 수줍어하며 물드는 해변의 붉은 노을을 보고 삶의 결정적인 전환이 이루어지는 사람만이 그러한 아름다움을 보고, 심오하고 위대한 체험을 들을 수 있다. 단순하고 똑같은 모양을 한 북독일의 집들, 소박하고 조그만 정원들, 할아버지나 윗대 선조들로부터 물려받은 가재도구로 가득 찬 소박한 방들이 있는 조그만 마을들 역시 조용하고 하나같이 잿빛을 띠고 있다. 그리고 이러한 집과 방들의 회색 역시 그곳 토박이의 눈에만은 수천 가지 색깔을 띤 하나의 무지개로 굴절되어 보인다. 찬장 하나하나는 자신이 평생 동안 보고 들은 모든 것에 대해 수많은 종류의 이야기를 그곳 토박이에게 들려줄 수 있다.

"잿빛 바다, 잿빛 해안 옆에
마을이 있다.
안개는 지붕을 무겁게 짓누르고,
바다는 정적을 뚫고

마을 주변에서 단조롭게 포효한다.

살랑거리는 숲의 소리 들리지 않고, 오월이면
쉼 없이 지저귀는 새소리도 들리지 않는다.
기러기만 시끄럽게 울부짖으며
가을의 밤하늘을 날아간다.
해변에선 바람에 풀잎이 나부낀다."

인간들 역시 그들이 거니는 지역의 풍경과 닮아있다. 첫눈에 인간
과 풍경 사이에는 아무런 차이가 없다는 생각이 들지도 모른다. 사내
들이 튼튼하고 단순하며 금발에 자신 있게 활보한다면, 소녀와 아낙네
들은 꿈꾸는 듯한 모습을 하고 있고 좀 더 조용하며, 훨씬 더 금발이다.
동시에서 보듯 조용한 햇살이 모든 사람을 골고루 비춰주는 듯한 모습
이고, 똑같은 조그만 기쁨과 똑같은 가벼운 고통이 그곳의 모든 성인
에게서 느껴지는 조용하고 단조로운 민요풍의 가락을 자아내게 하는
듯한 정경이다. 다시 말해 그곳에서는 모두가 같은 운명을 지니고 있
으며, 인간과 운명이 같은 보조로 서로에게 다가가고 있는 듯한 모습
이다. 인간과 운명이 서로 마주치기 전이나 마주치는 순간에는 똑같이
단순하고 견고하며 자신 있는 확실함이 있지만, 운명과 마주친 뒤 인
간들의 마음속에는 똑같은 체념, 조용히 계속 나아가려는 힘과 체념하
고 모든 것을 청산하려는 힘, 똑같은 의연한 태도, 모든 타격에 직면하
여 불굴의 자세를 보이는 듯한 모습이다. 슈토름의 세계에서 나타나는
잿빛 대기 속에서는 형태를 띤 인간과 운명의 견고한 윤곽들이 잿빛을
띠며 서로에게 흘러든다. 슈토름의 모든 노벨레와 시들에서는 동일한

168

대상에 대해 말하고 있는 듯한 인상을 줄 때가 가끔 있다. 다시 말해 운명이 느닷없이 닥칠 때 강한 사람은 그 운명을 극복하고 살아남지만, 좀 약한 사람은 운명으로 인해 파멸을 맞는다는 것이다. 그렇지만 어느 경우이든 운명의 시련을 받은 상처로부터 더없이 강한 영혼의 힘과 더없이 아름다운 영혼의 풍부함이 흘러나온다. 운명이 모두 똑같아 보이는 이유는 인간들이 너무 말이 없고 그들의 삶의 몸짓이 다른 사람들과 너무나 많이 닮았기 때문이다. 그렇지만 단 몇 발자국 뒤에 물러서서 보기만 하면―그림을 멀찍이서 보는 것과는 정반대로―그 즉시 모든 단조로움은 사라져버린다. 그러면 우리는 한 사람 한 사람과 사건 하나하나가 교향곡의 일부분에 지나지 않는다는 것을 깨닫게 된다. 행여 원치 않더라도, 또 굳이 말할 필요도 없이 교향곡이란 인간과 사건들 전체가 함께 어우러져 화음을 낸다. 다시 말해 모든 개별적인 사물이 하나의 담시나 담시의 한 부분처럼, 또한 언젠가 위대한 서사시, 즉 부르주아 계급의 위대한 서사시를 탄생시킬 소재의 한 요소처럼 보이는 것이다.

그러한 서사시는, 만일 언젠가 쓰인다면 조용하고 자신 있는 힘에 대해 들려줄 것이다. 그 서사시 안에는 어떠한 사건도 없을 것이고, 설령 존재한다 해도 적어도 그 사건이 결정적으로 중요하지는 않을 것이다. 기껏해야 그러한 서사시는 인간들이 자기에게 닥치는 몇 안 되는 사건을 어떻게 바라보느냐에 대해서만 무언가를 말해줄 것이다. 그들에게 닥치는 일은 그들이 실제로 행하는 일이 아니다. 이러한 세계에서 행위는 그다지 중요하지 않은 사소한 역할을 한다. 아무튼 인간은 자기에게 허용된 일만 하려고 한다. 그리고 그들의 확고하고 자신 있는 걸음걸이는 그들이 도달하려는 목표에는 확실히 데려다준다. 삶의 행로를 결정하는 것, 삶에서 고통스러운 의문과 깊은 고통을 야기하는 모든 것, 이 모든 것은 언제나 외부로부터 와서 인간들을 덮치는 것이다. 인간들 자신이 어떤 행동을 해서 그런 것을 불러들이는 것은 아니다. 일단 그러한 것이 일어났을 경우 인간들은 그것에 맞서 헛된 싸움을 벌인다. 인간들 사이의 차이가 만들어내는 가치는 불가피한 운명에 대해 각기 대응하는 방식에 따라 분명히 드러난다. 운명은 외부로부터 오고, 그것에 대응하는 내적인 힘은 무기력하다. 하지만 바로 그 때문에 운명은 영혼이 거주하는 집의 문지방에 멈추어 있어야 할뿐, 결코 집 안으로 들어갈 수는 없다. 다시 말해 운명은 이러한 인간들을 좌절시킬 수만 있을 뿐 결코 완전히 파멸시킬 수는 없다.

바로 이것이 슈토름 시의 본질로 일컬어지곤 하는 가장 진정한 내용이다. 슈토름은 비극의 전제조건으로 죄악이 필수 불가결하다는 견해에 언젠가 매우 격하게 반대한 적이 있었다. 그가 선택한 주제뿐 아니라 그의 세계관의 핵심에도 운명 비극을 떠올려주는 많은 것이 담겨있다. 그래서 모든 사소한 것, 예측 불가능한 모든 것이 삶에서 결정적인 역할을 수행할지도 모른다는 통찰이 생긴다. 그러나 이러한 점에서 슈토름은 그런 가능성이 있을지도 모른다는 점에 머물러 있었다. 그는 삶을 예측 불가능한 우연들의 혼란스러운 공놀이 같은 것으로 보지는 않았다. 다시 말해 그에게는 인간의 삶이 그런 형태를 띨지도 모른다는 가능성만 존재할 뿐이었다. 내적 선택이든 외적 선택이든 어떤 것도 누구의 삶이, 그리고 언제, 어느 정도로 그런 형태를 띨지 결정해주지는 않는다. 단지 우연만이, 다시 말해 우연한 상황의 우연한 연결만이 그것을 결정해줄 뿐이다. 그때 아무런 도움도 존재하지 않는다. 우리는 그런 상황을 감수해야 한다. 그리고 일체의 저항을 포기하고, 고통이 많아지는 것을 영혼이 풍요로워지는 것으로 느껴야 한다.

이렇게 해서 운명은 이 세상에서 기계적으로 작동하고, 외부의 아무런 저항도 허용하지 않는 힘을 지니게 된다. 그렇다고 해서 운명은 신비롭고 초지상적인 힘이 아니고, 보다 높은 힘이 일상적인 삶에 개입하는 것이 아니다. 슈토름의 세계는 일상의 세계이다. 그의 시는 언젠가 에밀 쿠가 말했듯이 성스러운 일상의 세계이다. 이렇게 보면 이러한 운명이란 단순히 인간적 상황이 지닌 힘, 인간의 생각이나 합의, 편견이나 습관, 윤리적 계율이 지닌 힘에 다름 아니다. 슈토름의 세계에는 인간의 영혼 속에 내재하는 모순적인 힘들 사이의 내적인 투쟁이 존재하지 않는다. 무언가를 해야 한다는 의무는 어떠한 논의도 거부할 정도로 확고하게 미리 영원히 정해져 있다. 그리고 의혹은 기껏해야 의무를 적용하는 문제에 관해 생겨날 수 있다. 운명, 다시 말해 인간의 의지와는 무관한 외적인 상황만이 인간을 갈림길에 세울 수 있다. 하지만 그러한 경우에도 그 세계에는 실제적인 아무런 죄악도 존재하지 않는다. 슈토름이 형상화한 인물들은 악한 일을 저지를 능력이 없는 것이다. 그렇다고 해서 이 세상의 모든 인간이 악한 일을 저지를 가능성이 없다는 말은 아니다. 그러나 이 세계에서 윤리는 모든 인간에게 숨을 쉬는 것만큼이나 자연스러운 삶의 기능이다. 그러므로 비윤리적인 행위란 애당초부터 불가능한 것이다. 그리하여 환경에 의한 불가항력적인 힘으로 인해 인간이 그의 윤리의식으로는 도저히 용납할 수 없는 행위를 불가피하게 저지르게 되었을 때 삶에서 가장 심각한 불행이 일어난다. 하지만 그러한 불행이 곧 비극이 되는 것은 아니다. 적어도 외적인 의미에서는 비극은 아닌 것이다. 그도 그럴 것이 행위에 대한 윤리의 판단은 가혹하고 철회할 수 없는 것이지만, 윤리의식의 힘

역시 너무나 커서 인간에게 어떤 일이 닥치든 그의 본질을 온전히 보존해주기 때문이다. 인간은 어떤 일에 닥치면 남자다운 용기로 행복의 길에서 옆으로 비켜서서 자신의 힘으로는 어찌할 수 없는 일을 용감하게 차분히 감내한다. 단 한 순간이라도 인간은 자신의 '행동'의 결과를 뿌리치려 하지 않는다. 그렇지만 그는 이와 동시에 자신이 아무 일도 하지 않았으며, 자신에게 모든 일이 일어났다고 느낀다. 그리고 자신의 내부는 아무런 손상도 입지 않았으며, 자신의 내부에는 외부의 어떠한 힘도 건드릴 수 없는 무언가가 남아 있다고 느낀다.

그것은 의무를 이행해야 한다는 의식이 삶의 형식으로서, 또 세계관으로서 갖는 힘이고, 여전히 정언적 명령의 효과를 지닌 오래된 보편 타당성을 유지하는 힘이다—의무를 이행하는 것이 사건의 진행 과정에 조금이라도 영향을 끼칠지도 모른다는 순진한 생각과 신뢰는 비록 오래전에 사라졌을지도 모르지만. 세계는 어떻게든 움직이며, 무언가가 세계를 움직인다. 무엇이 왜 무엇 때문에 세계를 움직이는지 누가 알겠는가? 대답이 있을 수 없는데 무엇 때문에 질문한단 말인가? 영원히 닫혀버린 문 앞에서 무엇 때문에 전전긍긍하며 문을 두드린단 말인가? 무엇 때문에 옛날의 위안을 주는 다채로운 거짓말로 영혼을 속인단 말인가? 우리의 의무를 이행하는 것, 이것만이 유일하게 확실한 삶의 길이다. 슈토름의 시에 등장하는 한 인물의—죽음을 눈앞에 두고 있는 한 노인의—기분이 어쩌면 이러한 삶의 감정을 가장 잘 표현해 줄지도 모른다. 그 노인은 아름답고 풍부한 삶의 기억들로 가득 찬 자신의 방안에 서 있다. 수천 개의 조그만 징조들이 죽음이 임박했음을 말해주고 있다. 멀리서 종소리가 그의 귀에 들린다. 그는 이 종소리가 많은 사람에게 긍정적인 희망을 의미한다는 것을 알고 있다.

"그들은 꿈꾸고 있다." 그는 나직이 말한다.

"이러한 다채로운 이미지들이 그들의 행복이다.

그러나 나는 알고 있다,

죽음의 공포가 인간의 뇌 속에 그런 이미지를 부화시켰음을."

그는 거부의 몸짓으로 두 손을 내뻗는다.

"내가 잘못한 일, 그 한 가지 잘못으로부터 나는 자유롭다.

나는 뭔가에 사로잡혀 이성을 넘겨준 적은 결코 없었다.

더없이 유혹적인 약속에도 그러지 않았다.

남은 것은 참고 기다리는 일이다."

여기서 실제로 중요한 것은 몸짓이지 내용이 아니다. 다시 말해 슈토름의 비종교성은 사실 심오하게 종교적이었다. 여기서는 싸움이 일어날 수 없는 죽음을 앞둔 상황에서만 운명을 직시할 때의 그러한 조용한 힘이 매우 분명히 인식될 수 있다. 반면에 객관적으로 보아 투쟁의 결과가 그토록 분명히 미리 결정되어 있지 않은 삶의 다른 순간에 오히려 우리의 약함이 더욱 확연히 드러날지도 모른다. 인간과 운명의 관계에서 내부와 외부를 구별하기 어렵듯이 약함과 강함을 구별하는 것 역시 쉬운 일이 아니다. 내부로 향하는 힘은 외부로 향할 때는 보통 약함으로 드러날 것이다. 그것은 그러한 인간들 속에 살아있는 세계에 대한 느낌이 너무나 깊이 통일되어 있고, 삶을 지탱해주는 윤리적 계율이 너무나 흔들림 없이 강력하기 때문이다. 그래서 그러한 인간들은 외부에서 오는 끔찍한 사건의 영향에 대해, 마치 모든 사건이 그들 내부에서 비롯되기라도 하는 것처럼 똑같이 곧장 윤리적인 태도를 취하는 것이다. 인간들이 그러한 사건들을 자신의 내부에서 융합시킬 수 있는 것도 바로 그 때문이다. 이러한 융합 능력이 그들의 힘의 본질이다. 그들의 약함은—대부분의 경우—참으로 강한 삶의 표현조차 외부로부터 무언가가 그들에게 맞서주기를 기다린다는 점이고, 또 그들이 도전을 찾아 외부로 나서는 일이 매우 드물다는 점이다. 같은 이유로 그들은 싸워서 승리를 거둘 만한 대상과 부딪치는 경우도 극히 드물다.

그러한 점이 이 같은 사람들의 세계가 갖는 매우 광범한 한계에 불과한 것은 말할 필요도 없다. 그러나 사실 이러한 한계는 논란의 여지 없이 전적으로 확실하기에 어디서도 그 경계의 구획이 실제로 분명히 드러나지는 않는다. 그리고 그 한계들의 결과가 철저히 수미일관하게 관철되는 법은 결코 없다. 슈토름의 가치평가에는, 특히 자신이 형상화한 개별 인물들에 대한 가치평가에는 슈토름의 동향인인 헤벨이 목수 장인인 안톤[16]에게서 형상화했던 세계관과 공통되는 점이 많이 있다. 그렇지만 헤벨보다 덜 예리하고, 덜 엄격하게 세계를 바라보는 슈토름은 자신이 묘사하는 세계의 몰락을 제대로 알아채지 못한다. 동시에 슈토름은 삶의 전체 합에 대해서만큼 개별적 견해와 가치평가를 크게 중시하지 않는다. 그 때문에 그에게는 목수 장인 안톤에게서 보이는 무자비하고 독단적인 편협성이 존재하지 않는다. 다른 종류의 삶, 슈토름이 알고 있는 세계보다 더욱 강력한 다른 세계가 그의 작품 어디서도 발견되지 않는다. 실은 전혀 다른 종류의 삶을 영위하는 인간들이 그의 작품에도 존재하기는 한다. 그러나 이런 인간들조차 그가 내놓는 전형적인 인물 유형과 뚜렷이 대조되지는 않는다. 가장 커다란 대조는 인

---

16 독일의 극작가 헤벨의 시민비극 『마리아 막달레나』에 나오는 인물.

간들의 행동에서 드러난다. 즉 어떤 사람은 행실이 바른 반면, 다른 사람은 그렇지 못하다. 어떤 사람은 극도로 신뢰할 만하지만, 다른 사람은 전적으로 무책임하고 경박하다. 어떤 사람에게는 삶의 대가가 질서이고, 훌륭히 해낸 일의 확실한 자의식인 반면, 다른 사람에게는 그것이 어떤 대가를 치러서라도 얻은 피상적인 즐거움의 순간적인 향유이다. 이러한 대조는 끝없이 열거할 수 있다. 그렇지만 극단적인 것들이 완전히 서로 조화를 이루는 영역이 있는데, 그것은 윤리적 가치평가의 영역이다. 슈토름의 세계는 윤리에 의해 강력한 지배를 받기에 윤리적으로 행동하지 않는 사람도 윤리적으로 느끼게 된다. 다시 말해 그런 자만 약하며, 그에게는 그의 깊디깊은 내면의 감정이 지시하는 대로 살아갈 힘이 부족하다. 만약 우리가 이러한 세계와 감정상으로 맞지 않는 어떤 사람을 실제로 만난다면 그는 병리학적 문제를 지닌 완전히 그로테스크한 경우이거나, 또는 단순히 흥미롭거나 기이한 경우일 것이다.

모든 종류의 몰락에는 영원한 덧없음의 분위기, 조락(凋落)의 법칙을 수용하는 분위기, 용서하는 자비로운 사랑이 따라다닌다. 약함은 강함과 마찬가지로 자연에 의해 주어져 있다. 다시 말해 강하고 건실하며 의무에 충실하다는 것은 공적이 아니라 은총이며, 그 반대도 이와 마찬가지이다. 운명의 분위기는 여기서 내적·외적으로 지배한다. 자비로운 사람이 된다는 것은 공적이 아니라 어쩌면 하나의 행운일지도 모른다. 그러나 단지 어쩌면 그럴지도 모르는 이유는 자비로운 사람이 된다는 것이 삶 자체에 어떠한 결과도 가져다주지 않기 때문이다. 하지만 아무튼 그것은 고상한 일이다. 다시 말해 자비로운 사람이 된다는 것은 귀족 사회를 만들어내고, 사람들 사이의 거리를 만들어낸다.

그것은 가장 확실하게 확립된 귀족 사회를 만들어낸다. 그 사회는 그 자체로 너무 확실해서 어떠한 자부심도 어떠한 가혹함도 알지 못하고, 다른 부류의 사람들이나 보다 저급한 사람들에 대해 단지 관대한 용서와 아량만 베풀 뿐이다.

"한 사람이 묻는다. 이 일을 하면 무슨 일이 일어나지?
상대방은 이렇게 물을 뿐이다. 그게 옳은 일인가?
그러므로 바로 이것이
자유민과 노예의 차이이다."

이렇게 준엄함과 감상성이 서로 융합해서 슈토름의 세계의 분위기가 생겨난다. 사건들은 될 수 있는 한 단순하고 일상적이다. 그리고 그러한 사건과 마주치는 사람들 역시 일상의 한계를 넘어서지 못하고 흥미롭지도 않다. 그들은 소시민으로부터 ─ 때로는 노동자로부터 ─ 몇몇 오래된 명문가에까지 이르는 독일의 소박한 소도시민들이다. 느닷없이 운명이 들이닥치기 전까지 어디서나 일상의 삶이 조용히 흘러간다. 하지만 운명이 들이닥칠 때도 전에는 젊었던 얼굴에 몇 개의 주름이 생길 뿐 동일한 삶이 계속 지속된다. 다시 말해 운명과의 이러한 충돌로 누군가가 그의 인생행로로부터 내동댕이쳐지지만, 그는 다른 어딘가에서 같은 리듬에 따라 삶을 영위해갈 뿐이다. 좀 더 약한 재료로 만들어진 소수의 사람만 구제받을 수 없을 만치 완전히 파멸할 뿐이다.
하지만 감상성은 사건의 실제적 과정에서 아무런 역할을 하지 못한다 ─ 이것이 슈토름의 전체 발전의 필연적 결과이다 ─ 그리고 감상성은 사건의 각진 딱딱한 부분조차 지워 없애지 못한다. 다시 말해 감상적이란 것은 돌이켜보면 그러한 사건들의 기억이 그러한 사람들의 영혼 속에 계속 울려 퍼지는 것을 말한다. 감상성이란 운명의 연관성을 인식할 때의 감동받는 상태에 불과하다. 감상성의 예술적 중요성은 비극을 장송곡의 분위기로 해체시킴으로써, 감상성이 사건들의 딱딱한 스타카토에 부드러운 레가토[17]를 덧붙인다는 점이다. 그리고 감상성의 인간적 중요성은 감상성이 근시안적인 준엄함으로부터 윤리적 가치평가의 확고한 단호함을 보호해준다는 점이다.

슈토름의 목가시의 분위기는 그의 비극의 분위기와 유사하다. 목가시와 비극, 이 양자의 아름다움은 같은 뿌리에서 자라난 것이다. 그러므로 가장 단순하고 하찮은 실내 장식에도, 조그만 그림들에도 그런 분위기가 배어 있다. 그 같은 조그만 그림들은 낡은 가구가 비치된 낡은 방의 내밀하고 우아한 분위기 외에는 어떤 분위기도 풍기지 않는다. 그 방에서 들려주는 오래전에 잊힌 이야기는 슈토름이 연주하는 변주곡의 거의 알아챌 수 없는 테마이다. 그리고 여기서의 전체적인 목적은 다름 아닌 단순한 방의 분위기를 감각적으로 감지할 수 있도록 만드는 데 있다. 왜냐하면 기본적인 분위기는 어디서나 똑같기 때문이다. 다시 말해 사물들이 유기적으로 성장한다는 느낌과 서로 자연스럽게 맞물려 있다는 느낌, 상호 작용에서 생겨나는 움직임에 대해 그럴 수밖에 없다고 감수하는 느낌, 중요성의 크고 작음에 따라 사물의 등급을 가르는 것이 불가능하다는 인식 등이 기본적 분위기이다. 여기서는 역사에 대한 감각이 삶에 대한 감각이 되고 있다. 이러한 방들의 분

---

17 '음과 음 사이를 끊지 않고 이어서 매끄럽고 원활하게'라는 음악 용어.

위기는 옛 네덜란드의 실내 장식을 생각나게 한다. 그러나 여기서는 모든 것이 더 분위기가 있고, 더 서정적이며, 더 감상적이다. 옛 네덜란드의 그림에서는 소박하고 행복한 활력에 대한 확실한 자의식이 지배하고 있었다면, 여기서는 시들어가는 아름다움을 의식적으로 실컷 맛보자는 분위기가 지배하고 있다. 이러한 방들의 분위기에는 시들어가는 아름다움이 이미 반쯤 사라졌고, 곧 완전히 사라질 거라는 의식이 약간 담겨 있다. 역사적인 감각은 모든 사물에 꽃처럼 자란 것의 아름다움을 부여해줄 뿐만 아니라 사물이란 필연적으로 시들고 사라질 수밖에 없다는 법칙성에 대한 담담하고 우울한 성찰도 제공한다. 역사에 대한 감각은 사건들의 이러한 자연스러운 과정을 의식하게 해주므로 슈토름의 역사 감각은 이러한 자연스러운 과정을 가깝게 느끼도록 하는 동시에 멀게 느끼도록 할 수도 있다. 역사에 대한 감각은 사건들의 자연스러운 과정에 대한 태도를 더 서정적이고 더 주관적으로 만들고, 이와 동시에 그 과정을 시원한 분위기로 에워쌈으로써 순전히 예술적으로 향유할 수 있게 하기도 한다.

하지만 이러한 실내 장식은 슈토름이 쓴 대부분의 노벨레의 배경을 이룰 뿐이다. 배경이 다른 모든 것으로부터 분리되어 그 자체의 목적이 되거나, 자체적으로 하나의 완결된 이미지가 되는 경우는 극히 드물다. 이런 경우 그러한 실내 장식의 분위기는 말할 것도 없이 — 순전히 형식적인 이유 때문에 — 목가적이다. 하지만 이런 경우 외에도 실제적인 내용에 의해 목가시가 되는 슈토름의 다른 노벨레가 많이 있다. 그 노벨레에서 이러한 삶의 분위기는 낡은 가구에 머무르는 부드러운 시선과 전체 이미지가 이러한 시선으로만 이루어져 있다는 상황에 의해 전달될 뿐만 아니라, 사건들의 과정과 내용에 의해서도 묘사된다.

물러가는 뇌우의 분위기, 소나기가 억수같이 쏟아진 후의 햇살이 이러한 노벨레의 색조이다. 노벨레가 비극과 내적인 친근성을 지니는 이유가 바로 그 때문이다. 비극과 노벨레, 양자에는 뇌우를 머금은 구름이 사람들의 머리 위에 겹겹이 쌓여 있다. 비극과 노벨레의 인물들은 같은 느낌으로 천둥이 치기를 기다리고 있다. 단지 다른 점이 있다면 한쪽에서는 벼락이 치지만, 다른 쪽에서는 그렇지 않다는 것이다. 행복은 불행과 마찬가지로 외부로부터 온다. 행복은 어디인가로부터 와서는 영혼이 있는 곳으로 들어간다. 행복은 영혼이 있는 곳에서 아름다운 고향을 발견할 수 있다. 하지만 행복은 자기 마음에 드는 곳을 노크해서, 자격을 갖춘 사람들 중 자기가 들어가 머물고 싶은 자를 마음대로 고른다. 그러므로 이러한 목가시에서는 비극에서처럼 운명이 원하는 대로 사건이 벌어진다는 느낌이 살아있다. 가끔은 어떠한 것도 목가적인 행복의 멜로디를 방해하지 못하기도 한다. 그리고 인간들이 행복의 물결에 수동적으로 몸을 내맡길 때만 비극적인 사건에서 느껴지는 운명적인 것의 분위기가 감지될 수 있다.

비극과 목가시. 슈토름의 세계에서 벌어지는 모든 사건은 모두 이 양극단 사이에서 펼쳐진다. 그리고 슈토름의 작품 작품에서 드러나는 특별한 분위기는 이 양극단이 융합되는 방식에서 생겨난다. 외적 모습에서 드러나는 삶의 절대적인 불확실성과 영혼만이 중요한 문제가 되는 곳에서의 흔들림 없는 견고함이 슈토름 문학에서 드러나는 심히 부르주아적인 본질적 특성이다. 이것이 불안해지기 시작하는 부르주아 계급의 삶의 분위기다. 다시 말해 이러한 삶의 분위기에서 바야흐로 사라지기 시작하는 위대한 옛 부르주아 계급은 내적으로 아직 온전한 상태에 있는 마지막 시인의 작품에서 역사적으로 되고, 심오하게 시적으로 된다. 그의 모든 작품은 이러한 삶의 분위기에 휩싸여 있다―심지어 옛날 양식에 대한 사랑 때문에 좀 더 오랜 시대까지 거슬러 올라가는 작품과 그 때문에 가끔은 순전히 예술적인 구조가 느껴지는 작품에 이르기까지.

　슈토름의 시에서 드러나는 세계는 더욱 확정적이고, 삶의 감정의 세계는 시에서 더욱 순수하게 표현된다. 시에서 드러나는 인간들, 또는 시의 배후에서 투영되는 인간들의 영상은 더욱 섬세하다. 다시 말해 그들을 움직이는 모티프들은 더욱 심오하고, 그들이 체험하는 비극은 더욱 순수하다. 이것은 말할 필요도 없이 형식의 결과이다. 슈토름의 세계에서 등장하는 인간들의 본질은 운명으로 인해 야기된 삶의 표출, 다시 말해 인간들의 분위기에 의해 가장 잘 표현된다. 행위나 사실, 사건과 같은 일체의 외적인 것은 사실상 전혀 불필요하다. 그럼에도 그러한 것이 필요한 까닭은―슈토름이 언젠가 에밀 쿠에게 보낸 편지에서 드러나듯이―순수한 시가 허용하는 것 이상의 광범위한 동기부여를 요하는 소재가 있기 때문이다. 하지만 바로 그 때문에 슈토름은 그같은 동기부여를 필요로 하지 않는 몇몇 시들에서 노벨레의 표현 형식에서는 결코 성취할 수 없었던 영혼 형성의 복잡성과 순수성을 달성한다. 슈토름이 보통 묘사하는 인간들의 조용하고 단순한 내면성을(어쩌면 그 자신의 내면성이라 불러도 무방할 것이다) 오직 시만이 가장 적절히 표현할 수 있기 때문이다. 이러한 인간들과 그 창조자들은 사건들의 시끄럽고 어지러운 흐름에 뛰어들기에는 너무 조용하고, 상상할 수 없을 만치 아름다우며 놀라운 영혼의 풍경을 보여줌으로써 더없이 깊숙이 숨겨진 것과 가장 은밀한 비밀을 들추어내어 그들의 영혼을 분석하기에는 너무 단순하다. 이러한 세계와 거기에 사는 사람들의 진정한 아름다움을 표현하는 방법은 조용하고 따뜻하며 단순한 삶의 분위기를 시적으로 묘사하는 것이다. 그리고 그러한 삶의 분위기를 묘사하는 진정하고, 실제로 완전한 형식은 완전히 조용하고, 완전히 단순한 서정시일 수밖에 없었다. 그러한 서정시는―바로 그것이 지니는 단순성 때문에―얼핏 보기에 섬세한 것을 표현하기에 더 적절한 것 같은 노벨레보다 훨씬 순수하고 힘 있게 온갖 섬세한 것을 포괄한다. 하지만 노벨레의 형식은 외부적 사실의 투영이나 분석적 해체를 요구한다. 그러므로 슈토름의 서정시의 세계는 외부적 사실의 투영이나 분석적 해체라는 두 가지 요소 중 어느 한쪽의 형식적 요구를 부정하면서 이 두 요소 사이에서 구축된다.

"네가 부드러운 입술을 깨물어
상처가 나자 피가 흘렀다.
나는 그것이 네가 원한 일이었음을 잘 안다,
언젠가 내 입술이 너의 입술을 덮어버렸기에.

뙤약볕과 비 속에서
너는 너의 금발을 바래게 했다.
그것은 네가 원한 일이었다,
내가 애무하듯 머리에 손을 얹었기에.
너는 화덕 옆 불길과 연기 속에 서 있다,
네가 섬세한 손을 화들짝 들어 올릴 때까지.
나는 그것이 네가 원한 일이었음을 잘 안다,
내 눈이 줄곧 네 손을 바라보고 있었기에."

3

슈토름의 문학 형식은 서정시와 서사시, 또는 보다 정확히 말해서 서정시와 노벨레이다. 슈토름은 다른 형식을 시도하려는 엄두조차 내지 않았기 때문이다. 그의 발전은 지속적으로 통찰력을 풍부하게 해주었다. 그러나 이처럼 통찰력이 풍부해지면서 그의 노벨레는 전혀 의도하지 않은 가운데 장편 소설에 점점 가까워졌다. 그런데 장편 소설과 노벨레의 원칙적 차이를 결코 인정하려 하지 않았던 켈러는 소재가 자연스럽게 확장되어 장편 소설이 될 수 있도록 소재를 너무 심하게 단순화시키거나 너무 많이 생략하지 말고, 소재와 너무 거리를 두지 말라고 슈토름에게 가끔 충고했다. 슈토름은 이러한 문제에서 친구의 충고에 귀 기울이지 않고 계속 노벨레의 형식을 고수했다. 물론 그의 노벨레 개념은 이미 여러 가지 면에서 옛날의 장편 소설 개념에 접근해 가고 있었고, 많은 점에서 옛날의 진정한 노벨레 개념과 반대되는 것이었다. 슈토름은 발표되지 않은 어느 글의 서문에서 비일상적 성격으로 강하게 독자의 마음을 사로잡으면서 갑작스런 전환점을 제공하는 사건을 짧게 묘사하는 것이 노벨레라는 옛날의 정의를 논박하고 있다. 그리고 그는 현대의 노벨레란 산문문학의 가장 엄격하고 가장 완결된 형식이며, 희곡처럼 가장 심오한 문제를 표현할 수 있는 희곡의 자매라고 주장한다. 시적인 희곡이 현대의 무대에서 추방되고 있으므로 노벨레는 시적 희곡의 자리를 대신할 운명을 지니고 있다는 것이다.

슈토름은 이런 점에서 낡은 틀을 완전히 정신적인 내용으로 가득 채우며 노벨레를 전적으로 내면화시키는 인상주의적 발전 과정을 선취하고 있다. 그는 또한 최종적인 결과로 모든 강력한 구성과 모든 형식을 심리적 뉘앙스를 지닌 낮은 톤의 섬세하고 약간 동요하는 연속 과정으로 해체시키는 변화도 선취하고 있다. 현대의 노벨레는－나는 그것의 가장 특징적인 예로 무엇보다도 윙어 야콥슨(Jünger Jacobsen)의 노벨레를 꼽는다－내용적인 면에서 노벨레의 가능성을 넘어서고 있다. 주제는 옛 노벨레 형식이 허용하는 이상으로 섬세하고 심오하고 포괄적이며 의미심장하게 된다. 그리고 그 때문에－처음에는 그것이 역설적으로 생각된다－이러한 노벨레는 옛날의 단순한 노벨레가 그랬던 것보다 덜 심오하고 덜 섬세하다. 그도 그럴 것이 노벨레의 섬세함과 깊이는 오로지 가공되지 않은 거친 소재, 즉 있는 그대로의 인간과 있는 그대로의 운명에, 그리고 이러한 운명이 현대인의 삶의 감정과 유사하다는 사실에 달려있기 때문이다. 노벨레 형식의 본질을 짧게 요약하자면 한 인간의 삶이 어느 운명적 순간의 무한히 감각적인 힘에 의해 표현된 것이라 할 수 있다. 노벨레의 길이를 늘인 것과 장편 소설의 차이는 단지 예술 장르를 규정짓는 진정하고 심오한 차이를 나타내는 하나의 상징일 뿐이다. 다시 말해 장편 소설은 주인공과 그의 운명을 전체 세계에 매우 풍부하게 끼워 넣음으로써 내용상으로도 삶의 총체성을 우리에게 제공해준다. 반면에 노벨레는 주인공의 삶 속에서 하나의 에피소드를 매우 감각적으로 형상화함으로써 이러한 일을 단지 형식적으로만 수행할 뿐이다. 그럼으로써 노벨레에는 이러한 에피소드와 관련되는 것 외에는 삶의 다른 모든 부분은 불필요하게 된다. 노벨레의 내용이 매우 심오하고 섬세하게 되면, 그것은 한편으로 노벨레의 결정적인 상황으로부터 신선하고 강력한 감성을 빼앗는 결과를 초래한다. 다른 한편으로 그것은 인간들을 너무나 다양한 방식으로, 너무나 다양한 관계 속에서 보여주므로 인간들을 완전히 표현해줄 어떠한 개별 사건도 더 이상 존재하지 않게 된다. 그리하여 현대의 발전에 의해 생겨난 모든 예술 장르가 다 그렇듯이 새로운 예술 장르, 즉 무형식성을 형식으로 하는 불합리한 장르가 생겨난다. 그런 식의 접근으로는 인간의 삶에서 나오는 몇몇 에피소드밖에는 다룰 수 없기 때문이다. 다시 말해 그 에피소드들은 옛날의 노벨레에서와는 달리 상징적인 것 이상이 될 수 없으며, 그 전체 에피소드 또한 장편 소설에서와는 달리 모든 것을 포괄하는 특별하고 완결된 우주가 될 수 있을 만큼 충분히 강력하지 못하다. 그렇기 때문에 이러한 노벨레는 특정한 단일 주제를 다룬 논문들처럼 보이거나, 아니면 심지어 그 논문을 위한 초안을 생각나게 하기도 한다. 다시 말해 이러한 노벨레의 본질은—비록 수단은 진정으로 예술적이라 해도—예술에 적대적이다. 왜냐하면 그 노벨레 전체는 구체적인 내용과는 무관한, 형식에 의해서만 좌우되는 감정을 결코 불러일으킬 수 없기 때문이다. 따라서 그러한 노벨레 전체는 내용에 대한 우리의 견해가 변한다 해도 아무런 영향을 받지 않는 감정을 불러일으킬 수 없는 것이다. 이러한 작품의 영향은 학문적인 저작이 갖는 영향처럼 오로지 내용에만, 그리고 그 작품 속에 담긴 새로운 관찰이 일깨울 수 있는 본질적으로 학문적인 관심에만 기초하고 있다. 이러한 저작(이것은 내가 한 말의 시험이지 증거는 아니다)은 그 관찰이 낡은 것이 되면, 또는 이미 다 아는 내용이 되어 참신성의 매력을 잃게 되면 그 의미를 상실하고 만다. 예술작품과 학문적인 저작 간의 결정적인 차이는 어쩌면 다음과 같은 것일지도 모른다. 다시 말해 한쪽은 최종적이고, 다른 쪽은 최종적이지 않다. 한쪽은 그 자체로 완결되어 있고, 다른 쪽은 열려 있다. 한쪽은 목적이고, 다른 쪽은 수단이다. 한쪽이—우리는 지금 결과로부터 판단하고 있다—비교할 수 없고, 무언가 처음이자 마지막의 것이며, 다른 쪽은 더 나은 업적이 나오면 불필요하게 된다. 간단히 말하자면 한쪽은 형식이 있고, 다른 쪽은 형식이 없다.

슈토름은 이러한 위험을 어떻게든 느꼈음이 분명하다. 그가 장편 소설을 멀리한 것은 그런 염려 때문이었는지도 모른다. 그가 진정하고 위대한 장편 소설가가 되기에는 무언가가 부족하다는 것을, 또 왜 그의 주제가 장편 소설로 확장될 수도 확장되어서도 안 되는 어쩔 수 없는 노벨레의 주제일 수밖에 없는가를 느끼기라도 한 것처럼 말이다. 에밀 쿠가 언젠가 그의 노벨레를 고전적이라 칭하자 슈토름은 이러한 평가에 동의하지 않았다. 슈토름은 쿠에게 이렇게 썼다.

"한 작가의 작품이 예술적으로 완벽한 형식으로 그의 시대의 정신적 내용을 반영한다면 분명히 고전적이라 할 수 있을 것입니다……. 그런데 나로 아무튼 측면 관람석에서 지켜보는 것으로 만족할 수밖에 없을 것입니다."

이러한 문제는 다만 간접적이긴 하지만 이미 양식의 문제를 건드리고 있다. 슈토름의 관찰방식은 장편 소설 형식이 요구하는 세계의 엄청난 풍부함을 포괄할 수 없었다. 그는 에피소드만, 단지 노벨레의 주제만 보았던 것이다. 그러나 그의 관찰방식은 옛날의 단순하고 강력한 노벨레 형식으로는 표현을 발견할 수 없을 정도로 너무 섬세해지고 내면화되어 있었다. 이러한 옛날의 형식에는 사실만, 단지 외부 사건만 존재한다. 프리드리히 슐레겔이 보카치오에 대해 말했듯이, 이러한 옛날 형식 속에는 더없이 심오하고 주관적인 분위기가 간접적으로만, 감각적인 이미지를 통해서만 표현되어 있다. 슈토름의 최초의 노벨레에서는 실제로 단지 영혼의 떨림과만 관계된 그의 서정적인 내면성이 ─ 그의 내면성은 그때만 해도 아직 직접적으로 표현되고 있다 ─ 형식을 해체시킨다. 뫼리케는 이런 노벨레에 대해 신중하고 사려 깊게 "여기 저기서…… 사람들은 어쩌면 개별적인 확실함을 더 바랄지도 모른다." 라고 말한다. 후기의 노벨레는 될 수 있는 한 풍부한 내면생활과 한 명 이나 여러 명의 전체적인 영혼의 내용을 표현하려 한다. 그러나 그러 한 경우에도 이 모든 내용이 유기적으로 서사적 형식 속에 들어감으 로써 그 형식을 실제로 확장시키고 풍부하게 한다. 그리하여 가공되지 않고 직접적으로 표현된 것은 아무것도 남지 않게 된다. 다시 말해 이 러한 후기의 노벨레에서는 단지 내용적으로만 고려의 대상이 되는 것 은 아무것도 남지 않게 되는 것이다.

그리하여 형식은 다시 내면과 외면의 관계 및 상호 작용의 문제로 되 돌아간다. 이러한 종합은 슈토름의 모든 영혼적인 성향으로 인해 수월 해졌다. 한편으로 그의 내면성은 오늘날의 작가들의 내면성만큼 병적 일 정도로 강렬하지는 않았다. 그에게는 모든 분위기를 영혼의 깊디깊 은 뿌리에까지 추적하겠다는 소망이나 강박증이 강력하지 않았다. 그 는 ─ 쿠가 말했듯이 ─ 여전히 끝에서 두 번째 문 앞에서 멈추어 있었 다. 다른 한편으로 그는 외부 사건을 잔인한 가혹함이나 활기찬 감성 으로 보지 않았다. 이 두 가지 요소는 그것에서 유기적 통일체를 만들 수 없을 정도로 서로 너무나 멀리 떨어져 있는 것은 아니었다.

슈토름은 음조의 통일을 서술 태도의 통일을 통해, 서사적인 형식 은 형식으로서 직접적인 서술로 되돌아감으로써, 다시 말해 서사문학 의 존재 조건을 규정짓는 서사문학의 가장 근원적이고 원시적인 형식 으로 되돌아감으로써 성취했다. 슈토름의 거의 모든 노벨레는 하나의 틀 안에 들어가 있다. 말하자면 그 자신이 아니라 특별히 이러한 목적을 위해 허구로 내세운 화자가 기억을 더듬어 이야기를 들려주거나 또는 오래된 기록물이나 연대기를 가지고 이야기를 재구성하는 경우가 대부분이다. 하지만 슈토름 자신이 직접 이야기를 들려줄 때는 모든 세부 사항을 자신의 기억으로부터 끌어오거나, 또는 그 자신의 삶에서 색다른 체험을 누군가에게 들려주는 식으로 한다. 이런 식으로 슈토름은 이야기의 옛 전통을 부활시키려 하거나(켈러나 마이어도 그렇게 했다), 노벨레의 원래적인 본질을 인위적으로 재창조하려 했다. 슈토름에게 이것은 하나의 흥미 있는 방법 이상이었다. 그의 작품 창작에서 진정한 서사적 문화의 미미한 잔재라 할 수 있는 구술식의 서술은 대단히 중요한 역할을 하고 있다. 그에게 구술식의 서술은 자신이 형상화하려는 분위기가 작품에서 실제로도 원하는 대로 전달되었는지를 가늠하는 기준을 의미했다. 그렇지만 이러한 서술 방법은 말할 것도 없이 이야기를 하나의 틀 안에 집어넣는 데서 직접 비롯되는 영향만을 강화시켰을 뿐이다. 그 방법의 실제적인 중요성은 서술하는 음조의 조화로운 직접성을 달성하는 것보다 훨씬 크다. 그것의 본질을 간략하게 이야기하면 다음과 같은 것일지도 모른다. 다시 말해 일종의 거리가 생겨남으로써, 그러한 거리로 인해 내부와 외부의 괴리, 행동과 영혼의 괴리가 더 이상 눈에 보이지 않게 된다. 가장 중요한 것은 다음과 같은 점이다. 즉 틀 소설의 전형적인 형식인 회상은 사건을 분석하지 않고, 사건들의 진정한 동기를 아는 경우가 드물다. 또한 회상은 사건을 보다 가볍고 거의 눈에 띄지 않는, 영혼의 변화하는 떨림의 연속으로 결코 표현하지 않는다. 그 결과 사건들은 감각적으로 생생하게 인지된 이미지나 단편적인 대화—그렇지만 여기에는 작가가 전달하려는 모든 것이 담겨 있다—의 형태로 서술된다. 회상과 이 회상을 서술하는 자연스러운 기법은 또 다른 강력하고 확실한 서사 문학의 형식인 담시를 낳는다. 담시의 특성은 슈토름의 노벨레가 진정으로 노벨레적인 성질을 상실한 것을 보상해주고 있다. 이러한 특성은 노벨레에서 일체의 분석을 배제하고 감각적인 힘과 상징적인 중요성을 보존함으로써 장편 소설로 확장되는 것(노벨레에서 포착된 세계의 빈약함은 장편 소설로 확장되는 것과 어울리지도 않으리라)을 저지한다. 다른 한편으로 회상에 의해 야기되는 이러한 거리는 사건들의 단편성이나 인물들의 내면생활과 비교해볼 때 그 사건들의 너무나 지나친 가혹함을 완화시켜준다. 이처럼 선명히 보이는 이미지들은 서로 연결되어 완전한 조화를 이룬다. 왜냐하면 화자는 사건들을 하나의 통일체로 연결시켜주는 사건들의 일부분만, 다시 말해 사건들 중 화자에게 중요하게 된 체험만, 그러므로 구조의 핵심이 된 것만 기억하기 때문이다. 그리고 한 가지 덧붙여 말하자면, 인물을 서술하는 기법 역시 그로 인해 더욱 감각적으로 된다. 기억은 인물들의 본질 중에서 눈에 보이고 귀에 들리는 것만 담고 있는 것이다. 또한 이러한 감각적인 특성을 바탕으로 전형적인 것과 일반적인 것이 서서히 형성된다. 인물을 묘사하는 슈토름의 이러한 기법은 현대의 노벨레 작가의 방법과는 정반대되는 방법이다. 다시 말해 현대의 노벨레 작가들은 회색의 바탕색으로, 인물들의 가장 일반적이고 일상적인 특성을 묘사함으로써 시작한다. 그리고 중심 테마를 너무 지나치게 섬세하게 표현함으로써 인물들의 특성을 회색의 바탕색으로부터 돋보이게 한다. 따라서 슈토름의 노벨레가 내용적으로 인물들의 심리적인 통찰을 하는 데까지 이르지 못했다면 그의 심리학이 완전히 형식으로 변화했기 때문이라고 말할 수 있다. 반면에 현대인의 보다 풍부해진 세계는 자연 그대로의 가공되지 않은 것의 영역에 머물러 있다.

그렇지만 이런 식의 해결방법을 보더라도 슈토름이 한 시대의 끝에 서 있었다는 것을 알 수 있다. 한 세대 뒤에는 그의 심리학은 이미 피상적인 것으로 보였을 것이고, 그의 인생관은 생생한 삶으로부터 등을 돌리는 것으로 여겨졌을 것이다. 한 세대 뒤만 해도 그의 이야기의 배경을 이루는 단순하고 감각적이며 인상적인 상황은 이미 거의 기억 속에 존재하지 않았다. 사물을 보는 시각이 슈토름의 수준에 머물렀던 작가라면 이제 가정용 잡지[18]에 나오는 문학작품을 읽지 않을 수 없었을 것이다. 반면에 보다 자세한 분석을 하려는 시도나 보다 심오한 문제와 대면하려는 시도는 슈토름식 서사문학의 위태하고 아슬아슬한 균형을 위협하거나 아니면 심지어 무너뜨렸을지도 모른다. 왜냐하면 양식에 관한 슈토름의 해결 방식은 그가 택한 소재의 실질적인 본질로부터 직접 발생하는 해결이 아니라 그의 순전히 개인적인 가능성으로부터 얻어진 조화이고, 수천 가지의 대립되는 경향에 대해 대단히 섬세하고 무한히 조심스럽게 서로 균형을 잡으려는 조화이기 때문이다. 슈토름의 서사 예술은 형식의 완성에도 불구하고 '건강한 예술'(예컨대 모파상의 예술처럼)은 아니다. 그는 진정으로 현대 노벨레의 조용한 금 세공사이자 은실 세공사이다. 이러한 묘사가 그의 중요성의 상한선과 하한선을 동시에 규정짓는다. 그는 경계선에 위치하고 위대한 독일 부르주아 문학 전통을 대변하는 최후의 작가이다. 그와 그가 묘사하는 세계 속에는 예레미아스 고트헬프에게만 해도 아직 남아 있는 위대한 옛 서사 문학의 기념비적 성격이 더 이상 존재하지 않는다. 이러한 세계

---

18 19세기에 발간된 통속 주간지를 말함.

를 에워싸는 몰락의 분위기는 토마스 만의『부덴브로크 가의 사람들』에서처럼 다시 기념비적인 것이 되기에는 아직 강하거나 충분히 의식적이지 못하다.

 슈토름이 독일 부르주아 문학 최후의 작가라는 사실은 그의 서정시에서 더욱 명백히 드러난다. 그는 민요에서 성장한 독일 부르주아 서정시의 발전을 마무리하는 완성자이자 그 발전의 정점이며 종점이다. 이러한 발전은 귄터로부터 시작되었다. 그 온갖 갈래는 젊은 괴테와 낭만주의, 그리고 낭만주의에서 비롯된 모든 것을 거치고, 특히 하이네와 뫼리케라는 두 개의 양극적인 대립을 거친 뒤 슈토름에게 수렴되었다. 그러나 슈토름은 노벨레에서는 매우 신중하긴 하지만 막연히 예감된 무언가 새로운 것으로의 이행을 모색하고 있는 반면, 서정시에서는 극도로 엄격하게 옛 형식을 고수하고 있다. 또한 일체의 실험뿐만 아니라 매우 엄격한 의미에서 서정시의 효과를 내지 않는 모든 시도 단호히 배격한다. 그럼에도 그는 자신의 시에서 삶의 감정을 위해 노벨레에서보다 더 순수하고 강한 표현뿐만 아니라 더욱 복잡하고 민감한, 더욱 감동적이고 현대적인 표현을 발견했다. 그렇지만 나는 이러한 대립이 실제로는 결코 대립이 아니라고 생각한다. 그도 그럴 것이 두 가지 경우에서 이론적인 근거들은 형식과 감정 사이에서 나타나는 상호 관계의 부수 현상에 불과하기 때문이다. 서정시의 영역에서 일체의 타협을 배격하는 슈토름의 독단론은 노벨레에 관한 보다 유화적인 그의 태도와 마찬가지로 그의 확고한 자신감의 반영일 뿐이다. 옛 노벨레의 영역을 넘어서서 노벨레의 형식을 해석하려는 그의 의지는 노벨레 작가로서 내적 불안감의 징후일 뿐이다. 이러한 독단과 내적 불안감의 이유, 즉 시인의 영혼에 깃들어 있는 이유와 노벨레 작가로서 소재 속에 내재하는 이유는 파악하기 어렵지 않다. 그 이유의 대부분은 이미 이 에세이에서 간단히 기술한 바 있다. 다시 말해 슈토름의 서정시에는 인간의 운명을 규정하는 외부세계에서 드러나는 온갖 불협화음과 슈토름이 이러한 세계를 파악하고 평가하는 방식에서 드러나는 온갖 불협화음이 전혀 존재하지 않는다. 운명을 감지하는 서정적 힘은 그의 서정시에서 완전히 순수하고 직접적으로 표현될 수 있다. 그리고 슈토름에게는 그의 노벨레에서도 그랬듯이 이것, 즉 사건의 서정적 성찰이 결정적인 체험이었다.

슈토름의 서정적 형식의 본질은 과거의 위대한 가치를 남김없이 활용하는 것이다. 즉 표현을 극단적으로 간결하게 하고, 이미지와 비유를 완전히 인상주의식으로 가장 필요한 본질만 남겨 간결한 암시와 같은 효과를 내도록 축소시키는 것이다. 또한 단어 선택의 가능성이 매우 협소함에도 단어들이 갑작스레 감각적인 힘을 발휘하도록 하는 데 있다. 이밖에 무엇보다도 이루 말할 수 없이 섬세하고 심오하며, 흔들림 없이 확고한 음악적 울림 역시 슈토름의 시 형식에서 나타나는 본질의 하나이다. 그러한 울림은 위대한 음악과 항상 결합되었던 이러한 서정시의 장구한 발전으로 음조의 모든 변조에 이르기까지 매우 의식적인 효과를 낼 정도로 세련되게 되었던 음악적 울림이고, 혹시 바로 이런 이유 때문인지는 몰라도 순전히 가곡의 한계 내에서 대단히 엄격하게 고수되었던 음악적 울림이다. 이러한 서정시의 양식이 노래로 불릴 수 있도록 규정되었다고 말한다면 혹시 지나친 과장일지도 모른다. 시가 노래로 불릴 수 있는 가능성은 언제나 열려 있고 열려 있어야 하는 가능성으로서만 순전히 청각적인 수단으로 영혼을 표현하려 하고, 또 표현해야 하는 멜로디가 지니는 힘의 한계만 규정해줄 뿐이다. 여기서는 말할 필요도 없이 시가 노래로 불릴 수 있다는 가능성만 존재할 뿐이지, 실제로 노래로 불리는 것이 하나의 요구사항이거나 양식 원칙인 것은 아니다.

서정시인 슈토름은 어느 모로 보나 이러한 발전의 종점이다. 모든 단순한 모티프들은 오래전에 모두 사용되어버렸다. 그에 더해 뫼리케는 언어의 이미지를 부자연스러운 정도까지 발전시켰고, 하이네는 지적인 가치를 순수한 분위기와 섞음으로써 이미 형식을 실제로 파괴시켰다. 슈토름은 두 사람의 새로운 가치를 받아들이기는 하지만, 그 새로운 가치를 극히 단순하고 엄격한 옛 형식으로 되돌려놓는다. 하지만 슈토름의 경우 이러한 단순성은 이미 일종의 의식적인 양식화이고, 어떤 위대한 발전의 최종적인 장식적 통합이다. 슈토름의 시는 의도적으로 원시적인 단순성으로 과거의 이미 다소 무뎌진 모든 가능성을 최종적으로 첨예하게 한 것이다. 그리하여 다음번의 시도에서는 그 뾰족한 끝이 부서질 수밖에 없었다. 슈토름 이후에는 이러한 길 위에서 공허하고 유희적인 매너리즘밖에 존재할 수 없었다. 진정으로 훌륭한 시에서 보듯이 슈토름의 경우에는 이처럼 지극히 깊은 울림을 주고, 부드러운 분위기를 풍기지만, 그럼에도 북독일적인 성격을 띠는 엄격한 시는 아직 온갖 매너리즘으로부터 벗어나 있다. 하이네의 서정시에 아이러니와 감상성이 결합되어 있듯이 슈토름의 서정시에서도 엄격함과 감상성이 서로 만나고 있다. 그러나 슈토름의 서정시에서 두 가지 요소가 서로 융합되어 있어서, 하이네의 경우에 가끔 그랬던 것과는 달리 그것이 시의 효과를 파괴할 만큼 서로 날카롭게 대립하고 있지는 않다.

"황무지 너머로 내 발자국 소리 울리고,
땅에서는 메아리 소리 둔중하게 들린다.

가을이 왔고, 봄이 오려면 아직 멀었다.
내 언제 행복했던 시절이 있었던가?

피어오른 안개는 유령처럼 떠돌고,
풀은 검으며, 하늘은 텅 비어 있다.

내가 오월에 여기 오지 않았더라면!
삶과 사랑―그것은 얼마나 덧없이 지나가 버렸는가!"

용감하고 체념적이며 엄격한 삶의 분위기, 이것이 옛날식의 위대한
마지막 부르주아 시인의 서정시이다.

(1909)

6

새로운 고독과 그 고독의 서정시

슈테판 게오르게[1]

I

　냉정함에 관한 전설! 모든 사람의 조그만 기쁨이나 하찮은 슬픔에 관여하고 싶지 않은 사람이나 소도시의 장터에 가서 그곳에서 벌어지는 온갖 자극적인 문제에 가담하고 싶지 않은 사람은 누구도 냉정하다는 딱지에서 벗어날 길이 없다. 누구에게나 공통되는 문제에 내적으로 완전히 몰두하지 않는 사람이나 자신이 생각하는 바를 기탄없이 말하지 않는 사람, 그리고 특히 예술을 아직 엄숙한 일이라고 여기는 사람은 누구나 냉정하다는 이야기를 들을 우려가 있다. 이런 사람은 공통의 분위기를 전제하는 것에 의존하지 않고, 독자에게 자신의 시를 읽을 수 있는 능력 외에 아무것도 요구하지 않으며, 외부와의 통로를 마련하지 않은 채 스스로 자기 고유의 삶을 지니는 자체적으로 폐쇄적인 시를 제공하려는 시인이다. 괴테의 작품에 등장하는 타소와 오레스테스가 비록 히스테리에 의해 내적으로 분열되어 있음에도 대리석처럼 차갑게 보이는 이유가 바로 그 때문이다. 보들레르의 흐느낌이 들리지 않는 이유도 그가 자신의 고통을 표현할 적절한 형용사를 찾아내는 법을 터득하고 있기 때문이다. 그리고 지금 그릴파르처와 헤벨, 키츠와 스윈번, 플로베르와 말라르메의 뒤를 잇는 순서는 슈테판 게오르게이다. 오늘날 그는 '삶'에서 멀리 떨어져 아무것도 '체험'하지 못하는 '차가운' 시인이다. 그의 시는 아름답게 닦인 크리스털 컵과 같다. 슈테판 게오르게는 시 동인들의 숭배를 받고 있고, 수많은 사람이 당황을 금

---

1 슈테판 게오르게(Stefan Anton George, 1868~1933): 현대 독일시의 원천을 만든 독일의 서정시인으로 상징주의의 영향을 많이 받았다. 초기에는 반자연주의적이고 예술지상주의적인 작품을 썼으나 만년에는 예언자적 경향을 나타냈다. 고등학교를 졸업한 뒤 영국·프랑스·이탈리아 등지를 여행하여 평생 정주한 일이 거의 없었고, 말년을 스위스의 로카르노에서 보냈다. 1889년 파리에서 말라르메와 베를렌을 사귀면서 상징주의의 영향을 크게 받았다. 특히 말라르메와의 접촉은 그의 '예술을 위한 예술'의 근본 태도를 결정짓게 했다. 그의 초기 작품은 반자연주의적이고 고답적인 예술지상주의 경향을 띠고 있다. 즉 『찬가』, 『순례행(巡禮行)』, 『알가발』 등은 미와 고귀한 법칙에 봉사하는 작품이다. 그러나 그 후에 나온 『영혼의 해』, 『삶의 융단』, 『제7륜(輪)』, 『동맹의 별』, 『새 나라』 등의 시집에서는 상징적인 마성을 띤 새로운 언어를 창조하여 미에서 정신의 왕국을 구축했다. 만년에는 예언자적인 풍모를 나타내기에 이르렀다. 게오르게는 베를린·뮌헨·하이델베르크 등을 오가며 문학단체 '게오르게 일파(George-Kreis)'를 결성했다. 많은 유명한 작가들이 이 단체의 회원이거나 여기서 나오는 간행물 〈예술 회보〉(1892~1919)에 기고했다. 이 간행물의 주요 목적은 쇠퇴하고 있던 독일 문어를 부흥시키는 것이었다. 나치즘의 부상에 강력히 반대하며 스위스로 망명했다가 결국 그곳에서 죽었다.
이 에세이에서 루카치는 그를 삶에서 멀리 떨어져 아무것도 체험하지 못하는 차가운 유미주의 시인으로 본다. 게오르크의 시에 나오는 인간은 일체의 사회적 구속에 구애받지 않는 고독한 인간이다. 게오르게의 시는 삶과의 통로가 막힌 그 자체로 완결된 것으로 규정되며, 이러한 상황은 비극으로 표현된다. 따라서 그의 시는 고독한 인간이 다른 원초적 인간을 찾아 나서는 내적 사교성의 시이자 지적 교제의 시다. 수천 가지의 길을 따라 온갖 고독과 예술 속에서 우리와 같은 인간, 좀 더 단순하고 원시적이며 때 묻지 않은 인간들의 공동체를 찾아 나서는 위대한 탐색이 게오르크가 부르는 노래의 내용이다. 그의 시의 귀족적인 요소는 온갖 떠들썩한 진부함, 온갖 가벼운 한숨, 온갖 값싼 감동을 멀리한다. 루카치는 후일 게오르게를 사회생활에서 철두철미 등을 돌린 정신적인 귀족 시인으로 규정하고, 그런 식의 낭만적 자본주의를 파시즘에 내적으로 가까워지는 태도라며 비판한다.

치 못하고 바라보는 경탄의 대상이 되어 있지만, 극소수의 사람들에게만 진정한 의미를 지닌다고 할 수 있다.

하지만 우리가 너무나 자주 너무나 많이 듣곤 하는 이러한 차가움, 이러한 냉정함은 무엇을 의미하는 걸까? 그토록 자주 되풀이되는 감정이 분명 영혼 속의 깊은 토대를 갖고 있다는 것은 확실하다. 하지만 다음과 같은 사실 — 그것은 수천 개의 전거로 증명 가능하다 — 역시 확실하다. 어제만 해도 차갑고 마음의 상처를 줄 만치 객관적이었던 것 속에서 오늘은 벌써 감추어진 서정시가 모습을 드러내기 시작하고, 내일이면 아마 많은 사람은 그것이 너무 부드럽고, 너무 고백적이며, 너무 주관적이고 너무 서정적이라고 생각할 것이다. 이러한 개념은 오히려 고전주의나 낭만주의의 개념처럼 변동이 심하다. 그 문제에 대해 스탕달은 모든 것은 한때 낭만적이었고, 모든 것은 고전적으로 되어 가고 있다고, 다시 말해 고전주의는 어제의 낭만주의이고, 낭만주의는 내일의 고전주의라고 이미 오래전에 말한 바 있다. 그렇다면 냉정함과 주관성, 차가움과 따뜻함 사이에는 마찬가지로 다만 시간적인 차이만 존재하게 된다. 다른 말로 표현하자면 이러한 것들은 진화나 역사의 범주일 뿐 미학의 범주는 아니라고 할 수 있다. 정말 그럴까? 내 생각에 여기서 중요한 문제는 독자가 삶에 대한 자신의 감정을 시인이 (독자가 생각하는 대로!) 스스로 창조한 세계에 대해 느끼는 감정과 비교한다는 점이다. 그리고 독자는 이러한 비교를 통해 드러나는 따뜻함과 차가움이라는 온도 차이를 시인 자신에게 투영한다는 점이다. 이런 식으로 해서 예컨대 어떤 인간이나 어떤 사물의 종말을 필연적인 것이나 유용한 것으로 볼 뿐 슬퍼해야 하는 것으로 여기지 않는 시인은 누구든 차갑게 보일 수밖에 없게 된다. 그도 그럴 것이 시인은 어떤 인간이나 어떤 사물의 종말을 인과 관계의 일부로 보지만, 그의 독자는 그런 인과 관계를 아직 완전히 자발적으로는 느끼지 못하기 때문이다. 그런데 삶에 대한 이러한 감정은, 처음에는 고립된 상태에서 독자에게 충격적인 우연한 사건이나 운명의 시련이라고 여겨졌던 것은 사실—일반적으로 인정되고 아주 오래전부터 줄곧 그렇게 느껴졌던—자연적 필연성이라는 감정이 독자의 영혼 속에서 생기는 즉시 곧장 사라지게 마련이다. 모든 감정 변화란 늘 이런 식으로 일어난다. 물론 그것이 예술의 입장은 아니다. 예술이란 형식의 도움으로 이루어지는 암시이다. 그렇다고 작가와 독자 간의 합의가 굳이 있을 필요는 없다. 다시 말해 합의가 없더라도 정말 암시적인 힘으로 쓰인 것의 효과를 감소시킬 수는 없다. 또는 오히려 그것이 효과를 항상 감소시킬 필요는 없다고 할 수 있다. 하지만 합의의 부재는 효과를 수정할 수 있고, 또한 언제나 효과를 수정하기도 한다. 따라서 작가와 독자 간의 합의라는 문제는 작품의 가치가 아니라 오히려 사회에서 차지하는 그 문제의 위상과 관계된다. 그 문제는 쓰인 어떤 작품이 낭만주의로부터 고전주의에 이르기까지, 기이한 상태로부터 숭고한 단순성에 이르기까지, 자연주의로부터 양식에 이르기까지, 차가움으로부터 따뜻함에 이르기까지, 배타성으로부터 대중성에 이르기까지, 냉정함으로부터 고백에 이르기까지 (혹은 그 반대로) 두루 거치게 되는 길의 역사이다. 그 과정은 아침에 '떠올라', 낮에 '중천에 떠 있다가', 저녁에 지는 해와 대충 비슷하다. 우리는 먼 후일에도 『마담 보바리』가 지체 높은 딸들의 손에 쥐어져 있는 것을 보게 될 것이다. 어쩌면 그리 멀지 않은 장래에 입센이 성인 교육 문학 과정에서 실러의 자리를 대신할지도 모른다. 그리고 누가 알겠느냐마는 슈테판 게오르게의 시가 언젠가 민요가 될지도 모르는 일이다.

게오르게의 차가움은 여러 모로 불필요한 것으로 증명된 일련의 감상적 태도 말고도 오늘날의 독자가 시를 읽는 방법을 모르는 것과 관련이 있다. 그가 차가운 것은 그의 음조가 너무 섬세해서 누구나 그 음조를 분간할 수 있는 것은 아니기 때문이다. 그가 차가운 것은 그의 비극이 오늘날의 평균적인 독자가 볼 때 아직 비극으로 느낄 수 없는 성질을 띠고 있기 때문이고, 따라서 평균적인 독자는 문제의 시가 단지 아름다운 운을 위해서만 지어졌다고 생각하기 때문이다. 그가 차가운 것은 보통의 시에서 표현된 감정이 그의 삶에서는 더 이상 아무런 역할을 하지 못하기 때문이다.

그럼에도 언젠가는 이러한 시가 혹시 민요가 될 수 있을지도 모른다.

혹시 그럴지도 모른다. 세속적인 인간에 대한 이러한 증오(Odi profanum)의 폐쇄성이 언제나 역사적으로 또는 우연에 의해 규정된 한 시인의 운명만은 아니기 때문이다. 때로는 그러한 폐쇄성은 시인의 개별성과 그의 시대 상황 사이의 상호 작용 때문인 경우가 더욱 빈번하다. 그렇기 때문에 모든 것을 결정하는 가장 내적이고 궁극적인 형식적인 문제들은 바로 그러한 상호관계에서 생겨난다. 그러나 세월이 흐르거나 대중의 감정이 바뀐다고 해서 이러한 종류의 배타성이 바뀌는 것은 결코 아니다.

자기 시대에 고립을 단지 내용의 문제로만 여기는 작가들이 있는가 하면, 유미주의자들, 또는 좀 더 정확히 말하면 사회학적이고 심리학적인 측면에서의 예술을 위한 예술도 있다. 이렇게 말함으로써 나는 물론 그사이에 수천 개의 과도 단계가 존재하는 단 두 개의 양극만을 이야기한 셈이다. 누가 유미주의자인가? 괴테는 이러한 문제를 알아챘다. 그는 아마 그 문제를 알아챈 최초의 작가일 것이다. 그는 실러에게 보낸 편지에서도 그 문제를 다루고 있다.

"우리 근대인들 중 몇몇은 유감스럽게도 가끔 시인으로 태어나기도 하는 것 같습니다. 우리는 무엇을 하기로 되어 있는지 제대로 알지도 못하면서 계속 애쓰며 고생하고 있습니다. 그도 그럴 것이 특수한 방향이란, 내 말이 틀리지 않는다면, 본래 외부로부터 와야 하고, 기회가 재능을 결정해야 하기 때문입니다."

그런데 다음과 같은 글을 덧붙이는 것이 불필요한 일인지도 모른다. 다시 말해 유미주의자란 합리적인 형식 감정이 소멸한 시대에, 형식이 역사로부터 완성품으로 받아들여진 것으로, 그래서 그때그때 개인적인 기분에 따라 편안하거나 지루한 것으로 간주되던 시대에 태어난 사람이다. 하지만 유미주의자는 그러한 도식적인 틀에 순응할 수 없는 자이다. 또한 유미주의자는 다른 사람들의 영혼의 상태를 표현하기 위해 만들어진 형식을 변화시키지 않고 받아들일 의향이 없고, 모든 비예술적인 시대에 너무나 사랑받고 공감을 얻었듯이 자기 자신의 감정을 아무 형식 없이 이야기할 생각도 없는 자다. 반면에 그는 그럴 능력이 있는 한 자신의 '특수한 방향'을 자기 스스로 세우고, 자신의 재능을 규정하는 상황을 자기 자신으로부터 만들어낸다.

유미주의자를 그렇게 정의한다면 게오르게는 유미주의자라고 할 수 있다. 그는 유미주의자다. 이 말은 오늘날 아무도 노래를 필요로 하지 않는다는 것을 의미한다(또는 더 정확하게 말하자면 단지 소수의 사람만 노래를 필요로 하며, 그런 필요성은 이런 사람들에게도 매우 불명확하고 모호하다고 할 수 있다). 그러므로 게오르게는 미지의 이상적인 독자에게 영향을 미칠지도 모르는 노래의 온갖 가능성, 즉 오늘날의 시 형식을 자기 자신에게서 찾지 않을 수 없다. 그리고 이 모든 것이ㅡ비록 그것이 아무리 진실하다 한들ㅡ시인의 진정한 본질에 대해 정말로 결정적인 것은 아무것도 말해주지 않는다 해도 그 시인에 관해 공공연히 나도는 몇몇 공허한 구절은 앞으로 삭제되어야 할지도 모른다. 나 자신도 적어도 부분적으로는, 지금까지 그에 대해 그런 이야기만 듣고 그의 작품에서 그 같은 내용만 접한 독자들을 위해 글을 쓰고 있는 것은 아닌지 우려된다.

2

슈테판 게오르게의 노래들은 방랑의 노래들이다. 그 노래들은 끝없어 보이는 위대한 방랑의 여정에서 정거장들이다. 그 길은 확실한 목표는 있지만, 어쩌면 어떤 곳으로도 나 있지 않을지도 모른다. 그 노래들은 하나의 위대한 연작시이자 위대한 장편 소설을 이룬다. 그것들은 모두 합쳐져 서로를 보충하고 서로를 설명하며, 서로를 강화시키거나 약화시키며, 서로를 강조하거나 세련되게 해준다(그러니 이 모든 것은 의도된 것이 아니리라). 그 노래들은 빌헬름 마이스터의 방랑과 같다ㅡ『감정교육』[2]에도 약간 그런 점이 있을지도 모른다ㅡ그러나 빌헬름 마이스터의 방랑은 아무런 모험이나 사건도 없이 전적으로 내면으로부터, 전적으로 시적으로 구성되어 있고, 거기서 보여주는 사건은 오로지 영혼의 성찰일 뿐이다. 다시 말해 풍부함의 원천이 아닌 영혼이 풍요로워

2 프랑스의 작가 플로베르가 지은 사실주의 장편 소설. 『감정교육』은 격변의 세월이었던 프랑스 19세기 사회를 세밀하고 정확하게 들여다볼 수 있는 거울인 동시에, 형식과 내용이 조화를 이루고 사상과 문체가 일치하는 사실주의의 진수를 보여주는 작품으로 평가된다.

지는 것만을 보여줄 뿐이다. 어디에 도달할 수 있을지가 아니라 단지 길을 잃고 헤매는 것만을 보여줄 뿐이다. 함께 나란히 가는 것이 무슨 의미인지 보여주는 것이 아니라 이별의 고통만을 보여줄 뿐이다. 서로 만남으로써 유기적 일체감에 이르는 모습이 아니라 위대한 만남으로 인한 격렬한 기쁨만을 보여줄 뿐이다. 단지 회상의 달콤한 멜랑콜리와 무상한 것을 바라볼 때 생겨나는, 쓰라린 즐거움으로 가득 찬 지적인 황홀감만을 보여줄 뿐이다. 그리고 고독, 숱한 고독과 홀로 가는 여정이 있을 뿐이다. 고독에서 고독으로 이어지는 이러한 방랑의 여정 전체는 인간의 공동체를 지나쳐 버리고, 위대한 사랑의 덧없음을 두루 겪으며 자신의 고독 속으로 되돌아간다. 그런 다음 새로운 길을 따라 고통으로 더욱 순화된 고독, 점점 더 고상하고 점점 더 궁극적인 고독을 향해 나아간다.

"너희가 손에서 끌을 놓자마자
너희가 만든 것을 흡족한 마음으로 바라보았다.
아직 돌멩이 하나도 깎지 않았으면서 너희에겐 모든 작업이
다음 작업을 위한 문지방에 지나지 않았다.

너희에겐 한 움큼의 꽃씨가 떨어졌고
너희는 화환을 엮어 만들며, 이끼 위에서 춤을 췄다.
그리고 너희는 인근의 산등성이를 바라보면서
그 건너에서 너희의 운명을 가려내었다."

이것보다는 다음 부분이 더 아름다울지 모른다.

"안개가 색색으로 산을 물들이는 동안
나는 길을 찾는 데 어려움이 없었다.
숲속의 많은 소리가 내게 익숙했고,
이제 잿빛 저녁 길에 모든 게 조용하다.

이젠 이 짧은 길을 걸을 때
내 마음속에 희망과 욕망, 작으나마
위안을 불러일으켜 줄 사람은 아무도 없다.
완전히 어둠에 싸인 길을 걷는 다른 나그네는 없다."

그런데 슈테판 게오르게의 비극은 어떤 종류의 것인가? 그의 시는
상상에 의한 시인의 초상만을 그릴 뿐이며, 그의 시가 제공하는 답변
은 상징적인 성격을 띠고 있을 뿐이다. 그의 시는 모든 경험적 실재로
부터 해방된 플라톤적인 비극의 이념을 제공한다. 게오르게의 서정시
는 매우 순결하다. 그의 시는 체험으로부터 가장 보편적인 것과 상징
적인 것만을 제공할 뿐이며, 그럼으로써 독자로부터 내밀한 삶의 세부
를 인식할 모든 가능성을 앗아가 버린다. 말할 것도 없이 시인은 언제
나 자기 자신에 대해 말한다―그렇지 않다면 대체 어떻게 시가 나올
수 있겠는가?―그는 자신에 관한 모든 것, 즉 가장 심오한 것과 가장
숨겨진 것을 말한다. 온갖 고백을 함으로써 그는 우리에게 그만큼 더
욱 신비로워질 뿐이며, 고독으로 자신을 더욱 두껍게 감싸게 될 뿐이
다. 그리고 그가 자신의 시에서 나오는 빛을 자신의 삶에 투사함으로
써 우리를 즐겁게 하는 것은 빛과 그림자의 유희일 뿐이며, 깜박거리
며 명암이 교차하는 가운데 윤곽은 결코 보이지 않게 된다.

모든 시는 구체적인 이미지가 상징과 융합된 것이다. 전에는— 하이네나 바이런, 젊은 괴테를 생각해보기만 하면 된다— 체험은 구체적인 것이었고, 시는 그런 체험을 유형화해서 상징으로 만들었다. 우연, '단 한 번 일어나는 일'—우리는 이미 이러한 우연의 과정을 시에서 재구성하기 쉬웠다—은 우리 눈앞에서 보편적인 의미를 갖는 사건으로, 누구에게나 통용되는 가치로 자라났다. 체험은 손으로 잡을 수 있는 것이었고, 그 체험의 묘사는 전형적이었다. 사건은 개인적인 것이었고, 시에 사용되는 형용사나 비유들은 보편적인 것이었다. 이러한 시들은 특정한 풍경에 대한 추상적인 묘사였고, 잘 아는 사람들에 대한 양식화된 모험이었다. 게오르게는 시작(詩作)의 문제가 화제에 오르기 전에 체험을 유형화한다. 그는 어느 시집의 머리말에서 이렇게 쓰고 있다.

"체험은 예술에 의해 변형을 겪었으므로 그것이 창작자 자신에게는 중요하지 않게 되었다. 그리고 그 이유를 안다는 것이 다른 모든 사람에게는 문제를 해결하기보다는 오히려 혼란을 초래할지도 모른다."

그러나 게오르게는 이제 완전히 전형적인 체험, 시인 개인으로부터 영원히 분리되어 수천 번이나 걸러진 체험을 표현하기 위해 놀랄 만치 순간적인 힘을 지닌 언어를 가지고 있다. 그 언어는 휙 스쳐 지나가 버리고 순간적이며, 대단히 부드러우면서도 바스락거리는 나뭇잎보다도 더 나직하다. 그의 시에 등장하는 풍경은 어디서도 존재하지 않는다. 그러나 나무 하나하나와 꽃 하나하나는 그 풍경 속에 구체적으로 존재한다. 이 풍경 속의 하늘은 어떤 특정한 시간이면 두 번 다시 되풀이되지 않는 유일무이한 색으로 빛난다. 우리는 그 지역을 돌아다니는 인간을 알지 못하지만, 어느 한순간에는 그의 깊디깊은 내면의 본질에서 수천 번의 미세한 동요를 볼 수 있다. 그러나 그 즉시 그는 더 이상 눈에 보이지 않으며, 그다음에는 다시는 그를 볼 수 없게 된다. 우리는 그가 사랑하는 사람이 누구인지 알지 못한다. 무엇 때문에 그가 괴로워하는지, 무엇 때문에 그가 느닷없이 환호성을 지르는지 알지 못한다. 그렇지만 우리는 그가 체험했던 것을 모두 알게 될 때보다 그 순간에 그를 더 잘 알게 된다. 게오르게의 기법은 전형적인 것의 인상주의이다. 그의 시는 순전히 상징적인 스냅 사진이다.

"…… 우리가 불타오르는 주홍색 나뭇잎과
검은색 가문비나무의 녹청색 줄기를 찾아다녔듯이

말 없는 방문객들이 애정 어린 불화 속에서
따로 이 나무 저 나무를 찾아다녔다.
그리고 아직 오지 않은 꿈의 노래를 위해
각자 나뭇가지 사이에 은밀히 귀 기울였다……."

이런 시들에는 꽉 다문 입술 사이로 무심결에 터져 나오는 비명 같은 것, 어두운 방 안에서 고개를 돌리고 속삭이는 최후 고백 같은 것이 들어있다. 이런 시들은 완전히 내밀한 내용을 담고 있지만, 그·시를 지은 시인을 우리로부터 한없이 멀어지게 한다. 그 시들은 그것을 읽은 독자가 앞서 일어났던 모든 세부를 시인과 함께 체험한 듯이, 그리고 이제 앞으로 일어날 일을 시인과 함께 예감할 수 있을 듯이 쓰여 있다. 다시 말해 시인이 평생 동안 단 한 명밖에 없을 것 같은 자신의 막역한 친구, 그의 삶에 대해 모든 것을 알고 있는 친구에게 이야기하듯 쓰여 있다. 그런 친구는 아무리 사소한 암시까지 알아들으며, 어떤 사실을 이야기해도 마음이 상할 수도 있지만, 바로 그 때문에 아무리 하찮은 구체적 사실에도 아주 깊은 관심을 보인다. (게오르게의 초기 시들은 비전(秘傳)을 전수받은 독자가 아닌 매우 일반적인 독자를 위해 쓰였다). 그 때문에 이러한 시는 가장 개인적인 것, 가장 심오한 것, 시시각각으로 변하는 것에 대해서만 이야기할 수 있다. 게오르게의 시가 최종적으로ㅡ어쩌면 그의 시 이전의 어떤 시가 그랬던 것 이상으로ㅡ"그녀가 나를 사랑한다든가 그녀가 나를 사랑하지 않는다"는 식의 분위기를 초월해서, 단지 가장 섬세하고 가장 지적인 비극만을 표현할 수밖에 없는 이유도 바로 그 때문이다.

"아직 나는 신의 때문에 너를 지켜보지 않을 수 없다,
그걸 견디는 너의 모습 아름답구나.
너의 슬픔을 보다 진실 되게 나누기 위한
나의 성스러운 노력은 나를 슬프게 만드는구나."

게오르게의 노래들은 실제로 동일한 감정을 표현하고 있으며, 내밀한 희곡이나 시적 노벨레와 마찬가지로 동일한 필요성을 충족하기 위해 쓰였다. 매우 엄밀한 의미에서 보면 그의 노래들은 대부분 어쩌면 더 이상 시가 아니라 새로운 어떤 것, 다른 어떤 것, 지금 막 생겨나는 어떤 것일지도 모른다. 나는 이 같은 시를 쓰는 시인들이ㅡ게오르게와 프랑스, 벨기에, 네덜란드의 특정한 시인들이ㅡ오늘날 온갖 방향의 시인들이 나아가고자 하는 새로운 시에 가장 가까이 다가갔다고

생각한다. 그들은 이런 새로운 시를 위해 이미 검증된 확실한 효과를 내던지고, 다른 누구보다 그들 자신이 신성하게 여겼던 형식들을 파괴해버렸다. 여기서 일어난 일은 무엇인가? 어떤 의미에서 보면 우리는 이미 그에 대해 말한 적이 있다. 다시 말해 우리는 떠들썩한 비극과 대립적인 범주로 서로 맞서고 있으면서 자체적으로 약화하지 않은 감정이 우리의 삶에 결정적으로 중요하다고는 더 이상 생각하지 않는다ㅡ다시 말해 우리 시대의 비극과 감정이 우리의 선조에게는 혹시 너무 조용할지도 모르는 것처럼, 그러한 비극과 감정이 대체로 우리의 감각기관이 받아들이기에는 이미 너무 강력할지도 모르므로. 오늘날 우리의 삶은 가령 아무도 눈치채지 못했던 시선들과, 제대로 듣거나 이해하지 못하고 흘려보냈던 말들이 이제는 영혼이 서로 교류하는 형식으로 되는 상황에 처해 있다. 이때 영혼이 서로 교류하는 과정은 더 조용하지만 더욱 빨라진 것처럼 보이고, 영혼이 서로 접촉하는 면은 더 커지고 울퉁불퉁하며 균열로 가득 차 있는 것처럼 보인다. 오늘날 거의 모든 희곡과 노벨레에 쓰이는 크고 복잡한 모든 장치는 그러한 순간들의 하나, 그러한 하나의 만남이나 서로 스쳐 지나가는 순간을 준비하기 위해 존재할 뿐이다. 이러한 희곡과 노벨레에서는 인물들은 불필요하고 중요하지 않으며 지루하게 장시간 서로 대화를 나눈다. 그러다가 결국 어느 순간 느닷없이 음악이 울려 퍼진다. 그리고 우리는 깊디깊은 영혼의 소망에서 우러나는 살랑거리는 소리를 듣는다(이때 생기는 것이 바로 서정시이다). 그런 뒤 우리는 다시 그런 순간이 되돌아오기를 초조하고 참을성 없이 기다리는 것이다. 인간들은 서로를 증오하고 파멸에 몰아넣으며, 서로를 죽이기도 한다. 그러다가 결국은 커다란 파괴가 자행되는 골고다 언덕의 한없이 깊고 아득히 먼 곳에서 영원한 동질성과 영원한 낯설음을 알리는 종소리 같은 말이 울려 퍼진다……. 그런데 새로운 노래들은 모두를 싫증나게 하는 준비 장치를 거부하면서 오로지 그러한 순간만을 제공해준다. 그 때문에 그러한 노래들은 오늘날 만들어지고 있는 다른 유사한 노래들보다 기법 면에서 더욱 통일적이고, 효과 면에서 더욱 확실할 수 있다. 내밀함과 감각화, 다시 말해 내밀한 희곡과 서정적인 노벨레는 그 같은 두 개의 양극을 포괄하고 있어야 한다. 다시 말해 오늘날에 생겨나는 서정시는 그 두 가지 요소를 서로 아무런 불협화음 없이 존립하게 함으로써 진정으로 완전히 통합할 수 있다.

이러한 새로운 서정시의 본질은 무엇인가? 우리가 이미 그것에 대해 많은 것을 이야기했지만 그 본질을 몇 개의 문장으로 요약해보기로 하자. 기법의 면에서 보면─음악의 경우에서와 마찬가지로─반주가 독창 성부를 압도하고 있다는 점에 있다. 이것이 의미하는 바는 무엇일까? 옛날의 서정시는 특별한 경우를 위한 경조사 문학[3]이었고(괴테가 그렇게 칭했듯이), 그래서 그 형식은 바로 그 때문인지 가장 전형적이고 가장 단순한 형식, 가장 직접적으로 대중에게 말하는 형식, 즉 양식화된 민요의 형식이었다. 그리고 이러한 역설적인 발전 과정을 역설적으로 보완하기 위해 생겨난 것이 새로운 민요의 필연적인 상관 개념인 가곡이다. 민요를 보완하기 위해 가곡이라는 상관 개념이 생겨날 수밖에 없었던 것은 이러한 민요 형식이 상상으로 노래 부르는 것에 의해 결정되고, 그러므로 실제로 노래 불리는 것에 의해서만 궁극적인 완성에

---

3 경조사 문학이란 생일이나 결혼식, 장례식과 같은 특정한 외부적 계기에 대개 부탁을 받고 쓰는 시문학을 말한다.

도달할 수 있기 때문이다. 실제로 우리는 음악과 결부되어 있는 민요를 오늘날 음악 없이는 더 이상 상상할 수 없다. 하이네나 뫼리케의 시에서 결여되어 있다고 느껴질지도 모르는 요소가 슈베르트, 슈만, 브람스나 볼프의 작곡에 의해 보충되었다. 다시 말해 보충된 것은 체험의 형이상학적으로 위대한 보편성이다. 체험에서 전형적인 것은 순전히 개인적인 경험을 넘어선다. 새로운 시의 본질은 반주 음악을 불필요하게 만들고, 자음과 모음의 조합에 음조를 부여한다는 점이다. 이 음조에서 우리는 훗날에 가서야 표현되거나, 또는 어쩌면 결코 표현되지 않을지도 모르는 것, 단어 자체로는 결코 표현될 수 없고 단어의 울림에 의해서만 모든 독자의 영혼에서 잠 깨워질 수 있는 것을 들으리라. 새로운 서정시는 스스로 자신의 음악을 만들어낸다. 새로운 서정시는 동시에 가사이자 음조, 멜로디이자 반주이기도 하다. 다시 말해 그것은 더 이상 보충을 필요로 하지 않는 자체적으로 완결된 것이다.

"떠오르는 한 해 너를 위해
정원의 향기는 아직 조용히 웃고 있다.
담쟁이덩굴과 꼬리풀이 한데 엮여 있다,
치렁치렁한 너의 머리칼에.

넘실거리는 곡물은 여전히 황금빛이지만
그다지 높고 풍요로울 것 같지는 않다.
장미는 여전히 네게 친절히 인사하지만
밝게 빛나는 색은 약간 바랬다.

우리가 가질 수 없는 것에 대해 침묵하고
우리가 행복하다고 맹세하자.
둘이 한 번 더 거니는 것이
우리에게 더는 허용되지 않는다 해도."

이 같은 일이 일어날 수밖에 없었다. 저 민요는 노래로 불렸을 때만 최종적으로 완결되었다. 그러나 오늘날 누가 우리를 위해 그런 음악을 써줄 수 있겠는가? 이 노래에는 한 연주회장에 모인 수백 명의 청중을 동시에 감동시킬 수 있을 만큼의 대중성이 있다. 그러나 오늘날 우리는 누구와도 어떤 것을 동시에 느끼지 않는다. 설령 어떤 것이 우리 중의 많은 사람을 동시에 감동시킨다 해도, 그것은 고립된 많은 수의 개인을 감동시킬 뿐이다. 그러한 분위기에서 집단 감정 같은 것은 좀처럼 더 이상 생겨나기 힘들다. 이러한 새로운 노래들은 이상적인 의미에서 보자면 어느 한 사람을 위해 쓰였다. 칩거해서 홀로 지내는 한 사람만 그 노래를 읽을 수 있을 뿐이다. 연주회에서 불리는 하이네의 노래가 어떤 이의 마음을 상하게 한 적은 결코 없으리라. 그도 그럴 것이 그런 새로운 노래는 매우 가까운 사람한테서만 들을 수 있기 때문이다.

여기서 우리는 우연의 문제에 관해 말하는 것이 아니다. 영국의 놀랍도록 음악적인 위대한 서정시, 그렇지만 결코 음악으로 작곡된 적이 없고 음악과는 분명 조화를 이루지도 않을 영국의 서정시가 유럽 대륙에 이제야 심각한 영향을 끼치기 시작한 것이 우연일 수 없다. 영국의 서정시가―프랑스의 시가 끼친 영향과 짝을 이뤄―이미 결실을 맺지 못하게 된 민요의 전통을 완전히 파괴한 것, 우리의 온갖 현대적인 발전을 예견해주는 괴테의 노년기 시가 오늘날만큼 사랑받은 적이 결코 없다는 것이 우연일 수 없다. 또한 사람들이 브렌타노나 헤벨, 그리고 콘라트 페르디난트 마이어같이 당대에는 비음악적이고 비서정적이라고 느껴졌던 서정 시인을 찾아내고 사랑하기 시작하는 것이 우연일 수는 없다. 그리고 이와 동시에 게르만의 '노래'가 프랑스 고답파 시인의 리듬을 지닌 거의 성직자 풍의 장엄함을 파괴시켜버린 대신, 좀 오래된 영국 시나 최근의 독일 시와 유사한 새롭고 더욱 내밀한 서정시의 탄생을 돕고 있다는 것이 우연일 수 없다.

내밀함과 감각화. 이러한 대립 개념은 가까움과 소원함이라는 심리적 문제에 대한 기술적인 표현이다. 우리는 게오르게의 시구가 기술적인 의미에서 어떻게 형성되어 있는지 살펴보았다. 반대되는 양극의 그 같은 배치가 고독한 독자의 시 읽는 기법에서 비롯되었음이 지금까지 이야기한 것에서 분명히 드러난다. 왜 그런 식으로 일어나야 하는지는—그것은 이미 순전히 기술적인 문제 이상이다—판단하기 어렵지 않다. 고독한 독자의 독서법이 이미 그렇게 규정하는 것을 도와주긴 하지만, 가까움과 소원함이라는 요소들이 이처럼 특별한 비율로 섞이기를 요구하는 것은 바로 오늘날의 인간이 처한 고독이다. 가까움과 소원함, 이 두 가지 요소 사이의 관계가 의미하는 것은 무엇인가? 여러 가지 인간관계의 관점에서 보면 그 관계는 이야기와 서술의 변화가 만들어내는 리듬을 의미한다. 오늘날 우리는 온갖 것을 이야기하고, 그것을 어떤 사람에게, 누군가에게, 누구에게든 이야기한다. 그렇지만 우리는 아직 무언가를 진정으로 이야기하는 법은 결코 없다. 다시 말해 다른 사람들이 우리와 너무 가까이 있어서 그들의 가까움은 우리가 그들에게 주는 것을 변형시키는 것이다. 다른 한편으로 그들은 우리로부터 너무 멀리 떨어져 있어서 우리 둘 사이의 길 위에서 모든 것이 길을 잃게 된다. 우리는 모든 것을 이해한다. 우리가 도달할 수 있는 가장 높은 이해의 경지는 경건한 경탄, 즉 종교성으로까지 고양된 아무것도 이해하지 못하는 경지이다. 우리는 고통스러운 고독으로부터 벗어나기를 열렬히 갈망한다. 그러나 우리에게 가장 가까운 것은 영원한 고독의 세련된 향유이다. 인간에 대해 우리가 알고 있는 지식은 심리적 허무주의이다. 즉 우리는 수천 가지의 관계를 보지만, 실제적인 연관성은 결코 파악하지 못한다. 우리 영혼의 풍경은 그 어디에도 존재하지 않지만, 나무 하나하나와 꽃 하나하나는 그 풍경 속에 구체적으로 존재하고 있다.

3

그렇다면 슈테판 게오르게의 비극은 어떤 종류의 것인가? 한 마디로 그것은 루베크 교수의 비극이지만 입 밖으로 표출되지는 않는다. 루베크의 운명은—삶으로부터 멀어지는 것은—오늘날 모든 사람의 운명이라는 의미에서, 예술과 삶의 비극적인 희곡이 오늘날을 살아가는 모든 사람에게 시시각각 수없이 제기된다는 의미에서 보편화되어 있다. 에필로그에서의 영원한 이별과 결코 헤어질 수 없는 상황은 유일무이한 여인에 관한 진부한 전설이 없었더라면 더욱 순수하고 심오하며 진실했을 것이다. 다시 말해 우리는 여기서 나무 하나하나, 밤의 달빛 하나하나, 온갖 일시적인 공감에서 언제나 이런 같은 것만을 두루 겪으면서, 언제나 다른 방식으로, 그렇지만 언제나 이런 같은 것만을 체험한다. 어딘가에 속하고 싶은 영원한 소망, 어디에도 속할 수 없다는 태곳적의 슬픔 앞에서 정직하게 부동자세를 취한 순간을 체험하는 것이다.

게오르크의 노래에 나오는 인간(원한다면 시인이라 말할 수 있고, 또는 노래 전체로부터 우리 앞에 나타나는 옆모습이라고 말하는 것이 더 나을지도 모른다. 또는 이러한 시구에서 삶의 내용이 표현되어 있는 사람이라고 말하는 것이 가장 나을지도 모른다)은 일체의 사회적 구속에 구애받지 않는 고독한 인간이다. 그의 노래 하나하나와 노래 전체의 내용은 우리가 이해해야 하지만 이해할 수 없는 어떤 것이다. 다시 말해 두 인간이 결코 진정으로 하나가 될 수 없다는 것이다. 또한 수천 가지의 길을 따라 온갖 고독과 예술 속에서 우리와 같은 인간, 보다 단순하고 원시적이며 때 묻지 않은 인간들의 공동체를 찾아 나서는 위대한 탐색이 게오르크가 부르는 노래의 내용이다.

"너희 무도회를 방해하지 않게 기꺼이 나 자신을 낮추며
나는 경탄하며 춤추는 마음들을 찾아 나선다.
나를 감동시키며, 나를 완전히 충만시키는 너희 가벼운 자들,
나는 너희 스스로 미소 띠며 놀라도록 너희를 숭배한다.

너희는 어울려 춤추는 윤무 속으로 나를 삼켜버리지만
너희는 위장한 내 모습만이 너희를 닮았음을 결코 알지 못한다.
나를 친구처럼 받아들이는 가벼운 마음들.
너희는 두근거리는 내 마음과 얼마나 멀리 떨어져 있는가!"

자연 역시 어떻게든 게오르크 시에 나오는—우리가 머릿속에서 자명한 것으로 가정하는—이러한 상상의 인간들로부터 기이할 정도로 멀리 떨어져 있다. 자연은 더 이상 자기 아들들과 함께 기쁨과 슬픔을 느끼는 그들의 좋은 어머니가 아니다. 자연은 더 이상 그러한 감정들

의 낭만적 배경조차 되지 못한다. 가을 정원의 황금빛으로 물든 나뭇잎이 없었더라면 영혼들 간의 만남도 결코 일어나지 않았으리라는 것이 백 번 천 번 사실이라 해도, 달과 그것의 녹색을 띤 빛이 어떤 사람의 전체 삶을 결정할지도 모른다는 것을 우리가 안다 해도, 그런 인간들은 홀로 자연 속에 있으며, 그들의 치명적인 고독은 아무리 해도 구제할 길이 없다. 서로 손잡고 있는 짧은 순간에만 영혼의 공동체가 존재할 뿐이다. 인간과 인간 간의 유대감은 마음속으로 미리 예상한 소망, 다른 사람에게 한 발자국이라도 더 가까이 다가가려 하고, 한순간이라도 함께 더 오래 있으려는 소망이 성취되는 것으로만 존재한다. 그런데 이때 서로에게 함께 속한다는 온갖 망상은 완전히 끝나버리고 만다.

그렇지만 이러한 서정시는 인간관계를 표현하는 서정시이다. 게오르게 자신의 적절한 말을 사용하자면 '내적인' 사교성을 표현하는 서정시이다. 이러한 서정시는 우정, 영혼의 만남, 지적인 교제의 시이다. 여기서는 공감, 우정, 열광, 사랑이 서로 융합한다. 모든 우정에는 에로티즘의 요소가 강하게 섞여 있고, 모든 사랑에는 지적인 요소가 깊이 담겨 있다. 그리고 헤어질 때는 사람들은 무언가가 더 이상 존재하지 않는다는 것만 알 뿐이다. 그러나 거기서 존재하기를 그만둔 것이 무엇인가는 결코 알지 못한다. 게오르게의 엄청난 사려 분별은 거의 징후와 같은 성격을 띠고 있다. 다시 말해 그것은 오늘날 여러 감정이 서로 밀접하게 섞여 있다는 것의 상징이다. 우리가 무슨 일이 일어나는지, 누구에게 그 일이 일어나는지 분명히 알지 못하는 것은 그가 기법을 잘못 사용했기 때문일지도 모른다. 그러나 이 모든 기법을 사용하는 목적은 그러한 일을 은폐하기 위해서일 것이다. 왜냐하면 설령 우리가 그런 일을 볼 수 있다 해도 아무것도 제대로 파악하지 못할 것이기 때문이다.

여기서 현대 지성의 매우 특수한 삶의 감정과 분위기의 표현인 그 현대 지성의 서정시는—단순해지고 대중적으로 됨으로써—현대 지성의 '보편적으로 인간적인' 측면을 표현하려 더 이상 노력하지 않는다. 하지만 그것은 현대적인 시가 아니고, 피상적인 의미에서 볼 때 현대적이지도 않다. 그 시에서는 새로운 삶의 외적인 소도구가 더 이상 아무런 역할도 하지 못하고(데멜의 경우에 너무나 자주 그렇듯이), 충돌하는 세계관 사이에 아무런 지적인 결투도 벌어지지 않는다. 게오르게의 노래가 묘사하는 것은, 이러한 새로운 영혼이 아주 사소한 표현들과 삶을 결정하는 모든 감상적인 표현들 속에서 어떻게 자신을 드러내는가 하는 점이다. 이런 점에서 게오르게는 혁명가도 실험가도 아니다. 내용적인 면에서 그는 지금까지의 서정시 영역을 한 발짝도 넓히지 못했다. 그렇지만 그는 어쩌면 지금까지 시에서 표현될 수 없었을지도 모르는 삶의 현상에 관한 순수하게 서정적인 성찰—옛날의 의미에서—을 하는 법을 터득하고 있었다.

또한 그의 발전 방향은 점점 확실하고도 점점 배타적으로 그런 쪽을 향해 나아간다. 초기의 시에는 환상적인 동화 같은 풍경, 장식물이 주렁주렁 걸린 답답해 보이는 정원이 나타났지만 그 이후의 시는 더욱 경제적인 수단을 사용하면서 점점 단순하고 엄격해진다. 이러한 서정시의 발전에 한몫하는 것은 일종의 라파엘 전파(前派)이다. 그렇지만 그의 시는 영국의 라파엘 전파가 아니라 진정으로 원초적이고, 진정으로 피렌체적인 라파엘 전파이다. 다시 말해 그것은 엄격함으로부터 자극적인 맛을 만들어내는 것이 아니라 엄격함 자체를 양식화의 토대로 받아들이는 라파엘 전파이다. 또한 원초성을 예술적 윤리로 해석해서, 구성에 해가 될지도 모르는 아름다움을 볼 수 없게 만드는 라파엘 전파이자, 정신적 요소로 충만하게 하기 위해 선의 공기 같은 가벼움과 부서질 듯한 경직성을 이용하는 라파엘 전파이다. 말하자면 게오르게의 시는 의식적이든 계산적이든, 삶을 청교도적인 기법에 의해서만 자체 내에 포함시키려 하고, 삶에 담긴 순백의 순수성, 가끔은 약간 경직되어 있을지도 모르는 그러한 순수성을 포기하려 하기보다는 오히려 이러한 삶 자체를 포기하려는 라파엘 전파이다.

그리하여 슈테판 게오르게의 서정시에는 심오한 귀족적 요소가 존재한다. 그러한 요소는 거의 눈에 띄지 않는 눈길이나 계획만 되었을 뿐 실행되지는 않은 몸짓에 의한 온갖 떠들썩한 진부함, 온갖 가벼운 한숨, 온갖 값싼 감동을 멀리한다. 게오르게의 서정시에는 실제로 비탄이 거의 없다. 다시 말해 그의 시는 조용히, 혹시 체념해서 그러는지도 모르지만 조용히, 그러나 항상 용감하게, 항상 고개를 쳐들고서 삶을 정면으로 응시한다. 그의 시구에서 우리는 우리 시대에 최상인 모든 것의 종결 화음을 듣는다. 다시 말해 그것은 버나드 쇼의 작품에서 시저가 삶과 조우하는 시선이고, 하우프트만의 작품에서 가이어와 크라머, 반과 카를 대제 같은 인물들이 희곡의 끝에 가서 보여주는 몸짓이다. 그리고 무엇보다도 벌써 별들이 떠오른 피요르드 해안에 단둘이 남겨진 알머와 리타가 악수를 나누는 모습이다. 잊혀버린 에이올프[4], 두 사람의 에이올프, 아무것도 가진 게 없는 이들은 아득히 멀리 사라져버렸다. 고결한 사람들이 하는 식으로 비탄도 탄식도 없이, 찢어지는

4 입센의 희곡 『꼬마 에이올프』에 나오는 주인공 이름.

가슴은 찢어질 것 같지만 반듯한 걸음걸이로, 경이롭고 모든 것을 말해주는 진정 괴테적인 표현대로 '침착하게' 이루어지는 아름답고 강하며 용기 있는 이별이다.

"너의 손가락은 참으로 수줍은 듯 피로에 지친 줄기를 엮는구나!
올해는 아무도 우리에게 더 이상 꽃들을 선사하지 않고
아무리 간청해도 꽃들을 가져오게 하지 못하지만
언젠가 다음 해 오월에 우리에게 다른 꽃들을 가져오리라.

나의 팔을 놓아다오, 그리고 강해져라.
해가 저물기 전에 나와 공원을 떠나자꾸나.
산으로부터 안개가 사방으로 퍼지기 전에
겨울이 우리를 몰아내기 전에 떠나자꾸나."

(1908)

7

동경과 형식

___

샤를-루이 필리프[1]

"내가 이것을 부인하자 그녀가 기뻐했으므로, 나의 주인이자 참으로 선한 내 사랑은 나의 희망이 나를 실망시키지 않을 곳에 나의 모든 천복을 가져다주었다."

—단테, 『신생(新生)』[2], 제18장

I

동경과 형식. 흔히들 사람들은 독일을 동경의 나라라고 말한다. 그리고 독일적 동경이 너무 강해서 그것이 모든 형식을 파괴해버리고, 너무 압도적으로 강력해서 말을 더듬거리지 않고는 그것을 표현할 수 없다고들 말한다. 그러나 사람들은 늘 동경에 관해 말한다. 그것의 무형식은 끊임없이 새로운 형식, '좀 더 높은' 형식으로 바뀐다. 즉 동경의 본질을 나타내는 유일하게 가능한 표현으로 바뀌는 것이다. 그러나 동경의 무형식이 실제로 동경의 강함을 나타내는 것인지 또는 오히려 내적인 유약함이나 양보심, 결코 끝낼 수 없음을 나타내는 것인지 하는 문제가—니체는 그 문제를 벌써 아주 명백히 이해했다—완전히 해명된 것은 아니지 않은가?

나는 전형적인 독일 풍경과 이탈리아 토스카나 지역 풍경의 차이가 이런 관계를 가장 분명히 표현하고 있다고 생각한다. 정말이지 많은 독일 숲은 무언가 동경으로 가득 차고, 무언가 멜랑콜리한 점이 있지

---

1 샤를-루이 필리프(Charles-Louis Philippe, 1874~1909): 프랑스의 시인 겸 소설가. 나막신 장인의 아들로 태어난 그는 20세에 파리로 나가 시청 하급 직원으로 일하면서 작품 활동을 했다. 말라르메와 알게 되면서 시를 쓰기 시작했고, 그 뒤 톨스토이, 도스토옙스키 등의 영향을 받아 소설을 쓰기 시작했다. 사회주의 사상 문예지 〈랑클로〉의 동인이 되면서 자신의 밑바닥 체험을 토대로 노동자, 창녀, 어부, 거지 등 불우한 이웃들의 생활에 대한 글을 썼다. 가난과 고통에 시달리는 사람을 소재로 했지만 고답파와 상징파의 영향을 받았기 때문에 그의 문체는 매우 절제되고 정연하여 인상적이다.

어려서부터 궁핍과 신병으로 힘든 삶을 산 그는 35세의 젊은 나이에 디프테리아에 감염되어 삶을 마감했다. 주요 작품으로 『네 개의 슬픈 사랑의 이야기』, 『착한 마들렌과 불쌍한 마리』, 『어머니와 아들』, 『뷔뷔 드 몽파르나스』, 『페르드리 노인』, 『마리 도나디외』, 『작은 거리에서』, 『샤를 브랑샤르』 등의 소설과 『앙리 방트뷔트에게 보낸 젊은 시절의 편지』, 『어머니에게 부친 편지』 등의 서한집이 있다. 특히 출세작인 『뷔뷔 드 몽파르나스』에 나오는 주인공 피에르 알디는 필리프 자신이다.

이 에세이에서 루카치는 필리프의 소설을 동경과 형식, 사랑과 에로스, 소시민의 가난과 관련해 해석하고 있다. 동경은 언제나 감상적이지만, 형식은 감상성의 극복을 의미한다. 형식 속에는 더 이상 동경도 고독도 존재하지 않기 때문이다. 필리프의 소설에서 가난은 하나의 사실로, 단순하고 가혹하며 반낭만적이며 자명한 것으로 그려진다. 필리프는 자신의 감상성과의 투쟁에서 자신의 예술의 풍부함과 강함을 이끈다. 루카치는 동경의 내용은 잃어버린 고향으로 갈 수 있는 길을 찾는 행위라고 말한다. 삶 속에서 동경은 사랑이 된다. 그러므로 그는 소설의 주제인 남녀 간의 사랑이나 소시민의 가난을 모두 동경의 본질과 관련시킨다. 또 루카치는 필리프의 경우 동경의 본질이 목가라는 서정적 형식을 띤 소설 형식을 낳게 되는 과정을 규명하고 있다. 루카치는 필리프의 동경은 진실로 그 자체가 형식으로 용해되었기 때문에 그를 사실주의의 후계자, 가난한 사람들의 작가로 간주한다.

2 아홉 살 난 베아트리체를 만나는 과정을 설명한 뒤 그녀에 대한 사랑과 연모의 감정이 잘 드러나 있는 단테의 서정시집.

만, 친숙하고 사람의 마음을 끄는 점이 있다. 독일 숲은 하늘 높이 치솟아 있고, 그 윤곽은 약간 흐릿하다. 독일 숲은 자신의 내부에서 또는 자신에게 무슨 일이 일어나도 뭐든지 참으며 견딘다. 사람들은 집에서처럼 숲에서 편히 지낼 수 있고, 심지어 주머니에서 수첩을 꺼내—동경에 가득 차 살랑거리는 나뭇잎 소리를 반주 삼아—동경의 노래를 지을 수도 있다. 그러나 남쪽 풍경은 가혹하고 쌀쌀맞으며 거리감을 준다. 일찍이 어떤 화가는 "남쪽의 풍경은 네가 그곳에 도착하기 전에 이미 이루어져 있다"라고 말한 적이 있다. 그런데 사람들은 이런 구성 속으로 들어갈 수 없고, 그 풍경과 화합할 수 없으며, 그것은 애태우는 질문에 어떤 답변도 줄 수 없을 것이다. 어떤 구성, 즉 이미 형식이 된 어떤 것에 대한 우리의 관계는, 비록 그것이 수수께끼 같고 설명하기 어려운 것이라 해도 아주 분명하고 명확한 어떤 것이다. 다시 말해 그것은 위대한 이해에서 비롯하는 가깝고도 먼 감정이며, 영원히 분리되어 있고 바깥에 있는 것이긴 하지만 깊디깊게 하나 되는 감정이다. 그것이 곧 동경의 상태이다.

그런 풍경에서 로마 민족의 위대한 동경의 시인들이 태어났다. 그들은 그 풍경 속에서 자라났으며, 그들 자신이 그 풍경을 닮아갔다. 다시 말해 그들은 가혹하고 격렬하며, 조심스러워하면서도 형식을 창조하는 성격이 되었다. 동경의 모든 위대한 형식 창조자와 형식들은 남쪽 출신이다. 플라톤의 에로스, 단테의 위대한 사랑, 돈키호테와 플로베르의 조롱당하는 주인공들이 바로 그들이다.

위대한 동경은 언제나 과묵하며, 그것은 극히 다양한 가면을 쓰고 있다. 가면이 동경의 형식이라고 말하는 것이 아마 역설은 아닐 것이다. 하지만 가면은 삶의 위대하고 이중적인 투쟁이기도 하다. 다시 말해 누구인지 인식되기 위한 투쟁이고 은폐된 채로 있기 위한 투쟁인 것이다. 플로베르의 '차가움'은 곧 들통이 났다. 그러나 베아트리체가 순수한 상징이 되고, 소크라테스의 동경은 동경의 철학이 되지 않았는가?

플라톤의 『향연』에는 다음과 같은 질문이 매우 분명히 제시되어 있다. 사랑하는 자가 누구이고, 무엇이 사랑받는가? 왜 사람들은 무언가를 동경하며, 무엇이 동경의 대상인가? 소크라테스가 여기서 문제가되는 커다란 차이에 대해 모든 것을 털어놓는 분명한 말로 표현했을지라도 친구들 중 그의 말을 알아듣는 사람은 아무도 없었다. 그들은 사랑이란 자기 자신의 재발견이라고 말했다. "에로스는 우리에게서 모든 서먹서먹한 감정을 앗아가고, 우리 자신의 모든 것을 되돌려준다." 아리스토파네스는 이에 대한 가장 멋진 상징을 생각해냈다. 다시 말해 한때 모든 생물체는 지금의 두 배였지만, 제우스가 그것을 절반으로 잘라버렸다. 그래서 그들이 인간이 되었다. 그리고 동경과 사랑은 그들 자신의 잃어버린 다른 반쪽을 찾는 것이다. 그것은 실현 가능한 조그만 동경이다. 이런 신화의 민족에 속하는 사람은 나무 하나하나 꽃 하나하나에서 자신의 다른 절반을 발견할 수 있다. 그의 삶에서 모든 만남은 하나의 결혼식이 된다. 삶의 위대한 이원성을 통찰한 자는 언제나 다른 사람과 같이 있고, 그런 이유로 늘 외롭다. 다시 말해 어떤 고백이나 비탄도, 어떤 헌신이나 사랑도 이런 두 개를 가지고 하나로 만들 수 없다. 소크라테스가 에로스에는 아름다움과 선함이 부족하며, 동경 속에만 아름다움, 다른 사람의 아름다움을 소유할 수 있다고 설명했을 때 그는 이런 점을 이해하고 있었다.

에로스는 한가운데에 있다. 다시 말해 사람들은 자기에게 낯선 것을 결코 그리워하지 않을 것이며, 이미 자기 자신이 된 것 역시 결코 그리

위하지 않을 것이다. 에로스는 구세주이지만, 구원은 구원받지 못한 자들에게만 사활이 걸린 문제이다. 즉, 그것은 구원받을 수 없는 자에게만 실제적인 문제인 것이다. 에로스는 한가운데에 있다. 다시 말해 동경은 서로 같지 않은 자들을 서로 연결시키지만, 이와 동시에 하나가 되려는 모든 희망을 파괴시켜 버린다. 하나가 된다는 것은 고향으로 가는 길을 찾아내는 것이다. 그런데 진정한 동경이 고향을 발견한 적은 한 번도 없었다. 동경은 최종적으로 버림받은 상태에서 꾸었던 생생한 꿈으로부터 잃어버린 조국을 만들어낸다. 동경의 전체 내용은 잃어버린 고향으로 갈 수 있는 길을 찾는 행위이다. 동경의 길이 모두 외부세계에 나 있긴 하지만 참된 동경은 언제나 내부를 향해 있다. 그러나 동경은 단지 내부를 향하고 있을 뿐 내부에서 결코 평화를 얻지 못할 것이다. 그도 그럴 것이 동경은 단지 꿈을 통해서만 이러한 내면, 가장 고유하고 심오한 자아를 만들어낼 수 있고, 자신의 꿈의 아득히 먼 곳에서 무언가 낯설고 잃어버린 것인 이러한 내면의 자아를 찾아다닐 수 있기 때문이다. 동경은 스스로 만들어낼 수는 있었지만, 결코 스스로를 소유할 수는 없을 것이다. 동경하는 자가 스스로에게 낯선 것은 그가 아름답지 않기 때문이고, 아름다움에 낯선 것은 그가 아름답기 때문이다. 에로스는 한가운데에 있다. 다시 말해 에로스는 정말이지 부(富)의 자식이자 가난의 자식이다. 샤를-루이 필리프의 마리 도나디외(Marie Donadieu)는 "사랑, 그것은 우리가 갖지 못한 전부이다"라고 말하고 있다.

이것은 소크라테스의 고백이었고, 아스클레피오스[3] 신에게 수탉 한

---

3 그리스 신화에 나오는 의술의 신. 아폴론(Apollon)의 아들이며, 죽은 사람을 소생시켰다가 제우스의 노여움을 받아 별이 되었다고 한다.

마리[4]를 제물로 바치라는 최후의 말보다 더 솔직하고 더 분명했다. 그렇지만 그러한 누설은 새로운 종류의 은폐였다. 소크라테스는 도저히 침묵을 지킬 수 없었다. 그는 고상하지 않았다. 다시 말해 그는 감상적인 사람이었고 변증가였다. 때문에 "그는 가죽에 싸인 야생 사티로스처럼 이름과 표현으로 자신을 감쌌다." 그의 말은 결코 막히는 법이 없었고, 어떤 것도 그의 말의 투명한 명증성을 흐려놓지 않았다. 소크라테스는 결코 독백을 하는 사람이 아니었다. 그는 말하는 사람들의 무리를 이리저리 옮겨 다니면서, 다른 사람에게 말을 하거나 또는 그들의 말에 귀를 기울였다. 그의 전체 삶은 자신의 사고를 나타내는 대화 형식에 남김없이 바쳐진 것 같았다. 생애 처음으로 그의 말문이 막혔을 때—독배를 마셔서 사지가 뻣뻣해지기 시작하자—그는 외투로 자신의 몸을 감쌌다. 소크라테스의 변한 얼굴을 본 사람은 아무도 없었다. 다시 말해 소크라테스는 아무런 가면도 쓰지 않고 자신과 혼자 있게 되었다.

그러나 그의 말의 배후에 무엇이 숨어 있었던가? 그것은 결국 모든 동경에 아무 희망이 없음을 깨달은 것이었을까? 그럴 가능성이 다분하다. 그러나 소크라테스는 이에 대해 아무 말도 하지 않았다. 어떤 말도 어떤 몸짓도 그의 인간적 됨됨이에서 동경 철학의 근원이 어디에 있는지 드러내지 않았다. 그는 지혜로운 말로 동경의 본질을 분석하고, 그의 말의 반어적으로 유혹적인 파토스로 어디서나 동경을 일깨우며, 그리고 언제 어디서나 어떤 성취도 거부하면서 동경의 교사이자 예언

---

4 소크라테스는 독배를 마신 후 육신이 죽어갈 때도 그의 영혼은 유머를 잃지 않았다. "오! 크리톤, 우리는 아스클레피오스 신에게 수탉을 한 마리 빚졌다네. 기억해 두었다가 꼭 갚아주게." 소크라테스의 이 말은 이제 죽음이라는 진정하고 완벽한 치유로 인생이라는 질병에서 해방된 것이라는 역설적 유머이기도 하다.

자가 되었다. 그는 아테네의 모든 잘 생긴 젊은이를 사랑했고, 그들 한 명 한 명의 마음속에 사랑을 일깨웠다. 하지만 그는 그들 모두를 기만 하기도 했다. 왜냐하면 그의 말은 그들을 유혹해 사랑하도록 했지만, 그는 그들을 덕과 아름다움, 삶으로 이끌었기 때문이다. 그들 각자는 아무런 가망 없이 그를 동경했고, 소크라테스 자신의 가망 없는 동경 은 그들을 향해 불타올랐다.

사랑은 자기 자신을 넘어 어딘가로 이끌어간다. 소크라테스는 "사랑 의 대상은 아름다움 속에서 잉태되어 아름다움을 낳으려 한다."라고 말 한다. 소크라테스는 자신의 삶을 그처럼 높은 경지로 끌어올렸으며, 그 쪽으로 젊은이를 유혹하고 속였다. 그를 통해 그 젊은이들은 사랑받는 존재이기를 그만두고 사랑하는 사람이 되었다. 사랑하는 사람은 사랑 받는 사람보다 더 거룩하다. 그 이유는 사랑하는 사람의 사랑은 자기완 성에 이르는 길에 불과하므로 언제나 응답받지 않는 상태에 있어야 하 기 때문이다. 실러는 동경의 대상에 관해 "그것은 우리가 한때 그렇게 있었던 상태이고, 우리가 한 번 더 그렇게 되어야 할 상태이다."라고 말 한다. 그러나 과거, 잃어버린 것은 우리가 한 번도 존재하지 않았던 것 으로부터 우리의 잃어버린 것, 하나의 길, 하나의 목표를 만들어냄으로 써 하나의 가치가 되었다. 다시 말해 그럼으로써 동경은 자신이 설정한 목표를 넘어서게 되고, 자신의 목표에 구속된 상태에서 벗어나게 된다.

동경은 자기 자신보다 높이 뛰어오르며, 위대한 사랑에는 언제나 무 언가 금욕적인 면이 있다. 소크라테스는 자신의 동경을 철학으로 변모 시켰는데, 그 철학의 정점은 영원히 도달할 수 없는 것, 모든 인간적 동 경의 가장 높은 목표, 즉 지적 관조이다. 그리하여 이러한 최종적이고 풀 수 없는 갈등에까지 나아감으로써 그의 동경은 실제 삶에서는 갈등이 없게 되었다. 즉 동경의 전형적 형태인 사랑은 체계의 일부분, 세계를 설명하는 하나의 대상, 세계가 서로 연관을 맺는 하나의 상징이 되었다. 다시 말해 에로스는 사랑의 신이 되기를 그만두고 우주적 원칙이 되었다. 소크라테스라는 개인은 그의 철학 뒤에서 사라져버렸다.

그러나 그처럼 높이 도약하는 것은 인간과 시인에게 언제나 거부된 채로 있을 것이다. 그들이 동경하는 대상은 그 자신의 무게와 그 자신 스스로가 요구하는 삶을 지닌다. 그들의 도약은 언제나 비극적이며, 비극에서 주인공과 운명만 형식이 되어야 한다. 그러나 비극에서 그것을 할 수 있는 것은 주인공과 운명뿐이며, 이때 주인공과 운명은 그 상태로 머물러 있어야 한다.

2

삶 속에서 동경은 사랑으로 머물러 있어야 한다. 즉 그것이 동경의 행복이고 동경의 비극이다. 위대한 사랑은 언제나 금욕적이다. 위대한 사랑이 사랑받는 대상을 최고 높은 곳으로 끌어올려 사랑받는 대상을 그 자신과 사랑하는 사람 자신으로부터 멀어지게 하는지 또는 위대한 사랑이 그 대상을 단지 발판으로만 이용하는지의 여부는 큰 차이가 아니다. 반면에 시시한 사랑은 사랑의 격을 떨어뜨리고 사랑을 훼손하거나 다른 형태의 금욕이 생겨나게 한다. 위대한 사랑은 규범을 따르는 자연스럽고 진정한 사랑이다. 그러나 살아있는 인간들 사이에서는 다른 형태의 사랑, 즉 휴식과 침묵으로서의 사랑, 더 이상 다른 어떤 사랑으로 이끌어 갈 수도 이끌어 가려고 하지도 않는 사랑이 자연스러운 것이 되었다. 마리 도나디외는 "사랑, 그것은 사람들이 일요일 저녁에 함께 앉아 있을 때 있는 것이며, 그것은 네가 필요로 하는 전부이다"라고 말한다. 그것은 성스러운 사랑과 세속적인 사랑 간의 투쟁이다. 삶 속에서 동경은 사랑이 되었고, 그래서 이제 사랑은 주인이자 낳은 자인 동경으로부터 독립을 쟁취하기 위해 싸우고 있다.

남녀 간의 사랑싸움은 단지 이러한 싸움의 거울에 비친 상일뿐이다. 순수하지 않고 혼란스러운 거울상이긴 하지만 바로 혼란스러움 속에 진실이 깃들어 있다. 우리가 인간에게서 맑고 순수하게 진실을 볼 수 있다면 사랑 그 자체는 파괴될지도 모르기 때문이다. 그렇게 되면 위대한 사랑이란 대상 없이 순수한 동경이 될 것이며, 어떠한 대상도 필요로 하지 않게 될 것이다. 반면에 시시하고 세속적인 사랑은 대상이 무엇이든 상관없이 단지 휴식처일 뿐일 것이다. 여자의 사랑은 자연에 더 가깝고, 사랑의 본질과 더 깊이 연결되어 있다. 다시 말해 여자의 마음속에는 숭고한 사랑과 저급한 사랑, 성스러운 사랑과 세속적인 사랑이 떼려야 뗄 수 없이 공존하고 있다. 사랑하는 여자는 언제나 동경에 가득 차 있다. 하지만 여자의 사랑은 언제나 실용적이다. 단지 남자만이 가끔 순수한 동경을 알 뿐이며, 남자의 마음속에만 동경은 가끔 사랑에 의해 완전히 정복될 수 있을 뿐이다.

이러한 싸움에서 사랑은 동경보다 강하다. 사실 동경을 불러일으키는 것은 대체로 약함이다. 물론 이것은 동경의 근원을 알지 못하고, 단지 바로 그런 이유로 약함을 느끼는 약함이다. 약함에게는 약함이 아무것도 붙잡을 수 없는 것처럼 생각된다. 그리고 약함은 그처럼 아무것도 붙잡을 수 없는 것을 결코 원하지 않음을 좀처럼 깨닫지 못한다. 그러나 에로스는 소크라테스의 말에 따르면 소피스트이고 철학자이다. 필리프는 언젠가 매우 단순하고 아름답게 "고통을 겪는 자들은 올

바로 행동할 필요가 있다"라고 말한다.

그리하여 필리프의 장편 소설에는 두 남자가 한 여자를 두고 서로 싸울 때 두 가지 종류의 사랑이 서로 대립하고 있다. (여자 그 자체 안에서는 그들은 완전히 하나가 되므로 거기서는 결코 싸움이 일어날 수 없다). 포주와 시골 출신의 젊은 대학생이 여기서 처음으로 큰 싸움을 벌인다. 즉, 그들은 한 매춘부를 두고 싸움을 벌이는 것이다. 상황의 외적 대립은 아름다운 감성 속에서 극단으로 치닫는다. 다시 말해 두 남자의 사랑의 대상은 우연적이다. 그렇지만 그들은 그 대상에 매여 있고, 여자는 너무나 유연하므로 여자의 재능은 두 가지 사랑 중 어느 것에도 적응할 수 있을 것이다. 싸움이 벌어지기까지는 오랜 시간이 걸린다. 그러나 싸움 자체는 단지 한순간에 끝날 뿐이다. 싸움은 순전히 힘의 문제, 소유하겠다는 결단의 문제이다. 그러므로 그 결과는 결코 의문의 여지가 있을 수 없다. 포주는 매춘부에게 손짓하기만 하면 된다. 그리고 창녀는 다른 남자의 은근한 구애를 통해, 서서히 커지는 혐오감과 피곤함에서 벗어나 다른 종류의 삶에 매력을 느끼기 시작할지라도 별다른 저항 없이 그를 따라간다. 그래서 대학생은 혼자 남아 자포자기의 상태에 빠진다. "너는 행복을 얻을 만큼 충분히 용기가 없다. 울고 나서 죽어버리자!"

힘의 균형은 언제나 동일하다. 마지막으로 완성된 필리프의 장편 소설에서는 그 균형은 비극적이고 그로테스크한 에피소드가 된다. 그 소설에서는 조용하고 섬세한 한 남자가 조용하고 순수한 어느 소녀를 사랑한다. 서로에 대한 그들의 사랑은 아름다운 망사르드 지붕[5]의 목가

---

5 프랑스의 건축가 망사르(F. Mansart)가 고안한 지붕으로, 경사가 완만하다가 급하게 꺾인 지붕. 아래 지붕에 채광창을 내어 다락방으로 쓰게 되어 있다.

적인 분위기에서 서서히 자라난다. 손을 잡거나 포옹하지도 않는 완전히 순수한 사랑이다. 그는 평생 일밖에 모르는 그녀를 서서히 사랑과 행복으로 이끌어가려고 한다. 그렇지만 다른 사람, 강하고 단순한 사람은 딱 한 번 한 시간의 자유로운 시간을 내서 그녀와 함께 있기만 하면 된다. 그러면 다른 사람의 사랑에 의해 일깨워진 감성은 강한 포옹에 저항 없이 굴복하고 만다. 여기서도 싸움은 일어나지 않는다. 단순하고 저급한 사랑이 모습을 드러내는 순간 승리는 판가름 나 있다. 그렇지만 싸움에 패배한 사람의 반응은 다르다. 그는 자신의 패배를 더 이상 개인적인 약함이라고 느끼지 않는다. 다시 말해 그에게는 패배란 더러움이 순수함을 이길 수밖에 없는 삶의 저열함을 대변한다. 필리프는 장엄한, 거의 그리스적인 감성으로 이러한 감정을 표현한다. 그의 작품 주인공은 자기 친구인 유혹자로부터 일어난 일을 들어서 알게 될 때—그는 평소에는 우아하고 지혜롭게 말하는 사람이다—아무 말도 하지 않는다. 그는 대화를 나눈 카페에서 나와 거리에서 구토를 일으킨다.

이러한 두 가지 책 사이에서 필리프는 사랑을 다룬 책『마리 도나디외』를 썼다. 그것은 다시 한 번 같은 대립을 묘사하지만, 더 풍부하고 정묘(精妙)하다. 즉 그러한 대립이 책의 내용이다. 서로 간의 대치, 여자를 소유하는 사람이 결정되는 순간이 아마 여기서 가장 강렬하게 묘사되어 있을지도 모르지만, 그것은 많은 순간 중 하나의 순간일 뿐이다. 진정한 문제는 다른 무엇, 다시 말해 좀 더 숭고한 사랑의 자각, 일상적인 사랑을 넘어서는 능력, 동경으로의 변화이다. 이 책에서는 모든 것이 매우 날카롭게 첨예화되어 있다. 여기서도 여자를 두고 친구들 간에 싸움이 벌어지지만, 그들 두 사람은 고상하고 우아한 사람들이다. 사랑에 내재된 인간적 가치에 대해 말은 없지만 가벼운 의심을 품고 있는 두 남자는 서로 싸움을 벌이는 순간에도 여자에 대해 연대감을 느낀다. 둘 중에서 단순히 강한 자인 라파엘은 친구 장 부세에게 헤어지면서 이렇게 말한다. "넌 그녀가 정말로 고통을 받고 있다고 생각해? 그녀는 우리보다 덜 고통을 받고 있어."

장은 사랑을 이해하지만, 라파엘은 여자를 이해한다. 마리와 사랑에 빠지기 시작하기 오래전에 장은 처음으로 라파엘과 마리를 찾아가서 그들을 통해 사랑의 본질을 이해하게 된다. "내가 알기로 마리를 사랑하는 것은 라파엘 자네가 아니야. 그렇다고 라파엘을 사랑하는 것이 마리 당신도 아니야. 하지만 너희들은 너희들 자신의 어느 부분을 사랑하고 있어. 그게 어느 부분인지는 몰라도 가장 좋고 깊은 부분일 거야. 다른 사람에게서 비추어진 그 부분이 그의 이미지를 증가시키는 거지. 사랑이란 확대시키고 증가시키는 것이기 때문이야." 장은 자신의 사랑의 본질을 깨달았다. 그러나 그는 마리가 자신의 삶 속으로 들어왔다가 다시 떠나야만 하기 전에는 그런 사실을 알지 못했고 알 수도 없었다. 그는 자신의 사랑만 알고 있을 뿐이었다. 그 당시 라파엘과 마리의 행복을 지켜보면서 장은 이렇게 생각한다. "너희들은 행복하고 부유해. 그러나 나는 옹색하고 혼자이며 나아갈 길이 없어. 은둔자, 모험가, 사랑하는 자의 길만 있기 때문이지. 나는 이런 길들 중 어떤 길을 선택했는가? 어떤 길도 선택하지 못했기 때문에 난 불구자가 아닌가?"

장은 자신의 길이 이 세 가지 길을 합친 것임을 아직 알지 못했다. 그는 마리와 라파엘에 관해 아무것도 이해하지 못했다. 장이 그들한테 말을 한 것은 마리가 거기에 있었기 때문이다. 장은 자신에게 현명하고 멋진 독백을 한다. 그러나 장은 자신이 말이 생전 처음으로 그녀의 폐부에 와 닿으리라는 것과, 그녀가 영혼을 지니고 있으며 아직 누구도 그런 사실을 깨닫지 못했다는 것을 알아챌 정도로 영리하지는 않다. 그의 말이 그녀를 소유하는 순간은 그가 알아채지도 못하는 사이에 지나가 버린다. 그가 알아채지 못하기에 그녀는 그 순간을 눈치채지 못한다. 만약 순전히 우연이 원하지 않았더라면 그들은 서로에게 이르는 길을 결코 발견하지 못했으리라. 그러나 라파엘은 조용히 쾌활하게 미소 지으며 그들 곁에 앉아 있었다. 라파엘은 자기 친구를 사랑했고, 그 친구의 대화는 그를 즐겁게 해주었다. 그에게는 모든 것이 단순하고 명백하다. 그 때문에 그 역시 말을 별로 하지 않으며, 말하는 것을 시간 낭비로 여긴다. 그에게는 다른 어떤 것, 즉 시인과 동경하는 자들이 생각하는 것보다 더 단순하고 진실한 것이 중요하다. 장은 멋지게 말할 수 있으며, 그의 느낌 속에는 위대한 진실이 담겨 있다. 그런데 라파엘의 조그만 진실은 무게가 있는 반면 장의 진실은 실체가 없고 점차 사라져버린다.

그러나 그 무게만으로도 결단을 내리기에는 충분하다. 그리고 삶이란 비록 유약할지라도 하나의 결단 이상이다. 라파엘은 마리를 소유하고, 그녀는 완전히 그의 것이 된다. 그가 없을 때만 마리와 장 사이에 사랑이 이루어질 수 있다. 그러나 라파엘은 그냥 그녀 앞에 나타나서 그녀에게 조용하고도 간단히 "나와 함께 가자"라고 말하기만 하면 된다. 그러면 마리는 아무런 저항 없이 라파엘을 따라갈 것이고, 장은 아무런 저항 없이 마리를 떠나보낼 것이다. 라파엘은 장에게 부드럽게 말한다. "자네는 말하면서 곰곰 생각해. 그리고 진실이 자네 편이면 충분하다고 생각해. 하지만 여자들이란 자네도 알다시피 아이들과 같아. 여자들에게 화를 내선 안 돼." 그리고 마리는 마치 라파엘과 함께 가는 것이 세상에서 가장 자연스러운 일이라는 듯 그를 따라간다. 몇 년 전

그녀가 아직 어린 소녀일 적에 생애 최초의 남자인 그에게 자신의 몸을 바칠 때처럼 자연스럽게.

그러나 마리는 늘 라파엘을 기만한 반면, 장에 대한 그녀의 사랑은 그녀에게 순수성을 가져다주었다. 그리하여 이전에는 그녀가 결코 알지 못했던 영혼의 영역이 그녀에게 열린다. 장이 그녀의 삶에 나타나기 전에는 그녀는 파닥거리는 조그만 금발 짐승이었다. 즉 지조나 진정한 헌신의 마음 없이 모험을 갈망하고, 모든 것을 시험해보고, 모든 것을 즐기는 소녀였다. 라파엘은 그녀에게는 길을 잃고 헤매다가 되돌아오는 항구에 불과했다. 마리는 장이 사고를 통해 깨닫는 것을 체험을 통해 알게 된다. 다시 말해 사랑은 즐거움이 아니라 인식이다. 하지만 그녀는 즐거움과 인식을 결코 구별할 수 없을 것이다. 그리고 장에게는 그 두 가지가 마음속의 개념에 불과할 것이다. 두 사람은 똑같은 일체감을 갖지만 그들의 두 가지 일체감은 결코 서로 만나지 못한다. 장은 최고의 즐거움을 누리는 금욕자로 남을 것이다—설령 그가 감식가이고 즐기는 자이며 금욕의 향락주의자라 할지라도. 반면에 마리에게는 지적 인식이 언제나 공허한 것이 될 것이다. 다시 말해 그녀는 언젠가는 더 이상 깨달음을 얻을 필요가 없도록 단지 무의식중에 깨닫기 때문이다. 마리는 장의 삶에서 어쩌면 유일한 여자였을지 모르고, 어쩌면 언제까지나 유일한 여자로 남을지도 모른다. 그렇지만 장은 가장 열정적인 포옹을 하는 중에도 그녀에게 충실하지 못하다. 마리는 만나는 기회가 있을 때마다 여전히 라파엘을 속였던 것처럼 장의 진면목을 알기 전에는 그에게 충실했다.

장은 마리의 영혼을 일깨웠다. 아니, 그가 그녀에게 영혼을 주었다고 할 수 있다. 그녀는 더 이상 파닥이지 않는다. 그녀는 조용하고도 아름답게 날개를 펼친다. 장은 그녀에게 순수함과 동경을 주었다. 그리고 이러한 동경, 여자의 크고 놀랄 만치 실용적인 동경은 그들이 잃어버린 소유물을 향해 날아간다. 동경이 인도의 양치는 소녀들에게 춤과 노래로 크리슈나의 말과 동작을 모방하게 함으로써 적어도 그들이 그와 하나 됨을 느끼게 하듯이, 장의 생각의 리듬은 마리의 작고 어리석은 금발 머리에 흘러 들어간다. 장에게 되돌아갈 때 마리는 이미 그의 말을 다시 그녀의 입술에 담아서 가지고 간다. 다시 말해 그녀는 장 자신의 무기를 사용해서 그를 다시 쟁취하려는 것이다.

하지만 장은 그녀의 사랑을 물리친다. 장에게 마리는 단지 자기인식의 학교에 불과했다. 그녀는 자신의 의무를 다했고, 이제 자신의 길을 갈 수 있다. 남자만이 사랑에서 깨달음을 얻는다. 즉 여자는 그를 인식하고, 그는 자신을 인식한다. 그녀는 결코 깨달음을 얻지 못할 것이다. 위대한 이별을 한 지 몇 달 뒤에 마리는 다시 한 번 그에게 되돌아간다. 하지만 그는 너무 늦었다고 말한다. 그녀는 그의 삶으로부터 떠나감으로써 그에게 새로운 고독을 안겨주었다. 그는 늘 고독했지만, 새로운 고독은 이전보다 더 쓰라리고 더 고통스러운 고독이었다. 다시 말해 다른 사람과 같이 있다고 홀로 있게 된 상태는 버림받은 상태인 것이다. 그는 자신과 세계와 함께 홀로 남겨졌다. 그는 자신과 세계를 체험하는 법을 배웠다. 그리고 그는 무엇이 주어졌고 무엇이 거부되었는지 이제 알게 된다. 그는 영원히 그들을 서로 분리시키는 이러한 새로운 위대한 체험에 관해 그녀에게 간단명료하게 "아, 세상에는 당신과 다른 것이 많이 있어."라고 말한다. 그가 이 말을 하자 그녀는 그의 무릎에 앉아 그를 껴안는다. 그녀는 모든 영혼과 신체는 드디어 인식하게 된 유일한 선(善)을 얻기 위해 싸운다. 그녀는 난처한 상황에서 숙련되고 능숙한 솜씨로 블라우스를 벗고 맨팔로 그녀의 목을 껴안는다. 그는 그녀의 가슴을 보고 느낀다. 하지만 그는 자리에서 일어나 창가로 간다. 너무 늦은 것이다. 그는 이미 다른 삶, 그에게는 유일하게 진정한 삶을 살아가고 있다―그는 도스토옙스키의 말을 인용하며 그것을 살아있는 삶이라 칭한다. 그의 사랑은 동경이 되었고, 그에게는 여자든 사랑이든 더 이상 필요하지 않게 되었다.

그는 많은 말로 그것을 말하지는 않았지만, 그의 말의 모든 억양이 그런 사실을 드러내 준다. 다시 말해 그녀는 자신의 유일한 여자가 되었다. 그는 파리의 소시민이지 프로방스 지방의 연애 시인이 아니다. 그리고 그는 다시는 그녀 이야기를 하지 않을 것이다. 그렇지만 그의 입에서 나오는 말이나 행동 하나하나는 그녀가 그에게 준 것에 대한 말로 표현하지 않은 칸초네가 될 것이다. 즉 그녀는 그의 삶 속에 들어왔다가 다시 떠나가 버렸으며, 그에게서 고독을 앗아갔다가 다시 되돌려주었다. 더듬거리는 말로 그녀에게 장황하게 설명하려고 한 장의 새로운 행복은 단테가 "나의 숙녀를 칭찬하는 말로" 한 인사를 베아트리체에게서 거부당한 뒤 그가 느낀 파괴할 수 없는 행복과 같은 것이다. 두 사람의 차이점이라면 장은 결코 그 말을 하지 않았고, 할 수도 없었으며, 하려고 하지도 않았다는 것이.

동경이 그를 단단하고 강하게 만들었다. 말없이 울면서, 낙담하고 고통에 떨면서 그녀를 떠나보냈던 그는 이제 체념하는 데 필요한 분명한 힘을 지니고 있다. 그것은 가혹하고 무자비해지는 데 필요한 힘이다. 그도 그럴 것이 장은 마리의 삶을 파괴해버렸기 때문이다.

3

샤를-루이 필리프가 쓴 모든 책의 배경을 이루는 것은 가난이다. 그 책들에서 가난은 에로스에 관한 논의에서처럼 상징으로서뿐만 아니라 진실로 동경의 어머니이다. 샤를-루이 필리프는 소도시에 사는 소시민의 가난을 그려내는 작가이다. 이러한 가난은 무엇보다도 하나의 사실로, 단순하고 가혹하며 반낭만적이며 자명한 것으로 그려진다. 그러나 바로 이러한 자명성이 그 가난을 투명하고 빛나게 만든다. 그의 작중 인물들은 약간의 자유와 약간의 햇빛을 갈망하며 가난에서 벗어나기를 동경한다. 그들은 이미 꿈속에서조차도 그들 세계의 달콤하고 조그만 크기를 지닌 무언가, 우리가 '삶'이라는 단어로만 묘사할 수 있는 무언가, 그들이 사용하는 언어의 실제적이고 솔직한 표현을 빌자면 약간의 돈이나 좀 더 높은 지위를 의미하는 무언가 막연히 위대한 것을 동경한다. 그렇지만 이 같은 동경은 실현할 수 없다. 그러므로 그것은 진정한 동경이다. 이 같은 사람들의 가난은 외적인 것이 아니기 때문이다. 가령 그들이 가난한 것은 가난하게 태어났다거나 가난하게 되어서가 아니라 그들의 영혼이 가난한 존재로 미리 규정되어 있기 때문이다. 가난은 세상을 보는 하나의 방식이다. 다시 말해 가난은 명료한 말로 표현된 뭔가 다른 것에 대한 혼란스러운 동경이고, 버리고 싶은 것에 대한 훨씬 깊은 사랑이다. 또한 회색의 단조로운 삶에서 색깔에 대한 동경이고, 이와 동시에 똑같은 단조로운 환경에서 풍부한 뉘앙스의 색을 발견하는 것이다. 가난은 영원한 귀향이다. 그것은 필리프가 쓴 작품 주인공의 전형적인 운명이다. 다시 말해 그들은 떠나려고 하며, 그들은 그러는 데 성공한 것처럼 보인다. 그때 갑자기 무언가가 중간에 끼어들어 그들은 되돌아오고 만다. 외적인 이유 때문에 그런 것인가? 그런 것 같지는 않다. 오히려 내 생각에는 그들은 목표도 이유도 의식하진 못하긴 하지만 포기하기를 원한다. 그들 내부의 무언가가 그들의 가난과 억눌린 상태를 사랑하는 것이다—사랑에 빠진 장 부세가 자신의 고독을 사랑하는 것처럼. 그리고 외적인 장애는 내적으로 극복할 수 없는 방해물로 변형된다. 그래서 필리프는 언젠가 가난한 자를 "행복을 어떻게 이용할지 모르는 자"라고 정의한다. 그러나 가난한 자들의 귀향은 일종의 원운동이다. 다시 말해 그들이 다시 보는 고향은 다른 것이 되었다. 그들은 고향과 더 이상 하나가 되지 못한다. 그들은 진심으로 깊이 고향을 사랑하고, 다시 사랑을 받는다. 그러나 궁극적인 의미에서 그들은 고향에 낯설게 되었고, 그들의 사랑은 이해받지 못하고 응답을 받지 못한 채 있다. 이제부터는 그들의 삶 속에서 무언가가 항상 열려 있고 항구적으로 동요하는 상태에 있다. 다시 말해 그들의 사회적 상황은 동경의 상태가 된 것이다.

이 같은 포기 역시 일종의 허약함처럼 보이지만, 그것은 풍요롭고 행복을 주는 세계관으로 자라난다. 그러한 세계관은 그것의 성숙함과 궁극적 성격으로부터 커다란 보물을 끌어 올릴 수 있지만, 그것이 일종의 대용물에 불과하다는 것을 항시 의식하고 있다. 필리프는 언젠가 "질병은 가난한 사람의 여정이다"라고 말한다. 이 말에 어쩌면 가난한 상황의 두 가지 측면인 내적인 부와 외적인 약함이 가장 명료하게 표현되어 있는지도 모른다. 그것은 실제적이고 심오한 기독교 정신이다. 다시 말해 기독교 정신은 여기서 자신의 진정한 시초로 되돌아가서, 가난한 자를 위한 삶의 예술이 되었다. 그러나 그것은 완전히 현세적이고 완전히 육체적이며, 삶을 긍정하고 있다. "기독교는 이교(異敎)

의 즐거움이 생생히 보존된 유일한 틀이다."라는 체스터턴[6]의 역설은 필리프에게서 더욱 역설적으로 되지만, 그것은 전적으로 자연스럽고 단순하다. 필리프에게 기독교는 하나의 틀일 뿐 아니라 그 자체가 이교가 되고, 포기와 동정은 삶의 즐거움으로 변화되기 때문이다. 이 같은 새로운 기독교인은 그들 영혼의 구원을 추구하는 것이 아니라 그들 자신이나 그들의 행복 또는 둘 다를 추구한다. 그러나 이를 위한 그들의 수단과 방법은 기독교의 본질과 깊은 조화를 이루고 있다. 후기 이교와 초기 기독교는 그것들이 단순히 역사적인 사실에 불과하던 시절에 벌써 서로 교차하고 섞여들었다. 즉 그것들은 시간을 초월한 감정 형식으로서 서로를 결코 배척할 수 없다. 행동과 사랑은 유약하고 정관적으로 되었지만, 자비는 의식적이면서도 소박하게 즐거움을 추구한다. 장 부세는 옛 시절에 관해 "한때 인간은 전사였다. 오늘날은 삶의 시대이다"라고 말한다.

이러한 것의 결과로서 이들 모든 사람의 삶의 표현에는 목가적인 요소가 들어간다. 소도시 생활을 다룬 장편 소설 『페르드리 노인』은 그런 점에서 필리프의 가장 전형적인 책이라 할 수 있다. 한 늙은 노동자가 삶에 의해 목가적인 삶의 방식을 취하도록 강요받는다. 일할 능력이 없어진 그는 이제 집 앞 벤치에 앉아 있다. 그는 아이들과 놀아주며, 때로는 누군가가 그의 옆자리에 앉아 그와 잡담을 나누기도 한다. 가장 자주 그러는 사람이 장 부세이다(그의 젊은 시절도 이 책에서 묘사된다). 평생 동안 자신이 하는 일의 소음밖에 들을 수 없었던 노인은 크고 깊은

---

6 체스터턴(Gilbert Keith Chesterton, 1874~1936): 영국의 문학평론가이자 시인 겸 소설가. 성공회에서 로마 가톨릭으로 개종한 그는 개종하기 전에도 『정통신앙』 등의 책에서 기독교를 다루긴 했으나, 개종 뒤 기독교에 대한 한층 날카로운 논쟁의 글을 썼다.

정적에 휩싸인다. 그의 주위와 마음속의 이러한 정적은 처음에는 그를 불안하게 하고 지루하게 하지만, 그는 이러한 새로운 삶의 방식에 서서히 익숙하게 되면서 그것을 풍요롭고 아름답게 생각한다. 그것은 소도시의 목가이다. 다시 말해 정적이 목가의 실제적인 주인공이고, 그것은 다양한 운명을 연결하고 하나로 묶어준다. 한번은 자식들이 노인을 찾아온다. 그들은 모두 결혼해서 노인과 멀리 떨어져 살고 있다. 너무 많은 낭비를 하는 게 아닌가 하는 소시민적이고 프롤레타리아적인 두려움이 극복된 후 큰 잔치가 벌어진다. 모든 것이 순수하게 목가적이다. 물론 가난하고 소시민적인 틀 안에서 이교도적인 유쾌함과 자신을 잊은 즐거움이 지배한다. 그들이 먹고 마시며 육체적 쾌락에 빠져드는 모습은 가령 테오크리토스[7]의 시에서 그려지는 아도니스 제(祭)의 행렬과 다를 바 없이 확고하고 건강하며 매력적으로 묘사된다.

그러나 이 잔치 때문에 노인은 시에서 받는 빈민 지원금을 받을 권리를 상실하게 된다. 모든 것이 순수하게 목가적이다. 그러나 여전히 소박한 몽상가인 장 부세는 일자리를 잃고 실업자가 된다. 그가 언젠가 청년다운 혈기로 노동자를 위해 목적도 가망도 없이 목소리를 높였기 때문이다. 이로써 소도시의 목가가 파리의 목가로 변한다. 장 부세는 파리에서 조그만 일자리를 얻어 그사이 홀아비가 된 노인을 데려간다. 이제 그들 둘, 노인과 금발의 청년은 파리의 어느 호텔의 다락방에서 함께 생활한다. 모든 것이 평화롭고 아름다우며 목가적이다. 그렇지

---

7 테오크리토스(Theokritos, BC 310(?)~BC 250(?)): 그리스의 시인으로 전원생활을 주제로 목자(牧者)를 노래한 짧은 시형 '목가'의 창시자이자 완성자. 고래의 모든 전원시 및 목가는 그의 영향을 받았으며, 그의 시풍은 로마의 대시인 베르길리우스, 독일의 뫼리케 등에도 영향을 끼쳤다. 주요 작품으로 『목가』, 『여마법사』와 아도니스제의 축제에 가는 두 여인을 그린 『아도니스 제(祭)의 여인』 등이 있다.

만 노인은 자신의 사람이 무의미하고 친구에게 단지 방해만 될 뿐이라는 느낌을 떨쳐버리지 못한다. 그리하여 그는 몰래 소리 없이 생을 마감한다.

필리프는 이러한 태도를 종종 약함으로 간주했다. 그는 이 작품에서 '비난받아 마땅한 체념'에 대해 묘사하려고 했다고 어느 친구에게 쓰고 있다. 그의 의식적인 사랑은 강자, 자신을 신뢰하는 사람, 포기하지 않는 사람에게 향해졌다. 그는 언제나 그런 사람들이 승리하게 한다. 그러나 다른 약한 인물보다 높은 위치에 있는 장 부세는 결코 승리하려고 하지 않는다. 다른 사람들 역시 싸움에 이겨 승리한 자들보다 패배하거나 패배하는 중에 더 풍부하게 된다. 그러므로 강자에 대한 필리프의 사랑 역시 일종의 동경이 아니겠는가?

필리프는 자신의 감상성과의 투쟁에서 자신의 예술의 풍부함과 강함을 이끌고 있다. 그는 순수한 힘이 옳다고 인정하려고 한다—비록 그러한 힘이 악덕과 타락이란 뜻으로 표현될지라도. 그로 인해 그의 마음속에서 모든 피조물에 대한 깊은 공감, 모든 인간에 대해 형제자매와 같은 감정이 싹튼다. 강한 주인공에 대한 그의 숭배는 모든 인간에 대한 불교적 연민으로 변했고, 영겁의 벌을 모르는 기독교, 전적으로 현세적인 기독교로 변했다. 세계는 지옥이고 연옥이며 동시에 천국이기도 하다. 그리고 모든 인간은 각자 이런 왕국의 하나에서 살고 있다.

"주여, 그것은 아무것도 아닙니다. 호랑이의 배고픔은 양의 배고픔과 같습니다. 당신은 우리에게 양식을 주었습니다. 호랑이가 선한 것은 자기 가족을 사랑하고 또 살아가는 것을 사랑하기 때문입니다. 그러나 양의 배고픔은 그토록 온순한데 호랑이의 배고픔은 왜 피를 불러야 한다는 말입니까?"

그러나 이러한 감정은 필리프 자신의 온갖 감상성을 극복하도록 그를 도와주었다. 그에게 삶의 가혹함은 삶의 자연스러운 상황이다. 그의 작품에서 그려지는 목가적인 정경의 삶을 긍정하는 즐거운 분위기는 '그래. 그럼에도 불구하고'이다. 즉 그의 장편 소설은 비겁한 목가가 아니다. 그의 모든 목가는 외부에서 닥치는 위험을 배경으로 하고 있다. 그러한 배경이 없다면 마음의 평정에서 나오는 순수한 광휘는 지루하고 단조로울지도 모른다. 그러나 대부분의 목가 시인들이 지니는 삶의 감정은 실제적인 위험을 의연히 직시하기에는 너무 허약하다. 다시 말해 목가 시인들은 조용한 행복이 깃든 아름다운 세계를 묘사하면서 그러한 조용한 세계에 마법을 걸어 잔인하고 가혹한 세계의 한가운데로 들어가지 않고 삶의 위험으로부터 도피하고 있다. 그 때문에 그들의 작품에서 닥치는 위험은 언제나 순전히 장식적이고 외적이며 진지하지 못하다. 이를 위해서는 『다프니스와 클로에』[8] 또는 『목사 피도』[9]를 생각해보기만 하면 된다. 필리프의 소설에서도 위험은 언제나 외부로부터 온다. 다시 말해 그의 목가적 정경은 순수하고 조화로우며 내적 부조화가 존재하지 않는다. 그러나 외부세계를 지배하는 잔인한 가

8 2~3세기경 고대 그리스 시인 롱고스가 지은 목가극이다. 레스보스를 배경으로 펼쳐지는 『다프니스와 클로에』는 출생의 비밀을 간직한 염소치기 소년과 양치기 소녀의 운명적 사랑 이야기다.
9 『목사 피도』는 16세기 이탈리아의 작가 과리니의 목가극으로 유럽 전역에서 큰 인기를 끌었다. 아르카디아를 배경으로 한 이 작품은 거의 2세기 동안이나 여성에 대한 예절의 법전이며 예의 법도의 길잡이로 간주되었다.

혹함은 그 정경의 한결같은 전제조건이고, 그것의 영원히 변치 않는 배경이며, 심지어 너무나 자주 그 정경의 원천이 되기도 하다. 그의 모든 작품에서 이러한 외부적 힘은 가난이다. 창녀와 포주를 다룬 작품인 『뷔뷔 드 몽파르나스』에서는 외부의 힘이 매독이 되기도 한다. 대학생과 어린 창녀와의 참으로 아름답고 순수한 관계는 그가 그녀로부터 매독에 감염되었을 때부터 시작된다. 매독은 두 사람을 서로 묶어준다. 그는 행복하고 건강한 양친의 세계로부터 추방되었다고 느낀다. 즉 그는 자기에게 아직 남아 있는 유일한 사람, 그의 추방을 초래한 바로 그 사람에게 사랑을 주어서는 안 된다는 말인가?

그렇지만 필리프는 이 같은 부드러운 동정의 세계를 떠나려 했고, 보다 가혹하고 엄격한 세계를 향해 나아가려 했다. 그를 그곳으로 이끌어주는 길은 윤리와 노동의 세계일지도 모른다. 그의 윤리의식은 언제나 너무 강했다. 심지어 영락한 뷔뷔마저 그의 그러한 윤리의식에서 생겨난 산물이었다. 뷔뷔가 자기 애인이 매독에 걸렸다는 것을 알게 되자, 그는 그녀 곁을 떠나려고 한다. 그러나 그의 친구인 또 다른 포주는 그러면 그를 명예롭게 여기지 않을 거라며 "매독에 걸렸다고 여자를 버려서는 안 되네."라고 말한다. 필리프의 발전은 다른 모든 강자의 발전과 마찬가지로 서정성에서 객관성으로 넘어갔다. 그의 경우 객관성은 일이었다. 삶에서 강하게 하고 구원하는 유일한 것은 일이라는 메시지는 그의 모든 작품에서 점점 크게 울려 퍼진다. 그에게는 그것이 서정성과 감상성을 극복하는 길로 보였다. 그러나 서정성은 결코 완전히 떨쳐버릴 수 없다. 서정성과의 싸움이 성실하고 격렬할수록 서정성은 더욱 교활하게 샛길로 되돌아올 것이다. 마지막 장편 소설인 『샤를 블랑샤르』에서 필리프는 새로운 발전, 즉 일에서 정점을 이루는 교육 과정을 묘사할 생각이었다. 그는 그 작품을 자신의 『빌헬름 마이스터의 수업시대』로 만들려고 했다. 그러나 서정적인 재능을 지녔으면서도 어느 누구도 그러한 완성을 이루지 못한다는 것은 이상한 일이다. 그들은 필생의 소설을 완성하기 전에 모두 죽고 만다. 그리고 그들의 객관성은 십자로에서 의문부호로 남는다. 필리프는 이런 면에서 얼핏 보면 하나의 이상한 예외인 것 같다. 그에게는 목표가 다른 모든 사람과는 달리 결코 문제성을 띠지 않았다. 다시 말해 그의 경우 목표로 이끌어주는 길들은 미완성인 채로 남아 있다. 그런데 이러한 길에 미완성으로 남은 것은 그가 예의 심오하고 섬세한 목가 시인임을 보여준다. 목가성에서 객관성에 이르려면 여전히 하나의 도약이 필요할지도 모른다. 그러나 샤를-루이 필리프는 그런 도약을 하지 않았다.

4

동경은 언제나 감상적이다. 그러나 감상적인 형식이란 존재하는가? 형식은 감상성의 극복을 의미한다. 형식 속에는 더 이상 동경도 고독도 존재하지 않는다. 형식을 얻는다는 것은 가능한 가장 위대한 성취를 얻는다는 것이다. 그러나 시의 형식은 시간적이므로, 실현은 이전과 이후를 가져야만 한다. 성취는 존재가 아닌 생성이다. 그리고 생성은 불일치를 전제조건으로 한다. 다시 말해 성취가 달성 가능하고 또 달성되어야 한다면 불일치 역시 달성되어야 한다. 불일치는 안정적이고 자연스러운 그 무엇으로는 결코 존재할 수 없다. 회화(繪畵)에서는 불일치가 있을 수 없으며, 불일치는 회화 형식을 파괴할지도 모른다, 회화의 영역은 시간적 진행 과정의 모든 범주를 넘어서는 곳에 있기 때문이다. 회화에서 불일치는 이를테면 이전에 해소되어야 하며, 불일치는 그것이 해소되면서 더 이상 분리될 수 없는 통일을 형성해야 한다. 하지만 진정한 불일치, 실제로 실현 가능한 불일치는 영원히 해결되지 않은 불일치로 남을 것이다. 다시 말해 불일치는 작품을 미완성으로 만들고, 그것을 범속한 삶 속으로 되밀어 넣을 것이다. 시는 불일치 없이는 살아갈 수 없다. 시의 본질은 운동이고, 그 운동만이 부조화에서 조화로, 또 그 반대로 조화에서 부조화로 나아갈 수 있기 때문이다. 헤벨이 불일치 이전에 존재하는 아름다움에 관해 말했을 때 그는 절반의 진실만을 말했을 뿐이다. 다시 말해 인간은 그러한 아름다움을 실현하려 애쓰지만 그것은 결코 실현될 수 없는 일이다. 그렇다면 시의 감상적인 형식은 존재하지 않는단 말인가? 시의 형식개념은 자체적으로 동경의 상징이 아니란 말인가?

순수한 서정시와 순수한 목가는 시에서 두 가지 반대되는 양극이다. 다시 말해 동경과 실현은 순전히 그 자체로 또 그 자체로부터 형식으로 변한다. 서정시는 감정이 구체적인 대상 없이 그 자체를 중심으로 돌면서 자체 내에서 쉬게 하도록 모든 행동이나 사건과 더불어 전체 세계를 배제해야 한다. 목가에서는 모든 동경은 침묵해야 해야 하고, 최종적이고도 분명하며 완전한 자신의 포기여야 한다. 따라서 목가는 시의 가장 위대한 역설이다. 같은 이유로 비극적인 것이 회화에 가장 위대한 역설인 것처럼 말이다. 다시 말해 동경은 인간을 행동과 사건으로 이끌어가며, 동경을 실현시킬 만큼 가치 있는 행동이나 사건은 존재하지 않는다. 목가에서 단순히 경험적인 실존에 처한 하나의 사건은 모든 동경을 자체 내에 흡수해야 한다. 즉 동경은 사건 속에서 완전히 해소되어야 한다. 그렇지만 사건은 그 자체로 감각적이고 가치 있는 하나의 사건으로 남아 있어야 한다. 그리고 동경은 결코 자신의 강함과 무한성을 잃어서는 안 된다. 목가에서 삶의 순전히 외적 모습은 서정시나 음악으로 변해야 한다. 서정시는 경이롭고 장엄한 시의 자연스러움이기 때문이다. 서정시와 비교해 볼 때 다른 모든 형식은 단지 형이상학적인 타협에 불과하다. 서정시는 행동과 사건을 나타내는 모든 시의 목표이고, 실제적인 삶에 영향을 미치는 활동적인 동경을 나타내는 모든 시의 목표이다. 그러나 서정시는 언제나 모든 외적인 것을 넘어섬으로써만 달성될 수 있다. 비극의 위대한 순간에 비극의 주인공은 운명에 의해 자신의 행동을 넘어서게 된다. 순수하고 위대한 서사시의 주인공은 삶의 여러 모험을 단숨에 겪으며, 비극의 주인공처럼 모든 외적인 것을 거부한다. 그러나 비극의 주인공의 경우 그 거부가 수평적인 반면, 서사시의 주인공의 경우에는 수직적이다. 그리고 서사시의 경우 주인공이 외적인 것을 거부하고 떠나는 정도와 다양성은 비극의 주인공이 도약하는 강도를 대체시킨다. 하지만 목가에서는 이같은 외적인 것은 극복되어야 한다.

사실적이고 감각적인 방식으로 묘사된 사건은 무한한 감정의 완전한 표현이다. 이것이 곧 목가 형식의 본질적 성격이다. 목가는 서사시와 서정시 사이의 중간 형식이자 그것의 종합이다. 고전주의 미학은 서로 대단히 유사하면서도 상호 보완하는 관계인 목가와 비가를 서사시와 서정시 사이의 연결 부분에 위치시켰다. 그로 인해 목가와 비가는 더 이상 우연적이고 역사적인 형식개념이 아니라 시간을 초월한 형식개념이 되었다. 목가는 서사시와 서정시 중에 더 서사적인 형식이다. 목가는 어쩔 수 없이 사건이나 운명만을 묘사하므로―그렇지 않으면 목가는 순수한 서사시가 될 것이다―기법 면에서 노벨레에 가장 가깝다. 그러나 노벨레의 형식은 궁극적인 의미에서 보면 목가의 본질과 가장 동떨어진 것이다. 그러나 내 생각에 우리는 목가 형식의 개념을 고전주의 미학에서 해석된 것보다 훨씬 폭넓게 해석해야 할 것 같다. 전체 세계의 상을 창조하려는 위대한 서사시의 의지가 부족한 문학작품―그 작품의 행위는 때로는 노벨레의 행위에 견줄 정도도 안 되었다―, 그럼에도 노벨레의 개별 사건에 대한 집착을 넘어서서 영혼의 감정으로부터 모든 것을 포괄하는 다른 힘에 도달한 문학작품이 언제나 존재해 왔다. 그런 작품에서는 주인공이 바로 영혼이었고, 행위만이 그 영혼의 동경이었다. 그러나 주인공과 행위는 진정으로 실현된다. 우리는 그와 같은 작품을 대체로 서정적인 소설이라 칭한다. 나는 그것에 대해 오히려 시가 섞인 산문 이야기(chante-fable)[10]라는 중세적 명칭을 선택하고자 한다. 하지만 그러한 작품들은 비가(悲歌)로 자연스럽게 기울어지는 가장 실제적이고 광범위하며 심오한 목가의 개념에 완전히 부합한다. (아무렇게나 몇 개의 제목을 예로 들어보면『아모르와 프시케』,『오카생과 니콜레트』[11], 단테의『신생』, 프레보의『마농 레스코』, 괴테의『젊은 베르터의 고뇌』, 횔덜린의『휘페리온』, 키츠의『이사벨라』등이 있다). 이것이 바로 샤를-루이 필리프의 형식이다.

우리는 그것을 작은 형식이라고 불러서는 안 된다. 그 형식의 크기와 외적인 윤곽만 작을 뿐이다. 그 같은 형식의 사건은 "단순히 주관을 위한 주관의 우연적인 열정일 뿐"이라는 헤겔의 말처럼 자의적인 것처럼 보인다. 그러나 그것은 더없이 엄격한 필연성의 형식이고, 모든 필연성

---

10 운문과 산문이 번갈아 나오는 이야기로, 운문은 노래로 부르고 산문은 낭송함.
11 13세기초 프랑스의 샹트 파블(chante fable)의 한 작품.

은 하나의 원이므로, 그 때문에 완전하고 세상을 포괄한다. 작음과 자의성이 이러한 형식의 조건이다. 다시 말해 우연적인 작은 사건 속에서 드러나는 현실은 투명하게 된다. 모든 것은 모든 것을 의미할 수 있는 것이다. 그것은 삶에 대한 역설적 높임이자 낮춤이다. 다시 말해 영혼에 대한 판단을 내리는 것은 자질구레한 일이며, 무언가 외적인 것은 내적인 삶을 의미한다. 그러나 그것이 가능한 것은 단지 모든 것이 영혼이 될 수 있고, 궁극적인 영혼의 필연성에 비해 외부로 영혼이 나타나는 모든 현상은 언제나 사소하고 자의적이기 때문이다. 사건은 노벨레에서처럼 우연적이지만, 다른 이유 때문에 그러하다. 여기서 우리가 우연이라고 부르곤 하는 것은 외부 사건이 연결된 일상적이고 생기 없는 필연성을 깨뜨리지 못한다. 이와는 달리 그 자체의 필연성을 지닌 외적인 모든 것은 영혼에 의해 단순한 우연으로 격하되며, 영혼 앞에서는 모든 것이 똑같이 우연적인 것으로 된다. 서정시가 그러므로 서사시가 된다는 것은 내면이 외부를 정복한다는 것을 의미한다. 삶에서 초월적인 것이 눈앞에 보듯 생생해진다는 것을 의미한다. 형식의 엄격함은 그 형식이 서사적으로 남아 있다는 데에 있다. 즉 내면과 외부가 함께 또 따로 똑같이 엄격하다는 사실에, 삶의 현실이 해체되지 않고 온전히 존재한다는 사실에 있다. 외적인 모든 것을 분위기로 해체하는 것은 진부한 일이고 어느 때나 달성 가능하기 때문이다. 그러나 영혼의 가장 깊숙한 곳, 즉 순수한 동경이 구체적이고 가혹하리만치 무심한 현실 속을 거닌다면─비록 그 동경이 이방인이자 낯선 순례자처럼 현실 속을 거닌다 해도─그것은 하나의 숭고한 진실이자 하나의 기적이라 할 수 있다.

오늘날보다 형식에 대한 개념이 더 분명했던 중세에는 바로 이런 이유 때문에 그러한 문학작품에서 서사시와 서정시를 서로 엄격히 구분했을지도 모른다. 하지만 그 때문에 중세적 형식은 엄격한 건축학적 방식에 의해 개별적 요소들이 통합될 수 있었고, 통합된 상태 속의 불가사의한 분리가 그때는 불가능했다. 그러다가 현대에 와서 분위기가 발견되면서 그것이 가능하게 되었다. 그로 인해 사물들의 외관 배후에 있는 것은 눈에 보이기 위해 더 이상 사물들을 헤집고 모습을 드러낼 필요가 없었고, 사물들 속에서 사물들 사이에서 사물들 표면에 어른거리는 빛 속에서, 그리고 사물들 윤곽의 떨림 속에서 모습을 드러내면 되었다. 표현할 수 없는 것은 이제 표현되지 않은 채 남아 있을 수 있었다. 괴테의 『젊은 베르터의 고뇌』의 형식은 단테의 『신생』의 형식보다 더 신비롭다.

그러나 우리 시대의 특징인 감정의 규율되지 않은 범신론은 가능성에서 멈추었고, 그 가능성을 지나치게 확장했으며, 모든 형식을 불분명하고 형식 없는 동경의 서정시로 해체시켰다. 시인들은 나태해져서 감정이나 사건에 형식을 부여하는 것을 그만두었다. 그리고 어떤 것에 의해서도 제어 받지 않는 산문에서 혼란스럽게 무한성으로 흘러넘치는 시들을 썼다. 분위기는 모든 것을 단순히 기분과 중얼거림으로 해체시켰다. 하지만 그로 인해 감추어진 모든 요소가 다시 사라져버렸다. 다시 말해 아무것도 표현하지 않고 놓아둠으로써 그들은 결국 모든 것을 큰소리로 끈질기게 말한 셈이 되었다. 그리하여 그들의 깊이는 평범하게 되었고, 그들의 풍부한 뉘앙스를 띤 찬란한 순간의 전체는 잿빛의 황량한 단조로움이 되었다.

그들은 단순한 가능성에 멈추어 있었다. 그도 그럴 것이 분위기는 사물을 일시적인 기분의 비물질성 속으로, 윤곽이 없는 비실체성 속으로 해체시키기 위해서가 아니라, 사물에 무언가 새로운 것, 즉 반짝거리는 단단함과 떠오르는 무게를 주기 위해 사물을 윤곽의 경직성으로부터 해방시키는 것이기 때문이다. 분위기는 조형의 원칙이다. 인상주의의 흥분이 가라앉은 뒤 세잔과 그의 제자들은 그림에서 그런 원칙을 인식하게 되었다. 그리고 우리에게 이용 가능한 이러한 새로운 표현수단을 가지고 옛 형식을 만들어내는 것이 시에서도 프랑스의 사명인 듯이 보인다. 플로베르의 경우 객관적인 사실주의와 확실하고 말쑥한 소묘는 여전히 가면이자 아이러니였다. 그러나 오늘날 프랑스에서 이 같은 방법은 서사적 성격을 띤 새로운 서정시를 위한 표현수단이 되었다. 샤를-루이 필리프는 그러한 작가 중 최초의 작가이자 아마도 가장 위대하고 가장 심오한 작가라고 할 수 있다. 그의 조그만 작품들의 이야기는 엄격하고 객관적인 사실성으로 구성되어 있었다. 그 작품들의 서정성은 명확한 소묘 속에 완전히 흡수되어 버림으로써, 오늘날에 보듯 그 서정성의 소리는 동경을 주제로 한 형식을 갖추지 않은 소설들의 시끄러운 침묵에 묻혀 들리지 않게 되었다. 대부분의 사람들은 다른 많은 사람과 마찬가지로 필리프를 사실주의의 후계자, 가난한 사람들의 작가로 간주할 것이다. 그것은 옳은 말이라 할 수 있다. 왜냐하면 필리프의 동경은 진실로 그 자체가 형식으로 용해되었기 때문이다.

(1910)

8

순간과 형식

———

리하르트 베어-호프만[1]

I

누군가가 죽었다. 무슨 일이 일어났는가? 어쩌면 아무 일도 아닐 수 있고, 어쩌면 매우 중요한 일일 수도 있다. 어쩌면 단지 몇 시간이나 며칠, 어쩌면 몇 달 동안 고통스러울지도 모른다. 그런 뒤 다시 모든 것이 조용해지고 삶이 예전처럼 진행될 것이다. 혹은 한때는 불가분의 전체로 보였던 어떤 것이 천 갈래의 조각으로 찢어질 수 있고, 어쩌면 삶이 그때까지 꿈꾸어온 의미를 한꺼번에 잃어버릴지도 모른다. 아니면 불모의 동경으로부터 새로운 힘이 꽃피어날지도 모른다. 또한 어떤 것이 붕괴하고 있을지도 모르고, 또는 다른 무언가가 세워질 수도 있다. 어쩌면 두 가지 중 어떤 것도 일어나지 않을지도 모르고, 어쩌면 두 가지가 모두 일어날지도 모른다. 누가 그것을 알겠는가? 누가 그것을 말할 수 있단 말인가?

누군가가 죽었다. 누구인가? 그것은 중요하지 않다. 죽은 자가 다른 사람에게, 누군가에게, 그와 가장 가까운 사람에게, 전혀 모르는 사람에게 어떤 의미가 있었는지 누가 안단 말인가? 죽은 자가 누군가에게 가까운 적이 있었던가? 그가 다른 사람의 삶에 동참한 적이 있었던가? 그가 누군가의 삶에, 누군가의 실제 삶에 동참한 적이 있었던가? 또는 그가 자신의 꿈에 등장하는 아무렇게나 던져진 공에 불과했던가, 누군가를 어딘가로 솟아오르게 해주는 도약대에 불과했던가, 아니면 영원히 낯선 어떤 식물이 자라는 고독한 담장에 불과했던가? 만일 죽은 자

---

1 리하르트 베어-호프만(Richard Beer-Hofmann, 1866~1945): 오스트리아 출신의 극작가이자 노벨레 작가 겸 시인. 유미주의자들인 호프만스탈, 헤르만 바르, 슈니츨러와 교유했다. 그의 주된 창작 장르는 노벨레와 비극이다. 작품으로 시집 『미르얌을 위한 자장가』, 『게오르크의 죽음』, 비극 『샤를레 백작』, 3부작 『다윗 왕 이야기』 등 여러 노벨레와 시들이 있다.

이 에세이에서 루카치는 당대 작가들 중 베어-호프만을 형식을 얻으려고 가장 영웅적으로 투쟁하는 작가들 중 한 명으로 본다. 에세이 제목에서 말하는 순간은 일종의 우연이라 할 수 있다. 누군가가 죽었을 때 살아남은 자에게 남은 것이 무엇이고, 이러한 남은 것이 그를 어떻게 만드는지가 베어-호프만의 노벨레의 주제이다. 그것은 빈의 유미주의자의 세계이다. 그렇지만 베어-호프만의 세계가 슈니츨러와 호프만스탈의 세계와 완전히 같은 것은 아니다. 베어-호프만의 문학이 그들의 토양에서 자라고 그들의 형제이긴 하지만, 가장 깊은 곳에서는 그들과 판이하다.

루카치는 이 에세이에서 베어-호프만의 형식, 즉 노벨레와 비극이라는 가장 엄격하고 구속력 있는 두 가지 문학 형식에 대해 이야기한다. 그런데 베어-호프만에게는 우연과 필연성이 서로 엄격히 구분되지 않는다. 한쪽이 다른 쪽에서 자라나서는 다시 다른 쪽으로 들어가 그것과 융합함으로써 그것의 특수한 의미나 대립적인 성격을 빼앗아버린다. 그로 인해 형식이 요구하는 추상적 양식화에 부적합하게 만들어버린다. 즉 베어-호프만의 노벨레가 다루는 대상은 비합리성과 우연성이다. 그러나 그는 그 우연성을 필연성으로 만든다. 노벨레가 비합리성의 추상화라면, 비극은 위대한 합리성의 추상화이다. 희곡에서는 언제나 세계의 필연성이 지배하고, 가차 없으며 항시 스스로를 실현하고 모든 것을 포괄하는 우주적인 법칙성이 지배한다. 그도 그럴 것이 거기서는 우연이 벌써 희곡의 선험성에 속하고 전체 분위기 속에 포함되어 있기 때문이다. 그리하여 희곡에서는 우연이 전체를 만들어내고, 모든 것은 우연을 토대로 구축된다. 바로 이러한 점을 통해 우연은 극적이고 비극적인 효과를 낼 수 있게 된다. 호프만스탈이나 슈니츨러의 경우 비극은 인간들 사이에 이해가 존재하지 않고 존재할 수 없다는 데에 있다. 반면 베어-호프만의 경우 비극은 인간들 사이에 이해가 존재할 수 있고 이해에 도달할 수 있지만, 그것이 아무 소용이 없다는 데에 있다.

가 누군가에게 의미 있는 존재였다면 그것은 무엇 때문이고, 어떻게 그런 일이 일어났으며, 그의 어떤 점 때문에 그런 일이 일어났던가? 그것이 그의 특별한 성격, 그 자신의 무게나 본질의 결과였던가? 또는 환상이나 무심결에 내뱉은 말, 우연한 몸짓에 의해 일어난 일인가? 한 인간이 다른 인간에게 어떤 의미를 지닐 수 있을까?

누군가가 죽었다. 그리고 남아 있는 사람들은 인간과 인간 사이의 영원한 거리, 간극을 메워줄 수 없는 공허라는 영원히 풀리지 않는 고통스러운 의문에 직면한다. 그들이 매달릴 수 있는 것은 아무것도 남아 있지 않다. 그도 그럴 것이 다른 사람을 이해하겠다는 모든 환상은 끊임없는 교제라는 새로운 기적이나 예상된 놀라움에 의해서만 자양분을 공급받기 때문이다. 다시 말해 이러한 기적이나 놀라움만이 현실 같은 무언가를 공기처럼 방향이 없는 환상에 부여할 수 있기 때문이다. 연대 의식은 지속성에 의해서만 생생히 유지된다. 이러한 연대 의식이 파괴되면 과거조차도 사라진다. 그도 그럴 것이 인간이 타인에 관해 알 수 있는 것은 단지 기대나 가능성, 소망이나 불안에 불과하거나, 나중의 사건에 의해 비로소 나름의 현실성을 얻을 수 있는 꿈에 불과하기 때문이다. 그런데 이러한 현실성 역시 곧장 다시 가능성으로 녹아 없어질 뿐이다. 그리고 모든 단절―만일 그것이 실제적인 삶으로부터 과거의 모든 끈을 찢어버린 뒤 그것에 자체적으로 완결된 예술작품이라는 최종적이고 완전한 형식을 부여하기 위해 그 끈을 다시 연결시키는 분리 행위인 하나의 의식적인 종결이 아니라고 한다면―모든 단절은 미래를 영원히 찢어버릴 뿐만 아니라 과거 전체도 파괴해버린다. 두 명의 사람, 즉 두 명의 친한 친구가 일 년간 떨어져 있다가 다시 만나 처음으로 대화를 나눈다. "그러나 그들은 거의 별다른 관심이 없는 일들에 관해 이야기했다. 그들은 우연한 말 한마디나 텅 빈 밤거리의 어둠이 나중에 가서야 그들의 말문을 열어줄 것이고, 그러면 서로가 상대에게 다른 일에 관한 이야기를 할 것임을 알고 있었던 것이다. 그러나 그들에게 '나중'이란 더 이상 존재하지 않았다." 그들은 더 이상 함께 있을 수 없었다. 그날 밤 두 친구 중 한 명이 죽었기 때문이다. 뜻밖의 잔인한 파국은, 살아남은 그가 사랑한 이 친구, 그가 언제나 가깝다고 느꼈으며, 그가 언제나 이해한다고 생각했고 언제나 이해를 받는다고 생각했던 이 친구가 그에게 어떤 의미가 있었는지, 어떤 의미를 지닐 수 있었는지를 갑자기 선명히 조명해준다.

질문이 쌓이고, 의혹이 고개를 쳐든다. 마녀들의 요란한 춤 속에서 잊혀버린 여러 가능성이 빙글빙글 돌아간다. 모든 것이 어지러이 돌아가고, 모든 것이 가능하지만, 어느 것도 확실한 것은 없다. 모든 것이 서로 흘러들어 뒤섞인다. 다시 말해 꿈과 삶, 소망과 현실, 두려움과 진실, 고통을 부정하는 거짓, 그리고 슬픔의 용감한 대면 등이. 이제 남은 것은 무엇인가? 이러한 삶에서 확실한 것은 무엇인가? 아무리 벌거벗고 황량하다 해도, 아름다움이나 풍부함으로부터 아무리 멀리 떨어져 있다 해도, 인간이 확실한 뿌리를 내릴 수 있는 장소는 어디란 말인가? 삶이라는 형체 없는 덩어리로부터 집어 올려 비록 짧은 순간이나마 붙잡고 있으려 할 때 모래처럼 손가락 사이를 흘러내리지 않는 어떤 것은 어디에 있단 말인가? 꿈과 현실, 자아와 세계, 깊은 의미와 일시적인 인상이 갈라지는 곳은 어디인가?

누군가가 죽었다. 폭풍 같은 힘이 혼자 살아남은 사람의 의문을 영원한 소용돌이 속에 휩쓸어가 버린다. 이러한 죽음은 살아남은 사람의 고독을 나타내는 상징에 불과할지도 모른다. 또한 항상 마음속에 잠재해 있지만 꿈결 같은 아름다운 시간의 아름다운 말에 의해 잠재워진 모든 의문의 필연적인 부활을 나타내는 상징에 불과할지도 모른다. 죽음 속에서—다른 사람의 죽음 속에서—인간 상호 간의 삶에 대한 위대한 문제, 다시 말해 인간이 다른 사람의 삶 속에서 어떤 의미가 있을 수 있는지에 대한 문제가 꿈들의 달콤한 힘이 저지할 수 없는 강도로 가장 현저히 드러날지도 모른다. 죽음의 비합리성은 어쩌면 삶의 순간들의 수많은 우연 중 가장 커다란 우연에 불과할지도 모른다. 즉 죽음에 의해 야기된 단절, 죽음 앞에서 느끼는 커다란 생소함은 누구나 파악하고 느낄 수 있는 성질의 것에 불과하다. 그러한 생소함은 친구들 사이의 어떤 대화에서 만들어질 수 있는 수천 개의 참호나 함정과 같은 것일지도 모른다. 그 때문에 죽음이 갖는 진실성과 최종적 성격은 다른 어느 것보다 눈부실 정도로 분명하다. 그 이유는 오로지 죽음만이 가까워질 수 있는 사람들의 팔, 즉 언제나 새로이 포옹하기 위해 사람들의 벌리고 있는 팔로부터 진실이 지닌 맹목적인 힘으로 고독을 낚아채기 때문이다.

누군가가 죽었다. 살아남은 자에게 남은 것이 무엇이고, 이러한 남은 것이 그를 어떻게 만드는지가 베어-호프만의 몇 안 되는 노벨레의 주제이다. 그것은 빈의 유미주의자들의 세계이다. 이들의 세계는 모든 것을 향유하지만 아무것도 보존할 수 없는 세계이다. 그곳은 꿈과 현실이 서로 흘러들어 뒤섞여 있는 세계이고, 실제 삶에서 강요당했던 꿈이 강제로 사라지는 세계이다. 그것은 슈니츨러와 호프만스탈의 세계이기도 하다. 베어-호프만의 노벨레 주인공들은 그러한 세계에서 살아가고, 그들의 황홀감과 비극의 풍부함이 이러한 세계의 내용을 이루고 있다. 베어-호프만의 노벨레에서는 슈니츨러와 호프만스탈의 인물들과 무척이나 닮은 영혼들이 그 인물들의 언어와 유사하게 들리는 음조로 이야기한다. 베어-호프만의 세계가 슈니츨러와 호프만스탈의 세계와 완전히 같은 것은 아니다. 즉 아무리 넓은 의미로 말한다 해도 베어-호프만이 '그들의 일원'인 것은 아니다. 베어-호프만의 문학이 그들의 토양에서 자라긴 했지만, 다른 태양과 다른 비가 그의 꽃에 전혀 다른 색과 전혀 다른 형태를 주었다. 그가 그들의 형제이긴 하지만, 비록 아무리 닮은 남매라 해도 서로 다를 수 있듯이 가장 깊은 곳에서는 그들과 너무나 판이하다. 그들 모두는 유미주의자들의 비극을 쓴다(그들만 그런 것은 아니지만). 그들은 단지 내면만을 향하는 영혼적인 삶, 외부로 투사된 꿈들로만 이루어진 삶, 이미 소박함으로까지 고양된 유아론의 세련된 삶과 위대한 청산을 한다. 유아론의 다른 사람에 대한 잔혹성은 더 이상 결코 잔혹성이 아니고, 유아론의 친절은 더 이상 친절이 아니며, 유아론의 사랑은 더 이상 사랑이 아니다. 왜냐하면 다른 모든 사람은 그러한 삶으로부터 너무나 멀리 떨어져 있고, 자신의 유일한 실제적인 삶의—내면의 삶이나 꿈속의 삶의—단순한 원료일 뿐이어서 유미주의자는 어떤 사람에게도 불공정하거나 불친절할 수 없기 때문이다. 유미주의자가 다른 사람에게 무슨 일을 하든, 그리고 다른 사람이 그에게 무슨 일을 하든 유미주의자의 꿈들은 자신의 순간적인 모든 기분과 완전히 일치할 때까지 그 일을 마음대로 변형시키거나 변조할 것이기 때문이다. 그리고 모든 사건은—그것은 결국 확실한 것을 결코 찾아낼 수 없는 수천 가지 가능한 이유들 중의 우연한 결과에 불과하지만—언제나 더없이 아름답고 조화로운 식으로 유미주의자의 꿈에 맞추어진다. "…… 모든 것에서 그는 오로지 자신만을 찾아다녔고, 모든 것에서 자신만을 발견했다. 그 자신의 운명만이 실제로 실현되었을 뿐 그 밖에 일어난 모든 일은 그와는 동떨어져서 일어났다. 무대 위에서 벌어진 사건들은 비록 다른 사람에 관해 이야기할지라도 그에게만 관련되는 것 같았다. 또한 그에게 줄 수 있는 것, 다시 말해 전율과 감동, 일시적인 미소만이 가치 있는 것 같았다."

그리고 청산이란 무엇인가? 나는 실제 삶에서 강요당했던 꿈이 강제로 사라지는 것에 관해 이미 말한 적이 있다. 운명이 섬세하게 짜인 꿈의 조화를 너무 가혹하게 깨뜨려서 어떠한 기술로도 끊어진 실을 가지고 다시는 색색의 아름다운 양탄자를 짜낼 수 없을 때, 영혼이 언제나 새롭지만 영원히 반복되는 유희에 완전히 지쳐 진실, 구체적이고 변형할 수 없는 진실을 동경하고, 모든 것을 자체 내에 용해하여 모든 것에 적응하는 자아의 방식을 감옥으로 파악하기 시작할 때, 꿈의 무대에서 생각할 수 있는 모든 희극이 이미 끝나고 춤의 리듬이 더 느려지고 부드러워질 때, 어디나 고향으로 생각하면서도 영원히 고향이 없는 사람이 드디어 한 장소에 정착하고 싶어 할 때, 모든 것을 이해하는 사람이 단 하나의 강력하고 배타적인 감정을 동경하기 시작할 때, 바로 그때 청산이 이루어지는 것이다. 그것은 호프만스탈의 작품에서 클라우디오의 탄식, 슈니츨러의 작품에서 늙어가는 아나톨이라는 인물이 스스로 만들어낸 고독에 이르는 도정에서 갖게 되는 체념이다. 탄식과 체념, 그것은 비극적일 정도로 반어적인 대립이다. 이런 대립 속에서 우아한 입술이 띠는 항시 반어적인 미소는 쓰디쓴 미소로 변하고, 유희는—어쩌면 이런 대립에 직면해서조차도—파괴된 영혼의 숨 막히는 흐느낌을 감추려고 하기 위해서만 지속될 뿐이다. 그러한 대체 상태에서 삶은 스스로에게 복수한다. 그것은 반시간 동안 격렬한 고통과 모멸을 안겨줌으로써 전체 삶의 거만한 몸짓을 응징하는 거칠고 잔혹하며 무자비한 복수이다.

베어-호프만의 문학 역시 이 같은 토양에서 자랐다. 하지만 그의 모든 현은 다른 누구보다 더 단단히 죄어져 있지만, 다른 곳에서는 진작 끊어졌을 텐데도 그윽하고도 부드럽게 울린다. 그의 작품 속의 유미주의자들에게는 '문학'이란 결코 존재하지 않는다. 그들 내부에만 존재하는 세계는 그들 자신의 예술이나 다른 사람들의 예술에서 나타나는 고립적인 황홀감의 산물이 아니라 그들의 위대한 삶 자체의 격렬한 풍부함이나 매 순간의 삶을 구성하는 수천 개의 황금빛 중압감이다. 그의 작품 속의 유미주의자들에게는 어떤 체념도 포기도 존재하지 않는다. 그들의 삶은 지나치게 세련되었지만, 거기에는 신선한 소박함과 에너지, 사물의 본질에 대한 깊은 동경도 있다. 물론 이 모든 것은 때로는 불모의 유희나 스스로에게 고통을 가하는 회의와 섞여 있기는 하다. 유미주의자들은 그러한 유희로 삶을 껴안고 삶의 충만함을 정복하려 한다. 그들의 유희는—그들 자신은 혹시 전혀 모르고 있을지 몰라도—삶이나 인간으로부터 배울 수 있는 모든 진리를 잡기 위해 넓게 내던져진 그물이다.

따라서 그들의 유미주의는 하나의 상태에 불과하다. 비록 유미주의가 그들의 본질을 완전히 충족시키고, 그들이 유미주의를 그들 삶의 유일한 형식이라고 체험하며, 그런 식으로 느낄 수 있는 것을 그들 삶의 유일한 내용이라고 생각하더라도 말이다. 베어-호프만의 유미주의자들은 어쩌면 가장 극단적인 종류일지 모르나, 그렇다고 그들이 비극적이지는 않다—적어도 유미주의자로서는. 그도 그럴 것이 그들을 고독한 길 위에 멈추게 하는 것이 어떤 지속적인 실패나 그들의 약함이 아니고, 자기 자신에 대한 전율을 불러일으키기 위해 그들의 삶 전체가 붕괴할 필요는 없기 때문이다. 아니, 일어나는 일은 누군가가 죽는다는 것이다. 진실한 인식을 할 가능성을 영원히 파괴하는 예기치 않은 잔인한 파국은 그 자체를 위해서는 결코 존재하지 않고 이제 모든 의미를 상실하는 그들의 모든 유희를 끝장낸다. 이리하여 인형극에서 꼭두각시 인형들을 춤추게 하는 기계의 용수철은 튀어나온다. 설령 춤이 한동안 더 계속된다 해도 그것은 얼마 안 가 영원히 멈출 수밖에 없게 된다. 아무것에 의해서도 방해받지 않는 영혼의 환상이 한동안 한 쪽 끝에서 다른 쪽 끝으로 목적 없이 거칠게 지속된다 해도 결국 그것 역시 지친 나머지 멈출 수밖에 없다. 그도 그럴 것이 현실이 환상에 강요한 한계가 그 환상의 유일한 존재 이유였기 때문이다. 그런 다음 그러한 환상의 삶은 종말을 맞게 된다.

베어-호프만의 작품에서 유미주의자의 비극은 클라이스트[2]의 『홈부르크 왕자』의 비극과 비슷하다. 이에 대해 헤벨은 언젠가 다른 데서는 어디서나 죽음 자체에 의해서만 달성될 수 있는 카타르시스를 그 작품에서는 죽음의 그림자, 죽음의 공포가 불러일으킨다고 썼다. 누군가가 죽는다. 그리고 그 사람 주위를 에워싸고 있던 꿈들은 그 내용을 빼앗긴 채 자체적으로 붕괴한다. 이러한 꿈들의 붕괴에 뒤이어 꿈속의 다른 모든 상도 붕괴한다. 그러면 이제 살아남은 자는 자신의 모든 삶의 내용을 빼앗기지만 그의 삶에의 의지가 그럼에도 새로운 삶을 싹트게 한다. 이 새로운 삶은 예전의 삶만큼 아름답지는 않지만 그래도 더 강렬한 삶이다. 그 삶은 비록 예전의 삶보다 덜 조화롭고 자체적으로 덜 완결되어 있지만, 다른 사람의 세계나 진정한 삶에 더욱 적합한 하나의 삶이 된다. 또한 덜 민감하고 덜 섬세하지만 더욱 심오하고 더욱 비극적이다. 어쩌면 여기서는 더욱 실체가 없는 꿈들이 고독한 자를 다른 사람들의 경우보다 더욱 촘촘한 안개의 베일로 에워싸지만, 너무 늦기 전에 안개의 베일은 찢어질지도 모른다. 어쩌면 바로 너무 늦기 때문에 그렇게 될지도 모른다. 베어-호프만의 유미주의자들은 너무 민감해서 단순히 사소하고 우연한 일이 그들 내부의 모든 것을 변화시

---

2 클라이스트(Heinrich (Wilhelm) von Kleist, 1777~1811): 19세기 독일의 가장 위대한 극작가. 프랑스와 독일의 사실주의·실존주의·민족주의·표현주의 문학운동의 모범이 되었다. 기질에 맞지 않는 군인적 환경에서 성장했고, 장교라는 직업에 불만을 느끼다가 장교 생활을 그만두었다.

칸트의 글을 읽고 지식의 가치에 대한 신념을 잃었다. 이성에 절망을 느껴 감정에 충실하고자 결심했으나 이성과 감정 사이의 갈등은 해소되지 않았다. 바로 그 갈등이 작품의 핵심이 되었다. 스위스로 가서 첫 작품 『슈로펜슈타인 일가』를 썼는데, 이것은 병리적 상태를 그린 비극으로, 거기에는 인간의 인식은 부정확하고 인간의 지성은 무능하기 때문에 인식과 지성만으로는 진리를 깨달을 수 없다는 주제가 깔려있다.

이 시기에 소포클레스의 비극과 셰익스피어의 성격극을 하나로 융합시켜보려는 야심을 품고 『로베르트 지스카르트』를 집필했으나 미완성으로 끝났다. 프랑스 군대에 자원하고자 했으나 프랑스에서 추방되어 동프로이센으로 가게 되었다. 그곳의 쾨니히스베르크에서 공무원을 지원했지만 수습 기간에 해고당했다. 계속 글을 쓸 수 있기를 바라며 드레스덴으로 떠났으나, 프랑스인들에게 체포되어 스파이 혐의로 6개월간 감옥 생활을 했다.

드레스덴에 있는 동안(1807~09) 아담 뮐러와 함께 〈푀부스(Phöbus)〉라는 정기간행물을 발행했으나 몇 개월 후 폐간되었다. 몰리에르의 『암피트리온』을 각색하여 출판한 작품이 약간 주목을 끌었고, 1808년 아마존 여왕 펜테질레아의 아킬레스에 대한 격정적인 사랑을 그린 비극 『펜테질리아』를 출판했다.

1808년 뛰어난 운문 희극 『깨진 항아리』가 공연되었지만 성공을 거두지 못했다. 1808년 말 나폴레옹에 대항하는 봉기가 위험에 처한 데 자극을 받아 전쟁시 몇 편과 애국적 비극 『헤르만의 전투』를 썼다. 1810~11년 중세 슈바벤 지방을 무대로 한 희곡 『하일브론의 캐트헨』이 공연되었다. 『소설집』으로 묶여나온 8편의 단편들 중 「미하엘 콜하스」, 「칠레의 지진」, 「O… 후작 부인」이 잘 알려져 있다. 마지막 희곡 『프리드리히 폰 홈부르크 왕자』는 뛰어난 심리극으로, 이 극의 문제적 주인공은 영웅주의와 비겁함, 몽상과 행동 사이에서 갈등을 일으켰던 작가 자신을 반영하는 가장 세련된 인물이다.

6개월 동안 일간지 〈베를리너 아벤트블래터(Berliner Abendblätter)〉를 편집했으나 신문 발행이 중단되자 생계 수단을 잃어버리게 되었고, 삶에 좌절하며 괴테를 비롯한 동시대인들이 그를 인정해주지 않는 것에 괴로워하던 중 불치병에 걸린 헨리에테 포겔을 알게 되었다. 그녀가 자신을 죽여달라고 하자 1811년 11월 21일 반제에서 헨리에테와 함께 권총 자살로 삶을 마감했다.

키기에 충분하다. 하지만 그들은 그들 삶의 내용의 붕괴가 실제 삶의 붕괴를 초래하지 않을 만큼 충분히 강력하다. 다른 모든 사람보다 더 용감하고 더 세련되게, 더 경박하고 더 복잡하게, 유미주의자들은―그들 세계의 유일하게 고정된 중심점인 순간의 분위기로―모든 것을 다른 모든 것과 연결시킨다. 그러나 그들의 위대한 체험이 작품의 허구적 연관성을 파괴할 때 오직 내용만 파괴될 뿐 형식은 온전히 남아 있다. 그 체험은 내용으로부터 형식을 분리하고, 주인공들이 다른 모든 사람의 출발점이 되는 것으로부터 구제해주며, 외부 세계에 현실성을 부여한다. 그래서 그들의 체험은 그들의 자아가 확고부동한 것이라거나 세계의 중심점에 서 있다는 망상에 종지부를 찍는다. 즉 그들의 체험은 그들을 붙잡아 모든 것이 다른 모든 것과 실제로 연결되어 있는 삶의 한 가운데로 집어 던지는 것이다.

"밤 시간에 그는 '자신의 삶이 하나의 고독한 음조처럼 빈 공간 속으로 점차 사라지지 않는다'는 것을 알았다. 그의 삶은 모든 것을 통해 울려 퍼지는 영원한 법칙에 지배됨으로써 태초부터 측정된 위대하고 장엄한 원의 일부로 존재했다. 그에게는 어떠한 부당한 일도 일어날 수 없었고, 고통은 쫓겨난 상태가 아니었다. 죽음도 그를 모든 것으로부터 헤어지게 할 수 없었다. 왜냐하면 모든 것에 필수 불가결하게 결합되어 있는 상태에서는 모든 행동은 어쩌면 하나의 직무이고, 고통은 어쩌면 품위이며, 죽음은 어쩌면 하나의 사명이었을지도 모르기 때문이다.

이런 것을 어렴풋이나마 예감했던 사람은 정의로운 사람으로서 삶을 헤쳐 나갈 수 있었다―자신을 응시하지 않고 시선을 멀리 향하면서…… 불안은 그에게 생소한 것이었다. 그가 두드리는 곳에서는 어디서도—바위보다 단단한 곳일지라도—정의가 그에게 분수처럼 쏟아져 나왔기 때문이다. 그리고 결코 마르지 않는 시냇물처럼 공정함이."

그러므로 이것은 새로운 세계이며, 유미주의로부터 벗어나는 길이다. 다시 말해 그것은 모든 것의 다른 모든 것과의 연관성을 종교적으로 깊이 느끼는 감정이다. 내가 하는 모든 행동이 내가 대부분 알지 못하고 알 수도 없는 수천 가지의 반향을 사방에서 불러일으킨다는 감정이며, 내가 알든 모르든 나의 행위 하나하나 역시 내 안에서 서로 만났다가 다시 타인에게로 가는 수천 가지 파도의 결과라는 감정이다. 모든 것은 정말이지 나의 내부에서 일어나지만, 나의 내부에서 일어난 것은 삼라만상이라는 감정이다. 즉 미지의 힘이 나의 운명이지만, 스쳐 지나가는 나의 순간들 역시 내가 알지 못하는 사람들의 알지 못하는 운명일 수 있다는 감정이다. 이리하여 우연이 필연적인 것으로 된다. 우연적인 것, 순간적인 것, 다시 되돌아오지 않는 것은 보편적인 법칙으로 변화되고, 우연적인 것이나 순간적인 것이 되기를 그만둔다. 그것이 인상주의의 형이상학이다. 파도를 만난 사람의 처지에서 보면 모든 것은 우연이다. 어떤 파도를 언제 어디서 만났든 그것은 상관없다. 이 모든 것은 그의 내면의 진실한 삶의 과정과는 전혀 무관하기 때문이다. 파도 하나하나는 모두 우연의 유희이다. 바로 그 점이 모든 삶은 우연한 파도의 유희라는 깊은 법칙성이 있다. 그러나 모든 것이 우연이라면, 아무것도 우연이 아닌 것이며, 그렇다면 우연이란 존재하지 않는 셈이다. 왜냐하면 이러한 우연은 그것이 삶의 법칙과 동시에 존재하며, 다만 몇 개의 구체적인 경우에서 그 법칙을 넘어설 때만 의미가 있기 때문이다.

그러면 그런 세계에서 한 인간이 다른 인간의 삶에서 어떤 의미를 지닐 수 있는가? 무한히 많은 의미를 지닐 수 있지만, 거의 아무런 의미를 지니지 않을 수도 있다. 한 인간은 다른 인간에게 운명이자 그의 촉매, 그의 안내자이자 새로운 창조자 및 파괴자가 될 수 있다. 그러나 이 모든 것은 부질없는 일이다. 그는 다른 인간에게 결코 진정으로 도달할 수 없기 때문이다. 그것은 이해되지 않은 것이나 미숙한 파악 불능의 비극이 아니고, 모든 것을 자신과 똑같은 모습으로 만들어내는 섬세한 에고이스트의 비극도 아니다. 여기서는 이해 자체는, 가장 아름답고 심오하며 가장 부드럽고 남을 사랑하는 이해라도 운명의 수레바퀴 아래서 짓이겨지고 만다. 베어-호프만도 다른 작가들 이상으로 양극단을 떼어놓는다. 호프만스탈이나 슈니츨러의 경우 비극은 인간들 사이에 이해가 존재하지 않고 존재할 수 없다는 데에 있다. 그런데 베어-호프만의 경우 비극은 인간들 사이에 이해가 존재할 수 있고 이해에 도달할 수 있지만, 그것이 아무 소용이 없다는 데에 있다. 정말이지 인간은 모든 것을 이해하고 꿰뚫어 볼 수 있으며, 다른 인간에게 무슨 일이 왜 일어나는지를 깊은 사랑과 진심으로 관찰할 수 있다. 그러나 그러한 이해는 실제로 일어난 일과 아무런 연관성이 없으며, 연관성이 있을 수도 없다. 이해의 세계로부터는 실제 삶을 조망하는 것 이상은 할 수 없다. 그쪽으로 통하는 문은 영원히 닫혀 있고, 영혼의 어떠한 힘도 그 문을 폭파시키는 것을 도와줄 수 없다. 사건들이 일어나지만 우리는 왜 그런 사건들이 일어나는지 알지 못한다. 설령 우리가 사건들이 일어나는 것은 안다 하더라도 아무것도 알지 못할 것이다. 그러나 우리가 알 수 있는 것은 기껏해야 운명이 문을 두드릴 때 우리 내부에서 무슨 일이 일어나는지, 어떤 것을 우리의 운명으로 만드는 데 기여한 다른 사람에게 무슨 일이 일어나는지, 우리가 그의 운명을 대변하는 사람에게 무슨 일이 일어나는지 하는 정도일 뿐이다. 우리는 이 모든 것을 알 수 있으며, 그 때문에 다른 사람을 사랑할 수 있다—설령 우리가 서로 만났다는 사실로 우리의 삶이 파멸한다 하더라도. 이러한 점 때문에 우리는 다른 사람의 삶 내부에서 진정으로 깊이 존재할 수 있긴 하지만, 모든 사람은 자기 자신의 깊디깊은 운명과 홀로 남게 된다. 심지어 자기 자신에 대해서도 누구나 고독할 것이다.

베어-호프만의 시는 이러한 비전에서 성장한다. 이러한 비전의 모든 것을 포괄하는 경이에 직면해서는 범주별로 분류하는 기능을 하는 우리의 모든 단어, 즉 신념과 회의, 사랑과 체념, 이해와 생소함, 그리고 그 밖에 우리가 사용하는 모든 단어는 그 의미를 잃게 된다. 그도 그럴 것이 이러한 세계는 실제로 모든 것을 자체 내에 용해시키기 때문이다. 다시 말해 그 세계는 모든 것을 포함하고 있지만, 동시에 모든 것을 부정하기 때문이다. 그리고 우리가 사용하는 단어 하나하나는 이러한 세계의 합창에서 연들의 분위기만 묘사할 수 있을 뿐이지만, 각각의 연으로부터는 하나의 응답 연이 자라난다. 음악에서처럼 단어들은 함께 해야만 존립할 수 있고, 분리되지 않은 상태에서만 의미와 중요성, 현실성을 지닐 수 있다.

2

모든 문학작품은 다만 아름다운 언어의 화음으로만 이루어진 것이라 해도 위대한 문, 그 뒤에 통로가 나 있지 않은 문에 이르게 한다. 모든 문학작품은 우리가 언젠가는 비틀거리며 내려갈 수밖에 없는 깊고 어두컴컴한 심연이 눈에 보이는 위대한 순간에 이르게 한다. 심연 속에 떨어지고 싶은 소망은 우리 삶의 숨겨진 내용이다. 우리의 의식은 될 수 있는 한 우리가 그 심연을 피하도록 해준다. 그렇지만 그러한 심연은 산 정상에서 예기치 않게 펼쳐진 전망이 우리에게 현기증을 안겨줄 때, 또는 밤안개 속에서 우리 주위에 향내를 풍기던 장미가 갑자기 사라질 때 항상 우리의 발밑에 아가리를 벌리고 있다. 모든 문학작품은 질문들로 둘러싸여 구축되어 있으며, 심연의 언저리에서 느닷없이 예기치 않게 그러나 강제적인 힘에 의해 갑자기 멈춰버릴 수 있는 식으로 진행된다. 그리고 모든 문학작품은 무성한 종려나무 숲을 지나고 하얀 백합이 꽃 핀 들판들 너머로 우리를 이끌어간다 하더라도, 언제나 커다란 심연의 언저리에 이르게 될 것이다. 그리고 그러한 심연의 언저리에 도달하기 전에는 어디서도 길을 멈출 수 없다. 형식의 가장 심오한 의미는 위대한 침묵이라는 위대한 순간으로 이끌어가는 것이고, 목적 없이 쏜살같이 흘러가는 삶의 다채로움을 형상화할 때 그러한 순간만을 위해서만 급히 서두르는 것처럼 하는 것이다. 문학작품이 서로 다른 것은 수많은 종류의 오르막길을 거쳐 심연에 도달할 수 있고, 우리의 질문은 언제나 새로운 놀람으로부터 떠오르기 때문이다. 그리고 어떤 지역에서 정상으로 가는 길은 하나밖에 없기에 형식은 자연적인 필연성이다. 하나의 질문과 이를 둘러싼 삶, 하나의 침묵과 그 주위 및 앞뒤의 살랑거림, 소음, 음악, 그 주위의 보편적인 노랫소리, 이러한 것이 바로 형식이다.

그렇지만—물론 오늘날에만—인간적인 것과 형식이 모든 예술의 핵심 문제이다. 수천 년 동안 존재했던 사물들, 그리고 수천 년 동안이나 비바람을 맞는 가운데 그들 자신의 본래 기원에 낯설어진 사물들의 근원에 대해 문의할 권리가 우리에게 있다면 그 때문에만 예술이 생겨날 수 있었고, 글쓰기의 예술은 그것이 우리에게 그 예술에 대해 말할 위대한 순간을 줄 수 있기 때문에만 하나의 의미를 가질 수 있다. 바로 이런 순간들 때문에만 예술은 숲이나 산, 인간이나 우리 자신의 영혼과 꼭 마찬가지로 우리에게 삶의 가치가 되었다. 그러나 예술이 지닌 삶의 가치는 단지 좀 더 복잡하고 심오하며 좀 더 가까이 있긴 하지만, 때로는 이 모든 것보다 더 멀리 떨어져 있기도 하며, 또 우리의 삶에 대해 보다 냉철하게 객관적이긴 하지만 삶의 영원한 멜로디 속에 더욱 굳건히 자리하고 있다. 예술은 인간적이라는 이유 때문에만, 그리고 그것이 인간적인 한에만 존재 가치가 있을 수 있다. 그러면 형식은 어떠한가? 그러한 질문을 하는 사람에게 형식 이외에 다른 것이 있느냐고 반문하던 때가 있었다. 또한 오늘날 형식이라고 불리는 것을 열렬히 의식적으로 찾던 때, 그리고 늘 변하는 것으로부터 유일하게 존속하는 것을 예술적 창조의 냉철한 황홀감으로 낚아채던 때가—그런 시절이 있었다고 생각된다—있었다. 그리고 이러한 것이 계시의 자연스러운 언어, 즉 막히지 않고 터져 나오는 외침이며 급격한 움직임의 직접적인 에너지에 불과했던 때가 있었다. 그 시절에는 형식의 본질에 대해 묻는 사람이 없었고, 형식을 질료나 삶으로부터 아직 분리시키지 않았으며, 형식이 이런 질료나 삶과는 다른 것이라는 것을 아무도 알지 못했기 때문이다. 또 형식이 같은 종류의 두 영혼, 즉 시인과 독자를 이해하는 가장 간단한 방법이자 지름길이었기 때문이다. 그런데 오늘날에는 이것마저 문제가 되었다.

온갖 갈등을 이론적으로 파악하기란 불가능한 일이다. 우리가 형식에 대해 숙고하고 형식이란 단어에 의미를 부여하려고 한다면, 형식이 가장 강력하고 영속적인 표현을 위한 지름길이자 가장 간단한 방식이라는 사실에 의해서만 그것이 가능하다. 그리고—우리가 느끼기에 그러한 유추가 우리에게 약간의 확신을 주기도 한다—우리는 역학의 황금률이나 모든 것이 최소한의 노력으로 최대한의 결과를 얻으려는 경향을 지닌 국민경제의 진실을 생각해보게 된다. 그렇지만 하나의 갈등이 존재한다. 즉 우리는 하나의 갈등이 존재함을 알고 있다. 우리는 형식을 직접적인 현실로 여기는 예술가가 있다는 것을 알고 있으며, 우리가 느끼기에 그들의 작품에서는 삶이 작품에서 무심코 빠져나온 듯한 인상을 준다. 그들은 우리에게 목표만 제시할 뿐 우리를 불만족한 상태로 남겨두는 예술가들이다. 그도 그럴 것이 목표란 그것이 하나의 도착점, 즉 길고 힘든 여정의 오랫동안 기다려온 종점일 경우에만 아름다움을 유지하기 때문이다. (다른 관점에서 보자면 이런 예술가들은 길만을 제시할 뿐 목표는 제시하지 않는다고도 말할 수 있다). 그리고 영혼이 풍부하게 넘쳐 흐르고 있어서 형식의 속박을 장애물로 여기는 예술가도 있다. 그들은 포도주를 채울 잔을 가지고 있지 않으므로 그들이 애써 담근 황금 포도주를 공허한 수증기로 증발시켜버린다. 다시 말해 그들은 슬픈 듯 고개를 떨구고 완성을 체념한다. 그리고 언젠가 완성되기를 거부당한 작품은 그들의 피곤하고 포기하는 손에서 떨어져 나간다. 형식의 위대한 대가인 헤벨이 언젠가 "나의 희곡에는 내장이 너무 많은 반면, 다른 작가의 희곡에는 피부가 너무 많다"라는 식으로 말한 것도 같은 취지의 발언이라 할 수 있다.

우리는 이 문제를 풍부함과 형식 사이의 갈등으로도 제기할 수 있다. 다시 말해 형식을 위해 무엇을 희생할 수 있고 희생해야 하는가? 또 실제로 무엇을 포기해야 하는가? 그리고 무엇 때문에? 어쩌면 존재하는 형식이 우리의 삶으로부터 자라나지 않아서일지도 모른다. 또는 오늘날 우리의 삶이 너무 비예술적인데다가, 삶 속을 지배하는 혼란의 결과 너무 불확실하고 약해져서, 살아있는 예술이 생겨나게 하려면 점차 형식 중의 어떤 것이 변할 수 있으며 또 변해야만 하는지를 그 자체의 목적을 위해 변형시킬 능력조차 없기 때문이다. 그래서 오늘날에는 예술에 대해 숙고하고 과거의 위대한 작품에 열광하며 그 작품의 비밀을 탐구한 결과로써 추상적인 형식만이 존재한다. 그러나 이러한 형식은 우리 삶의 특수한 성질이나 오늘날 우리 삶의 진정한 아름다움과 풍부함을 포함할 수 없다. 또는 형식이란 아예 존재하지 않을 수도 있다. 효과를 발휘하는 모든 것은 공동 체험이란 힘을 통해서만 그럴 뿐이며, 더 이상 체험을 공유하지 않는 즉시 이해할 수 없게 된다. 이것이 갈등의 이유이거나 이유가 아닐지도 모르지만, 여기에도 갈등이 존재하는 것은 분명하다. 그리고 과거의 진정으로 위대한 시기에는 갈등도 없었으리란 것 역시 분명하다. 그래서 그리스 비극은 아무리 개인적인 서정시라도 직접 표현할 수 있었고, 15세기 이탈리아 문예부흥기의 위대한 구성은 환상적인 다채로움과 풍부함에도 불구하고 온전히 남아 있었다. 또한 15세기 이전의 구성은 말할 것도 없이 더 온전하게 남아 있을 수 있었다.

요약해서 말하자면 오늘날 형식에 의해 효과를 발휘하는 문학작품이 있으며, 형식에도 불구하고 효과를 발휘하는 문학작품도 있다. 많은 사람의 의문점은(모든 사람의 의문점이겠지만) 그럼에도 작품이 조화를 얻을 수 있는가 하는 문제이다. 다른 말로 하자면 오늘날의 양식이 존재하는가, 또는 오늘날의 양식이 존재할 수 있는가 하는 문제이다. 추상적인 형식으로부터 본질을 추출하는 것이 가능한 일인가? 그리고 오늘날의 삶이 완전히는 빠져나가지 않는 식으로 본질을 추출하는 것이 가능한 일인가? 내일이면 더 이상 존재하지 않을지도 모르는, 우리 순간들의 색이나 향기, 꽃가루를 영원히 보존하는 것이 가능한가? 그리고 우리 자신은 모르는 본질이라 하더라도 우리 시대의 가장 내적인 본질을 파악하는 것이 가능한 일인가?

3

베어-호프만과 형식. 우리가 얘기하고자 하는 것은 가장 엄격하고 구속력 있는 특수한 형식, 즉 노벨레와 비극이라는 두 가지 문학 형식이다. 비극이 추상화하는 것을 좋아하듯이, 노벨레 역시 인물들, 그들 상호 간의 관계, 그들의 상황을 강하게 추상화하는 것을 좋아한다. 이때 노벨레는 인간 및 삶의 환상을 불러일으키는 최소한도의 능력만 허용한다. 비극은 위대한 합리성의 추상화이다. 그 속에서는 몇 가지 필연성이 교차하며, 모든 가능성이 완전히 또 남김없이 취소된다. 비극 자체에 의해 제기된 가능성뿐만 아니라 추상적인 주제로부터 순전히 지적으로 도출될 수 있는 모든 가능성마저 취소된다. 노벨레는 비합리성의 추상화이다. 노벨레는 예기치 않고 깜짝 놀랄 만하며, 파괴적이고 분석을 거부하는 순간들에 의해 지배되는 인과적 계기가 없는 무질서의 세계이다. 양자는—서로 간의 그리고 다른 모든 예술 형식으로부터의 효과와 수단을 애초부터 배제하는 방식으로—추상적인 도식에 맞추어질 수 있는 한에서만 인간을 사용할 수 있다.

이것이 베어-호프만의 양식상의 커다란 문제이다(그런데 이것은 모든 본질적 예술가의 모든 문제가 그렇듯이 그만의 문제는 아니다. 다만 그의 경우에 가장 분명하고 첨예하게 나타날 뿐이다). 그에게는 우연과 필연성이 서로 엄격히 구분되지 않는다. 한쪽이 다른 쪽에서 자라나서는 다시 다른 쪽으로 들어가 그것과 융합함으로써 그것의 특수한 의미나 대립적인 성격을 빼앗아버린다. 그로 인해 형식이 요구하는 추상적 양식화에 부적합하게 만들어버린다. 이것을 간단히 요약하면 베어-호프만의 노벨레가 다루는 대상은 비합리성과 우연성이다. 그러나 그는 그 우연성을 필연성으로 만든다. 그 때문에 그가 창조한 모든 아름다움은 의도된 효과에 반하는 작용을 한다. 아름다움이 진정할수록 반대되는 효과도 그만큼 확실하다. 베어-호프만의 희곡은 위대한 필연성의 힘을 결속시키고 있다. 그러나 이러한 필연성은 우연을 필연성으로 끌어올리는 것에 존재한다. 그가 짜 맞추어진 보충적인 우연으로부터 보다 섬세하고 확실한 구성을 만들어낼수록 전체 구성은 더욱 취약해지고 토대의 불안함이 더욱 분명해진다. 양식상의 이런 문제가 노벨레에 어떤 의미가 있으며, 희곡에는 어떤 의미가 있는가? 두 가지 경우에서 그 문제는 순간적인 것이 과도하게 침입함으로써 균형이 파괴되는 것을 의미한다. 왜냐하면―이러한 작가 세계의 풍부함은 논외로 치더라도―두 가지 경우에서 양식화의 원칙은 너무 복잡하고, 자체적으로 너무 많은 것을 포함하며, 너무 유연하고 단선적이어서 양식화의 원칙의 도움으로 (다른 도움은 존재하지 않는다) 인간과 상황을 단순화하고, 그것들을 우리로부터 적당한 거리를 유지시키며, 서로에 대한 올바른 관계나 인간과 상황의 배경에 대한 올바른 관계를 설정하기란 거의 불가능하기 때문이다. 그 배경을 필요한 크기로 줄여서 배경을 그 자체로만 나타나게 하기란 힘든 일이다. 그래서 심리학의 과도한 지배가 불가피해진다.

노벨레의 경우 이는 풀 수 없게 조정된 상황이 그럼에도 해결된다는 것을 의미한다. 노벨레는 그 형식이 바로 놀라움의 요소를 없애버리기 때문에 내용상으로 놀라움을 안겨준다. 이런 해결은 광범하고 완전하며 서정성이 풍부한 영혼 분석을 통해 물론 내부로부터만 일어날 수 있다. 베어-호프만의 노벨레의 내용은 우연한 파국의 결과로 이루어지는 한 인간의 영혼의 전개이다. 그러나 이때 생겨나는 문제는 바로 이것이다. 즉 인간의 영혼의 전개가 장편 소설과는 다른 어떤 예술 형식의 대상이 될 수 있는가? (이러한 의미에서 보면 장편 소설은 엄밀한 형식이 아니다). 왜 이것은 중요한 문제인가? 영혼의 전개는 결코 암시적일 수 없기 때문이다(그리고 영혼의 전개가 순수할수록 그것은 덜 암시적이다). 왜 그럴까? 어쩌면 모든 심리학은—예술 이외의 분야에서도 그렇겠지만 여기서는 예술에 관해서만 언급하고 있다—어쩔 수 없이 자의적인 효과만을 가질 수 있기 때문일지도 모른다. 영혼의 전개 자체는 예술적인 수단에 의해서는, 즉 감각에 직접 호소하는 힘에 의해서는 형상화될 수 없기 때문이다. 즉 유일하게 가능한 수단은 두 개의 상이한 단계인 전개의 시작과 끝 또는 전개의 일부분을 감각화하는 것이다. 또 두 번째 단계인 끝부분 역시—경험상 매우 드문 일이긴 하지만—설득력 있게 보이도록 해서, 도착점으로부터 되돌아볼 때 우리는 그곳에 도착하는 과정역시 가능한 과정으로 받아들이도록 해야 한다. 물론 그것만이 유일하게 가능한 과정이라는 말은 아니다. 그도 그럴 것이 시작과 끝이라는 두 지점 사이에서 우리는 수많은 심리적인 결합을 생각할 수 있기 때문이다. 더구나 외부 요소의 영향이 적을수록, 그러한 전개가 순전히 오직 영혼에만 관계될수록, 그리고 형식이 순전히 심리적인 것만 다룰수록, 형상화는 설득력이 더욱 떨어질 수 있다. 시작과 끝이라는 두 지점이 서로 멀리 떨어져 있을수록 이 두 부분 사이의 결합이 더 많아지고 다양해질 수 있다.

　노벨레와 장편 소설을 가장 눈에 두드러지게 구분 짓는 것은 펼쳐지는 세계의 넓이이다. 노벨레는 고립된 사건을 대상으로 삼고, 장편 소설은 전체 삶을 대상으로 삼는다. 노벨레는 엄격하게 몇몇 인물이나 그것의 목적을 충족시켜줄 몇몇 외적인 상황을 세계로부터 선택한다. 반면에 장편 소설은 생각할 수 있는 모든 요소를 풍부하고도 넉넉히 구조 속에 끌어들인다. 장편 소설의 목적을 위해서는 불필요한 게 없기 때문이다. 베어-호프만의 노벨레는－그의 양식상의 문제를 간략히 요약하자면－도식이나 의도된 효과 면에서 장편 소설과 같지만, 출발점이나 제한된 수단은 노벨레의 그것과 같다. 이런 식으로 그는 노벨레의 농축된 힘을 잃는 반면 다른 한편으로 그에 대한 보상을 얻지 못하고 있다. 그의 노벨레는 긴밀성이 부족하다. 시작 부분의 관점에서 보면 끝부분은 약화해 있을 뿐이고, 끝부분의 관점에서 보면 토대가 자의적으로 보인다. 그리고 사건을 끝까지 전개시키는 과정 역시 자의적이다. 그러므로 그의 노벨레에 담겨 있는 아름다움은 순전히 서정적인 성격을 띨 뿐이다. 베어-호프만의 서정시가 심오하고 풍부하게 울리며 매혹적으로 될수록 그러한 불일치가 더욱 선명히 드러나는 것이 흥미롭다. 공식적으로 말하면 그의 보다 빈약한 노벨레들이 더 낫다고 할 수 있다.

　희곡의 경우는 상황이 더 어렵지만, 어쩌면 더 간단할지도 모른다. 베어-호프만은 희곡에서 문제를 훨씬 심화시키므로 노벨레와 희곡이라는 양극은 더 이상 서로를 배제하지 않는다(그의 노벨레에서 드러나는 양식상의 갈등의 본질은, 어쩌면 베어-호프만이 이 형식으로 도달할 수 있는 것 이상의 효과를 내려고 하므로 부득이 그가 노벨레의 한계를 파괴시킬 수밖에 없다는 데 있을지도 모른다).

희곡의 경우는 노벨레의 경우와는 반대이다. 희곡에서 실제로 보이는 것은 극적 표현에 적합한 재료가 될 만치 고도로 양식화되어 있다. 이러한 사실은 무엇을 의미하는가? 희곡에서는 언제나 세계의 필연성이 지배하고, 가차 없으며 항시 스스로를 실현하고 모든 것을 포괄하는 우주적인 법칙성이 지배한다(이때 희곡의 내용은 문제되지 않는다. 다시 말해 무수히 많은 수의 가능한 내용 중에는 극적인 양식화의 토대가 되기에 똑같이 적합한 몇 개의 내용이 항상 존재한다). 그러므로 이러한 관점에서 보면 그의 희곡『샤롤레 백작』의 기본 토대에 대해 아무런 이의도 제기할 수 없다. 다른 희곡을 망쳐버렸을지도 모르는 요소들이 ─ 파국과 운명 전환의 완전한 우연성이 ─ 그의 작품에서는 깊은 감동을 주고, 어떤 경우에는 심지어 무척 극적으로 되기도 한다. 그도 그럴 것이 여기서는 우연이 벌써 희곡의 선험성에 속하고 전체 분위기 속에 포함되어 있기 때문이다. 정말이지 여기서는 우연이 전체를 만들어내고, 모든 것은 우연을 토대로 우연으로 인해 구축된다. 바로 이러한 점을 통해 우연은 극적이고 비극적인 효과를 낼 수 있게 된다. 어떤 순간이 극적인지 아닌지 결정하는 판단 기준은 결국 다름 아닌 그 순간이 지닌 상징적 힘의 정도이기 때문이다. 다시 말해 그 순간이 등장인물의 전체 본질이나 운명을 얼마만큼 자체 내에 포함하고 있으며, 그것이 그들의 삶을 얼마만큼 상징하고 있는가 하는 것이기 때문이다. 그것과 비교하면 다른 모든 것은 단지 외적인 성격을 띨 뿐이다. 만일 이런 성격이 결여되어 있다면 아무것도, 즉 세련됨이나 격렬함도, 열정이나 그림 같은 구체성도 더 이상 도움이 되지 않는다. 몇몇 중요한 경우에는 비합리성이 처리되지 않은 채 남아 있다. 왜냐하면 우연한 사건의 우연적 성격을 없애줄 (그래서 우연을 극적으로 만들어줄) 과정은 오늘날 우리가 마음대로 쓸 수 있는 표현수단에 비추어 볼 때 추가적이고 심리적인 과정일 수밖에 없고, 그런 과정을 겪는 자의 영혼을 통해서만 표현될 수 있기 때문이다. 그러므로 직접적인 감각화는 특히 어렵고 거의 불가능하다. 그리고 이와 더불어 상황의 감각적인 힘 속에서의 완전한 상징화, 즉 진정으로 극적인 효과 역시 거의 불가능하다. 좀 더 잘 말하자면 이러한 극적 효과가 존재하는지 않는지의 여부는 그러한 감각화나 상징화와 필연적으로 또 유기적으로 연관되어 있지는 않다. 문제는 오히려 우리가 그런 세계관을 극적으로 표현하기 위해 추가적인 반성의 수단 이외에 다른 수단을 가지고 있는가 하는 점이다.

이 문제는 지금까지 베어-호프만의 유일한 희곡에서 아직 해결되지 않고 있다. 이 희곡의 본질을 이루는 세 번의 커다란 운명 전환 중의 하나는 전사(前史), 즉 과거에 속한다. 이것은 깊은 감동을 주고 완전히 암시적이기도 하다. 이런 해결 방식(『오이디푸스 왕』에서도 그런 해결방식을 볼 수 있다)은 물론 입센에 의해, 그 전에 이미 헤벨에 의해 비합리주의를 극복하기 위해 사용된 적이 있다. 그러나 그런 식의 해결이 분명 효과적이긴 해도 모든 경우에 그 방식을 사용할 수 있는 것은 아니다. 왜냐하면—다른 관점이긴 하나 파울 에른스트가 보여주었듯이—그런 해결방식은 너무 적은 변화와 (어떤 희곡 작품의 내에서) 움직임의 자유를 너무 미약하게 허용하기 때문에 작가와 그의 예술을 필연적으로 빈곤하게 만든다. 희곡에서 이런 식으로 해결책을 찾지 않는 다른 두 가지 운명의 전환은 우리가 그 사건의 결과에 아무리 사로잡혀 있을지라도 사건으로서 충분한 설득력이 없다. 하지만 그렇다 해도—희곡에 대한 추상적인 개념의 관점에서 본다 할지라도—그 희곡이 실패했다고 단정 짓는 것은 잘못일 것이다. 언제나 그렇듯이 베어-호프만이 선택한 길은 여기서도 가장 위험한 길이긴 하지만 어쩌면 바로 그 때문에 미래를 약속해주는 길일지도 모른다. 그렇지만 장면들 중 어느 것도 순전히 심리적이지는 않다. 즉 보다 대담한 장면인 두 번째 장면은 결코 심리적이지 않다. 이상하게 얽힌 우연 때문에 남편과 자식을 변함없이 사랑하던 한 여인이 한 남자, 즉 그녀가 속으로 경멸했을지도 모르고 언제나 전혀 관심을 두지 않았던 한 남자로 인해 파멸을 맞게 된다. 그녀는 죽을 때까지 남편에게 충실하고자 마음먹은 순결하고 도도한 여인이었다. 이상한 우연의 이상한 만남으로 인해 두 사람은 단둘이 어두운 방에 들어간다. 젊은이의 애처로운 호소에도 여인은 꿈쩍도 하지 않는다. 그러나 그녀가 남편에 대한 사랑을 가장 확실하게 느끼던 순간, 얄궂은 우연에 의해 이글거리던 장작이 난로에서 떨어져 무심하게 퇴짜 맞은 젊은이를 다치게 한다. 그런데 그녀는 그녀의 본질에서는 그의 말에 여전히 무관심한 상태였지만 이제 인간적인 연민이 생겨나게 된다. 여인은 아무 생각 없이 연민에 끌려 첫 발걸음을 뗀다(그 발걸음이 또 다른 발걸음으로 이어질 필요는 없었다). 다시 말해 젊은이는 여인에게 정원을 가로질러 자신을 좀 배웅해달라는 기이한 부탁을 하는 것이다.

"나는 이 밤이 보았으면 좋겠어요,
우리 둘이 정원을 가로질러 가는 모습을.
어디에나 내려앉은 밤이 말입니다!
나는 밤이 나의 절친한 친구였으면 좋겠어요!
그러면 나는 어디에 있든 밤과 당신 얘기를 할 수 있을 겁니다!
밤이 우리를 보았을 겁니다!

밤은 당신과 나에 대해 알고 있어요!
나는 당신께 물을 겁니다. '당신도 밤을 보았지요.
무척이나 아름답지 않나요?'
그리고 밤에게 하소연할 겁니다.
'밤이여, 그녀는 나를 사랑하지 않아요.
나는 그녀를 그토록 사랑하건만.'"

기이하게 굽어 있는 정원 길, 달밤에 떨어지는 눈송이들, 그녀의 귓
전을 맴도는 이상한 말들이 그녀로 하여금 다음 발걸음도 떼게 한다.
그러다가 결국 그녀가 원하지도 않은 가운데, 어쩌면 자신에게 무슨
일이 일어나는지 제대로 알지도 못하는 사이에 모든 일이 일어나게 되
었다. 나중에 커다란 비극에 직면하자 깊은 슬픔이 이미 첫 순간의 분
노와 격분을 대체한다. 그녀의 남편은 깊은 우울감에 사로잡혀 이런
질문을 할 뿐이다.

"대체 무슨 일로, 그토록 도도한 당신이
여기에 — 이 집에 — 오게 되었소?"

그러나 그녀는 슬픔에 차 머리를 흔들며 대답한다. "모르겠어요." 그
리고 적당한 말을 찾다가 "그가 말했어요……."라며 말끝을 맺지 못한
다. 우리의 삶을 지배하는 놀랍고도 끔찍한 우연들, 즉 이상한 순간들
의 경악할 만한 경이들은 희곡의 이 지점에서 완전히 눈에 드러나게
되고, 여러 상황을 나타내주는 음악에서 분명히 귀에 들리게 되는 것
같다. 우연은 그것이 우리의 삶을 얼마나 가차 없이 지배하고 있는가

를 우리로 하여금 직접 느끼게 해주는 살아있는 자질을 얻는다. 여기서 우연들, 순간들은 상징적으로 된다. 즉 자신이 지닌 절대적인 힘을 나타내는 상징이 된다. 이것이 진정으로 극적인 표현으로 향하는 첫걸음이다. 그러나 단지 첫걸음일 뿐이다. 왜냐하면 여기서도 암시적인 효과는 대부분 추가적인 효과일 뿐이기 때문이다. 그리고 사건들은 단지 추가로 얻을 수 있는 감정을 위한 설명과 토대로 쓰일 뿐이기 때문이다. 사건들은 그러한 감정을 직접 체험이라는 압도적인 힘으로가 아니라 단지 희미한 예감으로서 우리에게 제공할 뿐이다.

이러한 순간들과 그 순간들이 나타내는 길 속에서 현대의 극적 양식의 보기 드문 에너지를 지닌 최초의 흔적이 발견될 수 있다. 그 양식을 현대적 양식(예컨대 자연주의 희곡에서 보듯이)으로 만들어 주는 것은 오늘날 삶의 피상적이고 중요하지 않은, 아무에게도 흥미롭지 않은 특성이 아니다. 오히려 그렇게 만들어 주는 것은 오늘날 우리가 느끼고 평가하며 사유하는 특수한 방식, 그 템포와 리듬, 멜로디가 형식으로 자라나 그 형식과 하나가 돼서는 결국 형식 그 자체가 되려는 사실이다. 베어-호프만의 희곡은 예기치 못한 아름다움의 들어보지 못한 풍부함으로 가득 차 있다. 문제를 제기하는 그의 방식만 해도—답변의 날은 아직 오지 않았긴 하지만—그가 새롭고 놀랄 만한 멋진 해결책을 발견할 수 있게 해준다. 괴테와 실러 이래로 희곡의 인물에게서 위대한 비극이 요구하는 거리를 유지하도록 운문이 필요해졌다. 그러나 이미 괴테와 실러는 등장 인물에게 인간성을 부여하려는 시도를 포기했다. 실러는 괴테에게 보낸 편지에서 (자랑스럽게 또는 체념 조로) 원래 개별적 인물은 희곡에 결코 속할 수 없고, 그리스 비극의 '이상적인 가면'이 셰익스피어나 괴테의 인물들보다 훨씬 유용할 것이라고 썼다. 베어-호프만은 아마 클라이스트 이래 희곡에서 운문을 사용하여 성공한 최초의 작가라 할 수 있다. 그는 희곡의 전체 세계를 일정한 음조로 유지함으로써 어떤 인물도 개성의 과도한 현실성으로 인해 튀지 않게 했다. 그렇다고 해서 그의 희곡은 유연성이나 부서지기 쉬운 섬세함, 순간성 같은 것을 포기하지 않는다.

인간을 묘사하는 베어-호프만의 기법은—희곡 구성의 본질과 깊이 연관되어 있는—위대한 순간들의 기법이다(『피파 파세』의 로버트 브라우닝이나 젊은 호프만스탈의 서정적 장면은 이런 발전을 준비하고 있다). 그의 작중 인물은 모두 극의 어떤 지점에 이르러 (또는 인물의 비중에 따라서는 여러 지점에서) 갑자기 활기를 띠게 된다. 그 자신의 운명이나 성격이 극의 중심축 속으로 들어가는 순간 그는 다른 인물의 회화적 배경이 되는 것을 그만둔다. 그러한 순간들의 인간적 강렬함 속에서 축적되는 힘만이 과거와 미래를 비춰주는 빛을 통해 한 인물에게 특징을 나타내는 성격을 부여한다. 그러므로 인물은 가장 내적인 차이점에 이르기까지 미묘한 뉘앙스를 드러내며 완성된다. 그러나 이 모든 것은 이러한 순간들 속에서만 표현될 뿐이며, 다른 모든 움직임은 그러한 순간에 의해 주어진 잠재적인 에너지의 결과이다. 따라서 그러한 움직임은 아무리 강렬하다 해도 최소한으로 축소되어 어떠한 구성도 파괴할 수 없게 된다. 간단히 요약하자면 오늘날의 다른 작가들(예컨대 호프만스탈)은 인물을 단순화시키고 인물의 개성을 꼭 필요한 정도로 축소시키는 반면, 베어-호프만은 인물의 표현 형식만을 양식화할 뿐이다.

베어-호프만은 인물들을 심리적으로나 구조적으로 서로 결합시킬 때, 그리고 인간관계를 서술할 때도 동일한 기법을 적용한다. 여기서도 다시 시간적 순서에 의해 엄밀한 선택이 이루어진다. 즉 희곡에 가장 중요하고 강렬한 순간이 선택되는 것이다. 베어-호프만 희곡의 인물들은 이때 다른 접촉은 하지 않는다. 그는 여기서 사건의 전개 과정을 가지고 실험하지는 않는다. 그리고 이 순간 인물들끼리 이른바 완전히 피상적인 접촉이 일어나고, 그들은 개별적 특성에 의해서가 아니라 완전히 본질에 의해 극적이기 때문에, 아무리 도도히 흐르고 다성을 낸다 해도 그 작가의 서정시는 극적일 수밖에 없다. 성공적으로 보이는 모든 순간에는 양식화의 토대를 이루는 폭, 즉 극복되지 않은 양식상의 커다란 난점이 위대한 아름다움의 원천으로 변한다. 다시 말해 극의 관심 대상이 아닌 것은 아무것도 인물들의 관계에 포함되지 않기 때문이다. 그러한 구성은 현대의 심리적 희곡이 처한 커다란 위험에 의해 위협받고 있지 않다. 희곡의 인물들은 자신의 운명에 꼭 필요한 것 이상으로 폭넓은 성격과 미세한 차이를 지니고 있다. 그래서 그들이 서로 접촉하는 순수하고 매우 심오한 서정시는 순수한 서정시에 머무를 뿐 정적으로 되는 바람에 결국 흥미를 끌지 못하고 지루해진다. 그러므로 베어-호프만은 희곡 문장가의 주된 약점을 피하고 있다. 다시 말해 그 약점은, 복잡하게 얽힌 내면생활이 몇 개의 커다란 선으로 압축되어 있으므로, 본래 어쩌면 정상적으로 생각해냈을지도 모르는 어떤 인물이 일면적인 묘사 때문에 쉽게 병리학적으로 나타날 위험을 말한다(호프만스탈의 야피엘은 이런 위험을 보여주는 가장 두드러진 예일지도 모른다).

현대 희곡의 모든 인물에서처럼 베어-호프만의 인물들이 커다란 고독 속에서 살아감으로써 그들 옆모습의 선이 너무 딱딱하게 되었긴 하지만(극의 관점에서 그들의 옆모습을 분명히 부각하기 위해), 그 고독이 서로에 대한 그들의 관계를 재미없게 만들지는 않는다. 베어-호프만의 인물들은 서로에게 제각기 서로에게 딴소리를 지껄이지 않고, 서로에게 경직되거나 날카롭지 않다. 그들의 말은 껴안기 위해 팔을 뻗은 것처럼 서로에게 파고든다. 그들은 서로 얽혀 서로를 찾아 나서서 서로를 발견한다. 이러한 만남의 배후에서 비로소 우리는 꺾이지 않는 힘으로 영원한 고독을 감지하지만, 그럴수록 우리는 깊은 감동을 받는다. 그의 희곡 인물들을 서로 갈라놓는 협곡엔 장미가 자라고 있다. 그리고 그 인물들로부터는 사방으로 빛이 반사한다. 하지만 장미들은 그 심연에 다리를 이어주는 역할을 할 수 없고, 광선은 거울 속에서만 반사될 뿐이다.

베어-호프만은 어떤 타협도 거부하고, 일면적인 경향을 끝까지 추구하는 피상적인 영웅주의를 거부한 작가 중 한 명이다. 그는 어떤 프로그램을 만들려고 하지 않았다. 낡은 추상화는 깊디깊은 내용을 말하기에는 너무 협소했으리라. 그는 자신의 모든 서정시를 형식으로 용해시키는 새로운 추상화를 창조하려 한다. 이런 경향이 그를 (여기서 든 이름들은 단지 방향만을 의미할 뿐이다) 파울 에른스트의 경직되게 양식화한 예술적 건축술이나 게르하르트 하우프트만의 깊은 감동을 줄 만치 아름다운 조각술과 구분시켜준다. 오늘날의 모든 작가 중 그는 형식을 얻으려고 가장 영웅적으로 투쟁하는 작가의 한 명이다. 마치 심원한 지성이 순간들의 넘쳐흐르는 풍부함을 엄격한 한계 속에 가두어 놓으려고 그를 강요하는 것 같다. 형식이 그에게는 오늘날에도 여전히 힘들고 고통스런 투쟁을 해야 하는 장벽이 되고 있다. 즉 그것은 무엇을 말하기 위한 투쟁이 아니라, 오히려 침묵과 체념을 피하기 위한 투쟁이다. 그의 모든 작품에는 그가 너무나 아름답게 짜 맞추어 넣은 것이 몇몇 부분에서 파괴되어 있다. 뜻하지 않은 전망이 다른 영역 속으로, 어쩌면 삶 속으로, 어쩌면 그 자신 속으로 펼쳐져 있다. 그것이 무엇인지 누가 알겠는가? 이미 형식이 주어진 것만 알아채고, 자발적인 표현을 거부하며, 언제나 엄격히 거리를 두려는 후세대가 그를 이해하지 못한 채 정당하긴 하지만 그에 대해 무심한 태도를 취한다 해도, 우리는 진정하고 깊이 있는 인간 베어-호프만보다는 위대한 예술가로서 그가 보다 큰 약점을 보이는 그런 순간을 사랑하지 않을 수 없다.

(1908)

9

풍부함, 혼란 그리고 형식

로렌스 스턴[1]에 관한 대담

장면은 수수하게 꾸며진 중류 계급 소녀의 방이다. 그곳은 매우 새로운 것이 매우 오래된 것과 이상하게 비유기적인 방식으로 섞여 있다. 벽은 알록달록한 색의 평범한 벽지로 되어 있고, 하얀색의 가구는 작고 불편해 보인다. 그것은 중류 계급 소녀의 전형적인 방이다. 책상만은 아름답고 크며 편리하다. 병풍 뒤의 구석에는 커다란 놋쇠 침대가 놓여 있다. 벽에는 이런저런 물건이 비유기적으로 걸려 있다. 즉 가족 사진과 일본식 목판화, 그리고 휘슬러, 벨라스케스, 페르메이르[2]의 그림 같은 현대적인 그림과 현대풍의 옛날 그림이 걸려 있다. 책상 위에는 조토의 프레스코 사진이 놓여 있다.

책상에는 빼어나게 아름다운 소녀가 앉아 있다. 그녀의 무릎에는 괴테의 잠언집이 놓여 있다. 책장을 넘기는 것으로 봐서 책을 읽고 있는 모양이다. 그녀는 누군가를 기다리고 있다. 벨 소리가 울린다. 독서 삼매경에 빠져 있던 소녀는 두 번째 벨 소리가 울리고 나서야 들어오는

남자에게 인사하기 위해 자리에서 일어난다. 그는 대학교의 동료 학생이

1　로렌스 스턴(Laurence Sterne, 1713~1768): 영국의 소설가 겸 유머 작가. 소설 『트리스트럼
샌디』, 여행기 『프랑스와 이탈리아를 지나가는 감상 여행』과 사후에 걸쳐 출판된 『설교집』
등의 저서가 있다. 오늘날 그는 '18세기에서 20세기로 뛰어든 현대 소설의 대부'라는 찬사
를 받으며 제임스 조이스를 비롯해 니체, 토마스 만, 샐먼 루시디, 밀란 쿤데라 등의 작품에
큰 영향을 미쳤다. 파격적이고 줄거리가 없다고까지 할 수 있는 그의 작품은 너그럽고 연
민 어린 유머가 구사되어 있지만, 신랄한 풍자물이다. 토머스 제퍼슨은 그의 작품을 가리
켜 '이제까지 쓰인 가장 뛰어난 도덕 강의록'이고 했지만, 성적 암시는 충격을 주었고, 그의
여성 편력은 독자들의 열렬한 성원에 찬물을 끼얹었다. 오늘날 그는 근대 심리소설의 선구
자로 평가받는다. 『트리스트럼 샌디』을 쓴 계기가 된 것은 요크 교회의 분쟁에서 반대파를
야유하기 위해서였다. 소설가로서 스턴은 그의 성적인 관심과 구성이 무질서했기 때문에
19세기를 통하여 엄한 비판을 받았으나 지금은 이야기 형식의 파괴로서 소설의 가능성과
영역을 크게 확대한 것이라 하여 수법의 면에서도 중요시되어 높이 평가되고 있다.
　　루카치는 이 에세이에서 줄거리보다는 화자의 자유연상과 일탈을 중시하는 소설의 효시
인 『트리스트럼 샌디』와 관련지어 스턴의 소설 형식을 분석하고 있다. 이 에세이는 대학생
요아힘과 빈센츠의 대화 형식으로 구성되어 있다. 장면은 새로운 것이 오래된 것과 비유기
적인 방식으로 섞여 있는 중류 계급 소녀의 방이다. 요아힘은 영국의 18세기적인 혼돈과
무질서의 상황에서 펼쳐지는 비극적인 인물들의 다양성을 묘사함으로써 스턴이 비유기
적인 소설의 형식성으로 빠져들고 있다고 주장하고, 빈센츠는 이런 견해에 반박하고 있다.
요아힘은 『트리스트럼 샌디』에 나오는 모든 인물과 인간관계는 너무 무겁고, 또 무거운 소
재로 이루어져 있으며, 우미함이 결여되어 있다고 말한다. 또한 『감상 여행』의 내용은 감정
에 대한 아마추어적 접근이고, 모든 감정의 유희적인 향유지만, 『감상 여행』에서 부조화는
덜 두드러진다고 말한다. 요아힘의 견해에 의하면 삶과 추상, 인간과 그의 운명, 분위기와
윤리가 함께 존재하고, 그것들이 매 순간 불가분의 살아있는 통일을 이루어 유기적으로 함
께 자랄 때만 작품은 진정한 총체성이며 세계의 상징이라는 것이다. 빈센츠는 그래도 스턴
에게 풍부함과 충만함, 삶이 있다고 반박한다. 그러면서 혼란과 무질서만 볼 수 있는 곳에,
심오하고 올바른 의도가 존재할 수 있음을 생각해보라고 한다. 하지만 결국 빈센츠는 자신
의 패배를 인정하고 말하지 않는다. 요아힘은 침묵을 여전히 옳지 않은 태도라고 해석한
다. 요아힘은 빈센츠 쪽에서 강한 반론을 제기하기를 기다리나, 아무런 답변이 없자 쓸데
없이 시간을 낭비하고 있다고 생각해 자리를 뜬다.

2　페르메이르(Jan Vermeer, 1632~1675): 네덜란드의 화가. 17세기 네덜란드 미술의 대가 가운
데 한 사람으로서 주로 실내 풍속화를 많이 그렸다. 그는 그림의 구도를 정확하게 파악할
줄 알았고 순수하고 개성적인 색채 감각을 갖고 있었다. 그러나 그의 작품에서 가장 두드
러진 요소는 다양한 형태와 표면에 작용하는 햇빛의 부드러운 움직임을 매우 객관적으로
기록했다는 점이다. 그의 작품으로는 대표작인 자화상 「회화의 우의」, 「화장하고 있는 디아
나」, 「신념의 우의」, 「진주 목걸이를 한 소녀」 등이 있다.

다. 소녀와 동년배로 보이는 남자는 어쩌면 그녀보다 약간 더 어린지도 모른다. 체격이 좋고 금발인 그 청년은 20세 내지는 22세 정도 되어 보인다. 머리는 한쪽으로 가르마를 탔다. 그는 코안경을 쓰고 알록달록한 조끼를 입고 있다. 그의 전공은 현대 어문학이다. 그는 소녀와 사랑에 빠져 있다. 그는 낡은 가죽 장정의 책―19세기 초 영국 작가의―몇 권을 팔에 끼고 있다가 책상에 내려놓는다. 두 사람은 악수를 나눈 뒤 자리에 앉는다.

소 녀 세미나 발표는 언제 할 건가요?

남 자 아직 잘 모르겠어요. 몇 가지 더 살펴봐야 할 게 있어요. 〈스펙테이터〉지와 〈타틀러〉지를 몇 권 훑어봐야겠어요.

소 녀 왜 그리 골머리를 앓으세요―그 사람들을 위해서요? 지금까지 한 것으로 충분하잖아요. 어떤 것이 빠졌다고 누가 눈치채겠어요?

남 자 그럴지도 모르지요. 그러나 요아힘은…….

소 녀 (남자의 말을 가로막으며) 그래요, 당신은 언제나 그와 모든 것을 논의하니까요.

남 자 (미소 지으며) 단지 그것 때문만은 아닐지도 모르지요. 또 만일 그렇다면 어쩌겠어요. 내가 그렇게 하는 건 나 자신을 위해서요. 지금 이 순간은 그 일을 즐기고 있어요. 좋아하기도 하고요. 자질구레한 사실을 다루는 건 아주 기분 좋은 일입니다. 그것들은 내가 많은 일을 알게 해주지요. 그렇지 않았다면 내가 너무 게을러서 알지 못했을 일들을요. 그렇지만 나는 곰곰 생각하지 않고 열심히 노력하지 않아요. 나는 편안한 생활을 하고 있어요―

그것을 나의 '학문적 양심'이라고 부르지요. 나는 '엄정한 학자'
라고 불리고 싶어요.

소　녀　(이러한 대화가 무척 마음에 드는 듯) 빈센츠, 냉소적으로 말하지 말아
요. 재료를 솜씨 좋게 마무리하는 것이 당신에게 얼마나 중요한
지, 당신이 그것을 얼마나 진지하게 생각하는지 난 잘 알고 있
어요.

빈센츠　(사실 크게 확신은 서지 않지만, 이런 알랑거리는 말을 듣고 흡족한 기분이 된다.
그런 다음 잠시 뜸을 들였다가) 당신 말이 옳을지도 몰라요. (다시 잠시 뜸
을 들였다가) 스턴의 작품을 가져왔어요. 보다시피 잊지 않고 말
입니다.

소　녀　(책을 손에 받아들고 어루만진다) 장정이 멋지네요.

빈센츠　그래요, 1808년에 나온 책이지요. 전에 레이놀드의 책을 본 적
있나요? 멋지지 않아요?

소　녀　그리고 다른 판화들도 얼마나 예쁜지 몰라요. 한번 보세요! (그들
은 잠시 판화를 살펴본다) 그걸 보고 무얼 느끼세요?

빈센츠　『프랑스와 이탈리아를 지나가는 감상 여행』[3]부터 시작해야겠
어요. 『트리스트럼 샌디』[4]는 나중에 마음이 내킬 때 혼자 읽어
보세요. 알겠어요? (그는 매우 멋진 영국식 억양으로 말하지만 의식적으로 꾸
민 티가 난다) 내가 읽는 것 좀 들어보세요! (그는 여행의 시작 부분을 읽
은 뒤 탁발승과 관련된 최초의 조그만 감상적인 일화, 여행객의 우스꽝스러운 일과

---

3 지속적인 집필 생활로 건강이 악화한 스턴이 프랑스와 이탈리아를 여행하면서 쓴 자전적
인 기행문. 스턴은 『프랑스와 이탈리아를 지나가는 감상 여행』을 완성해 출판하고는 감기
가 늑막염으로 악화돼 쓰러졌다. 런던의 하숙집에 누워 마치 누가 자기를 때리는 것을 막
으려는 듯이 팔을 치켜들고 '이제 올 것이 왔다'라는 말을 남기고 런던에서 숨을 거두었다.

배분, 마차 구입 이야기, 미지의 여자와의 최초의 감상적인 플라토닉한 연애 사건을 읽어나간다. 그는 날카롭고도 순수한 억양으로 급하고도 초조하게 읽는다. 감상적인 대목에서도 감상성을 드러내지 않으며, 조용히 거의 눈에 띄지 않게 반어적인 어조로 읽는다. 그는 읽고 있는 모든 문장이 자기에게 그리 중요하지 않다는 식으로 읽는다. 그는 자신을 방해하는 수많은 아름다운 일 중 어쩌다가 무척 마음에 드는 일을 하고 있으며, 그를 즐겁게 해주는 방식조차 기분의 문제, 그 자신의 기분을 즐겁게 해주는 문제라는 식으로 읽는다. 소녀와 빈센츠가 책 읽기에 깊이 빠져 있을 때 다시 방문을 세게 두드리는 소리가 들린다. 그런 직후 두 사람의 대학 동료인 요아힘이 방으로 들어온다. 두 사람과 동년배인 그는 약간 나이가 더 들어 보이기도 한다. 검고 수수한 옷을 입은 그는 빈센츠보다 키가 크고, 거의 초라해 보인다. 그는 무표정하고 거의 냉담하다. 그 역시 현대 어문학을 전공하고 있으며, 그 역시 소녀에게 반해 있다. 그래서 두 사람 사이에 평화로운 조화의 분위기가 감도는 것이 그의

---

4 18세기에서 20세기로 뛰어든 현대 소설의 대부 로렌스 스턴의 대표작. 줄거리보다 화자의 자유연상과 일탈을 중시하는 소설의 효시이다. 소설을 집필하는 동안 그는 어머니와 숙부가 죽고 아내마저 정신분열을 일으켜 자살을 기도하는 등 불우한 일들을 겪었지만, 『트리스트럼 섄디』 1, 2권의 출간을 시작으로 그의 문학적 천재성을 세상에 알렸다. 트리스트럼이란 단어가 의미하는 '슬픈 자'라는 말을 아버지 월터 섄디가 자주 쓰면서 가장 혐오하는 이름이었다. 그런데 어쩌다가 아들 이름이 트리스트럼으로 되어버린다. 소설은 주인공이 태어나기 전에 일어난 사건들과 인물들로 아버지 월터 섄디의 작명(作名)에 대한 강박관념이나, 토비 삼촌의 연애 사건, 소문 때문에 유명을 달리한 요릭 목사의 이야기 등 자유롭게 서술하는 방식을 취했다. 우연과 불확실성으로 가득한 우리의 삶을 유머와 해학을 통해 긍정적으로 바라볼 수 있게 했다. 작가 스턴을 가리키는 이름이 된, 재치 있고 버르장머리 없는 '트리스트럼 섄디'나 스턴의 자화상 격인 '요릭 목사'는 시내에서 유명 인사가 되었다. 중심이 되는 것은 고래의 기묘한 학설에 열중하는 부친 월터, 눈물 많은 인정가이나 공성술(攻城術)에 몰두하고 있는 삼촌 토비 대위, 그들의 친구로 소탈한 요릭 목사 등의 색다른 인물들의 '생활과 의견'이다. 작가 스턴은 이 작품으로 초로의 목사에서 일약 문단과 사교계의 총아가 되었다. 한편 도덕과 형식 면에서 비판의 표적이 되고, 특히 파격적인 구성과 형식은 19세기를 통하여 불순하고 무질서한 것이라고 공격을 당했으나 최근에는 이것이 의식적인 기법으로 재인식되어 소설 방법론 면에서 높이 평가되고 있다.

마음에 들지 않는다. 그는 그들에게 다가가서 그들과 악수를 나눈다. 그런 뒤 그는 빈센츠의 손에서 책을 빼앗으며 말한다) 무슨 책을 읽고 있지?

빈센츠 (요아힘의 등장이 그들을 방해하기도 하고, 질문에서 뭔가 숨겨진 도전이 느껴지기도 해서 약간 긴장한 표정으로) 스턴의 소설이야.

요아힘 (목소리에 담긴 뜻을 알아듣고 미소 지으며) 내가 방해한 건 아닌가?

빈센츠 (마찬가지로 미소 지으며) 물론이지. 스턴은 자네하고는 맞지 않아. 그는 멋진 사람이야. 재미있고 부자지. 그러나 완전히 변칙적이야.

소 녀 (방해받은 것에 기분이 상해서) 두 분이 또 다시 논쟁을 벌이려는 건가요?

요아힘 아닙니다. 적어도 나는 아닙니다. 그리고 오늘만큼은 결코 아닙니다. (빈센츠에게) 한 가지 일에서만은 자네 말이 틀렸어―겁먹지 말게. 논쟁하려는 건 아니니까―내가 스턴을 좋아하지 않는 건 사실이지만, 스턴은 나한테 안 맞는 게 아니라, 여기 이것에 맞지 않는 거라고. (그는 여전히 소녀의 무릎 위에 놓인 괴테의 책을 가리킨다) 스턴의 작품을 읽기 전에 이 책을 읽고 있었어요?

소 녀 (결국 누군가가 그녀에게 관심을 보였다는 사실에 고마워하면서, 요아힘에게는 따뜻하게, 빈센츠에게는 은근히 비꼬는 투로) 네, 괴테의 책을 읽고 있었어요. 그런데 그건 왜 묻는 거죠?

요아힘 스턴을 읽으면서 분명히 느꼈겠지만 그가 말하려고 했던 게 뭐죠? 이처럼 이질적인 요소가 마구 섞인 것에 분개하지 않았을까요? 스턴은 당신이 읽고 있던 것을 무질서하고 가공되지 않았다고 무시하진 않았을까요? 괴테는 아마 스턴을 딜레탕트라고 불렀을 겁니다. 스턴은 감정을 있는 그대로 가공되지 않은 조야한 재료로 재현하기 때문이지요. 그는 감정을 통합하거나 그것에 형식을 부여하려는 노력을 하지 않거든요. 그 결과 형식이 얼마나 불완전한지 몰라요. 스턴이 딜레탕트에 대해 한 말을 읽어보지 않았어요? "딜레탕트의 실수란 상상력과 기법을 직접 연결시키려는 것이다"라는 말 생각나세요? 이 말은 스턴에 대한 모든 비판에 우선 적용될 수 있지 않을까요? 그런 문장을 읽고 나면—체험이 기억 속에서 여전히 신선한 것이라면—스턴의 무형식에 완전히 빠져드는 것이 어렵지 않을까요?

소　녀 (확고한 어조의 목소리를 내려고 위장하려 하지만 약간 불확실한 목소리로) 당신의 말에 뭔가 일리가 있는 것은 분명해요. 하지만 분명 괴테는 전적으로 그렇게 하지는…….

빈센츠 당신이 뭘 말하려는지 알 것 같아요. 그리고 당신이 시작한 말을 완성해볼게요. 괴테는 결코 독단론자가 아니었어요. 그는 "우리 다방면으로 생각해보자"라고 말했지요. 당신이 인용하려고 한 말이 그것이었지요?

소　녀 (고마움의 뜻으로 따뜻하게 고개를 끄덕인다. 그리고 아까 방해받았을 때처럼 그녀의 침묵은 빈센츠의 말이 옳음을 암시한다. 두 남자도 그런 사실을 느끼고 있다)

빈센츠 (말을 계속하며) "브란덴부르크의 무는 특히 맛이 좋아. 특히 밤과 곁들여 먹으면 가장 좋지. 그런데 이 두 가지 고상한 농작물은 서로 멀리 떨어져서 자라지." 나는 이 같은 문장을 수천 군데나 인용할 수 있어. 아니야! 괴테의 이름으로 그런 기쁨에 반대하는 것은 안 될 일이지. 어떤 기쁨에 대해서도, 어떤 즐거움에 대해서도 반대해선 안 돼. 우리를 풍부하게 해주고, 우리의 삶에 어떤 새로운 것을 줄 수 있는 것이면 어떤 것에도 반대해선 안 된다고.

요아힘 (약간 반어적으로) 내 그럴 줄 알았어!

빈센츠 (점점 약이 오르기 시작한다) 스턴이 괴테에게 무엇을 의미했는지, 괴테가 언제나 자신의 전체 삶 중 가장 중요한 체험의 하나로 여기며 스턴에 대해 감사와 사랑의 마음으로 이야기한 것을 ─난 자네도 알고 있으리라 확신하네─내가 어찌 모르겠는가! 자네 기억나지 않나? 19세기 역시 스턴에게 무언가를 빚지고 있으며, 아직도 그에게 당연히 감사할 줄 알아야 한다고 괴테가 말한 구절이 기억나지 않나? 그 말 기억나지 않아? 그럼 "요릭 스턴은 지금까지 영향을 미친 가장 아름다운 영혼의 소유자였다. 그의 글을 읽는 자는 즉각 자유롭고 아름다워지는 것을 느낀다" 라는 말은 어때? 생각나지 않아?

요아힘 (겉보기에 매우 침착하고 우월한 태도를 보이며) 인용문으론 아무것도 증명할 수 없어. 자네도 그 점은 나만큼이나 잘 알 걸세. 자넨 이런 식으로 반 시간은 족히 인용할 수 있겠지. 그리고 자네도 알다시피 나 역시 괴테를 떠나지 않고도 나의 관점을 뒷받침하기 위해 계속 인용할 수 있어. 우리 각자는 우리 자신의 목적을 위해, 모든 사람의 삶에 그릇된 판단이 깊이 뿌리박혀 있어서 누구도 설득할 수 없으며, 다만 그들의 판단에 대해 계속 진리를 되풀이해야 할 뿐이라는 괴테의 체념적인 말을 인용할 수 있겠지. 우리 각자는 누구나 자신의 의견만 되풀이해서 주장하고 우리의 의견에 주목하지 않을 때 우리의 적이 우리한테 이겼다고 생각한다는 괴테의 똑같이 체념적인 말을 인용함으로써 상대방을 공격할 수 있겠지. 그래서는 안 되네! 인용문은 뭐든지 뒷받침해주기는 하지만 사실은 아무것도 뒷받침해주지 못하거든! 비록 세계문학의 모든 인용문이 내게 반대한다 해도 이런 논점에서는 괴테가 내 편이라는 것을 난 알고 있어. 만약 그렇지 않다고 해도—괴테는 우리가 할 수 없는 많은 일을 해낼 수 있었어—나의 첫 번째 반응은 옳은 것으로 남아 있을 거야. 다시 말해 괴테를 읽은 뒤 스턴을 읽는 것은 몰상식한 행위야. 나는 내가 처음에 깨달았던 것보다 여전히 더 옳을지도 몰라. 다시 말해 괴테와 스턴을 동시에 좋아할 수는 없다는 거야. 스턴의 작품에 많은 의미를 부여하는 사람은 진정한 괴테를 이해하지 못하거나 또는 괴테에 대한 그 자신의 사랑을 제대로 이해하지 못하고 있어.

빈센츠 괴테를 잘못 이해한 사람은 나도 (그는 소녀를 쳐다본다) 우리도 아닌 바로 자네인 것 같아. 자네는 괴테가 자신에게서 부수적인 것이라고 여긴 괴테의 어떤 것을 사랑하고 있어. 그러나 어떤 점에선 자네 생각이 옳아. 다시 말해 괴테의 이름으로 논쟁하지 않았으면 좋겠어. 그는 우리 둘 중 누가 옳은지 증명할 수 없고 논거만 제시해줄 뿐이야. 아무튼 우리 둘 중 누가 옳은지의 문제는 그에게는 아무래도 상관없어. 정말이지 누가 옳은지의 문제는 아무래도 상관없는 일이야.

옳다! 그르다! 얼마나 사소하고 쓸데없는 문제인가! 정말 중요한 일과는 얼마나 관계없는 문제인가! 삶! 풍부함! 내가 자네 말이 옳다고 인정한다면—물론 그렇게 하지는 않겠지만—우리의 견해가 모순된다고, 우리가 몰두하고 있는 두 가지 주제가 서로 조화를 이루지 못한다고 인정한다면—그다음에 어떻게 된다는 거야? 우리가 무언가를 약간 강하게 체험한다면 바로 그 체험의 강도는 외부로부터 강요된 어떤 이론도 거부하는 거야. 두 가지의 강력한 체험들 사이에 하나의 강력하고 결정적

286

인 모순이 있을 수 있다는 것은 결코 사실이 아냐. 그건 생각할 수 없는 일이야. 왜냐하면 본질적인 것은 내가 역점을 두고 있는 바로 그곳에, 즉 체험의 힘에 있기 때문이지. 다시 말해 두 가지가 우리의 삶에서 깊은 체험이 될 수 있는 가능성은 모순의 가능성을 배제하는 것이야. 모순은 어딘가 다른 곳에, 두 가지의 바깥에, 우리가 그것들에 관해 알 수 있는 모든 것의 바깥에, 즉 무(無)와 이론 속에 있는 거야.

요아힘 (약간 반어적으로) 물론 모든 것이 그렇다고 말할 순 없겠지.

빈센츠 (그의 말을 격렬하게 가로막으며) 왜 그렇지 않다는 거지? 공통점은 어디에 있고, 모순은 어디에 있다는 거지? 그것은 작품이나 작가의 특성이 아니라, 우리들 가능성의 한계일 뿐이야. 그리고 가능성에 대해선 선험성이 존재하지 않아. 가능성이 가능성이기를 그만두었을 때, 즉 가능성이 현실로 실현되었을 때 가능성에 대해 더 이상 비판할 아무것도 없어. 통일이란 무언가가 함께 있고 함께 남아 있는 것을 의미하며, 함께 있다는 사실이 곧 진리의 유일한 기준이지. 이러한 판단보다 더 높은 심급(審級)은 없어.

요아힘 자넨 그런 사고의 논리적인 귀결이 완전한 무질서가 된다는 걸 모르나?

빈센츠 결코 그렇지 않아! 여기서 중요한 문제는 그러한 사고의 논리적인 귀결이 아니라 삶이거든. 체계가 아니라 두 번 다시 되풀이되지 않는 새로운 현실이 문제라는 거야. 뒤따라오는 모든 것이 앞선 것의 계속인 현실이 아니라 완전히 새로운 어떤 것, 어떤 식으로든 예견할 수 없는 어떤 것, 이론, '사고의 논리적인 귀결'에 사로잡히지 않은 어떤 것이지. 한계와 모순은 통일의 가능성이 우리의 내부에 있는 것처럼 다만 우리 내부에 있을 뿐이야. 우리가 해결할 수 없는 모순이 어디엔가 있다고 느낄 때면 그것은 우리가 우리 자아의 한계에 도달했음을 뜻하는 거지. 우리가 이런 모순을 확인할 때는 사물이 아니라 우리 자신에 관해 말하는 셈이야.

요아힘   그건 확실히 사실이야. 그렇지만 우리는 우리 내부에 한계가 있다는 걸 결코 잊어선 안 돼. 그 한계는 인상을 받아들이는 우리의 능력에 반대되는 것으로서 우리의 약함이나 비겁함, 감수성의 부족에 의해서가 아니라 삶 자체에 의해 초래되는 거야. 그리고 우리 내부의 경고의 목소리가 우리로 하여금 그 한계를 넘어서지 못하게 금지한다면 이는 삶의 목소리지, 삶의 풍부함에 움찔 놀라며 내는 목소리가 아니야. 우리가 느끼기로는 우리의 삶은 단지 이러한 한계 내에만 있을 뿐이고, 그 한계의 바깥에 있는 것은 질병이자 해체일 뿐이야. 무질서는 죽음이거든. 그 때문에 나는 무질서를 증오하고 무질서와 맞서 싸우는 거야. 삶의 이름으로, 삶의 풍부함이라는 이름으로 말이야.

빈센츠   (조롱하듯이) 삶의 이름으로, 또 삶의 풍부함이라는 이름으로라니! 자네가 그 이론을 어떤 구체적인 것에 적용시키려 하지 않는 한에는 매우 멋있게 들리긴 하지. 자네가 그 이론을 영원한 추상화의 고독한 영역에서 꺼내오는 즉시 그것은 사실을 난폭하게 만드는 이론이 되고 말아. 우리가 스턴에 대해 이야기하고 있으며, 삶의 이름으로, 삶의 풍부함의 이름으로 스턴에 대해 이의 제기를 하고 있다는 사실을 잊고 있지는 않겠지?

요아힘   물론이지.

빈센츠 하지만 자네는 스턴이 바로 그 점에서 가장 논쟁의 여지가 없다는 것을 모르나? 우리가 세상에서 그의 모든 것을 부인한다 해도 그에게 이것 한 가지, 즉 풍부함, 충만함, 삶은 남겨줘야 하지 않을까? 나는 지금 그의 작품에서 양식상의 조그만 보석의 충만함이나 아무리 작더라도 그의 글에서 삶의 표명에 담긴 넘실거리는 풍부함에 관해 말하려는 것은 아니야. 『트리스트럼 샌디』에 나오는 몇몇 인물의 충만한 삶에 대해 좀 생각해봐. 그리고 그 인물들 상호 간의 수천 가지 색으로 반짝이는 빛의 변화에 관해 생각해보라고. 하이네는 스턴을 셰익스피어의 동생으로 숭배했고, 카알라일은 세르반테스 이외에는 아무도 좋아하지 않은 것처럼 스턴을 좋아했어. 헤트너는 샌디 형제들의 관계를 돈키호테와 산초 판자 사이의 관계와 비교했어. 헤트너는 샌디 형제의 관계가 더 깊은 관계라고 생각했어. 자네는 그 관계가 깊기 때문에 삶이 더 풍부해진다고 생각하진 않나? 스페인의 기사와 그의 뚱뚱한 종자는 배우와 무대 장치처럼 나란히 서 있었어. 각자는 상대방을 위한 무대 장치에 불과해. 그들은 서로를 보충해주고 있어. 정말이지, 그러나 단지 우리를 위해 보충해줄 뿐이지. 신비로운 운명이 그들을 서로의 옆에 있게 하고, 평생에 걸쳐 그들을 서로의 옆에서 살아가게 하지. 한 사람의 삶의 모든 체험은 다른 사람의 삶의 모든 순간을 일그러지게 보여주는 거울이 되고, 이런 일그러진 거울의 지속적인 연속은 삶 자체의 상징이 되는 거지. 인간들 사이의 관계의 결코 해결할 수 없는 부적합한 상황을 나타내는 일그러진 거울 말이야. 좋아. 하지만 자넨 그럼에도 돈키호테와 산초 판자 사이에 아무런 관계가 없다는 것을 알고 있을 거야. 인간으로서는 적어도 아무런 관계도 없어. 그들 사이에 상호 작용은 존재하지 않고, 그림 속의 인간들 사이에 존재하는 단선적이고 색채적인, 그러나 인간적이지 않은 관계만 있을 뿐이야. 오노레 도미에[5]는 그들의 전체 관계, 그들의 전체 성격을 순전히 단선적으로 표현할 수 있었어. 세르반테스가 쓴 모든 것, 그가 자신의 작품 주인공들이 겪게 하는 모든 모험, 이 모든 것이 이 그림들에 대한 주석이고 그 이념의 방출이자, 힘과 생동감에서 실제 삶을 넘어서며 이러한 단선적인 관계에서 표현될 수 있는 선험적인 삶의 방출에 불과하다고 주장하는 것은 그다지 역설적이지 않을지도 몰라. 자네도 두 운명 사이의 운명의 관계가 그런 식으로 표현될 수 있다는 것이 무엇을 의미하는지 알고 있지 않은가? 이러한 사실에는 웅대함과 동시에 세르반테스의 구상이 갖는 강도의 한계가 깃들어 있지. 그것은 그의 등장인물에는 무언가 가면 같은 점이 있음을 뜻해. 한 사람은 크고 호리호리하며, 다른 사람은 작고 뚱뚱해. 그러므로 그런 성질을 지닌 각각의 존재는 절대적이며, 애초부터 그 반대 모습을 배제하고 있어. 그것은 상대주의, 그들의 모든 관계의 변동은 삶 속에서, 모험 속에서만 발견될 수 있는 반면, 두 사람은 아직 완전히 온전하다는 것을 뜻하지. 삶에 대한 그들의 몸짓은 통일되어 있고, 그들의 성격은 가면 같아. 그리고 두 사람 사이에는 유대감이 없고 접촉의 가능성도 없어.

---

5 오노레 도미에(Honoré Daumier, 1808~1879): 프랑스의 화가이자 판화가. 사회와 풍속을 만화로 전환해 분노하고 고통스러워하는 민중의 모습을 따뜻하고도 풍자적으로 그려냄. 「풍차를 향해 달려가는 돈키호테」 등의 그림이 있음.

다른 한편으로 스턴은 인간의 고찰 방식으로 상대주의를 채택했어. 샌디 형제는 돈키호테와 산초 판자와 같아. 그들의 관계는 매 순간 갱신되고, 바뀌었다가 다시 원래 자리로 되돌아오고 있어. 그들은 각자 풍차와 싸우고 있으며, 상대방이 결실 없고 목적 없는 싸움을 할 때 이해하지 못하는 냉정한 구경꾼으로 있어. 이러한 관계를 어떠한 공식으로 바꾸기란 불가능해. 두 형제 중 어느 누구도 세계에 대한 지속적인 느낌을 나타내는 전형적인 가면을 쓰고 있지는 않아. 그들이 하는 일, 그들이 고상한 기사의 손자로서 살아가는 방식, 이 모든 것은 그들 관계의 숭고하면서도 그로테스크한 안 어울리는 모습에 비하면 부수적인 것으로 보여. 사람들은 상황에 대처하지 못하는 발터 샌디의 무력함이 현실에 대한 이론가의 영원한 무능력과 같은 것이라고 말하는데, 그것은 일리가 없는 말은 아니야. 나는 그렇게 말할 수 있다고 생각해. 그리고 이러한 관계의 강력한 상징성을 충분히 정확하고도 깊게 표현한 사람은 여태껏 아무도 없는 것 같아. 그러나 이 책에서 정말로 심오한 것은 인간들 사이의 관계이지 개개의 인간들이 아니야. 정말로 심오한 것은 모든 것을 포괄하는 다양성이자 인간들이 형성하는 원의 충만함이야. 그 원이 비록 두세 사람으로 이루어졌다 해도 말이야. 다른 것은 몰라도 두 형제 사이의 관계만은 얼마나 풍부한가! 그들이 서로에게 속한다는 사실을 의식하고 있다는 것, 그들의 내부에 내적인 동일성의 감정이 ─ 사고로는 도달할 수 없는 깊은 곳에 ─ 존재하고 있다는 것, 바로 이러한 사실이 그들을 영원히 절망적으로 갈라놓는다는 커다란 두려움에 그들이 마음속으로 전율하고 있다는 것은 감동적인 일이 아닌가? 그들이 때로는 상대방의 돈키호테적 성격을 공유하려고 애쓰고, 다른 때는 상대방의 그런 성격―바로 그의 삶의 내용―을 치료하려는 것은 감동적인 일이야. 그러나 그들의 관계가 그로테스크한 우스꽝스러운 방식으로 나타나지 않는 경우는 한 번도 없어. 대체로는 웃음의 실제 이유, 즉 두 사람의 영혼이 깊은 곳에서 서로 만날 수 없다는 사실은 커다란 홍소에 대한 나직한 반주로서만 울릴 뿐인 그런 미약한 힘으로 나타나지.『트리스트럼 샌디』의 세계에서 말장난이 어느 정도로 삶의 상징이 되는지 자네가 눈여겨보았는지 모르겠어. 이때 삶의 상징이란 말의 다만 암시하고 매개할 뿐인 속성의 상징이자, 듣는 사람이 같은 것을 체험했을 때만 말이 그 체험을 전달할 수 있다는 사실의 상징이야.

그렇지만 샌디 형제는 서로 함께 말할 뿐이지 서로에 대해 말하진 않아. 그리고 각자 자신의 생각에만 주의를 기울이고, 상대방의 입에서 나오는 말만 들을 뿐이지 그의 생각이나 느낌은 받아들이지 않아. 멀리서부터 한 사람의 생각과 관련되는 모든 말은 곧 다시 다른 사람의 생각을 움직이고, 다른 사람도 같은 식으로 계속 일을 진행하지. 여기서 말장난은 영원히 서로를 찾는 두 사람이 고통에 차서 서로를 모르고 지나쳐 버리는 십자로야. 그리고 발터 샌디와 자기 아내와의 관계는 이와 비슷한 관계야. 그것은 그로테스크하고 비극적인 동일한 고통과 우울한 기쁨으로 가득 차 있거든. 거기에는 무슨 말을 해도 알아듣지 못하고, 적어도 자기가 남편을 이해할 수 없다는 사실조차 의식하지 못하고, 남편에게 가끔 어떤 질문도 할 줄 모르며, 화를 내거나 남편에 대해 흥분하지도 않는 자기 아내에 대한 철학자의 슬픔으로 가득 차 있어. 가장 복잡한 지적 장치마저 이 여자의 조용한 타성을 방해할 순 없어. 그 여자는 그러한 타성으로 남편인 철학자가 하는 모든 말을 받아들여. 그 결과 모든 일은 그 여자가 원하는 대로 일어나. 철학자는 아들이 어머니의 영향을 받지 않도록 아들을 어떻게 교육시킬 것인가에 대한 책을 쓰지. 그가 책을 쓰는 동안 어머니는 당연히 아들을 교육해. 그리고 그는 슬픈 동시에 즐거운 몇 가지 만족감을 느껴. 예컨대 그의 아내가 '엉클 토비'와 '미시즈 워드맨' 사이의 사랑의 장면을 엿들으려고 하면서, 자기가 호기심이 많으니 엿들어도 되는지 남편에게 묻자 행복한 철학자는 이렇게 대답하지. "여보, 그것을 올바른 이름으로 불러요. 그리고 마음대로 열쇠 구멍으로 들여다봐요." 그리고 다른 커다란 부적합성, 삶이나 인간에 대해 아무것도 모르는 엉클 토비의 자연 그대로의 커다란 자비, 그로 인해 온갖 현실에 직면했을 때 그의 완전한 당혹감은 매우 단순하고 정상적인 사람들 사이에서 더없이 고통스러운 혼란과 말할 수 없이 커다란 오해를 불러일으키지. 그러나 서로를 이해할 수 없는 이런 밤에 '엉클 토비'와 그의 하인 '트림 하사관' 사이에서 어떤 유대감의 빛이 가물거려. 군에 있을 때 언젠가 엉클 토비의 밑에서 복무한 적이 있는 하사관 트림은 엉클 토비 만큼이나 주변머리가 없어. 그렇지만 수동적이고 남에게 봉사하려고 태어난 친절한 본성 때문에 하사관 트림은 이전 중대장의 온갖 터무니없는 짓을 주저 없이 뭐든지 받아들여 줘. 온 세상에서 단지 이 주변머리 없는 두 바보만 서로를 이해해줄 뿐이야. 그 이유는 둘 다 우연히도 같은 고정관념을 지니고 있기 때문이야!
이것이 스턴이 본 세계야. 그는 이 세계에서 엄청난 풍부함을
보았고, 깊은 슬픔과 불합리함을 동시에 보았으며, 그 두 가지
가 서로 불가분의 관계임을 깨달았어. 그는 두 면으로 이루어진
그러한 원의 다양성이 자체 내에 포함하고 있는 풍부함을 보았
어. 다시 말해 웃음으로 변하는 눈물과 눈물을 자아내는 웃음을
말이야. 진정한 삶이 되는 삶은 바로 이 다양성 덕택이야. 그렇
지만 나는 그 삶을 결코 공정하게 평가할 수 없어. 그것은 내가
원 주변의 모든 점에서 원의 중심을 동시에 관찰할 수 없기 때
문이야.

　　(잠시 침묵이 흐른다)

소　녀　(갑자기) 참으로 멋진 말이에요! 중심이라……(빈센츠는 금방이라도
　　　　열광적인 찬사가 나오기를 기다리며 그녀를 바라본다. 소녀는 잘못 말했다는 것을
　　　　깨닫고 얼굴이 빨개진다. 소녀는 무척 당황해한다) 그래요─중심 이론─
　　　　낭만적인 중심 이론…….

요아힘　(그 역시 당황해한다. 그러나 그가 당황해하는 것은 자신의 모든 확신을 근거로, 특
　　　　히 현 순간의 상황을 근거로 추상적인 형식의 원칙으로부터 빈센츠를 반박해야 한
　　　　다고 느끼기 때문이다. 그러나 그는 어떻게 해야 할지 모르고 있다. 많은 생각이 그
　　　　의 머릿속에 떠오른다. 그렇지만 그는 그러한 멋지고 솔직한 열광에 대한 온갖 반박
　　　　이 하찮은 것이리라 느낀다. 그리고 소녀 역시 자신의 반박을 하찮은 것이라고 느낀
　　　　다면 그녀가 자신을 철저히 싫어하지 않을까 두려워한다. 하지만 다른 한편으로 요
　　　　아힘은 같은 이유에서 자기가 반대 의견을 개진해야 한다는 것과 빈센츠가 야기한
　　　　분위기가 세 사람에게 고정되어서는 안 된다는 것을 알고 있다. 그래서 그는 나직이
　　　　또 약간 불안한 어조로 여러 번 짧게 말을 끊으면서 말한다) 참으로 멋진 말이

지. 그래…… 참으로 멋진 말이야…… 이 소설은…… 그것이 그렇다면…… 그것이 정말로 그렇다면…… 그것은 정말로 위대한 소설이 될 수 있었을 거야.

빈센츠 (그 역시 내심 당황해한다. 그는 공중 어딘가에 정당한 반대 주장이 있으리라고 느낀다. 그는 요아힘을 알고 있기 때문이다. 그는 어느 쪽에선가 반대 공격이 있으리라고 어렴풋이 예감한다. 다만 그는 그것이 어떤 공격일지 확실히 모를 뿐이고, 그 공격을 어떻게 방어해야 할지 더욱 모를 뿐이다. 그는 자신이 너무 멀리 나갔음을 막연히 느끼고 있지만, 그는 이제 — 그 소녀 때문에라도 — 자신의 열광을 온전히 유지해야 한다고도 느낀다. 이런 이유 때문에 그는 형식은 아랑곳하지 않는다는 듯 지리멸렬한 문장으로 매우 초조하게 말하기 시작한다) 될 수 있었다니! 우스꽝스럽군! (그는 될 수 있는 한 형식 문제에 대한 대화를 피하려고 한다) 자네도 무척 잘 알겠지만 내가 인용한 것은 전체의 무한한 풍부함 중에서 몇 개의 세부 사항에 지나지 않아. 될 수 있었다니! 우스꽝스럽군!

요아힘 (마찬가지로 불안해하면서도 매우 조심스럽게) 그래. 자네는 스턴의 책에 있는 것을 모두 말한 것은 아니야. 자네의 열광을 더욱 고조시킬 수 있는 많은 것을 생략한 게 분명해. (빈센츠의 말을 열광적으로 인정하며 듣고 있던 소녀는 이제 그의 말이 약간 미심쩍다는 것을 깨닫는다. 그래서 소녀는 당분간 누구 편도 들지 않으려고 한다. 그녀는 자신이 빈센츠의 말을 열광적으로 지지했다고 요아힘이 자기를 간단히 빈센츠와 동일시하는 것 같아 마음이 상한 나머지 머리를 흔든다. 요아힘은 이러한 몸짓을 자신에게 동의하는 행동으로 해석하고 더욱 대담하게 계속 말한다. 그러나 소녀는 요아힘이 자기를 불편한 상황에 빠뜨렸기 때문에 그에게 마음이 상해 있다) 하지만 자네가 언급하지 않고 빠뜨린 것도 많다는 것을 잊지 마. 자네가 많은 것을 무시함으

로써, 그러한 공백이 ─ 내 말을 믿어줘 ─ 자네의 입장을 유리하
게 만들었어.

빈센츠 (그도 요아힘처럼 소녀의 몸짓을 오해했다. 그는 자신을 외면하려는 것 같았던 우
월한 분위기를 다시 찾기 위해 이전보다 더욱 열정적으로 말한다) 나는 자네가
무엇을 암시하려는지 잘 알 것 같아. 그러나 ─ 날 용서해줘 ─ 나
는 자네의 이의제기를 극히 하찮은 것으로 여기거든.

요아힘 (빈센츠의 말을 가로막으며) 내 얘기 아직 끝나지 않았어…….

빈센츠 (요아힘의 말을 못 들은 것처럼 이야기를 계속한다) 자네 말의 요지는 '스
턴이 『트리스트럼 샌디』를 단순히 쓰기만 했더라면 그것이
참으로 멋진 소설이 되었으리라는' 거야. 그리고 내가 이 위
대한 완성품을 손상시켰을 모든 것을 빠뜨림으로써 그 소설
을 완전히 왜곡했다는 거지…….

요아힘 하지만 난 ─

빈센츠 잠깐만. 자넨 분명 스턴의 본론에서 벗어난 이야기, 주제와 관
계없어 보이는 에피소드, 그로테스크한 철학적인 구절과 그 밖
의 이와 비슷한 종류의 많은 것을 생각하는 모양이야. 나는 알
고 있어. 그러나 첫눈에 ─ 어쩌면 단지 선입견을 지닌, 지나치게
이론적인 관점에서 ─ 부적당하게 보이는 모든 것에 대해 즉각
구상을 방해하고 구상의 위대성을 침해하는 것으로 본다는 것
은 얼마나 피상적인가! 자네는 혼란과 무질서만 볼 수 있는 곳
에, 자네에겐 분명하지 않을지도 모르지만 심오하고 올바른 의
도가 존재할 수 있다는 것을 생각해보라고. 내가 보기에 스턴은
자기가 무슨 일을 하는지 매우 잘 알고 있었던 것 같아. 그는 개
인적인 성격을 띠긴 하지만 자신의 문학적 균형 이론을 가지고

있었어. 그는 『트리스트럼 샌디』에서 "지혜와 우둔 사이의 균형을 유지해야지, 그렇지 않으면 책은 단 일 년도 버티지 못할 것이다"라고 쓰고 있어. 그리고 나는 어떤 감정이 이런 균형의 사고를 북돋웠는지 알 것 같아. 내가 아까 스턴의 인간 고찰 방식의 다양성에 대해 말한 것 기억나겠지. 그러한 인간들을 한데 모아 움직이게 하는 그의 방법은 유일한 것이거나—그것이 유일한 방법이냐 아니냐는 중요한 문제가 아니야—또는 적어도 매우 훌륭한 방법이야. 그의 방법을 아주 간단히 정의하면 '하나의 사실과 그 주변에서 그 사실이 불러일으키는 무질서한 일군의 연상들'이라고 할 수 있을지도 몰라. 어떤 사람이 나타나 한마디 말을 하고 어떤 몸짓을 하거나 또는 우리는 단지 그의 이름만 들을 뿐이야. 그런 뒤 그는 자신이 무대에 나타날 때 생겨난 이미지, 착상, 분위기의 구름 속으로 다시 사라지지. 그는 우리의 모든 사고가 그를 사방에서 둘러쌀 수 있도록 사라지는 거야. 그의 새로운 등장으로 이전에 그가 등장할 때 야기된 다양성의 많은 부분이 파괴된다 해도, 새로운 사건은 이미 지나간 사건을 상기함으로써 더욱 풍부해진 동일한 풍부함을 만들어내는 거야. 이것이 작중 인물의 몸짓을 바라보는 작가의 영혼의 상태이며, 체험을 반추하고 기억을 정리하는 일기 쓰는 사람의 영혼 상태야. 즉 이것이 낯선 인물의 기분에 공감하려 할 때 글자 이상의 것을 보기를 원하는 진정한 독자의 영혼의 상태야. 그리고 그러한 것이 실제 삶에서 어떤 사람이 다른 사람을 인식하는 기법이지.

요아힘 (여전히 좀 불안하게 말하다가, 이야기하는 동안 서서히 활기를 얻는다) 자네 말에도 일리가 없지는 않겠지. 그러나 나는 이전처럼 '이 소설이 얼마나 멋지게 될 수 있었겠는가' 하는 감정이야. 자네는 여기서도 생략을 통해 작가와 자네 자신의 주장을 도와주고 있기 때문이지. 자네는 스턴에 대해 자네의 말이 그의 외견상의 혼돈에 내재한 리듬만을 드러내 보인다는 듯 말하고 있어. 그런데 자네는 자네의 도움으로 리듬을 얻을 수 있고, 나머지는 옆에 던져버릴 수 있는 것만 그에게서 빼내고 있어. 어쩌면 그런 사실을 깨닫지 못할지도 모르지만 말이야.

빈센츠 (긴장해서) 그건 사실이 아니야.

요아힘 하나의 예만 들겠어. 그렇지만 원칙적으로 중요한 예야. 오늘날에는 이미 읽히지 않는 많은 죽어 있는 구절이 여기서 아무튼 나의 입장을 뒷받침해줄지도 몰라. 나는 언젠가 영국 문학 사가의 글을 읽은 적이 있어. 거기서 그는 스턴이 '유머'라는 말을 옛날 의미로, 영국 엘리자베스 시대의 의미로 사용했다더군. 그 외에 정말이지 맹목성과 무의미함에 대한 영원한 주제, 스턴의 작중 인물이 각각 '좋아하는 화제'는 무엇이며, 벤 존슨의 작중 인물의 유머는 무엇인가? 그것은 자기가 하는 모든 일에 너무나 강력히 사로잡혀 있기에, 그 일이 이미 그의 특성이 아니게 된 인간, 그의 모든 삶의 표현이 단지 이러한 '유머'의 특성에 불과하게 된 것처럼 보이는 인간에 내재하는 특성이 아닐까? 어떤 인간이 지닌 특성이 아니라 그 인간을 소유하고 있는 특성 말이야. 나는 '유머'란 삶과 희곡에 의해 의인화되고 전적으로 알레고리의 성격을 띤 옛 문화로부터 남아 있는 가면이라고 말할 수 있어. 인간의 전체 본질이 비명(碑銘)이나 경구로 압축되어 표현되던 문화 말이야. 연극이 지속되는 한에는 인간은 한순간도 유형에서 벗어날 수 없기 때문이야. 덧붙여 말하자면 모든 가면은—스턴의 작중 인물들의 경우처럼 아무리 해지고 구멍이 난 가면이라 해도—언제나 인간들 사이의 상호 작용을 방해하고 있어. 그러므로 이런 점에서 보면 스턴은 원칙적으로 세르반테스를 능가할 수 없는 거야.

빈센츠 (의기양양하여) 자네가 방금 한 말을 객관적으로 좀 생각해봐. 난 세르반테스에 대한 스턴의 관계를 말하는 게 아니야. 다시 말해 얼굴과 가면은 단지 개념 속에서만 서로를 배제할 뿐이야. 실제로는 그것들은 두 개의 양극일 뿐이고, 한쪽이 어디서 끝나고 다른 쪽이 어디서 시작되는지 결코 정확히 말할 수 없어.

요아힘 (갑자기 뭔가 생각난 듯이) 그러나 바로 여기서는 그게 가능해!

빈센츠 하지만 앞서 말했듯이, 그건 중요하지 않아. 자넨 자네가 '유머'에 대해 말한 모든 것이, 스턴의 인간 고찰 방식에 대해 내가 말한 것을 얼마나 보충해주는지 깨닫지 못했나? 다만 내가 한 말에 대해 (약간 반어적으로) 자네가 형식적인 근거도 제공한 것을— 그게 자네의 역할이지—제외한다면 말이야. 자네가 '유머'라고 부른 것은 모든 것이 그 주위에 한데 모이고, 스턴이 삶을 정당하게 평가하기 위해 무한히 많은 측면으로부터 보여주는 중심이야. 그렇지만 내가 명시적으로 말한 것은 아닐지라도, 나 역시 그 중심의 존재를 전제해야 했어. 그도 그럴 것이 그 중심이 없다면 모든 것이 자체 내에서 붕괴했을지도 모르니까. 그리고 내가 그것을 정의 내린다면—자네가 이미 한 것을—나는 모든 것의 연관성을 더욱 확고하게 만들고, 더 많은 재료를 가지고 이 세계의 실체를 더욱 풍부하게 만들 뿐이야. 세계 속에는 불변하는 질료도 존재하지만, 지속적으로 변하는 질료도 존재하기 때문이야. 그리고 우리는 이 두 가지를 단지 추상적 개념 속에서만 서로 구분할 수 있기 때문이야. 즉 얼굴은 우리의 시각을 위해, 얼굴을 둘러싸고 있는 공기, 공기의 빛과 그림자에 의해 형태가 만들어지는 것처럼 말이야.

요아힘　이미 말했듯이 난 논쟁할 생각이 없어(빈센츠는 미소를 짓고, 요아힘은 잠깐 말을 멈추었다가 다시 말을 계속한다). 그리고 지금도 논쟁을 하지 않아. (빈센츠는 다시 미소 짓는다. 그렇지만 그의 시선은 소녀를 향한다. 소녀는 그와 함께 미소 짓지 않는다. 잠시 그는 그들 둘이 지금 소녀로부터 같은 거리로 너무나 멀리 떨어져 있다고 느낀다. 그는 깜짝 놀라 논쟁에 종지부를 찍고 싶어 한다. 때문에 그는 이런 기분을 표현할 기회를 기다리며 요아힘의 말에 초조하게 귀 기울인다. 그러나 요아힘은 그사이에 말을 계속한다) 내가 말하고 싶은 게 딱 한 가지 더 있어. 만약 사실이 그렇다면 우리가 이야기한 모든 것이 얼마나 멋지겠어! 자네가 스턴의 방법이라고 칭한 것이 실제로 그의 방법이라면, 그리고 스턴이 자기 인물들을 적어도 수미일관하게 동일한 관점에서 고찰했다면 말이야. 내 말을 좀 방해하지 말아줘! '동일한 관점에서 고찰한다'는 개념을 되도록 멀리서 바라봐. 하지만 그렇게 하는 동안 여전히 특정한 시각을 생각해보라고. 그런 시각이 없으면 예술이 존재하지 않아! 그리고 그런 시각을 적용하려고 해보라고. 그러면 그런 식으로 얼마나 멀리 나아갈 수 있는지 알게 될 거야. 아닌 게 아니라 스턴 자신은 그런 사실을 매우 잘 알고 있었어. 늙은 토비의 친절한 마음씨에 관해 말할 때 그는 토비의 요새처럼 견고한 어리석은 짓거리나 삶에 대한 그의 순진한 환상을 묘사할 때와 같은 양식으로 형상화할 수는 없다고 느꼈을 거야. 또 자신의 '기발한' 방법을 여기서 사용할 수 없다는 걸 느꼈을 거야.

빈센츠 (이제 긴장하며 매우 초조하게 말한다. 그는 어떻게든 논쟁을 끝내고 싶어 한다. 그런데 그 역시 이제 그 자신이 모든 것을 해결해줄 것이라고 여기는 한마디의 발언을 하지 않을 수 없다. 하지만 그가 한마디 할 때마다 자신의 의사에 반하는 말이 자꾸 튀어나와 자신의 입장을 단 몇 개의 문장으로 간단히 말하기가 힘들어진다) 자네는 계산적인 잣대를 가지고 스턴의 절대적인 낭비를 다시 따라가고 있어! 게다가 항상 같은 계산적인 잣대를 가지고 말이야! 스턴은 자신의 방법 자체의 결점을 드러내는 여유가 있었어. 실제로는 결코 존재하지 않는 결점 말이야. 그럼에도 자넨 '엉클 토비'의 이러한 두 가지 특성이 말할 수 없이 깊이 서로 연관되어 있다는 걸 느끼지 못하나? 한 가지 방법의 수천 가지 측면, 가능성과 한계를 동시에 보는 스턴의 절대성도 이러한 점에서 그의 방법, 모든 방법이 지닌 자연스러운 한계를 가지고 놀고 있다는 걸 느끼지 못하는가? 스턴의 절대성은 ─

요아힘 또는 더 정확히 말하자면, 그의 무능력이라 할 수 있지……

빈센츠 (그는 오히려 이러한 외침과 다른 것이 튀어나오리라 생각했을지도 모른다. 논쟁에 종지부를 찍으려던 그의 결단은 점점 약해졌다. 그는 다른 모든 것은 잊고 논란이 된 주제 자체에 점점 깊이 빠져들었다. 그리고 '객관적인' 분노를 강력히 토로하며 말한다) 아니야! 어떻게 그런 말을 할 수 있어? 놀이와 약함, 일부러 뭔가를 내던지는 것과 단순한 포기를 서로 구별할 줄 알아야지!

요아힘 그렇긴 하지만, 바로 그 때문에 ─

빈센츠 (요아힘의 말을 가로막으며) 그래, 하지만 난 여기서 그의 모든 구성에서처럼 소박한 확실성이라는 동일한 세련성을 보고 있어. 통일을 해체하는 것은 단순히 통일을 더욱 강하게 느낄 수 있게 — 동시에 사물을 갈라놓는 모든 것을 함께 느낄 수 있게 하기 위해서야. 놀이를 할 수 있는 것, 다시 말해 그것이 유일하게 진정한 절대성이야! 우리는 사물들을 가지고 놀지만, 우리는 같은 상태로 남아 있고, 사물들은 원래의 상태에 머물러 있어. 양자는 놀이하는 동안, 놀이에 의해서만 고양되었을 뿐이야. 스턴은 언제나 인간과 운명이라는 가장 무거운 개념을 가지고 놀고 있어. 그리고 그의 인물들과 그들의 운명이 믿기지 않는 무게를 얻는 것은 놀이 전체가 실제로는 그들이 서 있는 장소로부터 그들을 움직이지 못하기 때문이야. 놀이 전체는 바위에 부딪히는 파도처럼 그들에게 부딪쳐 부서질 뿐이야. 그렇지만 바위는 파도의 놀이에도 의연히 서 있어. 파도가 사방에서 격렬하게 바위에 부딪힐수록 우리는 바위의 확고부동함을 더욱 확실히 느끼게 되지. 하지만 스턴은 그 바위와 놀 뿐이야! 바위에 이러한 무게를 부여하는 것은 그의 놀려는 의지뿐이야. 그가 이미 한번 준 것을 바위로부터 다시 빼앗을 순 없더라도, 그의 놀려는 의지는 여전히 그 의지의 자식들보다 더욱 강해. 그는 마음이 내킬 때는 언제나 그 자식들을 움직여 아무리 무겁더라도 그들과 놀 수 있어. 자네가 말한 이 무한한 힘…….

요아힘 그래, 무능력이야. 그런 경우에 우린 이렇게 물어볼 수 있기 때문이지. 작가는 무엇을 가지고, 언제, 무엇 때문에 놀이를 벌이는가? 더 이상 나아갈 필요가 없기 때문인가, 또는 더 이상 나아갈 수 없기 때문인가? 이처럼 노는 이유는 자신의 넘치는 힘을 실제로 제어할 수 없기 때문인가? 또는 이 모든 일이 약함을 영리하게 은폐하는 것인가? 자네도 알다시피 세상에는 절대적인 주체의 놀려는 몸짓보다 무능력을 더 확실히 은폐하는 것이 뭐가 있는가? 그런데 나는 스턴의 몸짓에서 바로 그와 같은 것을 느끼지 않을 수 없어. 힘이 아닌 어떤 것을 말이야. 모든 놀이는 그것이 놀이처럼 보일 때만 존재 이유를 갖는 거야. 놀이는 바로 그럴 때만 무능력이 아닌 힘에서 생겨났기 때문이지. 우리는 이미 모든 것이 말해진 뒤에야 "이 모든 이야기가 무슨 소용이지?"라고 소리치며 이야기를 갑자기 중단시킬 수 있어. 그리고 나는 스턴이 단 하나의 경우에서도 실제로 모든 것을 말했으리라고는 생각지 않아. 내가 든 예를 나 자신에게 돌려 적용하면 자네 말이 옳은 것처럼 보일지도 몰라. 하지만 단지 그렇게 보일 뿐이야. 자네가 토비라는 인물에서 보는 통일은 실제로는 존재하지 않고, 기껏해야 자네 내부에나 존재할 거야. 어쩌면 스턴의 환영(幻影) 속에도 통일이 존재할지도 모르지. 내 생각도 그래. 하지만 나는 작품 속에 통일이 존재한다고 인정하지 않아. 삶 속에서 우리는 사물을 바라보는 자신의 관점을 계속 바꿀 수 있고 심지어 계속 바꿔야 해. 그림은 우리가 그것을 바라봐야 하는 지점을 절대적인 방식으로 우리에게 지시하는 거야. 하지만 우리가 일단 그 지점에 서게 되면 그림의 절대적인 힘은 끝나버리는 거야. 우리가 여기서 이 부분을, 저기서 다른 부분을 봐야 한다면 그것은 더 이상 절대적인 능력의 결과가 아니라 무능력의 결과야. 그리고 나는 스턴의 작품들의 다른 부분에서도 가끔 그렇듯이, 여기서 무능력을 느껴. 그리고 다른 여러 가지 점에서도 마찬가지야……

빈센츠 예를 들면?

요아힘 예컨대 그의 작품은 우리에게 결코 만족을 주지 않는다는 점에서.

빈센츠 물론 그것은 의도적인 것이지.

요아힘 항상 그런 것은 아니야. 극히 드문 경우에만 그렇지. 내가 그런 구절의 유머를 느끼지 못한다고 생각하지 마. 가령 트리스트럼이 우리의 긴장을 점점 고조시키는 오랜 준비 과정 끝에 마침내 불행한 애인의 무덤가에 도착해 눈물로 범벅이 되고 감상적인 흥분을 체험하는 구절 같은 데서 말이야. 그런데 유명한 무덤이 존재하지 않는다는 것이 느닷없이 밝혀지는 거야. 아니야, 조그만 예를 하나 들어보겠는데, 나는 다음과 같은 구절을 생각하고 있어. 스턴은 일단 시작되었지만 결코 완결되지 않는 이야기에 하사관 트림의 벨기에 수녀와의 사랑 이야기를 매우 섬세하고도 장황하게 집어넣고 있어. 끔찍할 정도로 약하고도 진부한 문장으로 주의 깊게 준비한 모든 것의 효과를 빼앗기 위해서지. 그래서 나는 토비와 과부 워드먼의 연애 사건에서 많은 것을 느끼고 있어. 이에 대해 콜러리지는 스턴의 많은 작품을 좋아했음에도 '어리석고 역겹다'고 말했지. 어디서나 마찬가지야. 스턴은 정말로 결정적인 대목에 이르면 중요한 일을 빼버리고 그것을 놀이로 바꿔버려. 그는 문학적으로 형상화할 수 없기 때문에 형상화할 생각이 없는 것처럼 하는 거야.

빈센츠 자네는 오늘날 우리가 갖고 있는 두 권의 책이 미완성 단편(斷片)이란 사실을 잊고 있어. 그가 소설을 완성할 수 있을 만큼 오래

살았다면 '엉클 토비'와 '과부 워드먼' 사이의 연애 이야기를 어

떤 방향으로 이끌어 갔을지 누가 알겠나?

요아힘 그가 그렇게 오랫동안은 결코 살 수 없었을 거야. 그의 작품들

은 미완성으로 구상되었어. 만일 그것들이 구상되었다면 말이

야. 언젠가 그는 '자신의 출판사와 유리한 계약을 맺을 수 있다

면 소설을 무한히 계속할 텐데'라며 농담조로 말한 적이 있었

어. 알프레드 케르가 『고드비』를 논하는 기회에 그 발언을 인용

하고 있어.

빈센츠 (마지막에 한 답변에서 요아힘의 논지가 우월하다고 느낀다. 따라서 상대방이 허점

을 노출하도록 긴장해서 기다린다. 그 때문에 그는 이를테면 단어에만 귀를 기울인

다) 물론 자네가 그렇게 설명한다면 모든 것이 자네가 생각한 대

로겠지. 하지만 그렇다면 자네는 완전히 다르게 읽고 있는 거야.

요아힘 자넨 내 말을 잘못 이해하고 있어. 나도―내 말을 믿어주게―

그것이 단지 농담에 불과하다는 걸 잘 알고 있어. 하지만 바로

그러한 농담의 배후에 조금 전에 내가 말한 스턴의 몸짓이 보

여. 여기서 스턴이 하는 일은―그리고 그것이 언제나 그의 (풍

자적으로) 유희적인 독자성의 기법일지도 몰라―자신의 냉소적

인 모습을 드러내는 거야. 그러나 그가 실제로 냉소적인 영역에

서 그러는 것은 아니야. 스턴은 자기 자신과 자기 작품의 약점

을 드러내고 있어. 하지만 자네가 매우 올바로 지적했듯이 그것

은 결코 약점이 아니야. 하지만 그가 그런 일을 하는 것은 거기

에 존재하고 있는 다른 종류의 실제적인 약점으로부터 우리의

관심을 돌리기 위해서일 뿐이야. 우리가 그의 힘을 느끼도록 하

기 위해 그러는 것은 결코 아니야. 그는 여기서 남을 깔보는 입

장에서 냉소적이야. 그것은 그가 실제로 원한다 해도 그런 구성을 할 능력이 없다는 것을 우리가 알아선 안 되기 때문이야.

빈센츠 (요아힘의 유리한 입장이 아직 더 강하다고 느낀다. 하지만 그는 패배를 인정하려 하지 않는다. 때문에 다시 토론을 결정적인 논점으로 몰고 간다) 자네는 아까 『트리스트럼 샌디』에 나오는 어떤 구절을 인용했어. 그러나 케르가 그것으로 증명하려고 했던 것이 무엇인지 말하는 것을 잊어버렸어.

요아힘 (말해야 하는 것을 모두 말한 느낌이 든다. 그리고 비록 잠시 동안이긴 해도 모든 이야기에 강한 혐오감을 느낀다. 빈센츠가 말을 하고 있는 동안 요아힘은 마지막 응답을 하면서 까맣게 잊고 있었던 소녀를 유심히 쳐다본다. 조금 전에 빈센츠가 가졌던 기분이 갑자기 요아힘에게 엄습한다. 그래서 요아힘은 아무래도 상관없다는 투로 말한다) 나는 그것을 중요하다고 여기지 않기 때문이야.

빈센츠 하지만 그건 매우 중요해. 여기서 중요한 것은 자네가 그토록 집요하게 주장하는 구성이 실제로 무엇을 표현했어야 하는지의 문제야. 그리고 표현을 하도록 요구하는 영혼의 토대에 대해서는 논쟁할 수 없어. 토론이 의미 있으려면 이러한 영혼의 토대가 무엇인지 확정되어야 해. 그래야만 예술가가 그 토대를 표현할 수 있는지, 어느 정도로 왜 표현해야 하는지에 대해 토론할 수 있어. 자네도 분명히 기억나겠지만, 케르는 낭만적 아이러니에 대해 말하면서 그러한 맥락으로 스턴을 몇 번 인용하고 있어. 그가 보여주는 것은 낭만적 아이러니의 발전사에서 세르반테스로부터 스턴과 장 파울을 거쳐 클레멘스 브렌타노에까지 이르는 주된 단계들이야. 낭만적 아이러니의 중심 테제는 '작가의 자의적 의지는 의지 자체를 다스리는 법칙에 고통을 겪지 않는다'는 것이야. 그런데 스턴은 두 개의 장—제9권의 18장과 19장—을 순서에서 누락시킬 때 같은 생각을 표현하고 있어. 그런 뒤 그것을 25장 뒤에 끼워 넣으면서 이런 말을 하고 있어. "내가 바라는 것은 사람들이 그들 자신의 이야기를 그들 자신의 방법으로 말하도록 하는 것이 세상에 교훈이 될지도 모른다는 것이다." 자넨 아까 이런 자의를 무능력이라 불렀어. 자네의 관점에서는 그렇게 보지 않을 수 없다는 것이 내겐 잘 이해되긴 해. 하지만 그렇게 보는 관점에는 사실을 마구 왜곡하는 독단이 크게 작용하는 게 아닐까? 자네 생각대로 스턴이 구성을 할 수 없었기에 구성을 하려고 하지 않았을 가능성도 있어. 그러나 여기서는 그에게 그런 구성이 굳이 필요했는지 묻는 것이 중요한 문제가 아닐까? 세계관, 삶의 표현의 직접적인 형식, 세계를 느끼고 표현하는 방식이 무제한의 주관성, 온갖 사물과의 낭만적이고 반어적인 놀이로 이루어져 있다면 구성이 그에게 중요할 수 있을까? 그리고 어떤 작가나 작품도 세계의 모든 광선을 도로 반사시킬 자격이 있는 거울 속에 세계의 어떤 상을 우리에게 보여줄 뿐이야.

요아힘 (여전히 대답할 생각이 전혀 없다. 하지만 그의 말을 듣지 않겠다는 생각은 아니었다. 그리고 '자격이 있는'이라는 말을 듣고 자신의 관점과 빈센츠의 관점이 공히 우월하다고 느낀다. 비록 무의식적인 인정이긴 하지만 그 인정이 너무 강렬했던 탓에 빈센츠의 말을 중단시키지 않을 수 없다) 그렇지, 그럴 자격이 있는 거울…….

빈센츠 우리가 세계관으로 되돌아가서, 어떤 것을 세계관으로 파악해 낼 수 있을 때 소위 무능력에 관한 자네의 모든 주장은 힘을 잃게 돼. 그러면 중요한 유일한 문제는 그러한 힘의 강도를 느끼고, 그 힘의 효과를 즐기고 좋아하는 것이야. 그리고 스턴의 모든 것과의 절대적인 놀이가 세계관이야. 징후가 아니라 모든 징후를 즉각 이해되게 만들고 모든 역설을 상징적 표현으로 해체하는 모든 것의 신비로운 중심이 말이야. 모든 낭만적 아이러니는 세계관이야. 그리고 그것의 내용은 언제나 신비로운 보편 감정으로 고양되는 자아의 감정이야. 〈아테네움〉지의 미완성 단장, 티크, 호프만과 브렌타노를 생각해봐. 티크의 『윌리엄 로웰 *William Lowell*』에 나오는 유명한 아름다운 구절 알고 있지?

"우리가 생각해냈기에 모든 존재는 존재하는 법.
세상은 흐릿한 빛 속에 잠겨 있고,
우리가 가져온 희미한 빛이
어두운 동굴 속으로 떨어진다.
왜 세상은 수많은 파편으로 쪼개지지 않는가?
우리는 그 파편을 온전히 유지하는 운명이다."

자네는 삶의 감정에서 생겨나는 모든 것이 이처럼 놀이로 숭고하게 고양되거나 놀이로 끌어 내리어지는 것을 느끼지 못하나? 모든 것이 중요한 것은 분명해. 모든 것을 만들어내는 자아는 모든 것으로부터 무언가를 만들어낼 수 있기 때문이지. 그렇지만 같은 이유로 자아가 모든 것으로부터 모든 것을 만들어낼 수 있기에 실제로는 아무것도 중요하지 않은 거야. 모든 사물은 죽어버렸고, 단지 그 영혼의 가능성만이 살아있으며, 삶의 유일한 기부자인 자아에 의해 빛을 받는 그 순간들의 가능성만이 살아있어. 그런데 자네는 이러한 감정이 스턴이나 그의 선구자 또는 후계자의 표현에서 가장 적절한 표현을 발견할 수 있다고 느끼지 않나? 다시 말해 그것이 낭만적 아이러니, 절대적인 놀이가 아닐까? 개개의 모든 사물이 제물처럼 성스러운 자아의 제단에서 이글거리며 타오르는 예배로서의 놀이, 즉 삶의 상징으로서의 놀이, 유일하게 중요한 삶의 관계인 자아와 세상 사이의 관계의 가장 강력한 표현으로서의 놀이가 아닐까? 나 혼자만이 실제로 온 세상에서 살고 있다는 것, 그리고 나는 모든 것과 놀 수 있으므로, 또 내가 이 세상의 모든 것과 할 수 있는 것이라곤 놀이밖에 없으므로, 나 혼자만이 모든 것과 놀 수 있다는 것, 이것이 유일하게 절대적인 가치라고 할 수 있지. 자넨 그러한 절대성이 표현하는 우울한 오만과, 이처럼 모든 것을 지배하는 그러한 몸짓에 숨겨진 체념을 느끼지 않나? 또한 자넨 스턴이 자신의 놀이의 지팡이로 우리의 가장 오래된 슬픔의 바위를 건드림으로써 가장 심오한 즐거움의 원천으로 삼는 자신의 몸짓의 궁극적인 절대성을 느끼지 않나? 물론 우리가 모든 예술작품에서 얻을 수 있는 것은 세계의 영상일 뿐이야. 그렇지만 진정한 주관성을 지닌 예술가는 그런 사실을 알고 있어. 그리고 이들 예술가는 그들의 놀이를 통해 공허한 그림자들 사이에서 진정한 삶을 재창조한다고 주장하는 다른 사람들, 너무나 열성적이고 너무나 위엄 있는 다른 사람들보다 더욱 진정한 이미지를 우리에게 주는 거야.

요아힘　자넨 두 번이나 거울을 작가가 세계를 형상화하기 위한 방법의 상징으로 사용했어. 그러나 자넨 처음에는 단어에 형용사를 부여했어. 그리고 이 형용사의 도움으로 난 스턴에게 다시 돌아갈 생각이야. 자네의 말이 자네를 스턴으로부터 멀리 떨어지게 했거든.

빈센츠 난 항상 스턴 이야기를 했어. 오로지 그의 이야기만 말이야!

요아힘 자네는 우리의 토론에서 예술가의 출발점에 대한 비판을 배제하려고 했어. 하지만 자신도 전혀 모르는 사이에 ― 그에 대해 난 자네의 말을 원용할 수 있어 ― 자넨 그러한 비판의 가능성을 허용하지 않을 수 없었어. 자넨 광선은 모든 광선을 도로 반사시킬 자격이 있는 거울에 의해 반사된다고 말했지. 도로 반사시킬 자격이 있다는 말은 무슨 뜻이야? 이런 점에서 나는 우리에게 말할 권한이 있는 사람이 누구인지 묻고 싶어. 왜냐하면 여기서도 한계가 존재한다는 것과, 여기서도 질문할 가치가 있는 것과 질문할 가치가 없는 것이 존재한다는 것은 사실이기 때문이지.

빈센츠 자네는 내가 사용한 형용사의 중요성을 너무 지나치게 과장하고 있어.

요아힘 어쩌면 자네는 그것의 진정한 의미를 과소평가하는지도 모르지.

빈센츠 (참을 수 없다는 듯, 공격적으로) 자네는 샌디 형제가 서로의 말을 들을 때처럼 내가 한 말을 들었어. 자네는 오로지 단어만을 듣기 때문에 모든 것을 말장난으로 바꾸어버리고, 기발한 착상을 위한 기회로 활용하고 있어.

요아힘 (그 역시 약간 참을 수 없다는 듯이) 그럴지도 모르지. 그러나 내게 유일하게 중요한 것은 '인간의 자아의 어떤 부분이 이 세상의 모든 광선을 위한 거울로 사용될 자격이 있는가?'의 문제야.

빈센츠 전체 자아지! 그렇지 않으면 자아는 아무런 의미가 없어! 그렇지 않으면 '양식'이나 '실제로 형상화된 것'으로 나타나는 것은 왜곡이고, 의식적인 혹은 비겁한 회피에 불과해.

요아힘 물론 전체 자아야. 하지만 무엇의 전체인가가 문제일 뿐이야. 매우 독단적으로 보일지 모르지만, 자네가 나를 잘 이해하도록 아주 짧게 이야기하겠어. 칸트는 '예지적' 자아와 '경험적' 자아를 구분하고 있어. 매우 간략히 말하자면 예술가는 자신의 전체 자아를 표현해도 된다는 거야ㅡ심지어는 전체 자아를 표현해야 해ㅡ그러나 '경험적 자아'가 아닌 '예지적 자아'만을 표현해야 한다는 거야.

빈센츠 그건 공허한 독단론이야.

요아힘 어쩌면 전적으로 공허한 독단론은 아닐지도 몰라. 완전한 주관성의 정당화의 문제를ㅡ자네가 원한다면 그것의 불가피성을ㅡ한번 좀 더 자세히 살펴보기로 하지. 완전한 주관성은 왜 존재하고, 그것의 쓰임새는 어떠한가? 어쩌면 그것의 유일한 존재 권리는ㅡ자네가 그 문제에 대해 말했을 때 자네도 이에 대해 암시한 적이 있었지ㅡ그것 없이는 우리가 진리에 관해 결코 아무것도 알아낼 수 없을지도 모른다는 사실이야. 다른 말로 하면 완전한 주관성이야말로 진리에 이르는 유일한 길인 셈이지. 그렇지만 우린 다음 사실을 결코 잊어선 안 돼. 완전한 주관성은 길이 인도해주는 목표가 아니라, 진리에 이르는 길일뿐이라는 사실을 말이야. 즉 언제나 오직 광선을 도로 반사시키는 거울일 뿐이라는 사실 말이야.

빈센츠 자네는 가련한 단어를 너무 혹사하고 있어!

요아힘 그것은 좋고 의미심장한 단어야. 자네도 알다시피, 나는 단어의 도움으로 내가 말하고자 하는 바를 더욱 정확하고 이해하기 쉽게 표현할 수 있어. 다시 말해 자아란 우리를 위해 세계의 광선을 도로 반사시키는 거울이야. 거울은 모든 광선을 도로 반사시켜야 하지 않나?

빈센츠 (참을 수 없다는 듯이) 그야 맞는 말이지.

요아힘 그렇다면―자네도 나의 단순하고 사소한 비유가 전체 문제를 어떻게 조명하는지 알겠지만―거울의 어느 부분이 광선을 반사시키는지의 문제는 결코 생겨날 수 없어. 물론, 거울 전체겠지! 하지만 거울이 모든 광선을 도로 반사시키고, 세계의 완전한 상을 보여주려면 어떻게 구성되어야 하는지의 문제가 생겨나지.

빈센츠 그게 찌그러진 거울일 수도 있어.

요아힘 그럴 수도 있지. 하지만 흐릿한 거울이어서는 안 돼. 주관성의 최고의 힘은 그 주관성만이 실제적인 삶의 내용을 전달할 수 있다는 거야. 그렇지만 최고의 강도로 이러한 본질적인 행위를 수행하는 대신 오히려 나와 삶의 내용 사이에 자신을 장애물로 내세우는 주관성도―내 느낌엔 스턴의 주관성도 그런 주관성인 것 같아―있어. 그리하여 모든 중요하고 진정한 주관성은 바로 그 때문에 또 그로 인해 사라져버리지. 새커리는…….

빈센츠 새커리를 인용하려는 건 아니겠지!

요아힘 자넨 새커리가 스턴에 대해 말한 것을 좋아하지 않는 모양이군. 나 역시 그의 속물 부르주아적 도덕주의가 그다지 마음에 들진 않아. 하지만 그것보다 이러한 점에서 그와 나의 의견이 일치한다는 사실이 내게는 더 중요한 것 같아. 새커리는 이렇게 쓰고 있어. "스턴은 그의 끊임없는 불안감과 나의 웃음을 주는 또는 감상적인 재능에 대한 그의 불편한 호소로 나를 피곤하게 하고 있다. 그는 언제나 내 얼굴을 들여다보면서 그 효과를 지켜본다." 자네도 알다시피, 이 구절에 스턴이나 그와 유사한 작가들에게서 나를 무척이나 화나게 문제가 매우 정확히 표현되어 있어. 실제로 가치 있는 것에 대한 그들의 전략이나 감각 부재가 나를 화나게 해. 그들 자신의 착상에 관련된 문제에서 그러한데, 심지어 그들에겐 이러한 그들 자신의 착상이 가장 결여되어 있어. 그들은 삶을 중개하는 힘 때문에 중요하고 재미있는 어떤 것이 그들의 영혼 속에 있으므로, 따라서 그들의 우연적이고 재미없는 본질의 모든 우연적이고 재미없는 표현이 그런 만큼 중요하고 재미있다고 생각해. 그들은 그들 자신의 환영과 우리의 놀람 사이를 비집고 들어가서, 그들이 덧붙이는 사소한 일로 그들의 위대성을 망쳐버리는 거야. 또 그들은 진부한 고백으로 그들의 깊이를 훼손하고, 효과에 선행하는 히죽거림으로 효과의 직접성을 파괴시켜 버려.

빈센츠 (무슨 말을 하려 한다)

요아힘 (급히 계속 말한다) 자네가 무슨 생각을 하고 있는지 알겠어. 그러나 내가 지금 말하고 있는 것은 자네도 '위대한 놀이의 상징'이라고 말한 바 있는, 스턴 자신이 소신껏 밀고 나가는 상징적인 몇 구절이 아니야. 내가 지금 말하고 있는 것은 스턴의 상징이 내야 할 효과를 방해하는 수천 군데의 다른 구절이야. 내가 말하려는 것은 개별적인 구절보다는 오히려 그의 태도에서 비롯하는 양식적이고 윤리적인 타락에 관해서야. 그의 지속적인 아양 떨기는 그의 모든 이미지와 비유를 집어먹어 버렸어. 그가 썼던 단한 줄의 문장도 이러한 해독으로부터 자유로운 것은 없어. 그의 관찰, 그의 경험, 그의 묘사로 볼 때 나는 니체가 심리학자들에게 하나의 경고로서 제시했던 문장을 언제나 생각하지 않을 수없어. "싸구려 심리학에 물들지 않도록 조심하라! 관찰하기 위해 관찰하지 마라! 그것은 그릇된 시각, 사시의 일종, 무언가 부자연스러운 것과 과장된 것을 만들어낸다. 체험을 하려고 해서체험하는 것은 좋지 않다. 무언가를 체험하면서 자기 자신을 바라보아서는 안 된다. 그렇게 하는 시선은 사악한 시선이다." 나는 스턴의 모든 작품에서 이런 값싼 천박성을 느껴. 특히 요릭이엘리사에게 보내는 편지에서 말이야. 그건 단순히 스턴이라는'인간'에 대한 반감이 아니라—비록 그러한 반감도 충분히 정당하다고 여기긴 하지만—그의 작품들에 대해 내릴 수 있는 더없이 심오한 예술적 비판이야. 그의 작품들은 유기적이지 않고 단편적이야. 이는 그가 작품을 완성할 수 없어서가 아니라 어디서도 가치와 무가치를 구별하지 못했기 때문이고, 그래서 둘 중에서 하나를 선택하지 못했기 때문이야. 그가 그의 작품들을 구성하지 않은 것은 그에게는 모든 구성의 가장 기본적인 전제조건인 선택하고 평가할 수 있는 능력이 결여되었기 때문이지. 스턴의 작품엔 선별되지 않은 재료들로 넘쳐나고 있어. 그의 작품에형식이 없는 것은 그가 작품을 한없이 끌고 갈 수 있었기 때문이야. 그의 죽음은 작품의 끝을 의미할 뿐 작품의 완성을 의미하는것은 아니야. 스턴의 작품에 형식이 없는 것은 그것을 한없이 늘릴 수 있기 때문이야. 한데 무한한 형식이란 존재하지 않아.

빈센츠 (매우 급히) 오, 그렇지 않아.

요아힘 어째서 그렇지?

빈센츠 (논쟁이 제발 끝났으면 한다. 그러나 마지막 발언이 그를 가만히 있지 못하게 한다. 그래서 그는 적어도 소녀를 대화에 끌어들이려고 한다) 자넨 물론 내가 지금 하려는 말도 너무 모순적이라 생각하겠지. 그렇지만 당신은 (소녀 쪽으로 고개를 돌린다) 분명 내 말을 이해하겠지요.

소　녀 (누군가 다시 자신에 관심을 보이는 것에 고마워한다. 그러나 어떤 식으로든 공격에 노출될까 봐 우려한다. 그럼에도 무언가를 말하려고 대화에 끼어든다) 무한한 멜로디를 말하는 거죠?

빈센츠 (이 말을 좀 무의미하다고 생각해서 약간 당황해하며) 대체적으로 보면 그렇다고 할 수 있지요.

요아힘 (토론에 완전히 빠져있던 그는 소녀의 말에 전혀 알맹이가 없다고 여긴다. 자신의 '객관적인' 열정에서 그는 좀 급히, 빈센츠와 동시에 소리친다) 무한한 멜로디라니?!

소　녀 (마음이 상한 표정이다)

빈센츠 (물론 그런 사실을 즉각 눈치채고, 상황을 자기에게 유리하게 만든다) 그래요, 삶의 상징으로서의 무한한 멜로디를 뜻하는 말이겠지요?

소　녀 물론이지요.

빈센츠 무한한 것에 손을 뻗치는 것의 상징, 삶의 무한함과 삶의 외연적인 풍부함의 상징으로서 말이지요. 여기서 무한한 멜로디란 은유에 불과하지만, 그래도 심오한 은유지요. 왜냐하면 그 말은 아무리 많은 단어로도 명료하게 표현할 수 없는 사물을 암시하기 때문이지요. 그럼에도 나는 우리가 그 말을 어떻게 이해하는지 자세히 따져보려 합니다.

요아힘 (빈센츠의 마지막 말을 즉각 매우 서툴고 모욕적인 말이라 느낀다. 빈센츠의 '우리'
라는 말에 흠칫 놀라 몸을 움츠린다. 하지만 그녀는 소녀의 얼굴을 쳐다보고는 이의
를 제기해봐야 아무 소용없으리라 생각하고 침묵한다)

빈센츠 앞서 말했듯이, 예술 형식이란 개념이 실제적인 의미를 지닌다
면 나는 이미 스턴의 형식의 본질을 이미 설명한 셈이야. 이제
거기다가 한 가지를 더 첨가해야 할지도 몰라. 다시 말해 형식
이란 해야 할 말의 극도로 응축된 정수이므로 우리는 응축된 사
실만 감지할 수 있을 뿐 무엇을 응축한 것인지는 알기 어려워.
혹시 이렇게 말하는 것이 더 나을지도 몰라. 형식은 해야 할 말
에 리듬을 부여하는 것이고, 리듬은—나중에—추상화할 수 있
는 어떤 것, 그 자체로 체험될 수 있는 어떤 것이 되지. 그래서 어
떤 사람들은 리듬을—언제나 나중에 가서야—심지어 모든 내
용의 영원한 선험성이라고 느끼는 거야. 그래, 형식이란 가장 강
력한 힘으로 체험된 최종적인 감정이 독자적인 의미로 고양된
것이야. 그러한 원시적일 정도로 숭고하고 소박한 최종적인 감
정으로 환원될 수 없는 형식은 존재하지 않아. 우리는 그 형식의
온갖 특성을—자네는 온갖 법칙이라고 말하겠지—그러한 감정
의 특수성에서 이끌 수 있을지도 몰라. 그리고 비극을 통해 일깨
워진 감정까지도 포함해 그러한 모든 감정은 우리의 힘의 감정
이자 세계의 무한한 풍부함의 감정이야. 그런 감정은 니체가 말
했듯이 기운을 북돋우는 감정, 즉 강장제인 셈이지. 개별적인 예
술 형식을 서로 구별시켜주는 유일한 것은 예술 형식이 이러한
힘을 드러내는 기회가 상이하다는 사실이야. 그러한 감정을 열
거하고 순서대로 정리하는 것은 쓸데없는 놀이에 불과할지도

몰라. 우리에게 여기선 이러한 종류의 성찰, 형이상학적인 깊이와 힘을 지닌 삶에 대한 자기성찰을 직접적으로 하게 해주는 작품이 있다는 것을 아는 걸로 충분해. 반면에 대부분의 작품은 간접적으로만 그런 성찰을 하게 할 수 있지. 그러한 작품에서 모든 것은 아주 단순히 세계가 다채롭고 무한히 풍부하다는 감정에서 자라나고, 그리고 그 모든 강함과 풍부함을 우리 자신의 것으로 만들도록 사명을 부여받은 우리 또한 무한히 풍부하다는 감정에서 자라나는 거야. 그러한 감정에서 태어난 형식은 위대한 질서가 아닌 위대한 다양성을 부여하는 거지. 즉 전체의 위대한 결합이 아니라 전체의 모든 구석구석의 위대한 다채로움을 말이야. 이러한 이유로 그러한 작품은 무한성의 직접적인 상징이야. 다시 말해 그것 자체가 무한하지. 당신이 말한 것처럼 (그는 소녀를 쳐다본다) 무한한 멜로디의 무한한 변주인 셈이지(이 말에 대해 소녀는 감사의 눈길을 보낸다). 그러한 작품의 형식은 다른 모든 작품과는 달리 내적인 완성의 결과가 아니라, 해변의 수평선처럼 멀리 안개가 끼어 경계가 흐릿해지는 것이야. 이때 경계란 작품 자체의 한계라기보다는 오히려 우리 시각의 한계야. 그도 그럴 것이 그러한 작품은 그 작품을 만들어낸 감정과 마찬가지로 한계가 없기 때문이지. 여러 가지 결합 없이는 삶을 받아들이지 못하는 우리의 무능력이―작품의 공기 같은 유희적인 가벼움이 아니라―작품의 여러 부분 사이의 결합을 만들어내는 거야. 그러한 작품은 작품을 생겨나게 한 감정과 마찬가지로, 우리 꿈속의 순간적인 영상들보다 더 단단한 어떠한 쐐쇠에 의해서도 결합될 수 없기 때문이지. 그것은 진정한 불굴의 힘과 신선함, 그 자체에 의해 도취된 풍부함의 작품이야. 다시 말해 중세 초기의 문학작품이 그러했어. 모험, 모험, 또다시 모험이 계속되는 작품들이었지. 주인공이 수천 번의 모험 끝에 죽음을 맞이하면 그의 아들이 다시 수많은 모험을 되풀이했지. 이러한 일련의 무한한 모험을 한데 묶어주는 것은 다름 아닌 감정의 유대감, 체험의 유대감, 즉 온갖 종류의 무한한 모험 속에 표현된 세계의 다채로운 풍부함을 무한히 강하게 체험하는 일이야.

스턴의 작품들 역시 그런 감정에서 생겨났어. 그러나 그는 순전히 시적인 세계의 축복받은 풍부한 감정을 물려받지 못했어. 그가 창조한 것은 비시적인 궁핍한 시대임에도 불구하고 이루어졌어. 그의 내부에서 모든 것이 그토록 의식적이고 반어적으로 나타나는 것은 바로 그 때문이야. 왜냐하면 삶과 놀이를 자발적으로 동렬에 놓는 소박한 감정의 가능성이 그에게 더 이상 존재하지 않기 때문이지. 프리드리히 슐레겔은 이런 형식을 위한 멋진 이름을 찾아내 그것을 '아라베스크'라 불렀지. 그리고 그는 스턴과 스위프트의 유머를 "오늘날의 시대에 보다 높은 위치의 자연시다"라고 말하면서 벌써 이러한 종류의 시의 뿌리와 오늘날의 삶에서 그 시가 차지하는 위치를 명확히 인식했어.

요아힘 자네가 지금 말하고 있는 것에 많은 진리가 담긴 것은 사실이야. 그러나 슐레겔이 자네가 인용한 문장의 바로 뒤에 뭐라고 말했는지 생각해보라고. 그가 아라베스크 형식을 특히 높이 높게 평가하지 않았다는 점은 차치하고서라도 말이야.

빈센츠 어떤 점에서 보면 슐레겔은 여전히 옛날 형식을 옹호하는 독단론자라고 할 수 있지.

요아힘 슐레겔이 그것을 썼을 때는 더 이상 그렇지 않았어. 하지만 그가 어떻게 생각했든 간에 이러한 형식의 대표자로서 스턴보다 장 파울을 더 높이 평가했다는 것이 더 중요해. 그러니까 슐레겔은 "장 파울의 환상이 훨씬 더 병적이고, 따라서 훨씬 더 기이하고 환상적이라고" 보았던 거지. 그런데 나는 스턴의 형식이 장 파울의 형식과 닮았지만, 장 파울의 형식의 경우 아라베스크는 질료에서, 그의 세계 감정과 인간 고찰의 가장 내적인 본질에서 보다 유기적으로 태어났다고 내가 말한다면 그러한 판단이 옳다고 해석하고 있는지도 몰라. 장 파울의 필치가 스턴의 경우보다 더 대담하고 풍부하며 경쾌하게 굽이치면서도 이미지가 좀 더 조화롭게 형상화되어 있는 것도 바로 그 때문이지. 자네 자신도 좀 전에 스턴의 세계가 여러 가지 질료로 구성되어 있다고 말했지만, 이러한 질료의 다양성이 그의 글쓰기를 방해하고 교란시키는 진정한 이유일지도 몰라. 스턴의 경우 모든 현재는 과거와 미래를 반박하고 있고, 그의 온갖 몸짓은 그의 말을 훼손하고 있으며, 그의 말은 그의 몸짓의 아름다움을 파괴하고 있어. 나는 재료의 이러한 심한 부조화를 생각하고 있어. 물론 나는 그에 관해 매우 간단히 언급할 수 있을 뿐이야. 『트리스트럼 샌디』에 나오는 모든 인물과 모든 인간관계는 너무 무겁고, 또 무거운 소재로 이루어져 있으며, 우미함이 결여되어 있어. 그래서 가볍게 양식화된 윤곽들은 아라베스크의 성질에 의해 그 속에 담긴 것과 지속적으로 모순되고 있어. 물론 자네는 무거움의 환상이 작가가 행하는 놀이에 의해 강화된다고 말했지. 무거움이 하나의 목적이라면, 그리고 이러한 대조가 작품의 그로테스크한 성질을 증가시킨다면 그것도 맞는 말일지도 몰라. 하지만 우리는 그렇지 않다는 걸 알고 있어. 우리는 한쪽이 다른 쪽을 훼손하고 약화시킨다는 것을 어디서나 느끼고 있어. 즉 무거움은 아라베스크를 약화시키고, 우미함은 작품의 자연스러운 무게를 훼손시키지. 이러한 부조화는 『감상 여행』에서 더욱 명백히 드러날지도 몰라. 물론 그에 대한 이유는 거기서 훨씬 더 파악하기 어려울지도 모르지만 말이야. 거기서는 개개의 문장 안의 모순은 책 전체의 기초가 되는 감정의 부조화에서 비롯하는 거야. 내가 하려는 말을 한마디로 미리 말하자면, 『감상 여행』의 내용은 감정에 대한 아마추어적 접근이고, 모든 감정의 유희적인 향유라고 할 수 있어. 그렇지만 감정에 대한 아마추어적 접근이란 말은 형용모순이야. 아무튼 센셰이션에 대한 아마추어적 접근이란 말은 생각해볼 수 있지. 내 말은 사물들에 대한 내적인 모든 반응은 내적으로 너무 멀리 떨어져 있어서 사물들을 이상한 아라베스크 속에 끼워 넣는 것은 표현의 자연스러운 형식이 된다는 뜻이지. 또는 분위기가 너무 병적으로 세련되어 있어서 사물들은 스스로 좌에서 우로, 그리고 다시 뒤로 굽을 수 있다는 뜻이지. 그러나 스턴의 감정은 단순하고 때로는 평범하기도 해. 그 감정은 건전하고, 그 안에는 지나치게 세련되거나 병적인 요소가 없어. 스턴은 감정을 그렇게 보고, 그것이 마치 그렇게 존재하는 것처럼 감정을 자신의 삶 속에 끼워 넣을 뿐이야. 그러므로 그는 그 감정에 병적인 것이 지니는 우아한 유연함을 부여하지 못하고, 그 감정으로부터 아름답고 건강한 힘을 빼앗고 있어. 그렇지만 『감상 여행』에서 부조화는 덜 두드러져. 그리고 나는 프랑스인들이 거창한 이념이 담겨 있는 『트리스트럼 샌디』보다 『감상 여행』을 더 좋아하는 것을 이해할 수 있어.

빈센츠 그러나 장 파울은 『트리스트럼 샌디』를 더 높이 평가했어. 그리고 그의 말이 옳아. 물론 『감상 여행』은 우리가 스턴을 매우 깊이 이해할 때 도달하게 되는 문이야. 이와 동시에 그 문을 통과해서 우리는 그의 왕국의 보물을 잔뜩 짊어지고 삶으로 되돌아올 수 있어. 우리가 이 작품들의 순전히 예술적인 가치나 비예술적인 가치에 대해 말할 수 있긴 하지만—이 문제에서 우리가 어떤 다른 사람을 설득할 수 있으리라 가정하진 않아—그 작품들이 우리에게 정말로 중요한 이유는 결국 그것들이 우리에게 삶에 이르는 길, 우리의 삶을 풍요롭게 하는 새로운 길을 제시한다는 점이야. 스턴 자신도 이 길이 어디에 이르는지 말한 적이 있어. 그는 『감상 여행』에 대한 어느 편지에서 이렇게 쓰고 있어. "그 작품에서 나의 계획은 세상과 같은 인간을 우리가 지금 하는 것보다 더 사랑하라고 가르치는 것이다." 우리가 이 문장을 순전히 강령적인 발언으로 읽지 않고 그것의 실제적인 실현과 관련지어 고찰한다면—그것을 그의 글쓰기의 매력적인 힘으로 볼 수 있는데—그의 작품들의 '미적 가치'나 '문학사적 의미'보다 윤리가나 교육가로서의 스턴이 우리에게 중요하게 될 것이야. 그 작품들이 우리에게 가르쳐주는 것은 윤리로서의 풍부함, 살아갈 수 있는 능력, 모든 것으로부터 삶을 이끄는 능력이야. 그는 이렇게 썼어. "나는 단(Dan)에서 베르세바(Bersheba)까지 여행하고는 이 모든 것이 불모의 땅이라고 외치는 사람을 불쌍히 여긴다. 그 이유는 이 때문이다. 그 세계가 제공해주는 과일을 재배하려 하지 않는 그에게는 모든 세계가 불모의 땅인 것이다." 스턴의 모든 작품은 세계를 열겠다는 반복적인 몸짓으로 감동과 확신에 찬 어느 설교가의 말을 고지하고 있어. 그가 쓴 모든 것은 삶에 대한 그러한 숭배를 고지하고 있어. 거기서는 위대함과 사소함, 무거운 것과 무게가 없는 것, 재미있는 것과 지루한 것의 차이가 없어져. 조금 전에 자네가 말했던 것처럼 질료나 성질들 사이의 차이가 모두 무의미해지는 거야. 모든 것이 서로 만나서 위대하고 강렬한 체험의 통일 속에서 하나가 되기 때문이지. 단순한 가능성으로서 그러한 체험이 없다면 아무것도 없게 되고, 모든 것은 같은 정도로 중요하지 않게 되지. 삶은 순간으로만 이루어져 있어. 모든 순간은 전체 삶의 에너지로 충만되어 있어서 삶의 생생한 현실 옆에서는 한때 존재했고, 앞으로도 존재할 거란 사실만 우리가 알 뿐인 모든 것은 공허한 무로 소실되어 버리고 말아. 즉 우리의 삶이 결실을 맺게 하지 않고, 단순히 연결시켜주고 의무를 지울 뿐인 모든 것이 말이야. 스턴의 삶은 모든 것에도 불구하고, 모든 것에 맞서는, 삶에 대한 가장 강력한 긍정이야. 이러한 '네'에 맞서 싸움을 시작할 수 있는 '아니오'는 세계 어디에도 없기 때문이야. 스턴의 예는 언제나 순간만을 만날 뿐이야. 그리고 그에게 모든 것을 가져다 줄 수 없는 순간은 존재하지 않아. 그는 "나는 사막에 있다 해도 거기서 나의 애정을 불러일으킬 장소를 찾아낼 것이다"라고 말하지. 자네도 기억하겠지만, 그가 파리에 도착했을 때 여권이 없다는 것을 알아챘지. 몇 시간 내로 여권을 찾아내지 못하면 몇 달간 바스티유 감옥에 갇힐지도 모르는 상황이었어. 그래서 그가 여권을 찾으려 얼마나 동분서주했는지 기억나지? 그리고 여권을 찾는 중에 그에게 모든 일이 일어나지 않았던가! 그는 그때 많은 일을 체험했지. 그리고 모든 체험은 여권을 찾는 일보다 그에게 더 중요하지. 결국 그것이 매우 우연히 부수적으로 그의 수중에 들어오게 되었지. 그러나 그것은 다른 모든 것이 그랬던 것보다 그에게 더 이상 중요하지 않게 돼. 여기서 자네는 그의 작품에서 발견되는 모든 일탈과 탈선이 삶의 철학이라고 느끼지 않아? 삶이란 하나의 길에 불과하다는 사실을 말이야. 우리는 그 길이 어디로 나 있는지 알지 못해. 그리고 그 길의 존재 이유에 대해 우리가 뭘 알고 있단 말인가? 하지만 길 자체가 가치고 행복이며, 길은 아름답고 좋으며 풍요롭게 하지. 그리고 우리는 모든 일탈을 즐거운 마음으로 받아들여야 해. 즐거움이 어디서 오고 왜 오는지는 상관할 바 아니야. 내가 『트리스트럼 샌디』에 나오는 인물들과 그들의 운명을 이러한 관점에서 고찰하면 그들은 매우 새로운 깊이를 얻는 것 같아. 다시 말해 그들을 서로 분리시키는 모든 것, 그들을 맹목적이고 희비극적으로 현실에 내던지는 모든 것, 이 모든 것이 어떤 현실이 지금까지 할 수 있었던 이상으로 그들의 삶을 무한히 풍요롭게 만들지. 그들의 상상과 공상, 그들의 환상과 놀면서 보낸 순간, 이것이 삶이야. 그 외의 모든 것은 우리가 그것들의 삶을 비현실적이라고 부르곤 하는 것과 비교하면 공허하고 도식적이야. 인간들 사이에 존재하는 깊은 소원함이 환호하는 즐거움으로 변하는 것은 그들을 분리시키는 것이 그들에게 삶을 부여하기 때문이고, 다른 전달 가능한 삶은 내용이 없는 공허한 도식이기 때문이지.

요아힘 자네 말은 틀렸어! 틀렸다고! 난 순간들의 윤리가 존재할 수 있다는 것을 부정해. 그리고 자네가 방금 묘사한 삶의 방식이 진정으로 풍요로울 수 있다는 것을 부정해. (좀 더 차분히) 난 자네가 다시 잊은 스턴을 생각하고 있어. 난 그가 진실로 풍요로웠다는 것이나 그의 체험의 혼란스런 무질서가 우리를 풍요롭게 한다는 것을 부정해. 아니야! 혼돈 그 자체가 결코 풍요는 아니야. 질서를 창조하는 것은 혼돈 자체와 마찬가지로 영혼 속의 깊은 뿌리에서 나오는 거야. 따라서 혼돈과 법칙성, 삶과 추상, 인간과 그의 운명, 분위기와 윤리가 똑같이 강력하게 자리하고 있는 영혼만이 완전하고 그런 이유로 풍요로울 수 있는 거야. 그것들이 함께 존재할 때에만, 그것들이 매 순간 불가분의 살아있는 통일을 이루어 유기적으로 함께 자랄 때만 인간은 진실로 인간이고, 그의 작품은 진정한 총체성이며, 세계의 상징이야. 그리고 그러한 인간들의 작품에서만 비로소 혼돈은 진실로 혼돈이 되는 거야. 그곳에서 모든 깊고 근원적인 갈등은 함께 자라 의미 있는 통일이 되는 것은 도식적 사고의 감옥에서는 모든 것이 살아있고 활기를 띠기 때문이며, 추상의 얼음 밑에서 모든 것이 삶으로 이글거리고 끓어오르기 때문이야. 어느 작품에 혼돈만이 존재할 때는 혼돈 자체가 약하고 무력하게 돼. 그도 그럴 것이 혼돈은 단지 조야한 상태로만 존재하고, 단지 경험적일 뿐이며, 정적이고 변하지 않으며 움직임이 없기 때문이야. 오직 대립만이 모든 것을 진실로 살아있게 만들어. 오직 강제만이 진정한 자발성을 불러일으키고, 형상화된 것 속에서만 인간은 무형식의 형이상학을 느끼는 거야. 다시 말해 그때만 우리는 혼돈이 세계의 원리라고 느끼는 거지.

윤리! 그것은 외부에서 오는 질서야! 우리에게 부과된 법칙이자, 우리가 넘을 수 없는 법칙이지! 자네는 그것이 늘 영혼을 위축시킬 뿐이라는 듯이 말하고 있어. 자네는 스턴의 이름으로 그러는데, 자네 말이 옳아. 스턴 역시 그렇게 느꼈거든ㅡ그러나 단지 자기 보존의 본능에서 말이야. 그것은 온갖 가치평가를 꺼리는 나약한 인간들의 자기방어의 본능이야. 그들은 약간만 정직하다면 그들의 모든 감정이나 체험이ㅡ그들 자신에게조차ㅡ너무 가볍게 여겨질까 우려하기 때문이지. 그들은 강제가 그들을 최종적으로 질식시킬까 봐 어떤 강제도 회피하는 거야. 그들은 모든 전쟁에서 패배할 것을 알기 때문에 싸움을 피해 달아나는 거지. 그들의 삶에서 모든 것이 똑같이 중요한 것은 그들이 정말로 중요한 일을 골라서 철저히 느끼고 체험할 수 없기 때문이지. 스턴의 삶 전체는 영혼의 에피소드야. 많은 사소한 일들이 다른 많은 사람의 경우보다 스턴에게 더 큰 힘을 발휘하는 것은 사실이야. 그렇지만 진실로 위대한 모든 것은 수천 배나 더 작게 축소되어 있어. 가장 명백한 예를 들겠어. 그가 프랑스를 여행하면서 쓴 일기장엔 파리나 프랑스뿐만 아니라 모든 게 들어있다는 것을 생각해보라고. 이것은 인정된 가치를 뒤집겠다는 시도도 아니고, 『소박한 사람들의 보물』6의 예시도 아니야. 작은 사물이 위대하므로 위대한 사물은 작은 것이라는 태도가 아니야. 그것은 혼돈, 순전히 무능력의 혼돈이야. 위대한 사물의 윤곽은 스턴의 에피소드를 통해서는 더러운 창문을 통해 보는 것처럼 희미하게 보일 뿐이기 때문이지. 위대한 사물은 희미하게 남아 있으며, 손으로 잡을 수도 부정할 수도 없어. 사물은 스턴의 경우 가치평가를 할 수 있는 사람들의 경우와 마찬가지로 똑같은 것으로 남게 돼. 그에게는 어떤 사물은 너무 강하고 너무 클 뿐이지. 그러나 진정한 풍부함은 가치평가 능력에만 있고, 진정한 힘은 선택의 힘 속에, 그러니까 일화 같은 분위기에서 해방된 영혼의 부분들, 다시 말해 윤리적인 부분에 있어. 삶을 위한 고정된 점을 결정할 수 있는 데에 말이야. 절대적인 힘을 지닌 이러한 힘이 사물들 간의 차이를 만들어내고, 사물들의 위계질서를 만드는 거야. 영혼 자체로부터 영혼의 길을 위한 목표를 투영하고, 그로 인해 영혼의 깊디깊은 내용에 견고한 형식을 부여하는 이러한 힘 말이야. 윤리 혹은—우리는 지금 예술에 관해 이야기하고 있으므로—형식은 모든 순간과 모든 분위기와는 달리 자아의 밖에 있는 하나의 이상이야.

빈센츠 (약간 우월한 기분에서 조소적으로) 그건 그레거스 윌[7]의 세계관이잖아.

요아힘 물론이지!

빈센츠 그러나 그레거스에게는—내 말 용서해주게—항상 바보스럽고 우스꽝스러운 점이 있다는 걸 결코 잊지마.

요아힘 (매우 격렬히) 하지만 그건 그가 무가치한 인간인 얄마르(Hjalmar)에 맞서 자신의 이상적 요구를 관철하려고 하기 때문일 뿐이

---

6 『소박한 사람들의 보물 Le Trésor des Humbles』은 벨기에의 상징파 시인이자 극작가인 마테를링크(Maurice Maeterlinck, 1862~1949)의 작품.

7 그레거스 윌(Gregers Werle)은 입센의 『야생오리』에 나오는 인물.

야! 하지만 외적으로는 보잘것없고 우스꽝스러워 보이긴 하지만 여기에는 아직 얼마나 많은 풍요로움과 얼마나 많은 힘이 있는가! 그리고 자네도 묘사했듯이 풍요 속의 내적인 빈곤은 얼마나 끔찍한 일인가! 스턴이 언젠가 자신에게 좀 더 가치 있는 감정을 결코 가져다줄 수 없는 내적 분열에 얼마나 참담한 기분이 들었는지에 대해 이야기할 때, 자네는 그것을 아이러니라고 간주할지도 모르지. 그러나 자네는 스턴이 자신의 혼돈스런 감정의 커다란 내적인 파산에 대해 슬프고도 솔직하게 고백한 편지에 담긴 "나는 나의 감정으로 인해 나의 전체 틀을 산산조각 내버렸다"라는 구절도 기억하려고 해봐야 해. 자신의 감정뿐만 아니라 자신의 착상, 기분, 농담으로도 그는 자신의 전체 작품을 산산조각 내버렸고, 자신의 위대성을 감소시켰어. 또한 자신의 삶을 안쓰럽고 무가치하게 만들었어. 자네는 그의 삶이 무엇으로 이루어졌는지 매우 잘 알고 있어. 다시 말해 순전히 놀이처럼 시작해서 놀이처럼 포기했다가 끝까지 즐기지도 고통을 맛보지도 못한 연애 사건의 연속이지. 단순히 부드럽고 연약하며, 미묘하고 경박하며, 감정적이고 감상적인 플라토닉한 희롱의 연속이지. 그러한 것이 그의 삶의 내용이었어. 다시 말해 결코 지속될 수 없고, 왔다가는 아무런 흔적도 남기지 않고 다시 사라져버리며, 그를 한 발짝도 진전시키지 못하는 시작의 반복이었어. 언제나 같은 상태로 머무르고, 언제 어디서나 같은 인간들이 등장하는 에피소드들 말이야. 즉 거기서는 똑같이 약하고 재치 있으며 애처로우면서도, 실제로 생활력이 없고 삶에 형식을 부여하지도 못하는 인간들이 등장하지. 그도 그럴 것이 가치평가 능력만이 성장과 발전을 위한 힘, 질서를 창조하고 시작과 끝을 만드는 능력을 주기 때문이야. 왜냐하면 끝만 새로운 것의 시작이 될 수 있으며, 우리는 지속적인 시작에 의해서만 위대하게 될 수 있기 때문이야. 하지만 스턴의 에피소드에는 시작도 끝도 없어. 무질서한 다수의 에피소드는 풍부함이 아니라 잡동사니 방에 불과해. 에피소드를 만들어내는 인상주의는 힘이 아니라 무능력이야. (오랫동안 약간 어색한 침묵이 흐른다. 소녀는 내내 대화의 객관적인 내용에 거의 주의를 기울이지 않았다. 하지만 바로 그런 이유로 대화에서 개인적인 요소, 자신의 환심을 사려는 요소를 매우 강하게 느꼈다. 하지만 그녀는 다만 이러한 반쯤 무의식적인 내용만을 느끼기 때문에 두 남자의 말을 오해하고 그들의 말에서 실제로 있는 것보다 더 많은 내용을 간파한다. 전체 논쟁에 대한 이러한 개인적인 해석은 특히 요아힘에 대한 짜증스러운 태도에서 표현된다. 그녀는 요아힘을 특히 요령부득이라고, 결국에는 성가시게 느낀다. 빈센츠 역시 요아힘이 마지막에 가서 한 말의 개인적인 요소를 의식하고, 전적으로 달리 보기는 하지만, 다시 말해 그것을 요아힘의 세계관의 표현이라고 느낀다. 그는 여기서 자기의 힘보다 더 큰 힘을 감지한다. 그리고 그는 소녀 역시 자기와 같이 느끼지 않을 수 없으리라고 여긴다. 두 사람은 논쟁에 전적으로 몰두하고 있었으므로 빈센츠는 자신의 패배를ㅡ그는 이 순간 그것을 매우 강하게 느꼈다ㅡ전체 흐름 속에서의 패배로 여기지 않을 수 없다. 그는 어쩌다가 이 같은 사정이 되었는지 알기 전까지는 감히 말할 엄두가 나지 않는다. 한순간 그는 자신의 패배에 너무 충격을 받아 차라리 논쟁을 포기하고 자리를 뜨고 싶은 생각이 굴뚝같다. 요아힘은 침묵을 여전히 옳지 않은 태도라고 해석한다. 그는 자기가 개인적으로 어쩌면 부당한 날카로운 공격을 했을지도 모르는 빈센츠 쪽에서 매우 강한 반론을 제기하기를 기다렸다. 그래도 아무런 답변이 없자 요아힘은 아무도 자기 말을 귀담아들으려 하지 않으니 쓸데없이 시간을 낭비하고 있다고 생각한다. 특히 소녀의 분위기가 자신에게 무척 적대적이라고 느껴져 그런 감정이 강해진다. 그래서 요아힘은 가야겠다고 생각한다. 그는 몇 가지 피상적이고 속이 뻔히 보이는 핑계를 대고 자리를 뜬다. 억지로 꾸며 다정한 작별을 한 뒤 남아 있는 두 사람 사이에 다시 침묵이 흐른다. 다시 각자 상대방의 침묵을 오해한다. 지금 빈센츠는 자리에 없는 요아힘이 여전히 논쟁의 승자라고 느끼며, 소녀도 똑같이 생각하고 있을까 봐 우려한다. 하지만 그는 무슨 일이 일어나야 한다고, 그것도 즉시 일어나야 한다고 느낀다. 그때 갑자기 그의 시선이 책을 향한다. 그는 마음을 결정하지 못하고 초조하게 책을 손에 집어 든다). **이러한 논쟁이 우리의 멋진 독서를 완전히 망쳐버렸어요. 삶의 생생한 아름다움에 비해 논쟁은 얼마나 비생산적인지 몰라요,** (소녀는 빈센츠를 쳐다보지만, 그는 이를 눈치채지 못한다) **이 글을 들어보세요.** (빈센츠는 읽기 시작한다. 지금은 매우 따뜻하지만 감상적인 뉘앙스를 지닌 목소리다. 그는 논쟁 때문에 파괴된 처음 30분 동안의 분위기를 스턴을 통해 회복하고 싶어 한다. 소녀는 문학이 다시 화제에 오르자 처음에는 실망을 숨기지 못한다. 그러나 소녀는 마음을 다잡고는 커다란 관심을 보이며 자신의 초조함을 은폐하려고 한다. 빈센츠 역시 매우 긴장하고 있으므로 소녀의 심하게 은폐된 불안을 자리에 없는 요아힘에게 동의하는 것으로 오해한다. 그래서 그는 책을 탁 덮는다) **정말이지, 멋진 대목이 아니야.** (그런 뒤 그는 더욱 초조하게 책장을 넘기다가, 바로 가장 감상적인 대목 ─ 물랭스가 마리아를 만나는 장면 ─ 을 도전적인 태도로 탁 펼치고는 읽기 시작한다. 실망과 오해의 같은 놀이이다. 그는 자기가 읽는 한 마디 한 마디 말에 불안하게 주의를 기울이며, 스턴의 감상성에 깃든 그릇된 점과 약함을 점점 강하게 느낀다. 결국 그는 화가 나 책을 손에서 내려놓고 자리에서 일어나서는 방안을 초조하게 이리저리 거닐기 시작한다) **잘못되었어! 이 논쟁이 우리를 완전히 망쳐버렸어! 오늘은 더 이상 읽을 수 없어.**

소　녀 (매우 감상적으로) 안 됐군요. 하지만 얼마나 사랑스러워요. 안 그
래요?

빈센츠 (갑자기 상황을 이해하며, 매우 감상적으로) 아, 그래요. (더욱 나지막한 목소리
로) 다음번에 계속하도록 하지요. 괜찮아요?

소　녀 좋아요…….

빈센츠 (소녀에게 바짝 다가가 그녀 뒤에 서서. 나지막한 소리로) 다음번에요……(갑
자기 그녀에게 몸을 굽히고는 입맞춤을 한다)

소　녀 (밝아진 얼굴로 마음이 홀가분해진 것을 알 수 있다. 이로써 오랜 논쟁이 극히 불필
요한 준비에 불과했다는 사실이 결국 드러난다. 소녀가 그에게 입맞춤을 한다)

(1909)

330

10

비극의 형이상학

———

파울 에른스트[1]

자연은 아이를 어른으로 만들고, 달걀을 닭으로 만든다.
신은 아이보다 먼저 어른을 만들고, 달걀보다 먼저 닭을 만든다.

———마이스터 에크하르트[2], 『고귀한 인간에 대한 설교』

I

연극은 인간과 그의 운명에 관한 하나의 놀이이다. 그 놀이의 관객은 신이다. 신은 관객일 뿐 그 이상은 아니다. 놀이하는 자의 말이나 거동에 신의 말이나 몸짓이 섞이는 법은 없다. 그의 두 눈만이 그들의 눈과 몸짓을 응시할 뿐이다. 입센은 언젠가 "신을 보는 자는 죽음을 면치 못한다"라고 쓴 적이 있었다. 그러나 신에게 자신의 모습을 보인 자는 계속 살아갈 수 있을까?

삶을 사랑하는 현명한 자들 역시 신과 인간이 양립하기 어렵다는 것을 느끼고 있다. 그래서 그들은 연극에 대해 날카로운 비난의 말을 던진다. 그들의 분명한 적의는 비겁한 옹호자의 변명보다 더 섬세하고 적

1 파울 에른스트(Paul Ernst, 1866~1933): 독일의 시인·평론가·소설가·극작가. 소설뿐만 아니라 철학·경제·문학 문제에 관한 수백 편의 평론으로 잘 알려져 있다. 처음에 성직자가 되기 위한 공부를 했으나 곧 신학에 환멸을 느낀 그는 마르크스주의자로 전환하여 〈베를리너 폴크스트리뷔네(Berliner Volksstribüne)〉의 편집자로 일했다. 그러나 세기말에 마르크스주의와 관계를 끊고 『마르크스주의의 붕괴』를 써서 마르크스주의 이론을 부인했다. 이때 이미 예술에서 자연주의에 반기를 들었고, 평론 『형식으로 가는 길』에서 고전주의로 돌아가자고 주장했다. 그는 독일 이상주의 철학을 거쳐 기독교의 한 형태로 돌아갔는데 이를 극화하여 희곡을 창조했다.
그가 구원의 극이라고 부른 희곡이 『낙소스의 아리아드네』이다. 고전주의에 대한 생각은 비극 『브룬힐트』에 가장 잘 나타나 있다. 그 외의 희곡으로는 『데메트리우스』, 『황금』, 『카놋사』, 『프로이센 정신』, 『크림힐트』, 『랑클로스의 니논』 등이 있다. 그는 희곡을 통해 문학에 가장 크게 이바지했다고 생각했지만 소설로써 인기를 누렸으며 비평가들의 인정을 받은 것은 단편소설뿐이었다. 자전적 소설 『행복으로 가는 좁은 길』은 큰 인기를 누렸고, 『젊은 날의 회상』과 민속적 색채가 짙은 『폐허 속에서 도는 푸르름』도 거의 같은 인기를 누렸다. 가장 유명한 단편집은 『희극배우와 건달 이야기』이다.
루카치는 이 에세이에서 삶은 명암법의 무정부 상태 같은 것이고, 인간적 실존의 가장 깊은 동경이 비극의 형이상학적 근거이며, 비극적 체험, 극적 비극은 동경의 가장 완전한 실현이라고 말한다. 루카치에게는 모든 진정한 비극은 신비극이다. 우연의 기적이 인간과 그의 삶을 끌어올리는 지점에서 비극이 시작된다는 것이다. 루카치에게 비극의 가능성에 대한 질문은 존재와 본질에 대한 질문이다. 신비적 세계 체험 방식과 비극적 세계 체험 방식은 서로 접촉하고 보완하면서도 서로를 배제하는 관계에 있다. 신비주의자의 길은 귀의하는 것이고, 비극적 인간의 길은 투쟁하는 것이다. 루카치는 에른스트의 『브룬힐트』를 통해 자신의 비극 이론을 펼친다. 에른스트는 '완전히 신을 믿지 않을 때야 비로소 우리는 다시 하나의 비극을 가질 것이다'라고 말한다. 에른스트의 필생의 작품에 담긴 핵심은 시적인 문학의 윤리이다. 에른스트는 완결된 보다 높은 세계를 인간들이 나아갈 길에 대한 주의이자 깨우침으로, 빛이자 목표로 제시하지만, 그것들이 실제로 실현되는 문제에는 아무런 관심이 없다. 어떤 윤리의 타당성과 힘은 그것이 준수되는지의 여부와는 무관하기 때문이다.
2 요하네스 에크하르트(Johannes Eckhart, 1260년경~1327년경): 마이스터 에크하르트로 통칭되는 독일의 로마 가톨릭 신비 사상가. 정신의 자유에 대한 이론이 후에 신플라톤주의나 루터에게 영향을 미쳤으나, 당시 프란체스코회로부터 이단이라는 비난을 받았다. 에크하르트에게 하느님은 이성으로도 감각으로도 파악할 수 없는 무한한 황야 같은 분이며 무한 자체이다. 자기를 무로 돌려 하느님의 무와 합일하면 비로소 인간은 완전한 자유에 도달하며, 모든 것을 버리고, 드디어 하느님까지도 버리고 최고의 덕을 달성한다.

절하게 연극의 본질을 평가한다. 연극의 적들은 그것이 변조이고, 현실을 실제보다 조잡하게 만드는 것이라고 비난한다. 희곡은—셰익스피어의 경우에서조차도—현실의 충만함과 풍부함을 빼앗을 뿐만 아니라, 생사를 가르는 잔인한 사건들을 통해 현실로부터 극히 미묘한 정신적인 섬세함을 앗아간다. 그래서 연극이 인간들 사이에 공기가 없는 공간을 만들어낸다는 것이 주된 비난이다. 연극에서는 언제나 한 사람이 말하고(그리고 이 점에서 연극의 기법은 연극의 가장 깊은 본질을 반영한다), 상대방은 대답할 뿐이다. 그러나 한 사람이 말을 시작하면 다른 사람은 말을 멈춘다. 실제의 삶을 정말 생생하게 만들어 주는 이들 서로 간의 조용하고 눈에 띄지 않는 유동적 관계는 이처럼 딱딱한 극적 묘사를 하는 중에 생기를 잃고 굳어버린다. 이들 비평가가 하는 말은 매우 심오한 진실로 가득 차 있다. 그러나 성급한 연극 옹호자들이 나서서 셰익스피어의 충만함, 자연주의 극의 대화에서 불안하게 일렁이는 희미한 빛, 마테를링크의 운명극에서 운명의 모든 윤곽이 희미해지는 현상을 원용한다. 정말이지 그들은 성급한 옹호자들이다. 그들은 연극의 가장 높은 가치를 파괴하는 데 일조하기 때문이다. 또한 그들은 비겁한 옹호자들이기도 하다. 왜냐하면 그들이 연극을 옹호하기 위해 제시할 수 있는 것은 단지 타협에 불과하기 때문이다. 삶과 극적 형식 사이의 타협 말이다.

삶은 명암법의 무정부 상태 같은 것이다. 다시 말해 삶 속에서는 지금껏 어떤 것도 완전히 채워진 적이 없으며, 어떤 것도 결코 끝나지 않는다. 언제나 새로운 혼란스런 목소리들이 이미 이전에 울렸던 목소리들의 합창 속으로 섞여든다. 모든 것은 흘러가며 다른 것 속에 섞여들며, 그 혼합물은 통제되지 않으며 불순하다. 모든 것은 파괴되고, 모든 것은 박살난다. 어떤 것이 진정한 삶으로 꽃피어나는 경우는 결코 없다. 산다는 것, 그것은 무언가를 마음껏 펼칠 수 있다는 뜻이다. 그러나 '삶' 자체는 어떤 것이 충분하고도 완전히는 결코 펼쳐지지 않는다는 뜻이다. 삶은 생각할 수 있는 모든 존재 중 가장 비현실적이고 생기없는 것이다. 우리는 삶을 부정적으로만 묘사할 수 있을 뿐이다―어떤 것이 항상 사이에 끼어들어 흐름을 방해한다고 말함으로써……. 셸링은 이렇게 만한 적이 있었다. "어떤 사물이 지속한다고 우리가 말하는 것은 그 사물의 존재가 그 사물의 본질에 어울리지 않기 때문이다."

실제적인 삶은 언제나 비현실적이고, 경험적 삶의 한가운데서는 언제나 불가능하다. 갑자기 경험적 삶의 진부한 길을 조명하는 섬광이 솟아오르고 번개가 친다. 무언가 방해하면서도 매력적인 것, 위험하고도 놀라운 일, 우연, 위대한 순간, 기적, 풍부함과 혼란이 실제적인 삶에 존재한다. 그것은 지속될 수 없으며, 아무도 그것을 견딜 수 없을지도 모른다. 우리는 그러한 높이, 자신의 삶과 자신의 최종적인 가능성의 높이에서는 살아갈 수 없을지도 모른다. 우리는 무감각한 상태로 되돌아가야 한다. 우리는 살기 위해서는 삶을 부인해야 한다.

인간이 삶을 사랑하는 것은 삶에 분위기 같은 성질이 있고, 진자(振子)처럼 영원히 이리저리 흔들리지만, 결코 극단적으로까지 흔들리지는 않는 불확실성이 있기 때문이다. 인간은 잠재우는 단조로운 자장가 같은 삶의 위대한 불확실성을 사랑한다. 하지만 기적은 규정하는 것이자 규정된 것이기도 하다. 기적은 예측할 수 없게, 우연히 또 아무런 연관성도 없이 삶 속에 파고든다. 그리고 가차 없이 삶 전체를 분명하고 명백한 방정식으로 변화시킨다. 인간은 명백한 것을 증오하고 두려워한다. 인간은 약하고 비겁하기에 외부에서 오는 어떤 방해도, 그의 길을 가로막는 어떤 장애물도 환영한다. 그도 그럴 것이 게으른 몽상을 위한 예감할 수 없고 결코 도달할 수 없는 에덴동산은 너무 가팔라서 결코 정복할 수 없는 암벽 뒤에서 꽃피어나기 때문이다. 인간에게는 동경과 희망이 삶이다. 운명에 의해 차단된 것은 쉽고 값싸게 영혼의 내적 재산으로 변한다. 인간은 삶의 모든 물줄기가 한데 모이는 지점에서의 삶을 결코 알지 못한다. 다시 말해 아무것도 실현되지 않는 곳에서는 모든 것이 가능하다. 하지만 기적은 실현이다. 기적은 삶으로부터 그 삶의 모든 기만적인 외피, 찬란한 순간과 다양한 분위기로 짜인 외피를 벗겨낸다. 그럼으로써 딱딱하고 무자비한 윤곽으로 그려진 영혼은 삶의 얼굴 앞에 적나라한 본질을 드러낸다.

그러나 신 앞에서는 기적만이 현실성을 지닌다. 신에게는 상대성이 있을 수 없고, 과도 단계나 미묘한 차이도 있을 수 없다. 신의 시선은 일체의 사건에서 시간적 요소와 공간적 요소를 모조리 앗아가 버린다. 신 앞에서는 가상과 본질, 현상과 이념, 사건과 운명 사이의 차이는 더 이상 존재하지 않는다. 가치와 현실에 관한 질문은 여기서 의미를 잃는다. 다시 말해 여기서는 가치가 현실을 창조할 것이고, 가치는 더 이상 현실 속에 투영된 꿈이나 해석이 되지 않는다. 따라서 모든 진정한 비극은 신비극이다. 비극의 진정한 내적인 의미는 신 앞에 신을 드러내는 것이다. 영원히 침묵하고 언제까지나 구원받지 못하는, 자연과 운명의 신은 인간의 내부에 잠들어 있으며, 삶 속에서 침묵하고 있는 신의 목소리를 꾀어낸다. 내재하는 신이 초월적인 신에게 삶을 환기시키는 것이다. 완전한 삶을 이야기하는 소책자는 이렇게 말한다. "신은 피조물이 없이는 역사하고 움직이려 할 수 없다. 그러므로 신은 피조물 속에서, 피조물과 함께 역사하고 움직이려 한다." 또한 헤벨은 "독백

능력이 없는 신"에 관해 말하고 있다.

이와 대조적으로 현실과 역사의 여러 신은 성급하고 고집이 세다. 순수한 계시의 힘과 아름다움은 그 신들의 야심을 충족시키지 못한다. 그들은 단순히 계시의 실현을 바라보는 구경꾼이 되는 데 머무르지 않고 계시의 실현을 조종하고 완성하려 한다. 그들의 손은 불가사의하지만 분명하게 얽힌 운명의 실타래를 의도적으로 잡아당겨 더욱 헝클어 놓음으로써 완벽하지만 무의미한 질서정연함을 달성한다. 그들은 무대 위로 걸어간다. 그들의 출현은 인간을 꼭두각시로, 운명을 섭리로 깎아내린다. 그리하여 비극의 무거운 행위는 불필요하게 얻은 구원의 선물이 된다. 신은 무대를 떠나야 한다. 그렇지만 관객으로는 남아 있어야 한다. 다시 말해 바로 그것이 비극적인 시대의 역사적 가능성이다. 자연과 운명이 오늘날처럼 끔찍할 정도로 영혼이 없었던 적이 없으므로, 또 인간의 영혼이 그토록 외롭게 황폐한 길을 걸은 적이 없으므로, 이 모든 이유 때문에 우리는 다시 비극의 도래를 기대할 수 있다―우리에게 친근한 질서의 흔들거리는 온갖 그림자가 완전히 사라지기만 한다면. 우리의 비겁한 꿈들은 우리 자신에게 거짓된 안전감을 심어주기 위해 자연에 질서를 던져 놓았던 것이다. 파울 에른스트는 "신을 완전히 믿지 않을 때야 비로소 우리는 다시 하나의 비극을 가질 것이다"라고 말한다. 셰익스피어의 맥베스를 생각해보라. 그의 영혼은 필연적인 길의 무게를 감당할 수 없었다. 그 때문에 유혹하는 마녀들은 운명의 십자로에서 그의 주위를 돌며 춤추고 노래한다. 그리고 고대하던 기적은 궁극적인 실현의 날이 왔음을 그에게 고지한다. 맥베스를 둘러싸고 있고, 그의 행위를 통해 변형되어 그의 의지를 꼼짝 못하게 하는 거친 혼돈은 동경에 눈먼 그의 눈에만 진정으로 혼돈으로 보인다. 그리고 그 혼돈은 자신의 광분(狂奔)이 자신의 영혼에 비추어질 수밖에 없는 만큼의 혼돈일 뿐이다. 사실 이 두 가지, 즉 자신의 광분과 자신의 영혼은 신의 숨결이다. 다시 말해 동일한 섭리의 동일한 손길이 두 가지를 조종하는 것이다. 그 손길은 여러 가지 실현으로 그의 동경을 속이면서 그를 거짓으로 높이 끌어올린다. 그 손길은 거짓으로 온갖 승리를 그의 손에 쥐여준다. 그는 모든 일에 성공하여 결국 모든 일이 이루어진다. 그런 뒤 그는 모든 것을 한꺼번에 빼앗긴다. 그래도 맥베스의 내면에 아직 분명한 한 가지는 동일한 손길이 영혼과 운명을 이끈다는 사실이다. 여기서 희곡은 아직 신의 심판이다. 검을 휘두르는 행위 하나하나는 여기서 아직 신의 계획적인 섭리에 의해 움직인다. 입센의 희곡에 나오는 얄(Jarl)도 그러하다. 꿈속에서는 그는 언제나 왕이었고, 꿈속에서만 그는 왕이 될 수 있었다. 그가 다른 세력과의 싸움에서 얻으려고 희망하는 것은 심의 심판, 최종적인 진리에 대한 판결이다. 하지만 그를 둘러싼 세계는 그러한 질문과 대답에 아랑곳하지 않고 자신의 길을 간다. 모든 사물은 입을 다물게 되었다. 싸움은 무심히 월계관이나 패배를 안겨준다. 운명의 행보에서 솔직한 신의 심판은 결코 더 이상 분명히 들려오지 않을 것이다. 다시 말해 모든 것에 삶을 일깨워준 것은 신의 목소리였다. 이제는 삶은 자신의 힘으로 혼자 진행되어야 하고, 심판의 목소리는 영원히 사라지고 말았다. 셰익스피어의 왕인 맥베스가 패배했을지도 모르는 곳에서 얄이 승리할 수 있었던 것은 바로 그 때문이다. 얄은 몰락이 예정된 패배자이다. 승자로서 그는 패주자로서보다 더욱 패배자이다. 여기서는 비극적인 지혜의 소리가 순수하고 맑게 울린다. 다시 말해 삶의 기적, 비극의 운명은 단지 영혼을 드러내는 것일 뿐이다. 서로가 적이 되기에는 너무 낯설게 그것들, 드러내는 것과 드러내진 것, 계시와 그것의 대상은 서로 마주하고 있다. 드러난 것은 그것이 드러나도록 한 것, 즉 더 높고 다른 세계에서 온 것에 낯설기 때문이다. 이렇게 자아를 되찾은 영혼은 이전의 존재 전체를 낯선 시선으로 재단한다. 이전의 존재는 영혼이 볼 때 이해되지 않고, 비본질적이며 생명이 없다. 영혼은 한때는 달랐을 거라고 꿈꿀 수 있을 뿐이다. 그도 그럴 것이 달랐을 것으로 꿈꾸는 영혼의 존재 야말로 진정한 존재이기 때문이다. 그런데 부질없는 우연은 그러한 꿈들을 몰아내었고, 멀리서 들려오는 우연한 종소리는 아침잠을 깨워주었다.

벌거벗은 영혼은 여기서 벌거벗은 운명과 홀로 상상 속의 대화를 나눈다. 벌거벗은 영혼과 운명은 자신의 가장 깊은 본질이 아닌 모든 것을 빼앗긴다. 운명과의 관계를 만들어내기 위해 삶의 모든 관계는 제거된다. 인간과 사물 사이에 존재하는 모든 분위기적 요소가 사라짐으로써 그것들 사이에는 궁극적인 질문과 궁극적인 대답이라는 아무것도 숨기지 않는 맑고 가혹한 산지 공기만이 남게 된다. 거기서, 우연의 기적이 인간과 그의 삶을 끌어올리는 지점에서 비극이 시작된다. 그 때문에 인간은 비극의 세계로부터 영원히 추방된다. 왜냐하면 인간은 자신이 일상적 삶에 가져다 놓은, 몹시 위험하면서도 풍요롭게 해주는 것을 그러한 삶에 더 이상 가져다줄 수 없기 때문이다. 비극은 하나의 방향으로만, 즉 위쪽으로만 확장될 수 있다. 비극은 불가사의한 힘이 인간으로부터 본질을 몰아내고, 인간에게 본질적 요소가 되기를 강요하는 순간에 시작된다. 비극의 진행 과정은 이러한 유일하고 진정한 본질이 더욱 명백히 드러나는 데 있다. 우연을 배제하는 삶은 편편하고 결실 없는, 구릉이 없이 끝없는 평지의 삶이다. 그러한 삶의 필연성은 값싼 안전의 필연성, 일체의 새로운 것에 대한 수동적인 거부의 필연성, 무미건조한 합리성의 품 안에서 취하는 따분한 휴식의 필연성이다. 하지만 비극은 더 이상 우연을 필요로 하지 않는다. 비극은 우연을 영원히 자기 세계에 편입했다. 따라서 비극에는 언제 어디서나 우연이 존재한다.

비극의 가능성에 대한 질문은 존재와 본질에 대한 질문이다. 그것은 존재하는 모든 것은 그것이 존재한다는 바로 그 이유로, 단순히 그 이유로 존재자라고 할 수 있는지의 질문이다. 존재의 등급과 순위가 있는 게 아닌가? 존재가 모든 사물의 한 속성인가 또는 사물들에 대한 가치 판단이나 사물들 사이의 구분이자 구별인가?

본질이 어떻게 생동감을 얻을 수 있을까? 본질이 어떻게 감각적인 직접성 속에서 유일하게 현실적인 것, 진정으로 존재하는 것으로 될 수 있을까? 그러므로 이것이 희곡과 비극의 역설에 관한 질문이다. 희곡만이 현실적인 인간들을 형상화하지만, 그러나 바로 이런 형상화를 함으로써 필연적으로 그들로부터 살아있는 현존재를 빼앗을 수밖에 없기 때문이다. 현실적인 인간들의 삶은 말과 몸짓으로 이루어져 있다. 하지만 그들이 하는 말과 그들이 행하는 몸짓은 몸짓이나 말 이상이다. 그들의 삶의 온갖 표현은 그들의 궁극적인 관계를 위한 암호일 따름이고, 그들의 삶은 단순히 그들 자신의 플라톤적인 이념의 창백한 알레고리일 뿐이다. 그들의 현존재는 영혼의 현실 이외에는 어떠한 실제적 진실도 가질 수 없다. 그 현실은 체험과 믿음의 현실이다. '체험'은 삶의 모든 사건에 위협적인 심연으로서, 심판관의 방으로 통하는 문으로서 숨겨져 있다. 이념의 단순한 현상에 불과한 체험의 이념과의 관계는 현실적인 삶의 혼란스런 우연의 한가운데서 그러한 관계의 생각할 수 있는 가능성에 지나지 않는다. 그리고 믿음은 이러한 관계를 긍정하고, 그 관계의 영원히 증명 불가능한 가능성을 전체 현존재의 선험적인 토대로 변형시킨다.

그러한 현존재는 공간도 시간도 알지 못한다. 그 현존재가 겪는 모든 사건은 논리적으로 설명할 수 있는 범주의 바깥에 있으며, 그러한 현존재에 처한 인간들의 영혼은 심리학의 범주의 바깥에 있다. 좀 더 정확히 설명하자면 비극의 공간과 시간은 인간들을 변화시키고 약화시킬지도 모르는 관점을 지니고 있지 않으며, 비극에서 행위나 고통에 대한 내적 근거들뿐만 아니라 내적 근거들 역시 그러한 행위나 고통의 본질에 결코 영향을 끼치지 못한다. 비극에서는 모든 것이 가치 있고, 모든 것이 같은 힘과 무게를 지닌다. 비극에서는 삶의 가능성의 문지방, 삶으로 일깨워질 수 있는 존재의 문지방이 있다. 그러나 살아갈 수 있는 것은 항상 현재에 존재하고, 모든 것은 항상 똑같은 정도로 현재에 존재한다. 비극에서 인간이 존재한다는 것은 완전해지는 것이다. 중세의 철학은 이를 표현하는 분명하고 명백한 방식을 가지고 있었다. 중세 철학은 가장 완전한 존재는 가장 현실적 존재이기도 하다고 말했다. 어떤 것이 완전할수록 그것은 더 많이 존재한다. 어떤 것이 자신의 이념에 부합할수록 그것은 더 많이 존재하는 셈이다. 하지만 인간은 실제적인 삶 속에서 — 비극의 소재가 가장 실제적인 것이다 — 자신의 이념을, 그 이념과의 일치나 하나됨을 어떻게 체험하는가? 삶 속에서 이것은 인식론적인 문제가 아니라 (철학에서와는 달리) 위대한 순간들의 생생히 직접 체험된 진실이다.

삶의 이러한 위대한 순간들의 본질은 자아의 순수한 체험이다. 일상적인 삶에서 우리는 우리 자신을 지엽적으로만 체험할 뿐이다. 다시 말해 우리는 우리의 동기와 우리의 여러 관계를 체험한다. 여기서 우리의 삶은 실제적인 필연성을 갖지 못하며, 경험적인 현존재의 필연성, 수천 개의 우연한 결합과 관계 속에서 수천 개의 실 가닥으로 얽혀 있는 존재의 필연성만 지닐 뿐이다. 그러나 필연성이라는 전체 그물의 토대는 우연적이고 무의미하다. 존재하는 모든 것은 달라질 수도 있다. 실제로 필연적인 것처럼 보이는 유일한 것은 과거이다. 그것은 어떤 것도 더 이상 과거를 바꿀 수 없기 때문이다. 그러나 과거가 과연 실제로 필연적인 것일까? 시간의 우연한 흐름이, 체험에 대한 자의적인 관점을 자의적으로 바꾸는 것이 체험의 본질을 바꿀 수 있을까? 우연적인 것으로부터 무언가 필연적인 것, 본질적인 것을 만들어낼 수 있을까? 주변부를 중심으로 변화시킬 수 있을까? 때로는 그것이 가능해 보이기도 한다. 그러나 단지 그렇게 보일 뿐이다. 그도 그럴 것이 우리의 순간적이고 우연적인 지식만이 과거로부터 무언가 완결되고 변경 불가능한 필연적인 것을 만들어낼 수 있기 때문이다. 그러나 우연이 초래할 수 있는 이러한 지식의 아무리 조그만 변화도 그러한 '변경 불가능한' 과거에 새로운 빛을 던진다. 그리고 이처럼 새로운 빛을 받음으로써 모든 것은 다른 의미를 획득하고, 모든 것은 실제로 달라진다. 입센은 얼핏 보기에만 오이디푸스 희곡의 전통을 계승하는 그리스인의 제자인 것 같다. 입센의 분석적 희곡에 담긴 실제적 의미는 과거가 변경 불가능한 것이 결코 아니라는 점과, 과거 역시 유동적이고 희미하게 빛나고 가변적이며, 새로운 인식에 의해 무언가 다른 것으로 계속 변한다는 점이다.

삶의 위대한 순간 역시 새로운 인식을 가져다준다. 그렇지만 이러한 새로운 인식은 지속적이고 영원한 가치평가의 계열에 속하는 것처럼 보일 뿐이다. 그 새로운 인식은 사실상 하나의 끝이자 시작이다. 그것은 인간들에게 새로운 기억과 새로운 윤리, 새로운 정의를 선사한다. 그때까지 삶의 주춧돌처럼 보였던 많은 것이 사라지는 반면 거의 눈에 띄지 않던 하찮은 사물은 삶의 버팀목이 되어 그 삶을 지탱해준다. 인간은 이전에 갔던 길을 더 이상 밟을 수 없을 것이며, 그의 두 눈은 가야 할 길의 방향을 더 이상 찾아내지 못할 것이다. 하지만 그는 길이 없는 산 정상을 가벼운 걸음으로 힘들이지 않고 올라간다. 그는 바닥없는 수렁을 굳센 마음으로 자신 있게 걸어가는 것이다. 이로써 영혼은 깊은 망각과 기억의 투시력에 사로잡히게 된다. 다시 말해 새로운 인식의 섬광은 영혼의 중심부를 훤히 밝혀주고, 영혼의 중심부에 있지 않는 모든 것은 사라지며, 그 중심부에 있던 모든 것은 삶으로 꽃피어난다. 필연성의 이러한 감정은 여러 가지 근거로 인한 불가피한 작용의 결과는 아니다. 그러한 감정에는 아무런 근거가 없으며, 그것은 경험적인 삶의 모든 근거를 뛰어넘는다. 여기서 필연적이란 말은 본질과 내적으로 연결되어 있음을 뜻한다. 그러한 감정은 그 외에 다른 이유를 필요로 하지 않으며, 기억은 이러한 필연적인 것만 간직할 뿐 다른 것은 간단히 망각해버린다. 그러므로 이 필연적인 것만이 영혼의 심판과 자아 심판의 피고가 된다. 그 외의 모든 것은 잊는다. '무엇 때문에'나 '어째서'라는 모든 것은 망각된다. 오로지 이 필연적인 것만 심판대에 오를 뿐이다. 이러한 심판은 잔인하리만치 가혹하다. 이러한 심판은 은총이나 소멸시효를 알지 못한다. 본질을 벗어났다는 기미가 보이면 아무리 사소한 잘못에 대해서도 가차 없는 심판이 내려진다. 이 심판은 일시적이고 오래전에 지나간 순간의 거의 눈에 띄지 않는 몸짓으로 자신의 비본질성을 드러냈던 인간을 맹목적이리만치 무자비하게 다른 인간들로부터 배제시킨다. 아무리 풍부하고 훌륭한 영혼을 타고 났다 해도 그 판결을 부드럽게 바꿀 수 없다. 명예로운 행위로 가득 찬 전체 삶도 그 판결 앞에서는 아무 소용없다. 그러나 그 판결은 영혼의 중심부까지 침투하지 않은 일상적인 삶의 모든 죄라면 찬란한 자비에 가득 차 잊어준다. 그러한 감정을 용서라고 말하면 과장된 표현일 것이다. 심판관의 시선은 그러한 죄는 거들떠보지도 않고 그냥 지나쳐 버린다고 할 수 있다.

그러한 순간은 하나의 시작이자 끝이다. 어떤 것도 그 순간에 뒤이어, 그 순간으로부터 생겨날 수 없다. 어떤 것도 그 순간을 삶과 결합시킬 수 없다. 그것은 그냥 하나의 순간이다. 그 순간이 삶을 의미하지는 않는다. 그 순간은 일상적인 삶을 배제하고 그것과는 반대되는 다른 삶이다. 이것이 희곡에서 시간을 집중하고 시간의 통일을 요구하는 형이상학적인 이유이다. 그러한 요구는 전체 삶인 이러한 순간의 무시간성에 되도록 가까이 접근하려는 동경에서 비롯된다(장소의 일치는 일상적인 삶의 지속적인 변화 가운데서 그대로 머물러 있는 것의 자명하고도 당연한 상징이다. 그러므로 그것은 희곡의 형상화를 위한 기술적으로 필요한 방법이다). 비극적인 것은 단지 하나의 순간일 뿐이다. 다시 말해 시간의 통일이 의미하는 것은 바로 그것이다. 개념적으로 볼 때 체험 가능한 지속이 없는 순간에 시간적인 지속을 부여하려는 것에 담긴 기술적 모순은 어떤 언어적 수단도 신비로운 체험을 표현하기에 부적당한 데서 기인한다. 주조는 "형상이 없는 것을 어떻게 형상화할 수 있으며, 증거가 없는 것을 어떻게 증명할 수 있는가?"라고 질문한다. 비극은 여기서 시간이 시간을 초월하는 것을 표현해야 한다. 통일의 모든 요구를 이행하는 것은 과거와 현재, 미래를 항구적으로 통합하는 일이다. 현재가 부수적이고 비실제적인

것으로, 과거가 위협적인 것으로, 미래가 진작부터 친숙한 것으로 변함
으로써 (비록 무의식적으로 겪은 체험이라 해도) 과거와 현재, 미래의 경험적인
실제 순서는 방해받고 파괴된다. 하지만 그러한 순간들이 서로 잇달아
따라오는 방식조차도 더 이상 시간적인 순서는 아니다. 시간의 견지에
서 볼 때 그러한 희곡은 영원히 경직되게 정지하고 있다. 희곡의 순간
들은 연속관계라기보다는 병렬관계로 존재한다. 그것은 더 이상 시간
적 체험의 지평에 놓여 있지 않다. 시간의 통일이란 이미 그 자체로 무
언가 역설적인 개념이다. 다시 말해 시간을 한정하고 원형으로 변화시
키려는 모든 시도는─이것은 시간의 통일을 달성하는 유일한 방법이
다─시간의 본질과 모순된다(니체가 주장하는 동일한 것의 회귀 이론에서 원운동
의 내적 경직성을 생각해보기만 하면 된다). 그렇지만 희곡은 양극단을 구부려
서로를 이어주고 함께 용해시켜 하나로 만듦으로써, 시간의 영원한 흐
름을 희곡의 시작과 끝에서만 중단시키는 것이 아니라 이러한 양식화
를 희곡의 모든 지점에서 관철시킨다. 매 순간은 하나의 상징이고, 전
체의 축소된 모상(模像)이며, 크기에 의해서만 서로를 구별할 수 있을
뿐이다. 그러므로 이러한 순간들을 짜 맞추는 것은 서로를 끼워 넣는
문제이지 시간의 순서로 배열하는 문제가 아닌 것이다. 프랑스의 고전
주의자들은 이런 문제에 대해 그들의 올바른 통찰을 설명해줄 합리적
인 근거를 찾으려 했다. 그들은 신비로운 통일을 합리적인 방식으로
공식화함으로써 심오한 역설을 무언가 사소하고 자의적인 것으로 격
하시켰다. 그들은 시간 초월적이고 시간 외적인 통일을 시간 내의 통
일로 만들었다. 즉 그들은 신비로운 통일을 기계적인 통일로 만들었다.
레싱이 셰익스피어가 여기서 정반대의 길을 걸음으로써 그리스인의
계승자처럼 보이는 사람들보다 그리스인의 본질에 더 가까이 다가갔

다고―바로 이러한 관점에서 보자면 그에게 이의를 제기할 점이 많긴 하지만―느낀 것은 옳았다. 바로 그 때문에 레싱은 프랑스인들처럼 피상적으로 합리적인, 따라서 그릇된 근거를 제공했다.

비극적 체험은 하나의 시작인 동시에 끝이다. 그러한 순간 모든 사람은 새로 태어난 것이면서 이미 오래전에 죽은 것이다. 그리고 모든 사람의 삶은 최후의 심판을 앞둔 삶이다. 희곡에서 한 인간의 모든 '발전'은 단지 겉으로 그렇게 보일 뿐이다. 그 발전은 그러한 순간의 체험이자, 어떤 인물이 비극의 세계로 끌어올려지는 것이다. 그때까지는 그의 그림자만이 비극의 세계의 주변부를 거닐 수 있었을 뿐이다. 그 발전은 그의 인간 되기이고, 혼란스런 꿈에서 깨어나기이다. 그러한 일은 언제나 느닷없이 갑자기 일어난다. 준비 부분은 오직 관객을 위해서만 존재할 뿐이고, 그것은 위대한 변화의 도약을 위해 관객의 영혼을 준비하는 것이다. 그도 그럴 것이 비극적 인간의 영혼은 모든 준비 부분을 무심히 흘려듣고, 모든 것은 눈 깜짝할 사이에 변하며, 운명을 결정하는 말이 결국 튀어나오는 순간 모든 것은 본질이 되기 때문이다. 이와 마찬가지로 비극적 인간의 단호한 결단, 죽음에 직면한 그들의 명랑한 평정심이나 그들의 불타오르는 황홀감 역시 겉보기에만, 인간적이고 심리적인 고찰을 할 때만 영웅적이다. 비극의 죽어가는 영웅들은―어떤 젊은 희곡 작가가 그렇게 썼던 것처럼―죽기 오래전에 이미 죽어 있었다.

그러한 세계의 현실은 시간적 현존재의 현실과 아무런 공통점이 있을 수 없다. 모든 사실주의는 비극에서의 형식을 창조하고 그 때문에 삶을 유지하는 모든 가치를 폐기하는 수밖에 없다. 우리는 이미 그에 대한 모든 이유를 열거했다. 삶의 세부 묘사가 극적으로 현실적인 것을 은폐하는 경우 희곡은 통속적인 것이 될 수밖에 없다. 하지만 삶의 세부 묘사가 진정으로 극적인 구조물 속으로 구축된다면 그러한 종류의 모든 것은 굳이 필요하지 않게 되고, 삶의 세부 묘사는 은연중에 우리의 감각에 의해 무시될 것이다. 희곡의 내적 양식은 단어의 중세적이고 스콜라 철학적인 의미에서는 사실주의적이긴 하지만, 그것은 현대의 모든 사실주의를 배제한다.

극적인 비극은 현존재의 정점, 그 현존재의 궁극적 목표 및 궁극적 한계를 표현하는 형식이다. 신비적·비극적인 본질 체험은 이 점에서 신비주의의 본질 체험과 구별된다. 신비적 황홀경에서 체험되는 존재의 정점은 모든 전일성이라는 구름 낀 하늘에서 사라져버린다. 그러한 신비적 황홀경이 초래하는 삶의 고양은 그것을 체험하는 사람을 모든 사물과 용해시켜 하나로 만들고, 모든 사물을 서로 용해시킨다. 모든 차이가 영원히 사라졌을 때야 비로소 신비주의자의 진정한 현존재가 시작된다. 신비주의자의 세계가 만들어낸 기적은 온갖 형식을 파괴할 수밖에 없다. 왜냐하면 그의 현실, 그의 본질은 형식의 배후에서 형식에 의해 은폐되고 숨겨질 때만 존재하기 때문이다. 비극의 기적은 형식을 창조하는 기적이다. 신비주의의 본질이 배타적이라 할 만치 자아 상실인 것처럼, 비극의 본질은 자기성(Selbstheit)이다. 신비주의의 체험은 일체의 것을 감내하는 것이라면, 비극의 체험은 일체의 것을 창조하는 것이다. 신비주의에서는 하나의 자아가 이 모든 것을 어떻게 자체 내에 받아들일 수 있었는지가 설명되지 않는다. 즉 비록 유동적 용해 상태이긴 하지만 자아가 자기 자신과 전체 세계의 모든 차이를 폐기하면서도 자신의 그러한 끌어올림을 체험하기 위해 어떻게 하나의 자기성을 간직할 수 있었는지가 설명되지 않는 것이다. 비극에서도 그 반대가 마찬가지로 설명되지 않는다. 자아는 모든 것을 배제하고 모든 것을 파괴하는 힘으로 자신의 자기성을 강조한다. 그러나 이러한 극단적인 자기 긍정은 자신이 마주치는 모든 사물에 강철 같은 단단함과 자율적인 삶을 부여하지만―순수한 자기성의 궁극적인 정점에 도달함으로써―결국 자기 자신을 끌어올린다. 다시 말해 자기성의 긴장을 끝까지 유지하면 단순히 개인적인 모든 것을 뛰어넘게 된다. 자기성의 힘은 모든 사물을 운명의 상태로 고양시켜 주지만, 스스로 만들어진 운명과 그 자기성의 커다란 투쟁은 자기성 자체를 초개인적인 것으로, 어떤 궁극적인 운명적 관계의 상징으로 변형시킨다. 이런 식으로 신비적 세계 체험 방식과 비극적 세계 체험 방식은 서로 접촉하고 보완하면서도 서로를 배제하는 관계에 있다. 양자는 자체 내에 죽음과 삶을, 자체적으로 폐쇄적인 자기성과 보다 높은 존재 속에서 자아의 전적인 해체를 불가사의하게 통합하고 있다. 신비주의자의 길은 귀의하는 것이고, 비극적 인간의 길은 투쟁하는 것이다. 신비주의자의 경우 길의 끝은 모든 것에 용해되는 것인 반면, 비극적 인간의 경우 길의 끝은 모든 것에 부딪혀 산산조각나는 것이다. 신비주의자는 모든 것과 하나된 상태에서 벗어나 황홀경이라는 심오한 개인적 세계로 도약하는 반면, 비극적 인간은 자기성이 가장 진정하게 고양되는 순간 그 자기성을 상실하고 만다. 어디가 삶의 옥좌이며, 어디가 죽음의 옥좌인지 누가 말할 수 있겠는가? 삶과 죽음 양자는 일상적인 삶을 혼합하여 서로를 약화시키는 삶의 가능성들의 양극이다. 왜냐하면 그렇게 함으로써만 힘을 잃고 인식 능력이 약해진 상태에서 일상적인 삶은 삶이나 죽음을 감내할 수 있기 때문이다. 그러나 각자는 고립된 상태에서는 양자에게 죽음, 곧 궁극적 한계를 의미한다. 그러나 그것들 상호 간의 관계는 우애 있는 적대 관계이다. 다시 말해 각자는 상대방에 대해 유일하고 진정한 극복인 셈이다.

비극적 기적의 지혜는 한계의 지혜이다. 기적은 언제나 명백한 것이다. 모든 명백한 것은 두 개의 방향으로 세상을 가르고 지시한다. 모든 끝은 언제나 도착인 동시에 중단이며, 긍정인 동시에 부정이다. 즉 모든 정점은 정상인 동시에 한계이며, 삶과 죽음의 교차점이다. 비극적 삶은 모든 삶 중에 가장 배타적으로 현세적인 삶이다. 그 때문에 비극적 삶의 한계는 언제는 죽음에 용해되어 사라져버린다. 실제적인 평범한 삶은 그 한계에 결코 도달하지 못하며, 죽음을 단지 섬뜩하게 위협하는 것, 무의미한 것, 삶의 흐름을 갑자기 단절시키는 것으로 알고 있다. 신비적인 것은 그 한계를 뛰어넘으므로, 죽음의 모든 현실적 가치를 빼앗아버린다. 비극에 있어서 죽음—한계 그 자체—은 비극적인 사건 하나하나와 뗄 수 없이 결합되어 있는 언제나 내재적인 현실이다. 그 이유는 비극의 윤리학에서는 시작된 모든 것을 죽음까지 몰고 가는 것을 정언적 명령으로 내세워야 할 뿐만 아니라 비극의 심리학 역시 죽음의 순간, 의식적인 마지막 순간에 대한 학문에 불과하기 때문이다. 이때 영혼은 현존재의 광범위한 풍부함을 이미 포기했으며, 자신에게 가장 심오하고 가장 고유하게 속하는 것에만 매달릴 뿐이다. 이 같은—다른 많은—부정적인 의미에서 뿐만 아니라 순전히 긍정적이고 삶을 긍정하는 의미에서도 죽음은 비극의 내적인 현실이다. 삶과 죽음 사이의 한계를 체험하는 것은 영혼을 일깨워 의식과 자의식을 갖게 하는 것이다. 다시 말해 영혼이 자신을 의식하게 되는 것은 그것이 이처럼 제한받기 때문이다. 파울 에른스트의 어느 비극의 끝에는 바로 그런 문제가 표현되어 있다.

"내가 무엇이든 할 수 있고 다른 이들은 단지
  나의 실에 매달린 꼭두각시에 불과할 때도 내가 여전히 원할 수 있
을까?
  …… 신이 자신을 위해 명성을 얻으려 하는 것이 가능한 일인가?"

이 질문에 대한 답변은 이렇다.

"우리에게는 달성할 수 있는 것의 한계가 있어야 한다.
그렇지 않으면 우리가 사는 세계는 생명 없는 황무지에 불과하다.
우리는 도달할 수 없는 것에 의해서만 살아갈 뿐이다."

"신이 자신을 위해 명성을 얻으려 하는 것이 가능한 일인가?" 좀 더
일반화시키면 이 질문은 '신은 살아갈 수 있을까?'라는 말이 될지도 모
른다. 완전하다는 것은 일체의 존재이기를 포기하는 것이 아닐까? 쇼
펜하우어가 말했듯이, 범신론이란 무신론의 완곡한 형식에 불과한 것
이 아닐까? 신의 인간 되기의 다양한 형식, 인간적 형식의 수단과 방법
에 신이 구속되는 것이 이러한 감정 — 진정으로 살아있기 위해서는 신
도 무형식의 완전성을 버려야 한다는 감정의 상징이라고 말할 수 있지
않을까?
  한계의 이중적 의미는 그것이 실현인 동시에 좌절이라는 데에 있다.
은폐되지 않은 불순한 혼합 상태에서는 그러한 사실은 일상적인 삶에
대한 형이상학적 배경이 되기도 한다. 그 일상적인 삶은, 다른 모든 가
능성이 제거되었을 때에만 어떤 가능성이 현실이 될 수 있다는 단순
한 인식에서 가장 깊은 표현을 발견할지도 모른다. 하지만 여기서는

어떤 영혼의 원초적 가능성이 유일한 현실이 된다. 그 영혼과 다른 영혼들 사이의 대립은 실현된 것과 단순히 가능한 것 사이의 대립일 뿐만 아니라, 현실과 비현실, 필연적으로 생각된 것과 애초부터 생각할 수 없는 것이나 불합리한 것 사이의 대립이기도 하다. 비극이 영혼의 일깨워짐인 것은 바로 그 때문이다. 한계의 인식은 영혼의 본질적 성질을 추출하고, 그 외의 모든 것은 아무렇게 내버리지만, 이 본질적 성질에는 유일한 내적 필연성의 현존재를 부여한다. 왜냐하면 한계란 것은 외적으로만 어떤 가능성을 단절시키는 제한적 원칙이기 때문이다. 일깨워진 영혼에게 그 한계는 진정으로 자신에게 속하는 것의 인식이다. 인간적인 모든 것이 가능하려면 어떤 사람이 추상적으로 절대적인 인간의 이념을 가지고 있어야만 한다. 비극은 인간의 구체적인 본질이 실현되는 과정이다. 여기서 비극은 플라톤주의의 가장 미묘한 질문, 즉 개별 사물도 이념이나 본질적 성격을 가질 수 있는지의 질문에 대해 확고하고도 확실한 답변을 하고 있다. 비극의 답변은 질문을 반대로 돌려놓는다. 다시 말해 개별적인 것만이, 극단적인 한계에까지 내몰린 개별적인 것만이 자신의 이념에 적합하며, 진정으로 존재한다. 자신의 색깔도 형태도 없이 모든 것을 포괄하는 보편자는 현실적으로 될 수 있기에는 그것의 보편성 속에서는 너무 무기력하고, 그것의 통일성 속에서는 너무 공허하다. 그것은 진정한 존재를 가질 수 있기에는 너무 존재적이다. 그 보편자의 정체는 일종의 동어반복이다. 다시 말해 이념은 자기 자신에게만 적합하다. 이처럼 플라톤의 판결에 대한 비극의 답변은 플라톤주의의 극복이다.

인간적 실존의 가장 깊은 동경은 비극의 형이상학적 근거이다. 다시 말해 그것은 자기성에 대한 인간의 동경이고, 자신의 현존재의 좁은 정점을 삶의 길이 있는 넓은 평원으로, 자신의 의미를 매일의 현실로 바꾸려는 동경이다. 비극적 체험, 극적 비극은 그러한 동경의 가장 완전하고 유일하게 더할 나위 없이 완전한 실현이다. 그러나 실현된 모든 동경은 파괴된 동경이다. 비극은 동경으로부터 싹터 나왔으므로, 비극의 형식은 동경의 어떤 표현도 배제하지 않으면 안 된다. 비극적인 것이 삶 속에 발을 들여놓기 전에 비극은 삶의 힘에 의해 실현되었으므로 동경의 상태를 떠나버렸기 때문이다. 현대의 서정적인 비극이 실패할 수밖에 없었던 것은 바로 그 때문이다. 현대의 서정적인 비극은 비극적인 것의 선험성을 비극 자체에 끌어들이려고 했으며, 원인을 실제적인 원칙으로 변화시키려 했다. 현대의 서정적인 비극은 그것의 서정성을 내적으로 맥 빠진 야만성이 될 정도까지만 고조시킬 수 있었다. 현대의 서정적인 비극은 극적인 비극의 문지방을 넘지 못하고 멈춰 버렸던 것이다. 현대의 서정적인 비극에 나오는 대화의 분위기 있는 요소, 동경에 찬 막연한 전율은 순전히 극적 비극의 세계 바깥에서 서정적 가치를 지닌다. 현대의 서정적인 비극의 시는 일상적인 삶의 시화(詩化), 즉 단순히 일상적인 삶의 고양에 불과할 뿐 그 삶을 극적으로 변화시키지는 못하고 있다. 또한 그러한 양식화의 방식은 물론이고 방향 역시 극적인 양식화와 상반된다. 현대의 서정적인 비극의 심리학은 인간 영혼 속의 순간적이고 무상한 것을 강조한다. 또한 그것의 윤리는 모든 것을 이해하고 용서하는 것의 윤리이다. 그것은 인간을 미화하여 유약하게 하는 것이고, 시적인 방식으로 둔감하게 하는 것이다.

그런 까닭에 오늘날의 대중은 모든 비극 작가의 작품에 나오는 대화가 거칠고 차갑다고 늘 불평하고 있다. 그러나 이러한 거칠고 차가운 대화는 오늘날 모든 비극을 부드럽게 에워싸고 있는 비겁한 도취에 대한 비극 작가의 경멸의 표현일 뿐이다. 비극의 윤리를 부인하는 자는 비극 자체를 부인하기에는 너무 비겁하고, 비극의 윤리를 긍정하는 자는 감추어져 있지 않은 장엄한 상태의 비극을 감내하기에는 너무 유약하기 때문이다. 따라서 대화의 지성화, 운명에 대한 감각의 명료하게 의식적인 반영에 대화를 제한하는 것 역시 결코 차가움을 의미하는 것이 아니라 삶의 이러한 특별한 영역에서 인간적인 진정성과 내적인 진실을 의미하는 것이다. 비극적인 희곡에서 인간과 사건의 단순화는 빈곤의 형식이 아니라 오히려 장르의 본질에 의해 주어진 풍부함의 형식이다. 다시 말해 그런 희곡에서는 사람들 사이의 만남이 운명의 상태가 되었던 인간들만 등장하는 것이다. 또한 그들의 삶에서 바로 운명이 되었던 순간만이 전체 삶에서 유일하게 묘사된다. 그로 인해 이러한 순간의 내적 진실은 명료한 외적 진실이 되며, 대화에서 그러한 순간을 요약하는 상투적인 표현은 더 이상 차가운 지성화가 아닌 인물 자신의 운명에 대한 의식의 서정적인 성숙을 반영한다. 여기서는, 그리고 여기서만은 극적인 것과 서정적인 것이 더 이상 상반되는 원칙이 아니다. 이러한 서정성은 진정한 희곡을 최고의 정점으로 상승시켜준다.

2

『브룬힐트』는 비극 작가 파울 에른스트에게 허용된 최초의 성공이다. 이론가인 그는 오래전에 성공을 예견했다. 그는 오늘날 그리고 가까운 과거에 만들어진 가장 아름다운 문학작품에 대해서조차 깊은 원칙의 문제로서 거부감을 느끼지 않을 수 없다고 느꼈으며, 이러한 거부에 대해 희곡의 본질에 입각하여 보다 깊이 있게 설명하려 했다. 그리하여 그는 몇몇 연구서에서 희곡의 '본질'에 이르기까지, 그의 표현을 빌면 절대적인 희곡에 이르기까지 이론적으로 규명했다. 하지만 그의 이론은 그에게는 목표를 달성함으로써 단지 추가적으로, 이론에 잇따르는 행위를 통해 정당화될 수 있는 수단에 불과했다. 그런데 『브룬힐트』는 그의 최초의 실제적 행위이고, 그의 최초의 어떠한 찌꺼기도 없는 주물(鑄物)이며, 잘못은 있어도 결함은 없는 작품이다.

『브룬힐트』는 그의 최초의 '그리스적' 희곡이다. 실러와 클라이스트의 날들 이래로 위대한 독일 희곡이 걸었던 길, 다시 말해 소포클레스와 셰익스피어를 결합하는 것을 목표로 삼았던 길을 최초로 결정적으로 벗어난 작품이다. 현대의 고전적 희곡 양식을 얻기 위한 실러와 클라이스트의 엄청난 투쟁은 그리스적 형식에서 유래한 많은 것을 어쩔 수 없이 포기하는 것에 대한 거부감에서 비롯되었다. 이들은—파울 에른스트 역시 초기 비극들에서 같은 것을 시도했다—사건의 다채로운 다양함을 희생하지 않고 그리스인의 그것에 버금가는 단순한 웅대함을 달성하려 했다. 하지만 그런 시도는 실패로 끝날 수밖에 없었다. 왜냐하면 그들은 그로 인해 관계를 형상화하는 두 가지 방식, 즉 극적인 필연성의 방식과 생동감 있는 개연성의 방식을 수용해야 했기 때문이다. 이러한 두 가지 방식은 둘 중 어느 하나가 다른 쪽의 작용을 억제하고 파괴할 수밖에 없다는 점에서 서로 배척하는 관계에 있다. 여기서 에른스트는 어느 한쪽을 과감히 포기하는 힘을 발견했다. 그리하여 그는 삶의 내적 풍부함을 얻기 위해 삶의 모든 외적 풍부함을 포기하기에 이른다. 또한 삶의 궁극적인 감각의 보다 깊이 있고 비감각적인 아름다움을 얻기 위해 삶의 감각적인 아름다움을 포기하기에 이른다. 그리고 순수한 형식의 순수한 영혼의 내용을 드러내기 위해 모든 소재를 포기하기에 이른다. 에른스트의 작품은 새로 태어난 고전 비극이다. 다시 말해 그는 코르네유, 라신느, 알피에리의 목표를 심화하고 내면화한다. 그것은 형식의 영혼을 추구하는 모든 희곡론의 영원히 위대한 모범인 소포클레스의 『오이디푸스 왕』으로 보다 진정하게 복귀하는 것이다.

『오이디푸스 왕』에서처럼 여기서 모든 것은 외적인 최대한의 절약과 내적인 최고의 강도로 제한되어 있다. 성과 성당 사이의 안마당이 유일한 무대이다. 다시 말해 단 두 쌍의 연인과 하겐만이 무대에 등장한다. 운명의 전개에 할당된 시간도 짧은 한나절에 불과하다. 극은 신혼 초야 다음날 해 뜰 무렵에 시작된다. 지크프리트가 죽은 몸으로 사냥에서 돌아오고, 브룬힐트가 자살할 때는 아직 해지기 전이다. 두 사람은 장작더미 위에서 화장되고, 지크프리트의 검에 의해서만 서로 분리된다. 사건의 이러한 압축된 묘사는 단순히 외적인 것이 아니다. 극의 내적인 관계, 즉 인물들의 친밀한 접촉, 그들의 사랑과 증오, 그들의 상승과 몰락, 그들의 모든 내적인 삶을 반영하는 대사가 함께 진행되는 것이다. 다시 말해 불필요한 묘사라든가 장식을 위한 목적의 장식적인 묘사는 어디에도 없고, 오직 운명과 필연성만 있을 뿐이다. 희곡 인물들의 태도와 말 역시 가장 깊은 본질을 볼 때 그리스적이다. 그런데 정말이지, 보다 의식적으로 양식화되었기 때문에, 어쩌면 많은 고대 비극들에 나오는 인물들의 태도나 말보다 더 그리스적일지도 모른다. 극의 운명이 보여주는 변증법의 의식은 어쩌면 헤벨의 비극에서보다 더 명확하고 날카로울지도 모른다. 그리고 극의 표현은 헤벨과 그리스인의 경우와 마찬가지로 본질적인 것을 경구 식으로 지적하고, 간결하게 짜 맞춘 것이다. 그러나 헤벨이나 그리스인의 경우와 마찬가지로, 진정한 모든 비극에서 그렇듯이 그런 식으로 합리화하는 것 — 소위 신비적

합리주의—은 운명의 말로 표현할 수 없는 성질을 결코 천박하게 만들지는 않는다. 인간과 행위의 비극적 뒤얽힘에 책임 있는 것은 의지가 아니며, 하물며 지성은 더욱 아니다. 이러한 극중 인물들이 깊이와 통찰력 있는 지력을 지닌 고귀한 인간들이라는 사실, 자신들의 운명을 인식하고 그것을 경외감을 갖고 묵묵히 맞이하는 사람들이라는 사실은—그것이 운명의 진행 과정에 조금도 영향을 줄 수 없으므로—운명의 신비롭고 불가해한 성질을 다만 심화시킬 수 있을 뿐이고 심화시킬 수밖에 없다.

이러한 비극은 신성한 사랑과 세속적인 사랑이 어우러진 하나의 신비극이다. 신성한 사랑은 명료하고 앞쪽과 위쪽을 가리키며, 필연성 그 자체이다. 세속적인 사랑은 혼란이자 영원한 어두움이며, 목적과 계획, 길이 없는 것이다. 『브룬힐트』는 보다 고귀한 인간과 보다 저급한 인간의 사랑, 수준이 같은 인간과 수준이 다른 인간의 사랑, 격을 높여주는 사랑과 격을 떨어뜨리는 사랑을 다룬 신비극이다. 영웅이자 왕인 군터는 비극을 위해 파멸한 인물이다. 에른스트는 그를 구하려는 어떤 시도도 하지 않고, 심지어 크림힐트마저 희생시킨다. 그들은 저급한 본능을 지닌 열등한 한 쌍이다. 그들은 사랑에서 그들 자신과 닮은 사람을 찾으려 하지 않는 인간들이다. 그들은 그들 자신에게서 유래하는 것이 그들과 같을 수 있기를 희망하지는 않고, 그것을 두려워할 수밖에 없다. 그들은 눈에 보이지 않는 목표를 향해 보다 자유롭게 걸어가는 다른 인간들이 존재한다는 사실만 해도 그들 자신에게는 질책이나 두려움이 되는 인간들이다. 즉 그들은 행복을 바라고 복수를 하면서도 그것을 두려워하는 인간들이다. 그러나 지크프리트와 브룬힐트는 그들과는 다른 인간들이다.

그것은 위대함과 행복, 그리고 한계에 관한 신비극이다. 자기 자신을 추구해서 행복을 발견하고, 행복의 따뜻한 어두움 속에서 다시 자기 자신을 동경하다가 한계에 부딪치고는 비극과 죽음을 발견하는 위대함에 관한 신비극이다. 위대함을 동경하지만, 그 위대함을 자신의 수준으로 끌어내릴 뿐인 행복에 관한 신비극이다. 위대함의 길을 더 멀고 힘들게 만들지만, 그 위대함을 그 자리에 멈추게 하지 못하고, 공허하게 홀로 삶에서 뒤처져 있어야 하는 행복에 관한 신비극이다. 위대함은 완성을 원하며 또 그것을 원할 수밖에 없다. 완성은 비극이고 끝이며 모든 음의 울림이 마지막으로 사라지는 것이다. 비극은 위대함에 특권을 부여한다. 다시 말해 브룬힐트와 지크프리트는 같은 장작더미에서 화장되지만, 크림힐트와 군터는 삶을 유지한다. 우주 법칙, 최종 목표로서의 비극은 만물의 영원한 순환 속에서는 단지 하나의 시작에 불과하다.

"우리는 눈을 기다리는 푸른 대지와 같고
녹기를 기다리는 눈과 같기 때문이다."

하지만 인간은 자신의 운명에 대해 알고 있다. 그러므로 인간에게 그의 운명은 물고랑으로 떨어졌다가 다시 물마루가 되곤 하는 물마루 이상이다. 이것은 영원히 되풀이되는 놀이이다. 인간은 자신의 운명에 대해 알고 있다. 그는 이렇게 알고 있는 것을 '죄'라고 부른다. 또 자신에게 일어날 수밖에 없는 모든 일을 자신이 만든 행위라고 느낌으로써 인간은 마음속으로 자신의 우연한 삶 전체의 유동적인 주변으로 우연히 빠져든 모든 것의 확고한 윤곽을 그린다. 그는 그것을 필연적인 것으로 만든다. 그는 자신의 주위에 한계를 만듦으로써 자신을 만들어나간다. 밖에서 보면 죄라는 게 없고, 있을 수도 없기 때문이다. 누구나 다른 사람의 죄는 잘못 얽혀든 사건이나 우연으로, 바람이 조금만 달라졌더라도 상황이 달라질 수 있었을 어떤 일로 간주한다. 죄를 통해 인간은 자신에게 일어난 모든 일을 긍정한다. 그는 그러한 일을 자신의 행위나 죄로 느끼기 때문에 그것을 정복하여 자신의 삶을 형성한다. 이때 그는 자신의 죄에서 싹터 나온 비극을 자신의 삶과 삼라만상 사이의 경계로 설정한다. 고귀한 인간은 저급한 인간보다 자신의 삶의 더 넓은 부분에 경계를 짓는다. 그리고 일단 자신의 삶에 속하게 된 것은 어느 것도 놓아주지 않는다. 다시 말해 그들이 비극에 특권을 부여하는 것도 바로 그 때문이다. 저급한 인간에게는 행복과 불행, 그리고 복수가 있다. 왜냐하면 저급한 인간은 언제나 다른 사람들에게 죄가 있다고 느끼기 때문이다. 또한 저급한 인간에게는 모든 것이 바깥으로부터만 오고, 그의 삶은 자체 내에서 아무것도 용해할 수 없으며, 그의 삶 주위에는 경계가 그어져 있지 않기 때문이다. 그리고 그는 비극적이지 않고, 그의 삶은 형식이 없기 때문이다. 하지만 고귀한 종류의 인간에게는 다른 사람의 죄는—설령 그 죄가 그를 파멸시킨다 해도—언제나 운명일 뿐이다. 이것이 죄와 사건의 얽힘과 운명의 깊은 신비이다.

이 모든 것은 경직되고 과도 단계가 없는 이분법이라는 근사한 건축물 속에 들어가 있다. 삶에 내재한 수천 개의 운명의 가닥은 고귀한 인간과 저급한 인간을 서로 얽히게 한다. 그러나 이 가닥들 중 어느 것도 진정한 연결을 만들어내지 못한다. 양자 간의 내적 분리는 너무나 눈에 띄게 두드러진다. 에른스트가 양 끝을 연결하는 아치형의 긴 다리를 놓아 이러한 심연을 잇지 않았다면, 이 비극 작품은 아마 붕괴했을

지도 모른다. 물론 그럼으로써 그는 그 심연의 폭과 깊이를 더욱 강조한 셈이 되었을지도 모른다. 이처럼 연결하는 아치 역할을 하는 사람이 하겐이다. 하겐은 하인으로서 고귀한 인물을 대변한다. 그의 하인 근성이 그의 위대함과 한계로 작용한다. 그는 온갖 고귀함과 죄를 지었다는 운명 의식을 내부에 지닌 자다. 하지만 그의 주위엔 어떤 외적인 것, 그 자신의 자아를 훨씬 넘는 어떤 것이 경계를 짓고 있다. 그는 아무리 가혹한 운명의 타격을 받았다 해도 아직은 비극적이지 않다. 왜냐하면 그에 대한 강제는 아무리 내면적인 것이라 해도 외부로부터 오기 때문이다. 하지만 하겐은 사건을 자신의 것으로, 다른 말로 하면 운명으로 느낄 수 있는 인간이다. 그의 경계는 바깥과 안, 양쪽에서 그어진다. 다시 말해 그리하여 그는 확고히 경계 지어지고 자신의 삶이 형성됨으로써 두 명의 저급한 사람들보다는 숭고해지지만, 결국 그는 최고의 가신이자 왕 다음가는 자리에 있기 때문에 두 명의 높은 사람들보다는 아래에 놓이게 된다. 하지만 그가 왕 다음가는 존재에 불과한 것은 자신의 한계가 자신을 제한하고 있으며, 또한 자신의 삶을 정복할 가능성이 자신에 의해서가 아니라 자신을 위해 미리 규정되어 있기 때문이다.

그리고 언어의 수정처럼 맑은 투명성은 작품의 불가사의하고 불가해한 점을 더욱 깊이 느끼게 한다. 언어의 명징함이 운명의 진행 과정을 드러낼 수 없듯이, 인간의 모든 본질적인 점을 표현해주는 선명한 의식 역시 극중 인물들을 서로 보다 가까이 접근시키거나 서로를 더 잘 이해시키지는 못한다. 모든 언어는 야누스의 얼굴을 지니고 있다. 말을 하는 사람은 언제나 한 면만을 볼 뿐이다. 또 말을 듣는 상대방은 다른 면을 볼 뿐이다. 여기서는 두 사람이 보다 가까워질 가능성은 존재하지 않는다. 다리 구실을 해야 할 모든 말은 그것대로 다시 다리가 필요하기 때문이다. 같은 방식으로 인물들의 행동 역시 어떤 것을 알려주는 확실한 징표가 되지 못한다. 그도 그럴 것이 착한 사람이 나쁜 짓을 저지르기도 하고, 때로는 나쁜 사람이 착한 일을 하기도 하기 때문이다. 또 동경이 진실한 길을 드러내고, 의무가 더없이 깊은 사랑의 맹세마저 파괴하기 때문이다. 그리하여 결국에는 누구나 혼자 서 있게 되고, 운명 앞에서 서로 공유하는 것은 아무것도 존재하지 않는다.

3

그러나 극중의 모든 상황을 이처럼 단순화하는 것은 하나의 중대한 포기 행위이다. 왜냐하면 희곡에서 역사적 요소—다채로우면서도 일회적인 것을 한 마디로 표현하면 역사적 요소라 할 수 있겠다—는 결국 엄격한 양식화 과정에서 하나의 장애물 이상이기 때문이다. 멋진 외부 세계를 동경하는 극작가의 감각적이고 예술적 즐거움이 이러한 '역사적' 요소를 서술하는 그의 유일한 동기는 아닌 것이다. 역사와 비극의 관계는 희곡 형식의 가장 심오한 역설 중의 하나이다. 이미 아리스토텔레스는 '희곡은 역사보다 더 철학적이다'라며 적절히 말한 적이 있었다. 하지만 비극은 보다 철학적으로 됨으로써 자신의 고유한 원래적 본성을 모두 상실하게 되는 것이 아닐까? 여기서 비극의 가장 심오한 의미, 역사적 법칙성의 순수한 내재성, 사실 속에서 이념의 완전한 은폐, 사실들 배후에서 이념의 완전한 사라짐, 이 모든 것은 '역사보다 더 철학적으로' 됨으로써 어쩌면 위험에 처할지도 모른다. 여기서 문제가 되는 것은 이념과 현실의 통일이 아니라 두 가지의 뒤얽히고 혼란스런 관계, 구분할 수 없는 관계이다. 우리가 어떤 것이 '역사적'이라고 느낄 때 여기서 우연과 필연성, 일회적 사건과 시대를 초월하는 법칙성, 원인과 결과는 절대적 성격을 상실하고, 단순히 사실들에 대한 가능한 관점에 그치고 만다. 이때 사실들은 기껏해야 그러한 관점을 수정할 수 있을지는 모르나, 그러한 관점을 자체 내에 완전히 흡수해 버릴 수는 없다. 역사적 존재란 완전히 순수한 존재이다. 우리는 그것을 존재 그 자체라고 말할 수 있을지도 모른다. 무언가는 그것이 사실 존재하기 때문에 존재한다. 즉 그것이 존재하는 그대로 존재하는 것이다. 존재가 힘 있고 위대하며 아름다운 것은 그것의 비교할 수 없는 성질, 질서를 창조하려는 지성에 의해 부과된 어떤 선험성과도 양립할 수 없는 성질 때문이다.

그렇지만 이 역사의 세계에는 하나의 질서, 즉 세계의 여러 가닥이 복잡하게 얽혀있는 가운데 하나의 구성이 숨겨져 있다. 하지만 그것은 하나의 양탄자나 어떤 춤의 뭐라고 정의 내릴 수 없는 질서이다. 다시 말해 그 질서의 의미를 해석한다는 것은 불가능해 보인다. 그렇다고 해석을 포기한다는 것은 더욱 불가능하다. 곱슬곱슬한 가닥들로 이루어진 직물 전체는 분명하고 명백히 이해되기 위해 단 한마디 말만 기다리는 것 같다. 그 말이 언제나 우리의 혀끝에서 뱅뱅 돌기만 할 뿐 생각나지 않는 것처럼 말이다. 그러나 그 말을 입 밖으로 표현한 사람은 아직 아무도 없었다. 역사는 운명의 심오한 상징처럼 보인다. 다시 말해 역사는 운명의 법칙적인 우연성, 궁극적으로 보면 언제나 정당한 것으로 드러나는 자의나 전횡의 상징처럼 보인다. 역사를 둘러싼 비극의 투쟁은 삶에 대한 위대한 정복 전쟁이자, 숨겨진 진정한 삶의 의미로 보아 삶 속에서─일상적인 삶에서 무한히 멀리 떨어져 있는─역사의 의미를 찾으려는 시도이며, 삶으로부터 그 의미를 읽어내려는 시도이다. 역사의 의미는 언제나 삶과 가장 유사한 필연성이다. 단순한 사건의 중력은 그 필연성이 드러나는 형식이고, 사물들의 흐름 속에서 저항하기 어려운 힘이다. 이것이야말로 모든 것이 그 외의 모든 것과 서로 연결될 수밖에 없는 필연성, 가치를 부정하는 필연성이다. 다시 말해 모든 것은 필연적이고, 모든 것은 동일하게 필연적이다. 큰 것과 작은 것, 의미 있는 것과 무의미한 것, 주된 것과 부수적인 것 사이에는 아무런 차이도 없다. 지금 존재하는 것은 그대로 존재해야만 한다. 매 순간은 목적과 목표에 영향받지 않고 이전의 순간을 뒤따른다.

역사극의 역설은 이러한 두 가지 필연성, 아무런 근거 없이 안으로부터 흘러나오는 필연성과 아무런 의미 없이 바깥에서 흘러가는 필연성을 하나로 합치는 데 있다. 역사극의 목표는 원칙적으로 서로를 배제하는 듯이 보이는 두 원칙의 형식화와 상호 강화이다. 두 원칙이 서로로부터 멀리 떨어질수록 비극은 그만큼 심오해질 수 있는 듯이 보인다. 그도 그럴 것이 두 원칙을 서로 극단적으로 추구했을 때만 그것들은 서로 실제로 만날 수 있기 때문이다. 즉 두 원칙은 분명한 대립을 통해 서로 간의 경계를 짓고 서로를 강화시키는 것이다. 극작가가 이야기에서 읽어낼 수 있는 보편적 의미가 아닌 바로 이야기의 역사적 요소에 매료되는 것은 바로 그 때문이다. 극작가는 역사적 요소에서 인간적 한계 설정의 궁극적 상징, 순수 의지에 대한 순수한 압박, 형식을 부여하려는 모든 의지의 동경에 대한 모든 질료의 오해할 수 없이 명백한 저항을 발견할 수 있다고 생각한다. 그저 존재하기 때문에 존재하는 것의 무차별적으로 작용하는 힘은 행위를 의도로부터 가차 없이 분리시키고, 행위를 의도하는 모든 인간으로 하여금 순수하게 행위를 완수하게 하며, 목적과 근거의 내적 순수성을 더럽히는 일을 순수하게 수행하도록 몰아간다. 이때 순수성은 그가 지향하는 일체의 고귀한 목표를 그의 행위로부터 영원히 분리시킨다. 이러한 어떤 행위나 삶의 상황 속에 숨겨져 있던 이념이 여기서 눈에 드러나게 된다. 시간을 초월해 실현되지 않은 채 그 행위 속에 들어 있던 진정한 이념, 홀로 그 행위를 본질적 존재로 높일 수 있는 이념은 파괴될 수밖에 없게 된다. 단순히 '존재'하는 것의 힘은 응당 '존재해야 하는' 것을 파괴시킨다. 헤벨은 젊은 시절 일기장에 이런 글을 썼다. "자고로 훌륭한 교황은 어쩔 수 없이 나쁜 기독교인일 수밖에 없었다."

이것이 파울 에른스트의 역사극의 의미이다. 이것이 그의 주인공들인 데메트리우스와 나비스, 힐데브란트와 하인리히 황제가 겪는 체험의 의미이다. 이들이 행동을 하기 전에 일체의 고귀한 것이 그들의 내부에 불가분의 요소로 자리 잡고 있다. 또한 고귀한 행위나 저급한 행위를 할 가능성 역시 그 가능성을 표현하는 모든 행위 속에 불가분의 요소로 자리 잡고 있다. 하지만 그들의 만남은 모든 것을 한순간에 분리시키고 만다. 이 인간들은 유일하게 현실적인 실망, 즉 완전한 실현의 실망스러운 점을 체험한다. 내가 여기서 뜻하는 것은 현실이 그들의 환상을 파괴할 거라는 두려움, 낭만주의자들로 하여금 삶과 그 삶의 모든 행위를 회피하도록 만드는 두려움이 아니다. 또한 모든 현실의 필연적인 불완전함에 대한 두려움도 아니다. 그러한 극의 인물들은 일상적인 삶의 세계가 아닌 비극의 세계에서 살고 있다. 나는 실현의 환멸스러운 점에 대해 말하고 있다. 그것은 행위에 뒤따른 환멸이자, 과거의 행위 속에 내재해 있으면서 다시 새로운 행위에 뒤따라 나타날 환멸이다. 그런 사람들은 피곤에 지쳐 투쟁을 포기하지 않는다. 왜냐하면 아무리 무가치한 것도 그들에게서 모든 것을 갖고자 하는 그들의 내적인 순진무구함, 즉 위대함과 자비, 힘과 자유, 길과 목표를 빼앗지 못하기 때문이다.

여기서 드러나는 동경과 실현의 불일치는 이념과 현실의 불일치가 아니라 이념들 상호간의 불일치이다. 고귀한 인간은 언제나 왕이 되도록 선택되어 있다. 그의 내부의 모든 것은 그런 목표를 위해 노력한다. 하지만 왕이란 존재와 그의 이념은 고귀한 것을 용납하지 못한다. 왕이란 존재의 최고의 목표와 가장 내적인 본질은 무언가 다른 것, 즉 가혹함과 악의, 배은망덕과 타협을 요구하는 것이다. 왕의 영혼은 왕다운 삶에서는 개성의 궁극적 가치를 실현하려 한다. 그 외의 다른 모든 곳에서는 왕의 영혼은 제한과 압박을 받기 때문이다. 그러나 왕위는 어떤 영혼에든 같은 요구를 한다. 그리고 왕의 영혼은 의무를 더없이 고귀하게 의식하고 있으므로 자신에게 분명 낯설고 거슬리는 일도 하지 않을 수 없는 것이다. 그리하여 승리를 거둔 모반자인 왕세자와 치명상을 입은 왕위 찬탈자인 데메트리우스와 나비스는 서로 맞서게 된다. 젊은 왕은 격렬한 발걸음으로 홀 안으로 들어간다. 그곳에는 왕의 아버지를 죽인 패배한 살인자가 그를 기다리고 있다.

하지만 죽어가는 자는 엄격한 지혜로 가득 찬 몇 마디의 말만 할 뿐이다. 그리고 또 한 사람의 데메트리우스가 그의 주검을 넘어 왕위에 오른다. 나비스는 자신을 패배시킨 사람에게가 아니라 자신의 왕국을 물려받을 후계자에게 말한 것이다. 그는 자신의 영혼의 깊은 곳에서 환멸을 느낀 사람, 선을 행하려는 사람의 말을 했다. '그것은 이해하기 그다지 어렵지 않은 선이었지만', 다량의 피가 흘러야 했다. 그의 영혼은 그의 내부에서 시들지 않을 수 없었다. 그의 의무감이 자신에게 명하고, 그의 시대가 자신에게 요구한 것은 그가 왕이 되라는 것이었다. 나비스의 시신이 채 차가워지기도 전에 새로운 나비스가 그의 왕위에 오른다. 하지만 그 역시 행복의 버림을 받고 낙담한 존재이며, 잔인해 질 수밖에 없어 친구 없는 외로운 존재이다. 다시 말해 그는 순수하고 희망에 부푼 영혼을 지닌 데메트리우스이자, 헌신적인 한 무리의 벗들에 둘러싸인 젊은 왕이며, 나비스가 최초에 한 말을 들었던 데메트리우스인 것이다.

그리고 그레고리우스와 하인리히는 처음이자 마지막으로 만나는 카놋사[3]의 눈 덮인 안마당에서도 승리와 패배가 여전히 복잡하게 뒤얽혀 있다. 교황과 황제, 그들은 전체 생애의 첫 4막에서 벌써 서로에게 운명이 되었다. 신은 교황에게는 부드러운 영혼을, 황제에게는 행복을 갈망하고 행복을 부여하는 영혼을 주었다. 하지만 그들 사이의 위대한 투쟁은 두 사람의 인간적이고 고유한 모든 점을 짓밟아버렸다. 힐데브란트[4]는 가혹하고 잔인하게 되어야 했다. 즉 그는 일상적인 모든 행복을 버려야 했을 뿐만 아니라, 신의 왕국을 창조하기 위한 힘을 얻기 위해 가난한 자들을—그는 가난한 자들의 구원을 자신의 사명으로 느꼈다—희생시키고 배반해야 했다. 그는 죄인이 되지 않을 수 없었고, 성자처럼 보여야 했다. 마음을 홀가분하게 해주고 구원을 얻게 해주는 참회의 길, 누구에게나 열려 있는 그 길이 그에게는 닫혀 있었다. 다시 말해 그의 영혼은 영겁의 저주를 받아 지옥에 떨어질 것이다. 그의 온갖 희생도 아무 소용이 없다. 그가 파문한 간부(姦夫), 그의 계획에 방해

---

3 1077년 독일 황제 하인리히 4세가 교황 그레고리우스 7세에게 무릎을 꿇고 참회하여 사면을 받은 장소.
4 그레고리우스 7세가 교황이 되기 전의 이름임.

가 되는 황제는 영리한 정치인으로서 참회를 가장하며 그의 앞에 무릎을 꿇는다. 그리고 구원받지 못한 교황은 자신이 내린 파문을 취소하면서 자신의 유일한 무기를 제 손으로 부러뜨릴 수밖에 없다. 황제는 승리했다. 하지만 빛나는 손으로 행복을 잡고자 했던 환한 표정의 인간, 힘들이지 않고 행복을 주고받은 하인리히라는 인간은 죽고 없어졌다. 그레고리우스는 굴복하고 패배한 채 카놋사를 떠나고, 하인리히는 승자로서 로마에 입성할 것이다.

"나는 무릎 꿇었을 때 다른 사람이 되어 일어섰다.
그는 옳은 것을 원했기에 신을 저주해야 한다.
나는 잘못된 일을 했지만, 신을 축복한다.
그는 죽으러 가지만, 난 죽었다.
그의 죽음은 죽음이지만, 나의 것은 삶이다."

결국 하인리히는 승리했고, 그레고리우스는 패배했다. 그렇지만 과연 황제가 승리하고, 교황이 패배한 것일까? 로마 입성이 가능한 일이 되었고, 그레고리우스는 교황의 자리에서 물러날 것이다. 하지만 세상의 왕, 세상의 온갖 영화를 누리는 군주는 참회자로서 사제 앞에 무릎을 꿇지 않았던가? 황제는 교황 앞에 허리를 굽히지 않았던가? 그리고 그레고리우스에 의해 인간과의 유사성과 행복해질 능력을 박탈당한 사제들은 이제부터 죽을 운명인 모든 인간에게 언제나 재판관이자 구원자로 군림하지 않을까? 하인리히는 승리했을 때 자신이 황제임을 잊지 않았을까? 그리고 그레고리우스는 비통해하면서 자신의 검을 부러뜨린 것으로 봐서 자신이 교황임을 잊지 않았을까?

이러한 필연성은—이러한 필연성은 어쩌면 모든 것 중에서 가장 진실하고 확실히 가장 현실적인 필연성일지도 모른다—그럼에도 무언가 굴욕적인 점을 지니고 있다. 여기서 삶으로부터의 구원으로서 죽음을 기다리는 주인공들은 낙담했을 뿐만 아니라 더럽혀졌으며, 자기 자신과 소원해진다. 비극의 주인공들은 언제나 행복하고, 죽음 속에서도 이미 삶을 구가하며 죽어간다. 그러나 여기서 죽음은 삶의 절대적인 고양, 즉 올바른 방향으로 삶을 직접 연장하는 것이 아니라, 억압과 현실의 불순함으로부터의 도피이며 자기 자신에 대해 낯선 삶으로부터 영혼의 귀환이다. 물론 여기서도 주인공은 자신의 행위나 그것의 덧없음 때문에 후회하지 않는다. 그리고 현실과 접촉하기 전에 꿈꾸곤 했던 소박하게 아름다운 꿈으로 되돌아가지도 않는다. 그는 자신의 모든 투쟁과 온갖 굴욕이 자신의 삶을 위해, 자신을 명백히 드러내기 위해, 유일하게 가능한 구원을 위해 필수적이라는 것을 알고 있다. 그러나 이 유일하게 가능한 구원이 진정한 구원은 아니다. 다시 말해 그것은 그의 영혼의 더없이 깊은 환멸이다. 역사적 사건이 그의 영혼 주위에 긋는 경계는—역사적 사건은 그의 영혼을 그 경계까지 몰고 간다—영혼의 진정하고 가장 고유한 경계는 아니다. 그것은 이 사건과 접촉할지도 모르는, 같은 공기를 쉬고 살아갈지도 모르는 모든 인간의 경계이기도 하다. 이런 비극의 주인공들에게 허용되고 요구되는 발전은 언제나 본질적으로 그들 자신에게 대단히 낯선 것이다. 사실 그들이 본질적으로 되기는 한다. 그리고 일상적 현실에 짓눌리던 그들의 영혼은 깊은 행복감에 안도의 한숨을 쉬기도 한다. 그러나 최종적인 힘이 펼쳐지면 어떤 낯선 본질이 그들 내부에서 현실이 된다. 그리고 죽음만이 귀환이고, 그들의 고유한 본질의 최초이자 유일한 획득이다. 위대한 투쟁은 결국 거기에 도달하는 우회로에 불과했다. 역사는 자신의 비합리적 현실성으로 인해 인간에게 순전히 보편적인 것을 강요한다. 역사는 다른 차원에서 보더라도 마찬가지로 비합리적인 자신의 고유한 이념을 표현하도록 인간에게 허락해주지 않는다. 다시 말해 역사와 인간의 만남은 양자에게 무언가 낯선 것, 즉 보편성을 낳는다. 결국 역사적 필연성은 모든 필연성 중 삶과 가장 밀접한 것이다.

하지만 역사적 필연성은 삶과 가장 동떨어진 것이기도 하다. 여기서 가능한 이념의 현실화는 이념의 본래적 실현을 달성하기 위한 우회로일 뿐이다(여기서는 현실적 삶의 애처로울 만치 사소한 일이 가능한 최고의 영역에서 벌어진다). 하지만 전체 인간의 삶 전체 역시 다른 보다 높은 목표에 이르기 위한 우회로에 불과하다. 인간의 더없이 깊은 개인적 동경과 그 동경을 실현하기 위한 그의 투쟁은 낯설고 말 없는 미장이 장인의 단순히 맹목적인 연장에 불과하다. 이런 사실을 알고 있는 사람은 극소수에 지나지 않는다. 교황 그레고리우스는 자신의 삶에서 맛본 몇 번의 황홀한 순간에 그런 사실을 알고 있다.

"내 육신은 한 소년이
호수에 던진 하나의 돌멩이와 같다.
돌멩이가 어두운 바닥에 가라앉고 한참 지나
파문이 번질 때 나의 '자아'는 힘을 얻는다."

역사적 필연성의 어느 측면도 극적 형상화에 도움이 되지 않는다. 다시 말해 한쪽은 그러기에 너무 고귀하고, 다른 쪽은 너무 저급하다. 그러나 두 측면의 뗄 수 없는 불가분의 통일만이 역사의 진정한 본질이다. 역사 비극의 기법적 역설이 역사적 현존재와 비극적 인간 사이의 관계가 보여주는 형이상학적 역설로부터 비롯된다는 것은 이런 점을 두고 하는 말이다. 다시 말해 그것은 관객과 극중 인물들 간의 내적인 거리에서 빚어지는 역설이고, 그 인물들의 다양한 활력과 삶의 강도 사이의 역설이며, 역사극의 인물과 사건에서 상징적인 것과 생생한 현실 같은 것 사이의 충돌이 빚어내는 역설인 것이다. 삶에 대한 역사적 고찰은 장소와 시간, 그리고 다른 모든 개별화 원리의 어떠한 추상도 용납하지 않기 때문이다. 또 인간과 행위의 본질적 부분은 우연적이고 부수적으로 보이는 것과 뗄 수 없이 결합되어 있는 것이다. 다시 말해 역사극의 인물들은 '살아' 있어야 하고, 거기서 벌어지는 사건들은 실제 삶의 온갖 다채로운 다양성을 지녀야 한다. 내적인 핵심에서는 반역사적 성격을 띠고 있긴 하지만, 셰익스피어의 극이 엄청난 풍부함과 삶과의 밀접성 때문에 역사극의 가장 위대한 모범으로 보일 수 있고, 실제로 그렇게 보여야 하는 것도 바로 그 때문이다. 셰익스피어는 의식하지 않는 가운데 역사에서 경험적 요소를 묘사한다. 그는 비길 데 없는 힘과 능가하기 어려운 풍부함으로 그 일을 해내고 있다. 모든 개인적인 것을 넘어서는 역사의 의미는 너무나 추상적이므로, 그것을 묘사하기 위해 우리는 우리에게 알려진 그리스 희곡보다 훨씬 이상으로 그리스를 모방해서 고대적 비극성을 묘사해야 할 것이다. 소포클레스를 셰익스피어와 종합하려는 역설적 동경은 역사 비극을 창조하려는 소망에서 비롯되었다.

하지만 그러한 종합의 어떤 시도도 희곡의 인물에 어떤 두 가지 요소를 끌어들일 수밖에 없다. 주인공들에 관련해서는 아직 문제의 해결을 생각해볼 수 있다. 다시 말해 이러한 양립할 수 없는 이원론이야말로 그들의 중심적 체험이 될지도 모르기 때문이다. 소재의 결함이 형상화의 중심에 놓일 수 있으며, 아마 그런 식으로 결국 극복될 수 있을지도 모른다. 그 문제를 해결하는 데 성공한 사람은 아직 아무도 없다. 그렇다고 그 문제를 해결할 수 없다는 증명이 되지는 않을 것이다. 그러나 역사적이고 극적인 운명을 예술적으로 창조할 수 없다는 사실은 (그러니까 역사적 요소가 순수하고 시대를 초월하는 인간적 갈등의 우연한 외형에만 그치는 게 아니라 정말 중요한 경우) 원칙적으로 보더라도 결정적인 문제이다. 운명이 형식이 되는 인간들은 근본적으로 다른 두 부류로 나누어진다. 다시 말해 현실적 삶을 살아가던 평범한 인간이 한순간에 갑자기 상징으로, 초개인적이고 역사적인 필연성의 단순한 담지자로 변하게 된다. 그런데 이러한 상징화는 영혼의 가장 깊숙한 곳에서 유기적으로 자라나지 않고, 낯선 힘에 의해 다른 낯선 힘으로 전달되므로, 그리고 이때 인간의 개성은 단지 우연한 연결고리, 그 개성에 낯선 운명의 진행을 위한 다리에 불과하므로 어쩔 수 없이 인물의 통일을 파괴할 수밖에 없는 것이다. 인물들에게 작용하는 동기는 그들에게 낯설고 소원하며, 그들의 모든 인간적인 면을 상실할 수밖에 없는 영역으로 그들을 끌어올린다.

하지만 이러한 비개인적 요소가 희곡에서 형상화되면 극중 인물은 아직 또는 더 이상 상징적이지 않은 삶이 지속되는 동안 살아있는 자들 사이에서 형체도 없이 떠돌아다녀야 한다. 그는 자기 주위의 모든 것과는 다르게 보여야 하지만, 주변 환경과 불가분의 유일한 세계를 형성해야 한다. 게르하르트 하우프트만은 어디서나 인물을 형상화하는 길을 선택했다. 그 때문에 역사적인 것의 보다 높은 필연성, 즉 바로 형상화의 진정한 의미가 되어야 하는 것을 포기해야 한다. 물론 파

울 에른스트의 목표는 이와 정반대이다. 그러나 데메트리우스의 신부
(新婦)인 칼리로에가 정치적·역사적 필연성을 통찰함으로써 살아있는
사랑스러운 존재에서 갑자기 그 필연성의 단순한 완성자로 변한다면
순전히 추상적인 어떤 것의 구체적으로 작용하는 힘은 거의 그로테스
크한 효과를 내게 된다. 그래서 『카놋사』에서 순전히 상징적인 인물들,
특히 늙은 농부는 세계가 단조롭다는 느낌을 파괴한다. 그리고 비극
『황금』에서 이러한 경향은 완전히 바로크풍으로 흐르게 된다.

　형식은 삶의 최고 재판관이다. 다시 말해 역사에서 표현되는 비극은
전적으로 순수한 비극이 아니다. 그리고 희곡의 어떤 기법도 이러한
형이상학적 불일치를 은폐할 수 없다. 즉 언제나 다른 종류의 해결할
수 없는 기법상의 문제는 희곡의 모든 지점에서 나타나기 마련이다.
형식은 가장 순수한 체험의 유일하고도 순수한 드러냄이다. 하지만 바
로 그런 이유로 형식은 불명확하거나 억압적인 어떤 것의 형상화를 언
제나 완강하게 거부하는 것이다.

4

　형식은 삶의 최고의 재판관이다. 형상화할 수 있다는 것은 판결하는
힘이고, 윤리적인 것이다. 그리고 형상화된 모든 것에는 가치 판단이
담겨 있다. 온갖 종류의 형상화, 문학의 모든 형식은 삶의 가능성이란
위계질서에서 하나의 단계이다. 다시 말해 인간의 삶의 표현이 어떤 형
식을 취하고, 그의 삶의 최고의 순간이 어떤 형식을 요구하는지 결정된
다면 인간과 그의 운명에 대한 모든 결정적인 말은 표명된 것이다.

　그러므로 비극이 내리는 가장 심오한 판결은 비극의 문에 걸린 문구

이다. 이 문구는 단테의 지옥의 문에 걸린 문구처럼 가차 없이 엄격하다. 이 문구는 비극의 왕국에 들어오는 모든 사람을 영원히 가두고, 그 왕국에 살기에는 너무 약하고 저급한 사람에게는 출입을 영원히 불허한다. 우리의 민주 시대가 모두가 비극적일 수 있게 동등권을 관철하려 했지만 헛수고였다. 영혼이 가난한 자들에게 이 천국을 열어주려는 모든 시도는 허사였다. 그리고 모든 사람의 동등권에 대한 요구를 분명하고도 끈질기게 주장했던 민주주의자들 역시 비극의 생존권을 위해 늘 논쟁을 벌였다.

파울 에른스트는 『브룬힐트』에서 비극적 인물에 대한 신비극을 썼다. 『랑클로스의 니논』은 그것과 짝이 되는 작품으로, 비극적이지 않은 사람들을 다룬 희곡이다. 『브룬힐트』에서 에른스트는 자신이 그들처럼 되기를 무척 열렬히 갈망하는 인물들을 형상화했고, 『랑클로스의 니논』에서는 자신과 본질 면에서 가장 동떨어진 인물에 삶을 부여했다. 하지만 이 희곡을 쓴 사람 역시 비극 작가였으며, 그러므로 그는 그 작품을 극단적으로, 비극으로까지 몰고 가야 했다. 그러나 최종 결단의 순간에 그의 여주인공은 비극의 촉수를 뿌리친다. 그녀는 그때까지 그녀의 머리 주위를 후광처럼 비추던 고귀하고 운명적인 모든 것을 의식적으로 단호히 거부하고, 그녀를 기다리고 그리워하던 삶 속으로 급히 되돌아간다. 마지막 순간에 그녀의 모토가 등장했다. 다시 말해 그로써 그녀의 가치와 동시에 한계도 표현된 것이다. 자유를 위해 자신과 맞서 싸운 투쟁의 결과 그녀는 비극의 공기를 숨 쉴 만큼, 비극의 주변에서 항시 살아갈 만큼 충분히 강해졌다.

하지만 그녀와 같은 특별한 종류의 모든 인간에게 그렇듯이, 그녀에게는 삶을 최종적으로 봉헌해주는 것이 없다. 그녀는 열등한 종(種)

의 최고 높은 존재이다. 다시 말해 희곡 형식이 그녀의 삶의 가치에 대해 내리는 판결이 바로 이것이다. 그녀는 자신을 위해 최고의 것을 얻으려 해서 그것을 얻기도 했다. 그것은 곧 자유이다. 하지만 그녀의 자유는 궁극적인 의미에서 그녀의 가장 깊숙한 곳에서 유기적으로 자라난 자유, 최고의 필연성과 동일한 자유, 즉 그녀의 삶의 완성이 아니라 단순히 모든 구속으로부터의 해방에 불과했다. 그녀의 자유는 창녀의 자유였다. 그녀는 내적인 모든 강력한 구속, 즉 남자와 자식, 정조와 위대한 사랑으로부터 해방되었다. 그녀는 이런 자유를 위해 중대한 희생을 치렀다. 다시 말해 그녀는 돈을 받고 파는 사랑이나 또는 일시적 기분을 위해 거저 준 사랑이 그녀의 삶에 가져다줄지도 모르는 굴욕적인 사소한 구속들을 받아들였다. 그녀는 자신이 잃어버린 것을 중대하게 느꼈고, 자신이 선택한 운명에 의해 그녀에게 부과된 시련을 당당하게 견뎠다. 하지만 그것은 여전히 그녀의 삶을 수월하게 하는 태도였고, 그 삶을 가장 무겁게 내리누르는 필연성으로부터의 도피였다. 여성의 그러한 자기해방은, 비극적인 남성의 모든 진정한 자기해방과는 달리, 그녀의 본질적인 필연성의 관철이 아니다. 극의 종결부는 이론가 파울 에른스트가 오랫동안 예견한 질문을 제기한다. 한 여자가 자신의 삶 속에 들어온 남자와의 관계에서가 아니라 스스로의 힘으로 비극적일 수 있을까? 자유가 한 여성의 삶에서 진정한 가치가 될 수 있을까?

파울 에른스트의 필생의 작품에 담긴 핵심은, 프리드리히 헤벨[5]의 그것이 시적인 문학의 심리학이었던 것처럼, 시적인 문학의 윤리이다. 두 사람에게는 형식이 삶의 목표이자, 위대함과 자기완성의 정언 명령이었다. 그런 까닭에 에른스트는 냉정한 형식주의자로, 헤벨은 병리학의 형이상학자로 간주되었다. 하지만 헤벨의 주인공들의 운명은 형식을 갖춘 예술작품 속에서 살아가는 인간들의 완전한 인간성을 둘러싼 현실적 인간들의 비극적으로 무기력한 투쟁인 반면 — 달리 말하면 이 점이 매우 중대한 문제점이자 경험적인 삶에서 심리적으로 체험된 정점들이 되는 것이다 — 에른스트는 이런 식으로 완결된 보다 높은 세계를 인간들이 나아갈 길에 대한 주의이자 깨우침으로, 빛이자 목표로 제시한다. 하지만 그는 그것들이 실제로 실현되는 문제에는 아무런 관심이 없다. 어떤 윤리의 타당성과 힘은 그것이 준수되는지의 여부와는 무관하다. 그런 이유로 윤리적으로 될 때까지 순화된 형식만이 — 그 결과 맹목적이거나 빈곤하게 되지는 않고 — 문제성을 띤 모든 것의 존재를 잊을 수 있으며, 또 그 존재를 그것의 영역으로부터 영원히 추방시킬 수 있는 것이다.

(1910)

5 프리드리히 헤벨(Christian Friedrich Hebbel, 1813~1863): 독일의 극작가. 하이델베르크대학에 입학해 법학을 공부하다가 한 학기 뒤 뮌헨으로 거처를 옮겨 독학으로 폭넓은 교양을 쌓으면서 그리스 비극, 실러 등 위대한 비극 작품들의 공부에 열중한다. 1840년 최초의 비극 『유디트』가 초연되어 성공을 거둔다. 이듬해에는 『게노베바』를 완성하고 1842년에는 최초의 시집을 발간한다. 희곡에 관한 견해를 피력한 『희곡에 관한 나의 견해』를 쓰고, 『게노베바』를 출간한 후 견문을 넓히고 예술에 관한 지식을 심화시키기 위해 파리로 가서 하이네를 만나 교류한다. 3월 혁명의 와중에 군대가 빈을 포격하는 혼란 속에서 『헤로데스와 마리암네』가 태어난다. 『니벨룽』은 헤벨이 마지막으로 완성한 대작이다. 만년에 헤벨은 작가로서 명성을 얻고 그의 작품들이 여러 주요 극장에서 상연되는 영예를 누린다. 러시아 역사에서 소재를 얻어 집필을 시작한 비극 『데메트리우스』를 끝내지 못하고, 1863년 12월 빈에서 눈을 감는다. 헤벨은 인생의 비극을 인간 개인과 외적 혹은 내적 힘과의 갈등에서가 아니라 사회의 성립이나 발전 과정 속에서 보았다. 근대 사실주의에의 가교 구실을 하는 『마리아 막달레나』는 훗날 헨리크 입센이나 아우구스트 스트린베리의 근대비극의 선구로 평가받는다.

마음의 가난에 대하여[1]

대화와 편지[2]

당신의 추측은 옳았습니다. 다시 말해 나는 당신 아들이 죽기 이틀 전에 그와 만났습니다. 나는 내 여동생이 자살한 후 신경증 증세로 짧은 여행을 해야 했습니다. 내가 여행에서 돌아왔을 때 그에게서 이런

---

1 최초로 수록된 곳: 노이에 블래터(Neue Blätter) 5/6(1912), 67~92쪽.
2 이 텍스트는 어느 남자의 연인이었다가 그의 버림을 받은 소녀의 언니인 마르타가 그 남자와 대화를 나눈 뒤 그의 어머니에게 보낸 편지 형식으로 되어 있다. 대화의 상대자는 대화를 나눈 이틀 뒤 권총 자살을 한 것으로 되어 있다. 남자는 끊임없이 자책하는 것으로 보아 자살의 조짐을 보이고 있다. 그는 여자의 자살이 자신의 탓이라 보고 있다. 남자는 그녀의 구원을 원했지만, 순수한 상태로 남아 있어야 했기에 그러한 소망에 사로잡혀 있지는 않았다고 말한다. 그가 삶으로부터 물러나려는 까닭은 예술철학에서 하나의 역할을 맡아도 되는 사람은 천재밖에 없듯이, 삶에서 역할을 맡아도 되는 사람은 자비의 은총을 입은 사람밖에 없기 때문이다. 그는 자신의 죽음을 신의 심판으로 파악한다. 그는 마음의 가난은 보다 깊은 형이상학적이고 심령술적인 필연성에 자신을 내맡기기 위해 자신의 심리적 조건으로부터 벗어나는 것이라고 말한다. 이 텍스트는 루카치와 그의 연인 이르마 자이들러 사이의 사랑과 배반의 이야기를 암시하고 있다. 이르마 자이들러 역시 루카치와 결별한 후 1911년 다뉴브강에 몸을 던져 삶을 마감한다. 그래서 루카치는 이 에세이집을 이르마 자이들러에게 헌정하고 있다.

엽서가 와 있었습니다. "내가 찾아가기를 기다리지 말아요, 마르타. 나는 잘 지내고 있습니다. 나는 일을 하고 있습니다. 나는 사람이 필요하지 않습니다. 당신의 도착을 알려준 것을 고맙게 생각합니다. 당신은 언제나 그렇듯이 좋은 사람입니다. 당신이 보기에 내가 아직 사람인 모양입니다. 그렇지만 당신 생각은 틀렸습니다." 나는 걱정이 돼서 바로 그날 그를 만나러 갔습니다.

그는 서재의 책상에 앉아 있었습니다. 그는 안색이 나빠 보이지는 않았습니다. 불의의 사고가 일어난 뒤 처음 며칠 동안 내 마음을 불안하게 했던 그의 분별없는 태도나 말은 거의 사라졌습니다. 그는 분명하고도 조용히, 또 간단하게 말했습니다. 그는 마음의 안정을 완전히 찾은 것 같았습니다. 나는 그와 꽤 오랫동안 같이 있었습니다. 나는 우리가 나눈 대화의 모든 중요한 부분을 당신에게 전해주려고 합니다. 그러면 당신도 많은 일을 보다 자세히 알게 될 것이니까요. 나의 기억 속에는 그의 행위가 거의 섬뜩하리만치 선명히 새겨져 있습니다. 내가 그 일을 예상하거나 두려워하지 않고, 반대로 거의 완전히 안심한 채 기분 좋게 그의 곁을 떠나왔다는 것이 지금 완전히 불가사의하게 생각됩니다.

그는 나를 무척 반가이 맞아주었습니다. 그리고 나의 여행, 피사, 캄포 산토, 『최후의 심판』의 구성에 대해 대단히 열렬하고도 힘차게 많은 이야기를 했습니다. 전에도 그는 그런 이야기를 할 때 언제나 같은 식으로 말했지요. 때때로 나는 지금에야 매우 분명히 감이 오는 어떤 느낌을 갖기도 했습니다. 다시 말해 그는 자신의 이야기를 하려고 하지 않았습니다. 그는 나에 대해 솔직해야 한다는 것을 알고 있었습니다. 그는 달리 어쩔 수 없었습니다. 그가 자신의 이야기를 하려고 하지 않은 것은 바로 그 때문이었습니다. 그런데 단순히 나중의 추측이긴 합니다만, 그것은—그 테마의 이해가 우리에게 가장 중요했던—중심 테마와 관련해서 모든 일을 설명하려는 시도였습니다. 그렇지만 아직 매우 분명히 기억나는 게 있습니다. 최근의 사건을 얼마나 잘 극복했는지 내가 묻자 그는 알레고리의 성격을 띤 회화(繪畵)의 가능성에 대해 말했습니다. 그는 "매우 좋습니다, 감사합니다"라고 대답했습니다.

나는 아무 말 하지 않고 조용히 묻는 듯이 그를 쳐다보았습니다. 그는 "매우 좋습니다, 감사합니다"라고 같은 말을 되풀이했습니다. 잠깐 침묵이 흘렀습니다. "내게 분명한 생각이 들었습니다."

"분명한 생각이라고요?"

그는 나를 날카롭게 쳐다본 뒤 아주 조용하고도 간단히 말했습니다. "네, 분명한 생각이요. 나는 그녀의 죽음이 내 탓임을 알고 있습니다."

나는 놀라 펄쩍 뛰었습니다. "당신 탓이라고요? 물론 당신이 아는 것은……."

"그 이야기는 그만둡시다, 마르타. 물론 나는 알고 있습니다. 모든 일이 일어난 뒤인 지금 그 일에 대해 알고 있습니다. 알아야 할 모든 일을 알게 된 뒤에 말입니다. 하지만 내가 몰랐던 사실은……."

"당신은 그걸 알 수 없었을 겁니다."

"네, 내가 그것을 알 수 없었다는 것은 사실입니다."

나는 그를 묻는 듯이 쳐다보았습니다. 그는 조용히 대답했습니다. "좀 참을성을 가지세요, 마르타. 나를 미쳤다고 생각하지 마세요. 나는 당신에게 모든 것을 설명하려고 합니다. 하지만 좀 앉으십시오. 당신은 그녀와 나 사이의 모든 일을 대충 알고 있습니다……."

"난 알고 있어요. 당신은 그녀와 가장 친한 친구였어요. 어쩌면 그녀의 유일한 친구였을지도 모르죠. 그녀는 가끔 그런 사실에 대해 말하곤 했어요. 나는 그런 관계가 가능한지 가끔 의아하게 생각했지요. 당신은 분명 많은 고통을 겪었을 거예요."

그는 조용히 또 약간 경멸하듯 웃음을 터뜨렸습니다. "당신은 언제나 그렇듯이 나를 과대평가하고 있어요. 그런데 내가 만약 그렇지 않다면요? 그러면 확실히 결실 없고 맹목적이며 무익한 일일지도 몰라요."

나는 상당히 당황스러웠습니다. "그런데……. 무익하다고요. 누가 여기서 도움을 줄 수 있었겠어요? 누가 무언가를 알 수 있었겠어요? 당신은 아무도 알 수 없었던 어떤 일을 눈치채지 못했다고 당신 자신을 비난하고 있어요……. 아니에요. 나는 이런 무의미한 일을 더 이상 되풀이하고 싶지 않아요."

나는 말을 계속하려고 했습니다. 하지만 그는 조용하고 순박한 눈길로 나를 쳐다보았습니다. 나는 그 눈길을 견딜 수 없어 말을 멈추고 방바닥을 바라볼 수밖에 없었습니다.

"왜 말하는 걸 그렇게 두려워하세요, 마르타? 그래요! 난 그녀의 죽음을 나의 죄로 생각하고 있어요. 신이 보기에는 자명한 사실입니다. 인간의 도덕을 정한 온갖 규약에 따르면 난 아무런 죄가 없다고 할 수도 있어요. 그 반대로 난 온갖 의무를 성실히 이행했어요(그는 '의무'란 단어를 경멸적으로 발음했습니다). 나는 할 수 있는 일이면 뭐든지 했어요. 우리는 언젠가 도울 수 있다는 것과 돕고자 하는 것에 대해 그녀와 이야기한 적이 있었어요. 그녀는 내게 요구해 헛수고로 끝날 일은 아무것도 없다는 것을 알고 있었어요. 하지만 그녀는 아무런 요구도 하지 않았어요. 아무런 요구도 하지 않았다고요. 그리고 나는 아무것도 보지도 듣지도 않았어요. 나는 도움을 청하는 침묵의 커다란 목소리에 귀 기울이지 않았어요. 나는 그녀의 편지에 드러난 쾌활한 어조를 사실로 믿었어요. 내가 그것을 알 수 없었으리라고는 말하지 마세요. 혹시 그게 사실일지도 모르지요. 하지만 나는 그걸 알아야만 했겠지요. 내가 신의 자비로 은총을 받은 몸이라면, 그녀의 침묵의 목소리는 그녀와 나 사이의 땅을 가로질러 울렸을 테니까요……. 그리고 내가 여기에 있었다면요? 당신은 심리적 예지력의 존재를 믿나요, 마르타? 난 그녀의 얼굴에서 고통을, 또 그녀의 목소리에서 새로운 떨림을 들었을지도 모릅니다……. 하지만 내가 그것으로 무엇을 알았겠어요? 인간의 통찰력은 발언과 조짐에 대한 해석입니다. 또 그녀가 진실한지 혹은 속이는지 누가 알겠어요? 확실한 것은 다른 사람들이 영원히 모르게 일어나는 일을 우리가 우리 자신의 법칙에 따라 해석한다는 사실입니다. 자비는 그러나 은총입니다. 다른 사람의 은밀한 생각이 아시시의 프란체스코[3]에게 어떻게 분명히 드러나게 되었는지 생각나요? 그는 다른 사람의 생각을 결코 알아 맞히지 않습니다. 그렇습니다. 은밀한 생각이 그에게 분명히 밝혀지지요. 그의 지식은 조짐과 해석의 저편에 있어요. 그는 훌륭합니다. 그런 순간 그는 딴 사람입니다. 하지만 당신은 '한때 현실이었던 것은 영원히 가능하게 된다'는 우리의 오래된 확신도 공유하고 있어요. 어떤 인간에 의해 실현된 것을 나는 나 자신에게 실현 가능한 의무로서 영원히 요구해야 합니다. 나 자신을 다른 사람들로부터 단절시키지 않으려면 말입니다."

"하지만 당신은 자비는 은총이라고 스스로 말하고 있습니다. 우리가 어떻게 은총을 요구할 수 있단 말인가요? 신이 당신에게 기적을 일으키지 않는다고 자신을 비난하는 것은 불손한 행위가 아닌가요?"

"당신은 나를 오해하고 있어요, 마르타. 기적이 일어났습니다. 그런데 나는 다른 것을 요구하거나 그 일에 대해 불평할 권리가 없습니다.

나는 그렇게 하지 않습니다. 내가 나 자신에 대해 한 말은 불평이 아니

3 프란체스코(Franciscus, 1181/82~1226): 아시시 출신의 교회 개혁 운동 지도자로 프란체스코 수도회 및 수녀회 설립자. 자선·청빈과 강력한 지도력으로 수많은 추종자를 불러모았고, 가장 존경받는 종교인 가운데 하나가 되었다. 청년 시절 삶에 대한 뜨거운 사랑과 세속성 때문에 아시시 청년들의 지도자가 되었다. 1202년 아시시와 페루자의 전쟁에 참여해 근 1년 동안 포로로 잡혀 있다가 중병에 걸린 채 풀려났다. 그 후 교황군에 입대하려고 했으나, 스폴레토에서 환상 또는 꿈을 통해 아시시로 되돌아가 새로운 기사직 소명을 기다리라는 명령을 받았다. 아시시로 돌아오자마자 하느님의 뜻을 알기 위해 은거하면서 기도에 전념했다. 그 외 여러 가지 이야기들이 그가 회개한 배경으로 등장한다. 어느 날 아시시 성문 밖에 허물어진 채 있던 산다미아노 부속 예배당에 들어갔다가 제단 위에 걸려 있던 십자가상에서 "프란체스코야, 가서 네가 보는 대로 폐허가 되다시피 한 내 집을 다시 세워라!"라는 음성을 들었다.
이 말을 듣고 집으로 달려가 아버지 가게에 진열되어 있던 옷을 가지고 나와 말을 타고 이웃 마을로 가서 옷과 말을 판 뒤 산다미아노 성당의 사제에게 이 돈을 주었다. 이 사실을 알고 화가 난 아버지에게 "지금까지 당신을 땅에서의 내 아버지라고 불러왔습니다. 그러나 이제부터 진심으로 부를 수 있는 이름은 하늘에 계신 우리 아버지밖에 없습니다."라고 말했다.
프란체스코는 물질과 가족관계를 포기하고 가난한 생활을 했다. 1208년 2월 24일 성 마티아 축일에 미사를 드리는 동안 그리스도가 사도들에게 사명으로 준 말씀을 들었다. "전대에 금이나 은이나 동전을 넣어가지고 다니지 말 것이며, 식량 자루나 여벌 옷이나 신이나 지팡이도 가지고 다니지 말아라."(마태 10 : 9~11).
프란체스코는 평신도로서 마을 사람들에게 설교하기 시작하면서 제자들이 모여들자 이들을 위해 간단한 생활규율을 작성했다. 수사들은 이탈리아 전역에서 설교하고 활동했다. 프란체스코 수도회의 초기 회칙은 '우리 주 예수 그리스도의 가르침에 순종하고 그의 발자취를 따라 걷는 것'을 새로운 삶의 목표로 삼았다. 그러나 그가 추구한 것은 단순히 외적인 가난이 아니라 자아 전체에 대한 부정이었다(필립 2 : 7에서처럼). 1212년 '가난한 클라라 수녀회'로 알려진 여자들을 위한 제2의 수도회를 세웠다.
탁발수사들의 수가 늘어나자 이 수도회는 이탈리아 밖으로 퍼져나갔다. 프란체스코는 여러 곳을 돌아다닌 후 이탈리아 탁발수사들 사이에 분쟁이 일어났다는 소식을 듣고서 되돌아왔다. 어느 날 아침 하늘 높은 곳에서 여섯 날개를 단 치품천사(熾品天使)가 자기에게 내려오는 것을 보았다. 이 환상을 보고 큰 기쁨과 함께 십자가에 달려 고통스러워하는 모습에 깊은 슬픔을 느꼈다. 환상이 사라지자 내면에 벅찬 사랑이 생겼을 뿐만 아니라 겉으로도 놀라운 십자가 성흔들이 생겼다.
프란체스코는 그 후 이 성흔들을 감추느라 많은 노력을 기울였다. 프란체스코는 성흔을 받은 뒤 2년 동안 끊임없이 고통을 당했고, 시력을 거의 잃은 상태로 살았다. 리에티에 가서 치료를 받았으나 효과가 없었고, 시에나에 잠시 머문 뒤 아시시로 돌아와 포르지운콜라 수도원에서 사망했다.

라 심판입니다. 나는 '나는 이런 삶을 부여받았다'라고 말할 뿐입니다. 나는 내가 할 수 있는 말을 덧붙이지 않습니다. 다시 말해 나는 그것을 거부합니다. 우리는 여기서 삶에 대해 말하고 있습니다. 인간은 삶 없이는 살 수 없기 때문입니다. 하지만 인간이 때로는 이런 식으로 살아야 한다면, 그 일은 의식적으로 또 명백히 일어나야 합니다. 물론 대부분의 사람은 삶 없이도 살아가며, 삶이란 것을 전혀 의식하지도 않습니다. 그들의 삶은 단지 사회적일 뿐이고, 단지 인간 상호 간의 문제일 뿐입니다. 알다시피 그들은 의무와 의무의 이행으로 그럭저럭 살아갈 수 있습니다. 사실상 그들에게는 의무의 이행이야말로 유일하게 가능한 그들 삶의 고양입니다. 모든 윤리란 형식적인 것이니까요. 의무는 하나의 공준(公準)이자 하나의 형식입니다. 어떤 형식이 완전할수록 그것은 더욱 독자적인 삶을 갖게 되고, 모든 직접적인 관계로부터 더욱 멀리 떨어져 존재합니다. 그 형식은 분리시키는 다리입니다. 우리는 그 다리 위를 이리저리 걸어 다니면서 언제나 우리 자신과 우연히 부딪힐 뿐 다른 사람들은 결코 만나지 못합니다. 하지만 그런 사람들은 그렇지 않아도 자기 자신으로부터 빠져나올 수 없습니다. 그도 그럴 것이 다른 사람들과의 그들의 접촉은 기껏해야 조짐의 해석이라는 심리적인 문제이기 때문입니다. 의무의 엄격함은 그들의 삶에―심오하고 내면적인 형식은 아닐지라도―최소한 굳건하고 확실한 형식을 부여합니다. 생동감 있는 삶은 형식의 저편에 있습니다. 그리고 자비는 형식을 깨뜨릴 수 있는 은총 받은 상태입니다."

"하지만 당신의 자비는" 나는 이런 이론에서 끌어낼 그의 결론이 두려워서 약간 걱정스런 마음으로 그에게 물어보았습니다. "그러한 자비는 단순히 하나의 공준에 불과한 것이 아닌가요? 대체 그러한 자비가 실제로 존재할까요? 내 생각은 그렇지 않습니다." 나는 잠시 쉬었다가 덧붙여 말했습니다.

"당신은 그렇게 생각하지 않군요, 마르타." 그는 나직이·미소 지으며 대답했습니다. "보다시피, 당신은 바로 지금 형식을 깨뜨렸습니다. 당신은 나의 저급함을 금방 꿰뚫어 보았습니다. 당신은 내가 다른 사람, 즉 당신한테 설득당하려는 것을 보았습니다. 내가 알고 있는 것의 토대가 튼튼하지 않기 때문에요. 나 자신의 결정으로는 감히 내 생각을 포기하려고 하지 않습니다만."

"만약 그게 사실이라면…… 당신에게 단언하건대, 당신의 신경과민과 우울증만이 당신이 그렇게 생각하도록 하겠지요! 하지만 그것이 사실이라 하더라도 이러한 진실은 당신의 주장에 반대하는 가장 강력한 논거일지도 모릅니다. 내가 당신의 마음을 진정시키려 한다면─그것으로 당신의 불신을 단순히 증폭시키고, 당신의 자책을 더욱 심하게 하지 않았을까요?"

"자비는 무엇 때문에 결과를 염려해야 할까요? 인도인들은 '우리의 의무는 일을 하는 것이지 일의 결실을 얻으려는 것이 아니다'라고 말합니다. 자비는 자비 그 자체에 아무런 이유가 없는 것과 마찬가지로 무익합니다. 왜냐하면 결과는 우리와는 무관한 기계적인 힘의 외부세계에 있기 때문입니다. 그리고 우리의 행위의 동기는 심리적인 것의 단순한 조짐의 세계로부터, 영혼의 주변으로부터 비롯하기 때문입니다. 하지만 자비는 신성합니다. 자비는 메타 심리적입니다. 자비가 우리 마음속에 나타나면 천국은 현실이 되고, 신성이 우리 마음속에서 깨어납니다. 자비가 여전히 작용할 수 있다고 한다면 당신은 우리가 여전히 인간이라고 생각하나요? 불순하고 생기 없는 삶의 이런 세계가 여전히 존재할 수 있다고 생각하나요? 정말이지 여기에 우리의 한 계가, 우리의 인간성의 원칙이 있습니다. 내가 늘 하는 말이 생각나겠 지요. 다시 말해 우리가 인간인 것은 단지 문학작품을 창작할 수 있고, 우리의 정신적 혼란의 와중에서 또 삶의 지저분한 흐름 속에서 지복의 섬을 건설할 수 있기 때문이지요. 우리가 삶을 예술적으로 창조할 수 있다면, 우리가 자비를 실제로 실현할 수 있다면 우리는 신이 될지도 모릅니다. 기독교인은 '왜 당신은 나를 자비롭다고 말하나요? 하나뿐 인 신 이외에는 아무도 자비롭지 않습니다'라고 말합니다. 도스토옙스 키의 작품 인물들인 소냐, 영주 미쉬클린, 알렉세이 카라마조프가 생각 나나요? 당신은 내게 자비로운 사람들이 있는지 물었는데 여기에 그 런 사람들이 있습니다. 그런데 알다시피 그들의 자비심은 결실이 없고 혼란스러우며 결과가 없습니다. 결과는 거대한 예술작품처럼 삶으로 부터 이해할 수 없고, 불쑥 튀어나와 오해를 불러일으킵니다. 영주 미 쉬클린이 누구를 도와주었나요? 그는 오히려 가는 곳마다 비극의 씨 앗을 뿌리지 않았나요? 그리고 정말이지 그게 그의 의도가 아니었던 가요? 그가 살아가는 영역은 분명 비극적인 것의 저편에 있습니다. 비 극적인 것은 순전히 윤리적인 것이거나, 이런 표현이 괜찮다면 순전히 우주적이기도 합니다. 그러나 영주 미쉬클린은 그 영역에서 빠져나갔 습니다. 키르케고르의 희생적인 아브라함이 비극적인 갈등과 영웅들 의 세계, 희생적인 아가멤논의 세계를 떠났듯이 말입니다. 영주 미쉬 클린과 알료사는 자비롭습니다. 그것은 무엇을 뜻하나요? 나는 그것을 달리 말할 수 없습니다. 다시 말해 그들의 인식은 실제로 실현되었고, 그들의 생각은 순전히 인식의 개념적 영역을 떠났으며, 그들의 인간관 은 지적인 직관이 되었습니다. 다시 말해 그들은 행위의 영지주의파입니다. 나는 이론적으로 불가능한 모든 것을 그들의 행위에서 실제로 실현되었다고 특징짓지 않고, 다른 식으로 어떻게 당신을 이해시킬 수 있을지 모르겠습니다. 행위는 모든 것을 두루 비춰주는 인간의 인식이고, 객체와 주체가 붕괴해 다른 것으로 변하는 인식입니다. 다시 말해 자비로운 인간은 다른 사람의 영혼을 해석하지 않습니다. 그는 자신의 영혼을 읽는 것처럼 다른 사람의 영혼을 읽습니다. 그는 다른 사람이 되었습니다. 따라서 자비는 기적이고 은총이며 구원입니다. 하늘나라가 지상으로 내려온 격입니다. 이런 표현이 괜찮다면 그것은 진정한 삶이고, 생동감 있는 삶입니다(아래로부터 위로 올라가든, 또는 위로부터 아래로 내려오든 상관없이 말입니다). 자비는 윤리를 떠나는 것입니다. 다시 말해 자비는 윤리적인 범주가 아닙니다. 당신은 자비를 수미일관한 윤리라고 생각하지 않을 것입니다. 그리고 그러한 생각은 당연합니다. 그도 그럴 것이 윤리는 보편적이고 의무를 지우는 것이며 인간으로부터 멀리 떨어진 것이기 때문입니다. 윤리는 일상적 삶의 혼돈으로부터 인간을 최초로─가장 원시적으로─고양시키는 것입니다. 윤리는 인간이 자기 자신으로부터, 그리고 자신의 경험적 상태로부터 떠나가 버리는 것입니다. 하지만 자비는 현실적 삶으로의 귀환이자, 자기 고향의 진정한 발견입니다. 당신이 어떤 삶을 삶이라고 부르든 그것이 나와 무슨 상관이 있겠어요! 중요한 것은 두 개의 삶을 서로 엄격히 분리하는 것입니다."

"당신의 말을 이해할 것도 같습니다. 어쩌면 당신이 자신을 이해하는 것보다 더 잘 말입니다. 당신은 당신에게 부족한 일체의 것으로부터 무언가 긍정적인 것, 기적을 만들어낼 수 있기 위해 궤변을 펼쳤습니다. 당신은 당신의 자비 역시 여기서 아무런 도움이 되지 않으리란 점을 스스로 시인하고 있습니다."

그는 내 말을 격렬하게 중단시키더군요. "아닙니다! 나는 그렇게 말하지 않았어요. 나는 자비란 도울 수 있는 능력에 대한 보증이 아니라고 말했을 뿐입니다. 하지만 자비는 돕겠다는 절대적이고 지각 있는 갈망에 대한 안전장치인 것입니다. 결코 실현되지 않은 도움의 의무적인 제공과는 달리 말입니다. 보증이란 존재하지 않습니다! 하지만 내게는 다음과 같은 사실이 분명합니다. 내게 자비가 있다면, 내가 인간이라면 내가 그녀를 구할 수 있었을지도 모릅니다. 물론 당신도 알다시피 매사가 하나의 단어에 의존한 경우가 얼마나 많았나요."

"우리는 지금 그런 사실을 알고 있어요."

"하지만 어떤 인간이 그런 사실을 당시에 알았더라면 좋았겠지요!"

나는 나의 거부를 더 이상 밀어붙이지 않았어요. 나의 어떤 이의 제기에도 그가 자극받는다는 것을 알았기 때문입니다. 우리는 잠시 침묵했습니다. 그런 뒤 나는 다시 말을 시작했습니다.

"우리 그럼 구체적인 일은 잊기로 해요. 내게도 지금 보편적인 문제가 더 중요하거든요. 당신에게는 보편적인 문제의 모순 없음이 어쩌면 매우 중대한 문제일지도 모르지요."

"당신 말이 옳아요, 마르타. 그러나 모순이 어디에 있다는 건가요?"

"내가 그 모순을 거칠게 지적하는 것이 약간 염려됩니다. 당신은 자극받은 상태입니다."

"아닙니다! 그냥 말하세요!"

"그 모순을 전적으로 분명히 특징짓기 어려울지도 모릅니다. 사실 나는 당신의 견해에 대한 도덕적인 반감이 약간 있습니다. 하지만 내가 항상 알고 있기로는 나의 감정이 이런 차이를 만들어내지는 않습니다.

당신은 항상 그것이 나의 여성적인 면이라고 말하고 있지요. 나의 도덕심은 논리의 오류에 대해서도 항거하고 있습니다. 하지만 나의 감정은 이렇게 말합니다. '당신의 자비는 매우 우아하고 세련된 경솔함, 싸우지 않고 얻은 황홀감의 선물과 다르지 않아. 또는─당신에게는!─삶의 값싼 포기에 지나지 않아.' 당신은 내가 삶의 형식으로서 신비주의를 혐오하는 것을 잘 알고 있습니다. 하지만 마이스터 에크하르트에게도 신비주의적 요소가 있긴 하지만요. 당신은 에크하르트가 '마르타와 마리아'[4]의 경우를 실천적이고 윤리적인 것으로, 세속적이고 행동적인 것으로 재해석했다는 것을 분명 잘 알고 있습니다. 나는 당신이 말하는 자비에 두 가지 일의 통일을 감지하고 있습니다. 무언가가 '세상 위에, 그러나 신의 아래에, 먼저 영원의 영역에 자신의 자리를 갖고 있다'는 것을요. 자비, 그러한 당신의 자비는 하나의 축복일지도 모릅니다. 하지만 그러려면 인간은 의무를 원해야 하고, 자비를 신의 선물로 받아들여야 합니다. 인간은 지금 당신에게 경멸스럽게 여겨지는 모든 것을 겸허하게 헌신적으로 사랑해야 합니다. 그때에만 인간은 그런 영역으로부터 진정으로 빠져나올 수 있거든요. 내가 보기에 여기서 당신은 길

---

4 누가복음 제10장 38~42절에 나오는 두 자매 이야기. 그리스도가 마르타와 마리아 두 자매를 방문한다. 마르타는 손님을 접대하기 위해 분주히 움직이고, 마리아는 그리스도의 발치에 앉아 그분의 말씀을 듣고 있다. 마르타는 그리스도에게 마리아가 자기를 돕도록 해달라고 청한다. "마르타야, 마르타야, 너는 많은 일을 염려하고 걱정하는구나. 그러나 필요한 것은 한 가지뿐이다. 마리아는 좋은 몫을 선택하였다. 그리고 그것을 빼앗기지 않을 것이다." 두 자매는 갈등을 겪고 있다. 마르타는 그 갈등을 해결해 달라고 그리스도에게 청한다. 손님을 접대하기 위해 여러 가지 일로 분주한 마르타를 돕지 않고, 그리스도 앞에만 앉아 있는 동생 마리아를 마르타가 그리스도에게 비난했다면, 그들의 갈등은 예사롭지 않다. 그리스도는 마르타가 청한 대로 마리아를 타일러 두 자매를 화해시켜 주지 않는다. 오히려 그리스도는 마르타가 많은 일 때문에 부산을 떨고 있지만, 마리아는 필요한 한 가지, 좋은 몫을 택했다고 말해서 자매간 갈등의 골을 더 깊게 하는 것으로 보인다.

이 없는 최종 목표(그것이 최종 목표이고, 도달 가능한 목표라면)에 도달하기 위해 가장 중요한 심급을 뛰어넘으려는 것 같습니다. 은총의 기대는 모든 것을 위한 면죄이고, 경솔함의 구현입니다. 하지만 당신의 경솔함은 아직 더욱 우아하고 더욱 자학적입니다. 당신은 경솔함의 금욕주의자입니다. 당신은 다른 사람들에게 경솔함이 줄 수 있는 환희를 선사합니다. 당신은 환희에 귀속되는 인간 족속을 만들어내고 있습니다. 하지만 당신은 불행하고, 삶으로부터 배제되어 있으며, 열등합니다. 당신은 그 환희가 영원한 햇빛을 누릴 수 있도록 영원한 유혹에 시달릴 겁니다. 하지만 그 책의 결어가 어떻게 되든, 그 결어가 영광의 칭송이든 또는 유죄 선고이든 상관없습니다. 다시 말해 보다 빨리 끝에 도달하기 위해 책장을 건너뛰는 것은 언제나 경솔함으로 남을 것입니다."

"당신은 오늘 정말로 여자답고 고집스럽습니다. 당신은 나를 구원할 생각이 전혀 없는 모양입니다. 그리고 내가 당신의 구원을 받아야 하는 상태에 있는지 당신 스스로에게 결코 물어보지 않고 있습니다. 그리고 경솔함에 대한 당신의 고발은 왜곡되어 있고 부당합니다. 당신은 나의 표현 방식에 매달리고 있습니다. 어떤 설명을 할 때 모든 것을 추상화해야 한다는 사실, 즉 모든 것을 의식하게 만들어야 한다는 사실을 모르는 것처럼 말입니다. 그리고 내가 항상 어쩌면 불필요하다 싶을 정도로 과장하는 식으로 그런 일을 한다는 사실을 모르는 것처럼 말입니다. 그래요, 자비는 하나의 은총이자 하나의 기적입니다. 하지만 그런 것은 우리가 자비를 안일하고 자족하며 경솔하게 기다리기 때문이 아닙니다. 오히려 자비란 놀랍고 기대할 수 없으며 예상할 수 없는 해소, 그러면서도 극단으로까지 치달은 역설의 필연적인 해소이기 때문입니다. 우리에 대한 신의 요구는 절대적이고 실현 불가능합니다. 다시 말해 우리는 인간들끼리의 의사소통 형식을 뛰어넘어야 합니다. 이러한 불가능에 대한 우리의 지식 역시 절대적이고 확고부동합니다. 그렇지만 자비의 은총을 부여받은 사람, 그리고 자비 속에 있는 사람―그 사람의 '그럼에도 불구하고'에 대한 신뢰 역시 절대적이고 확고부동합니다. 자비는 신들린 상태이고, 그것은 부드럽거나 세련되지 않으며 정적(靜的)이지도 않습니다. 자비는 거칠고 잔인하며, 맹목적이고 모험적입니다. 자비로운 자의 영혼은 모든 심리적인 내용이며 이유와 결과가 텅 비게 되었습니다. 자비로운 자의 영혼은 운명이 자신의 어리석은 명령을 적는 순수한 백지상태가 되었습니다. 그러한 명령은 맹목적이고 무모하며 잔인하게 끝까지 수행됩니다. 그러한 불가능이 사실이 된다는 것, 그러한 맹목성이 투시력이 된다는 것, 그러한 잔인함이 자비가 된다는 것―그것이 기적이자 은총입니다."

"그러면 당신은요? 당신의 죄는요?"

"알다시피, 마르타, 경솔함에 대해 말하고자 한다면. (그리고 당신의 직관은 이런 점에서 정말로 매우 정확했습니다) 당신은 그녀가 아직 살아있었을 때 전에 내가 하던 식으로 나를 경솔하다고 고발해야 할 것입니다. 알다시피 당시에 나는 여러 심급을 뛰어넘고 여러 범주를 뒤섞었습니다. 나는 그녀한테 자비로워지려고 했습니다. 하지만 인간은 자비로워지려고 해선 안 됩니다. 당신 말이 옳아요. 무엇보다 다른 사람과의 관계에선 결코 자비로워지려고 해선 안 됩니다. 누군가를 구원하려고 해야 합니다. 그래야 자비로운 겁니다. 인간은 다른 사람을 구원하려 하면서, 나쁘고 잔인하게 마치 폭군처럼 행동합니다. 그리고 어떤 행위든 죄가 될지도 모릅니다. 하지만 그런 경우 죄 자체조차 자비의 반대는 아닙니다. 또 그렇다 하더라도 반주음에서 필연적인 불협화음에 불과합니다. 배려, 자신과 다른 사람에 대한 생각, 전경(前景)들, 우아함, 신중함, 숙고 ─ 여기서 당신은 나를 갖고, 여기서 당신은 비인간적이고 살아있지 않은 모든 것, 신의 버림을 받아 진정으로 죄 많은 모든 것을 갖습니다. 나는 모든 것을 신중한 손과 세심하게 깨끗이 간직한 손으로 만지는 순수한 삶을 영위하려 했습니다! 하지만 그러한 삶의 방식은 삶에 잘못된 범주를 적용하는 것입니다. 삶으로부터 분리된 행위는 순수하기 마련입니다. 그러나 삶은 결코 순수하게 될 수 없고, 순수할 수도 없습니다. 일상적인 삶은 순수함으로 아무것도 시작할 수 없습니다. 일상적인 삶의 영역에서 순수함은 무기력한 부정에 지나지 않습니다. 그것은 좀처럼 혼돈에서 빠져나올 수 없는 길이고, 오히려 혼돈을 가중시킬 뿐입니다. 그런데 위대한 삶, 자비의 삶은 더 이상 그런 순수함을 필요로 하지 않습니다. 그 삶은 다른 순수함, 좀 더 높은 순수함을 지니고 있습니다. 삶 속의 순수함은 단순한 장식에 지나지 않으며, 결코 행동의 효과적인 힘이 될 수 없습니다. 내가 그 점을 보지 못한 것은 나의 경솔함이었습니다. 그러나 내가 원했던 것처럼 순수함을 원해선 결코 안 됩니다. 그러면 순수함이 절대적인 부정이 되고, 장엄하고 경외심을 일으키는 '그럼에도 불구하고'를, 다시 말해 죄를 통해 순수하게 남아 있는 성질, 기만과 잔인함을 망각하기 때문입니다. 따라서 그녀는 내게 결코 자신의 흉금을 털어놓을 수 없었습니다. 그녀는 나를 경솔하고 유치하며 진중하지 않은 사람으로 여길 수밖에 없었습니다. 그녀가 나한테 말할 때의 어조마저 결코 진실하지 않았을 겁니다. 그녀의 어조는 나의 부정직함에 적응되었습니다. 그녀는 여자였습니다. 또 어쩌면 내가 그녀의 희망과 같은 존재였던 적이 한때 있었을지도 모릅니다. 나는 그녀의 구원을 원했습니다. 그러나 나는 그러한 소망에 사로잡혀 있지는 않았습니다. 다시 말해 난 순수한 상태로 남아 있어야 했습니다. 그녀가 순수한 상태로 남아 있어야 한다는 게 나의 견해였습니다. 어쩌면 그녀를 구원하려는 나의 바람은 내가 나 자신을 위해 원했던 자비와 순수함에 이르는 에움길에 불과했을지도 모릅니다. 나는 즉각 목표에 도달하기 위해 길을 뛰어넘었습니다. 그리고 목표란 내게 목표로 보였던 다른 길에 이르는 길에 불과했습니다. 그러나 이제 나는 분명한 생각을 갖게 되었습니다. 다시 말해 그러한 무의미하고 불합리하며, 비극적이지 않은 파국적인 종말은 내게 신의 심판입니다. 나는 삶으로부터 물러납니다. 예술철학에서 하나의 역할을 맡아도 되는 사람은 천재밖에 없듯이, 삶에서 역할을 맡아도 되는 사람은 자비의 은총을 입은 사람밖에 없기 때문입니다."

나는 깜짝 놀라 자리에서 벌떡 일어났습니다. 그가 새로운 이론을 설명하곤 할 때의 어조로 매우 차분히 말하긴 했지만, 그가 한 말의 의미는 나를 불안하게 했습니다. 나는 그에게 다가가 그의 손을 잡았습니다. "원하는 게 뭔가요? 무슨 생각을 품고 있나요?"

그는 소리 내어 웃었습니다. "불안해하지 말아요, 마르타. 자살은 삶의 한 범주입니다. 그러나 나는 이미 오랫동안 죽은 몸입니다. 이제 나는 알겠습니다—전에 알았던 것보다 더 분명히 말입니다. 당신이 올 것이라는 생각을 하면서 난 당신과 그녀에 대해 이야기하길 기대했습니다. 하지만 이와 동시에 그것을 두려워하기도 했습니다. 나는 두려워했고, (알다시피, 난 그토록 불분명했고 유치했습니다) 침묵을 지키며 울 것이라고 기대했습니다. 그러나 지금 우린 자비에 대해 이야기하고 있습니다. 우리는 이와 마찬가지로 알레고리에 대해 계속 토론할 수 있을 것입니다. 당신은 분명 살아있습니다. 당신은 그 사실을 알아야 합니다. 다시 말해 우리의 이 대화가 지나치게 잔인하지 않나요? 당신은 자비로우니까 그 사실을 부인하겠지요……. 그것은 결국 나의 대화에 불과합니다. 다시 말해 당신은 자비로우며, 그 대화에 맞장구를 치고 있습니다."

"당신은 많이 울었습니다. 그리고 지금도 울고 있습니다. 이것이 당신의 울음입니다."

"당신과 내가 같은 말을 하고 있다는 걸 당신 자신도 알고 있습니다. 다시 말해 이것이 나의 울음입니다. 나는 형식을 제거했고, 서로 뒤섞어 버렸습니다. 다시 말해 나의 '생활 형식'은 삶의 형식이 아닙니다. 그러한 사실이 지금에야 내게 분명해졌습니다. 따라서 그녀의 죽음은 내게는 신의 심판입니다. 그녀는 나의 행위가 완성될 수 있도록, 내게 나의 행위 이외에는 세상에 아무것도 남지 않도록 죽어야만 했습니다."

"아닙니다! 아닙니다!"

"당신은 이 문제를 다시 너무나 단순화하려 합니다. 내가 이전에 언급한 세 가지 인과관계를 생각해보세요. 다시 말해 모든 일에는 원인과 동기가 있습니다. 하지만 하나의 의미도 있습니다. 그리고 심의 심판은 오직 의미 안에서만 머무를 수 있습니다. 외적인 원인과 심리적 동기는 우리 잊어버리도록 해요. 나의 질문은 이 모든 것과는 아무 관계도 없습니다. 당신은 신전 건축에 대한 무척 오래전의 전설을 잘 알고 있을 겁니다. 낮 동안에 지어진 것을 악마들이 밤이면 모조리 파괴해버렸지요. 신전을 짓던 사람들의 한 명이 자기 아내를 희생시키기로 결단을 내릴 때까지 말입니다. 어느 날엔가 그들 아내 중 제일 먼저 그들에게 올 아내를 말입니다. 그 여자는 미장이 장인의 아내로 밝혀졌습니다. 그 여자가 제일 먼저 찾아온 이유를 누가 밝혀낼 수 있겠습니까? 수많은 외적인 원인과 심리적 동기들이 있습니다. 우리가 물질계 또는 정신계의 시점에서 그 문제를 바라보는 한에는 바로 그녀가 제일 먼저 찾아와야 한다는 것은 잔인하고 무의미한 우연의 일치에 불과합니다. 예프타의 딸에 대해서도 생각해보세요! 이 두 가지 사례는 그럼에도 하나의 의미만 공유할 뿐입니다. 미장이 장인이나 예프타에게는 아닐지라도, 그들의 행위에 대해서 말입니다. 행위는 삶으로부터 자라나지만, 삶이 감당할 수 없을 만치 크게 자라납니다. 행위는 인간적인 것에서 생겨나지만, 비인간적이며, 그러니까 반(反)인간적입니다. 행위와 그것을 태어나게 하는 삶과 단단히 연결시키는 시멘트는 그 두 가지를 영원히 분리시킵니다. 다시 말해 그 시멘트는 인간의 피로 이루어져 있거든요. 그리스도는 '무릇 내게 오는 자가 자기 부모와 처자와 형제와 자매와 및 자기 목숨까지 미워하지 아니하면 능히 나의 제자가 되지 못하고[5]'라고 말했습니다. 나는 지금 극적 비극의 심리적인 측면은 전혀 생각하지 않고 있습니다. 내게는 이러한 상황이 단순히 하나의 사실에 지나지 않습니다. 다시 말해 이 표현이 괜찮다면 비인간적인 사실 말입니다. 하지만 우리는 여기서 인간성에 대해서는 더 이상 이야기하지 않고 있습니다. 나는 일상적 삶의 그러한 불분명함과 부정직을 더 이상 견딜 수 없습니다. 그 일상적 삶은 모든 것을 한꺼번에 가지려 하고, 또 가질 수 있습니다. 그러한 일상적인 삶이란 현실적인 것은 아무것도 원하지 않고, 실제로 아무것도 원하지 않기 때문이지요. 분명한 모든 것은 비인간적입니다. 그도 그럴 것이 소위 인간성은 한계와 영역을 제거하고 혼란시키는 데에 있기 때문입니다. 생동감 있는

---

5 누가복음 14장 26~27절. "무릇 내게 오는 자가 자기 부모와 처자와 형제와 자매와 및 자기 목숨까지 미워하지 아니하면 능히 나의 제자가 되지 못하고, 누구든지 자기 십자가를 지고 나를 좇지 않는 자도 능히 나의 제자가 되지 못하리라."

삶에 형식이 없는 것은 그 삶이 형식의 저편에 있기 때문입니다. 그 이유는 생동감 있는 삶 속에서는 어떠한 형식도 분명하고 순수하게 될 수 없기 때문입니다. 그렇지만 분명한 모든 것은 이러한 혼돈에서 억지로 빠져나옴으로써만, 그 혼돈을 지구와 연결시키는 모든 것이 잘라짐으로써만 생겨날 수 있습니다. 진정한 윤리 역시 반인간적입니다(칸트를 생각해 보세요!). 다시 말해 진정한 윤리는 인간에게서 윤리적 행위를 실현하려고 합니다……. 그녀는 내게 삶이었던 모든 것이었기에 ─ 그런 이유로 그녀의 죽음, 그리고 그녀의 죽음을 야기한 도울 수 없는 나의 무능력은 신의 심판이었습니다. 내가 삶을 경멸한다고는 생각지 마세요. 하지만 생동감 있는 삶 역시 하나의 행위입니다. 그런데 내게는 다른 삶이 부과되었습니다."

"그것은 또 다른 회피입니다 ─ 또 다른 과잉 단순화입니다! 당신은 수도사가 되려는 모양입니다. 그러나 종교개혁을 더 이상 일어나지 않은 것으로 할 수는 없습니다. 당신 자신이 그런 식으로 말하도록 허락하는 것은 당신의 순수성의 이상에 반하는 것이 아닐까요? 당신은 온갖 잔인함, 불명료함, 온갖 더러움에 대한 당신의 신경성 지각 과민증을 사람들 사이의 삶과 통합하려 했습니다. 그러나 당신은 지금 그러한 시도가 실패했다고 느끼기에 삶 전체를 버리려 합니다. 하지만 그것은 너무 안일한 해결이 아닐까요? 당신의 금욕주의는 단순히 일을 수월하게 만드는 것이 아닐까요? 당신이 당신의 행위에 인간의 피를 토대로 줌으로써 비로소 그 행위는 진정으로 핏기 없고 절제 없는 것이 되지 않을까요?"

"마르타, 재능이 없다는 것은 당신에게는 하나의 행운입니다. 만약 당신에게 재능이 있다면 나는 당신에 대해 끊임없이 걱정해야만 했을 겁니다. 여자는 삶이란 단순히 하나의 단어에 불과하고, 사고의 모호성에 의해서만 통일된 현실을 얻을 수 있다는 것을 자신의 모든 감각으로도 결코 이해하지 못할 겁니다. 또 너무나 많은 삶이 있다는 것, 우리의 활동의 선험적으로 규정된 너무나 많은 가능성이 있다는 것을 결코 이해하지 못할 겁니다. 당신에게 삶이란 바로 삶 그 자체입니다. (용서해 주십시오!) 당신은 어쩌면 끝에 가서야, 어쩌면 커다란 고통을 겪은 뒤에야 나오는 진정으로 위대한 것은 정말이지 삶의 정점이 아니고, 공허한 즐거움이나 환희도 아님을 믿을 수 없을 겁니다. 여자는 불구가 아니라면 또는 삶의 문의 입구에 멈춰 있지 않다면 즐거움과 고통 저편의 세계에 결코 발을 들여놓을 수 없습니다. 그것은 놀랍고 강렬하며 아름다운, 삶이며 감각과 목표가 구현된 통일입니다. 그러나 삶 자체가 삶의 목표이자 의미인 한에서만 그렇습니다. 하지만 당신은 여기 어디서 행위를 위한 자리를 발견할 수 있나요? 재능 있는 모든 여자가 비극에서 또는 경솔함에서 그들의 끝을 발견해야 한다는 것은 놀랄 만하지 않나요? 그 여자들은 행위와 삶을 통합시킬 능력이 없으므로, 그중 하나를 경솔함에 빠지게 하든가 또는 그 자신이 파멸하는 수밖에 없습니다. 그 외의 다른 모든 것을 배제하는, 여자가 아닌 여자, 즉 진지한 여자들은 죽음에 내맡겨져 있습니다. 시에나의 카타리나[6]조차 분명하고 의식적인 금욕주의자가 아니라 그리스도의 약혼녀였습니다. 동방에서 여자들이 하늘나라에 들어가지 못한다는 사실은 그토록 분명히 무의미한 것은 아니었습니다. 그것은 부당하고 심지어 완전히 잘못되었습니다. 하지만 그것은 사실입니다. 다시 말해 그들은 마음의 가난을 결코 얻지 못할 것입니다."

"마음의 가난이라고요?"

"단어에 대한 선입견을 갖지 마세요. 나는 매우 간단한 것에 관해 말하고 있습니다. 또 이것이 그에 대한 가장 간단한 표현입니다. 평범하고 불분명한 사람은 결코 마음이 가난하지 않습니다. 다시 말해 그의 삶은 자기 앞과 자체 내에 언제나 무수히 많은 가능성이 있습니다. 어떤 범주가 거부되면 또는 그가 그 범주 안에서 거부되면 그는 즐겁고 편안하게 다른 범주로 이동할 것입니다. 마음의 가난은 진정한 삶의 방식을 위한 단순히 하나의 전제조건이자 단순히 시작단계에 불과합니다. 산상수훈은 축복을 약속합니다. 그러나 피히테에게는 삶 자체가 축복받은 삶을 의미합니다. 마음의 가난은 보다 깊은 형이상학적이고 심령술적인 필연성에 자신을 내맡기기 위해 자신의 심리적 조건으로부터 벗어나는 것입니다. 그럼으로써 행위를 실현하기 위해 자신을 포기하는 것입니다. 나의 관점에서 볼 때 행위란 내게 우연히 속하는 것일 뿐입니다. 하지만 그로 인해 나는 필연적으로 나 자신이 됩니다. 우리는 소망과 두려움, 즐거움과 고통의 불분명한 다발일 뿐이고, 매 순간 자신의 비실체성에 파멸하고 마는 존재입니다. 하지만 우리가 이런 파

6 카타리나(Caterina Benincasa, 1347~1380): 가톨릭의 성녀. 이탈리아 시에나 출신의 신비가. 성화는 대부분 가시관을 쓰고 오상으로 고통받거나 십자고상(十字苦像)이나 백합을 든 모습으로 그려진다. 그녀는 환시를 자주 보았기 때문에 여러 사람으로부터 모략을 받았으나, 자신의 고향에서 꿋꿋이 봉사활동을 하였다. 1375년 카타리나는 피사에서 오상(五傷)을 받고, 크게 고통스러웠다. 그러나 당시 본 환시 속의 예수가 "지식과 은총의 웅변을 줄 것이니 여러 나라를 다니며 권세가와 지도자들에게 나의 소망을 전하라"고 했던 명령을 따라 이곳저곳 돌아다니며 고위 지도층과 성직자들을 대상으로 "사치와 향락에서 벗어나 평화를 찾아야 한다"고 역설하였다.
1461년 6월 28일 교황 비오 2세에 의해 시성(諡聖)되었고, 1940년 5월 15일 아시시의 프란체스코와 함께 이탈리아의 수호성인이 되었다. 카타리나는 로마에서 33세를 일기로 선종했다. 그녀의 시신은 산타 마리아 소프라 미네르바 성당 묘지에 매장되었다가 성당 내부로 이장되었는데, 유해에서 분리된 머리는 부패하지 않은 채 시에나에 있는 산 도미니코 성당에 안치되었다.

멸을 바란다면 어떡하겠습니까? 그러면 우리가 최종적으로 우리의 비실체성을 끌어올려, 마찬가지로 부패하도록 선고받은 중요성으로부터 그 비실체성을 더 이상 떼어놓게 할 수는 없을까요? 우리의 삶의 의미는 항상 삶의 동기에 의해, 삶의 목적론은 삶의 인과성에 의해, 우리의 운명은 우리의 개별적인 운명에 의해 은폐되어 있습니다. 우리는 의미, 즉 구원을 찾고 있습니다. 노자(老子)는 '능력 있는 자는 결단 이외에 다른 아무것도 원하지 않는다'라고 말했습니다. 일상적인 경험적 삶은 우리에게 진정한 유혹조차 가져다줄 수 없습니다. 우리가 그런 일상적인 경험적 삶의 불협화음에 대해 말한다면 우리는 그 삶을 과대평가하고 있는 것입니다. 불협화음은 음들의 체계 속에서만, 그러므로 이미 통일된 세계 속에서만 가능합니다. 무질서와 억압, 혼돈은 결코 불협화음이 아닙니다. 불협화음은 분명하고 명백합니다. 그것은 대립이자 본질의 보충입니다. 그것은 유혹입니다. 그리고 우리 모두는 유혹, 우리의 진정한 유혹을 찾고 있습니다. 그것은 우리의 진정한 본질에 충격을 주는 유혹이지, 단순히 주변에서 약간의 무질서를 야기하는 유혹은 아닙니다. 구원(나는 이 말을 '형식이 되는 과정'이라고도 부를 수 있습니다)은 커다란 역설입니다. 다시 말해 유혹과 유혹받는 것, 운명과 영혼, 악마와 인간 속의 신적인 것과의 통일입니다. 당신은 결실을 낳고 삶을 일깨우는 가능성의 역설이 발견될 때, 잔인한 한계가 결실을 낳으며 또 바로 그러한 분리가 풍부함이 될 때 온갖 형식이 생긴다는 것을 예술철학으로부터 알고 있습니다. 마음의 가난은 영혼을 동질적으로 만듭니다. 다시 말해 운명이 될 수 없는 것은 영혼에 결코 사건이 될 수 없을 겁니다. 그리고 가장 거친 유혹만이 자극을 줄 것입니다."

"그러면 행위는요? 당신의 행위는요? 나는 다음 사실이 우려됩니다.

다시 말해 당신은 다시 자비에 관해 말하고, 다만 낯설 뿐인 완전함을 다시 칭찬할 생각인가요?"

"아닙니다, 나는 순전히 형식적으로, 그리고 단지 품행의 전제조건에 대해 이야기했을 뿐입니다. 그러므로 자비에 대해서도 말했지만, 그것에 대해서만 말한 것은 아닙니다. 나는 완전히 보편적인 윤리, 모든 것을 포괄하는 윤리, 인간들끼리의 행위에만 한정되지 않는 일상적 삶에서 벌어지는 윤리에 대해 이야기했습니다. 우리의 활동 하나하나가 하나의 행위인 한에서는 모든 활동은 순전히 형식적인 동일한 전제조건, 동일한 윤리를 지니기 때문입니다. 하지만 그러한 윤리는 그 때문에 언제나 부정적이고 금지적이며 내용이 없습니다. 윤리 속에 매우 분명히 표현할 수 있는 명령이 있다면 그것은 다음과 같은 것이 되어야 할지도 모릅니다. '네가 할 필요가 없는 것은 그냥 놔둬라.' 윤리는 부정적인 것이고, 따라서 언제나 준비이자 중간 단계입니다. 윤리는 전제조건이고 행위와 덕, 긍정에 이르는 길입니다. 더욱이 덕은 신 들린 상태입니다. 우리는 덕이 없으며, 덕도 아닙니다. 덕이 우리를 소유하고 있습니다. 마음이 가난하다는 말은 우리의 덕을 위해 준비하고 있으라는 뜻입니다. 우리는 그렇게 살아야 합니다. 다시 말해 우리의 삶은 무가치하고 무의미합니다. 우리는 죽음에 우리의 삶을 넘기려고 매 순간 준비하는지도 모릅니다. 정말이지 우리는 매 순간 삶을 내던져도 되는 허락을 기다리고 있을 뿐입니다. 그렇지만 우리는 집중해서 살아야 하고, 전심 전력을 다해 살아야 합니다. 그도 그럴 것이 우리는 하나의 그릇에 불과하기 때문입니다. 그러나 우리는 정신의 현상을 담는 유일한 그릇입니다. 우리 내부에서만 포도주는 명백히 드러나 부어질 수 있습니다. 포도주가 명백히 드러나는 과정, 즉 포도주의 실체 변화[7]는 우리 내부에서만, 우리에 의해서만 실현될 수 있습니다. 이같이 우리는 우리 자신으로부터 벗어날 권리가 없습니다. 그릇은 순수해야 합니다. 하지만 그러한 순수함은 내가 전에 말했던 순수함이 아닙니다. 그것은 영혼의 통일이자 동질성입니다. 에드몽 드 공쿠르[8]는 점차 실명해가던 시기에 이런 글을 썼습니다. '어쩌면 나는 정신적이고 철학적으로, 또 사고의 그림자 속에서 쓰인 한 권의 책이나 또는 오히려 일련의 각주를 쓸 행운을 가질지도 모른다.' 그는 이런 생각을 했을 때 마음이 가난했습니다. 그리고 그의 미적 본질은 이때 신들린 상태의 덕을 지녔습니다. 우리는 선험적으로 되어야 합니다. 우리의 모든 통각 능력과 반응 가능성은 운명적이고 자동적으로 행위가 포함된 범주에 초점을 맞추어야 합니다. 그럴 때만이 영혼의 결핍은 가난에 의해 활동이 되고, 실현을 갈망하는 행위가 처한 신들린 상태의 효과적이지만 끔찍한 광포함이 됩니다. 마음의 가난은 전제조건이었고, 부정적 원칙이었으며, 삶의 끔찍한 무한성으로부터, 비현실적인 다양성의 세계로부터의 탈출구였습니다. 여기에 새로운 풍부함, 통일의 풍부함이 꽃피어납니다. 플로티누스[9]는 '모든 부분은 전체에서 비롯한다. 그리고 부

---

7 기독교에서 성찬식 때 빵과 포도주의 외형은 변하지 않지만 그 실체가 그리스도의 살과 피로 변한다는 교리.

8 에드몽 드 공쿠르(Edmond Louis Antoine Huot de Goncourt, 1822~1896): 프랑스의 비평가로 동생 쥘 드 공쿠르와 힘을 합해 글을 쓴 것으로 알려져 있다. 이들 형제를 추모하기 위하여 에드몽이 사망한 후 오늘날 프랑스의 가장 값진 문학상으로 손꼽히는 공쿠르상이 빛을 보게 되었다.

9 플로티누스(Plotin, AD 205~270): 신 플라톤주의자의 창시자이자 대표자. 그의 사상은 플라톤 철학이 중심을 이루고 있으며, 거기에 스토아 사상, 필론을 비롯한 그리스의 모든 사상이 종합, 집대성된 신비주의의 색채가 농후한 철학이다. 후에 그의 사상은 포르퓌리오스에 의해 체계화되어 그레고리우스, 아우구스티누스 등의 교부들을 통해 기독교 사상과 제휴하게 된다.

분과 전체는 언제나 같이 무너져 다른 어떤 것이 된다. 다양성도 차이도 존재하지 않는다. 모든 것은 지칠 줄 모르고 무진장하다. 직관 속에서 시각이 확대된다'라고 말했습니다. 우리가 일상적인 삶에 정체되어 있는 한 우리는 단순히 신의 공허한 피조물일 뿐입니다. 다시 말해 우리는 몹시 단편적(斷片的)인 방식으로 신의 보편적인 창조를 모방해 장엄한 단편적인 행위를 되풀이합니다. 가난과 신들린 상태에서 생겨난 행위에서 단편적인 것은 원의 모습으로 변하고, 다양성은 음계 속에서 음조로 순수하게 변합니다. 그리고 원자들의 혼란스런 움직임으로부터 행성과 행성의 궤도가 생겨납니다. 이 모든 것에 공통된 것은 행위에 이르는 길이자 덕의 윤리입니다. 하지만 모든 행위는 다른 모든 행위와 선명히 구별됩니다. 나는 그러한 길이 본질적으로 신의 눈에 좋은 길인지 또는 신에 이르는 길인지 알지 못합니다. 내가 아는 것이라곤 그것이 우리의 유일한 길이라는 것뿐입니다. 그리고 그 길이 없으면 우리는 수렁에 빠져 길을 잃게 됩니다. 자비는 많은 길들 중 하나의 길일뿐입니다. 하지만 자비가 신에 이르게 하는 것은 확실합니다. 자비에게는 모든 것이 길의 일부분이기 때문입니다—우리의 전체 삶은 그 삶에서 단순히 생기 넘쳤을 뿐이었던 모든 것을 자비 속에서 잃어버립니다. 행위의 반인간성은 자비 속에서 극히 높은 수준의 인간성으로 변하고, 직접성에 대한 행위의 경멸은 본질과 진정한 접촉을 하게 됩니다."

"내가 당신을 올바로 이해한다면, 당신은 형이상학적인 토대에서 카스트 계급을 새로 확립하려 하고 있습니다. 그러므로 당신의 눈에는 카스트 계급을 혼란시키는 하나의 죄밖에 없습니다."

"당신은 놀랄 만치 나를 올바로 이해했습니다. 나는 자신의 생각을 충분히 분명하게 표현했는지 알지 못했습니다. 그리고 내가 말한 것을 당신이 자기들끼리 서로 모순되는 의무들의 어리석고 현대적인 개인주의와 혼동할까 봐 우려했습니다. 나는 카스트 계급들의 수, 그것들의 다양한 종류, 그것들 서로 간의 의무를 결정할 자격이 없습니다. 하지만 당신도 내가 생각하고 있는 것과 똑같이 알고 생각하고 있듯이, 나는 단지 특정한 수의 이러한 카스트 계급이 있다는 것을 알고 있습니다. 당신은 지금 개인적 의무가 덕에 대해 갖는 의미를 이해하고 있나요? 덕에 의해 잘못된 부(富)와 이러한 삶의 허구적 실체가 극복되고 우리 내부에서 형식이 됩니다. 실체를 위한 정신의 갈망은 이러한 혼란스러울 만치 통일된 세계로부터 형식들의 많은 분명한 세계를 만들어내기 위해 정신을 강요해 인간들을 카스트 계급으로 분류하게 합니다. 형식은 실체를 향한 갈망에서 생겨납니다. 그런데 실체는 이러한 유일하게 가능한 실현에 의해 자신을 끌어올리려는 듯이 보입니다. 그렇지만 형식이 되는 길, 형식의 법칙, 형식을 만들어내는 자들의 의무만은 다릅니다. 다시 말해 형식들 중 각각의 예는 단지 하나의 비유이자, 정신의 활동의 거울상일 뿐입니다. 그 형식들의 형식적인 전제조건이 동일한 것이듯이, 그것들의 현존재의 사실은 거짓으로부터 진실로의 실체의 구원이라는 동일한 의미를 갖습니다. 그리고 그러한 구원은 복수를 가질 수 없습니다. 형식들은 서로 동일하지 않고, 그것들의 본질은 더없이 엄격한 상호 분리입니다. 그러나 그것들은 동일하고, 그것들의 현존재는 통일이며 ─ 그것이 통일입니다. 덕 있는 자들, 자신의 의무를 이행한 자들(당신도 알다시피 자신의 의무만 존재합니다. 그리고 이러한 의무에 따라 우리 인간들은 많은 카스트 계급으로 나누어져 있습니다), 그들이 신을 만나러 갑니다. 그러한 사람들에게는 특수화가 중지됩니다. 여기서는 온갖 의심이 갑자기 침묵할 수밖에 없습니다. 다시 말해 하나의 구원만이 존재할 수 있습니다."

우리는 잠시 침묵했습니다. 그런 다음 나는 대화를 끝마치기 위해 그에게 매우 차분히 물었습니다. "그럼 그녀의 의무는요?"

"당신은 그녀를 잘 알고 있습니다. 다시 말해 내가 살려고 한다면 그것은 나의 카스트 계급의 규칙을 위반하는 것이 될 테지요. 내가 그녀를 사랑했다는 것, 그녀를 도우려고 했다는 것이 벌써 규칙 위반이었습니다. 자비는 의무이며, 나의 카스트 계급보다 더 높은 카스트 계급의 덕입니다."

그런 직후 우리 둘은 헤어졌고, 그는 며칠 내로 나를 찾아오기로 약속했습니다. 이틀 후 그는 권총 자살을 했습니다. 알다시피 그는 자신의 전 재산을 내 누이의 자식에게 물려주었습니다. 그의 책상 위에는 성서가 펼쳐져 있었고, 그는 요한계시록의 다음 구절에 표시를 해놓았습니다. "내가 네 행위를 아노니 네가 차지도 뜨겁지도 아니하도다. 네가 차든지 뜨겁든지 하기를 원하노라. 네가 이처럼 미지근하여 뜨겁지도 아니하고 차지도 아니하니 내 입에서 너를 토하여 버리노라."[10]

10 요한계시록 제3장 15~16절 참조.

루카치의 실천적 삶과
초기 주요 저작『영혼과 형식』에 대하여

홍성광

　게오르크 루카치(Georg Lukács, 1885~1971)는 1885년 4월 13일 오스트리아-헝가리 제국 제2의 도시인 부다페스트에서 부유한 유대인 부모 사이에서 2남 1녀 중 둘째로 태어났다. 아버지 요제프 폰 루카치(József von Lukács, 1885~1928)는 헝가리 왕실 추밀 고문관이자 헝가리 일반 신용 은행의 은행장에 오른 입지전적인 인물이었고, 어머니 아델레 베르트하이머(Adele Wertheimer, 1860~1917)는 오스트리아의 부유한 유대인 집안 출신이었다.

　루카치의 어머니는 어린 아들에게 사랑을 주지 않고 매우 엄하게 대했다. 오히려 아버지가 아들에게 사랑을 베풀었고, 어머니는 훈육을 담당했다. 아버지는 아들을 무한히 신뢰하고 무한히 사랑했으며, 아들이 위대한 사람이 되어 인정받고 유명하게 되는 것을 보기 위해 모든 것을 희생할 것이라고 쓰고 있다. 반면에 어머니는 집안에서 법의 상징이었다. 어린 루카치는 '어머니의 법'에 반감을 가지면서 그 법과 기존 질서에 맞서 싸웠다. 후일 86세가 된 루카치는 어느 대담에서 어머니에 맞서 빨치산 전을 벌였다고 회고한다. 그의 어머니는 벌의 방식으로 자식들이 용서를 빌 때까지 어두컴컴한 목재 골방에 가두어두었다. 형과 누이동생은 금방 용서를 빌었지만 루카치는 아버지가 집에 오는 시간을 고려해서 용서를 빌었다. 즉 아버지가 30분 내로 올 것 같으면 용서를 빌지 않고 아버지가 귀가하기를 기다렸다. 어머니는 집안의 평화를 위해 아들이 용서를 빌지 않아도 남편이 오기 전에 아이들을 골방에서 풀어주었기 때문이다. 이와 마찬가지로 루카치는 후일 자기비판을 할 때도 '전술적 자기비판'과 '진정한 자기비판' 두 가지 방식을 썼다. 살아남기 위해서는 '전술적 자기비판'을 했고, 자신의 잘못을 바로잡기 위해서는 '진정한 자기비판'을 했다.

1902년 부다페스트 대학 법대에 진학해 법학과 경제학을 전공한 루카치는 1906년에 헝가리 왕립 프란츠 요제프 대학에서 정치학 박사학위를 취득하고, 그 후 부다페스트 대학 철학과로 전과하여 칸트, 딜타이, 지멜 등을 공부하면서 1909년 「희곡의 형식」으로 철학 박사학위를 취득했다. 그 후 그는 베를린으로 건너가 지멜과 막스 베버로부터 신칸트주의를 알게 되었다. 이 학파는 현상계의 체계적 탐구는 예술과 과학에 돌리고, 철학은 논리학과 인식론에만 집중해야 한다고 주장했다. 또 1913~1914년 사이 하이델베르크에 체재하면서 신칸트학파인 에밀 라스크와 알게 되었다. 루카치는 하이델베르크의 '베버 서클'에서 알게 된 철학자이자 정신과 의사였던 야스퍼스의 소견서 덕분에 1915년 가을부터 1916년 여름까지 우편 검열관으로 복무하는 것으로 병역을 마칠 수 있었다.

20세기 초 이후의 루카치의 저작을 살펴보면 제1차 세계 대전과 1917년 러시아 혁명이 결정적으로 중요했음을 알 수 있다. 제1차 세계 대전 이전까지 루카치의 사상 세계는 에밀 라스크의 신칸트주의, 딜타이의 신혜겔주의, 키르케고르의 비합리주의, 군돌프와 게오르게 주위에 포진한 문학 서클의 유미주의 등으로 분열되어 있었다. 게다가 그의 정치사상은 베르그송 추종자인 소렐의 영향을 받고 있었다. 루카치는 제1차 세계 대전 무렵부터 혜겔의 객관적 관념론에 접근하는 동시에 헝가리의 생디칼리스트인 에르빈 사보의 영향을 받았다. 제1차 세계 대전이 발발하자 루카치는 그 전쟁 자체에 대해서 뿐만 아니라 전쟁에 특별한 의미를 부여하거나 에밀 라스크와 막스 베버를 비롯하여 전쟁을 지지하는 독일 지식인들의 태도에 큰 충격을 받는다. 그리하여 집필 중이던 미학책을 중단하고 도스토옙스키의 영향으로 새로운 역사철학과 윤리학을 모색하는 작업에 매진하게 된다. 그러나 방대한 그 작업을 끝맺지 못하고 중단하고 마는데 그 부산물로 나온 게 『소설의 이론』이다.

그러다가 러시아 혁명이 일어난 1917년 이후부터 루카치의 정치적·사회적 삶에는 결정적인 변화가 일어났다. 러시아 혁명은 그에게 유럽적 근대에서 벗어날 수 있는 현실적 대안으로 여겨졌다. 그리하여 촉망받던 신진학자는 혁명적 공산주의자로 변모하게 된다. 당시 젊은 세대는 세계를 인식하는 '총체적인' 진리 체계를 요구했는데, 철학적 성향을 띤 작가들 중 어떤 이는 이런 요구에 따라 종교에 관심을 돌렸고, 니체의 비합리주의나 문화 전반을 거부하는 허무주의에 관심을 돌린 자들도 있었다. 반면 초기의 문제적 개인 루카치는 혜겔에게 기울어지면서 마르크스와 가까워졌다. 그리하여 1918년 12월 중순 헝가리 공산당에 입당하여 충직한 마르크스주의자의 삶을 산 그에게 평생에 걸친 '마르크스로 가는 길'이 시작되었다. 이 '마르크스로 가는 길'은 실천적으로는 공산주의로 가는 길이었다. 루카치에게 마르크스의 이념은 곧 공산주의이며, 그 공산주의는 무엇보다도 '자유의 나라', 계급 없는 '사랑의 나라'로 표상되는 것이었다.

루카치는 헝가리의 공산주의 운동에 깊숙이 개입하면서 그의 활동은 분파적 논쟁을 불러일으키기도 했다. 1919년 루카치는 넉 달 동안 존속한 헝가리 인민 공화국의 교육부 인민 위원이 되었다. 그 후 정치 위원으로서 루마니아의 반혁명 군대로부터 공화국을 방어하는 임무를 띠고 전선에 참여하기도 했다. 그는 지적 성실성과 프롤레타리아 혁명을 옹호하는 비타협적인 태도로 말미암아 곧 헝가리 인민 공화국의 지도자로서 인정을 받았다. 그러나 1919년 헝가리 평의회 공화국(1919년 3월 21일~8월 1일)이 루마니아와 체코슬로바키아의 침공으로 붕괴한 뒤 그는 기나긴 망명 생활에 들어간다. 헝가리 혁명이 좌절된 후 그는 1919년 10월 새 정부에 의해 빈에서 체포되었다. 그때 토마스 만과 막스 베버, 그리고 다른 저명한 독일 문인들이 루카치 석방 운동을 벌임으로써 그는 몇 달 뒤 석방되었다. 특히 막스 베버는 루카치를 가리켜 '한 세대에 나타날 만한 위대한 철학자 중 하나이며, 3세대에 걸쳐 우리는 그와 같은 자를 보지 못하였다'라며 그를 높이 평가하기도 했다. 그 후 루카치는 헤겔적인 마르크스-레닌주의 철학자가 되었다. 그래서 나온 것이 마르크스 사회이론에 가장 중요한 기여를 한 저서인 『역사와 계급의식Geschichte und Klassenbewußtsein』(1923)과 『레닌. 그의 사상의 연관성에 관한 연구Lenin. Studie über den Zusammenhang seiner Gedanken』(1924)이다. 이런 작품은 소비에트 마르크스주의와는 구별되는 선진 자본주의 사회에서 가능한 사회주의 변혁의 문제를 이론적으로 고찰하는 관계로, 루카치는 그람시 및 코르시와 아울러 '서구 마르크스주의의 창시자'라는 이름을 얻게 된다. 『역사와 계급의식』의 철학은 라스크의 칸트, 피히테, 헤겔론을 매개로 했고, 경제학과 정치학의 내용은 레닌과 로자 룩셈부르크에게서 빌려왔다. 그 후 루카치는 레닌주의를 받아들이고, 로자 룩셈부르크의 이설(異說)을 포기하게 되었다. 이처럼 1919년에서 1929년까지는 루카치가 정치에 적극 개입했던 시기이다.

1928년과 1929년에 루카치는 「블룸 테제(Blum Thesen)」라는 행동 강령을 개발했지만, 그것은 헝가리 지도자들뿐만 아니라 공산주의자 인터내셔널로부터도 거부되었다. 이후 그는 모든 의사결정 과정에서 배제되었고, 철학과 문학 비평만 하도록 강요받았다. 「블룸 테제」는 민주 혁명의 전략을 내놓으려는 시도였지만, 결국 볼셰비키적인 의미의 '프롤레타리아 독재'를 거부하는 것이었다. 그 과정에서 "공산당은 '전면적 민주주의를 위한 투쟁'을 지도하여 이를 프롤레타리아계급 혁명으로 성장·전환시켜야 한다"[1]고 주장한다. 루카치는 「블룸 테제」 이후 줄곧 이러한 혁명적 민주주의 노선을 따르며 그것을 철회하지 않았다. 루카치는 모스크바에 이어서 베를린으로 활동 거점을 옮기면서 공산주의 이데올로그로서 활동한다. 소련 망명 시절 루카치는 '거물급 인사'가 아니라 헝가리 망명객으로 문학 영역에서 비주류 노선에서 활동한 이데올로그에 불과했다. 그는 1930년 이후부터 늘 소비에트 정통주의를 따라 트로츠키가 아닌 스탈린 편을, 베이징이 아닌 모스크바 편을 들었다. 1929년 오스트리아 정부에 의해 추방당한[2] 그는 1930~1931년 동안 모스크바에 체류하면서 전(前)스탈린주의의 잔재를 완전히 씻어내게 된 것이다. 그리고 1931에는 독일 공산당의 잡지

---

1 『루카치의 길』, 김경식 지음, 산지니, 2018, 48쪽.

인 〈좌 선회(Linkskurve)〉의 기고가가 되었지만, 이때 그가 쓴 글은 보잘 것없는 잡문 수준에 불과하다. 모스크바를 떠나 베를린에서 활동하던 루카치는 히틀러가 권력을 장악하자 1933년 3월 중순경 다시 스탈린 치하의 모스크바로 거처를 옮겨 소련군에 의해 독일 파시즘이 몰락할 때까지 그곳에서 살았다. 이처럼 공산당원이었던 루카치는 블로흐, 브레히트, 벤야민, 호르크하이머, 아도르노 등 독일의 동시대 좌파 지식인들과는 달리 소련을 망명지로 선택한다.

스탈린주의에 대한 그의 태도는 '양가적이고 전략적'이었다. 그는 반영론을 유물론의 기본 입장으로 인정하면서도 그것의 기계적 적용을 배격했으며, 리얼리즘을 옹호하면서도 사회주의 리얼리즘 이론에 대해서는 거리를 취했다. 루카치가 보기에 사회주의 리얼리즘은 당이나 국가의 전술적 결정을 대중에게 효과적으로 전달·선전하기 위해 문학적으로 포장하는 도해문학(Die illustriende Literatur)적 성격을 지니기 때문이다. 이 시기의 대표적인 문학 비평으로는 「서사냐 묘사냐(Erzählen oder beschreiben)」, 「마르크스와 이데올로기의 쇠락 문제(Marx und das Problem des ideologischen Verfalls)」, 「문제는 리얼리즘이다(Es geht um den Realismus)」, 「아나 제거스와 게오르크 루카치의 서신교환(Ein Briefwechsel zwischen Anna Seghers und Georg Lukács)」, 『비판적 리얼리즘의 현재적 의미(Die Gegenwartsbedeutung des kritischen Realismus)』 등이 있다. 철학 작업

---

2 루카치는 오스트리아 정부에 의해 두 차례(1919년과 1929년) 체포됐으며, 1929년 결국 추방 당했다. 그런데 루카치의 목숨을 더 위태롭게 한 것은 벨러 쿤이 이끄는 헝가리 공산당 지도부였다. 당의 지시로 헝가리에 남아 비합법 사업을 조직하는 일을 맡다가 1929년 9월에 오스트리아로 탈출해 목숨을 구했고, 1929년에도 부다페스트에 잠입해 세 달간 비합법 사업을 수행해야 했다. 헝가리에서 체포되면 그는 사형을 당할 죄를 뒤집어쓰고 있는 상태였기 때문에 헝가리 백색 정부는 그를 넘겨줄 것을 오스트리아 정부에 요구하고 있었다.

에서는 그의 입장은 소련의 스탈린적 공식 노선과 확연한 차이를 보인다. 1930년대 후반에 집필을 끝낸 『청년 헤겔*Der Junge Hegel*』[3]의 기본 관점은 헤겔을 프랑스 혁명에 반대한 봉건적 반동 이데올로그로 평가한 당시 소련 및 코민테른의 공식 입장과 배치되는 것이었다, 합리주의와 비합리주의 모두에 맞서는 『이성의 파괴』는 근대 철학을 유물론과 관념론이라는 획일적 틀로 재단하는 도그마에 반대하고 있다.

루카치는 루흐터한트 출판사 책임편집자였던 프랑크 벤젤러에게 보낸 1962년 2월 26일자 편지에서 자신이 그때까지 두 번의 '전술적인 자기비판'과 두 번의 '진지한 자기비판'을 했다고 술회하고 있다. 1930년대의 「블룸 테제」에 대한 자기비판[4]과 1949~1950년 '반(反)루카치 캠페인'을 맞아 행한 공개적인 자기비판은 목숨을 잃는 참사를 피하기 위한 일종의 타협에 해당하는 '전술적인 자기비판'이라면, 공산주의자로 전향한 후 그 이전에 썼던 저작들을 거부한 것과 『역사와 계급의식』에 대한 자기비판은 실제적인 진정한 자기비판이었다고 말한다.

1944년 12월 긴 망명 생활에서 헝가리의 부다페스트로 돌아온 뒤 그는 1945년 12월 미학과 문화이론을 담당하는 정교수가 되었다. 그리고 소비에트연방에서 시작했던 작업을 계속했고 그중 대부분을 완

---

3 1937년에 완성된 『청년 헤겔』로 루카치는 1943년 모스크바 대학에서 철학박사 학위를 취득한다. 이 저작이 루카치가 마르크스주의자가 되기까지의 과정을 긍정적으로 그린 것이라면, 『이성의 파괴』는 전(前)마르크스주의 시기에 대한 자기 비판서로 볼 수 있다.

4 루카치는 이러한 자기비판 이후 헝가리 공산주의 운동에서 뒤로 밀려나 있었던 것 외에도 제2차 모스크바 재판에서 희생된 부하린과 라데크를 만나지 않은 것과 당시 그가 살고 있던 집이 보잘것없었기 때문에 스탈린 대숙청 시기에 살아남을 수 있었다. 이 세 가지가 그의 목숨을 구해주는 행운으로 작용했다.

성했다. 하지만 반(反)수정주의 투쟁의 일환으로 공격을 받은 그는 요시찰 인물이 된다. 「블룸 테제」가 다시 루카치의 발목을 잡은 것이다. 제2차 세계 대전 이후 헝가리에서는 인민 민주주의 체제가 수립되었다가 1947년부터 사회주의 체제로의 전환이 시작된다. 그 과정에서 민주주의의 심화와 확대를 통한 사회주의로의 전환을 주장했던 루카치의 입장은 사회주의의 질적 차이와 우월성을 강조하는 당의 공식 노선과 배치되었다. 그리하여 그는 '정리'의 대상이 된다. 특히 1948년에 2판이 발간된 『문학과 민주주의Literatur und Demokratie』를 문제 삼아 그에 대한 비판이 개시되는데, 그러면서 그는 '수정주의', '우익 기회주의'라는 모함을 받는다. 이 과정에서 「블룸 테제」가 다시 소환되어 루카치가 아직 기본원리에 그대로 머물러 있다는 비판을 받는다. 이런 상황에서 만약 루카치가 전술적인 자기비판을 하지 않았다면 목숨이 온전하게 붙어있지 못했을 것이다.

1954년에는 『미적인 것의 특수성Die Eigenart des Ästhetischen』이라는 저서의 저술 작업을 시작하였으나 반혁명적 사건으로 인해 중단되었다가 나중에 완성시켜 1964년에 발간되었다. 1953년 스탈린이 사망하고 1956년 흐루쇼프의 스탈린 비판이 나온 후 루카치는 스탈린을 억지 인용하는 것에서 벗어나 자기 자신의 목소리를 내기 시작한다. 그는 실존주의, 신실증주의와 스탈린주의에 맞서 진정한 마르크스주의를 복원하려고 했다. 이러한 노력은 1960년대 유물론적·역사적인 존재론을 정립하고자 하는 적극적인 시도로 이어진다. 문학적으로는 모더니즘과 스탈린식 사회주의 리얼리즘을 동시에 극복하려는 노력의 일환으로 제3의 길로서 리얼리즘 노선의 구축에 힘썼다. 이는 1958년 출간된 『잘못 이해된 리얼리즘에 반대하여Wider den mißverstandenen Realismus』에서 잘 드러나고 있다.

스탈린에 대한 공개 비판이 행해지던 1956년 루카치는 헝가리 공산
당 내 반대파의 대표자에 속했다. 같은 해 6월에 있었던 '페퇴피 서클
(Petöfi-Kreis)'의 철학 논쟁을 이끌었던 그는 학생시위가 10월 23일 민
중봉기로 발전하면서 공산당 중앙위원 중 한 명으로 선출되고, 반스
탈린주의 공산주의자인 임레 너지[5](Imre Nagy)의 정권에 잠시 문화상
으로 임명된다. 그러나 그가 실제로 한 일은 없었으며, 너지 정부가 바
르샤바조약기구 탈퇴를 결정하자 이에 반대해 사퇴한다. 하지만 소

5 임레 너지(Imre Nagy, 1896~1958): 두 차례에 걸쳐 헝가리의 수상을 지낸 정치인. 1956년
   헝가리 혁명 당시, 스탈린주의에 반대해 소련의 침공에 저항하였다. 그러나 항쟁은 실패
   로 끝났고 너지는 비밀 재판에 회부되어 교수형에 처해졌다. 날품 농가에서 태어난 너지
   는 석공 실습을 거쳐 제1차 세계 대전에 참전해 동부 전선에 가담했지만, 러시아의 포로가
   되었다.
   그 후 헝가리 소비에트 사회주의 공화국 수립에 관여했지만, 소련으로 돌아와 코민테른의
   헝가리 대표를 맡았다. 제2차 세계 대전 후에 근로자당 간부로서 농림수산부 장관 등을 역
   임하였다. 1953년 6월에는 라코시의 후임으로 수상에 취임하였다. 스탈린의 사후, 헝가리
   민중은 저임금 문제나 식량난 때문에 조직적인 파업을 결행하였다.
   그리하여 그는 우선 곤궁한 국민 생활 개선책으로 농업 집단화 제도를 폐지했고, 그 밖에
   종교적 관용과 강제 수용소 폐지를 실행하였다. 그러나 이 같은 시장 경제적인 방식은 스
   탈린주의자들의 반대를 초래했다. 그 결과, 1955년 4월 실각에 몰렸고 같은 해 11월, 근로
   자당으로부터 제명되었다.
   그런데, 헝가리에서 민주화, 자유화를 요구하는 소리가 높아져 가던 중, 다시 너지를 정권
   에 복귀시키자는 국민의 의견이 높아지면서 1956년 당에 복귀하였고, 같은 해 헝가리 봉
   기가 발발하면서 다시 수상이 되었다. 그는 일당 독재 체제의 해체와 바르샤바 조약 기구
   에서의 탈퇴, 코메콘에서의 탈퇴 그리고 중립의 표명 등 차례로 개혁을 추진하였다. 그러
   나 이러한 움직임은 소련군의 침공을 불렀다. 너지는 유고슬라비아 대사관으로 대피하였
   다가 신변 안전을 보장받고 대사관을 나왔지만, 소련군에 체포되었다.
   루마니아로 신병이 옮겨진 너지는 국가보안위원회(KGB)에 의한 비밀 재판에서 교수형에
   처해졌다. 그다음의 카다르 야노시 정권은 전면적인 민주화를 요구하는 움직임을 철저히
   탄압하였다. 카다르 정권은 자주 관리의 도입 등 융화 정책을 취했지만, 너지는 반당 분자
   로 다루어졌다. 소련에서의 페레스트로이카와 그 영향에 의한 헝가리 민주화 운동 이후 너
   지의 명예가 회복되었다. 1989년 너지 시체의 재매장식이 치러져 당시 헝가리 사회주의
   노동자당이 너지의 명예를 회복시켰다.

련군의 개입으로 혁명이 붕괴하자 유고슬라비아 대사관으로 도피했으나 너지를 비롯해 여러 인사와 함께 루마니아로 끌려간다. 당시 그는 무장 군인의 감시 아래 어떤 성으로 이송되어 조사를 받았는데, 그는 절박한 상태에 있었지만 더 이상 자기비판을 하지 않았다. 그가 비판적으로 보았던 임레 너지에 대해 부정적인 진술을 해달라는 요구에도 응하지 않았다. 그는 이미 헝가리 당국이 마음대로 처형할 수 없을 만큼 국제적인 저명인사가 되어 있었기 때문이다. 그래서 그는 공산당 지도부에게 삼킬 수도 뱉을 수도 없는 '목구멍에 걸린 가시'와 같은 존재로 남았다.

결국 그는 당시 세계평화위원회 회장이었던 러셀의 적극적인 개입으로 목숨을 건지고 헝가리로 돌아올 수 있었지만, 새로 들어선 야노시 카다르[6] 정부에 의해 당에서 축출당하고 교수직은 물론 일체의 교육활동과 출판을 금지당한다. 너지는 1958년 비밀 재판을 거친 후 처형되었다. 요주의 인물로 감시받는 처지가 되어 6명 이상이 모이면 봉기를 모의하는 것으로 간주되어 처벌 대상이 되었기 때문에 제자들과 사적인 세미나를 갖는 것조차 불가능했다. 이처럼 일종의 가택 연금 상태에서 루카치는 홀로 연구와 집필에만 몰두하다가 1960년대 중반부터 다시 공적 활동을 조금씩 할 수 있게 되었다. 그는 그동안 그의 곁을 떠나지 않은 아그네스 헬러 등의 제자들과 1967년 무렵 '부다페스트 학파'를 구성하여 '마르크스주의의 르네상스'를 도모하고자 했다. 마르크스주의의 르네상스는 마르크스주의로 되돌아감으로써 이루어질 수 있는 것이었다. 그동안 마르크스주의는 완전히 왜곡되고 허위에 찬 것이 되어버렸기 때문에, 본연의 마르크스로 되돌아가서 철학의 올바른 방향을 발전시키는 것이 이들의 사명이었다. 하지만 그의 제자들은 스스로 사유하고 철학하는 독자적인 존재가 되어 있었고, 정직하고 진지하게 토론하는 제자를 원했던 루카치는 그들의 지나친 비판마저도 '혁명적 관용'의 태도로 수용했다. 그런데 스스로 사유하는 사람이 되어 있었던 제자들은 원칙과 교리를 잊어버렸으며, 그들의 마르크스주의는 결국 마르크스주의의 틀에서 완전히 벗어난 것이 되고 말았다. 부다페스트학파는 '마르크스주의의 르네상스'를 위해 출발했지만 결국 마르크스주의를 해체하는 것으로 끝나고 만다. 루카치 사후 5년이 지난 1976년 미하엘 버이더가 자본주의는 극복될 수 없으며 사회주의

6 야노시 카다르(János Kádár, 1912~1989): 헝가리 사회주의 노동당 제1서기(총서기)로 재직하며, 헝가리 인민 공화국의 국가수반을 지냈다. 가난한 기계 실습공이었던 그는 1931년 불법이던 헝가리 공산당에 입당했다가 공산주의 활동으로 여러 차례 투옥되었다. 제2차 세계 대전 중에도 지하에서 공산당 활동을 계속했으며, 전쟁 후 공산 정권이 들어선 후 1949년 내무부 장관에 임명되었다. 스탈린 지지파와 티토 지지파 간의 대립 속에 당시 주도권을 잡고 있던 스탈린파와 대립, 1951년 당에서 축출되고 수감되었다. 1954년 복권되어 임레 너지 정부의 각료로 임명되었다.
1956년 10월 23일 혁명이 일어나자 카다르는 헝가리 사회주의 노동당의 제1서기로 선출되었으며, 이후 32년간이나 그 직에 있었다. 이와 함께 민주화를 약속한 너지가 다시 총리가 되었으나, 카다르는 모스크바로 건너가 소련 지도자들의 후원을 받으며 공산주의 정권을 유지하고 바르샤바 조약기구 잔존을 약속하였다. 11월 4일, 소련군이 부다페스트에 침공하여 혁명을 진압한 후 카다르는 정권을 장악, 총리가 되었고, 너지는 체포되어 후에 처형되었다. 당서기장과 총리직을 겸하며 그는 개혁을 단행했으나, 혁명을 막기 위해 억압적인 조치를 동원했다. 1958년 함께 소련의 지원을 받은 뮌니치 페렌츠에게 총리직을 물려주었다가 1961년~1965년 다시 총리를 지냈다.
이후 실용 정책을 추진하며 폭넓은 개혁을 인정했으며, 부분적인 시장경제의 도입으로 경제 발전을 시도하며 서방 국가와의 관계를 개선하였다. 이러한 노력으로 헝가리는 중유럽 공산주의 국가로서는 가장 경제적 번영을 누린 나라에 속하게 되었다. 그러나 과도한 경제 개혁에 대한 당 지도부와의 대립으로 1975년 포츠크 예뇌 총리가 해임되었고, 이후 경제적 개혁 속도가 늦춰졌으며, 1980년대에는 극심한 불황에 시달렸다. 경제 정책 실패에 따른 반발과 국민들의 민주화 요구에 따라 결국 그는 1988년 5월 총서기직에서 해임되어 그의 체제는 붕괴했고, 이후 헝가리는 급속한 정치 개혁을 맞게 되었다. 그 후 다음 해 5월 당서기장과 중앙위원에서도 물러났으며, 6월 77세의 나이로 세상을 떠났다. 헝가리의 공산 정권은 그해 10월 무너졌다.

는 망상이며 마르크스주의도 마찬가지라고 천명함으로써 부다페스트 학파는 종말을 맞이하게 된다.

연금 기간 동안 어쩔 수 없이 연구와 집필 활동밖에 할 수 없었던 루카치는 『미적인 것의 고유성』에서 현실에 충실함과 동시에 마르크스주의에 충실할 것을 요구하는 등 마지막 남은 생을 마르크스주의의 존재론적 재구축을 위해 몸 바친다. 그사이 솔제니친의 등장을 대단한 사건으로 여기면서 두 번에 걸쳐 그에 대한 장문의 실제비평을 남기기도 한다. 사후에 출판된 『사회적 존재의 존재론을 위한 프롤레고메나 *Prolegomena zur Ontologie des gesellschaftlichen Seins*』와 『사회적 존재의 존재론을 위하여*Zur Ontologie des gesellschaftlichen Seins*』가 그 결과물이다. 『프롤레고메나』를 마쳤을 때 그의 심신은 망가져 있어 더 이상 글쓰기가 어려워졌다. 그래서 제자들의 간곡한 권유로 자서전 작업을 하게 되었는데, 그의 사후 10년 뒤인 1981년에 세상에 나온 작품이 『삶으로서의 사유*Gelebtes Denken*』이다. 그사이에 일어난 프라하의 봄을 계기로 집필한 소책자인 『민주화의 오늘과 내일*Demokratisierung heute und morgen*』[7]을 전후해서 다시 주목을 받기도 했다.

정치 일선에서 물러난 후 루카치는 공개적으로 반체제적인 견해를 발표하는 것을 포기했지만, 1971년에 사망할 때까지 공산당에 그대로 머물러 있었다. 하지만 그때까지 스탈린 시절에 대한 당의 견해도 많이 바뀌었고, 그래서 루카치는 죽기 직전에 가진 인터뷰에서 자신의 생각을 자유롭게 피력할 수 있었다. "스탈린은 불행하게도 마르크스주

---

7 루카치의 '정치적 유언'으로 불리는 이 책은 헝가리에서는 1985년에, 구(舊)서독에서는 『사회주의와 민주화*Sozialismus und Demokratisierung*』라는 제목으로 1987년에 출간되었다.

의자가 아니었습니다……. 스탈린주의의 본질은 책략을 전략보다, 실천을 이론보다 중시하는 것이었습니다……. 스탈린주의에 의해 생겨난 관료제도는 끔찍한 악입니다. 사회는 그것에 의해 질식 상태에 있습니다. 모든 것이 비현실적이고 명목적인 것이 됩니다. 사람들은 계획과 전략적 목표를 알지 못하고, 움직이지 않습니다.”

　게오르크 루카치는 독일의 고전작가 토마스 만을 평생 지적으로 사랑했다. 그러한 관계는 1914년 하이델베르크 이전 시대로 거슬러 올라간다. 소년 시절 루카치는 토마스 만의 중편 『토니오 크뢰거』를 읽고 큰 감명을 받았다. 물론 어른이 된 루카치는 전혀 다른 태도를 취한다. 즉 존재의 사변적 양식을 포기하고 세상을 변화시키려는 개인이 된 것이다. 루카치는 부르주아의 삶의 방식에 대한 불만족을 토마스 만의 작품에서 찾으려 했다. 루카치의 토마스 만에 관한 최초의 평론문은 1909년 토마스 만의 장편 소설 『대공 전하』를 평한 글이었다. 그러나 토마스 만이 제1차 세계 대전 시절 『비정치적 인간의 고찰』이란 글에서 국수주의적인 태도를 취하자 이에 충격받은 루카치는 한동안 토마스 만에게 절교를 선언하기도 했다. 『비정치적 인간의 고찰』이 보수적·복고적인 신낭만주의 계열에 속한다면, 루카치의 『소설의 이론』은 혁명적인 신낭만주의 계열에 속한다고 볼 수 있다. 하지만 둘 다 반(反)자본주의에 대한 낭만적인 끌림을 공유하고 있었기에 절교상태는 그다지 오래가지는 않았다.

　루카치가 문학비평가로 활동하던 시절부터 그의 토마스 만에 대한 사랑은 변치 않고 한결같이 지속되었다. 제1차 세계 대전 후에 두 사람은 빈에서 짧은 만남을 가졌을 뿐이지만 토마스 만은 그때 루카치에게서 강한 인상을 받았다. 이때의 경험을 바탕으로 토마스 만은 장편『마의 산』에서 루카치를 프롤레타리아 혁명가이자 예수회 수도사인 나프타로 만든다. 그러나 흥미롭게도 루카치는 그 소설에서 나프타가 자신을 형상화한 것이란 사실을 알아채지 못했다. 또한 1930년대 들어 루카치는 브레히트와 벌인 리얼리즘 논쟁에서 토마스 만을 옹호하고, 카프카, 제임스 조이스 같은 전위주의와 모더니즘, 초현실주의를 비판하기도 했다. 루카치는 카프카가 사회적 소외 현상을 인상 깊게 묘사했음에도 사회적 현실을 사실적으로 묘사하지 않았기에 그의 작품을 거부할 수밖에 없다고 했다. 루카치가 표현주의 운동이 정치나 사회에 비판적인 현실 참여를 하는 대신 주관적인 정신적 상태에 매몰되어 있다고 비난하면서 표현주의의 의의와 몰락에 관심을 집중시켰을 때, 그는 그로써 여러 가지 점에서 1910년대 자신의 초기의 사고와 닮은 입장을 혹독하게 비판한 셈이다.

루카치의 토마스 만에 대한 짝사랑은 그가 모스크바에 장기 체류하던 시절(1933~1944)을 넘어서, 1953년 이후 스탈린 사후의 해빙 시대에도 나타났다. 루카치는 1945년에 '토마스 만의 작품에서 부르주아 독일 사회, 그 사회의 기원 및 역사에 관한 것을 제공받는다'면서 그를 괴테의 합법적인 후계자로 결론을 내렸다. 1948년에는 루카치는 '현대 작가들 중 토마스 만 정도가 발자크와 톨스토이의 높은 봉우리에 필적할만하다'라고 말하기도 했다. 그런데 독일 민족에 대한 직관적 이해에 의존하는 작가 토마스 만이 루카치의 사회학적 분석방식보다 한 수 위라고 할 수 있다.

루카치에게 결정적으로 중요한 것은 독일 문화의 두 흐름, 즉 합리주의, 고전주의, 휴머니즘과 비합리주의, 낭만주의, 야만주의 사이에서 하나를 택하는 싸움이었다. 그런 점에서 루카치는 소크라테스 이후 합리주의 정신이 서양 철학을 지배해온 것을 개탄하고 디오니소스 정신, 즉 비합리적인 낭만주의로 돌아갈 것을 촉구한 니체를 거부했다. 그러나 루카치는 니체에 대해 가혹한 비난을 퍼부으면서도 불행하게도 그가 하인리히 만, 토마스 만, 버나드 쇼 같은 진보적 작가들에게 큰 영향을 미친 것은 파악하지 못했다. 그는 객관을 지향하는 고전주의를 옹호하고 주관을 지향하는 낭만주의를 비판했다. 또한 루카치는 모든 종류의 모더니즘에 대해 교조적인 적대심을 드러냈다. 그는 모더니즘이라는 범주 아래 프로이트 심리학, 무조 음악, 제임스 조이스, 마르셀 프루스트, 새뮤얼 베케트, 버지니아 울프, 프란츠 카프카를 공격했다. 그가 모더니스트 작가들에게서 볼 수 있는 것은 '주관주의' 뿐이었다. 그러면서 그것을 현대 부르주아 지식인 작가들의 전형적 경험이라고 비난했다.

루카치의 저작 활동은 크게 세 단계로 나누어 볼 수 있다. 첫 번째 단계는 『영혼과 형식 Die Seele und die Formen』이 나온 1910년을 전후한 시기부터 소비에트 혁명이 일어난 1917년까지 부르주아 비평가로 활동한 시기이다. 이 시기에 『현대 희곡의 발전사 Entwicklungsgeschichte des modernen Dramas』, 『영혼과 형식』, 『소설의 이론 Die Theorie des Romans』이 쓰였다. 두 번째 단계는 1918년부터 1956년까지 마르크스 사상가이자 문학이론가로 활동한 시기이다. 레닌과 스탈린 시절에 해당하는 이 기간 동안 루카치는 정치적 실천가이자 사회주의 리얼리즘의 문학이론가로 활약하면서 다방면에 걸친 비평 활동을 했다. 이 시기에 쓰인 작품이 『역사와 계급의식』, 『레닌』, 『역사소설 Der historische Roman』, 『괴테와 그의 시대 Goethe und seine Zeit』, 『청년 헤겔』, 「삶으로서의 사유」, 「토마스 만에 관한 에세이(Essays über Thomas Mann)」, 『잘못 이해된 리얼리즘에 반대하여』, 『이성의 파괴*Die Zerstörung der Vernunft*』 등이다. 세 번째 단계는 1956년 임레 너지 정권이 붕괴한 이후 정치 일선에서 물러나 마르크스 미학의 체계화에 힘쓴 시기이다. 이 시기에 쓰인 것이 그의 주저인 『미적인 것의 특수성』, 『미학의 범주로서의 특수성에 대하여*Über die Besonderheit als Kategorie der Ästhetik*』, 『사회적 존재의 존재론을 위한 프롤레고메나』, 『사회적 존재의 존재론을 위하여』이다.

루카치의 『영혼과 형식』은 1910년에 처음으로 헝가리어로 발행되었다. 헝가리어판에는 10개의 에세이 중 8개의 에세이가 수록되었다. 다음 해인 1911년에 독일어책이 나왔다. 거기에는 샤를-루이 필리프와 파울 에른스트에 관한 글을 더해 10개의 에세이가 들어갔다. 이 책에는 거기에다 주디스 버틀러의 머리말과 1912년에 처음으로 〈노이어 블래터(Neue Blätter)〉에 실린 「마음의 가난에 대하여: 대화와 편지」를 함께 수록했다. 버틀러의 글에서는 루카치의 나중의 작품들과 문학 이론에 대한 핵심적 주장을 소개하고 있다. 「마음의 가난에 대하여: 대화와 편지」에는 자신이 버린 연인에 대한 속죄의 감정이 담겨 있다. 거기에서 그 남자는 자비와 은총의 문제, 그리고 마음의 가난에 대해 애인의 언니 마르타와 가상의 대화를 나눈다. 그는 마음의 가난이란 보다 깊은 형이상학적이고 심령술적인 필연성에 자신을 내맡기기 위해 자신의 심리적 조건으로부터 벗어나는 것이라고 말한다. 그는 며칠 내로 애인의 언니를 찾아오기로 약속했지만, 대화를 나누고 이틀 후 권총 자살로 삶을 마감했다.

맨 처음 희곡에 관심을 가졌던 루카치는 게오르크 지멜[8]의 영향으로 문학 사회학적인 관점에서 1907년 『현대 희곡의 발전사』를 썼는데, 그 것은 1911년에 책으로 발행되어 나왔다. 1907년부터 1911년 사이에 루카치는 여러 편의 에세이를 써서 당시에 활동하던 독일과 프랑스 및 영국 작가에 대한 비평작업을 했다. 키르케고르의 흔적이 뚜렷한 이 에세이 모음집인 『영혼과 형식』은 형이상학적·실존주의적 입장에서 쓰였다. 이 책은 당시의 독일인들 사이에 큰 반향을 불러일으키면서 루카치는 이 에세이집으로 명성을 확립했다. 특히 막스 베버와 게오르 크 지멜, 토마스 만, 그리고 발터 벤야민 등은 현대 실존주의의 원형으 로 불리는 이 책의 강렬한 지적 치열성과 놀라운 미적 감수성을 높이 평가했다. 『영혼과 형식』을 쓸 무렵의 루카치는 적어도 미학의 분야에 서는 직접적 직관의 행위를 통해 궁극적 실재에 도달할 수 있다고 믿 었다. 그 후 1914~1915년 사이에 써서 1916년에 완성된 책이 『소설의 이론』이다. 당시만 해도 루카치는 신칸트주의를 신봉하고 있었다. 『소 설의 이론』은 독일의 지식인 독자에게 깊은 감명을 주었고, 특히 토마 스 만 역시 이 책을 계기로 평생 루카치에게 큰 관심을 보였다.

『영혼과 형식』에는 키르케고르적인 요소, 딜타이의 생철학, 막스 베

---

8 게오르크 지멜(Georg Simmel, 1858~1918): 독일의 사회학자. 가톨릭으로 개종한 부유한 유 대인 상인의 아들로 베를린에서 태어났다. 인간들 사이의 상호 작용을 이해하는 것에 중 점을 둔 지멜은 「다리와 문」에서 문 안으로 들어오고, 또 문밖으로 나가는 자유 의지를 지 닌 개인을 상정하면서 인간 본질의 양극성에 관심을 가졌다. 특히 『대도시와 정신적 삶』에 서 대도시의 인간 감정을 연구하여 그들의 고독과 소외의 원인을 화폐경제의 보편화에서 찾았다. 대도시인의 전형적인 심리적 기반은 신경과민인데, 외부환경의 흐름이나 그 모순 들에 의해 위협받는 상황에 대해 대도시인들은 '무감각'이라는 방어 메커니즘을 만들어냈 다고 본다. 『돈의 철학』에서는 자본주의 사회에서 돈의 이중성, 즉 돈이 지닌 부정적인 측 면뿐만 아니라 돈이 지닌 긍정적이고 건설적인 측면 또한 부각시키고 있다. 『사회 분화론』, 『사회학의 근본 물음』을 포함하여 철학, 윤리학, 사회학 등 다양한 분야에 관한 저서들을 남겼다.

버의 사회학적 방법론, 게오르크 지멜의 문화비평, 플라톤적인 동경, 신칸트주의의 형식에 대한 집착 등이 두루 수용되고 소화되어 에세이에 녹아들어 있다. 그렇지만 그의 문학 비평은 후일 스탕달, 발자크, 졸라, 월터 스콧, 그리고 나중에는 토마스 만, 고트프리트 켈러와 로버트 무질에게로 점차 확대되었다. 이 초기 작품에는 비록 낭만적인 반(反)자본주의의 싹이 이미 보이기는 하지만 아직 마르크스주의의 형식은 발견되지 않고 있다. 특히 딜타이는 루카치에게 자연과학과 역사학 사이의 커다란 차이점에 대해 눈 뜨게 해주었다. 그 에세이들은 저자가 22세에서 25세라는 젊은 나이에 쓴 것을 감안하면 매우 뛰어난 저작이라 할 수 있다. 그는 에세이란 언제나 이미 형식이 주어진 어떤 것이나 또는 기껏해야 이미 언젠가 존재했던 어떤 것에 관해 말한다고 지적한다. 그러므로 공허한 무로부터 새로운 사물을 끄집어내는 것이 아니라 단지 이미 언젠가 살아있던 것을 새로이 정리하는 것이 에세이의 본질에 속한다.

그리고 에세이는 아무 형식이 없는 것으로부터 무언가 새로운 것을 만들어내는 것이 아니라 형식을 단지 새로이 정리하는 것이므로, 에세이는 또한 형식에 얽매여 있고, 언제나 형식에 대한 '진실'을 말해야 하며, 형식의 본질적 속성을 위한 표현을 찾아내야 한다. 『영혼과 형식』에는 낭만주의의 삶의 예술은 행동으로 옮겨진 시라고 본 노발리스의 삶의 철학이 드러나 있다. 루카치가 보기에 낭만주의자들의 삶의 철학은 죽음의 철학일 뿐이었고, 그들의 삶의 예술은 죽음의 예술일 뿐이었다. 또 세기 전환기 무렵 유럽의 유미주의적인 문예사조, 일차 세계대전을 눈앞에 둔 유럽의 암울한 시대 상황, 당시 유럽의 부르주아 지식인들이 처한 소외감과 무력감과 그들의 정신적 상황이 잘 드러나 있다. 그리고 이러한 형식의 무질서와 무가치에 맞서 예술 형식에서 삶의 가치와 준거 틀을 찾으려는 지식인의 치열한 노력도 엿보이고 있다. 루카치는 이러한 시대적인 분위기에서 반성적 사고를 통해 당시 지식인이 처한 위기 상황으로부터 벗어나고자 노력한다.

『영혼과 형식』에서 루카치가 말하는 '영혼'은 삶의 절대적이고 근원적 근거를 찾으려는 내면의 깊은 충격이나 그리움을 뜻한다. 따라서 영혼은 흔히 말하듯이 종교적이거나 정신적인 성격을 띤 단어가 아닌 것이다. 인간은 세계인식에 눈뜰 때 누구나 이러한 그리움의 충동에 전율하게 되어 있다. 그 전율의 강도나 밀도는 세계인식의 깊이에 비례할 것이다. 그 전율이 형식을 갖추어 세계에 모습을 드러내는 것이 예술이고 종교인 것이다. 헤겔적인 마르크스주의로 전향한 뒤 몇 년 동안 문학 비평의 주안점이 변화함으로써 그는 '영혼'의 개념을 낭만적이고 정신적인 함의와 관련시킬 수 없게 되었다. 『소설의 이론』의 중심 개념이 총체성이듯이, 『영혼과 형식』의 그것은 형식이다. 『역사와 계급의식』에서는 '의식'이 영혼을 대신하고 있다.

루카치는 『역사와 계급의식』에서 물신 숭배에 관한 독창적 이론을 발전시키는데, 그 이론은 현실의 '물화(物化)'에 참여하는 문화 상품을 분석하기 위한 방법을 제공해준다. 물화란 인간의 생산품과 인간의 노동을 그것들의 사물 같은 현상의 배후로 사라지게 하는 과정이다. 루카치는 『영혼과 형식』에서 에세이든 서정시든 또는 비극의 경우든 작가들이 자기가 사용하는 형식을 어떻게 발견하고 만들어내는지 알려고 애쓴다. 형식은 감상성의 극복을 의미한다. 형식 속에는 더 이상 동경도 고독도 존재하지 않는다. 형식을 얻는다는 것은 가능한 가장 위대한 성취를 얻는다는 것이다. 그는 에세이란 독자적이고 완전한 삶에 대해 독자적이고 완전한 형식을 부여하는 것이라고 지칭한다. 에세이라는 형식은 이러한 영혼의 내용을 담고 있는 문학 형식들, 예컨대 서정시나 비극, 노벨레 등을 계기로 그 형식을 지적이고 개념적으로 파악하려는 표현양식이라는 것이다.

루카치는 자신의 주요 작품을 여인들에게 헌정하고 있다. 『영혼과 형식』, 『소설의 이론』, 『역사와 계급의식』 그리고 『미적인 것의 고유성』이 그것이다. 첫 번째 책인 에세이집 『영혼과 형식』은 한때 연인 사이였던 이르마 자이들러(Irma Seidler)에게 헌정했고, 『소설의 이론』은 첫 번째 아내 옐레나 그라벵코(Jeljena Andrejewna Grabenko)에게 바쳤다. 책을 집필할 때는 루카치는 그녀와 부부였으나 책을 출판한 1920년에는 이미 이혼한 관계였다. 『역사와 계급의식』과 『미적인 것의 고유성』은 그의 두 번째 아내이자 평생의 작업 동지였던 게르트루드 보르츠티버(Gertrúd Bortstieber)에게 헌정되었다.

청년 루카치는 1907년 12월 부다페스트의 한 문학 살롱에서 이르마 자이들러와 처음 만나게 된다. 루카치와 마찬가지로 헝가리 상류층 출신인 그녀는 미술을 전공한 여성이었다. 너무나 정신적이었던 루카치는 지적인 그녀를 삶의 화신으로 여긴다. 두 살 연상의 그녀는 루카치에게 '이해'가 아닌 '사랑'을 원하지만 그는 그녀를 '동경'하면서도 그녀에게 적극적으로 다가가지 못했다. 루카치는 '정신'과 '삶'이라는 이질적인 두 세계의 공존과 결합을 불가능하다고 보았다. 당시 그는 '위대해지기 위해서는 행복과 햇살을 금지해야 한다'는 키르케고르의 말을 신봉하고 있었다. 결국 자이들러는 1908년 루카치와 결별하고 동료 화가와 결혼했다.

루카치는 이 무렵 『영혼과 형식』에 실리는 에세이들을 쓰고 있었다.

거기에서 쇠렌 키르케고르가 레기네 올센과의 관계를 작시(作詩)했다는 루돌프 카스너의 말은 루카치 자신에게도 해당하는 말이었다. 그역시 자이들러와의 관계를 작시한 것이었다. 그리하여 루카치는 『영혼과 형식』의 독일어판(1911)을 이르마 자이들러에게 헌정했다. 하지만그녀는 이때 이미 이 세상 사람이 아니었다. 피렌체에 머물고 있던 루카치는 5월 18일 자이들러가 다뉴브강에 몸을 던져 삶을 마감했다는충격적인 신문기사를 접하게 된다. 5월 24일 루카치는 '이렇게 불쌍한사람은 없다, 신은 그를 이보다 더 불쌍하게 만들 수 없다.'는 일기를남긴다. 절친이었던 레오 포퍼에게 5월 24일 보낸 편지에서 그는 '만일누군가가 그녀를 구할 수 있다면, 그건 나였을 텐데, 나는 그러려고 하지 않았고, 또 그럴 수 없었다'며 죄책감을 토로한다. 그런데 포퍼 역시같은 해 10월 23일 결핵으로 요절하고 만다. 루카치는 그녀의 '좋은 벗'이었지만, 그 이상의 것을 바란 그녀를 위해 자신이 행동할 태세가 갖춰져 있지 않았다고 말한다.

자이들러의 자살을 자신에 대한 심판으로 받아들인 루카치는 삶과죽음의 갈림길에서 동요한다. 죽음의 유혹을 간신히 극복한 루카치는그녀의 '자살에 대한 책임을 윤리적으로 결산하려는 시도'로 「마음의가난에 대하여」를 쓴다. 경악과 자기성찰의 직접적 표현이자 자기 고백인 이 글은 1911년에 헝가리어로 이듬해에 독일어로 발표된다. 이에세이를 쓴 다음 루카치는 철학적 미학에 관심을 가지면서 도스토옙스키에게 관심을 기울이게 된다. 그런 다음 미학에서 윤리학으로 관심의 방향이 바뀌게 된다.

루카치와 키르케고르의 공통점은 자신을 사랑하던 연인을 저버리거나, 자신이 사랑하던 연인을 저버렸다는 점이다. 레기네 올센을 희생시킨 키르케고르의 행위처럼 루카치 역시 자신의 철학 체계 내에서 이르마 자이들러에 대한 사랑을 정당화할 수 없었기에 그녀를 포기했다고 이해한다. 루카치는 자이들러의 사랑을 거부하고 마르크스를 택했고, 그녀는 이 책이 완성된 다음 해인 1911년에 결국 자살로 생을 마감했다. 루카치는 숱한 내적 갈등 끝에 결국 그 여인과의 결혼을 거부한다. 키르케고르는 레기네 올센을 떠나 신을 택했고, 레기네 올센은 키르케고르의 친구와 결혼했다. 키르케고르는 그와 같은 일에 대해 일기장에 이렇게 기록한다. "오늘 나는 어느 아름다운 소녀를 보았다. 나는 그녀에게 관심을 보이지 않는다. 어떤 남편도 내가 그녀에게 충실한 이상으로 자기 아내에 충실할 수 없을 것이다." 그리고 두 사람에게 남은 건 금욕주의이다. 그런 의미에서 키르케고르와 루카치는 종교적 인간이다.

다시 말해 루카치가 마르크스주의와 유일 당을 택했다면, 키르케고르는 유일신을 선택했다. 프란츠 카프카가 1910년대에 밀레나와의 약혼을 여러 번 파기하는 것도 이와 마찬가지로 삶에 안주하지 않고 예술에 전념하기 위한 것으로 볼 수 있다. 이처럼 루카치, 키르케고르, 카프카는 동경의 세속적 형식인 결혼을 거부하고 동경의 천상적 형식인 문필가로서의 길을 택한다. 이들은 내면적 발전을 통한 형식과 작품 완성의 길을 택함으로써 자신의 개인적 구원을 찾는 것이다. 이런 점에서 볼 때 루카치의 에세이는 개인의 정신 상황과 함께 시대의 분위기를 함께 담고 있다고 볼 수 있다. 그러나 루카치의 말에 의하면 동경은 단지 내부를 향하고 있을 뿐 내부에서 결코 평화를 얻지 못한다. 루카치에 의하면 사랑하는 여자는 언제나 동경에 가득 차 있지만 여성의 사랑은 언제나 실용적이다. 단지 남자만이 가끔 순수한 동경을 알 뿐이며, 남자의 마음속에만 동경은 가끔 사랑에 의해 완전히 정복될 수 있을 뿐이라는 것이다.

『소설의 이론』의 중심 개념인 '총체성'은 이미 『영혼과 형식』에서도 어렴풋이 나타나고 있다. 우리는 이 에세이집에 나타나는 총체성을 주관적 총체성, 또는 서정적이고 비극적인 총체성이라 부를 수 있겠다. 『소설의 이론』이 서사적이고 객관적인 성격을 띠고 있다면, 『영혼과 형식』은 아직 주관적이고 비극적인 총체성에 머물러 있는 것이다. 그리고 『역사와 계급의식』은 마르크스적 총체성으로 나아가고 있다. 이처럼 1910년경 '사회주의는 인간의 전 영혼을 빨아들이는 종교적 힘, 가령 초기 기독교의 힘을 갖고 있지 못하다'라고 말했던 신칸트주의자 루카치는 1920년대에 레닌주의자, 헤겔적 마르크스주의자를 거쳐, 모스크바 체재 시절에는 맹목적인 스탈린주의자, 그리고 반(反)스탈린주의자가 되기까지 먼 길을 달려왔다. 그는 간간이 자신의 과거를 비판·부정하기는 했지만 진정한 마르크스주의자였기에 문학 때문에 정치를 포기하지도 않았고, 또한 미학적인 체념 때문에 혁명의 실천을 포기하지도 않았다. 이처럼 후카치는 초기의 문제적 개인에서 이후 급진적인 이론가이자 실천가로 살아가며 평생 '마르크스로 가는 길'을 추구했다.

20세기 말에 들어 동유럽 사회주의가 무기력하게 붕괴하면서 자본주의의 지구화가 구현됨으로써 제동장치 없는 자본주의의 일방적 독주 내지는 폭주가 지구인들의 삶과 문화에 어떤 결과를 초래하는지 그동안 우리는 목도할 수 있었다. 지난 미 대선 과정에서 사회주의자임을 공언한 샌더스 상원의원이 젊은 층의 상당한 지지를 얻은 것을 보면 자본주의 체제의 핵심부인 미국에서도 인간 본능과 결탁한 자본주의가 초래한 문제가 만만치 않음을 알 수 있다. 그렇다고 해결이 간단하지 않고 또 대안이 없다고 해서 마냥 수수방관할 수는 없는 일이다.

　이 책은 게오르크 작품 선집(Werkauswahl in Einzelbänden) 1권을 판본[9]으로 삼았고, 영어본은 존 샌더스와 케이티 테레자키스가 펴낸 책[10]을 참고했음을 밝혀둔다.

9 Georg Lukács, *Werkauswahl in Einzelbänden*, Hrsg. von Frank Benseler und Rüdiger Dannemann, Band 1 : Die Seele und die Formen, Essays, Mit einer Leitung von Judith Butler, Bielefeld : Aisthesis Verlag, 2011.

10 Georg Lukács, *Soul & Form*, John Sanders, Katie Terezakis, New York : Columbia University Press, 2010,